Intensität, Höchstmaß an innerer und äußerer Bewegung war das Zauberwort der Beat generation, ständig «unterwegs» auf der Suche nach einer von Tempo, Jazz, Marihuana, Sex und Freiheit berauschten Existenz, auf endloser Entdeckungsreise durch ein Amerika, für dessen Schönheit ihnen die Verachtung des Nützlichkeitsdenkens ihrer Zeitgenossen die Augen geöffnet hatte. Ihr Schrei nach dem Leben, ihr Jubel über das Leben, ihr Hymnus auf das Leben, zu dessen Höhepunkten jene erlesene, rauchgeschwängerte, blaßgraue Morgenstunde zählte, in der sich die Bruderschaft der Combo-Jünger von San Francisco zu einer ganz privaten Jam-Session für die Eingeweihten zusammenfand: das ist der Inhalt dieser «Rhapsodie in Blue jeans», in deren «spontaner» Prosa eine amerikanisch modifizierte Romantik, eine neue Ethik der Freundschaft und Solidarität ihre adäquate Form gefunden hat.

Jack Kerouac wurde am 13. März 1922 in Lowell/Massachusetts geboren. Nachdem er kurze Zeit die Columbia University besucht hatte, diente er während des Zweiten Weltkriegs in der Handelsmarine. Später trampte er jahrelang als Gelegenheitsarbeiter kreuz und quer durch die Vereinigten Staaten und Mexiko. Jack Kerouac starb am 21. Oktober 1969 in St. Petersburg/Florida.

Jack

Kerouac

Unterwegs

Deutsch von Thomas Lindquist

Rowohlt Taschenbuch Verlag

Die Originalausgabe erschien 1957 unter dem Titel
«On the Road» bei The Viking Press, Inc., New York

Einmalige Sonderausgabe Januar 2006

Neuübersetzung
Veröffentlicht im Rowohlt Taschenbuch Verlag,
Reinbek bei Hamburg, März 1998

Umschlaggestaltung any.way, Wiebke Jakobs
(Foto: Wiebke Buckow)
Gesamtherstellung Clausen & Bosse, Leck
Printed in Germany
ISBN 13: 978 3 499 24177 2
ISBN 10: 3 499 24177 3

erster teil

eins

Ich begegnete Dean das erste Mal nicht lange nachdem meine Frau und ich uns getrennt hatten. Damals hatte ich gerade eine schwere Krankheit hinter mir, über die ich hier nicht weiter reden will, außer daß sie etwas mit der elend lästigen Trennung zu tun hatte und mit meinem Gefühl, daß alles tot war. Mit Dean Moriarty begann der Teil meines Lebens, den man mein Leben unterwegs nennen könnte. Davor hatte ich oft davon geträumt, in den Westen zu gehen und mir das Land anzusehen, hatte vage Pläne geschmiedet – und war nie gestartet. Dean ist der perfekte Kumpel für unterwegs, zumal er tatsächlich unterwegs geboren worden ist, als seine Eltern 1926 mit ihrer alten Karre auf dem Weg nach Los Angeles durch Salt Lake City kamen. Erstmals hörte ich von ihm durch Chad King; er hatte mir ein paar Briefe von ihm gezeigt, die Dean in einer Besserungsanstalt in New Mexico geschrieben hatte. Ich war ungeheuer interessiert an den Briefen, weil er darin so naiv und nett darum bat, Chad möge ihm alles über Nietzsche beibringen und all die wunderbaren intellektuellen Sachen, die Chad wußte. Irgendwann sprachen Carlo und ich über die Briefe und fragten uns, ob wir diesen seltsamen Dean Moriarty wohl je kennenlernen würden. All das liegt weit zurück, als Dean noch nicht so war, wie er heute ist, als er ein junger, geheimnisumwitterter Knastvogel war. Dann kam die Nachricht, daß Dean aus der Besserungsanstalt entlassen war und zum ersten Mal in seinem Leben nach New York kam; außerdem hieß es, daß er kürzlich geheiratet hätte, ein Mädchen, das Marylou hieß.

Eines Tages, als ich auf dem Campus herumhing, erzählten mir Chad und Tim Gray, daß Dean sich in einer Bude mit nur kaltem Wasser in East Harlem, dem spanischen Harlem, aufhalte. Dean war am Abend zuvor angekommen, das erste Mal in New York, mit seiner scharfen Schönheit Marylou; sie stiegen an der 50th Street aus dem Greyhound-Bus und bogen um die nächste Ecke, auf der Suche nach einer Kneipe, wo man was essen konnte, und landeten direkt bei Hector's, und von da an ist Hector's Cafeteria für Dean immer der Inbegriff von New York gewesen. Sie gaben ihr Geld für wunderschöne Kuchen mit Zuckerguß und für Sahneteilchen aus.

Und dauernd erzählte Dean Marylou solche Sachen: «Also, Schatz, hier sind wir in New York und obwohl ich dir nicht alles gesagt hab was mir so durch den Kopf ging während wir durch Missouri rollten und besonders in dem Moment als wir am Jugendgefängnis von Booneville vorbeikamen was mich an meine Knastprobleme erinnerte, ist es jetzt absolut notwendig all die offengebliebenen Fragen hinsichtlich unseres privaten Liebeslebens zu vertagen und sofort an konkrete berufliche Pläne zu denken ...» und so weiter, eben in der Art, die er in jenen frühen Zeiten an sich hatte.

Ich ging mit den Jungs zusammen zu dieser Kaltwasserwohnung, und Dean kam in Unterhosen an die Tür. Marylou hüpfte von der Couch; Dean hatte die Besitzerin der Wohnung in die Küche geschickt, anscheinend zum Kaffeekochen, während er sich um seine Liebesprobleme kümmerte, denn für ihn war Sex die eine und einzige heilige und wichtige Sache im Leben, obwohl er sich plagen und schwitzen mußte, um Geld zum Leben und so weiter zu verdienen. Das sah man schon daran, wie er dastand und mit dem Kopf wackelte, immer den Blick gesenkt und nickend wie ein junger Boxer, der sich Instruktionen anhört, so daß man meinen konnte, er lauschte jedem Wort, wenn er tausendmal sein «Jaja» und «Richtig, richtig» einwarf. Mein erster Eindruck von Dean war der eines jungen Gene Autry – sauberer Bursche mit schmalen Hüften und blauen Augen und einem gewaltigen Oklahoma-Akzent –, ein kotelettengeschmückter Held aus der Schneewelt des Westens. Tatsächlich hatte er eben erst auf einer Ranch gearbeitet, bei Ed Wall in Colorado, bevor er Marylou heiratete und an die Ostküste kam. Marylou war eine hübsche Blonde mit einem gewaltigen Wuschelkopf, ein Meer von goldenen Locken; sie saß auf der Sofakante, ließ die Hände in den Schoß hängen und starrte mit ihren rauchblauen Naturkinderaugen vor sich hin, weil sie in einer schlimmen grauen New Yorker Bude gelandet war, von der man ihr drüben im Westen erzählt hatte. Nun wartete sie wie eine dieser langgliedrigen, abgemagerten surrealistischen Modigliani-Frauen in einem düsteren Zimmer. Aber abgesehen davon, daß sie ein liebes nettes Mädchen war, war sie strohdumm und stellte die schrecklichsten Dinge an. An diesem Abend tranken wir alle Bier und zogen uns beim Armstemmen über den Tisch und redeten, bis der Tag anbrach, und am Morgen, als wir dumpf dasaßen und im grauen Licht eines trüben Tages Kippen aus den Aschenbechern rauchten, sprang Dean nervös auf, schritt nachdenklich im Kreis herum und fand dann, daß es angesagt sei, Marylou das Frühstück machen und den Fußboden fegen zu lassen. «Mit anderen Worten, Schatz, wir müssen jetzt ran an den Ball, sonst kommen wir ins Schleudern und verpassen jede wahre Erkenntnis oder Kristallisierung unserer Pläne.» Das war der Augenblick, in dem ich wegging.

In der folgenden Woche vertraute er Chad King an, daß er unbedingt von ihm schreiben lernen müsse; Chad sagte, daß ich Schriftsteller sei, er solle mich um Rat fragen. Inzwischen hatte Dean Arbeit auf einem Parkplatz gefunden, hatte mit Marylou Streit in ihrer Wohnung in Hoboken bekommen – weiß Gott, warum sie dorthin gezogen waren –, und sie war so wütend und von so tiefer Rachsucht, daß sie zur Polizei lief und eine falsche, hysterisch aufgebauschte, verrückte Klage einreichte, und Dean mußte aus Hoboken verduften. Er wußte also nicht, wo er bleiben sollte. Er kam direkt heraus nach Paterson, New Jersey, wo ich bei meiner Tante wohnte, und eines Abends, während ich dort büffelte, klopfte es an der Tür, und da stand Dean und sagte unter Verbeugungen und verlegenem Füßescharren im dunklen Flur: «Hal-lo, erinnerst du dich an mich – Dean Moriarty? Ich komme, weil ich dich bitten wollte, daß du mir das Schreiben beibringst.»

«Und wo ist Marylou?» fragte ich, und Dean sagte, sie hätte

anscheinend ein paar Dollar zusammengehurt und sei zurück nach Denver gegangen – «die Hure!» Wir gingen also aus dem Haus und tranken ein paar Bier, weil wir vor meiner Tante, die im Wohnzimmer saß und ihre Zeitung las, nicht so reden konnten, wie wir wollten. Sie warf nur einen Blick auf Dean und fand, daß er ein Verrückter sei.

In der Bar sagte ich zu Dean: «Verdammt, Mann, ich weiß ganz genau, daß du nicht nur zu mir gekommen bist, weil du Schriftsteller werden willst, und überhaupt, was verstehe ich schon davon, außer daß du dranbleiben mußt, mit aller Kraft, wie ein Benzedrin-Süchtiger.» Und er sagte: «Ja, klar, ich weiß genau, was du meinst, und tatsächlich bin ich schon selbst auf diese Probleme gekommen, aber was ich will, ist die Erkenntnis all dieser Faktoren, die, wenn man sich von Schopenhauers Dichotomie für ein innerlich Erkanntes leiten läßt ...» Und so weiter, in dieser Art, Dinge, von denen ich keinen Schimmer hatte und er selbst auch nicht. In jenen Tagen wußte er selbst nicht, was er da redete; mit anderen Worten, er war ein junger Knastvogel, völlig fixiert auf die wunderbaren Möglichkeiten, ein richtiger Intellektueller zu werden, und redete gern in einem Ton und unter Verwendung von Wörtern, wenn auch kunterbunt durcheinander, wie er es von «echten Intellektuellen» gehört hatte – obgleich er, wohlgemerkt, in allen anderen Dingen nicht so naiv war und nur ein paar Monate mit Carlo Marx zusammen brauchte, um in dem Jargon und all den Begriffen völlig zu Hause zu sein. Trotzdem kamen wir auf anderen Ebenen des Wahnsinns gut miteinander klar, und ich war einverstanden, daß er bei mir wohnte, bis er einen Job fand, und im übrigen machten wir aus, irgendwann in den Westen zu fahren. Das war im Winter 1947.

Eines Abends, als Dean zum Essen bei uns war – er hatte schon seinen Parkplatzjob in New York –, beugte er sich über meine Schulter, während ich munter drauflostippte, und sagte: «Komm schon, Mann, die Mädchen werden nicht warten, mach schnell.»

Ich sagte: «Einen Moment noch, ich bin gleich da, sobald

ich dieses Kapitel fertig habe», und es war eines der besten Kapitel in dem Buch. Dann zog ich mich an, und wir sausten los nach New York, um ein paar Mädchen zu treffen. Während wir im Bus durch die unheimliche phosphoreszierende Leere des Lincoln-Tunnels rollten, heizten wir uns gegenseitig an, fuchtelten mit den Händen, schrien und redeten aufgeregt, und mich packte allmählich das gleiche Fieber wie Dean. Er war einfach jung und ungeheuer vom Leben begeistert, und obwohl er ein Schwindler war, schwindelte er nur deshalb, weil er so gern mit Leuten zusammensein und zu tun haben wollte, die ihn sonst nicht beachtet hätten. Auch mich linkte er, und ich wußte es (von wegen Kost und Logis und «Schreibenlernen» etc.), und er wußte, daß ich es wußte (dies ist die Grundlage unserer Beziehung gewesen), aber mir war's egal, und wir kamen gut miteinander aus – kein Generve, keine Bemutterung; wir umkreisten einander auf Zehenspitzen, wie herzergreifend neue Freunde. Mit der Zeit lernte ich von ihm genauso viel wie er wahrscheinlich von mir. Und was meine Arbeit anging, sagte er: «Weiter so, alles, was du machst, ist phantastisch.» Er schaute mir über die Schulter, wenn ich meine Geschichten schrieb, und schrie: «Ja! Richtig! Toll! Mann!» und «Puuuh!» und wischte sich mit dem Taschentuch übers Gesicht. «Mann, toll, es gibt so viel zu tun, so viele Sachen zu schreiben! Wie soll man auch nur *anfangen*, all das aufs Papier zu bringen, und das ohne künstliche Beschränkungen und alle Fesseln wie literarische Hemmungen und grammatikalische Ängste …»

«Genau, Mann, du sagst es.» Und eine Art heiliges Feuer sah ich aus seiner Begeisterung lodern, aus seinen Visionen, die er mit einem solchen Wortschwall beschrieb, daß die Leute im Bus sich nach dem «übererregten Irren» umdrehten. Im Westen hatte er ein Drittel seiner Zeit in Billardhallen verbracht, ein Drittel im Knast und ein Drittel in der öffentlichen Bücherei. Man hatte ihn eifrig durch die winterlichen Straßen hasten sehen, barhäuptig, mit Büchern unter dem Arm, die er in die Billardhalle mitschleppte, oder wie er über Bäume in die Dachbuden von Freunden hinaufkletterte, wo er tagelang blieb, um zu lesen oder sich vor der Polizei zu verstecken.

Wir fuhren nach New York – ich hab vergessen, worum es ging, zwei farbige Mädchen –, aber da waren keine Mädchen; sie sollten ihn in einem Imbiß treffen und kreuzten nicht auf. Wir liefen zu seinem Parkplatz, wo er einiges zu erledigen hatte – er zog sich hinten im Schuppen um und machte sich vor einem rissigen Spiegel fein und so –, und dann zogen wir los. Und das war der Abend, an dem Dean Carlo Marx begegnete. Etwas Ungeheuerliches passierte, als Dean Carlo Marx begegnete. Zwei schlaue Köpfe, die sie sind, flogen sie aufeinander. Zwei scharfe Augen blickten in zwei scharfe Augen – der heilige Schwindler mit dem hellen Verstand und der kummervolle Dichter-Schwindler mit dem düsteren Verstand, nämlich Carlo Marx. Von diesem Moment an sah ich Dean nur noch selten, und es tat mir sogar ein bißchen leid. Ihre Energien prallten frontal aufeinander, ich war im Vergleich dazu ein Tölpel, ich konnte nicht Schritt halten mit ihnen. Der ganze verrückte Wirbel der Dinge, die kommen sollten, begann damals; er sollte alle meine Freunde und alles, was mir von meiner Familie geblieben war, in einer riesigen Staubwolke über der amerikanischen Nacht aufmischen. Carlo erzählte ihm von Old Bull Lee, Elmer Hassel, von Jane: Lee in Texas, der dort sein Gras zog, Hassel im Knast auf Riker's Island, Jane, die im Benzedrinrausch halluzinierend über den Times Square wandelte, ihr Baby im Arm, und in der Klapsmühle von Bellevue landete. Und Dean erzählte Carlo von unwahrscheinlichen Leuten im Westen wie Tommy Snark, dem hinkefüßigen Billardhallen- und Spielautomatenhai und Kartenzocker und komischen Heiligen. Er erzählte ihm von Roy Johnson und Big Ed Dunkel, seinen Kumpels aus der Kindheit und von der Straße, von seinen unzähligen Mädchen und Sex-Partys und pornographischen Bildern, von seinen Helden, Heldinnen, Abenteuern. Zusammen rannten sie durch die Straßen und machten sich über alles lustig, auf die Art, wie sie das damals draufhatten und die später so viel trauriger wurde, vorsichtig und blaß. Aber damals tanzten sie durch die Straßen wie Kobolde, und ich stolperte hinterher, wie ich mein Leben lang hinter Leuten hergestolpert bin, die mich interessieren, denn die einzigen Menschen sind für mich die Verrückten, die verrückt sind aufs Leben, verrückt aufs Reden, verrückt auf Erlösung, voll Gier auf alles zugleich, die Leute, die niemals gähnen oder alltägliche Dinge sagen, sondern brennen, brennen, brennen wie phantastische gelbe Wunderkerzen und wie Feuerräder unter den Sternen explodieren, und in der Mitte sieht man den blauen Lichtkern knallen und alle rufen «Aaah!» Wie nannte man solche jungen Leute in Goethes Deutschland? Weil er so gern lernen wollte, so zu schreiben wie Carlo, stürzte sich Dean sofort auf ihn, mit einem großen und liebenden Herzen, wie nur ein Schwindler es haben kann. «So, Carlo, jetzt laß *mich* mal sprechen – also, was *ich* sage, ist ...» Ich sah sie ungefähr zwei Wochen lang nicht, und in dieser Zeit zementierten sie ihre Freundschaft in den teuflischen Ausmaßen eines süchtigen Tag-und-Nacht-Gesprächs.

Dann kam der Frühling, die große Zeit der Wanderschaft, und jeder in der verstreuten Bande machte sich bereit für die eine oder andere Reise. Ich arbeitete fleißig an meinem Roman, und als ich in der Mitte angelangt war, nach einem Ausflug mit meiner Tante in den Süden, wo wir meinen Bruder Rocco besuchten, war ich bereit, zum allerersten Mal an die Westküste zu fahren.

Dean war schon aufgebrochen. Carlo und ich hatten ihn zur Greyhound Station an der 34th Street begleitet. Oben gab es da einen Kasten, wo man Fotos für einen Vierteldollar machen konnte. Carlo nahm seine Brille ab und machte ein finsteres Gesicht. Dean schoß eine Profilaufnahme und blickte sich schüchtern um. Ich machte ein en-face-Bild, auf dem ich aussah wie ein dreißigjähriger Italiener, der jeden umbringen würde, der ein Wort gegen seine Mutter sagt. Dieses Foto schnitten Dean und Carlo säuberlich mit einer Rasierklinge in der Mitte durch, und jeder verstaute seine Hälfte in seiner Brieftasche. Dean hatte sich für die große Heimfahrt nach

Denver in einen echten Geschäftsanzug geworfen, wie er an der Westküste üblich ist; er hatte seinen ersten Auftritt in New York hinter sich. Ich sage Auftritt, aber er hatte bloß wie ein Hund auf Parkplätzen geschuftet. Er war der phantastischste Parkplatzwächter der Welt, er konnte ein Auto mit vierzig Sachen rückwärts in eine enge Lücke quetschen, knapp vor der Mauer bremsen, rausspringen, zwischen Kotflügeln durchrennen, in den nächsten Wagen springen, mit fünzig Meilen in der Stunde auf einem kleinen Fleck wenden, schnell rückwärts rein in eine Parklücke, *rrrums*, die Handbremse reinknallen, daß man den Wagen hochschnellen sieht, während er raushechtet; dann schnell zur Kassenbude, im Sprint wie ein Hundertmeterläufer, den Parkschein aushändigen, in einen gerade angekommenen Wagen springen, bevor der Besitzer halb draußen ist, buchstäblich unter ihm durchtauchen, während er aussteigt, den Wagen mit klappernden Türen starten und losdonnern zum nächsten freien Platz, wenden, reinstoßen, bremsen, rausspringen, rennen; und diese Schufterei acht Stunden lang, ohne Pause, jeden Abend, in der täglichen Rush-hour und in der Rush-hour nach dem Theater, in speckigen Pennerhosen, einer zerschlissenen, pelzgefütterten Jacke und mit klatschenden kaputten Schuhen. Jetzt hatte er sich für die Fahrt nach Hause einen neuen Anzug gekauft; blau, Nadelstreifen, mit Weste und allem Drum und Dran – für elf Dollars an der Third Avenue, dazu eine Uhr mit Uhrkette und eine Reiseschreibmaschine, auf der er in einem möblierten Zimmer in Denver anfangen wollte zu schreiben, sobald er dort einen Job gefunden hatte. Unser Abschiedsessen bestand aus Frankfurtern mit Bohnen in einem Riker's in der Seventh Avenue, und dann stieg Dean in den Bus, an dem Chicago stand, und brauste los in die Nacht. Da fuhr er hin, unser Hitzkopf. Ich schwor mir, den gleichen Weg zu nehmen, wenn erst der Frühling richtig blühte und das Land wachküßte.

Und das war eigentlich der Anfang von meinen Erfahrungen unterwegs, und die Dinge, die kommen sollten, sind zu phantastisch, um sie hier nicht zu erzählen.

Ja, und nicht nur weil ich Schriftsteller war und neue Erfahrungen suchte, wollte ich Dean näher kennenlernen, und auch nicht nur, weil mein Herumhängen auf dem Campus seinen Kreis vollendet hatte und eine Blamage war, sondern auch weil er mir irgendwie, trotz aller Unterschiede zwischen uns, wie ein lange verlorener Bruder vorkam; der Anblick seines knochigen Schmerzensgesichts mit den langen Koteletten und seines angespannten schwitzenden muskulösen Nackens erinnerte mich an meine Kindheit an den Färbereiabwassertümpeln und Badepfützen und Flußufern von Paterson und am Passaic River. Seine schmutzigen Arbeitsklamotten hingen mit solcher Anmut an ihm – bei keinem Maßschneider konnte man einen besseren Sitz kaufen, man konnte ihn sich nur beim «Naturschneider natürlicher Lebensfreude» verdienen, so wie Dean es getan hatte, bei all seiner Schufterei. Und in seiner aufgeregten Art zu reden hörte ich wieder die Stimmen alter Gefährten und Brüder unter der Brücke, zwischen den Motorrädern, in der von Wäscheleinen durchzogenen Nachbarschaft und auf schläfrigen Türstufen am Nachmittag, wo die Jungs Gitarre spielten, während ihre großen Brüder in den Textilfabriken arbeiteten. Alle meine anderen derzeitigen Freunde waren «Intellektuelle» – Chad, der Nietzscheaner und Anthropologe, Carlo Marx mit seinen bekloppten surrealistischen, leisen, ernsten, irren Reden, Old Bull Lee und seine kritische Motzerei gegen alles und jedes –, oder sie waren heimliche Kriminelle wie Elmer Hassel mit seinem gelangweilten höhnischen Grinsen; genauso Jane Lee, die sich auf dem Orientteppich auf ihrer Couch wälzte und über den *New Yorker* die Nase rümpfte. Aber Deans Intelligenz war in jeder Hinsicht genauso geschult, brillant und umfassend, nur ohne die öde Intellektualität. Und seine «Kriminalität» hatte nichts Schmollendes oder Spöttisches; sie war ein unbändiger, bejahender Ausbruch amerikanischer Lebensfreude; sie war der Westen selbst, der Westwind, eine Ode aus der Prärie, etwas Neues, lange Vorhergesagtes und lange Ersehntes (er knackte Autos nur zum Spaß für Spritztouren). Außerdem vertraten alle meine New Yorker Freunde den negativen, alptraumhaften Standpunkt, daß die Gesellschaft abzulehnen sei, und lieferten ihre müden, bücherschlauen oder politischen oder psychoanalytischen Gründe dafür, während Dean nur so durch die Gesellschaft raste, gierig nach Brot und nach Liebe; ihm war es egal, ob so oder anders, «solange ich nur an das nette Mädchen mit ihrem süßen Ding zwischen den Beinen rankomme, Mensch» und «solange wir was zu *essen* haben, Mann, verstehst du mich? Ich bin *hungrig,* ich *verhungere,* laß uns *sofort was essen*!» – und schon stürzten wir los und *aßen,* wie es, so spricht der Weise Salomo, «dein Teil ist unter der Sonne».

Ein westlicher Verwandter der Sonne – das war Dean. Obwohl meine Tante mich warnte, er würde mich in Schwierigkeiten bringen, hörte ich einen neuen Ruf und sah einen neuen Horizont und glaubte daran, jung, wie ich war; und ein paar kleine Schwierigkeiten oder auch, daß Dean mich als Kumpel zurückstieß, mich hängenließ, wie er es später tun sollte, verhungernd am Straßenrand und auf dem Krankenbett – was machte das schon? Ich war ein junger Schriftsteller und wollte abheben.

Irgendwo unterwegs, das wußte ich, gab es Mädchen, Visionen, alles; irgendwo auf dem Weg würde mir die Perle überreicht werden.

zwei

Im Monat Juli 1947, nachdem ich etwa fünfzig Dollar von meinem Veteranensold gespart hatte, war ich soweit, daß ich an die Westküste fahren konnte. Mein Freund Remi Boncœur hatte mir einen Brief aus San Francisco geschrieben und gesagt, ich solle kommen und mit ihm auf einem Rund-um-die-Welt-Dampfer in See stechen. Er schwor, er könne mir einen Job im Maschinenraum verschaffen. Ich schrieb zurück und sagte, ich wäre schon mit irgendeinem alten Frachter zufrieden, solange ich ein paar längere Südseereisen unternehmen und genügend Geld mit heimbringen könne, um mich im Haus meiner Tante über Wasser zu halten, bis ich mein Buch fertig hätte. Er sagte, er habe eine Hütte in Mill City, und dort hätte ich alle Zeit der Welt zum Schreiben, während wir die lästige Suche nach dem Schiff hinter uns brächten. Er lebte mit einem Mädchen namens Lee Ann zusammen; sie sei eine wunderbare Köchin, schrieb er, und alles werde klargehen. Remi war ein alter Schulfreund von mir, ein Franzose, aufgewachsen in Paris und ein wirklich verrückter Typ – wie verrückt, das wußte ich damals noch nicht. Er erwartete meine Ankunft also in zehn Tagen. Meine Tante war einverstanden mit meiner Reise nach Westen; es werde mir guttun, sagte sie, ich hätte den ganzen Winter so hart gearbeitet und sei kaum an die Luft gekommen; sie jammerte nicht einmal, als ich ihr sagte, daß ich ein Stück weit trampen müsse. Sie wünschte sich nur, daß ich heil und ganz wiederkäme. Also ließ ich mein dickes, halbfertiges Manuskript auf dem Schreibtisch liegen, zog eines Morgens zum letzten Mal meine gemütliche Bettdecke glatt, nahm meinen Segeltuchsack, in dem ich ein paar wichtige Dinge verstaut hatte, und machte mich auf den Weg zum Pazifischen Ozean, mit fünfzig Dollar in der Tasche.

Monatelang hatte ich in Paterson über Landkarten der Vereinigten Staaten gebrütet, hatte sogar Bücher über die Pionierzeit gelesen und mir Namen wie Platte und Cimarron und so weiter auf der Zunge zergehen lassen, und auf der Straßenkarte war eine lange rote Linie eingezeichnet, die Route 6, die von der nördlichen Spitze von Cape Cod direkt nach Ely, Nevada, führte und dort abbog, runter nach Los Angeles. Ich würde einfach den ganzen Weg bis Ely auf der 6 bleiben, sagte ich mir, und zog zuversichtlich los. Um auf die 6 zu kommen, mußte ich zum Bear Mountain hinauf. Voller Träume, was ich in Chicago, in Denver und schließlich in San Francisco machen würde, stieg ich an der Seventh Avenue in die Subway und fuhr bis zur Endstation an der 242nd Street und nahm dort einen

Trolley-Bus nach Yonkers hinein; im Zentrum von Yonkers stieg ich um in einen Bus nach auswärts und fuhr bis zum Stadtrand am Ostufer des Hudson River. Wenn du eine Rose in den Hudson wirfst, an seinem geheimnisvollen Ursprung in den Adirondacks, stell dir nur vor, wo sie überall vorbeikommt, während sie für immer ins Meer hinausschwimmt – stell dir nur das wunderschöne Hudson-Tal vor. Ich fing also an mit der Anhalterei. Fünf verschiedene Wagen brachten mich zu der erwünschten Bear-Mountain-Brücke, wo die Route 6 im Bogen aus Neuengland hereinschwenkt. Als ich dort endlich ausstieg, fing es an, in Strömen zu regnen. Nicht nur daß es dort keinen Verkehr gab, es schüttete wie aus Eimern, und weit und breit war nichts, wo ich mich unterstellen konnte. Ich mußte rennen und unter ein paar Fichten Deckung suchen; das nützte nichts; ich fing an, zu heulen und zu fluchen, und schlug mich vor den Kopf, daß ich so ein verdammter Esel war. Vierzig Meilen war ich nördlich von New York; den ganzen Weg hatte ich mir schon Sorgen gemacht, daß ich an diesem meinem ersten großen Tag immer nur nach Norden fuhr, statt in den heiß ersehnten Westen. Jetzt saß ich an der nördlichsten Ecke meiner Wegstrecke fest. Ich lief eine Viertelmeile bis zu einer hübschen verlassenen Tankstelle im englischen Cottage-Stil und stellte mich unter das tropfende Dach. Hoch über mir schickte der mächtige borstige Bear Mountain Donnerschläge durch die Gegend, die mich Gottesfurcht lehrten. Ich sah nichts als dampfende Bäume und schaurige Wildnis, bis in den Himmel hinauf. «Was, zum Teufel, mache ich hier?» fluchte ich und schrie jammernd nach Chicago. «Die anderen haben jetzt alle den größten Spaß, sie machen dies, machen das, und ich bin nicht dabei, wann werde ich endlich dort sein!» – und so weiter. Schließlich hielt ein Auto vor der verlassenen Tankstelle; der Mann und die zwei Frauen darin wollten die Landkarte studieren; ich trat vor und gestikulierte im Regen; sie berieten sich, ich sah aus wie ein armer Irrer, klar, mit meinem klatschnassen Haar und meinen triefenden Schuhen. Meine Schuhe, verdammter Idiot, der ich bin, waren mexikanische Huaraches, pflanzenartige Siebe und nicht geeignet für die Regennacht über Amerika und die rauhen Nächte auf der Landstraße. Aber die Leute ließen mich einsteigen und nahmen mich weiter nach Norden mit, bis nach Newburgh, was mir immerhin besser schien, als die ganze Nacht in der Wildnis am Bear Mountain festzusitzen. «Außerdem», sagte der Mann, «gibt es keinen Durchgangsverkehr auf der 6. Wenn Sie nach Chicago wollen, sollten Sie lieber in New York durch den Holland-Tunnel fahren und weiter nach Pittsburgh», und ich wußte, der Mann hatte recht. Mein Traum aber war in die Binsen gegangen, diese blöde, am häuslichen Herd ausgeheckte Idee, daß es wunderbar sein müsse, einer einzigen großen roten Linie quer durch Amerika zu folgen, statt es auf verschiedenen kleineren und größeren Straßen zu versuchen.

In Newburgh hatte der Regen aufgehört. Ich lief hinunter zum Fluß, und ich mußte nach New York mit dem Bus zurückfahren, zusammen mit einer Delegation von Schullehrern, die von einem Wochenende in den Bergen zurückkamen – plapperplapper blah-blah. Ich fluchte, daß ich so viel Zeit und Geld vergeudet hatte, und sagte mir immer wieder: Ich wollte doch nach Westen, und jetzt bin ich den ganzen Tag und bis in die Nacht hin und her gefahren, nach Norden, nach Süden, wie einer, der nicht richtig in Gang kommt. Ich schwor mir: Morgen werde ich in Chicago sein. Und um sicherzugehen, stieg ich in einen Autobus nach Chicago, gab den größten Teil meines Geldes aus – und scherte mich einen Dreck darum, Hauptsache, ich würde morgen in Chicago sein.

drei

Es war eine ganz normale Busfahrt mit schreienden Babys und brütender Sonne und Farmersleuten, die in Pennsylvania in einem Städtchen nach dem anderen zustiegen, bis wir auf die Ebene von Ohio kamen und wirklich losbrausten, vorbei an Ashtabula und quer durch Indiana bei Nacht. Frühmorgens war ich tatsächlich in Chicago und fand ein Zimmer beim YMCA und legte mich schlafen, mit nur noch sehr wenigen Dollar in der Tasche. Chicago nahm ich später unter die Lupe, nach einem gut verschlafenen Tag.

Wind vom Michigan-See, Be-bop auf dem Loop, lange Spaziergänge in der Gegend von South Halsted und North Clark und ein langer Mitternachtsgang durch den Dschungel, wo ein Streifenwagen mich als verdächtige Gestalt verfolgte. Damals, 1947, war der Be-bop überall in Amerika wie verrückt im Kommen. Die Jungs auf dem Loop jazzten, aber mit müden Mienen, weil der Bop irgendwo zwischen seiner ornithologischen Charlie-Parker-Phase und einer anderen Phase steckte, die mit Miles Davis begann. Und während ich dort saß und diesem Sound der Nacht lauschte, dessen Inbegriff der Be-bop für alle von uns geworden ist, mußte ich an all meine Freunde denken, vom einen Ende des Landes bis zum andern, und wie sie doch eigentlich alle auf demselben riesigen Hinterhof hockten, mit ihrem Irrsinn und mit ihrer Raserei. Und zum ersten Mal in meinem Leben fuhr nun auch ich in den Westen – am folgenden Nachmittag. Es war ein warmer, schöner Tag, genau richtig zum Trampen. Um aus dem unwahrscheinlichen Durcheinander des Verkehrs in Chicago herauszukommen, nahm ich einen Bus nach Joliet, Illinois, ging am Zuchthaus von Joliet vorbei und stellte mich, nach einem Spaziergang durch die belaubten schäbigen Straßen, unmittelbar am Stadtrand auf und zeigte mit dem Daumen in die Richtung, in die ich wollte. Den ganzen Weg von New York bis Joliet im Bus, und ich war über die Hälfte meines Geldes los.

Die erste Strecke fuhr ich auf einem Dynamit-Laster mit roter Flagge, gut dreißig Meilen in das weite grüne Illinois hinein, und der Truckdriver zeigte mir die Stelle, wo Route 6, auf der wir fuhren, sich mit Route 66 kreuzt, bevor sie beide in unwahrscheinliche Fernen nach Westen schießen. Nachmittags gegen drei, nach einem Apfelkuchen mit Eiskrem in einem Kiosk am

Straßenrand, hielt eine Frau mit einem kleinen Flitzer für mich an. Eine irre Freude durchzuckte mich, als ich zu dem Wagen rannte. Aber sie war eine Frau mittleren Alters, tatsächlich Mutter von Söhnen in meinem Alter, und wollte jemanden, der ihr bis Iowa fahren half. Ich war begeistert. Iowa! Gar nicht so weit von Denver, und wenn ich erst in Denver war, konnte ich ausspannen. Sie fuhr die ersten paar Stunden, irgendwann wollte sie unbedingt irgendwo eine alte Kirche besichtigen, als ob wir Touristen wären, und dann übernahm ich das Steuer und fuhr, obwohl ich kein so guter Fahrer bin, den Rest der Strecke durch Illinois direkt bis Davenport, Iowa, via Rock Island. Und hier sah ich zum ersten Mal in meinem Leben meinen geliebten Mississippi, trocken im sommerlichen Dunst, das Wasser niedrig, mit seinem gewaltigen geilen Geruch – er riecht wie der rohe Körper Amerikas selbst, weil er ihn dauernd umspült. Rock Island – Eisenbahnschienen, Bretterbuden, ein kleines Innenstadtviertel; und über die Brücke nach Davenport, einer ganz ähnlichen Stadt, überall der Geruch von Sägespänen in der warmen Sonne des Mittleren Westens. Hier mußte die Dame auf einer anderen Route weiterfahren, nach der Stadt in Iowa, in der sie zu Hause war, und ich stieg aus.

Die Sonne ging gerade unter. Nach ein paar kalten Bieren wanderte ich zum Stadtrand hinaus, und es war ein langer Weg. All die Männer fuhren von der Arbeit nach Hause, Eisenbahnermützen und Baseballmützen und Mützen aller Art auf dem Kopf, genau wie in jeder anderen Stadt nach Feierabend. Einer von ihnen nahm mich mit, den Hügel hinauf, und ließ mich an einer verlassenen Straßenkreuzung am Rand der Prärie stehen. Schön war es dort. Die einzigen Autos, die vorbeikamen, waren die Autos von Farmern; sie warfen mir mißtrauische Blicke zu, sie ratterten weiter, die Kühe kamen nach Hause. Kein einziger Lastwagen. Ein paar schnelle Wagen schossen vorbei. Ein Junge in einer frisierten alten Kiste sauste mit flatterndem Halstuch vorbei. Die Sonne ging ganz unter, und ich stand in der violetten Dunkelheit. Jetzt bekam ich es mit der Angst. Es gab nicht einmal Straßenlaternen hier auf dem platten Land in Iowa; ein paar Minuten, und niemand würde mich mehr stehen sehen. Zum Glück kam ein Mann, der zurück nach Davenport wollte, und nahm mich in die Innenstadt mit. Aber da war ich wieder am Ausgangspunkt.

Ich ging in den Busbahnhof, setzte mich hin und überlegte mir die Lage. Ich aß noch einen Apfelkuchen mit Eiskrem; ich aß praktisch nichts anderes auf dem ganzen Weg quer durchs Land, ich wußte, es war nahrhaft und es schmeckte natürlich köstlich. Ich beschloß, alles auf eine Karte zu setzen. Ich stieg in Davenport in einen Bus, nachdem ich eine halbe Stunde lang eine Kellnerin im Café des Busbahnhofs angegafft hatte, und fuhr bis an den Stadtrand, diesmal aber dorthin, wo die Tankstellen sind. Hier donnerten, *rrrums*, die großen Trucks vorbei, und binnen zwei Minuten hielt einer für mich mit kreischenden Bremsen. Mit jubelnder Seele rannte ich hin. Und was für ein Fahrer – ein großer dicker harter Truckdriver mit vorquellenden Augen und einer heiseren Raspelstimme, der nur so die Gänge reindrosch und die Kupplung trat und seine Karre in Fahrt brachte und mir kaum Beachtung schenkte. So konnte ich meine müde Seele ein bißchen ausruhen, denn das ist eine der größten Unannehmlichkeiten beim Trampen, daß du mit unzähligen Leuten reden und ihnen das Gefühl geben mußt, daß sie keinen Fehler gemacht haben, als sie dich auflasen. Du mußt sie sogar unterhalten, und das alles ist ein großer Streß, wenn man auf Achse ist und nicht vorhat, in Hotels zu schlafen. Der Typ überbrüllte einfach das Dröhnen und ich brauchte nur zurückzubrüllen, und wir entspannten uns. Er schrubbte die Kiste in einem Rutsch bis Iowa und erzählte mir brüllend die komischsten Geschichten, wie er noch in jeder Stadt, die ein unfaires Tempolimit hatte, die Polizei angeschmiert hatte, und immer wieder sagte er: «Diese verdammten Cops, mich kriegen sie nicht am Arsch!» Gerade als wir nach Iowa City hineinrollten, sah er einen anderen Truck, der hinter uns herkam, und weil er in Iowa City abbiegen mußte, blinkte er den anderen Typ mit den Rücklichtern an und bremste, so daß ich rausspringen konnte, was ich auch tat mit meinem Seesack, und der andere Lastwagen, mit diesem Wechsel einverstanden, hielt für mich an, und wieder saß ich im Handumdrehen in einer riesigen hohen Kabine, bereit, Hunderte von Meilen durch die Nacht zu brausen. Und wie war ich glücklich! Der neue Truckdriver war so verrückt wie der andere und brüllte genauso, und ich brauchte mich nur zurückzulehnen und dahinzurollen. Jetzt sah ich Denver schon vor mir aufragen wie das gelobte Land, weit draußen unter den Sternen, jenseits der Prärie von Iowa und der Ebene von Nebraska, und dahinter sah ich meine noch größere Vision von San Francisco wie ein Juwel in der Nacht. Zwei Stunden lang ließ er die Karre rollen und erzählte Geschichten, und dann, in einer Stadt in Iowa, wo Dean und ich Jahre später auf Verdacht in einem Cadillac angehalten wurden, der wie gestohlen aussah, schlief er ein paar Stunden auf dem Fahrersitz. Ich schlief auch und machte dann einen kleinen Spaziergang an der einsamen Backsteinmauer entlang, die von einer einzigen Laterne beleuchtet war, während am Ende all der kleinen Seitenstraßen die Prärie brütete, und der Duft von Mais war wie nächtlicher Tau.

Im Morgengrauen erwachte er mit einem Ruck. Wir donnerten los, und eine Stunde später wurde vor uns der Qualm von Des Moines über den grünen Maisfeldern sichtbar. Er mußte jetzt sein Frühstück verzehren und wollte sich Zeit lassen, darum fuhr ich gleich weiter nach Des Moines, ungefähr vier Meilen, mitgenommen von zwei Typen von der University of Iowa; es war seltsam, in ihrem nagelneuen bequemen Auto zu sitzen und sie über Prüfungen reden zu hören, während wir locker in die Stadt sausten. Am liebsten hätte ich jetzt einen ganzen Tag lang geschlafen. Also ging ich zum YMCA und fragte nach einem Zimmer; sie hatten keins: einer Eingebung folgend wanderte ich hinunter zu den Eisenbahngleisen – und davon gibt's eine Menge in Des Moines – und landete in einem düsteren alten Präriegasthof neben dem Lokomotivschuppen und verschlief einen ganzen langen Tag auf einem großen sauberen harten weißen Bett, mit in die Wand geritzten schmutzigen Sprüchen neben meinem Kopfkissen und zerschlissenen gelben Fenstervorhängen, die vor die rauchige Szene des Rangierbahnhofs gezogen waren. Ich wachte auf, als die Sonne sich rot färbte; und das war das einzige Mal in meinem Leben und der sonderbarste Moment überhaupt, da ich einen Moment lang eindeutig nicht wußte, wer ich war – ich war weit fort von zu Hause, zerschlagen und müde von der Fahrt, in einem billigen Hotelzimmer, das ich noch nie gesehen hatte, und hörte draußen Dampf zischen, das alte Holz des Hotels knarren und Schritte über mir, und all die traurigen Geräusche, und ich blickte zu der rissigen Zimmerdecke hinauf und wußte wirklich nicht, wer ich war, vielleicht fünfzehn sonderbare Sekunden lang. Angst hatte ich nicht; ich war einfach jemand anders, ein Fremder, und mein ganzes Leben war ein spukhaftes Leben, das Leben eines Gespenstes. Ich war auf halbem Weg meiner Reise durch Amerika, an der Trennlinie zwischen dem Osten meiner Jugend und dem Westen meiner Zukunft, und vielleicht ist das der Grund, warum es dort und damals passierte, an diesem sonderbaren roten Nachmittag.

Aber ich mußte weiter und durfte nicht jammern, darum schnappte ich meinen Seesack, sagte dem alten Hotelportier, der neben seinem Spucknapf saß, *so long* und ging etwas essen. Ich aß Apfelkuchen mit Eiskrem – es wurde immer besser, je weiter ich nach Iowa kam, das Kuchenstück größer, das Eis sahniger. Es gab die schönsten Mädchen in Des Moines, Scharen von ihnen, wohin ich auch blickte an diesem Nachmittag – sie kamen von der Schule und gingen nach Hause –, aber ich hatte jetzt keine Zeit für solche Gedanken und versprach mir ein Fest in Denver. Carlo Marx war schon in Denver; Dean war dort; Chad King und Tim Gray waren da, es war ihre Heimatstadt; Marylou war da; und man redete von einer riesigen Bande, darunter Ray Rawlins und seine schöne blonde Schwester Babe Rawlins; zwei Kellnerinnen, die Dean kannte, die Schwestern Bettencourt; und sogar Roland Major, mein alter Dichterkumpel vom College, war da. Ich dachte an sie alle voller Vorfreude und Erwartung. Also lief ich an den schönen Mädchen vorbei, und die schönsten Mädchen der Welt wohnen in Des Moines.

Ein Mann mit einer Art Werkzeugschuppen auf Rädern, einem Lastwagen voller Werkzeug, den er aufrecht stehend lenkte wie ein moderner Milchmann, nahm mich die lange Steigung mit hinauf; oben bekam ich sofort einen Lift, ein Farmer und sein Sohn, die nach Adel in Iowa unterwegs waren. In dieser Stadt, unter einer großen Ulme bei einer Tankstelle, schloß ich Bekanntschaft mit einem anderen Tramper; er war ein typischer New Yorker, ein Ire, der die meisten Jahre seines Arbeitslebens bei der Post einen Lastwagen gefahren hatte und jetzt unterwegs nach Denver war, zu einem Mädchen und einem neuen Leben. Ich nehme an, er war vor irgend etwas in New York auf der Flucht, wahrscheinlich vor der Polizei. Er war ein richtig rotnäsiger junger Suffkopp von dreißig Jahren und hätte mich normalerweise angeödet, nur daß meine Sinne jetzt nach jeder Art menschlicher Freundschaft hungerten. Er trug einen ausgefransten Pullover und eine ausgebeulte Hose und hatte keinerlei Gepäck bei sich – nur eine Zahnbürste und Taschentücher. Er sagte, wir sollten zusammen trampen. Ich hätte nein sagen sollen, weil er am Straßenrand eine ziemlich schlimme Figur machte. Aber wir blieben zusammen und fuhren mit einem schweigsamen Mann bis Stuart, Iowa, einer Stadt, wo wir wirklich steckenblieben. Wir standen vor dem Eisenbahn-Fahrkartenkiosk in Stuart und warteten auf Autoverkehr in Richtung Westen, warteten gute fünf Stunden lang, bis die Sonne unterging, und schlugen die Zeit tot, anfangs mit Dingen, die wir von uns selbst erzählten, dann erzählte er schmutzige Geschichten, dann kickten wir nur noch Kieselsteine über den Asphalt und gaben irgendwelche blödsinnigen Geräusche von uns. Schließlich hatten wir es satt. Ich beschloß, einen Dollar für Bier zu opfern; wir gingen in einen alten Saloon in Stuart und hoben ein paar. Dabei besoff er sich wie an jedem Feierabend zu Hause an der Ninth Avenue und krähte mir fröhlich alle fiesen Träume seines Lebens ins Ohr. Irgendwie mochte ich ihn; nicht weil er ein guter Typ war, wie sich später herausstellte, sondern weil er sich für alles mögliche begeistern konnte. In der Dunkelheit stellten wir uns wieder an die Straße, und natürlich hielt keiner, und es kam auch sonst fast niemand vorbei. Das ging so bis drei Uhr morgens. Eine Zeitlang versuchten wir auf der Bank im Fahrkartenkiosk zu schlafen, aber der Telegraph tickerte die ganze Nacht und wir konnten nicht einschlafen, und draußen donnerten die großen Güterzüge vorbei. Wir wußten nicht, wie man richtig auf einen Güterzug aufspringt; wir hatten es noch nie gemacht; wir wußten nicht, ob die Züge nach Osten oder nach Westen fuhren oder was für Kastenwagen oder Pritschenwagen und abgetaute Kühlwagen man nehmen mußte und so fort. Als daher kurz vor Tagesanbruch der Bus nach Omaha kam, sprangen wir auf und gesellten uns zu den schlafenden Passagieren – ich zahlte für ihn wie für mich. Er hieß Eddie. Er erinnerte mich an meinen angeheirateten Vetter aus der Bronx. Das war der Grund, warum ich mit ihm zusammenblieb. Es war, als hätte man einen alten Freund dabei, einen grinsenden gutmütigen Typ, mit dem man blödeln konnte.

Im Morgengrau kamen wir nach Council Bluff; ich spähte hinaus. Den ganzen Winter über hatte ich von den großen Planwagenzügen gelesen, die sich hier berieten, bevor sie sich auf den Weg nach Oregon und Santa Fe machten; und natürlich waren da jetzt lauter nette Vororthäuschen von der einen oder anderen Sorte, die sich in der tristen grauen Morgendämmerung ausbreiteten. Dann Omaha und, bei Gott, der erste Cowboy, den ich sah; mit einem Zehn-Gallonen-Hut auf dem Kopf ging er in Texasstiefeln an den nackten Mauern der Fleischlagerhäuser entlang und sah aus wie jeder abgetakelte Typ im Morgengrauen an den Backsteinmauern der Ostküste, bis auf die Kostümierung. Wir stiegen aus und wanderten gleich den Hügel hinauf, diese lange Steigung, die der mächtige Missouri in Jahrtausenden gebildet hatte und an der Omaha erbaut ist; so kamen wir aufs flache Land hinaus und hielten die Daumen hoch. Ein kurzes Stück nahm uns ein wohlhabender Rancher mit Zehn-Gallonen-Hut mit; er erzählte, das Tal des Platte River sei so breit wie das Niltal in Ägypten, und während er das sagte, sah ich die hohen Bäume in der Ferne, die sich am

Flußbett entlangschlängelten, und die weiten grünen Felder ringsumher und konnte ihm beinah zustimmen. Und dann, als wir wieder an einer Straßenkreuzung standen und Wolken am Himmel aufzogen, rief uns ein anderer Cowboy, diesmal eins achtzig groß und mit bescheidenem Halb-Gallonen-Hut, zu sich herüber und wollte wissen, ob einer von uns Auto fahren könne. Natürlich konnte Eddie fahren, und er hatte auch einen Führerschein, ich dagegen nicht. Unser Cowboy hatte zwei Autos dabei, die er zurück nach Montana bringen wollte. Seine Frau war in Grand Island, und wir sollten einen der Wagen dorthin bringen, wo sie ihn übernehmen würde. Von dort wollte er weiter nach Norden fahren, und das würde das Ende unserer Fahrt mit ihm sein. Aber es waren gut hundert Meilen nach Nebraska hinein, und natürlich sprangen wir voll drauf an. Eddie fuhr allein mit dem Wagen voraus, der Cowboy und ich folgten im anderen, und kaum waren wir aus der Stadt, fing Eddie aus schierem Übermut an, die Karre auf neunzig Meilen pro Stunde zu jagen. «Verdammt, was macht der Junge da!» schrie der Cowboy und nahm die Verfolgung auf. Es war wie ein Wettrennen. Einen Moment dachte ich, Eddie wolle mit dem Wagen abhauen – und soviel ich weiß, wollte er das auch. Aber der Cowboy hängte sich an ihn, holte ihn ein und drückte aufs Horn. Eddie bremste ab. Der Cowboy hupte, er solle anhalten. «Junge, verdammt, bei diesem Tempo wird dir ein Reifen platzen. Kannst du nicht etwas langsamer fahren?»

«Oh, verdammt, bin ich tatsächlich neunzig gefahren?» sagte Eddie. «Hab ich gar nicht gemerkt auf dieser glatten Straße.»

«Laß dir nur Zeit, damit wir heil und ganz nach Grand Island kommen.»

«Wird gemacht.» Und wir setzten die Reise fort. Eddie hatte sich beruhigt und war vielleicht sogar schläfrig geworden. So fuhren wir an die hundert Meilen durch Nebraska und folgten den Schlangenlinien des Platte River mit seinen grünen Feldern.

«Während der Depression», erzählte mir der Cowboy, «bin ich mindestens einmal im Monat auf Güterzügen gefahren. In jenen Tagen konntest du Hunderte von Männern auf einem Pritschenwagen oder in einem Kastenwagen fahren sehen, und das waren nicht immer nur Landstreicher, es waren Arbeitslose aller Art, die von einer Stadt zur anderen zogen, manche waren aber auch einfach nur auf Wanderschaft. So ging das überall im Westen. Die Bremser machten einem damals keine Schwierigkeiten. Ich weiß nicht, wie es heute ist. Nebraska kann mir gestohlen bleiben. Oh, Mitte der dreißiger Jahre war die Gegend hier nichts als eine riesige Staubwolke, so weit das Auge reichte. Man kriegte keine Luft zum Atmen. Der Boden schwarz. Ich war hier, in jenen Tagen. Meinetwegen können sie Nebraska den Indianern zurückgeben. Ich hasse diese verdammte Gegend mehr als jede andere auf der Welt. Montana, da wohne ich jetzt – Missoula. Komm mal rauf und sieh dir Gottes eigenes Land an.» Später am Nachmittag schlief ich ein, als er genug vom Erzählen hatte – und er war ein guter Erzähler.

Wir hielten an der Straße, um eine Kleinigkeit zu essen. Der Cowboy ging fort, um einen Ersatzreifen flicken zu lassen, und Eddie und ich setzten uns in eine Art selbstgebastelter Imbißbude. Ich hörte ein mächtiges Lachen, das mächtigste Lachen der Welt, und da kam auch schon ein ungehobelter kerniger Nebraska-Farmer mit einer Horde von anderen Typen in den Imbiß; man hörte ihr heiseres Bellen weit über die Prärie, über die ganze graue Welt dieses Tages. Alle anderen stimmten in sein Lachen ein. Er war der sorgloseste Typ der Welt und hatte ein riesiges Herz für jeden. Ich sagte mir: Wumm, hör zu, wie der Mann lacht. Das ist der Westen, hier bin ich im Westen. Dröhnend platzte er in die Imbißbude, brüllte nach Ma, und sie machte ihm die köstlichste Kirschenpastete von ganz Nebraska, und ich bekam auch was ab, mit einem Berg Eiskrem obendrauf. «Ma, mach mal schnell irgendwas zu essen, ehe ich anfange, mich selber aufzufressen, roh oder so was Blödes.» Er warf sich auf einen Hocker und machte ha ha ha ha. «Und schmeiß eine Handvoll Bohnen rein.» Das war der Geist des Westens, der hier neben mir saß. Am liebsten hätte ich sein ganzes kerniges Leben kennengelernt und gewußt, was zum

Teufel er all die Jahre gemacht hatte, außer so zu lachen und zu brüllen. Yippieee, jubelte meine Seele, und dann kam der Cowboy zurück und wir fuhren weiter nach Grand Island.

Im Handumdrehen waren wir da. Er fuhr weiter, seine Frau zu holen und seinem Schicksal entgegen, was immer ihn erwarten mochte, und Eddie und ich stellten uns wieder an die Straße. Ein paar junge Burschen nahmen uns mit – Halbstarke, Teenager, Farmer-Jungs in einer zusammengebastelten Kiste – und setzten uns weiter draußen irgendwo ab, in einem feinen Nieselregen. Dann kam ein alter Mann, der kein Wort sprach – weiß Gott, warum er uns aufsammelte –, und brachte uns nach Shelton. Hier stand Eddie hilflos vor einer gaffenden Bande von kleinen, vierschrötigen Omaha-Indianern am Straßenrand, die scheinbar nicht wußten wohin und was tun. Jenseits der Straße war das Eisenbahngleis, und auf dem Wassertank stand: SHELTON. «Verdammt will ich sein», sagte Eddie staunend, «in dieser Stadt bin ich schon mal gewesen. Das war vor vielen Jahren, im Krieg, es war in der Nacht, spätnachts, und alle schliefen. Ich ging auf die Plattform raus, um eine zu rauchen, und da standen wir mitten im Nirgendwo, und alles war schwarz wie die Hölle, und ich schaue mich um und sehe das Wort Shelton auf dem Wassertank. Unterwegs zum Pazifik, alle schnarchten, jeder verdammte Trottel, und wir blieben nur paar Minuten stehen, Kohle laden oder so, und schon ging's weiter. Hol mich der Teufel, dieses Shelton! Seither hab ich diese Stadt gehaßt!» Und hier in Shelton blieben wir hängen. Genau wie in Davenport, Iowa, fuhren irgendwie nur Farmer in ihren Autos vorbei, und dann und wann ein Touristenwagen, was noch schlimmer ist, mit alten Männern am Steuer und ihren Ehefrauen, die auf Sehenswertes zeigten oder die Karten studierten und bequem zurückgelehnt alles mit mißtrauischem Blick bedachten.

Es tröpfelte stärker, und Eddie fing an zu frieren; er hatte sehr wenig an. Ich fischte ein kariertes Wollhemd aus meinem Seesack, und er zog es an. Jetzt ging's ihm besser. Ich hatte Schnupfen. Ich kaufte mir Hustenbonbons in einem armseligen Indianerladen. Dann ging ich in das winzige Postamt und schrieb meiner Tante eine Postkarte. Und wieder stellten wir uns an die graue Straße. Da stand es vor uns, Shelton, in Großbuchstaben auf dem Wassertank. Der Rock-Island-Express donnerte vorbei. Verschwommen sahen wir die Gesichter der Pullmanpassagiere vorbeifliegen. Der Zug jaulte durch die Prärie, dem Ziel unserer Sehnsucht entgegen. Es regnete immer stärker.

Ein hochgewachsener schlanker Typ mit Gallonen-Hut bremste auf der falschen Straßenseite und kam zu uns rüber; er sah aus wie ein Sheriff. Wir legten uns insgeheim unsere Geschichten zurecht. Gemächlich kam er herübergeschlendert. «Na, Jungs, fahrt ihr irgendwohin oder bloß so rum?» Wir verstanden die Frage nicht, aber es war eine verdammt gute Frage.

«Wieso?» fragten wir.

«Na, ich hab da unten an der Straße, ein paar Meilen weiter, einen kleinen Rummelplatz und suche 'n paar willige Burschen, die arbeiten und sich 'n Dollar verdienen wollen. Hab die Konzession fürs Roulette und die Konzession für ein Wurfspiel, wißt ihr, diese Holzringe, die man nach Puppen wirft, um sein Glück zu versuchen. Wenn ihr bei mir arbeiten wollt, kriegt ihr ein Drittel der Einnahmen.»

«Kost und Unterkunft?»

«Ein Bett kriegt ihr bei mir, aber kein Essen. Verpflegen müßt ihr euch in der Stadt. Wir kommen viel rum.» Wir überlegten es uns. «Is 'ne gute Gelegenheit», sagte er und wartete geduldig auf unsere Entscheidung. Wir kamen uns blöd vor und wußten nicht, was wir sagen sollten, und ich zumindest wollte nicht auf einem Rummelplatz hängenbleiben. Ich hatte es verdammt eilig, die Bande in Denver wiederzusehen.

Ich sagte: «Ich weiß nicht, ich will möglichst schnell weiter und hab glaube ich keine Zeit.» Eddie sagte auch so was, und der Alte winkte mit der Hand und schlenderte lässig zu seinem Wagen zurück und fuhr weg. Und das war's dann. Wir lachten noch eine Weile darüber und spekulierten, wie es wohl gewesen wäre. Ich hatte Visionen von finsteren staubigen Nächten in der Prärie, sah Familien von Nebraska-Farmern vorbeimarschieren mit ihren rosigen, alles ehrfürchtig bestaunenden Kindern und wußte, ich hätte mich ganz beschissen gefühlt, hätte ich sie mit all diesen billigen Jahrmarkttricks übers Ohr gehauen. Und das Riesenrad kreiste in der Dunkelheit über dem flachen Land und, Allmächtiger, diese trostlose Musik vom Karussell, während ich doch weiterwollte zu meinem Ziel – und dann schlafen in einem Bett aus Sackleinen in einem vergoldeten Zirkuswagen!

Eddie erwies sich als ziemlich geistesabwesender Reisekumpel. Irgendwann kam eine komische alte Kiste vorbei, am Steuer ein alter Mann; sie war irgendwie aus Aluminium, ein viereckiger Kasten – ein Wohnwagen zweifellos, aber ein sonderbarer, verrückter Wohnwagen der Marke Nebraska-Eigenbau. Er fuhr sehr langsam und hielt. Wir rannten hin; der Mann sagte, er könne nur einen mitnehmen; ohne ein Wort sprang Eddie auf und rumpelte langsam davon, und mit ihm mein kariertes Wollhemd. Na, weg mit Schaden, ich winkte dem Hemd Lebewohl; es hatte sowieso nur einen sentimentalen Erinnerungswert für mich. Lange stand ich in unserem gottverdammten schicksalhaften Shelton, lange, mehrere Stunden lang, und dauernd kam es mir so vor, als würde es Abend werden; tatsächlich war es erst früh am Nachmittag, aber schon finster. Denver, Denver, wie sollte ich je nach Denver kommen? Ich wollte schon aufgeben und dachte daran, mir einen Kaffee zu leisten, da hielt ein ziemlich neuer Wagen mit einem jungen Mann am Steuer.

«Na, wohin?»

«Denver.»

«Ich kann dich hundert Meilen in die Richtung mitnehmen.»

«Phantastisch, phantastisch, Sie haben mir das Leben gerettet.»

«Bin früher selber getrampt, darum nehme ich immer einen Kumpel mit.»

«Täte ich auch, wenn ich ein Auto hätte.» Und so redeten wir, und er erzählte mir sein halbes Leben, das nicht besonders spannend war, und ich schlief ein Weilchen und wachte direkt vor der Stadt Gothenburg auf, wo er mich absetzte.

vier

Die sagenhafteste Mitfahrgelegenheit meines Lebens sollte noch kommen, ein Lastwagen mit flacher Pritsche hinten, darauf sechs, sieben Jungen ausgestreckt, und die Fahrer, zwei junge blonde Farmer aus Minnesota, sammelten jede Menschenseele auf, die sie am Straßenrand fanden – die zwei lustigsten, fröhlichsten, nett aussehenden Holzköpfe, die zu treffen man sich wünschen konnte, beide in Baumwollhemden und Latzhosen und sonst nichts; beide muskelbepackt und solide, mit einem breiten Hallo-Lächeln für jeden, der ihnen über den Weg lief. Ich rannte hin und sagte: «Ist noch Platz?» Sie sagten: «Klar, spring auf, is' Platz genug für alle.»

Ich war noch nicht auf der flachen Pritsche, als der Laster schon losdonnerte; ich taumelte, ein Mitfahrer packte mich, und ich ließ mich nieder. Jemand reichte eine Pulle Fusel herum, das heißt den traurigen Rest. Ich trank einen kräftigen Schluck in der wilden, poetischen Tröpfelregenluft von Nebraska. «Yippieee, los geht's!» schrie ein Junge mit Baseballkappe, und die beiden vorn jagten den Laster auf siebzig Sachen und überholten alles. «Wir sind schon seit Des Moines mit diesem Schlitten unterwegs. Die Kerle machen nie Rast. Dann und wann mußt du schreien, wegen 'ner Pinkelpause, sonst mußt du in den Wind schiffen und dich dabei festhalten, Bruder, gut festhalten.»

Ich sah mir die Gesellschaft an. Da waren zwei junge Farmerburschen aus North Dakota mit roten Baseballkappen, was die Standardkopfbedeckung für Farmerburschen aus North Dakota ist, und sie waren unterwegs zur Erntearbeit; ihre Väter hatten ihnen freigegeben, damit sie einen Sommer lang trampen konnten. Da waren zwei Stadtjungen aus Columbus, Ohio, Football-Spieler in der High-School-Mannschaft, die Kaugummi kauten, in die Sonne blinzelten und gegen den Wind sangen und sagten, sie wollten den ganzen Sommer lang per Anhalter durch die Vereinigten Staaten gondeln. «Wir fahren nach Los Angeles!» schrien sie.

«Was wollt ihr da machen?»

«Keine Ahnung, verdammt. Was soll's?»

Dann war da ein hochgewachsener dünner Bursche, der einen hinterhältigen Blick hatte. «Woher bist du?» fragte ich. Ich lag neben ihm auf der Pritsche; man konnte nicht aufrecht sitzen, ohne runterzufliegen, es gab keine Wagenklappen. Er drehte sich langsam zu mir um, machte den Mund auf und sagte: «Mon-ta-na.»

Schließlich waren da Mississippi Gene und sein Mündel. Mississippi Gene war ein kleiner schwarzhaariger Mann, der auf Güterzügen im Land herumfuhr, ein dreißigjähriger Tramp, der jedoch so jugendlich aussah, daß man sein Alter nie geraten hätte. Und er saß mit gekreuzten Beinen auf den Brettern, schaute über die Felder und sagte Hunderte von Meilen kein Wort, bis er sich schließlich irgendwann zu mir umdrehte und fragte: «Wohin fährst *du*?»

«Denver», sagte ich.

«Ich hab da eine Schwester, hab sie aber seit etlichen Jahren nicht mehr gesehen.» Er sprach melodiös und langsam. Er hatte Geduld. Sein Mündel war ein sechzehnjähriger großer Blonder, auch in Landstreicherlumpen; das heißt, sie trugen alte Klamotten, die vom Ruß der Lokomotiven und vom Schmutz der Güterwagen und vom Schlafen auf der Erde geschwärzt waren. Auch der blonde Junge war still, er schien vor etwas davonzulaufen, vielleicht vor der Polizei, nach der Art, wie er geradeaus vor sich hin schaute und sich besorgt und gedankenversunken die Lippen leckte. Montana Slim sprach die beiden manchmal mit einem hämischen falschen Lächeln an. Sie achteten nicht auf ihn. Slim war überhaupt ein falscher Typ. Ich hatte Angst vor seinem breiten, dämlichen Grinsen, mit dem er einem unverwandt ins Gesicht starrte wie ein halb Irrer.

«Hast du Geld?» fragte er mich.

«Nein, verdammt, vielleicht genug für 'n Pint Whisky, bis ich nach Denver komme. Und du?»

«Ich weiß, wo ich was auftreiben kann.»

«Wo?»

«Überall. Man kann immer irgendwen in 'ner dunklen Gasse ansprechen, was?»

«Sicher, das kann man wohl.»

«Hab ich gar nichts gegen, wenn ich mal wirklich Knete brauch. Jetzt will ich nach Montana, meinen Vater besuchen. Ich muß in Cheyenne aussteigen aus der Kiste und in eine andere Richtung weiterfahren. Die beiden Verrückten da vorn fahren nach Los Angeles.»

«Direkt?»

«Ohne Umsteigen – wenn du nach LA willst, sitzt du im richtigen Zug.»

Ich überlegte; die Idee, die ganze Nacht durch Nebraska, Wyoming und morgens durch die Wüste von Utah zu sausen, am Nachmittag wahrscheinlich durch die Wüste von Nevada, und tatsächlich in absehbarer Zeit in Los Angeles zu sein, hätte mich beinahe veranlaßt, meine Pläne zu ändern. Aber ich mußte nach Denver. Also mußte auch ich in Cheyenne aussteigen und all die Meilen nach Süden bis Denver trampen.

Ich war froh, als die beiden Farmerburschen aus Minnesota, denen der Truck gehörte, in North Platte anzuhalten beschlossen, um etwas zu essen; ich wollte sie mir mal ansehen. Sie kamen aus der Kabine und lächelten uns alle an. «Pinkelpause», sagte der eine. «Essenszeit!» sagte der andere. Aber sie waren die einzigen in unserm Verein, die Geld genug hatten, um sich etwas zu bestellen. Wir trotteten hinter ihnen her in ein Restaurant, das von ein paar Frauen geführt wurde, und hockten bei Hamburgern und Kaffee, während sie enorme Mahlzeiten wegputzten, als säßen sie zu Hause in Mutters Küche. Sie waren Brüder; sie transportierten landwirtschaftliche Maschinen von Los Angeles nach Minnesota und verdienten gut Geld damit. Und so lasen sie auf ihrer leeren Fahrt zur Küste jeden auf, der an der Straße stand. Das hatten sie inzwischen schon fünfmal gemacht, und sie hatten den größten Spaß dabei. Sie fanden alles prima. Sie hörten nie auf zu lächeln. Ich versuchte mit ihnen zu reden – ein blödsinniger Versuch meinerseits, mich mit den Kapitänen unseres Schiffs anzufreunden –, und die einzige Antwort, die ich bekam, war ein doppeltes strahlendes Lächeln mit großen maisgepäppelten weißen Zähnen.

Alle hatten sich in dem Restaurant um sie versammelt, bis auf Gene und seinen Schützling, die zwei Landstreichertypen. Als wir zurückkamen, saßen sie immer noch auf dem Lastwagen, einsam und trostlos. Jetzt brach die Dunkelheit herein. Die beiden Fahrer wollten erst mal eine rauchen; ich nutzte die Gelegenheit, um schnell eine Flasche Whisky zu holen, zum Warmhalten in der pfeifenden kalten Nachtluft. Sie lächelten, als ich es ihnen sagte. «Lauf schon, mach schnell.»

«Sie können auch 'n Schluck abhaben», beteuerte ich.

«O nein, wir trinken nie, lauf nur.»

Montana Slim und die beiden High-School-Typen wanderten mit mir durch die Straßen von North Platte, bis wir einen Schnapsladen fanden. Sie warfen was dazu, auch Slim, und ich kaufte eine Flasche. Hochgewachsene Männer mit mürrischen Mienen beobachteten uns aus Häusern mit falschen Stuckfassaden; die Hauptstraße war gesäumt von quadratischen Schachtelhäusern. Endlose Ausblicke auf die Prärie öffneten sich hinter jeder der traurigen Seitenstraßen. Ich spürte, daß in der Luft von North Platte etwas anders war, aber ich wußte nicht, was es war. Fünf Minuten später wußte ich's. Wir stiegen wieder auf den Laster und brausten los. Es wurde rasch dunkel. Wir tranken alle einen Schluck, und als ich mich umschaute, waren die grünen Felder am Platte River plötzlich verschwunden, und statt dessen sah man, so weit das Auge reichte, weite Ödlandflächen, nur Sand und Gestrüpp. Ich staunte.

«Was zum Teufel ist das?» schrie ich zu Slim hinüber.

«Das Weideland, Mann. Gib mal die Flasche rüber.»

«Yippieee!» schrien die Schuljungen. «Leb wohl, Columbus! Was würden Sparkie und die anderen sagen, wenn sie hier wären. Juhuu!»

Die Fahrer vorne hatten gewechselt; der ausgeruhte Bruder holte das letzte aus dem Laster heraus. Auch die Straße hatte sich verändert: bucklig gewölbt in der Mitte, mit weichen Banketten und metertiefen Straßengräben auf beiden Seiten, so daß der Truck von einer Straßenseite zur anderen holperte und schlingerte – wunderbarerweise nur dann, wenn keine Autos entgegenkamen –, so daß ich schon dachte, wir würden gleich alle Purzelbaum schlagen. Aber die beiden waren unwahrscheinliche Fahrer. Wie dieser Lastwagen die Nase von Nebraska – die Ausbuchtung, die über Colorado hinausragt – hinter sich brachte! Und bald wurde mir klar, daß ich jetzt endlich in der Höhe von Colorado war, noch nicht offiziell über die Grenze, aber mit Blickrichtung nach Südwest, nach Denver, ja, das nur noch ein paar hundert Meilen entfernt war. Ich schrie vor Freude. Wir reichten die Flasche herum. Die großen blinkenden Sterne kamen heraus, die Sandhügel in der Ferne verblaßten. Ich fühlte mich wie ein Pfeil auf der Sehne, der gleich auf das Ziel zufliegen würde.

Und plötzlich richtete sich Mississippi Gene vor mir aus seiner geduldig hockenden Träumerei auf, öffnete seinen Mund, beugte sich herüber und sagte: «Diese Ebenen erinnern mich an Texas.»

«Bist du aus Texas?»

«Nein, Sir, ich bin aus Green-vell Mass-zippy.» So sprach er es aus.

«Und wo kommt der Junge her?»

«Hat Schwierigkeiten gehabt, zu Hause in Mississippi, drum hab ich angeboten, ihm rauszuhelfen. Der Kleine war noch niemals fort von daheim. Ich kümmere mich um ihn, so gut ich kann, er ist noch ein Kind.» Gene war ein Weißer, aber er hatte was von der Weisheit und Müdigkeit eines alten Negers an sich, auch etwas, das stark an Elmer Hassel erinnerte, den New Yorker Drogensüchtigen, aber einen Eisenbahn-Hassel, einen reisenden, epischen Hassel, der jedes Jahr ein paarmal das Land durchquerte, nach Süden im Winter und Norden im Sommer und nur, weil er nirgends bleiben konnte, ohne daß es ihn anödete, und weil es für ihn kein Zuhause gab, nur die ewige Ferne, immer auf Achse unter den Sternen, meistens den Sternen des Westens.

«Bin ein paarmal in Og-den gewesen. Falls du nach Og-den mitkommen willst, ich hab da Freunde, bei denen wir unterkriechen können.»

«Ich will von Cheyenne direkt nach Denver.»

«Unsinn, fahr doch durch, so 'ne Chance kriegste nicht jeden Tag.»

Auch dies war ein verlockendes Angebot. Was war in Ogden los? «Was gibt's in Ogden?» fragte ich.

«Das ist die Stadt, wo die meisten von uns vorbeikommen und sich jedesmal wiedersehen; da kannst du jeden treffen.»

In meinen früheren Jahren bin ich mal zur See gefahren mit einem großen, grobknochigen Kerl aus Louisiana, der Big Slim Hazard hieß, William Holmes Hazard, und der Landstreicher aus freien Stücken war. Als kleiner Junge hatte er gesehen, wie ein Landstreicher an die Tür kam und seine Mutter um ein Stück Kuchen bat, und sie hatte es ihm gegeben, und als der Landstreicher auf der Straße davonging, hatte der Kleine gesagt: «Ma, was ist das für ein Mann?» – «Oh, das ist ein Landstreicher.» – «Ma, später möchte ich auch ein Landstreicher werden.» – «Halt den Mund, das ist nichts für uns Hazards.» Aber er hatte den Tag nie vergessen, und als er erwachsen war, wurde er, nach einem Zwischenspiel als Fußballer an der Uni von Louisiana, Landstreicher. Viele Nächte haben Big Slim und ich dagesessen und haben Geschichten erzählt und Tabaksaft in den Pappbecher gespuckt. Und jetzt erinnerte etwas in Mississippi Genes Benehmen so eindeutig an Big Slim Hazard, daß ich sagte: «Hast du zufällig mal einen Typ getroffen, der Big Slim Hazard hieß?»

Und er sagte: «Du meinst den langen Kerl mit der gewaltigen Lache?»

«Na, das klingt ganz nach ihm. Er war aus Ruston, Louisiana.»

«Stimmt. Louisiana Slim nennen ihn manche. Ja, Sir, klar habe ich Big Slim getroffen.»

«Und er hat auf den Ölfeldern im Osten von Texas gearbeitet?»

«Im Osten von Texas, richtig. Und jetzt ist er Viehtreiber.»

Auch das stimmte genau; und ich konnte es immer noch nicht fassen, daß Gene tatsächlich Slim kennen sollte, nachdem ich seit Jahren mehr oder minder Ausschau gehalten hatte. «Und hat er mal auf Hafenschleppern in New York gearbeitet?»

«Also, davon weiß ich nichts.»

«Ich nehme an, du kanntest ihn nur im Westen.»

«Das nehm ich auch an. In New York bin ich nie gewesen.»

«Also, verdammt, ich fasse es nicht, daß du ihn kennst. Dies ist ein großes Land. Aber ich wußte, du mußt ihn gekannt haben.»

«Ja, Sir. Big Slim kenne ich ziemlich gut. Immer großzügig mit seinem Geld, wenn er welches hat. Auch ein gemeiner, harter Bursche; in Cheyenne auf dem Güterbahnhof hab ich mal gesehen, wie er mit einem einzigen Schlag einen Polizisten flachlegte.» Das sah Big Slim ähnlich; diesen einen Boxhieb übte er immer in der Luft; er sah aus wie Jack Dempsey, aber ein junger Jack Dempsey, der trank.

«Verdammt!» brüllte ich gegen den Wind und hob noch einmal die Flasche, und so langsam ging es mir richtig gut. Jeder Schluck wurde sofort vom Fahrtwind auf dem offenen Lastwagen fortgewischt – ich meine, die bösen Nachwirkungen wurden weggewischt und die gute Wirkung verbreitete sich im Magen. «Cheyenne, ich komme!» sang ich. «Denver, paß auf, dein Typ ist da.»

Montana Slim wandte sich mir zu, deutete auf meine Schuhe und meinte: «Glaubst du, die kannst du irgendwo einpflanzen, und dann wächst was draus?» – und dies mit todernstem Gesicht, natürlich, und die anderen Jungs hörten es und lachten. Es waren tatsächlich die albernsten Schuhe von ganz Amerika; ich hatte sie extra gekauft, weil ich auf der heißen Landstraße keine Schweißfüße kriegen wollte, und bis auf den Regen am Bear Mountain erwiesen sie sich als die bestmöglichen Schuhe für meine Fahrt. Also lachte ich mit den anderen. Tatsächlich waren die Schuhe jetzt ziemlich in Fetzen, die bunten Lederstreifen standen hoch wie die Schale einer frischen Ananas, und meine Zehen spitzten hervor. Na, wir tranken noch einen Schluck und lachten. Wie im Traum sausten wir durch die kleinen Städte an den Straßenkreuzungen, die aus der Dunkelheit aufsprangen, und fuhren in der Nacht an langen Reihen von lungernden Erntearbeitern und Cowboys entlang. Sie hoben den Kopf und schauten uns nach, und noch draußen im Dunkel am anderen Ende der Stadt konnten wir sehen, wie sie sich auf die Schenkel klatschten – wir waren schon eine komische Crew.

Um diese Jahreszeit waren viele Männer hier in der Gegend; es war Erntezeit. Die Jungs aus Dakota wurden nervös. «Bei der nächsten Pinkelpause steigen wir, glaube ich, aus; scheint viel Arbeit zu geben hier in der Gegend.»

«Ihr braucht nur weiter nach Norden zu gehen, wenn's hier vorbei ist», riet Montana Slim, «und müßt einfach der Ernte folgen, bis ihr in Kanada seid.» Die Jungs nickten zerstreut; sie gaben nicht viel auf seinen Rat.

Der kleine blonde Ausreißer saß noch genauso da wie zuvor; dann und wann richtete sich Gene aus seiner buddhistischen Trance auf, blickte auf die vorbeirauschende dunkle Prärie und sagte dem Jungen freundlich etwas ins Ohr. Der Junge nickte. Gene kümmerte sich um ihn, um seine Stimmungen und seine Ängste. Ich fragte mich, wohin um alles in der Welt sie gehen und was sie tun würden. Sie hatten keine Zigaretten. Ich verschwendete mein ganzes Päckchen an sie, weil ich sie so gern hatte. Sie waren dankbar und höflich. Nie fragten sie, immer bot ich welche an. Montana Slim hatte eigene, gab das Päckchen aber nie weiter. Wir sausten wieder durch ein Dorf an einer Straßenkreuzung, wieder vorbei an Reihen großer schlaksiger Männer in Jeans, die sich um trübe Laternen wie Motten in der Wüste drängten, und die Sterne am Himmel leuchteten rein und hell, weil die Luft immer dünner wurde, während wir die Steigung des westlichen Plateaus erklommen, ungefähr einen Fuß pro Meile, sagt man; und keine Bäume am Horizont verdeckten die tief stehenden Sterne. Einmal sah ich im Vorbeifahren das traurige weiße Gesicht einer Kuh im Gestrüpp an der Straße. Es war wie Eisenbahnfahren, genauso ruhig und genauso geradeaus.

Irgendwann näherten wir uns einer Stadt, bremsten ab, und Montana Slim sagte: «Ah, Pinkelpause», aber die Farmer aus Minnesota hielten nicht an und fuhren glatt weiter. «Verdammt, ich muß mal», sagte Slim.

«Häng dich über Bord», sagte einer.

«Klar, das *mach* ich», sagte er und schob sich langsam, während wir alle zuschauten, Zentimeter um Zentimeter auf dem Hintern bis an den Rand der Plattform, mit den Händen Halt suchend, so gut es ging, bis seine Beine über die Kante baumelten. Irgendwer klopfte an das Kabinenfenster, um die Brüder aufmerksam zu machen. Sie drehten sich um und lächelten breit. Und gerade als Slim bereit war, anzufangen, gefährlich, wie die Sache sowieso schon war, rissen sie den Lastwagen mit siebzig Stundenmeilen hin und her. Er fiel auf den Rücken; wir sahen eine Walfischfontäne in die Luft steigen; er rappelte sich auf, bis er wieder saß. Die Brüder ließen den Laster schaukeln. *Rrrums*, krachte Slim zur Seite und machte sich von oben bis unten naß. Im brausenden Fahrtwind hörten wir ihn leise fluchen, es klang wie das Gewimmer eines Mannes weit draußen in den Hügeln. «Verdammt … verdammt …» Er wußte nicht einmal, daß wir's mit Absicht getan hatten; er mühte sich ab, grimmig wie Hiob. Als er fertig war, sozusagen, war er zum Auswringen naß, und jetzt mußte er wieder den ganzen Weg rutschend und wackelnd zurück, und alle lachten, bis auf den traurigen blonden Kleinen, und in der Kabine brüllten die Fahrer aus Minnesota. Ich reichte ihm die Flasche zur Entschädigung.

«Teufel», sagte er, «haben die das absichtlich gemacht?»

«Klar haben sie das.»

«Oh, verdammt will ich sein, das wußte ich nicht. Ich weiß nur, ich hab's in Nebraska schon mal versucht, und da war's halb so schwierig.»

Plötzlich kamen wir in die Stadt Ogallala, und dort verkündeten die Burschen in der Kabine *«Pinkelpause!»*, und das sichtlich mit dem größten Vergnügen. Slim stand verdrossen am Laster und trauerte einer verpaßten Gelegenheit nach. Die zwei Jungen aus Dakota sagten uns allen good-by und meinten, sie würden sich hier in die Ernte stürzen. Wir sahen sie in die Nacht entschwinden, hinaus zu den Buden am Ende der Stadt, wo noch Lichter brannten und wo, wie ein Nachtwächter in Jeans sagte, die Arbeitsvermittler warteten. Ich mußte noch Zigaretten kaufen. Gene und der blonde Junge kamen mit, um sich die Beine zu vertreten. Ich platzte in die unwahrscheinlichste Kneipe der Welt, so etwas wie eine einsame Prärie-Eisdiele, wo die Mädchen und Jungen aus der Stadt verkehrten. Sie tanzten, jedenfalls ein paar von ihnen, zum Gedudel der Jukebox. Alles verstummte, als wir hereinkamen. Gene und Blondey standen bloß da und starrten vor sich hin; sie wollten nichts anderes als Zigaretten. Dabei gab es sogar ein paar hübsche Mädchen. Und eine von ihnen verdrehte die Augen nach Blondey, aber der Junge merkte es nicht, und hätte er es gemerkt, er hätte sich nichts draus gemacht, so traurig und weggetreten war er.

Ich kaufte ein Päckchen für jeden von ihnen; sie bedankten sich. Der Lastwagen war startklar. Es ging inzwischen auf Mitternacht zu, und es wurde kalt. Gene, der öfter durchs Land gegondelt war, als er an seinen Fingern und Zehen abzählen konnte, meinte, wir sollten am besten unter der großen Plane zusammenrücken, sonst würden wir erfrieren. Auf diese Art und mit dem Rest der Flasche hielten wir uns warm, während die Luft eiskalt wurde und uns in die Ohren kniff. Die Sterne leuchteten immer heller, je weiter wir das Hochplateau erklommen. Jetzt waren wir in Wyoming. Flach auf dem Rücken starrte ich zum prächtigen Firmament empor und jubelte, wie schnell es voranging und wie weit ich vom trostlosen Bear Mountain schließlich gekommen war. Ich zappelte vor Aufregung, wenn ich mir ausmalte, was mich in Denver erwartete – was immer, was immer es sein mochte. Und Mississippi Gene fing an ein Lied zu singen. Er sang es mit klingender leiser

Stimme im Tonfall der Leute vom großen Fluß, und es war ein schlichtes Lied: «I got a purty little girl, she's sweet sex-teen, she's the purti-est thing you ever seen», und das wiederholte er immer wieder, und dazwischen flocht er andere Verse, die alle davon handelten, wie weit fort er war und wie sehr er sich danach sehnte, zu seiner schönen Sechzehnjährigen zurückzukehren, aber er hatte sie verloren.

Ich sagte: «Gene, das ist ein schönes Lied.»

«Das schönste, das ich kenne», sagte er lächelnd.

«Ich hoffe, du wirst irgendwo hingehen und glücklich sein, wenn du ankommst.»

«Ich schaff's schon, ich komme immer durch, so oder anders.»

Montana Slim schlief. Jetzt wachte er auf und sagte zu mir: «He, Blackie, was meinst du, machen wir beide Cheyenne unsicher, heute nacht, bevor du nach Denver fährst?»

«Klare Sache.» Ich war besoffen genug, um alles mitzumachen.

Während der Truck durch die Vororte von Cheyenne rollte, sahen wir die hohen roten Lichter des lokalen Radiosenders, und plötzlich steckten wir in einer großen Menschenmenge, die sich auf beiden Straßenseiten über die Bürgersteige schob. «He, warte, da ist ja Wildwest-Woche», sagte Slim. Massen von Geschäftsleuten, fetten Geschäftsleuten in Stiefeln und mit Zehn-Gallonen-Hüten auf dem Kopf, ihre stämmigen Weiber im Cowgirl-Kostüm, wälzten sich johlend und kreischend über die hölzernen Bürgersteige des alten Cheyenne; weiter draußen hingen die langen Lichterketten über den Boulevards des neuen Zentrums von Cheyenne, aber das Fest wurde hauptsächlich in der Altstadt gefeiert. Platzpatronen krachten. Aus den Saloons quoll die Menge bis auf die Straße. Ich konnte nur staunen, und gleichzeitig kam es mir lächerlich vor. Bei meinem ersten Ausflug in den Westen mußte ich mit ansehen, auf welche absurden Mittel er verfallen war, um seine stolzen Traditionen hochzuhalten. Wir mußten aussteigen und good-by sagen; die beiden Brüder aus Minnesota hatten keine Lust, hier länger herumzuhängen. Es war traurig, sie zu verabschieden, und mir war klar, daß ich keinen von ihnen je wiedersehen würde, aber so war's nun mal. «Heut nacht werdet ihr euch den Arsch abfrieren», warnte ich. «Und morgen nachmittag werdet ihr in der Wüste geröstet.»

«Soll mir recht sein, solange wir nur aus der kalten Nacht rauskommen», sagte Gene. Und der Truck fuhr los und fädelte sich durch die Menge, und niemand achtete auf die sonderbaren jungen Typen unter der Plane, die auf die Stadt starrten wie Babys aus einem Steckkissen. Ich schaute ihnen nach, wie sie in die Nacht verschwanden.

fünf

Ich war mit Montana Slim zusammen, und wir stürzten uns in die Bars. Ich hatte noch ungefähr sieben Dollar, und fünf davon vergeudete ich blöderweise in dieser Nacht. Zuerst trieben wir uns mit all den als Cowboys verkleideten Touristen und Ölarbeitern und Viehzüchtern in den Bars, in den Eingängen, auf den Bürgersteigen herum; dann hängte ich Slim eine Weile ab; beduselt von all dem Whisky und Bier wankte er durch die Straßen: so war er, wenn er trank; er bekam glasige Augen, und im nächsten Moment legte er sich mit völlig fremden Leuten an. Ich ging in eine Chili-Bude, und die Kellnerin dort war Mexikanerin und sehr schön. Ich aß, und dann schrieb ich ihr hinten auf die Rechnung ein Liebesbriefchen. Die mexikanische Kneipe war menschenleer; alle waren woanders und betranken sich. Ich sagte ihr, sie solle die Rechnung umdrehen. Sie las und lachte. Es war ein kleines Gedicht, das davon handelte, wie gern ich mit ihr losziehen und zusammen die Nacht erleben würde.

«Furchtbar gern, Chiquito, aber mein Freund holt mich nachher ab.»

«Kannst du ihn nicht abhängen?»

«Nein, nein, das mach ich nicht», sagte sie traurig, und ich mochte, wie sie das sagte.

«Ich komm ein andermal wieder», sagte ich, und sie sagte: «Jederzeit, Junge.» Trotzdem blieb ich da, nur um sie anzuschauen, und trank noch einen Kaffee. Ihr Freund kam mit mürrischer Miene herein und wollte wissen, wann sie frei hätte. Sie rannte geschäftig hin und her, um den Laden bald zu schließen. Ich mußte abhauen. Zum Abschied schenkte ich ihr ein Lächeln. Draußen war nach wie vor schwer was los, und die fetten Säufer waren jetzt noch betrunkener und johlten noch lauter. Es war komisch. Indianerhäuptlinge spazierten mit mächtigem Kopfschmuck feierlich zwischen den vom Suff geröteten Gesichtern umher. Ich sah Slim dahintorkeln und holte ihn ein.

Er sagte: «Ich hab gerade eine Postkarte an meinen Pa in Montana geschrieben. Kannst du vielleicht einen Briefkasten suchen und sie einwerfen?» Es war eine sonderbare Bitte; er gab mir die Postkarte und wankte durch die Schwingtür eines Saloons. Ich nahm die Postkarte, lief zum Briefkasten und warf einen Blick darauf. «Lieber Pa, ich komme Mittwoch nach Hause. Mir geht es gut, alles in Ordnung, ich hoffe, bei Dir auch. Richard.» Das änderte mein Bild von ihm; wie zärtlich und höflich er zu seinem Vater war. Ich ging in die Bar und blieb mit ihm zusammen. Wir rissen zwei Mädchen auf, eine hübsche junge Blonde und eine fette Brünette. Es waren mürrische dumme Dinger, aber wir wollten sie flachlegen. Wir schleppten sie in einen heruntergekommenen Nachtklub, wo man schon dichtmachen wollte, und dort gab ich mein ganzes Geld aus, bis auf zwei Dollar: Scotch für die beiden und Bier für uns. Ich ließ mich vollaufen, und es war mir egal; alles war bestens. Mein ganzes Sinnen und Trachten war auf die kleine Blonde gerichtet. Mit aller Kraft wollte ich an sie ran. Ich umarmte sie und wollte es ihr sagen. Der Nachtklub schloß, und wir wanderten hinaus auf die schäbigen staubigen Straßen. Ich schaute zum Himmel hinauf; die reinen, wunderbaren Sterne waren noch da und blinkten. Die Mädchen wollten zum Busbahnhof, also liefen wir hin, aber anscheinend wollten sie irgendeinen Matrosen treffen, der dort auf sie wartete, ein Cousin der dicken Kleinen, und der Matrose hatte ein paar Freunde dabei. Ich sagte zu der Blonden: «Na, was ist?» Sie sagte, sie wolle nach Hause, nach Colorado, gleich hinter der Grenze, südlich von Cheyenne. «Ich bring dich im Bus hin», sagte ich.

«Nein, der Bus hält am Highway, und dann muß ich ganz allein über die verdammte Prärie laufen. Ich schau mir die trostlose Gegend den ganzen Nachmittag an und hab keine Lust, auch noch heut nacht da rüberzulaufen.»

«Ah, hör zu, wir machen einen netten Spaziergang durch die Blumen der Prärie.»

«Da gibt's keine Blumen», sagte sie. «Ich will nach New York. Hier ödet mich alles an. Nichts, wo man hingehen kann, außer nach Cheyenne, und in Cheyenne ist nichts los.»

«In New York ist auch nichts los.»

«Und ob da was los ist», sagte sie und verzog den Mund.

Im Busbahnhof drängten sich die Leute bis an die Türen. Menschen aller Art warteten auf Busse oder standen einfach herum; es waren eine Menge Indianer da, die alles mit ihren steinernen Augen beobachteten. Das Mädchen befreite sich von meinem Geschwätz und fand ihren Seemann und die anderen. Slim döste auf einer Bank. Ich setzte mich. Die Fußböden der Busbahnhöfe sind überall im Land die gleichen, immer mit Kippen und Spucke übersät; sie vermitteln einem ein trauriges Gefühl, das es so nur auf Busbahnhöfen gibt. Einen Moment lang kam es mir nicht anders vor als in Newark, abgesehen von der gewaltigen Weite dort draußen, die ich so liebte. Jetzt bereute ich, daß ich die Reinheit meiner ganzen Fahrt zerstört hatte, daß ich nicht jeden Cent gespart und daß ich herumgetrödelt hatte, ohne recht vorwärts zu kommen, daß ich mit diesem mürrischen Ding rumgeblödelt und mein ganzes Geld ausgegeben hatte. Es machte mich krank. So lange hatte ich nicht geschlafen, daß ich zu müde war, um zu fluchen und Theater zu machen; ich wollte nur schlafen und rollte mich auf der Bank zusammen, mit meinem Seesack als Kopfkissen, und schlief bis acht Uhr morgens durch, mitten im träumerischen Gemurmel und Lärm des Bahnhofs und der hundert und aberhundert vorbeilaufenden Menschen.

Ich wachte mit furchtbaren Kopfschmerzen auf. Slim war verschwunden – nach Montana, nehme ich an. Ich ging nach draußen. Und dort, in der blauen Luft, sah ich zum ersten Mal in weiter Ferne die hohen Schneegipfel der Rocky Mountains. Ich holte tief Atem. Ich mußte sofort nach Denver. Zuerst frühstückte ich, ganz bescheiden, Toast und Kaffee und nur ein Ei, und dann verkrümelte ich mich aus der Stadt und ging zum Highway. Das Wild-West-Festival war noch im Gange. Es gab ein Rodeo, und das Gejohle und Gedränge der Menge ging auch schon wieder los. Das alles ließ ich hinter mir. Ich wollte meine Bande in Denver sehen. Ich kreuzte eine Eisenbahnüberführung und kam zu einer Ansammlung von Baracken, wo sich der Highway gabelte, zwei Straßen, die beide nach Denver führten. Ich wählte die eine, die näher an den Bergen entlangführte, damit ich sie unterwegs sehen konnte, und stellte mich an den Straßenrand. Gleich nahm mich auch jemand mit, ein junger Mann aus Connecticut, der in seiner alten Kiste durchs Land gondelte und malte; er war der Sohn eines Redakteurs an der Ostküste. Er redete und redete; mir war schlecht von der Trinkerei und von der Höhenluft. Irgendwann mußte ich beinahe den Kopf aus dem Fenster stecken. Aber als er mich absetzte, in Longmont, Colorado, ging es mir wieder gut, und ich hatte sogar angefangen, ihm von meinen eigenen Fahrten zu erzählen. Er wünschte mir Glück.

Es war hübsch in Longmont. Unter einem riesigen alten Baum gab es ein großes grünes Rasenstück, das zu einer Tankstelle gehörte. Ich fragte den Tankwart, ob ich dort pennen dürfe, und er sagte, klar; also breitete ich ein Wollhemd aus, legte mein Gesicht flach darauf, winkelte den einen Ellbogen ab und schielte mit einem Auge nach den Schneegipfeln unter der heißen Sonne – aber nur einen Moment lang. Zwei wunderbare Stunden schlief ich, und das einzige Unangenehme war eine mich gelegentlich piesackende Colorado-Ameise. Jetzt bin ich endlich in Colorado! dachte ich voller Freude. Verdammt, verdammt, verdammt noch mal! Hab ich's doch geschafft! Und nach einem erquickenden Schlaf voll verworrener Träume von meinem Leben an der Ostküste, das nun hinter mir lag, sprang ich auf, wusch mich in der Toilette der Tankstelle und schritt frisch und munter los und holte mir im Rasthaus an der Straße einen satten fetten Milch-Shake, um etwas Kaltes in meinen brennenden, aufgewühlten Magen zu bekommen.

Übrigens war es ein sehr schönes Colorado-Girl, das mir die Sahne schäumte. Und wie sie lächelte! Ich war dankbar, es entschädigte mich für die letzte Nacht. Wow! sagte ich mir, wie wird's erst in *Denver* sein! Ich stellte mich wieder an die heiße Landstraße, und schon ging's los in einem brandneuen Wagen, in dem ein Geschäftsmann aus Denver saß, vielleicht fünfunddreißig Jahre. Er fuhr siebzig Meilen. Ich zappelte am ganzen Leib; ich zählte jede Minute und subtrahierte die Meilen. Da vorn, hinter den wogenden Weizenfeldern, golden unter den fernen Schneefeldern von Estes, würde ich endlich das gute alte Denver sehen. Ich sah mich schon am selben Abend in einer Kneipe in Denver sitzen, inmitten der ganzen Bande, und in ihren Augen würde ich seltsam und abgerissen daherkommen, wie der Prophet, der quer über das Land kommt, um das geheimnisvolle Wort zu bringen, und das einzige Wort, das mir einfiel, war «Wow!» Der Mann und ich hatten ein langes, angenehmes Gespräch über unsere jeweiligen Pläne im Leben, und bevor ich es merkte, rollten wir schon über die Fruchtmärkte draußen vor Denver; da waren Schornsteine, viel Rauch, Eisenbahnschienen, rote Backsteingebäude und, zur Innenstadt hin, die grauen Sandsteinhäuser. Und ich war da, ich war in Denver. An der Larimer Street ließ er mich raus. Voller Freude und mit dem dämlichsten Grinsen der Welt stolperte ich auf die alten Landstreicher und abgetakelten Cowboys der Larimer Street zu.

sechs

Damals kannte ich Dean noch nicht so gut wie heute, und als erstes wollte ich Chad King aufsuchen, was ich auch tat. Ich rief bei ihm zu Hause an, sprach mit seiner Mutter – sie sagte: «Ach, Sal, was machst du denn in Denver?» Chad ist ein schmaler blonder Junge mit einem sonderbaren Schamanen-Gesicht, das gut zu seinem Interesse für Anthropologie und prähistorische Indianer paßt. Seine Nase wölbt sich mit sanftem, beinah sahnigem Schwung unter einer goldblonden Mähne; er hat die Schönheit und Anmut eines Helden aus dem Wilden Westen, der in Saloons an der Straße getanzt und ein bißchen Football gespielt hat. Wenn er spricht, kommt ein näselndes Tremolo heraus. «Was mir an den Prärie-Indianern immer gefallen hat, Sal, ist die Art, wie sie verlegen wurden, wenn sie die Zahl ihrer erbeuteten Skalps vorgeführt hatten. In Ruxtons *Leben im fernen Westen* kommt ein Indianer vor, der ganz rot wird vor Scham, weil er so viele Skalps hat, und dann rennt er wie wild in die Prärie hinaus, um allein und für sich auf seine Taten stolz zu sein. Ich sage dir, *das* hat mir Spaß gemacht!»

Chads Mutter machte ihn ausfindig, an diesem schläfrigen Nachmittag in Denver, er saß im Stadtmuseum an seiner Arbeit über indianische Korbflechterei. Ich rief ihn dort an; er kam und holte mich ab mit seinem alten Ford-Coupé, mit dem er sonst Ausflüge in die Berge machte, um nach Gegenständen der Indianer zu graben. In Jeans und mit breitem Grinsen kam er zum Busbahnhof. Ich hockte auf meinem Seesack am Boden und sprach mit dem Matrosen, der in Cheyenne auf dem Busbahnhof gewesen war; ich wollte von ihm wissen, was mit der kleinen Blonden los war. Das ödete ihn dermaßen an, daß er nicht einmal antwortete. Chad und ich stiegen in das kleine Coupé, und er hatte nichts Eiligeres zu tun, als sich Landkarten aus dem Regierungsgebäude zu holen. Dann mußte er eine alte Lehrerin besuchen und so weiter, während ich doch nichts anderes wollte als ein Bier. Und in meinem Hinterkopf lauerte die aufgeregte Frage: Wo ist Dean, was mag er gerade machen? Chad hatte aus irgendwelchen sonderbaren Gründen beschlossen, nicht mehr Deans Freund zu sein, und er wußte nicht einmal, wo er jetzt wohnte.

«Ist Carlo Marx in der Stadt?»

«Ja.» Aber auch mit ihm sprach er nicht mehr. Dies war der Anfang von Chad Kings Rückzug aus unserer größeren Bande. Ich sollte an diesem Nachmittag bei ihm zu Hause ein Stündchen schlafen. Es hieß, daß Tim Gray eine Wohnung für mich hätte, oben an der Colfax Avenue, und daß Roland Major schon dort wohnte und darauf wartete, daß ich ihm Gesellschaft leistete. Ich witterte eine Art von Verschwörung, und diese Verschwörung spaltete die Bande in zwei Gruppen: Chad King und Tim Gray und Roland Major waren sich, zusammen mit den Rawlins-Geschwistern, einig, Dean Moriarty und Carlo Marx einfach zu schneiden. Ich geriet zwischen die Fronten dieses spannenden Krieges.

Es war ein Krieg mit sozialen Obertönen. Dean war der Sohn eines Säufers, eines der verkommensten Penner von der Larimer Street, und tatsächlich war Dean hauptsächlich auf der Larimer Street und in ihrer Umgebung aufgewachsen. Mit sechs Jahren schon mußte er vor Gericht darum bitten, daß sein Vater freigelassen wurde. Er ging betteln an den Seitengassen der Larimer Street und steckte das Geld heimlich seinem Vater zu, der mit einem alten Kumpan zwischen zerbrochenen Weinflaschen wartete. Als Dean größer wurde, hing er viel in den Billardhallen an der Glenarm Street herum; er stellte in Denver einen Rekord im Autoknacken auf und kam in den Jugendknast. Zwischen elf und siebzehn war er meistens in der Besserungsanstalt. Seine Spezialität war, Autos zu klauen und sich an Mädchen heranzumachen, wenn sie nachmittags aus der Schule kamen, mit ihnen in die Berge zu fahren, sie umzunieten und zurückzukommen, um sich in irgendeinem Hotel der

Stadt in eine freie Badewanne zu legen und auszuschlafen. Sein Vater, einst ein angesehener, hart arbeitender Klempner, war dem Rotwein verfallen, was noch schlimmer ist als Whisky, und hatte nichts Besseres mehr zu tun, als im Winter auf Güterzügen nach Texas zu gondeln und im Sommer zurück nach Denver. Dean hatte noch Brüder von der Seite seiner verstorbenen Mutter – sie starb, als er noch klein war –, aber sie wollten nichts von ihm wissen. Seine einzigen Freunde waren die Jungs aus der Billardhalle. Dean, der die wahnwitzige Energie eines neuen amerikanischen Heiligentyps hatte, und Carlo waren die Ungeheuer der Untergrundszene von Denver in dieser Saison, zusammen mit den Billardhallentypen, und wie um dies sinnig zu symbolisieren, hauste Carlo in einem Kellerloch in der Grant Street, wo wir manche Nacht bis in die Morgenfrühe beisammen hockten: Carlo, Dean, ich, Tom Snark, Ed Dunkel und Roy Johnson. Mehr von ihnen allen später.

Meinen ersten Nachmittag in Denver verschlief ich in Chad Kings Zimmer, während seine Mutter unten ihre Hausarbeiten erledigte und Chad in der Bibliothek arbeitete. Es war ein heißer Prärie-Nachmittag im Juli. Ich hätte in der Hitze nicht schlafen können, wäre da nicht diese Erfindung von Chad Kings Vater gewesen. Chad Kings Vater, ein netter, freundlicher Mann in den Siebzigern, war alt und zerbrechlich, mager und ausgemergelt und erzählte ganz langsam und genüßlich Geschichten, gute Geschichten sogar, aus seiner Jugend in der Prärie von North Dakota in den achtziger Jahren des letzten Jahrhunderts, als er sich die Zeit damit vertrieb, auf ungesattelten Ponys zu reiten und mit einem Knüppel Kojoten zu jagen. Später war er Landschullehrer im Korridor von Oklahoma und schließlich ein vielseitiger Geschäftsmann in Denver. Er hatte noch immer sein altes Büro über einer Garage weiter unten an der Straße – das Rollpult war noch da, dazu Unmengen verstaubter Papiere aus aufregenden Zeiten des Geldverdienens. Er hatte eine patente Klimaanlage erfunden. Er baute einen gewöhnlichen Ventilator in einen Fensterrahmen ein und leitete irgendwie kaltes Wasser durch Rohrspiralen vor dem surrenden

Propeller. Der Erfolg war durchschlagend – einen Meter von dem Ventilator entfernt –, doch dann verwandelte sich das Wasser offenbar in Dampf, und im Parterre des Hauses war es genauso heiß wie immer. Aber ich lag direkt unter dem Ventilator auf Chads Bett, wo eine große Goethe-Büste auf mich starrte, und konnte gut einschlafen, nur daß ich zwanzig Minuten später halbtot vor Kälte aufwachte. Ich zog mir eine Decke über und fror noch immer. Schließlich war es so kalt, daß ich nicht mehr schlafen konnte, und ich ging nach unten. Der Alte fragte mich, wie seine Erfindung funktioniere. Sie funktioniert verdammt gut, sagte ich und meinte: in gewissen Grenzen. Ich mochte den Mann. Er steckte voller Erinnerungen. «Einmal hab ich einen Fleckenentferner herausgebracht, der von großen Firmen im Osten kopiert worden ist. Seit Jahren versuche ich, Geld dafür zu bekommen. Könnte ich mir nur einen anständigen Anwalt leisten ...» Aber es war zu spät, einen guten Anwalt zu nehmen, und so saß er bedrückt in seinem Haus. Abends gab es ein wunderbares Essen, das Chads Mutter gekocht hatte, Steaks von dem Wild, das sein Onkel in den Bergen geschossen hatte. Aber wo war Dean?

sieben

Die nächsten zehn Tage waren, wie W. C. Fields einmal sagte, «voll der drohenden Gefahr» – und ziemlich verrückt. Ich zog zu Roland Major in die wahrhaft edle Wohnung, die Tim Grays Verwandten gehörte. Wir hatten jeder ein eigenes Zimmer, es gab eine Kochnische mit Essen im Kühlschrank und ein riesiges Wohnzimmer, wo Major in seinem seidenen Morgenrock saß und gerade seine neueste Kurzgeschichte im Stil Hemingways verfaßte – ein rotgesichtiger kleiner dicker Choleriker mit einem Haß auf alles und jeden, der indessen das herzlichste und charmanteste Lächeln der Welt aufsetzen konnte, wenn das wahre Leben ihm süß in der Nacht begegnete. Er saß also am Schreibtisch, und ich sprang in meiner Schlafanzughose auf dem dicken weißen Teppich herum. Er hatte gerade eine Story über einen Typen fertig, der zum erstenmal nach Denver kommt. Er heißt Phil. Sein Reisegefährte ist ein geheimnisvoller stiller Bursche namens Sam. Phil geht los, um Denver zu erkunden, und trifft mit schicken Künstlertypen zusammen. Er kehrt in sein Hotelzimmer zurück. Mit kummervoller Stimme sagt er: «Sam, hier sind sie auch.» Und Sam schaut nur traurig aus dem Fenster. «Ja», sagt Sam, «ich weiß.» Und die Pointe war, daß Sam gar nicht hingehen und sich überzeugen mußte, um dies zu wissen. Die Schickimickis waren überall in Amerika und saugten dem Land das Blut aus. Major und ich waren dicke Freunde; er fand, ich sei alles andere als ein Schickimicki. Major liebte gute Weine, genau wie Hemingway. Er schwelgte in Erinnerung an seinen kürzlichen Trip nach Frankreich. «Ah, Sal, könntest du doch mit mir da oben im Baskenland sitzen, mit einer kühlen Flasche Poignon Dix-neuf, dann wüßtest du, daß es noch andere Dinge gibt als Güterwagen.»

«Ich weiß. Nur, daß mir Güterwagen ebensosehr gefallen und ich so gern die Namen an ihnen lese, wie *Missouri Pacific, Great Northern, Rock Island Line*. Lieber Gott, Major, könnte ich dir nur erzählen, was mir beim Trampen hierher alles passiert ist.»

Die Rawlins wohnten ein paar Straßen weiter. Das war eine wunderbare Familie – eine noch jugendliche Mutter von fünf Söhnen und zwei Töchtern, Mitbesitzerin eines verfallenden Geisterstadthotels. Das schwarze Schaf der Familie war Ray Rawlins, Tim Grays Kumpel aus Kindertagen. Ray kam hereingestürmt, um mich abzuholen, und wir verstanden uns auf Anhieb. Zusammen machten wir eine Sauftour durch die Bars an der Colfax Avenue. Eine von Rays Schwestern war eine blonde Schönheit namens Babe – eine tennisspielende, wellenreitende Fee des weiten Westens. Sie war Tim Grays Freundin. Und Major, der nur auf der Durchreise in Denver war, und zwar mit allem Komfort in der Wohnung, ging mit Betty, der Schwester von Tim Gray. Ich war der einzige, der kein Mädchen hatte. Jeden fragte ich: «Wo ist Dean?» Alle lächelten nur und gaben mir keine Antwort.

Dann endlich passierte es. Das Telefon klingelte, und es war Carlo Marx. Er gab mir die Adresse seiner Kellerwohnung. «Was machst du hier in Denver?» fragte ich. «Ich meine, was *machst* du wirklich? Was läuft hier eigentlich?»

«Oh, warte, bis ich's dir erzähle.»

Ich rannte hin, um ihn zu sehen. Er arbeitete nachts in May's Department Store; der verrückte Ray Rawlins hatte dort von einer Kneipe aus angerufen und die Pförtner auf Carlo gehetzt, mit einer Nachricht, als ginge es um einen Todesfall. Carlo dachte sofort, ich sei der Tote. Und am Telefon hatte Rawlins dann gesagt: «Sal ist in Denver.» Und hatte ihm meine Adresse und Telefonnummer gegeben.

«Und wo ist Dean?»

«Dean ist in Denver. Laß dir erzählen.» Und er erzählte mir, daß Dean zwei Mädchen gleichzeitig liebte, die eine davon Marylou, seine erste Frau, die ihn in einem Hotelzimmer erwartete, und Camille, eine neue Flamme, die ihn ebenfalls in einem Hotelzimmer erwartete. «Zwischen den beiden rast er zu mir herüber, wegen der Sache, die zwischen uns anliegt.»

«Und was ist das für eine Sache?»

«Dean und ich haben uns auf ein ungeheuerliches Unternehmen eingelassen. Wir versuchen uns mit absoluter Ehrlichkeit und absoluter Vollständigkeit alles mitzuteilen, was uns so durch den Kopf geht. Dazu war's nötig, Benzedrin zu nehmen. Wir sitzen auf dem Bett, mit untergeschlagenen Beinen, und sehen einander in die Augen. Schließlich habe ich Dean dann klargemacht, daß er alles schaffen kann, was er will, Bürgermeister von Denver werden, eine Millionärstochter heiraten oder der größte Dichter seit Rimbaud werden. Aber er läuft dauernd los und schaut sich die Minicar-Rennen an. Und ich muß mit. Er tobt und schreit und regt sich furchtbar auf. Weißt du, Sal, Dean ist echt süchtig auf solche Sachen.» Marx schien in seiner Seele «Hmmm» zu machen und versank in tiefes Grübeln.

«Wie ist der Zeitplan?» sagte ich. Es gab immer Zeitpläne in Deans Leben.

«Der Zeitplan sieht so aus: Vor einer halben Stunde bin ich von der Arbeit gekommen. In diesem Moment ist Dean im Hotel mit Marylou am Vögeln und läßt mir Zeit, mich umzuziehen. Punkt eins rast er von Marylou zu Camille – natürlich weiß keine von beiden, was läuft – und bumst sie auf die Schnelle – was mir Zeit läßt, um Punkt ein Uhr dreißig dort zu sein. Dann zieht er mit mir los – vorher muß er noch betteln bei Camille, die mich allmählich schon haßt –, und wir sitzen hier und quatschen bis sechs Uhr früh. Normalerweise sind wir noch länger zusammen, aber die Sache wird immer komplizierter, und nie hat er Zeit. Um sechs geht er wieder zu Marylou – und morgen wird er den ganzen Tag rumlaufen, um die nötigen Papiere für die Scheidung zusammenzubringen. Marylou ist durchaus einverstanden, aber inzwischen steht sie auf Bumsen. Sie sagt, sie liebt ihn – und das gleiche sagt Camille.»

Dann erzählte er mir, wie Dean Camille kennengelernt hatte. Roy Johnson, der Typ aus der Billardhalle, hatte sie in einer Bar aufgetan und in ein Hotel abgeschleppt. Kopflos vor Stolz lud er die ganze Bande ein, heraufzukommen und sie anzuschauen. Alle saßen rum und redeten mit Camille. Dean machte nichts, er schaute aus dem Fenster. Dann, als alle gingen, sah Dean Camille nur an, deutete auf sein Handgelenk und hob vier Finger, was besagte, daß er Punkt vier wiederkommen würde, und ging. Um drei blieb die Tür für Roy Johnson verschlossen. Um vier wurde sie für Dean geöffnet. Am liebsten wäre ich auf der Stelle losgerannt, um den Verrückten wiederzusehen. Außerdem hatte er versprochen, für mich was zu arrangieren; er kannte ja alle Mädchen in der Stadt.

Carlo und ich liefen durch die heruntergekommenen Straßen der nächtlichen Stadt. Die Luft war mild, die Sterne so schön, die Verheißung all der kopfsteingepflasterten Seitengassen so phantastisch, daß mir war, als träumte ich. Wir kamen zu der Pension, wo Dean sich mit Camille kabbelte. Es war ein altes Backsteingebäude, umgeben von hölzernen Garagen und alten Bäumen, die hinter Lattenzäunen aufragten. Wir gingen die mit einem Läufer belegte Treppe hinauf. Carlo klopfte; dann sprang er zurück, um sich zu verstecken; er wollte nicht, daß Camille ihn sah. Ich blieb vor der Tür stehen. Dean öffnete, und er war splitternackt. Ich sah eine Brünette auf dem Bett, einen wunderschönen sahnigen Schenkel, der von schwarzer Spitze bedeckt war, und sie schaute leicht verwundert herüber.

«Ah, Sa-a-al!» sagte Dean. «Na, weißt du – äh, hmm – ja klar, da bist du – alter Hurensohn, hast du dich endlich auf die Sokken gemacht. Also, na, hör mal – wir müssen – ja, ja, gleich – wir müssen, wirklich, wir müssen! Hör zu, Camille», und er wirbelte zu ihr herum. «Sal ist gekommen, mein alter Kumpel aus New Yor-r-rk, es ist sein erster Abend in Denver und es ist absolut unvermeidlich, daß ich jetzt losziehe und ihm ein Mädchen besorge.»

«Aber wann bist du zurück?»

«Es ist jetzt» (Blick auf seine Uhr) «Punkt ein Uhr vierzehn. Ich werde um Punkt *drei* Uhr vierzehn zurück sein, zu unserer gemeinsamen Stunde der Träumerei, zu einer absolut süßen Träumerei, Schatz, und dann muß ich, wie du weißt und wie ich dir sagte und wie wir vereinbart haben, zu diesem einbeinigen Rechtsanwalt wegen der Papiere – mitten in der Nacht, so seltsam das klingt, und wie ich dir aus-führ-lich erklärt habe.» (Dies war eine Ausrede für sein Rendezvous mit Carlo, der sich noch immer versteckt hielt.) «Also muß ich mich pünktlich in dieser Minute anziehen, in meine Hose fahren, ins Leben zurückkehren, das heißt hinausgehen ins Leben, auf die Straße und was nicht alles, wie wir vereinbart haben, und jetzt ist es ein Uhr *fünfzehn*, die Zeit rast, sie rast –»

«Schon gut, Dean, aber bitte, sei wirklich um drei wieder da.»

«Genau, wie ich sagte, Schatz, und vergiß nicht, drei Uhr vierzehn, nicht drei. Wir verstehen uns doch in der tiefsten und wunderbarsten Tiefe unserer Seelen, liebster Schatz?» Und er lief hin und küßte sie viele Male. An der Wand hing eine Aktzeichnung von Dean, riesiger Schwengel und so, von Camille gezeichnet. Ich konnte es nicht fassen. Alles war so verrückt.

Und los ging's, hinaus in die Nacht; Carlo stieß unten in einer Gasse zu uns. Wir durchstreiften die engste, seltsamste und verwinkeltste aller kleinen Altstadtgassen, die ich je gesehen habe, tief im Mexikanerviertel von Denver. Wir redeten mit lauten Stimmen in der schläfrigen Stille. «Sal», sagte Dean, «ich hab da 'ne Kleine für dich, die dich zu dieser Minute erwartet – sie hat frei» (Blick auf seine Uhr). «Eine Kellnerin, Rita Bettencourt, tolles Mädchen, leicht genervt durch ein paar sexuelle Schwierigkeiten, die ich auszubügeln versucht hab, ich glaube, du kommst schon klar damit, du prächtiger weggetretener Daddy, du. Also gehen wir sofort hin – ah, wir müssen Bier mitbringen, nein, haben sie selber – und verdammt!» rief er und schlug sich mit der Faust in die hohle Hand. «Heute abend muß ich bei ihrer Schwester Mary landen.»

«Was?» sagte Carlo. «Ich dachte, wir wollten reden.»

«Jaja, hinterher.»

«Oh, dieser Denver-Koller!» schrie Carlo zum Himmel hinauf.

«Ist er nicht der feinste, liebste Kum-pel der Welt?» sagte Dean und stieß mir in die Rippen. «Schau ihn nur an. *Schau* ihn an!» Und Carlo begann seinen Affentanz durch die Straßen des Lebens, wie ich's bei ihm so oft und überall in New York gesehen hatte.

Ich konnte nur noch sagen: «Also, was zum Teufel machen wir eigentlich hier in Denver?»

«Morgen weiß ich, Sal, wo ich einen Job für dich finden kann», sagte Dean, jetzt wieder in geschäftsmäßigem Ton. «Also hol ich dich ab, sobald ich mich eine Stunde von Marylou freimachen kann, und komme gleich in die Wohnung, wo du bist, und sage Major hallo und bringe dich dann mit dem Bus (verdammt, ich habe kein Auto) zum Camargo-Markt raus, wo du gleich anfangen kannst, und am nächsten Freitag kassierst du deinen Lohn. Wir sind alle bodenlos pleite, wie du weißt. Ich habe seit zwei Wochen keine Zeit mehr gehabt, Geld zu verdienen. Freitag abend müssen wir drei – Carlo, Dean und Sal, die gute alte Mannschaft – erst mal raus zum Minicar-Rennen, und ich kenne hier in der Stadt einen, der uns hinfahren kann …» Und so weiter und so fort, in die Nacht hinein.

Wir kamen zu dem Haus, in dem die beiden kellnernden Schwestern wohnten. Die eine, die für mich sein sollte, arbeitete noch. Die Schwester, die Dean für sich haben wollte, war zu Hause. Wir setzten uns auf ihr Sofa. Ich sollte um diese Zeit, so war es vereinbart, Ray Rawlins anrufen. Ich tat es. Er kam sofort herüber. Als er zur Tür hereinkam, riß er sich Hemd und Unterhemd vom Leib und umarmte die ihm völlig fremde Mary Bettencourt. Flaschen rollten über den Fußboden. Es wurde drei Uhr. Dean raste los zu seiner Traumstunde mit Camille. Rechtzeitig war er wieder zurück. Dann kam die andere Schwester. Was wir jetzt brauchten, war ein Auto, und wir machten viel zuviel Lärm. Ray Rawlins rief einen Kumpel an, der ein Auto hatte. Er kam. Wir kletterten alle rein; Carlo versuchte auf dem Rücksitz sein geplantes Gespräch mit Dean zu führen, aber das Durcheinander war zu groß. «Fahren wir doch alle in meine Wohnung!» brüllte ich. Wir taten es; kaum hielt das Auto dort, sprang ich raus und machte Kopfstand im Gras. Alle meine Schlüssel fielen mir aus der Tasche; ich habe sie nie wiedergefunden. Lärmend stürmten wir in das Haus. Roland stand in seinem seidenen Morgenrock in der Tür und verstellte uns den Weg.

«Solche Zustände dulde ich nicht in Tim Grays Wohnung!»

«Was?» riefen wir. Es gab ein gewaltiges Durcheinander. Rawlins kugelte mit einer der Kellnerinnen im Gras herum. Major wollte uns nicht reinlassen. Wir schworen, wir würden Tim Gray anrufen, uns die Erlaubnis für die Party geben lassen und ihn auch einladen. Statt dessen rasten wir wieder zurück in die Stadt und zogen durch die Kneipen von Denver. Irgendwann stand ich plötzlich allein auf der Straße, ohne Geld. Mein letzter Dollar war weg.

Ich ging die fünf Meilen zur Colfax Avenue, zu meinem bequemen Bett in der Wohnung, zu Fuß. Major mußte mich reinlassen. Ich fragte mich, ob Dean und Carlo inzwischen mit ihrer großen Aussprache angefangen hatten. Ich würde es erfahren. Die Nächte in Denver sind kalt, und ich schlief wie ein Bär.

acht

Dann begannen wir alle mit den Vorbereitungen für einen irren Treck in die Berge. Das fing schon in der Frühe an, mit einem Anruf, der alles noch komplizierter machte – Eddie, mein alter Kumpel von der Landstraße, meldete sich auf gut Glück am Telefon; er erinnerte sich an ein paar Namen, die ich erwähnt hatte. Jetzt hatte ich die Chance, mein Hemd wiederzukriegen. Eddie war bei seinem Mädchen in einem Haus nicht weit von der Colfax Avenue. Er wollte wissen, ob ich wüßte, wo man Arbeit finden konnte, und ich sagte, komm rüber, weil ich dachte, Dean werde schon etwas wissen. Dean kam an, wie immer in Eile, während Major und ich hastig frühstückten. Dean wollte sich nicht einmal setzen. «Ich habe tausend Dinge zu tun und eigentlich keine Zeit, dich nach Camargo rauszubringen, aber laß uns fahren, Mann.»

«Warte noch auf Eddie, meinen Kumpel von unterwegs.»

Major fand unsere Hektik belustigend. Er war nach Denver gekommen, um in Muße zu schreiben. Er behandelte Dean mit äußerster Höflichkeit. Dean beachtete ihn nicht. Wenn Major mit Dean sprach, klang das so: «Moriarty, was höre ich da, Sie schlafen mit drei Mädchen gleichzeitig?» Und Dean scharrte mit dem Schuh auf dem Teppich und sagte: «Ach so, ja, o ja, so geht es halt manchmal» und schaute auf seine Uhr, und Major blies Luft durch die Nase. Ich kam mir etwas komisch vor, wenn ich mit Dean loszog – Major behauptete, daß er ein Trottel sei und ein Idiot. Natürlich war er das nicht, und irgendwie wollte ich es allen beweisen.

Wir trafen Eddie. Dean schenkte auch ihm keine Beachtung,

und schon rollten wir im Bus durch das heiße mittägliche Denver, um uns Jobs zu suchen. Ich haßte den bloßen Gedanken daran. Eddie redete und redete wie immer. Auf dem Markt fanden wir einen Mann, der bereit war, uns beide anzuheuern; die Arbeit sollte um vier Uhr früh anfangen und abends um sechs enden. Der Mann sagte: «Mir sind junge Burschen recht, die arbeiten wollen.»

«Da bin ich der Richtige für Sie», sagte Eddie. Doch ich war mir nicht so sicher. «Ich werde einfach auf Schlaf verzichten», sagte ich mir. Es gab so viele andere interessante Dinge zu tun.

Eddie war am nächsten Morgen pünktlich da, ich nicht. Ich hatte ein Bett, Major kaufte Lebensmittel für den Kühlschrank, und im Tausch dafür übernahm ich das Kochen und das Geschirrspülen. Inzwischen war ich überall schon richtig drin. Bei den Rawlins gab es eines Abends eine Riesenparty. Mutter Rawlins war verreist. Ray Rawlins rief jeden an, den er kannte, und sagte allen, sie sollten Whisky mitbringen; dann ging er sein Adreßbuch nach Mädchen durch. Die meisten Anrufe überließ er mir. Scharen von Mädchen erschienen. Ich rief Carlo an und bat ihn herauszufinden, was Dean gerade machte. Dean sollte um drei Uhr morgens zu Carlo kommen. Nach der Party ging ich hin.

Carlos Kellerwohnung befand sich in einem alten Backsteinhaus in der Grant Street, eine Pension, nicht weit von einer Kirche. Man mußte zur Seitengasse hinausgehen, eine Steintreppe hinunter, eine rissige alte Tür aufstoßen und durch eine Art Keller laufen, bis man zu seiner Brettertür kam. Es sah aus wie in der Zelle eines russischen Heiligen: ein Bett, eine brennende Kerze, Feuchtigkeit schwitzende nackte Wände und eine verrückte Art von Ikone, die er selbst gebastelt hatte. Er las mir seine Gedichte vor. Der Titel lautete: «Denver-Koller». Wenn Carlo am Morgen erwachte, hörte er draußen vor seiner Zelle «vulgäre Tauben» auf der Straße endlos gurren; er sah «traurige Nachtigallen» auf Zweigen wippen, und sie erinnerten ihn an seine Mutter. Ein graues Leichentuch breitete sich über die Stadt. Die Berge, die herrlichen Rocky Mountains, die man von jedem Winkel der Stadt im Westen sehen kann, waren aus «Pappmaché». Das ganze Universum war verrückt und blöde und über die Maßen sonderbar. Dean war in seinen Gedichten ein «Kind des Regenbogens», das seine Qual in seinem gefolterten Priapus trug. Er bezeichnete ihn als «Ödipus Eddie», der «Kaugummi von Windschutzscheiben kratzen» mußte. Er brütete in seinem Kellerloch über einem großen Journal, in dem er alles festhielt, was jeden Tag passierte – alles, was Dean tat und von sich gab.

Dean kam pünktlich, nach Zeitplan. «Alles klar», verkündete er. «Ich lasse mich von Marylou scheiden und heirate Camille und werde mit ihr in San Francisco leben. Aber vorher müssen du und ich, lieber Carlo, nach Texas fahren und uns Old Bull Lee ansehen, diesen weggetretenen Typ, den ich nie getroffen und von dem ihr mir beide soviel erzählt habt; dann erst gehe ich nach San Fran.»

Dann kamen sie zur Geschäftsordnung. Sie setzten sich mit gekreuzten Beinen aufs Bett und blickten einander starr in die Augen. Ich flegelte mich auf einen Stuhl in der Ecke und sah die ganze Zeit zu. Sie fingen mit einem abstrakten Gedanken an, diskutierten darüber; sie erinnerten einander an einen anderen abstrakten Punkt, der, ohne daß sie ihn behandelt hatten, in der Hektik der Ereignisse unter den Tisch gefallen war; Dean entschuldigte sich, versicherte aber, er könne darauf zurückkommen und das in Ordnung bringen und auch Beispiele anführen.

Carlo sagte: «Und als wir über den Wazee River fuhren, wollte ich dir gerade sagen, was ich von deiner Spinnerei mit den Kleinwagen halte, und ausgerechnet in dem Moment, erinnerst du dich, hast du auf den alten Penner mit der ausgebeulten Hose gezeigt und gesagt, er sehe aus wie dein Vater.»

«Ja, ja, klar erinnere ich mich; und nicht nur das, sondern es hat auch bei mir eine Bewegung ausgelöst, etwas ganz Wildes, was ich dir erzählen wollte, ich hatte es ganz vergessen, und jetzt, wo du mich daran erinnerst ...» Und zwei neue zu behandelnde Punkte waren geboren. Sie wurden durchgekaut. Dann wollte Carlo von Dean wissen, ob er aufrichtig sei, vor allem ob er *ihm* gegenüber aufrichtig sei, im tiefsten Grund seiner Seele.

«Warum fängst du schon wieder damit an?»

«Da ist noch ein Letztes, was ich wissen möchte –»

«Aber, lieber Sal, du hörst uns zu, du sitzt da, wir wollen Sal fragen. Was würde er dazu sagen?»

Und ich sagte: «Dieses Letzte, Carlo, ist genau das, was du nie kriegen wirst. Niemand kann dieses Letzte erlangen. Wir leben nur dauernd in der Hoffnung, es ein für allemal einzufangen.»

«Nein, nein, nein, du redest völligen Quatsch, romantisch hochgestochenes Zeug à la Tom Wolfe», sagte Carlo.

Und Dean sagte: «Das habe ich überhaupt nicht gemeint, aber lassen wir doch Sal seine Meinung, und tatsächlich, Carlo, findest du nicht, daß es eine eigene Art von Würde hat, wie er da sitzt und uns gespannt zuhört, irrer Typ, der den ganzen Weg quer durchs Land herübergekommen ist – guter alter Sal, will's nicht sagen, Sal will's nicht sagen.»

«Es ist nicht so, daß ich's nicht sagen will», protestierte ich. «Ich weiß einfach nicht, worauf ihr beide hinauswollt oder was ihr im Sinn habt. Ich weiß nur, es ist zuviel, das schafft niemand.»

«Alles, was du sagst, ist negativ.»

«Also dann, worauf wollt ihr hinaus?»

«Sag's ihm.»

«Nein, sag du's ihm.»

«Da gibt's nichts zu sagen», sagte ich und lachte. Ich hatte Carlos Mütze aufgesetzt. Jetzt zog ich sie mir über die Augen. «Ich möchte schlafen», sagte ich.

«Armer Sal, will immer schlafen.» Ich hielt meinen Mund. Sie fingen wieder von vorn an. «Wie du dir den Nickel geborgt hast, um die Chicken-Steaks zu bezahlen –»

«Nein, Mann, das Chili! Erinnerst du dich, im Texas Star?»

«Das hab ich jetzt mit Donnerstag verwechselt. Als du dir den Nickel borgtest, hast du gesagt, jetzt hör zu, du hast gesagt: ‹Carlo, dies ist das letzte Mal, daß ich bei dir schnorre›, als ob du, ja wirklich, gemeint hättest, ich hätte mit dir vereinbart, daß nicht mehr geschnorrt wird.»

«Nein, nein, nein, das habe ich nicht gemeint – jetzt sei bitte so gut, mein lieber Freund, und geh noch einmal zurück zu dem Abend, als Marylou im Zimmer heulte und ich mich zu dir umdrehte und dir durch diese aufgesetzte Ehrlichkeit in meiner Stimme, von der wir beide wußten, daß sie vorgetäuscht war, aber eine Absicht verfolgte, mitteilen wollte, das heißt, daß ich dir durch meine Schauspielerei zeigen wollte, daß – aber halt, das ist's gar nicht.»

«Klar, ist es das nicht! Weil du vergessen hast, daß – aber ich will dir jetzt keine Vorwürfe mehr machen. Hier also, was ich gesagt habe ...» Und so weiter und so fort bis tief in die Nacht. Als es dämmerte, schaute ich auf. Sie brachten die letzten Fragen des Morgens aufs Tapet. «Als ich dir gerade sagte, daß ich *wegen* Marylou schlafen muß, das heißt, weil ich sie heute früh um zehn sehen werde, bin ich nicht wegen deiner Äußerung über die Unnötigkeit des Schlafs in meinen entschiedenen Ton verfallen, sondern nur, glaub es mir, *nur* deswegen, weil ich jetzt absolut und unbedingt ohne jedes Wenn und Aber schlafen muß, ich meine, Mann, die Augen fallen mir zu, sie glühen, sie brennen, müde, kaputt ...»

«Ah, Junge», sagte Carlo.

«Wir müssen jetzt einfach schlafen. Laß uns die Maschine anhalten.»

«Man kann die Maschine nicht anhalten!» brüllte Carlo aus vollem Hals. Die ersten Vögel sangen.

«So, wenn ich jetzt die Hand hebe», sagte Dean, «hören wir auf zu reden, und wir beide werden eindeutig und ohne jedes Wenn und Aber wissen, daß wir einfach nur aufhören zu reden, daß wir jetzt schlafen werden.»

«So kannst du die Maschine nicht anhalten.»

«Haltet die Maschine an», sagte ich. Beide sahen zu mir herüber.

«Er ist wach und hat die ganze Zeit zugehört. Was hast du bei dir gedacht, Sal?» Ich sagte, ich fände, sie seien zwei ganz erstaunliche Irre, und ich hätte ihnen die ganze Nacht lang zugehört wie jemand, der den Mechanismus einer Uhr beobachtet, so groß wie von hier bis zum Berthoud-Paß hinauf, und doch von dem kleinsten, allerfeinsten Uhrwerk der Welt angetrieben. Sie lächelten. Ich deutete mit dem Finger auf sie und sagte: «Wenn ihr so weitermacht, werdet ihr beide verrückt, aber laßt mich wissen, was euch unterwegs passiert.»

Ich ging hinaus und fuhr mit dem Bus zu meiner Wohnung, und die Pappmachéberge, wie Carlo Marx sagte, wurden rot, während die riesige Sonne im Osten aus der Prärie aufstieg.

neun

An diesem Abend fuhr ich mit dem Treck in die Berge, und deshalb sah ich Dean und Carlo fünf Tage nicht. Babe Rawlins konnte über das Wochenende den Wagen ihres Chefs haben. Wir holten unsere Klamotten raus, hängten sie hinten an die Autofenster und brachen auf nach Central City. Ray Rawlins saß am Steuer, Tim Gray fläzte sich auf der hinteren Bank, und Babe saß vorn auf dem Beifahrersitz. Es war mein erster Blick aus der Nähe in die Rocky Mountains. Central City ist eine alte Bergwerksstadt, einst die reichste Quadratmeile der Welt, wie es hieß, wo die alten Geier des Westens, die durch die Berge streiften, eine veritable Silbermine entdeckt hatten. Über Nacht wurden sie reich, und sie hatten sich sogar ein hübsches kleines Opernhaus zwischen ihre Hütten am steilen Berghang gestellt. Lillian Russel hatte auf der Bühne gestanden, Opernstars aus Europa waren gekommen. Dann wurde Central City eine Geisterstadt, bis die tatkräftigen Handelskammertypen des «neuen» Westens beschlossen, den Ort wiederzubeleben. Sie putzten das Opernhaus auf, und jeden Sommer kamen Stars von der Metropolitan Opera zu Gastspielen herüber. Ein großer Ferienspaß für alle Beteiligten. Touristen kamen von überall her, sogar Hollywood-Stars. Wir fuhren die Berge hinauf, und die engen Straßen waren rappelvoll von Schickimickitouristen. Ich dachte an Majors Romanfigur Sam und fand, daß Major recht hatte. Auch Major selbst war da und zeigte jedem bei jeder Gelegenheit unter aufrichtig klingenden Aaahs und Ooohs sein breites Partylächeln. «Sal», rief er und packte mich am Arm, «schau nur, diese alte Stadt! Stell dir vor, wie es vor hundert Jahren, was sage ich, vor achtzig, vor sechzig Jahren hier war. Sie hatten ein Opernhaus!»

«Yeah», sagte ich, eine seiner Romangestalten parodierend, «aber *sie* sind da.»

«Die Dreckskerle», fluchte er. Doch dann zog er los, Betty Gray am Arm, um sich auch zu amüsieren.

Babe Rawlins war eine unternehmungslustige Blonde. Sie wußte von einer alten Bergmannshütte am Rand der Stadt, wo wir Jungs über das Wochenende schlafen konnten; wir mußten nur saubermachen. Wir konnten auch große Partys dort schmeißen. Es war eine alte Baracke, und drinnen lag fingerdick Staub; es gab eine Veranda und hinten einen Brunnen. Tim Gray und Ray Rawlins krempelten die Ärmel hoch und fingen an zu putzen, eine Mordsarbeit, die sie den ganzen Nachmittag und bis in den Abend beschäftigt hielt. Aber sie hatten einen Eimer voll Bierflaschen, und alles war bestens.

Ich selber war an diesem Nachmittag Gast des Opernhauses, als Begleiter von Babe. Ich trug einen Anzug von Tim. Vor ein paar Tagen erst war ich wie ein Landstreicher nach Denver gekommen; jetzt war ich aufgetakelt in einem schicken Anzug, mit einer schönen, elegant gekleideten Blondine am Arm, dienerte vor Würdenträgern und plauderte unter Kronleuchtern in der Wandelhalle. Was würde Mississippi Gene sagen, dachte ich, wenn er mich sehen könnte?

Es wurde *Fidelio* gegeben. «Gott! Welch Dunkel hier!» dröhnte der Bariton, als er unter einem ächzenden Stein aus dem Kerker hervorkam. Dem konnte ich nur zustimmen. So sehe ich das Leben auch. Ich war so gefesselt von dieser Oper, daß ich eine Weile mein verrücktes Leben vergaß und mich an die großartigen traurigen Klänge Beethovens und die üppigen Rembrandtfarben seiner Story verlor.

«Na, Sal, wie hat Ihnen die diesjährige Produktion gefallen?» fragte Denver D. Doll stolz auf der Straße draußen. Er hatte etwas mit der Opern-Vereinigung zu tun.

«Gott! Welch Dunkel hier, welch Dunkel hier», sagte ich. «Absolut großartig.»

«Als nächstes müssen Sie jetzt die Mitglieder des Ensembles kennenlernen», fuhr er in seinem offiziellen Ton fort, doch zum Glück vergaß er seine Absicht im Trubel anderer Dinge und verschwand.

Babe und ich gingen zurück zu der Bergmannshütte. Ich zog meine Klamotten aus und half den Jungs beim Putzen. Es war eine Riesenschufterei. Roland Major saß mitten im vorderen Zimmer, das schon fertiggeputzt war, und weigerte sich zu helfen. Vor sich auf einem kleinen Tisch hatte er seine Bierflasche und sein Glas. Und während wir mit Eimern und Besen herumliefen, schwelgte er in Erinnerungen. «Ah, könntet ihr nur mal mit mir kommen und Cinzano trinken und die Musiker von Bandol hören, das wäre ein Leben. Und die Normandie im Sommer, *les sabots*, der edle alte Calvados. Mach schon, Sam», sagte er zu seinem unsichtbaren Kumpan. «Nimm den Wein aus dem Wasser und laß sehen, ob er kalt genug geworden ist, während wir angelten.» Es war direkt aus Hemingway.

Wir riefen Mädchen nach, die auf der Straße vorbeigingen. «Kommt und helft uns den Laden saubermachen. Alle sind eingeladen zu unserer Party heute abend.» Sie kamen und machten mit. Wir hatten eine riesige Putzkolonne, die für uns arbeitete. Schließlich kamen die Sänger vom Opernchor herüber, hauptsächlich junge Leute, und packten mit an. Die Sonne ging unter.

Unser Tagwerk war geschafft. Tim, Rawlins und ich beschlossen, uns für den großen Abend schick zu machen. Wir gingen durch die Stadt zu der Pension, wo die Opernstars abgestiegen waren. Durch die Dunkelheit hörten wir den Beginn der Abendvorstellung. «Genau der richtige Moment», sagte

Rawlins. «Schnappen wir uns Rasierapparate und Handtücher, und machen wir uns fein.» Wir nahmen auch Haarbürsten, Eau de Cologne, Rasierwasser zusammen und gingen schwer beladen ins Badezimmer. Wir badeten und sangen in der Wanne. «Ist das nicht großartig?» sagte Tim Gray immer wieder. «Daß wir das Bad und die Handtücher und das Rasierwasser und die elektrischen Rasierapparate der Opernstars benutzen können.»

Es war ein wunderbarer Abend. Central City liegt dreitausend Meter hoch. Zuerst wird man betrunken von der Höhenluft, dann wird man müde, und dann packt einen ein Fieber in der Seele. Durch die enge dunkle Straße näherten wir uns den Lichtern rings um das Opernhaus; dann bogen wir scharf nach rechts und stießen auf ein paar von den Western-Saloons mit ihren Schwingtüren. Die meisten Touristen waren in der Oper. Zum Einstieg zischten wir ein paar extra große Biere. Es gab ein elektrisches Klavier. Durch die Hintertür sah man die Berghänge im Mondlicht. Ich stieß einen Juchzer aus. Die Nacht hatte begonnen.

Wir liefen zurück zu unserer Bergarbeiterhütte. Die Vorbereitungen für die große Party waren in vollem Gang. Die Mädchen, Babe und Betty, kochten Bohnensuppe mit Frankfurtern, und dann tanzten wir und machten uns über das Bier her. Als die Oper zu Ende war, strömten Scharen von Mädchen zu uns herein. Rawlins und Tim und ich leckten uns die Lippen. Wir packten die Mädchen und tanzten. Musik gab es nicht, nur Tanz. Die Bude wurde allmählich voll. Manche brachten auch Flaschen mit. Zwischendurch rannten wir los, stürmten die Bars und rannten zurück. Die Nacht wurde immer wilder. Ich wünschte, Dean und Carlo wären da, doch dann wurde mir klar, daß sie sich fehl am Platz und unglücklich fühlen würden. Sie glichen dem Mann mit dem Kerkerstein aus dem Dunkel, sie stiegen aus dem sozialen Untergrund auf, die elenden Gammler Amerikas, eine neue geschlagene Generation, in die ich allmählich hineinwuchs.

Die Burschen vom Chor tauchten auf. Sie stimmten «Sweet Adeline» an, sie schmetterten Arien wie «Gebt mir ein Bier» und «Warum hängst du den Kopf schon aus dem Fenster?» und mächtige lange Bariton-Seufzer «Fi-de-lio!» – «Gott! Welch Dunkel hier», tremolierte ich. Die Mädchen waren phantastisch. Sie kamen mit auf den Hof und knutschten mit uns. In den anderen Zimmern, den staubigen, ungeputzten, waren auch Betten, und ich saß mit einem der Mädchen auf einem und redete auf sie ein, als plötzlich lauter junge Platzanweiser von der Oper eindrangen, die sich die Mädchen griffen und ohne ein ordentliches «Komm doch» abküßten. Betrunkene Teenager, verwirrt und erregt – und sie ruinierten unsere Party. Binnen fünf Minuten waren die Mädchen allesamt verschwunden, und es begann so etwas wie ein großer Vereinsabend, unter dem Klirren von Bierflaschen und dröhnendem Gebrüll.

Ray, Tim und ich beschlossen eine Runde durch die Bars zu drehen. Major war verschwunden, Babe und Betty waren gegangen. Wir wankten in die Nacht hinaus. Die Opernleute verstopften die Bars von der Theke bis an die Wände. Major brüllte über die Köpfe hinweg. Der beflissene bebrillte Denver D. Doll schüttelte jedem die Hand und sagte: «Guten Nachmittag, wie geht's?», und als Mitternacht heranrückte, sagte er: «Guten Mittag, wie geht es *Ihnen*?» Irgendwann sah ich ihn mit einem Würdenträger entschwinden. Dann kam er mit einer Frau mittleren Alters zurück. Im nächsten Moment unterhielt er sich mit zwei jungen Platzanweisern auf der Straße. Dann plötzlich schüttelte er mir die Hand, ohne mich wiederzuerkennen, und sagte: «Frohes neues Jahr, mein Junge.» Er war nicht vom Schnaps betrunken, nur berauscht von dem, was er liebte – wimmelnde Menschenmengen. Jeder kannte ihn. «Frohes neues Jahr», rief er und manchmal «Fröhliche Weihnachten». Er rief das dauernd. An Weihnachten rief er wohl «Fröhliche Ostern».

In der Bar war ein Tenor, der von allen mit großem Respekt behandelt wurde; Denver Doll wollte unbedingt, daß ich ihn kennenlernte, und ich versuchte es zu vermeiden; er hieß D'Annunzio oder so ähnlich. Seine Frau war bei ihm. Die beiden saßen säuerlich an einem Tisch. An der Bar stand ein argentinischer Tourist. Rawlins rempelte ihn weg, um Platz zu schaffen; der Argentinier drehte sich um und schimpfte drauflos. Rawlins drückte mir sein Glas in die Hand und schlug ihn mit einem Schwinger auf das Messinggeländer der Theke nieder. Der Mann war einen Moment bewußtlos. Man hörte Schreie. Tim und ich schafften Rawlins schleunigst hinaus. Das Durcheinander war so groß, daß der Sheriff sich nicht einmal einen Weg durch die Menge bahnen konnte, um an das Opfer heranzukommen. Niemand kannte Rawlins mit Namen. Wir gingen in andere Bars. In einer dunklen Straße kam Major uns entgegengewankt. «Verdammt, was ist los? Schlägerei? Ihr könnt auf mich zählen!» Großes Gelächter tönte von allen Seiten. Was mochte der Geist der Berge denken, fragte ich mich und blickte hinauf. Ich sah die Strauchkiefern im Mondlicht schimmern, sah die Gespenster alter Bergleute und verwunderte mich nicht. Am ganzen Ostwall der großen Wasserscheide herrschte Stille in dieser Nacht und das Flüstern des Windes, außer in der Schlucht, wo wir tobten. Und auf der anderen Seite der Wasserscheide lagen die weiten Hänge des Westens und das Hochplateau, das sich bis Steamboat Springs hinzog und abbrach und einen in die Wüste des westlichen Colorado und in die Wüste von Utah führte; all dies lag jetzt im Dunkel, während wir in unserem Gebirgswinkel tollten und brüllten, ein paar verrückte, betrunkene Amerikaner in diesem gewaltigen Land. Wir standen auf dem Dach Amerikas, und uns fiel offenbar nichts anderes ein, als herumzuschreien – durch die Nacht und ostwärts über die Prärie, wo wahrscheinlich irgendwo ein weißhaariger alter Mann zu uns unterwegs war, der das WORT brachte und jeden Moment eintreffen und uns zum Schweigen bringen konnte.

Rawlins wollte unbedingt in die Bar zurückgehen, wo er sich geprügelt hatte. Tim und ich waren von dieser Idee nicht sehr begeistert, aber wir ließen ihn nicht im Stich. Er baute sich vor D'Annunzio auf, dem Tenor, und kippte ihm einen Highball ins Gesicht. Wir schleppten ihn hinaus. Ein Bariton aus dem Chor schloß sich uns an, und wir zogen in eine normale Bar der

Einheimischen von Central City. Dort nannte Ray die Kellnerin eine Hure. Eine Gruppe mürrischer Männer stand vor der Theke; sie haßten Touristen. Einer von ihnen sagte: «Ihr verschwindet hier besser, bevor ich bis zehn zähle.» Das taten wir. Torkelnd kehrten wir zu der Baracke zurück und legten uns schlafen.

Am Morgen erwachte ich und wälzte mich auf die andere Seite; eine mächtige Staubwolke stieg von der Matratze auf. Ich rüttelte am Fenster; es war verschlossen. Auch Tim Gray lag noch im Bett. Wir husteten und schnieften. Unser Frühstück bestand aus schalem Bier. Babe kam von ihrem Hotel herüber, und wir packten unsere Sachen und hauten ab.

Alles geriet, wie es schien, aus den Fugen. Als wir zum Auto hinausgingen, rutschte Babe aus und fiel flach aufs Gesicht. Das arme Mädchen war total überdreht. Ihr Bruder und Tim und ich halfen ihr auf die Beine. Wir stiegen ein, und Major und Betty kamen hinterher. So begann die traurige Rückfahrt nach Denver.

Plötzlich lagen die Berge hinter uns, und wir blickten über die Ebene von Denver, weit wie ein Meer. Hitze wie aus einem Backofen schlug uns entgegen. Wir fingen an, Schlager zu singen. Ich brannte darauf, weiterzufahren nach San Francisco.

zehn

An diesem Abend traf ich Carlo, und zu meiner Verwunderung sagte er mir, er sei mit Dean in Central City gewesen.

«Was habt ihr gemacht?»

«Oh, wir sind durch die Bars gezogen, und dann hat Dean ein Auto geknackt und wir sind mit neunzig Sachen durch die Gebirgskurven zurückgebraust.»

«Ich hab euch nicht gesehen.»

«Wir wußten nicht, daß du da warst.»

«Tja, Mann, ich gehe jetzt jedenfalls nach San Francisco.»

«Dean hat Rita für dich angeworben, für heute abend.»

«Gut, dann will ich's verschieben.» Ich hatte kein Geld. Ich schrieb meiner Tante einen Luftpostbrief und bat sie um fünfzig Dollar und sagte, dies sei meine letzte Bitte um Geld; danach würde sie Geld von mir zurückbekommen, sobald ich auf dem Schiff sei.

Dann holte ich Rita Bettencourt ab und nahm sie mit in die Wohnung. Nach langem Gerede im dunklen Wohnzimmer konnte ich sie in mein Zimmer ziehen. Sie war ein nettes kleines Ding, schlicht und wahrhaftig, und hatte furchtbare Angst vor Sex. Ich erzählte ihr, wie schön es sei. Und ich wollte es ihr beweisen. Sie ließ es mich beweisen, aber ich war zu ungeduldig und bewies gar nichts. Sie seufzte im Dunkeln. «Was erwartest du dir vom Leben?» fragte ich. Das fragte ich die Mädchen immer.

«Ich weiß nicht», sagte sie. «An Tischen bedienen und versuchen, über die Runden zu kommen.» Sie gähnte. Ich legte ihr die Hand auf den Mund und sagte, sie solle nicht gähnen. Und ich versuchte ihr zu sagen, wie begeistert ich vom Leben sei, von den Dingen, die wir zusammen machen könnten; das sagte ich, und dabei hatte ich vor, in zwei Tagen aus Denver zu verschwinden. Sie wandte sich müde ab. Wir lagen auf dem Rükken, starrten an die Zimmerdecke und fragten uns, was Gott da angestellt hatte, als er das Leben so trostlos machte. Wir machten vage Pläne, uns in San Francisco zu treffen.

Meine Augenblicke in Denver gingen zu Ende, ich spürte es, als ich sie zu Fuß nach Hause brachte; auf dem Rückweg streckte ich mich auf dem Rasen vor einer alten Kirche zwischen einer Horde von Landstreichern aus, und ihre Reden machten mir Lust, bald wieder unterwegs zu sein. Ab und zu stand einer von ihnen auf und haute einen Passanten um einen Dime an. Sie redeten von der Ernte, die sich nach Norden bewegte. Es war warm und milde. Ich wäre am liebsten losgelaufen und hätte Rita noch einmal geholt und ihr viele Dinge gesagt und sie diesmal richtig geliebt und ihre Angst vor Männern beschwichtigt. Jungen und Mädchen in Amerika haben es nicht schön miteinander; Weltgewandtheit verlangt von ihnen, daß sie sofort miteinander ins Bett gehen, ohne vorher richtig zu reden. Kein Umwerben – keine echten und ehrlichen Gespräche über die Seele, wenn doch das Leben heilig und jeder Moment kostbar ist. Ich hörte die Lokomotive der *Denver-and-Rio-Grande*-Bahn fern in den Bergen heulen. Ich wollte weiter meinem Stern folgen.

Major und ich saßen da und redeten trübe bis Mitternacht. «Hast du *Green Hills of Africa* gelesen? Ist das Beste von Hemingway.» Wir wünschten einander Glück. In Frisco würden wir uns wiedersehen. Rawlins traf ich im Dunkeln unter einem Baum an der Straße. «Good-by, Ray. Wann treffen wir uns wieder?» Dann ging ich Dean und Carlo suchen – sie waren nicht zu finden. Tim Gray hob die Hand in die Luft und sagte: «Du gehst also, Yo.» Wir sagen Yo zueinander. «Yep», sagte ich. Die nächsten Tage wanderte ich in Denver herum. Mir schien, daß jeder Penner an der Larimer Street der Vater von Dean Moriarty sein konnte; Old Dean Moriarty, der Klempner, so nannten ihn alle. Ich ging ins Windsor Hotel, wo Vater und Sohn gehaust hatten und wo Dean eines Nachts so fürchterlich von dem Mann ohne Beine auf dem Rollbrett geweckt worden war, der mit ihnen das Zimmer teilte. Donnernd war er auf seinen schrecklichen Rädern über die Bodenbretter gekommen, um den Jungen anzufassen. Ich sah die Zeitungen verkaufende Liliputanerin mit ihren kurzen Beinen an der Ecke von Curtis und 15th Street. Ich schlenderte durch die trostlosen Spelunken an der Curtis Street; junge Burschen in Jeans und roten Hemden; Erdnußschalen am Boden, überdachte Kinoeingänge, Schießbuden. Jenseits der lichterglitzernden Straße war Dunkelheit, und jenseits der Dunkelheit war der Westen. Ich mußte fort.

Als es dämmerte, fand ich Carlo. Ich las ein wenig in seinem riesigen Tagebuch, schlief dort, und am nächsten Morgen, der trübe und grau war, kam der eins achtzig große, hagere Ed Dunkel herein, zusammen mit Roy Johnson, einem gutaussehenden Jungen, und Tom Snark, dem hinkefüßigen Billardhai. Sie saßen da und lauschten mit verlegenem Lächeln, während Carlo Marx ihnen seine verrückten apokalyptischen Gedichte vorlas. Ich sank auf meinem Stuhl zusammen, ich war fertig. «Oh, Denver-Vögel!» schrie Carlo. Wir gingen alle nach draußen und wanderten eine für Denver typische kopfsteingepflasterte Gasse entlang, zwischen träge qualmenden Abfallöfen. «In dieser Gasse habe ich früher meinen Reifen rollen lassen», hatte Chad King mir erzählt. Ich wünschte, ich hätte ihm dabei zusehen können; ich wünschte, ich hätte Denver vor zehn Jahren gesehen, als sie alle noch Kinder waren und in der sonnigen Kirschblütenfrühe des Rocky-Mountains-Frühlings ihre Reifen durch fröhliche Gassen voller Verheißung rollten – die ganze Bande. Und Dean, zerlumpt und schmutzig, wie er allein in seiner gedankenverlorenen Raserei umherstreifte.

Roy Johnson und ich spazierten durch den Nieselregen. Ich ging zu dem Haus, wo Eddies Mädchen wohnte, um mir mein kariertes wollenes Hemd zurückzuholen, das Hemd aus Shelton, Nebraska. Da war es, zusammengeknüllt, die ganze enorme Trostlosigkeit eines Hemdes. Roy Johnson sagte, wir würden uns in Frisco treffen. Alle wollten sie nach Frisco. Ich ging zur Post und stellte fest, daß mein Geld angekommen war. Die Sonne brach durch die Wolken, und Tim Gray begleitete mich im Trolley zum Busbahnhof. Ich kaufte mir mein Ticket nach San Fran, gab dafür die Hälfte meiner fünfzig Bucks aus und stieg um zwei Uhr nachmittags ein. Tim Gray winkte. Der Bus rollte durch die geschichtsumwobenen wimmelnden Straßen von Denver hinaus. «Bei Gott, ich muß wiederkommen und sehen, was noch alles passiert!» schwor ich mir. In einem Telefongespräch in letzter Minute hatte Dean gesagt, er und Carlo würden vielleicht nachkommen an die Küste; während ich darüber nachdachte, wurde mir bewußt, daß ich in der ganzen Zeit kaum fünf Minuten mit Dean gesprochen hatte.

elf

Ich kam zwei Wochen zu spät zu einem Treffen mit Remi Boncœur. Die Busfahrt von Denver nach Frisco verlief ohne Zwischenfälle – außer daß mir das Herz hüpfte, je näher wir der Stadt kamen. Wieder Cheyenne, diesmal am Nachmittag, und dann westwärts über die Bergkette; wir querten die große Wasserscheide gegen Mitternacht bei Creston und kamen im Morgengrauen in Salt Lake City an – eine Stadt voller Rasensprenger, ganz unvorstellbar, daß Dean hier geboren worden war; dann hinaus nach Nevada in glühender Sonne, Reno bei Anbruch der Nacht, mit seinen glitzernden chinesischen Straßen; dann hinauf in die Sierra Nevada, Fichten, Sterne, Berghütten, die von Liebesromanzen in Frisco erzählten – ein kleines Mädchen hinten im Bus jammerte dauernd: «Mama, wann kommen wir heim nach Truckee?» Und Truckee selbst, das gemütliche Truckee, und dann bergab in die Ebene von Sacramento. Plötzlich wurde es mir klar: ich war in Kalifornien. Warme, palmenwedelnde Luft – eine Luft zum Küssen – und die Palmen. Am geschichtenumwitterten Sacramento River entlang auf einem Superhighway; wieder in die Hügel, aufwärts, abwärts, und plötzlich die unermeßliche Weite der Bay (es war kurz vor der Morgendämmerung), jenseits mit den schläfrigen Lichtern von Frisco bekränzt. Bei der Fahrt über die Oakland Bay Bridge schlief ich fest ein, zum erstenmal seit Denver, so daß ich im Busbahnhof an der Market und Fourth Street mit einem unsanften Ruck daran erinnert wurde, daß ich dreitausendundzweihundert Meilen vom Haus meiner Tante in Paterson, New Jersey, entfernt war. Ich wanderte los wie ein verstörtes Gespenst, und da lag sie, die Stadt San Francisco – lange, öde Straßen mit Straßenbahnleitungen, alles in Nebel und weißen Dunst gehüllt. Ich stolperte ein paar Straßen weiter. Unheimliche Pennergestalten (an der Ecke Mission und Third Street) bettelten mich im Dämmerlicht um Dimes an. Irgendwo hörte ich Musik. Mann, das alles muß ich später chekken! Aber zuerst muß ich Remi Boncœur finden.

Mill City, wo Remi wohnte, war eine Ansammlung von Baracken in einem Tal, eine Wohnsiedlung für die Arbeiter von der Marinewerft, während des Krieges gebaut; sie lag unten in einer Schlucht, und zwar einer tiefen, die Hänge alle dicht mit Bäumen bestanden. Es gab Läden und Friseure und Schneidereien extra für die Bewohner der Siedlung. Dies war sozusagen das einzige Gemeinwesen in Amerika, wo Weiße und Neger freiwillig zusammenlebten; so war's, tatsächlich, und es war eine so wilde und fröhliche Stadt, wie ich sie nie wieder gesehen habe. An der Tür von Remis Baracke hing ein Zettel, der dort drei Wochen vorher angepinnt worden war.

> Sal Paradise! [in riesigen Druckbuchstaben]
> Falls niemand zu Hause,
> klettere durchs Fenster.
>
> Gezeichnet,
> Remi Boncœur

Der Zettel war mittlerweile verwittert und grau.

Ich kletterte hinein, und da lag er und schlief mit seinem Mädchen Lee Ann – auf einem Bett, das er von einem Handelsschiff gestohlen hatte, wie er mir später erzählte. Man stelle sich das vor, der Decksingenieur eines Handelsschiffs, wie er sich mitten in der Nacht mit einem Bett von Bord stiehlt und keuchend und schwitzend ans Ufer rudert. Das ist, mit einem Wort, Remi Boncœur.

Ich muß alles, was in San Fran passierte, so ausführlich erzählen, weil es mit allem anderen, was sonst noch geschah, in Zusammenhang steht. Remi Boncœur und ich kannten uns seit Jahren, seit unserer frühesten Studentenzeit. Was uns aber wirklich miteinander verband, war meine frühere Frau. Remi hatte sie als erster aufgetan. Er kam eines Abends in mein Zimmer im Studentenwohnheim und sagte: «Steh auf, Paradise, der alte Maestro ist da und will dich sehen.» Ich stand auf, und als ich meine Hose anzog, fielen ein paar Pennies auf den Boden. Es war vier Uhr nachmittags; damals, im College, habe ich die ganze Zeit gepennt. «Schon gut, schon gut, streu dein Geld nicht in der Gegend herum. Ich hab das wahnsinnigste Mädchen der Welt aufgetan und will gleich heut abend mit ihr ins Lion's Den gehen.» Und er schleppte mich mit zu seinem Treffen mit ihr. Eine Woche später ging sie mit mir. Remi war ein hochgewachsener, dunkelhaariger, gutaussehender Franzose (er sah ein bißchen wie ein zwanzigjähriger Schwarzhändler aus Marseille aus); weil er Franzose war, mußte er natürlich amerikanischen Jazzer-Slang reden; sein Englisch war perfekt, sein Französisch war perfekt. Er trug gern schicke Klamotten mit einem leichten studentischen Touch, ging gern mit auffallenden Blondinen aus und verpulverte eine Menge Geld. Nicht, daß er mir jemals Vorwürfe machte, weil ich ihm sein Mädchen ausgespannt hatte; dies war eher ein Punkt, der uns auf immer verband; der Junge war mir ein treuer Freund und hatte mich wirklich gern, und Gott weiß warum.

Als ich ihn an diesem Morgen in Mill City fand, waren für ihn die üblen und schlimmen Zeiten angebrochen, die über manche Typen hereinbrechen, wenn sie Mitte Zwanzig sind. Er hing herum, wartete auf ein Schiff, und um sich über Wasser zu halten, hatte er einen Job als Wachmann in der Kaserne jenseits der Schlucht angenommen. Sein Mädchen, Lee Ann, hatte eine böse Zunge und stauchte ihn täglich zusammen. Die ganze Woche lang drehten sie jeden Penny um, und wenn sie samstags ausgingen, gaben sie in drei Stunden fünfzig Dollar aus. Zu Hause, in der Baracke, lief Remi in Unterhosen herum, mit einer idiotischen Armymütze auf dem Kopf. Lee Ann rannte mit Lockenwicklern im Haar herum. In solcher Aufmachung brüllten sie sich die ganze Woche lang an. Niemals in meinen Erdentagen hab ich so viel Gekeife erlebt. Am Samstagabend aber lächelten sie einander huldvoll an und zogen los wie zwei erfolgreiche Hollywoodschauspieler, um die Stadt unsicher zu machen.

Remi erwachte und sah mich durchs Fenster kommen. Sein unbändiges Gelächter – er konnte lachen wie sonst keiner in der Welt – dröhnte mir in den Ohren. «Aaaaah, Paradise, er kommt durchs Fenster, er folgt den Anweisungen bis auf den I-Punkt. Wo hast du gesteckt, du kommst zwei Wochen zu spät!» Er klatschte mir auf den Rücken, er boxte Lee Ann in die Rippen, er ließ sich gegen die Wand fallen und lachte und schrie, er hieb mit der Faust auf den Tisch, daß man es überall in Mill City hören konnte, und sein langes gewaltiges «Aaaaah» hallte durch den Canyon. «Paradise!» brüllte er. «Der einmalige und unnachahmliche Paradise.»

Ich war gerade durch das kleine Fischerdorf Sausalito gekommen, und als erstes sagte ich: «Muß eine Menge Italiener in Sausalito geben.»

«Muß eine Menge Italiener in Sausalito geben!» schrie er aus vollem Hals. «Aaaaah!» Er boxte sich selbst, ließ sich aufs Bett fallen, kugelte fast auf den Boden. «Hast du gehört, was Paradise sagt? Muß eine Menge Italiener in Sausalito geben? Aaaahhaaa! Hoho! Wow! Uuuuh!» Er lief krebsrot an vor Lachen. «Oh, du bringst mich um, Paradise, du bist der komischste Vogel von der Welt, und da bist du, da bist du endlich, er ist durchs Fenster reingekommen, hast du gesehen, Lee Ann, er hat die Anweisungen befolgt und ist durchs Fenster gestiegen. Aaah! Oooh!»

Das Seltsame war, daß Tür an Tür neben Remi ein Neger wohnte, ein Mr. Snow, dessen Gelächter, ich schwör's auf die Bibel, eindeutig und endgültig die allergewaltigste Lache in der ganzen Welt war. Und dieser Mr. Snow begann jetzt beim Abendessen zu lachen, als seine Frau irgend etwas Belangloses sagte; er sprang auf, schon am Ersticken, wie es schien, lehnte sich an die Wand, starrte zum Himmel hinauf und legte los; er taumelte durch die Tür, stieß gegen die Wände der Nachbarn. Er war wie besoffen davon, torkelte durch die Abendschatten von Mill City und erhob sein wieherndes Triumphgeheul zu dem göttlichen Dämon, der es ihm verliehen haben mußte. Ich weiß nicht, ob er dieses Abendessen je beendet hat. Gut möglich, daß sich Remi, ohne es zu wissen, von diesem erstaunlichen Kerl, Mr. Snow, hatte anstecken lassen. Und obwohl Remi berufliche Probleme hatte und außerdem ein trostloses Liebesleben mit einer scharfzüngigen Frau, hatte er doch zumindest gelernt, besser zu lachen als sonstjemand auf der Welt, und ich sah schon voraus, wieviel Spaß wir in Frisco haben würden.

Das Arrangement sah so aus: Remi schlief mit Lee Ann in dem Bett an der anderen Seite des Zimmers, und ich schlief auf dem Feldbett am Fenster. Ich durfte Lee Ann nicht anfassen. Remi hielt mir darüber sogleich einen Vortrag. «Ich möchte nicht feststellen, daß ihr beide herumfummelt, wenn ihr glaubt, daß ich nicht hinschaue. Du kannst dem alten Maestro keine neue Melodie beibringen. Das ist ein Sprichwort, und es stammt von mir.» Ich sah mir Lee Ann genauer an. Sie war ein appetitlicher Käfer, ein honigblondes Wesen, aber in ihren Augen war Haß auf uns beide. Ihr ganzes Streben war darauf gerichtet, einen reichen Mann zu heiraten. Sie stammte aus einer kleinen Stadt in Oregon. Und sie bereute den Tag, an dem sie sich mit Remi eingelassen hatte. An einem seiner angeberischen Wochenenden hatte er hundert Dollar für sie spendiert, und sie glaubte einen reichen Erben gefunden zu haben. Statt dessen war sie in dieser Baracke gelandet und mußte in Ermangelung von etwas Besserem dort bleiben. Sie hatte einen Job in San Francisco und mußte jeden Tag den Greyhound an der Kreuzung nehmen und in die Stadt fahren. Das vergab sie Remi nie.

Ich sollte in der Baracke bleiben und eine brillante Story für ein Hollywood-Studio schreiben. Remi wollte das Opus unter den Arm nehmen und mit einem Stratosphären-Clipper runterfliegen und uns alle reich machen; Lee Ann sollte mitkommen; er wollte sie dem Vater eines seiner Freunde vorstellen, der ein berühmter Regisseur und vertrauter Freund von W. C. Fields war. Also blieb ich die erste Woche in der Baracke in Mill City, schrieb wie ein Verrückter an einer düsteren Geschichte über New York, die, wie ich fest glaubte, einen Hollywoodregisseur zufriedenstellen würde. Das Dumme war nur, daß sie zu traurig war. Remi brachte es kaum fertig, sie zu lesen, und so brachte er sie nur, ein paar Wochen später, nach Hollywood. Lee Ann war zu gelangweilt und haßte uns beide zu sehr, um sich die Mühe zu machen, die Geschichte zu lesen. Ich verbrachte endlose verregnete Stunden mit Kaffeetrinken und meiner Kritzelei. Schließlich sagte ich zu Remi, so ginge es nicht, ich brauchte einen Job; sogar um Zigaretten mußte ich die beiden anhauen. Ein Schatten der Enttäuschung flog über Remis Stirn – er war immer über die komischsten Sachen enttäuscht. Er hatte ein goldenes Herz.

Er besorgte mir die gleiche Arbeit, die er hatte, als Wachmann in der Kaserne. Ich brachte die notwendigen Formalitäten hinter mich, und zu meiner Überraschung gaben die Mistkerle mir die Stelle. Ich wurde vom lokalen Polizeichef vereidigt, bekam eine Dienstmarke, einen Knüppel und war jetzt Hilfspolizist. Ich überlegte, was Dean und Carlo und Old Bull Lee wohl dazu sagen würden. Ich mußte eine marineblaue Hose tragen, passend zu meiner schwarzen Jacke und meiner Polizistenmütze. Die ersten zwei Wochen mußte ich Remis Hose anziehen. Da er sehr groß war und vom Fressen aus lauter Langeweile einen dicken Bauch hatte, machte ich mich flatternd wie Charlie Chaplin auf den Weg zu meiner ersten Arbeitsnacht. Remi gab mir eine Taschenlampe und seine automatische .32er.

«Wo hast du die Kanone her?» fragte ich.

«Auf dem Weg zur Küste, letzten Sommer, bin ich in North Platte, Nebraska, aus dem Zug gestiegen, um mir die Beine zu vertreten, und was seh ich da im Schaufenster liegen? Dieses einmalige kleine Schießeisen. Ich habe es mir auf der Stelle gekauft und konnte gerade noch auf den Zug aufspringen.»

Als ich ihm erzählen wollte, was North Platte für mich bedeutete, wo ich mit den Jungs den Whisky gekauft hatte, schlug er mir auf den Rücken und sagte, ich sei der komischste Vogel der Welt.

Mit der Taschenlampe meinen Weg suchend, kletterte ich die steilen Südhänge des Canyons hinauf, kam oben an den

Highway, wo abends der Verkehr nach Frisco strömte, krabbelte auf der anderen Seite wieder hinunter, stürzte beinahe und kam auf den Grund einer Klamm, wo ein kleines Farmhaus an einem Bach stand und wo nun jeden Abend, den Gott werden ließ, derselbe Hund mich ankläffte. Dann kam ein flotter Marsch auf einer silbrigen staubigen Straße unter den tintenschwarzen Bäumen Kaliforniens – eine Straße wie aus *Zorros Rache* und eine Straße wie all die Straßen, die man in minderen Wildwestfilmen sieht. Ich nahm immer meine Kanone aus der Tasche und spielte Cowboy im Dunkeln. Danach kletterte ich einen weiteren Hügel hinauf, und da waren die Baracken. Diese Kaserne diente Bauarbeitern, die nach Übersee gingen, als zeitweilige Unterkunft. Die Männer, die dort hausten, waren auf der Durchreise und warteten auf ihr Schiff. Die meisten fuhren nach Okinawa. Und die meisten waren auf der Flucht vor irgend etwas – meistens vor der Polizei. Es waren harte Burschen aus Alabama, gerissene Männer aus New York – alle Sorten, von überall her. Und weil sie genau wußten, wie grausig es sein würde, ein volles Jahr in Okinawa zu schuften, soffen sie. Die Aufgabe der Hilfswachmänner war es, dafür zu sorgen, daß sie nicht die Kasernen auseinandernahmen. Wir hatten unsere Zentrale im Hauptgebäude, nichts als ein Holzverschlag mit durch Sperrholzwände abgeteilten Büros. Dort saßen wir um ein Rollpult herum, schnallten unsere Kanonen ab und gähnten, und die alten Cops erzählten Geschichten.

Es war ein schrecklicher Haufen, Männer mit Polizistenseelen, alle, bis auf Remi und mich. Remi wollte dort nur seinen Lebensunterhalt verdienen, und ich auch, aber diese Männer wollten Verhaftungen aufweisen und Belobigungen vom Polizeichef der Stadt einstreichen. Sie sagten sogar, wenn man es nicht mindestens auf eine Verhaftung im Monat brächte, würde man gefeuert. Mir kam das Kotzen bei dem Gedanken daran, jemanden zu verhaften. Tatsache ist, daß ich in der Nacht, als in den Baracken die Hölle losbrach, genauso besoffen war wie alle anderen.

In dieser Nacht sah der Dienstplan vor, daß ich sechs Stunden lang ganz allein war – der einzige Cop auf dem Gelände. Und anscheinend hatten sich alle in den Baracken an diesem Abend vollaufen lassen. Der Grund war, daß ihr Schiff am Morgen auslaufen sollte. Sie soffen wie Seeleute in der Nacht, bevor der Anker gelichtet wird. Ich saß im Büro, die Füße auf dem Schreibtisch, und las meine *Blue-Book*-Abenteuergeschichten über Oregon und den Norden des Landes, als ich plötzlich merkte, daß eine laut summende Betriebsamkeit in der gewöhnlich stillen Nacht im Gange war. Ich ging nach draußen. In fast jeder verdammten Baracke auf dem Gelände brannte Licht. Männer grölten, Flaschen splitterten. Für mich hieß es: Friß, Vogel, oder stirb. Ich nahm meine Taschenlampe, ging an die Tür, wo es am lautesten war, und klopfte. Jemand öffnete einen Spalt.

«Was willst *du* hier?»

Ich sagte: «Ich muß heute nacht diese Baracken bewachen, und ihr Männer solltet euch möglichst ruhig verhalten» – oder irgend so einen blöden Spruch. Sie knallten mir die Tür vor der Nase zu. Ich stand da und starrte auf das Holz vor meiner Nase. Es war wie im Wildwestfilm: Die Stunde der Wahrheit war gekommen. Ich klopfte noch einmal. Diesmal flog die Tür weit auf. «Hört zu», sagte ich, «ich habe keine Lust, hier anzutanzen und euch zu nerven, aber ich verliere meinen Job, wenn ihr solchen Krach macht.»

«Wer bist du?»

«Ich bin Wachmann hier.»

«Noch nie gesehen.»

«Hier ist meine Plakette.»

«Wozu hast du den Knaller an deinem Arsch baumeln?»

«Gehört nicht mir», entschuldigte ich mich. «Hab ich mir ausgeliehen.»

«Komm, trink einen Schluck, in Gottes Namen.» Ich hatte nichts dagegen und trank zwei.

Ich sagte: «Okay, Freunde, ihr werdet jetzt ruhig bleiben, Freunde! Ihr wißt, sonst sitze ich in der Scheiße.»

«In Ordnung, Kleiner», sagten sie. «Lauf und dreh deine

Runde. Wenn du Lust hast, kommst du wieder auf einen Schluck.»

Auf diese Art zog ich von Tür zu Tür, und bald war ich genauso besoffen wie alle anderen. Bei Tagesanbruch war's meine Pflicht, die amerikanische Flagge an einem Zwanzig-Meter-Mast zu hissen, und an diesem Morgen hißte ich sie verkehrt herum, bevor ich nach Hause ging und mich ins Bett legte. Als ich am Abend wiederkam, hockten die regulären Cops mit grimmigen Gesichtern im Büro.

«Sag mal, Junge, was war das heute nacht denn für ein Krawall hier? Wir haben Beschwerden von Leuten, die in den Häusern jenseits des Canyons wohnen.»

«Keine Ahnung», sagte ich. «Scheint doch ganz ruhig jetzt.»

«Das ganze Kontingent ist abgefahren. Du solltest gestern abend hier für Ordnung sorgen – der Chef tobt wegen dir. Und noch etwas – wußtest du nicht, daß du ins Gefängnis kommen kannst, wenn du die amerikanische Flagge verkehrt herum an einem staatlichen Fahnenmast aufziehst?»

«Verkehrt herum?» Ich war entsetzt; natürlich hatte ich's nicht gemerkt. Ich machte es jeden Morgen ganz automatisch.

«Jawohl», sagte ein fetter Cop, der zweiundzwanzig Jahre als Wärter auf der Zuchthausinsel Alcatraz verbracht hatte. «Für so was kannst du glatt im Knast landen.» Die anderen nickten grimmig. Sie hockten immer fett auf ihren Ärschen; sie waren stolz auf ihre Arbeit. Sie befingerten ihre Revolver und redeten gern darüber. Es juckte sie in den Fingern, jemanden umzulegen. Remi und mich.

Der Cop, der Wärter auf Alcatraz gewesen war, hatte einen Spitzbauch und war an die sechzig; er war schon in Pension, konnte aber auf die Atmosphäre, die ein Leben lang seine dürre Seele genährt hatte, nicht verzichten. Jeden Abend kam er in seinem 35er Ford angefahren, drückte pünktlich auf die Minute die Stechuhr und setzte sich an das Rollpult. Mühsam bearbeitete er das simple Formular, das wir jeden Abend auszufüllen hatten – Kontrollgänge, Uhrzeit, Vorkommnisse und so weiter. Dann lehnte er sich zurück und erzählte Geschichten.

«Du hättest vor zwei Monaten hier sein sollen, als ich und Sledge» (das war ein anderer Cop, ein junger Kerl, der Texas-Ranger werden wollte und sich mit seinem gegenwärtigen Los begnügen mußte) «einen Besoffenen in Baracke G. verhaftet haben. Mann, du hättest das Blut spritzen sehen sollen. Komm mit rüber heute abend, ich zeige dir die Flecken an der Wand. Wir ließen den Kerl von einer Wand zur anderen fliegen. Erst hat Sledge ihn geschlagen, dann ich, und dann gab er auf und wurde ganz leise. Der Kerl hat geschworen, uns umzubringen, wenn er aus dem Gefängnis kommt – hat dreißig Tage gekriegt. Inzwischen ist das *sechzig* Tage her, und er hat sich nicht blicken lassen.» Das war die große Pointe der Geschichte. Sie hatten ihm solche Furcht eingebleut, daß er sich nicht traute, zurückzukommen und sie umzulegen.

Und weiter schwelgte der alte Cop in süßen Erinnerungen an die Schrecken von Alcatraz. «Wir ließen sie wie Rekruten zum Frühstück marschieren. Keiner fiel aus dem Tritt. Klappte alles wie am Schnürchen. Hättest du sehen sollen. Da war ich zweiundzwanzig Jahre lang Wärter. Nie Probleme gehabt. Die Burschen wußten, daß wir's ernst meinten. Viele Männer werden weich, wenn sie Häftlinge bewachen, und das sind die, die oft Schwierigkeiten kriegen. Du zum Beispiel – ich hab dich beobachtet, du bist ein bißchen zu *nachgiebig* mit den Leuten.» Er fuchtelte mit seiner Pfeife herum und sah mich scharf an. «Die nützen das aus, weißt du.»

Ich wußte es. Ich sagte ihm, ich sei nicht aus dem Holz, aus dem man Polizisten schnitzt.

«Ja, aber das ist der Job, um den du dich *beworben* hast. Jetzt mußt du dich entscheiden, so oder so, sonst wirst du nie etwas erreichen. Es ist deine Pflicht. Du bist vereidigt. In solchen Dingen kannst du keine Kompromisse machen. Gesetz und Ordnung müssen aufrechterhalten werden.»

Ich wußte nicht, was ich sagen sollte; er hatte recht. Am liebsten hätte ich mich davongeschlichen in die Nacht, um loszugehen und herauszufinden, was all die Menschen taten in diesem großen Land.

Der andere Cop, Sledge, war groß und muskulös, schwarzhaarig, mit Bürstenschnitt und mit einem nervösen Zucken im Hals – wie ein Boxer, der dauernd die Fäuste gegeneinander schlägt. Zum Dienst takelte er sich auf wie ein Texas-Ranger alter Zeiten. Er trug einen Revolver tief an der Hüfte, mit Patronengürtel, schleppte eine kleine Reitpeitsche mit sich rum und war überall mit Leder behängt, wie eine wandelnde Folterkammer, gewichste Schuhe, weit herabhängendes Jackett, verwegener Hut, alles, bis auf Reitstiefel. Er wollte mir dauernd Kampfgriffe zeigen – er packte mich zwischen den Beinen und hob mich mühelos hoch. Was reine Körperkraft betrifft, hätte ich ihn mit dem gleichen Griff bis an die Decke hochgeworfen, das wußte ich, aber ich ließ es ihn nicht merken, aus Angst, er würde mich zum Ringkampf auffordern. Ein Ringkampf mit einem solchen Typ konnte nur in eine Schießerei münden. Und ich bin mir sicher, er war der bessere Schütze, ich hatte nie im Leben einen Revolver gehabt. Schon das Laden machte mir angst. Er war ganz wild darauf, Leute zu verhaften. Eines Nachts waren wir allein im Dienst, und er kam mit zornrotem Gesicht zurück.

«Ich habe den Kerlen da drüben gesagt, sie sollen leise sein, und immer noch machen sie Krach. Ich hab es ihnen zweimal gesagt. Ich gebe einem Mann immer zwei Chancen. Niemals drei. Du kommst jetzt mit, und ich werde hingehen und sie verhaften.»

«Na, dann laß *mich* denen mal eine dritte Chance geben», sagte ich. «Ich werde mit ihnen reden.»

«No, Sir, ich habe nie einem Mann mehr als zwei Chancen gegeben.» Ich seufzte. Das war's also. Wir marschierten zu der unbotmäßigen Baracke, und Sledge riß die Tür auf und befahl, alle sollten raustreten. Es war peinlich. Jeder von uns wurde rot vor Scham. Das ist die Geschichte Amerikas. Jeder tut, was er glaubt tun zu müssen. Was macht es schon, wenn ein paar Männer in der Nacht mit lauter Stimme reden und trinken? Sledge aber wollte etwas beweisen. Sicherheitshalber hatte er mich mitgenommen, für den Fall, daß sie über ihn herfielen.

Sie hätten es tun können. Es waren lauter Brüder, alle aus Alabama. Langsam gingen wir zur Wache zurück. Sledge vorneweg, ich hinterher.

Einer der Jungs sagte zu mir: «Sag diesem Arsch mit Ohren, er soll uns laufenlassen. Wir könnten deswegen gefeuert werden, und dann kommen wir nie nach Okinawa.»

«Ich spreche mit ihm.»

Auf der Wache sagte ich zu Sledge, er solle die Sache einfach vergessen. Er lief rot an und sagte so laut, daß alle es hörten: «Ich gebe keinem mehr als zwei Chancen.»

«Zum Teufel», sagte der Mann aus Alabama, «was soll das Ganze? Wir können unsern Job verlieren.» Sledge sagte nichts und füllte die Arrestformulare aus. Er verhaftete nur einen von ihnen; er rief den Streifenwagen aus der Stadt. Sie kamen und nahmen den Mann mit. Die anderen Brüder zogen mit finsteren Mienen ab. «Was wird Ma dazu sagen?» sagten sie. Einer kam noch einmal zu mir. «Sag diesem Texas-Affen, falls mein Bruder nicht bis morgen abend aus dem Knast raus ist, kann er sich den Arsch zusammennähen lassen.» Ich sagte es Sledge, in neutralen Worten, und er sagte nichts. Der Bruder wurde freigelassen und nichts passierte. Das ganze Kontingent segelte ab, und eine neue wilde Horde kam. Wäre Remi Boncœur nicht gewesen, ich hätte diesen Job keine zwei Stunden behalten.

Aber Remi Boncœur und ich waren manche Nacht allein im Dienst, und dann lief alles wie geschmiert. Gemächlich drehten wir unsere erste Abendrunde, und Remi probierte an allen Türen, ob sie verschlossen waren, immer in der Hoffnung, eine offene zu finden. Er sagte jedesmal: «Seit Jahren habe ich die Idee, einen Hund zum Superdieb zu dressieren, so daß er in die Zimmer der Kerle läuft und ihnen die Dollars aus den Taschen holt. Ich würd ihn so abrichten, daß er nur Scheine nimmt. Ich würde sie ihn den ganzen Tag schnuppern lassen. Wenn das menschenmöglich wäre, würde ich ihn so dressieren, daß er nur Zwanziger schnappt.» Remi hatte dauernd die verrücktesten Projekte; wochenlang redete er jetzt von diesem Hund. Nur einmal fand er eine Tür, die nicht verschlossen war. Mir gefiel die Sache nicht, darum schlenderte ich langsam weiter durch den Flur. Remi drückte verstohlen die Tür auf und starrte dem Hausmeister der Kaserne ins Gesicht. Remi haßte die Visage des Mannes. Einmal hatte er mich gefragt: «Wie heißt doch der russische Schriftsteller, von dem du immer redest – der Typ, der sich die Zeitungen in die Schuhe stopfte und mit einem Ofenrohr, das er auf der Müllkippe gefunden hatte, als Zylinder herumlief?» Es war eine übertriebene Version dessen, was ich Remi von Dostojewski erzählt hatte. «Ah, das ist er – das ist er – Dostioffski. Ein Mann mit einer Fresse wie dieser Hausmeister kann nur Dostioffski heißen.» Die einzige unverschlossene Tür, die Remi je entdeckte, gehörte also Dostioffski. D. schlief gerade, als er jemanden seinen Türknauf leise drehen hörte. Er stand auf, kam im Schlafanzug an die Tür und sah doppelt so häßlich aus wie sonst. Als Remi die Tür aufdrückte, blickte er in ein verstörtes Gesicht, triefend vor Haß und dumpfer Wut.

«Was soll das heißen?»

«Ich wollte nur die Tür probieren. Ich dachte, es ist die – äh – Besenkammer. Ich suche einen Mop.»

«Was soll das *heißen*, du suchst einen Mop?»

«Hm – äh.»

Ich trat vor und sagte: «Einer der Männer hat oben den Flur vollgekotzt. Wir müssen es aufwischen.»

«Dies ist nicht die Besenkammer. Dies ist *mein* Zimmer. Wenn so was noch mal vorkommt, zeig ich euch beide an, und ihr fliegt raus. Habt ihr mich verstanden?»

«Einer der Kerle hat oben gekotzt», sagte ich.

«Die Besenkammer ist dort unten.» Er deutete mit der Hand den Flur hinunter und wartete, bis wir uns einen Mop holten, was wir auch taten. Mit dummen Gesichtern gingen wir nach oben.

«Gottverdammt», sagte ich zu Remi, «du bringst uns immer in Schwierigkeiten. Kannst du das denn nicht lassen? Warum mußt du dauernd stehlen?»

«Die Welt schuldet mir ein paar Kleinigkeiten, das ist alles.

Du kannst dem alten Maestro keine neue Melodie beibringen. Rede nur weiter so, dann werde ich anfangen, dich Dostioffski zu nennen.»

Remi war wie ein Kind. Irgendwann in seiner Vergangenheit, in seinen einsamen Schuljahren in Frankreich, hatte man ihm alles genommen. Seine Stiefeltern steckten ihn kurzerhand ins Internat und überließen ihn seinem Schicksal. Er war unglücklich und flog aus einer Schule nach der anderen. Er tippelte nachts über die Straßen Frankreichs und dachte sich Flüche aus mit seinem unschuldigen Wortschatz. Jetzt wollte er sich alles zurückholen, was er verloren hatte, und sein Verlust war unendlich; also würde es bis in alle Ewigkeit so weitergehen.

Die Kasernenkantine war unsere Nahrungsquelle. Wir paßten auf, daß niemand uns sah, und achteten besonders darauf, daß keiner unserer Polizistenfreunde herumlungerte, um uns zu kontrollieren; dann ging ich in die Hocke, Remi stieg auf meine Schultern, und schwupp, oben war er. Er stieß das Fenster auf, das nie verschlossen war, wofür er abends sorgte, und kroch durch und landete auf der Backtheke. Ich war ein bißchen gewandter und sprang einfach rauf und kletterte hinein. Dann gingen wir zur Eisvitrine. Hier wurde für mich ein Kindheitstraum wahr: Ich hob den Deckel vom Schokoladeneis, stieß die Hand bis zum Gelenk hinein und schöpfte mir einen Batzen Eiskrem und schleckte. Dann holten wir leere Eiskremkübel, stopften sie voll, gossen Schokoladensirup darüber, manchmal auch Erdbeeren, und schlenderten durch die Küche und rissen die Kühlschränke auf, um zu sehen, was wir in unseren Taschen nach Hause schleppen konnten. Ich riß mir ein Bratenstück ab und wickelte es in eine Serviette. «Du weißt, was Präsident Truman gesagt hat», pflegte Remi zu sagen. «Wir müssen die Lebenshaltungskosten senken.»

Eines Nachts mußte ich lange warten, während er eine riesige Kiste mit Lebensmitteln füllte. Und dann kriegten wir sie nicht durchs Fenster. Remi mußte alles wieder auspacken und zurücktragen. Später in der Nacht, als er frei hatte und ich allein die Stellung hielt, passierte etwas Komisches. Ich machte einen Spaziergang, den alten Canyonpfad hinauf, und hoffte, ein Reh zu sehen (Remi hatte einmal Rehe gesehen, so unberührt war die Gegend noch), als ich einen fürchterlichen Krach im Dunkeln hörte. Es war ein Keuchen und Fauchen. Ich dachte schon, ein Rhinozeros sei in der Finsternis hinter mir her. Ich griff nach meiner Kanone. Eine hohe Gestalt tauchte im düsteren Canyon auf; sie hatte einen mächtigen Kopf. Plötzlich erkannte ich, daß es Remi war, mit einem riesigen Karton voll Proviant auf der Schulter. Er keuchte und stöhnte unter der enormen Last. Irgendwie hatte er den Kantinenschlüssel gefunden und seine Vorräte durch die Vordertür hinausgeschafft. Ich sagte: «Remi, ich dachte, du wärst zu Hause. Was zum Teufel machst du da?»

Und er sagte: «Paradise, ich hab es dir schon oft gesagt, daß Präsident Truman gesagt hat, wir müssen die Lebenshaltungskosten senken.» Dann hörte ich ihn keuchend und schnaufend in der Dunkelheit verschwinden. Den furchtbaren Weg zurück zu unserer Baracke habe ich ja schon beschrieben, immer bergauf und bergab. Er versteckte die Lebensmittel im hohen Gras und kam zu mir zurück. «Sal, ich schaff's einfach nicht allein. Ich muß das Zeug auf zwei Kisten verteilen, und du mußt mir helfen.»

«Aber ich bin im Dienst.»

«Ich passe auf, solange du weg bist. Du weißt ja, das Leben wird immer härter. Wir müssen das Beste draus machen, mehr gibt's da nicht zu sagen.» Er wischte sich übers Gesicht. «Uff. Wie oft hab ich dir gesagt, Sal, wir sind Kumpel und müssen die Sache zusammen durchstehen. Eine andere Möglichkeit gibt es nicht. Die Dostioffskis, die Cops, die Lee Anns und alle üblen Stänkerer dieser Welt sind hinter uns her. Wir müssen sehen, daß keiner uns reinlegt. Sie haben noch allerhand Tricks im Ärmel, abgesehen von einem schmutzigen Arm. Denk daran. Du kannst dem alten Maestro keine neue Melodie beibringen.»

Ich fragte schließlich: «Was machen wir nun eigentlich, um auf ein Schiff zu kommen?» Zehn Wochen zog sich das alles schon hin. Ich verdiente fünfundfünfzig Dollar in der Woche und schickte meiner Tante im Schnitt vierzig davon. In der ganzen Zeit war ich nur einen Abend in San Francisco gewesen. Mein Leben, das war unsere Baracke, das waren Remis Streitereien mit Lee Ann, und das war, mitten in der Nacht, die Kaserne.

Remi war in der Dunkelheit losgezogen, um noch eine weitere Kiste zu holen. Zusammen schleppten wir uns auf dem alten Zorro-Weg dahin. Dann stapelten wir die Vorräte kilometerhoch auf Lee Anns Küchentisch. Sie wachte auf und rieb sich die Augen.

«Du weißt, was Präsident Truman gesagt hat?» Sie war begeistert. Plötzlich wurde mir klar, daß jeder in Amerika ein geborener Dieb ist. Auch mich hatte das Fieber gepackt. Ich fing sogar an zu probieren, ob die Türen verschlossen waren. Die anderen Cops wurden mißtrauisch; sie lasen es uns von den Augen ab; mit untrüglichem Sinn verstanden sie, was wir im Sinn hatten. Jahrelange Erfahrung hatte sie gelehrt zu wissen, was Remi und ich für Leute waren.

Tagsüber zogen Remi und ich mit dem Revolver los und versuchten Wachteln in den Hügeln zu schießen. Remi schlich sich bis auf einen Meter an die gluckenden Vögel heran und ließ die .32er krachen. Er traf daneben. Sein unbändiges Lachen tönte über die Wälder Kaliforniens und über ganz Amerika hin. «Für dich und mich ist es an der Zeit, daß wir den Bananenkönig besuchen.»

Es war Samstag; wir warfen uns in Schale und liefen zur Bushaltestelle an der Kreuzung. Wir fuhren nach San Francisco hinein und schlenderten durch die Straßen. Remis gewaltige Lache erschallte überall, wohin wir gingen. «Du mußt eine Geschichte über den Bananenkönig schreiben», schärfte er mir ein. «Und versuch nicht, den alten Maestro auszutricksen und über etwas anderes zu schreiben. Der Bananenkönig, das ist deine Sache. Da steht der Bananenkönig.» Der Bananenkönig war ein alter Mann, der an der Straßenecke Bananen verkaufte. Ich war völlig genervt. Aber Remi stieß mich in die Rippen und schleppte mich sogar am Kragen weiter. «Wenn du über den Bananenkönig schreibst, dann schreibst du über die wahren Dinge des Lebens.» Ich sagte ihm, daß der Bananenkönig mir völlig schnuppe sei. «Solange du die Bedeutung des Bananenkönigs nicht erkennst, weißt du nichts über die wahren Dinge in dieser Welt», sagte Remi mit Bestimmtheit.

Draußen in der Bay lag ein alter rostiger Frachter als Boje vor Anker. Remi war ganz wild darauf, dort hinzurudern. Also packte Lee Ann eines Nachmittags ein Lunchpaket, und wir mieteten einen Kahn und fuhren hinaus. Remi hatte Werkzeug mitgebracht. Lee Ann zog sich splitternackt aus und legte sich auf der Schiffsbrücke in die Sonne. Ich beobachtete sie vom Heck aus. Remi stieg gleich in den Kesselraum hinunter, wo Ratten umherliefen, und hämmerte scheppernd drauflos, auf der Suche nach Kesselfutter aus Kupfer, das sich natürlich nicht fand. Ich saß in der demolierten Offiziersmesse. Es war ein altes, altes Schiff, alles war einst wunderbar ausgestattet gewesen mit Holzschnitzereien und eingebauten Seetruhen. Dies war der Geist San Franciscos, aus der Zeit Jack Londons. Ich saß träumend am sonnenbeschienenen Kapitänstisch. In der Pantry trippelten Ratten. Vor langer Zeit hatte ein blauäugiger Kapitän hier gespeist.

Ich kletterte zu Remi in den Schiffsbauch hinunter. Er zerrte an allem herum, was locker war. «Nichts und wieder nichts. Ich dachte, hier gäbe es Kupfer, ich dachte, hier fänden sich zumindest ein paar alte Schraubenschlüssel. Das Schiff ist von Dieben abgeräumt worden.» Das Schiff lag schon viele Jahre in der Bay. Das Kupfer war von Händen gestohlen, die vielleicht schon keine Hände mehr waren.

Ich sagte zu Remi: «Ich würde gern mal eine Nacht auf diesem alten Kahn verbringen, wenn der Nebel aufzieht und alles knarrt und man das mächtige Tuuut der Heulbojen hört.»

Remi war platt. Seine Bewunderung für mich nahm noch zu. «Sal, ich zahle dir fünf Dollar, wenn du den Mut hast, das zu machen. Ist dir nicht klar, daß hier vielleicht die Geister der alten Kapitäne spuken? Ich zahle dir nicht nur fünf Dollar, ich rudere dich hinaus und packe dir Essen ein und gebe dir Dekken und eine Kerze mit.»

«Einverstanden!» sagte ich. Remi lief, um es Lee Ann zu erzählen. Am liebsten hätte ich mich von einem Mast direkt in sie hineingestürzt, aber ich hielt das Versprechen, das ich Remi gegeben hatte. Ich wandte die Augen von ihr ab.

Inzwischen fuhr ich öfter nach Frisco; ich probierte alles menschenmögliche, um ein Mädchen rumzukriegen. Einmal saß ich eine ganze Nacht lang bis zum Morgengrauen mit einer Kleinen auf einer Parkbank, ohne Erfolg. Sie war eine Blonde aus Minnesota. Es gab auch massenhaft Schwuchteln. Mehrere Male nahm ich meine Kanone mit nach San Fran, und wenn sich 'ne Tunte in einem Kneipenklo an mich ranmachen wollte, holte ich die Kanone raus und sagte: «Eh? Eh? Was hast du gesagt?» Sie schossen jedesmal davon. Ich habe nie begriffen, warum ich so etwas machte. Ich kannte doch Schwule überall im Land. Es war nur die Einsamkeit in San Francisco und die Tatsache, daß ich eine Kanone hatte. Ich mußte sie jemandem zeigen. Einmal lief ich an einem Juwelierladen vorbei und spürte plötzlich den Drang, das Fenster zu Bruch zu schießen, die besten Ringe und Armbänder rauszuholen und abzuhauen, um sie Lee Ann zu schenken. Dann konnten wir zusammen nach Nevada abhauen. Es wurde Zeit, daß ich aus Frisco verschwand, sonst würde ich noch verrückt.

Ich schrieb lange Briefe an Dean und Carlo, die jetzt bei Old Bull waren, in seiner Hütte in den Sümpfen von Texas. Sie sagten, sie würden gern zu mir nach San Fran rüberkommen, sobald dies und das erledigt sei. Unterdessen ging zwischen Remi und Lee Ann und mir alles in die Brüche. Der Septemberregen kam und mit ihm endlose Tiraden. Remi war mit Lee Ann nach Hollywood geflogen, hatte meine traurige alberne Drehbuchvorlage mitgenommen, und nichts war passiert. Der berühmte Regisseur war betrunken und nahm von den beiden keine Notiz; sie hingen in seinem Haus am Strand von Malibu herum und fingen an, vor anderen Gästen zu streiten. Dann flogen sie zurück nach Hause.

Das dicke Ende war dann das Pferderennen. Remi nahm all seine Ersparnisse, ungefähr hundert Dollar, putzte mich mit Klamotten von sich heraus, nahm Lee Ann am Arm, und los ging's zum Golden-Gate-Rennplatz bei Richmond, jenseits der Bay. Und um euch zu zeigen, was für ein Herz der Mann hatte: Er stopfte die Hälfte unserer gestohlenen Lebensmittel in eine riesige braune Tüte und brachte sie einer armen Witwe, die er in Richmond kannte, in einer Sozialsiedlung wie der unseren, mit flatternder Wäsche unter der kalifornischen Sonne. Wir gingen mit. Wir sahen traurige zerlumpte Kinder. Die Frau bedankte sich bei Remi. Sie war die Schwester eines Seemanns, den er flüchtig kennengelernt hatte. «Gern geschehen, Mrs. Cater», sagte Remi in seinem vornehmsten, höflichsten Ton. «Wo das herkommt, ist noch jede Menge mehr zu holen.»

Dann zogen wir zur Rennbahn. Er setzte unglaubliche zwanzig Dollarwetten auf Sieg, und vor dem siebten Lauf war er pleite. Mit unseren letzten zwei Dollar für Lebensmittel plazierte er noch eine weitere Wette, und er verlor. Per Anhalter mußten wir nach San Francisco zurück. Ich war wieder mal unterwegs, auf der Landstraße. Ein Gentleman nahm uns in seinem rassigen Wagen mit. Ich saß neben ihm auf dem Beifahrersitz. Remi versuchte eine Geschichte zu landen, daß er auf der Rennbahn hinter der Tribüne seine Brieftasche verloren hätte. «Die Wahrheit ist», sagte ich, «wir haben unser ganzes Geld beim Rennen verloren, und in Zukunft werden wir, um nicht wieder von der Rennbahn zurücktrampen zu müssen, zum Buchmacher gehen, was, Remi?» Remi wurde knallrot. Schließlich rückte der Mann damit heraus, daß er einer der Manager der Golden-Gate-Rennbahn sei. Vor dem eleganten Palace Hotel setzte er uns ab; wir sahen ihn unter Kronleuchtern verschwinden, die Taschen voll Geld, die Nase hochgereckt.

«Oooh! Aaah!» heulte Remi durch die abendlichen Straßen von Frisco. «Paradise fährt spazieren mit dem Mann, der die Rennbahn leitet, und *schwört*, daß er in Zukunft zum Buchmacher geht. Lee Ann, Lee Ann!» Er boxte sie und rempelte sie an. «Eindeutig der komischste Vogel der Welt. Muß eine Menge

Italiener in Sausalito geben. Aaah! Oooh!» Brüllend vor Lachen umschlang er einen Laternenpfahl.

An diesem Abend fing es an zu regnen, und Lee Ann sah uns beide mit schiefen Blicken an. Kein Cent war mehr im Haus. Der Regen trommelte aufs Dach. «Das wird jetzt so eine Woche gehen», sagte Remi. Er hatte seinen schnieken Anzug ausgezogen und trug wieder seine schäbige Unterhose, die Armymütze und das Unterhemd. Seine großen traurigen braunen Augen starrten auf die Dielenbretter. Der Revolver lag auf dem Tisch. Durch die Regennacht hörten wir Mr. Snow, der sich irgendwo kaputtlachte.

«Ich hab die Schnauze voll von diesem Hurensohn», fauchte Lee Ann. Sie war darauf aus, Streit anzufangen. Sie stichelte gegen Remi. Er blätterte eifrig in seinem kleinen schwarzen Buch, in dem die Namen von Leuten standen, meistens Matrosen, die ihm Geld schuldeten. Neben die Namen schrieb er mit roter Tinte Beschimpfungen. Mir graute vor dem Tag, da ich den Weg in dieses Buch finden würde. In der letzten Zeit hatte ich meiner Tante so viel Geld geschickt, daß ich nur Lebensmittel im Wert von vier bis fünf Dollar in der Woche nach Hause brachte. Mich an das haltend, was Präsident Truman sagte, fügte ich dem ein paar Dollar in Naturalien hinzu. Doch Remi fand, das sei nicht der angemessene Anteil, der auf mich entfiel, und so hatte er sich angewöhnt, die Einkaufsrechnungen für Lebensmittel, die langen Kassenstreifen mit den einzeln aufgezählten Preisen, im Klo an die Wand zu hängen, damit ich es sah und verstand. Lee Ann war überzeugt, daß Remi Geld vor ihr versteckte – und daß ich das auch tat. Sie drohte, ihn zu verlassen.

Remi verzog den Mund. «Wo willst du denn hin?»

«Zu Jimmy.»

«*Jimmy*? Ein Kassierer von der Rennbahn? Hast du das gehört, Sal? Lee Ann will abhauen und sich einem Kassierer vom Rennplatz an den Hals werfen. Paß nur auf, und nimm deinen Besen mit, Schatz, die Pferde werden in diesen Tagen eine Menge Hafer fressen dank meinem Hundert-Dollar-Schein.»

Die Dinge gerieten immer mehr aus dem Gleis, und der Regen prasselte. Ursprünglich hatte Lee Ann in der Bude gewohnt, also befahl sie Remi, seine Sachen zu packen und auszuziehen. Er fing an zu packen. Ich malte mir aus, wie es wäre: ich ganz allein in der regennassen Hütte mit dieser widerspenstigen Hexe. Ich versuchte mich einzumischen. Remi gab Lee Ann einen Schubs. Sie hechtete nach dem Revolver. Remi gab mir die Kanone und bat mich, sie zu verstecken; im Magazin steckten acht Patronen. Lee Ann fing an zu kreischen und zog schließlich ihren Regenmantel an und stampfte hinaus in den Matsch, um einen Cop zu holen – und wen am Ende? Ausgerechnet unseren alten Freund Alcatraz! Zum Glück war er nicht zu Hause. Klatschnaß kam sie wieder. Ich verbarg mich in meiner Ecke, den Kopf zwischen den Knien. Herrgott, was hatte ich hier verloren, dreitausend Meilen fort von zu Hause. Warum war ich hierhergekommen? Wo war mein langsamer Dampfer nach China?

«Und noch was, du Dreckskerl», kreischte Lee Ann. «Das war heute abend das letzte Mal, daß ich dir dein dreckiges Kalbshirn mit Eiern mache, dein dreckiges Curry-Lamm, nur damit du dir deinen dreckigen Ranzen vollschlägst und vor meinen Augen frech und fett wirst.»

«In Ordnung», sagte Remi nur leise. «Ist völlig in Ordnung. Als ich mich mit dir eingelassen hab, hab ich nicht Rosen und Mondschein erwartet, und jetzt bin ich nicht einmal überrascht. Ich habe versucht, dir was Gutes zu tun – ich hab mein Bestes gegeben, für euch beide, und beide laßt ihr mich im Stich. Ich bin furchtbar, furchtbar enttäuscht von euch beiden», fuhr er in absoluter Aufrichtigkeit fort. «Ich hatte gedacht, wir würden gemeinsam was auf die Beine stellen, etwas Gutes und Dauerhaftes, ich hab's versucht, ich bin nach Hollywood geflogen, ich hab Sal einen Job besorgt, ich hab dir schöne Kleider gekauft, und ich habe versucht, dich den besten Leuten in San Francisco vorzustellen. Du warst nicht bereit, ihr beide wart nicht bereit, mir den kleinsten Wunsch zu erfüllen, den ich hatte. Ich habe keine Belohnung verlangt. Jetzt bitte ich euch nur um einen letzten Gefallen, und dann will ich euch auch nie mehr um irgend etwas bitten. Mein Stiefvater kommt am Samstag abend nach San Francisco. Ich bitte euch nur, daß ihr mitkommt und so zu tun versucht, als ob alles noch so wäre, wie ich es ihm geschildert habe. Mit anderen Worten, du, Lee Ann, bist mein Mädchen, und du, Sal, bist mein Freund. Ich hab's geschafft, mir für Samstag abend hundert Dollar zu borgen. Ich möchte gern, daß mein Vater ein paar schöne Stunden hat und wegfahren kann, ohne sich Sorgen um mich zu machen.»

Das überraschte mich. Remis Stiefvater war ein berühmter Arzt, der in Wien, Paris und London praktiziert hatte. Ich sagte: «Willst du mir damit sagen, daß du einhundert Dollar für deinen Stiefvater ausgeben willst? Er hat mehr Geld, als du je haben wirst! Mann, du hast Schulden gemacht!»

«Ist schon in Ordnung», sagte Remi leise und mit niedergeschlagener Stimme. «Ich bitte euch nur um dieses eine und letzte – daß ihr zumindest *versucht*, so zu tun, als wäre noch alles in Ordnung, und daß ihr *versucht*, einen guten Eindruck zu machen. Ich liebe meinen Stiefvater, und ich habe Respekt vor ihm. Er kommt mit seiner jungen Frau. Wir müssen ihm alle Ehre erweisen.» Es gab Zeiten, da war Remi wirklich der wohlerzogenste Mensch in der Welt. Lee Ann war beeindruckt und freute sich darauf, seinen Stiefvater kennenzulernen; womöglich dachte sie, er könnte ein guter Fang sein, wenn es sein Sohn schon nicht war.

Der Samstagabend rollte heran. Ich hatte meinen Job bei den Cops bereits selber gekündigt, bevor ich gefeuert wurde, weil ich nicht genügend Verhaftungen vornahm, und dies sollte mein letzter Samstagabend sein. Im Hotel ging Remi zuerst mit Lee Ann zu seinem Vater ins Zimmer hinauf; ich hatte Reisegeld in der Tasche und trank mir unten in der Bar einen an. Dann ging ich zu ihnen rauf, reichlich verspätet. Sein Vater öffnete mir die Zimmertür, ein vornehmer hochgewachsener Herr mit Pincenez. «Ah», sagte ich, als ich ihn erblickte. «Monsieur Boncœur, wie geht's? *Je suis haut!*» schrie ich, was auf französisch heißen sollte: «Ich bin high, ich habe getrunken», was aber auf französisch überhaupt keinen Sinn macht. Der Doktor war perplex. Schon hatte ich Remi den Abend vermasselt. Er errötete für mich.

Zum Essen gingen wir in ein protziges Restaurant – Alfred's in North Beach, wo der arme Remi gut fünfzig Dollar für uns fünf ausgab, mit Drinks und allem. Und nun kam das Schlimmste. Wer ausgerechnet mußte bei Alfred's an der Bar sitzen? Mein alter Freund Roland Major. Er war gerade aus Denver gekommen und arbeitete bei einer Zeitung in San Francisco. Er war beschwipst. Er war nicht einmal rasiert. Er kam rübergelaufen und klatschte mir auf den Rücken, als ich gerade einen Highball an die Lippen hob. Er quetschte sich neben Dr. Boncœur auf die Bank und redete über die Suppe des Mannes hinweg auf mich ein. Remi war krebsrot.

«Möchtest du nicht deinen Freund vorstellen, Sal?» fragte er mit mattem Lächeln.

«Roland Major vom San Francisco *Argus*», versuchte ich mit ungerührtem Gesicht zu sagen. Lee Ann funkelte mich wütend an.

Major begann, Monsieur die Ohren vollzulabern. «Wie gefällt es Ihnen als Französischlehrer an der High-School?» krähte er.

«Entschuldigen Sie, aber ich bin kein Französischlehrer.»

«Oh, ich dachte, Sie sind Französischlehrer.» Er gab sich alle Mühe, unhöflich zu sein. Ich erinnerte mich an den Abend in Denver, als er uns unsere Party untersagen wollte; aber ich hatte ihm verziehen.

Ich verzieh allen, und ich gab auf und betrank mich. Ich fing an, mit der jungen Frau des Doktors zu flirten. Ich trank so viel, daß ich alle zwei Minuten zur Toilette mußte, wozu ich jedesmal über Dr. Boncœurs Knie hinwegsteigen mußte. Alles geriet in Auflösung. Mein Aufenthalt in San Francisco ging zu Ende. Remi würde nie wieder mit mir sprechen. Es war schrecklich, weil ich Remi wirklich sehr gern hatte und weil ich einer der sehr wenigen Menschen auf dieser Welt war, die wußten, was für ein echter und großartiger Kerl er war. Er würde Jahre brauchen, um darüber wegzukommen. Wie verheerend war das alles, verglichen mit dem, was ich ihm aus Paterson geschrieben hatte, als ich meine rote Linie auf der Route 6 quer durch Amerika plante. Hier war ich am Ende von Amerika – weiter ging es nicht –, und mir blieb nichts anderes, als zurückzukehren. Ich beschloß, wenigstens eine Rundreise zu machen: Hier und jetzt faßte ich den Entschluß, nach Hollywood zu fahren und zurück durch Texas, um meine Bande in den Mississippisümpfen wiederzusehen; alles andere sollte der Teufel holen.

Major wurde bei Alfred's hinausgeworfen. Das Dinner war sowieso vorbei, also ging ich mit ihm; das heißt, Remi machte mir den Vorschlag, und ich zog mit Major los, um zu trinken. Wir saßen an einem Tisch im Iron Pot, und Major sagte: «Sam, der Schwule da an der Bar gefällt mir nicht.» Dies mit lauter Stimme.

«Yeah, Jake?» sagte ich.

«Sam», sagte er, «ich glaube, ich werde aufstehen und ihm eine auf die Schnauze hauen.»

«Nein, Jake», sagte ich, indem ich diese Hemingway-Imitation fortsetzte. «Ziele einfach von hier, und sieh zu, was passiert.» Wir landeten torkelnd an einer Straßenecke.

Am andern Morgen, während Remi und Lee Ann noch schliefen und ich mit einer gewissen Traurigkeit auf den großen Haufen schmutziger Wäsche starrte, den Remi und ich eigentlich in der Bendix-Waschmaschine in der hintersten Baracke hatten waschen wollen (was immer eine so fröhliche, sonnige Angelegenheit gewesen war, inmitten all der schwarzen Frauen und während Mr. Snow sich totlachte), beschloß ich zu gehen. Ich trat auf die Veranda hinaus. «Nein, verdammt», sagte ich mir, «ich hab mir fest vorgenommen, nicht zu gehen, ehe ich den Berg da oben bestiegen habe.» Es war die hohe Flanke des Canyons, die geheimnisvoll zum Pazifischen Ozean hinüberführte.

Und so blieb ich noch einen weiteren Tag. Es war Sonntag. Eine gewaltige Hitzewelle senkte sich herab. Es war ein schöner

Tag, und um drei Uhr färbte die Sonne sich rot. Ich stieg den Berg hinauf und erreichte um vier den Gipfel. Auf allen Seiten brüteten die lieblichen kalifornischen Cottonwoods und Eukalyptusbäume. Ein Stück vor dem Gipfel gab es keine Bäume mehr, nur noch Felsen und Gras. Kühe weideten auf dem Küstenplateau. Dort lag der Pazifik, nur ein paar niedrigere Hügelkuppen entfernt, blau und unermeßlich und mit einem mächtigen weißen Wall, der sich von dem legendären «Kartoffelfeld» näher wälzte, wo die Nebel von San Francisco geboren werden. Noch eine Stunde, und sie würden sich durch das Golden Gate hereindrängen, um die romantische Stadt in Weiß zu hüllen, und ein junger Mann würde sein Mädchen bei der Hand halten und langsam einen der endlosen weißen Bürgersteige mit ihr hinaufsteigen, eine Flasche Tokaier in der Jackentasche. Das war Frisco; und schöne Frauen stehen in weißen Hauseingängen und warten auf ihre Männer; und der Coit Tower und der Embarcadero und die Market Street und die elf wimmelnden Hügel.

Ich drehte mich im Kreis, bis mir schwindlig wurde. Ich glaubte zu stürzen, wie im Traum, direkt in den Abgrund hinunter. Oh, wo ist das Mädchen, das ich liebe? dachte ich und schaute mich suchend um, so, wie ich überall in der kleinen Welt dort unten mich umgeschaut hatte. Und vor mir lag die große rohe Wölbung und Weite meines amerikanischen Kontinents; irgendwo weit, weit drüben das düstere verrückte New York, das seine Staubwolken und seinen braunen Qualm ausspuckte. Der Osten hat etwas Braunes und Heiliges an sich, und Kalifornien ist weiß wie Wäsche auf der Leine und leer im Kopf – so wenigstens dachte ich damals.

zwölf

Am Morgen schliefen Remi und Lee Ann noch, während ich leise meine Sachen packte. Ich schlüpfte zum Fenster hinaus, genau so, wie ich gekommen war, und verließ Mill City mit meinem Seesack. Und nie hatte ich die Nacht auf dem alten Geisterschiff verbracht – auf der *Admiral Freebee*, so der Name –, und Remi und ich hatten einander verloren.

In Oakland trank ich ein Bier zwischen den Landstreichern in einem Saloon mit einem Planwagenrad vor der Tür, und dann war ich wieder unterwegs. Ich ging zu Fuß quer durch Oakland, um zu der Straße nach Fresno zu kommen. Zwei Lifts brachten mich nach Bakersfield, vierhundert Meilen südwärts. Der erste war eine verrückte Sache, mit einem vierschrötigen blonden Typ in einer heiß frisierten Kiste. «Siehst du die Zehe da?» sagte er, während er die Karre auf achtzig Sachen brachte und jeden auf der Straße überholte. «Sieh dir das an.» Sie war mit Binden umwickelt. «Habe ich mir heute morgen amputieren lassen. Die Blödmänner wollten, daß ich im Krankenhaus bleibe. Ich hab meinen Koffer gepackt und bin abgehauen. Eine Zehe, was ist das schon?» Allerdings, sagte ich mir, also paß jetzt lieber auf, und ich klammerte mich fest. So einen Irren hat man noch nie am Steuer erlebt! Die Strecke bis Tracy schaffte er in kürzester Zeit. Tracy ist eine Eisenbahnstadt, da essen Bremser und Rangierer miese Mahlzeiten in Imbißbuden an den Schienensträngen. Züge heulen durch das Tal. Die Sonne geht flach und rot unter. All die magischen Namen des San Joaquin Valley rollten ab – Manteca, Madera, all die anderen. Bald kam die Dämmerung, eine weintraubenblaue Dämmerung, ein violettes Dämmerlicht über Tangerinenhainen und langgestreckten Melonenfeldern; die Sonne von einer Farbe wie ausgepreßte Weintrauben, durchbrochen von Burgunderrot, die

Felder in den Farben von Liebe und spanischen Mysterien. Ich steckte den Kopf aus dem Fenster und atmete in tiefen Zügen die duftende Luft ein. Es war der allerschönste Moment. Der Verrückte war Bremser bei der *Southern Pacific* und wohnte in Fresno; sein Vater war ebenfalls Bremser bei der Eisenbahn. Seinen Zeh hatte er auf den Güterbahnhöfen von Oakland verloren, beim Rangieren, ich verstand nicht ganz wie. Er fuhr mich ins schwirrende Fresno und ließ mich am Südrand der Stadt aussteigen. Ich ging auf eine schnelle Cola in einen kleinen Laden an den Gleisen, und gerade da kam ein traurig dreinblickender Armenierjunge die Reihe der roten Güterwagen entlang, und genau in diesem Moment jaulte eine Lokomotive, und ich sagte mir: Ja, ja, das ist Saroyans Stadt.

Ich mußte nach Süden; ich stellte mich an die Straße. Ein Mann in einem nagelneuen Lieferwagen las mich auf. Er kam aus Lubbock, Texas, und war Vertreter für Wohnwagen. «Wollen Sie einen Trailer kaufen?» fragte er mich. «Jederzeit, suchen Sie mich auf.» Er erzählte Geschichten von seinem Vater in Lubbock. «Eines Abends hat mein Alter die Tageseinnahmen oben auf dem Safe liegenlassen, einfach vergessen. Und was passierte – ein Dieb kam in der Nacht, mit Schweißbrenner und allem, was dazugehört, und knackte den Safe, durchwühlte die Papiere, warf ein paar Stühle um und verschwand. Und die tausend Dollar lagen direkt oben auf dem Safe, was sagen Sie nun dazu?»

Er setzte mich südlich von Bakersfield ab, und hier begann mein Abenteuer. Es wurde kalt. Ich zog mir den dünnen Army-Regenmantel über, den ich in Oakland für drei Dollar gekauft hatte, und stand bibbernd an der Straße. Ich stand vor einem Motel im verschnörkelten spanischen Stil, das wie ein Schmuckstück beleuchtet war. Autos rasten vorbei, in Richtung LA. Ich winkte wie verrückt. Es war einfach zu kalt. Da stand ich bis Mitternacht, zwei geschlagene Stunden, und fluchte und fluchte. Es war genau wie in Stuart, Iowa. Es blieb mir nichts übrig, als reichlich zwei Dollar auszugeben und mit dem Bus die restlichen Meilen bis Los Angeles zu fahren. Ich ging, immer am Highway entlang, zurück nach Bakersfield und zum Busbahnhof und setzte mich auf eine Bank.

Ich hatte mein Ticket gekauft und wartete auf den Bus nach LA, als ich plötzlich das hübscheste kleine Mexikanermädchen in weiten Hosen vor meinen Augen vorbeilaufen sah. Sie gehörte zu einem der Busse, der eben mit seufzenden Druckluftbremsen angehalten hatte; er entließ seine Passagiere in eine Rastpause. Ihre Brüste standen fest und ehrlich hervor, ihre zierlichen Hüften sahen prächtig aus, ihr Haar war lang und schimmernd schwarz, und ihre Augen waren ein einziges blaues Strahlen, mit einer Spur von Schüchternheit darin. Ich wünschte, ich hätte in ihrem Bus gesessen. Ein Stich fuhr mir durchs Herz, wie jedesmal, wenn ich ein Mädchen sah, das mir gefiel und das in die verkehrte Richtung fuhr in dieser allzu großen Welt. Die Ansagerin rief den Bus nach LA aus. Ich packte meinen Seesack und stieg ein, und wer saß da ganz allein? Das mexikanische Mädchen. Ich ließ mich ihr gegenüber auf einen Sitz fallen und fing sofort an, einen Plan zu schmieden. Ich war so allein, so traurig, so müde und durchgefroren, so pleite und so kaputt, daß ich all meinen Mut zusammenraffte, den Mut, den man braucht, um sich an ein fremdes Mädchen heranzumachen, und handelte. Allerdings verbrachte ich noch fünf Minuten damit, mir im Dunkeln die Knie zu kneten, während der Bus die Straße dahinrollte.

Du mußt, du mußt, sonst verreckst du! Verdammter Trottel, sprich sie an! Was ist los mit dir? Ödest du dich nicht schon selber an? Und bevor ich wußte, was ich tat, beugte ich mich zu ihr hinüber (sie versuchte auf ihrer Sitzbank zu schlafen) und sagte: «Miss, wollen Sie meinen Regenmantel als Kopfkissen?»

Sie hob lächelnd den Kopf und sagte: «Nein, vielen Dank.»

Ich lehnte mich bebend zurück; ich zündete mir eine Kippe an. Ich wartete, bis sie zu mir herüberschaute, mit einem traurigen kleinen Seitenblick von Liebe, dann stand ich auf und beugte mich über sie. «Darf ich mich zu Ihnen setzen, Miss?»

«Wenn Sie wollen.»

Und das tat ich. «Wohin fahren Sie?»

«LA.» Ich war ganz verliebt in die Art, wie sie «LA» sagte; ich liebe die Art, wie sie alle an der Küste «LA» sagen; am Ende ist es immerhin ihre einzige goldene Stadt.

«Da fahre ich auch hin!» rief ich. «Ich bin sehr froh, daß ich mich zu Ihnen setzen darf, ich war sehr allein, und ich bin schon verdammt lange unterwegs.» Und damit fingen wir an, uns unsere Geschichten zu erzählen. Ihre Geschichte ging so: Sie hatte einen Mann und ein Kind. Der Mann schlug sie, darum hatte sie ihn verlassen, zu Hause in Sabinal, südlich von Fresno, und fuhr nach LA, um eine Zeitlang bei ihrer Schwester zu wohnen. Ihren kleinen Sohn hatte sie bei ihren Eltern gelassen, die Traubenpflücker waren und in einer Hütte in den Weinbergen wohnten. Was blieb ihr da anderes übrig, als zu grübeln und zu verzweifeln. Mir war, als müßte ich gleich die Arme um sie legen. Wir redeten und redeten. Sie sagte, sie rede gern mit mir, und schon bald sagte sie, sie wünschte, sie könnte auch mal nach New York fahren.

«Vielleicht könnten wir!» rief ich lachend. Der Bus ächzte den Grapevine-Paß hinauf, und dann ging's hinunter in weite Flächen voll Licht. Ohne es weiter abgesprochen zu haben, fingen wir an, uns die Hände zu halten, und genauso wurde wortlos und wunderbar und in aller Reinheit beschlossen, daß sie, wenn ich in LA ein Hotelzimmer fände, an meiner Seite sein würde. Ich sehnte mich mit meinem ganzen Körper nach ihr; ich grub mein Gesicht in ihr herrliches Haar. Ihre zarten Schultern machten mich verrückt; ich umarmte sie und liebkoste sie. Und sie mochte es.

«Ich liebe Liebe», sagte sie und schloß die Augen. Ich versprach ihr wunderbare Liebe. Ich weidete mich an ihr. Unsere Geschichten waren erzählt; wir versanken in Schweigen und süßen erwartungsvollen Gedanken. Es war alles so einfach. Alle Peaches und Bettys und Marylous und Ritas und Camilles und Inez der Welt konnten mir gestohlen bleiben; sie war mein Mädchen, eine Frau nach meinem Herzen, und das sagte ich ihr. Sie gestand, sie habe gemerkt, daß ich sie am Busbahnhof beobachtete. «Ich dachte, du wärst ein netter College-Boy.»

«Oh, ich bin ein College-Boy!» versicherte ich ihr. Der Bus kam in Hollywood an. In dem schmutziggrauen Dämmerlicht, einer Dämmerung wie in dem Film *Sullivan's Travels*, wenn Joel McCrea und Veronica Lake sich in einem Diner begegnen, schlief sie auf meinem Schoß. Ich schaute gierig aus dem Fenster: stuckverzierte Häuser und Palmen und Drive-in-Restaurants, der reine Wahnsinn, dieses schäbige gelobte Land, das phantastische andere Ende Amerikas. An der Main Street stiegen wir aus, und es war hier nicht anders, als in Kansas City oder Chicago oder Boston auszusteigen – rote Backsteinmauern, Schmutz, vorbeischlendernde Gestalten, schnarrende Trolley-Busse im hoffnungslosen Dämmerlicht, der hurenhafte Geruch einer großen Stadt.

Und hier drehte ich im Kopf durch, ich weiß nicht warum. Ich verfiel auf die blödsinnig paranoide Idee, daß Teresa oder Terry – so hieß sie – eine gewöhnliche kleine Nutte sei, die den Kerlen im Bus das Geld abnahm, indem sie sich, wie in unserem Fall, in LA verabredete, wo sie den Blödmann zuerst in ein Frühstücks-Café schleppte, wo ihr Zuhälter wartete, und dann in ein gewisses Hotel, wo der Kerl mit seiner Kanone, oder was immer es war, jederzeit Zugang hatte. Ich habe es ihr nie gestanden. Wir gingen frühstücken, und ein Zuhälter ließ uns nicht aus den Augen. Ich bildete mir ein, daß Terry ihm geheime Zeichen gab. Ich war übermüdet und fühlte mich fremd und verloren in einer sehr fernen und ekelhaften Stadt. Eine blödsinnige Angst packte mich, beherrschte alle meine Gedanken und zwang mich zu schäbiger Kleinlichkeit. «Kennst du den Typ?» fragte ich.

«Welchen Typ meinst du, Schatz?» Ich ließ das Thema fallen. Sie war langsam und umständlich bei allem, was sie tat; sie brauchte eine Ewigkeit zum Essen; sie kaute langsam und starrte ins Leere und rauchte eine Zigarette und redete drauflos, und ich hing dort wie ein verstörtes Gespenst, mißtrauisch gegen jede Bewegung, die sie machte, und dachte, sie wolle Zeit schinden. Es war ein Anfall von Krankheit. Ich schwitzte, als wir Hand in Hand die Straße entlanggingen. Im ersten Hotel, das wir fanden, war ein Zimmer frei, und ehe es mir bewußt wurde, hatte ich die Tür hinter mir abgesperrt, und sie saß auf dem Bett und zog sich die Schuhe aus. Ich küßte sie demütig. Besser, wenn sie es nie erfuhr. Um unsere Nerven zu beruhigen, brauchten wir Whisky, besonders ich. Ich rannte los, trödelte zwölf Blocks durch die Gegend, hastete herum, bis ich eine Flasche Whisky fand, die es an einem Zeitungsstand zu kaufen gab. Voll Energie lief ich zurück. Terry war im Bad und schminkte sich das Gesicht. Ich goß ein Wasserglas voll und wir ließen es glucksen. Oh, wie süß, wie köstlich, es entschädigte mich für meine ganze jammervolle Reise. Ich stand hinter ihr am Spiegel, und so tanzten wir im Badezimmer herum. Ich fing an, ihr von meinen Freunden drüben an der Ostküste zu erzählen.

Ich sagte: «Du müßtest mal ein Mädchen kennenlernen, das ich kenne, sie ist phantastisch und heißt Dorie. Eine Rothaarige, eins achtzig groß. Wenn du nach New York kommst, kann sie dir helfen, Arbeit zu finden.»

«Wer ist diese eins achtzig große Rothaarige?» fragte sie mißtrauisch. «Warum erzählst du mir von ihr?» In ihrer schlichten Seele konnte sie nicht ahnen, warum ich so glücklich, so nervös drauflosplapperte. Ich ließ das Thema fallen. Sie betrank sich langsam im Bad.

«Komm ins Bett!» sagte ich immer wieder.

«Eins achtzig groß, rothaarig, he? Und ich dachte, du bist ein netter College-Boy, ich sah dich in deinem hübschen Pullover und habe mir gesagt: Hmmm, ist der nicht nett? Nein! Nein und noch mal nein! Du bist wahrscheinlich ein gottverdammter Zuhälter wie alle anderen!»

«Um Himmels willen, was redest du da?»

«Mach mir nichts vor, erzähl mir nicht, daß diese eins achtzig große Rothaarige keine Puffmutter ist, eine Puffmutter erkenne ich sofort, wenn ich von einer höre, und du, du bist ein Zuhälter wie alle anderen, die ich getroffen habe, alle seid ihr Zuhälter.»

«Hör zu, Terry, ich bin kein Zuhälter. Ich schwör's dir auf die

Bibel, daß ich kein Zuhälter bin. Wieso sollte ich ein Zuhälter sein? Ich hab nur an dir Interesse.»

«Und ich habe die ganze Zeit gedacht, ich hätte einen netten Jungen kennengelernt. Ich war glücklich, ich hab mich selber umarmt und mir gesagt: Hmmm, ein wirklich netter Junge und kein Zuhälter.»

«Terry», flehte ich aus tiefster Seele. «Bitte, hör mir zu und glaube mir, ich bin kein Zuhälter.» Vor einer Stunde hatte ich geglaubt, *sie* sei eine Nutte. Oh, wie traurig das alles war. Unsere Herzen mit ihrem Vorrat an Irrsinn hatten einander verloren. Oh, grausames Leben, wie seufzte ich und flehte ich, und dann drehte ich durch und sagte mir, daß ich mich vor einem dummen kleinen mexikanischen Bauernmädchen rechtfertigte, und das sagte ich ihr, und ehe ich begriff, was ich tat, nahm ich ihre roten Schuhe und schleuderte sie gegen die Badezimmertür und schrie, sie solle verschwinden. «Los, mach, hau ab!» Ich wollte schlafen und vergessen; ich hatte mein eigenes Leben, für immer mein eigenes trauriges und verpfuschtes Leben. Im Bad herrschte Totenstille. Ich zog mich aus und legte mich ins Bett.

Terry kam, mit Tränen der Reue in den Augen. Mit ihrem schlichten und komischen kleinen Verstand war sie zu dem Schluß gekommen, daß ein Zuhälter nicht die Schuhe einer Frau gegen die Tür wirft und ihr sagt, sie soll verschwinden. Andächtig und in süßem Schweigen zog sie sich ganz aus und schlüpfte mit ihrem winzigen Körper zu mir unter die Decke. Sie war weinbeerenbraun. Ich sah ihr Bäuchlein mit der Narbe vom Kaiserschnitt; ihre Hüften waren so schmal, daß sie kein Kind zur Welt bringen konnte, ohne aufgeschnitten zu werden. Ihre Beine waren dünn wie Stecken. Sie war höchstens eins fünfzig groß. Ich liebte sie in der Süße des müden Morgens. Wie zwei erschöpfte Engel, einsam und verloren in einer Abstellkammer von Los Angeles, die zusammen das Vertrauteste und Kostbarste im Leben gefunden haben, schliefen wir schließlich ein und schliefen bis spät in den Nachmittag.

dreizehn

Die nächsten fünfzehn Tage waren wir auf Gedeih und Verderb zusammen. Beim Aufwachen beschlossen wir, zusammen nach New York zu trampen; Terry sollte dann in der Stadt mein Mädchen sein. Ich malte mir schon wilde Szenen mit Dean und Marylou und all den anderen aus – eine Saison, eine phantastische neue Saison. Zuerst mußten wir arbeiten, um genügend Geld für die Reise zusammenzuverdienen. Terry fand, wir sollten gleich mit den zwanzig Dollar anfangen, die ich noch hatte. Das wollte ich nicht. Und ich verdammter Esel wälzte das Problem zwei Tage lang, während wir die Stellenanzeigen in verrückten Zeitungen von LA studierten, die ich noch nie gesehen hatte; wir hockten in Cafeterias und Bars, bis meine zwanzig Dollar auf knappe zehn geschrumpft waren. In unserem kleinen Hotelzimmer waren wir sehr glücklich. Mitten in der Nacht stand ich auf, weil ich nicht schlafen konnte, zog die Bettdecke über Babys nackte braune Schultern und erforschte die Nacht in LA. Was für brutale, heiße, sirenenjaulende Nächte das sind! Gleich gegenüber, auf der anderen Straßenseite, gab es Probleme. Eine baufällige, heruntergewirtschaftete Absteige war Schauplatz einer Tragödie. Der Streifenwagen parkte davor, und die Cops vernahmen einen grauhaarigen Alten. Von drinnen hörte man Schluchzen. Ich hörte es alles vermischt mit dem Summen der Neonreklame meines Hotels. Nie im Leben hatte ich mich trostloser gefühlt. LA ist die einsamste und brutalste Stadt von ganz Amerika. In New York wird es im Winter schließlich kalt, aber in manchen Straßen gibt es doch ein irres Gefühl von Kameradschaft. LA ist ein Dschungel.

Die South Main Street, wo Terry und ich mit Hot dogs herumspazierten, war ein phantastischer Rummelplatz voller

Lichter und Wildheit. Cops in hohen Stiefeln filzten die Leute an praktisch jeder Straßenecke. Die kaputtesten Typen des ganzen Landes schwärmten über die Bürgersteige – all dies unter den sanften südkalifornischen Sternen, die sich im braunen Widerschein des riesigen Wüstencamps verlieren, das LA in Wirklichkeit ist. Man roch den Tee, das Gras – ich meine Marihuana –, der Geruch hing in der Luft, dazu die Düfte von Chili-Bohnen und Bier. Der wilde phantastische Sound des Bebop schwebte aus Bierhallen und vermischte sich in der amerikanischen Nacht mit Cowboy-Songs aller Art und Boogie-Rhythmen zu einem Potpourri. Alle hier sahen aus wie Hassel. Ausgeflippte Neger mit Be-bop-Kappen und Ziegenbärtchen schlenderten vorbei; langhaarige abgerissene Gammler, frisch von der Route 66 aus New York; dann alte Wüstenratten, mit Sack und Pack auf dem Weg zu einer Parkbank auf der Plaza; Methodistenprediger mit ausgefransten Ärmeln und hier und da ein Naturapostel mit Bart und Sandalen. Am liebsten hätte ich sie alle kennengelernt, mit allen geredet, aber Terry und ich hatten es viel zu eilig, ein paar Dollar zusammenzukratzen.

Wir fuhren nach Hollywood. Wir wollten im Drug Store am Sunset Boulevard Ecke Vine Street nach Arbeit fragen. Na, das war eine Ecke! Ganze Familien aus dem Hinterland kletterten aus ihren Klapperkisten und standen gaffend auf dem Bürgersteig, um einen Blick auf einen Filmstar zu erhaschen, aber der Star kreuzte nie auf. Wenn eine Limousine vorbeirollte, stürzten sie beflissen an die Bordsteinkante und bückten sich, um besser sehen zu können. Drinnen saß ein Typ mit Sonnenbrille neben einer mit Klunkern behängten Blondine. «Don Ameche! Don Ameche!» – «Nein, George Murphy! George Murphy!» Sie wirbelten hin und her, warfen einander Blicke zu. Hübsche schwule Jungen, die nach Hollywood gekommen waren, um Cowboy zu werden, stolzierten umher und benetzten mit spitzen Fingern ihre Augenbrauen. Die schönsten Mädchen der Welt stöckelten ekstatisch in flatternden Hosen vorbei; sie waren gekommen, um Starlets zu werden; sie endeten in Drive-in-Restaurants. Terry und ich versuchten Arbeit in einem

Drive-in zu finden. Nirgendwo war etwas zu machen. Der Hollywood Boulevard war ein einziger röhrender Wahnsinn von Autos; mindestens jede Minute gab es eine kleine Karambolage. Alle rasten drauflos, bis hinaus zu den letzten Palmen, und dahinter waren die Wüste und das Nichts. Hollywood-Versionen von Sam standen vor Edelpinten herum und suchten genauso Streit wie die Broadway-Sams vor dem Jacob's Beach in New York, nur daß sie hier leichte Anzüge trugen und affektierter redeten. Hochgewachsene leichenblasse Prediger schusselten vorbei. Kreischende dicke Frauen rannten über den Boulevard, um sich vor den Funkstudios zu den Quiz-Shows anzustellen. Ich sah Jerry Colonna, wie er im Buick-Salon einen Wagen kaufte; er stand hinter der riesigen Schaufensterscheibe und befingerte seinen Schnurrbart. Terry und ich aßen in einer Cafeteria *downtown*, die wie eine Grotte angelegt war, überall wasserspeiende Titten aus Blech und mächtige Arschbacken aus Stein, die Göttinnen und einem kitschigen Neptun gehörten. Die Leute hockten mit ihrem erbärmlichen Essen rund um die Wasserspiele, ihre Gesichter grün vor ozeanischem Elend. Alle Cops in LA sahen aus wie hübsche Gigolos; offenbar waren sie ursprünglich nach LA gekommen, um es beim Film zu schaffen. Jeder kam her, um es beim Film zu schaffen, sogar ich. Terry und ich waren schließlich soweit, daß wir Jobs an der South Main Street suchten, bei den kaputten Barkellnern und Spülmädchen, die kein Hehl machten aus ihrer Kaputtheit, und selbst dort lief nichts. Wir hatten noch zehn Dollar.

«Mann, ich hol meine Sachen von meiner Schwester, und wir trampen nach New York», sagte Terry. «Komm, Mann, so machen wir's. ‹Wenn du nicht Boogie tanzt, dann zeig ich dir, wie's geht.›» Das letztere war eine Strophe aus einem Schlager, den sie dauernd trällerte. Wir liefen also zu ihrer Schwester, die in einer der elenden Mexikanerhütten irgendwo jenseits der Alameda Avenue hauste. Ich wartete auf einem dunklen Hof hinter mexikanischen Küchen, weil ihre Schwester mich nicht sehen sollte. Hunde liefen vorbei. Kleine Lampen beleuchteten die von Ratten wimmelnden Seitengassen. In der milden warmen Abendluft hörte ich Terry und ihre Schwester streiten. Ich war auf alles gefaßt.

Terry kam heraus und führte mich an der Hand zur Central Avenue, dem Schauplatz der Farbigen-Szene von LA. Und was für eine wilde Gegend das war! Mit Musikkneipen wie Hühnerställe, kaum groß genug, um eine Jukebox unterzubringen, und aus der Jukebox dröhnte nichts als Blues, Be-bop und Jive. Wir stiegen das schmutzige Treppenhaus eines Mietshauses hinauf und kamen in das Zimmer von Terrys Freundin Margarina, die Terry noch einen Rock und ein Paar Schuhe schuldete. Margarina war eine reizende Mulattin; ihr Mann war pechschwarz und ein netter Kerl. Er zog gleich los und kaufte eine Flasche Whisky, um mich angemessen zu bewirten. Ich wollte etwas dazugeben, aber das lehnte er ab. Sie hatten zwei kleine Kinder. Die Kids hopsten auf dem Bett, es war ihr Spielplatz. Sie klammerten sich an mich und staunten mich an. Draußen jaulte und tobte die wilde summende Nacht der Central Avenue – die Nacht aus Lionel Hamptons «Central Avenue Breakdown». In den Fluren wurde gesungen, an den Fenstern wurde gesungen, zur Hölle, verdammt, und paß gut auf. Terry kriegte ihre Klamotten, und wir sagten good-by. Unten gingen wir in eines der *Chickenshacks* und ließen Platten in der Jukebox laufen. Zwei schwarze Typen flüsterten mir was von Gras ins Ohr. Einen Dollar. Okay, sagte ich, bring es. Der Partner kam rein und winkte mich zum Kellerklo, wo ich blöde rumstand, während er sagte: «Heb's auf, Mann, heb's auf.»

«Was soll ich aufheben?» fragte ich.

Meinen Dollar hatte er schon. Er hatte tatsächlich Angst, auf den Fußboden zu zeigen. Es war auch kein Fußboden, nur nackter Boden. Und da lag etwas, es sah aus wie ein kleines braunes Häufchen Scheiße. Der Kerl war absurd in seiner Vorsicht. «Ich muß auch gut aufpassen, letzte Woche ist es nicht so cool gelaufen.» Ich hob das Häufchen auf, es war eine Zigarette aus braunem Papier, und kehrte zu Terry zurück, und wir gingen in unser Hotelzimmer, um uns anzutörnen. Nichts passierte. Es war Bull-Durham-Tabak. Ich hätte schlauer sein sollen mit meinem Geld.

Terry und ich mußten unbedingt und endgültig entscheiden, was wir jetzt machen wollten. Wir beschlossen, mit unserem restlichen Geld nach New York zu trampen. Sie holte sich am gleichen Abend noch fünf Dollar von ihrer Schwester. Jetzt hatten wir knapp dreizehn. Also packten wir, bevor die tägliche Zimmermiete wieder fällig wurde, unsere Sachen und brachen auf und fuhren mit einem roten Bus nach Arcadia, Kalifornien, wo unterhalb von schneebedeckten Bergen die Rennbahn von Santa Anita liegt. Es war dunkel geworden. Vor uns lag der amerikanische Kontinent. Hand in Hand gingen wir mehrere Meilen die Straße entlang, um aus der dichtbesiedelten Gegend herauszukommen. Es war Samstag abend. Wir standen unter einer Straßenlaterne und reckten die Daumen, als plötzlich Autos voller junger Burschen mit flatternden Wimpeln vorbeirauschten. «Yeah, yippie-yeah, wir ha'm gewonnen, wir ha'm gewonnen!» brüllten sie. Sie johlten zu uns herüber und amüsierten sich köstlich, einen Typ und ein Mädchen am Straßenrand stehen zu sehen. Dutzende solcher Wagen fuhren vorbei, voll junger Gesichter und «markiger junger Kehlen», wie man so sagt. Ich haßte jeden einzelnen von ihnen. Was bildeten sie sich ein, jemanden am Straßenrand auszuwiehern, nur weil sie kleine High-School-Punks waren und ihre Eltern am Sonntagabend das Roastbeef tranchierten? Was bildeten sie sich ein, ein Mädchen auszulachen, das in Armut geraten war, mit einem Mann, der es innig lieben wollte. Wir hatten niemandem etwas getan. Und kein einziger Wagen nahm uns mit. Wir mußten zu Fuß in die Stadt zurückgehen, und das schlimmste war, daß wir einen Kaffee brauchten und das Pech hatten, in die einzige noch offene Kneipe zu geraten, eine Pennäler-Eisdiele, wo all die jungen Burschen waren, die sich an uns erinnerten. Jetzt sahen sie, daß Terry Mexikanerin war, eine *Pachuco*-Wildkatze, und ihr Typ noch etwas Schlimmeres.

Ihr hübsches Näschen hochgereckt, stolzierte sie wieder hinaus, und wir wanderten im Dunkeln am Straßengraben der

Highways entlang. Ich trug das Gepäck. Unser Atem bildete Nebelwölkchen in der kalten Nachtluft. Am Ende beschloß ich, mich noch einmal mit meiner Liebsten vor der Welt zu verstecken und auf das Morgen zu pfeifen. Wir gingen in ein Motel am Straßenrand und bekamen für vier Dollar ein behagliches kleines Apartment – komplett mit Dusche, Handtüchern, eingebautem Radio in der Wand und so weiter. Wir nahmen einander fest in die Arme. Wir hatten lange, ernste Gespräche, nahmen ein Bad und diskutierten die Lage bei Licht und dann ohne Licht. Etwas wurde bewiesen, ich konnte sie von etwas überzeugen, was sie akzeptierte, und wir besiegelten den Pakt im Dunkeln, atemlos erst, dann zufrieden wie kleine Lämmchen.

Am Morgen nahmen wir tapfer unseren neuen Plan in Angriff. Wir wollten mit dem Bus nach Bakersfield fahren und bei der Traubenlese helfen. Nach ein paar Wochen wollten wir dann ganz korrekt, nämlich mit dem Bus, nach New York fahren. Es war ein wunderbarer Nachmittag, als ich mit Terry nach Bakersfield fuhr: wir saßen in gelöster Stimmung auf der Sitzbank, redeten, sahen die Landschaft vorbeiziehen und machten uns keine Sorgen. Am späten Nachmittag erreichten wir Bakersfield. Unser Plan war, jeden Fruchtgroßhändler in der Stadt anzuhauen. Terry sagte, wir könnten in Zelten am Arbeitsplatz schlafen. Die Vorstellung, im Zelt zu wohnen und in der kühlen Morgenluft Kaliforniens Weintrauben zu pflücken, war umwerfend. Aber es gab keine Arbeit und viel Verwirrung, weil jeder uns tausend Tips geben wollte und doch kein Job dabei heraussprang. Trotzdem aßen wir in einer chinesischen Imbißbude und zogen körperlich gestärkt wieder los. Wir gingen über den Bahndamm der *Southern Pacific* ins Mexikanerviertel. Terry plapperte mit ihren Landsleuten und fragte jeden nach Arbeit. Es war schon dunkel und die engen Straßen von Mex-Town waren eine einzige Lichterflut: Kino-Reklamen, Obststände, billige Einkaufspassagen, Discountläden und Hunderte von geparkten klapprigen Lastwagen und schlammverschmierten alten Kisten. Ganze Familien mexikanischer Obstpflücker schlenderten Popcorn knabbernd umher. Terry sprach jeden an. Mich packte langsam die Verzweiflung. Was ich brauchte – und Terry auch –, war etwas zu trinken, also kauften wir eine Flasche kalifornischen Portwein für fünfunddreißig Cent und gingen zum Güterbahnhof, um Wein zu trinken. Wir fanden einen Platz, wo Landstreicher ein paar Obstkisten zusammengerückt hatten, um am Feuer zu sitzen. Dort setzten wir uns hin und tranken den Wein. Links von uns standen die Güterwagen, trostlos und rußig rot im Mondschein; geradeaus vor uns waren die Lichter und Scheinwerfer vom Flugplatz von Bakersfield selbst; zu unserer Rechten ein riesiges Lager von Aluminiumbaracken. Ah, es war eine schöne Nacht, eine warme Nacht, eine Weinnacht, eine Mondnacht – genau die richtige Nacht, um dein Mädchen zu umarmen und zu reden und durch die Zähne zu spucken und dich im Himmel zu fühlen. Das taten wir. Sie trank wie verrückt, hielt mit und überholte mich sogar und redete bis Mitternacht. Wir hockten wie angewurzelt auf den Kisten. Gelegentlich kamen Landstreicher vorbei, mexikanische Mütter mit ihren Kindern, und der Streifenwagen kam herangerollt, und der Cop stieg aus, um zu pinkeln, aber die meiste Zeit blieben wir allein und verschmolzen unsere Seelen immer mehr und immer mehr, bis es furchtbar hart sein würde, good-by zu sagen. Um Mitternacht standen wir auf und schwankten zum Highway hinüber.

Terry hatte eine neue Idee. Wir sollten nach Sabinal trampen, in ihre Heimatstadt, und bei ihrem Bruder in der Garage wohnen. Mir war inzwischen alles recht. An der Straße bat ich Terry, sich auf meinen Seesack zu setzen, damit sie wie eine Frau in Bedrängnis aussah, und gleich darauf hielt ein Lastwagen, und wir liefen glücklich kichernd hin. Der Mann war ein guter Kerl, sein Truck war erbärmlich. Klappernd kroch er das Valley hinauf. Kurz vor Tagesanbruch kamen wir nach Sabinal. Ich hatte den Wein ausgetrunken, während Terry schlief, und war regelrecht blau. Wir stiegen aus und schlenderten über den von Blättern überdachten stillen Platz der kleinen kalifornischen Stadt – eine Bedarfshaltestelle der *Southern Pacific.* Wir suchten nach einem Kumpan ihres Bruders, der uns sagen sollte, wo der Bruder steckte. Niemand zu Hause. Als es langsam hell wurde, legte ich mich auf den Rasenplatz vor dem Rathaus und sagte immer wieder und wieder: «Du willst mir nicht sagen, was er drüben in Weed gemacht hat, wie? Was hat er in Weed gemacht? Du willst es nicht sagen, wie? Was hat er in Weed gemacht?» Das war aus dem Film *Of Mice and Men* mit Burgess Meredith, der so mit dem Vorarbeiter der Ranch spricht. Terry kicherte. Alles, was ich machte, gefiel ihr. Ich hätte dort liegenbleiben und so weitermachen können, bis die Ladys der Stadt zum Kirchgang kamen, und es hätte ihr nichts ausgemacht. Am Ende aber kam ich zu dem Schluß, ihr Bruder würde uns schon aus der Patsche helfen, und ich ging mit ihr in ein altes Hotel hinter den Gleisen, und wir legten uns in ein bequemes Bett.

Bei strahlendem Sonnenschein stand Terry frühmorgens auf und machte sich auf die Suche nach ihrem Bruder. Ich schlief bis Mittag; als ich aus dem Fenster schaute, sah ich plötzlich einen Güterzug der *Southern Pacific* vorbeifahren, mit Hunderten von Landstreichern, die sich auf den Pritschenwagen ausgestreckt hatten und fröhlich dahinrollten, mit Packsäcken als Kopfkissen und Comicheften vor der Nase, und manche kauten gute kalifornische Weintrauben, die sie am Bahndamm gepflückt hatten. «Verdammt!» schrie ich. «Hoooheee! *Das* ist das gelobte Land.» Sie kamen alle aus Frisco; nach einer Woche würden sie im selben großartigen Stil zurückreisen.

Terry kam mit ihrem Bruder, seinem Kumpel und ihrem Kind. Der Bruder war ein wüster mexikanischer Draufgänger mit einer Gier nach Schnaps, ein liebes großes Kind. Sein Kumpel war ein dicker, schwabbeliger Mexikaner, der Englisch fast ohne Akzent sprach und laut und etwas zu beflissen war. Ich merkte, daß er ein Auge auf Terry geworfen hatte. Ihr kleiner Johnny war sieben Jahre alt, schwarzäugig und lieb. Na, da waren wir also, und wieder begann ein wilder Tag.

Ihr Bruder hieß Rickey. Er hatte einen Chevrolet Baujahr 38. Wir drückten uns alle hinein und starteten ins Ungewisse. «Wohin fahren wir?» fragte ich. Der Kumpel übernahm das Erklären – sein Name war Ponzo, so jedenfalls nannten ihn alle. Er stank. Und ich fand auch heraus, warum. Sein Job war es, den Farmern Dung zu verkaufen. Er hatte einen Lastwagen. Rickey hatte immer nur drei, vier Dollar in der Tasche und nahm die Dinge, wie sie kamen. Er sagte immer: «Richtig, Mann, na bitte – na bitte, na bitte!» Und er fuhr los. Na bitte. Er fuhr mit siebzig Sachen in seiner Klapperkiste, und so brausten wir nach Madera, kurz hinter Fresno, um ein paar Farmer wegen des Dungs aufzusuchen.

Rickey hatte eine Flasche mitgenommen. «Heute trinken wir, morgen arbeiten wir. Na bitte, Mann – nimm einen Schluck!» Terry saß hinten mit ihrem Kind; ich sah mich nach ihr um, und ihre Wangen waren gerötet vor Freude über die Heimkehr. Die schöne grüne Oktoberlandschaft Kaliforniens sauste in einem Irrsinnstempo vorbei. Ich war auf Draht und gespannt und zu allem bereit.

«Wohin fahren wir, Mann?»

«Wir fahren zu einem Farmer, der Kuhdung bei sich liegen hat. Morgen kommen wir mit dem Lastwagen wieder und holen das Zeug. Wir werden massenhaft Geld verdienen, Mann. Mach dir keine Sorgen.»

«Wir halten hier alle zusammen!» brüllte Ponzo. Ich sah, daß das stimmte – wohin ich auch kam, überall schienen die Leute zusammenzuhalten. Wir rasten durch die verrückten Straßen von Fresno und rauf ins Valley, zu ein paar Farmern im Hinterland. Ponzo stieg aus und führte wirre Verhandlungen mit alten mexikanischen Farmern; natürlich kam nichts dabei heraus.

«Was wir brauchen, ist ein Drink!» rief Rickey, und schon stürmten wir einen Saloon an der Straßenkreuzung. Die Amerikaner sitzen seit eh und je am Sonntagnachmittag im Saloon an der Straßenkreuzung und trinken; sie bringen ihre Kinder mit; sie schwatzen und schwadronieren vor ihrem Bier; alles in bester Ordnung. Kommt dann der Abend, fangen die Kinder an zu quäken und die Eltern sind betrunken. Schwankend gehen sie nach Hause. Überall in Amerika habe ich mit ganzen Familien in Saloons an Kreuzungen zusammengesessen und getrunken. Die Kinder knabbern Popcorn und Kartoffelchips und spielen im Hintergrund. So machten wir's auch. Rickey und ich und Ponzo und Terry tranken und johlten die Schlager mit: der kleine Johnny alberte mit anderen Kindern vor der Jukebox herum. Die Sonne färbte sich rot. Nichts war erreicht. Was war denn auch zu erreichen? «*Mañana*», sagte Rickey. «*Mañana*, Mann, morgen schaffen wir's; trink noch ein Bier, Mann, na bitte, na bitte!»

Wir torkelten hinaus und stiegen ins Auto; weiter ging's in eine Bar am Highway. Ponzo war ein dicker, lauter, lärmender Typ, der jeden hier im San Joaquin Valley kannte. Von der Bar am Highway fuhr ich mit ihm allein im Wagen weiter, um einen Farmer aufzusuchen; statt dessen landeten wir im Mexikanerviertel von Madera und gafften die Mädchen an und versuchten für ihn und Rickey ein paar abzuschleppen. Und dann, während sich purpurrote Dämmerung über das Land senkte, hockte ich stumpfsinnig im Wagen, während er mit einem alten Mexikaner vor der Küchentür um den Preis einer Wassermelone feilschte, die der Alte im Garten hinter dem Haus stehen hatte. Wir kriegten die Wassermelone; wir aßen sie auf der Stelle und warfen die Schalen auf den Kiesweg des Alten. Alle Sorten von hübschen Mädchen spazierten durch die dämmrigen Straßen. Ich fragte: «Wo, zum Teufel, sind wir?»

«Keine Sorge, Mann», sagte der dicke Ponzo. «Morgen werden wir massenhaft Geld verdienen; heute wollen wir uns keine Sorgen machen.» Wir fuhren zurück und sammelten Terry und ihren Bruder und das Kind auf und rollten unter den abendlichen Straßenlaternen nach Fresno. Wir hatten alle einen Bärenhunger. In Fresno holperten wir über die Bahngleise und stürzten uns in die wilden Straßen der Mextown von Fresno. Seltsame Chinesen hingen aus den Fenstern und begafften das Straßentreiben am Sonntagabend; Scharen von Mädchen stolzierten in langen Hosen herum; Mamborhythmen dröhnten aus Musikboxen; Lichtergirlanden waren über Straßen gespannt wie zu Halloween. Wir gingen in ein mexikanisches Restaurant und bestellten uns Tacos und Bohnenpüree, in Tortillas gerollt; es schmeckte köstlich. Ich zückte meinen letzten Fünf-Dollar-Schein, der zwischen mir und den Gestaden von New Jersey stand, und zahlte für Terry und mich. Jetzt hatte ich noch ganze vier Bucks. Terry und ich sahen uns an.

«Wo werden wir heute nacht schlafen, Schatz?»

«Ich weiß nicht.»

Rickey war betrunken; er sagte nur noch: «Na bitte, Mann – na bitte, Mann», mit sanfter und müder Stimme. Es war ein langer Tag gewesen. Keiner von uns hatte eine Ahnung, was nun werden sollte oder was der liebe Gott mit uns im Sinn hatte. Der arme kleine Johnny war auf meinem Arm eingeschlafen. Wir fuhren zurück nach Sabinal. Unterwegs bremsten wir mit quietschenden Reifen vor einem Rasthaus am Highway 99. Rickey brauchte noch ein letztes Bier. Hinter dem Rasthaus standen Wohnwagen und Zelte und auch ein paar heruntergekommene Buden, die zu einer Art Motel gehörten. Ich erkundigte mich nach dem Preis, er betrug zwei Dollar. Ich fragte Terry, was sie meinte, und sie fand es gut, weil wir jetzt das Kind hatten und es ihm bequem machen mußten. Nach ein paar Bieren vorn im Saloon, wo mürrische Erntearbeiter zur Musik einer Cowboy-Band herumtorkelten, gingen wir in ein Motelzimmer und wollten uns auf die Matte hauen. Ponzo hing noch draußen herum; er wußte nicht, wo er schlafen sollte. Rickey schlief bei seinem Vater in der Hütte am Weingarten.

«Wo wohnst du, Ponzo?» fragte ich.

«Nirgendwo, Mann. Eigentlich bei Big Rosey, aber sie hat mich rausgeworfen gestern abend. Muß meinen Laster holen und die Nacht drin schlafen.»

Gitarren klimperten. Terry und ich schauten uns die Sterne an und küßten uns. «*Mañana*», sagte sie. «Morgen kommt alles in Ordnung, glaubst du nicht, Mann, Sallie-Schatz?»

«Klar, Baby, *mañana*.» Es hieß immer *mañana*. In den nächsten Tagen hörte ich nichts als *mañana* – ein herrliches Wort, das wahrscheinlich Himmel bedeutet.

Der kleine Johnny hüpfte mit Kleidern und allem ins Bett und schlief ein; Sand rieselte aus seinen Schuhen, weißer Sand von Madera. Terry und ich standen mitten in der Nacht auf und wischten den Sand vom Laken. Am andern Morgen stand ich auf, wusch mich und sah mich draußen um. Wir waren fünf Meilen außerhalb von Sabinal, zwischen Baumwollfeldern und Weinbergen. Ich fragte die dicke fette Frau, der dieser Campingplatz gehörte, ob noch Zelte frei wären. Das billigste, für einen Dollar pro Tag, war frei. Ich fischte einen Dollar aus der Tasche und zog ein. Es gab ein Bett, einen Ofen, und an einer Stange hing ein gesprungener Spiegel. Es war wunderbar. Ich mußte mich bücken, um einzutreten – und da waren auch schon mein Schatz und der Kleine. Wir mußten warten, bis Rickey und Ponzo mit ihrem Lastwagen kamen. Sie brachten Bierflaschen mit und fingen an, sich im Zelt zu besaufen.

«Was ist mit dem Dung?»

«Zu spät für heute. Morgen, Mann, morgen werden wir massenhaft Geld verdienen; heute laß uns mal ein paar Bier trinken. Willst du auch ein Bier?» Das brauchte man mich nicht zweimal zu fragen. «Na bitte – na bitte!» brüllte Rickey. Mir wurde langsam klar, daß aus unserem Plan, mit dem Dung-Laster Geld zu verdienen, nichts werden würde. Der Lastwagen parkte vor dem Zelt. Er stank wie Ponzo.

An diesem Abend gingen Terry und ich in der milden Nachtluft unter dem taufeuchten Zeltdach ins Bett. Ich war schon beinahe eingeschlafen, da sagte Terry: «Liebst du mich jetzt?»

Ich sagte: «Was ist mit Johnny?»

«Er hat nichts dagegen. Er schläft.» Aber Johnny schlief nicht – und er sagte nichts.

Am nächsten Tag kamen die Jungs mit dem Dung-Laster wieder und fuhren los, um Whisky aufzutreiben; sie kamen zurück und ließen es sich im Zelt gutgehen. Abends meinte Ponzo, es sei zu kalt, und legte sich auf den Boden in unserem Zelt, eingewickelt in eine Plane, die nach Kuhscheiße stank. Terry haßte ihn; sie sagte, er hänge sich nur an ihren Bruder, um an sie ranzukommen.

Keine Aussichten also für Terry und mich, bis auf den Hungertod, und so zog ich am nächsten Morgen durchs Land, um Arbeit auf den Baumwollfeldern zu finden. Jeder sagte mir, ich soll zu der Farm an der Landstraße gehen, gleich gegenüber von unserem Camp. Ich ging hin, und der Farmer war gerade in der Küche bei seiner Frau. Er kam heraus, hörte sich meine Geschichte an und machte mich darauf aufmerksam, daß er nur drei Dollar für je hundert Pfund gepflückter Baumwolle zahle. Ich malte mir aus, daß ich mindestens dreihundert Pfund am Tag pflücken würde, und nahm den Job. Er holte ein paar längliche Leinensäcke aus der Scheune und sagte mir, daß das Pflücken schon bei Morgengrauen anfange. Strahlend lief ich zurück zu Terry. Unterwegs kam ein Lastwagen voller Weintrauben vorbei, holperte durch ein Schlagloch und ließ große Büschel Weintrauben auf den heißen Asphalt fallen. Ich hob sie auf und brachte sie nach Hause. Terry freute sich. «Johnny und ich kommen mit und helfen dir.»

«Pah!» sagte ich. «Kommt nicht in Frage!»

«Du wirst sehen, wirst sehen, Baumwollpflücken ist schwer. Ich werd dir zeigen, wie's geht.»

Wir aßen die Weintrauben, und am Abend kreuzte Rickey auf mit einem Laib Brot und einem Pfund Hackfleisch, und wir machten ein Picknick. In einem größeren Zelt neben unserem wohnte eine ganze Familie von wandernden Baumwollpflükkern; der Großvater saß den ganzen Tag auf dem Stuhl, er war zu alt zum Arbeiten; der Sohn und die Tochter und ihre Kinder zogen jeden Morgen bei Tagesanbruch über den Highway zum Feld meines Farmers und machten sich an die Arbeit. Am nächsten Tag, im Morgengrauen, ging ich mit ihnen. Sie sagten, die Baumwolle sei frühmorgens schwerer, wegen des Taus, und man könne morgens mehr Geld verdienen als am Nachmittag. Trotzdem schufteten sie den ganzen Tag, von der Morgendämmerung bis zum Sonnenuntergang. Der Großvater war während der großen Dürre in den dreißiger Jahren – die gleiche Staubwolke, von der mir mein Cowboy aus Montana erzählt hatte – mit der ganzen Familie in einem klapprigen alten Lastwagen aus Nebraska gekommen. Seither lebten sie in Kalifornien. Sie arbeiteten gern. In den zehn Jahren hatte der Sohn des Alten die Schar seiner Kinder auf vier erhöht; zwei waren schon groß genug, um Baumwolle zu pflücken. Und in dieser Zeit waren sie auf den Feldern des Simon Legree von bitterer Armut zu einer Art lächelnder Respektabilität in besseren Zelten aufgestiegen, und das war alles. Sie waren ungeheuer stolz auf ihr Zelt.

«Und wann geht's zurück nach Nebraska?»

«Pah, da gibt's kein Zurück. Aber wir wollen gern irgendwann einen Trailer kaufen.»

Wir bückten uns und fingen mit dem Baumwollpflücken an. Es war wunderbar. Jenseits des Feldes waren die Zelte, gleich dahinter verdorrte braune Baumwollfelder, die sich, so weit das Auge reichte, bis zu den verkarsteten braunen Vorbergen dehnten, und darüber die Schneekuppen der Sierras in der blauen Morgenluft. Das war sehr viel besser als Tellerwaschen an der South Main Street von LA. Aber ich verstand nichts vom Baumwollpflücken. Ich brauchte zu lange, um das weiße Bällchen aus seinem knisternden Bett zu lösen; die anderen machten es mit einer Drehung aus dem Handgelenk. Außerdem fingen meine Fingerspitzen an zu bluten; ich brauchte Handschuhe oder mehr Erfahrung. Ein altes Neger-Ehepaar war bei uns auf dem Feld. Sie pflückten die Baumwolle mit der gleichen gottergebenen Geduld, die ihre Großväter in Alabama vor dem Bürgerkrieg geübt hatten; so zogen sie stetig durch ihre Reihen, gebückt und traurig, und ihre Säcke schwollen. Der Rücken begann mir zu schmerzen. Doch es war schön, verborgen auf der Erde zu knien. Wenn ich Lust hatte zu rasten, dann tat ich es, mit dem Kopf auf einem Kissen brauner feuchter Erde. Die Vögel sangen zur Begleitung. Ich dachte schon, ich hätte die Arbeit meines Lebens gefunden. Johnny und Terry kamen am heißen, schläfrig machenden Mittag winkend über das Feld und legten sich mit mir ins Zeug. Und verdammt, wenn der kleine Johnny nicht schneller war als ich! Und Terry war natürlich doppelt so schnell. Sie arbeiteten vor mir und ließen

Haufen reiner Baumwolle für mich liegen, die ich nur noch in meinen Sack stopfen konnte – Terry große Haufen wie eine gelernte Pflückerin, Johnny kleine, kindliche Häufchen. Bekümmert sackte ich sie ein. Was war ich für ein Familienvater, daß ich nicht einmal mich selbst ernähren konnte, geschweige denn die Meinen? Den ganzen Nachmittag blieben sie bei mir. Als die Sonne rot unterging, stapften wir alle zusammen davon. Am Rande des Felds lud ich meine Last auf eine Waage; es waren fünfzig Pfund, und ich hatte eins fünfzig verdient. Ich borgte mir von einem der Wanderarbeiterjungen ein Fahrrad und fuhr auf dem Highway 99 zu einem Laden an der Kreuzung, wo ich Spaghetti mit Fleischklößchen in der Dose und Brot, Butter, Kaffee und Kuchen kaufte, und radelte zurück, mit der Einkaufstüte auf der Lenkstange. Autos in Richtung LA sausten mir entgegen. Autos in Richtung Frisco saßen mir im Nacken. Ich fluchte und fluchte. Ich blickte zum dunklen Himmel auf und flehte zu Gott um ein besseres Los im Leben und eine bessere Chance, für die guten Menschen, die ich liebte, etwas zu tun. Doch dort oben hörte niemand mir zu. Ich hätte es wissen sollen. Terry war es, die meine Seele zurück auf die Erde holte. Auf dem Ofen im Zelt wärmte sie das Essen, und es war eine der köstlichsten Mahlzeiten meines Lebens, so hungrig und müde war ich. Ächzend wie ein alter Plantagen-Neger ließ ich mich aufs Bett sinken und rauchte eine Zigarette. Hunde bellten in der kühlen Nacht. Rickey und Ponzo hatten es aufgegeben, abends vorbeizukommen. Ich war zufrieden. Terry kuschelte sich neben mich, Johnny hockte auf meiner Brust, und sie kritzelten Tierbildchen in mein Notizbuch. Licht fiel aus unserem Zelt auf die harte Erde dort draußen. Cowboymusik wimmerte vorn im Rasthaus und schwebte über die Felder, nichts als Traurigkeit. Mir war alles recht. Ich küßte meine Liebste, und wir löschten das Licht.

Am Morgen dellte der Tau das Zeltdach ein; ich stand auf und ging mit Handtuch und Zahnbürste zur Gemeinschaftstoilette des Motels, um mich zu waschen; als ich zurückkam, zog ich meine Hose an, die vom Knien auf der Erde schon ganz zerschlissen und abends von Terry geflickt worden war, setzte meinen ramponierten Strohhut auf, der ursprünglich als Johnnys Spielzeughut gedient hatte, und überquerte mit meinem leinenen Baumwollsack den Highway. Jeden Tag verdiente ich ungefähr anderthalb Dollar. Das reichte gerade, um am Abend mit dem Fahrrad Lebensmittel einzukaufen. So rollten die Tage dahin. Ich vergaß den Osten, vergaß Dean und Carlo und die verdammte Straße. Johnny und ich spielten die ganze Zeit. Er mochte es, wenn ich ihn hoch in die Luft warf und aufs Bett fallen ließ. Terry saß da und flickte meine Sachen. Ich war ein Mann der Erde, genau wie ich's mir in Paterson einst erträumt hatte. Leute sagten, Terrys Mann sei wieder in Sabinal und hinter mir her; ich war bereit. Eines Abends drehten die Wanderarbeiter im Rasthaus durch und fesselten einen Mann an einen Baum und schlugen ihn mit Knüppeln zu Matsch. Ich schlief zu der Zeit und hörte nur hinterher davon. Von da an nahm ich immer einen großen Stecken mit ins Zelt, für den Fall, daß die Kerle auf die Idee kamen, wir Mexikaner würden ihr Trailer-Camp beschmutzen. Natürlich hielten sie mich für einen Mexikaner – und in gewisser Weise bin ich einer.

Jetzt aber war Oktober, und in den Nächten wurde es viel kälter. Die Wanderarbeiterfamilie hatte einen Holzofen und war entschlossen, den Winter über zu bleiben. Wir hatten nichts, und außerdem war die Miete fürs Zelt fällig. Terry und ich kamen unter Tränen zu dem Schluß, daß wir fort mußten. «Geh zu deiner Familie zurück», sagte ich. «Um Gottes willen, du kannst doch nicht mit einem kleinen Kind wie Johnny bei den Zelten herumhängen. Er friert, der arme kleine Knirps.» Terry weinte, weil sie meinte, daß ich ihre mütterlichen Instinkte angezweifelt hätte. Das lag mir fern. Als Ponzo an einem grauen Nachmittag mit dem Lastwagen kam, beschlossen wir, ihre Familie zu besuchen und die Situation zu klären. Aber ich durfte mich nicht blicken lassen und sollte mich im Weinberg verstecken. Wir brachen auf nach Sabinal; der Lastwagen hatte eine Panne, und im gleichen Moment fing es wie wild an zu regnen. Fluchend saßen wir in dem alten Laster.

Ponzo stieg aus und mühte sich ab, im Regen. Er war ein guter Kerl, trotz allem. Und so versprachen wir einander noch ein letztes großes Besäufnis. Und schon zogen wir los, in eine schäbige Bar im Mexikanerviertel von Sabinal, wo wir eine Stunde lang den Gerstensaft schlürften. Meine Pflichten auf dem Baumwollfeld lagen hinter mir. Ich spürte den Sog meines eigenen Lebens, das mich zurückrief. Ich schoß wieder eine Postkarte an meine Tante, quer über das Land, und bat noch einmal um fünfzig Dollar.

Wir fuhren zur Hütte von Terrys Familie. Sie lag an der alten Straße, die sich zwischen den Weinbergen dahinzog. Als wir ankamen, war es dunkel. Sie setzten mich eine Viertelmeile vorher ab und fuhren bis vor die Tür. Aus der Tür drang Licht; die sechs anderen Brüder von Terry spielten Gitarre und sangen. Der Alte trank Wein. Über den Singsang hinweg hörte ich Geschrei und Streit. Sie nannten sie eine Hure, weil sie ihren nichtsnutzigen Mann verlassen hatte und nach LA gegangen war und Johnny bei ihnen zurückgelassen hatte. Der Alte brüllte. Aber die traurige fette braune Mutter setzte sich durch, wie sie es immer tut bei den großen Fellachenvölkern dieser Welt, und Terry durfte wieder nach Hause kommen. Die Brüder stimmten fröhliche, schnelle Lieder an. Ich duckte mich in dem kalten Regenwind und beobachtete alles, über die trostlosen Oktoberweingärten im Tal hinweg. Meine Seele war erfüllt von dem großartigen Lied «Lover Man», wie Billie Holiday es singt, und so hatte ich im Gebüsch mein eigenes Konzert. «Someday we'll meet, and you'll dry all my tears, and whisper sweet, little things in my ear, hugging and a-kissing, oh, what we've been missing, Lover Man, oh, where can you be ...» Es sind nicht so sehr die Worte, sondern die großartige harmonische Melodie, und wie Billie sie singt – wie eine Frau, die in sanftem Lampenlicht ihrem Mann übers Haar streicht. «Oh, Lover Man, wo magst du sein, eines Tages seh'n wir uns wieder und du wirst alle meine Tränen trocknen ...» Der Wind heulte. Mir wurde kalt.

Terry und Ponzo kamen zurück, und wir klapperten in dem

alten Laster los, um Rickey abzuholen. Rickey wohnte inzwischen bei Ponzos Frau, Big Rosey; in schäbigen Seitengassen hupten wir nach ihm. Big Rosey warf ihn hinaus. Alles geriet in Auflösung. In dieser Nacht schliefen wir im Lastwagen. Terry hielt mich natürlich fest und sagte, ich solle nicht gehen. Sie sagte, sie würde bei der Weinlese arbeiten und genug Geld für uns beide verdienen, inzwischen könne ich in der Scheune des Farmers Heffeldinger unterkommen, ein paar Schritte weiter nur an der Straße, wo ihre Familie wohnte. Ich müsse nichts anderes tun, als den ganzen Tag im Gras zu sitzen und Weintrauben zu essen. «Gefällt dir das?»

Am Morgen kamen ihre Vettern mit einem anderen Lastwagen, um uns abzuholen. Plötzlich wurde mir klar, daß Tausende von Mexikanern überall im Land von Terry und mir wußten und daß es für sie alle eine pikante Liebesgeschichte gewesen sein mußte. Die Vettern waren sehr höflich und sogar charmant. Ich stand auf dem Lastwagen, machte lächelnd Scherze und erzählte, wo wir im Krieg gewesen waren und was damals los gewesen war. Alles in allem waren es fünf Vettern, und jeder einzelne war nett. Anscheinend gehörten sie zu einem Zweig von Terrys Familie, der nicht soviel Lärm und Unruhe machte wie ihr Bruder. Aber ich liebte diesen unbändigen Rickey. Er schwor, er werde zu mir nach New York kommen. Ich stellte ihn mir vor, in New York, wie er alles auf *mañana* verschob. An diesem Tag lag er irgendwo betrunken auf den Feldern.

An der Kreuzung sprang ich vom Lastwagen ab, und die Vettern brachten Terry nach Hause. Vom Hauseingang aus gaben sie mir ein Zeichen: Vater und Mutter waren nicht da, sie waren beim Traubenpflücken. Also war die Bude am Nachmittag für mich sturmfrei. Es war eine Hütte von vier Zimmern; ich konnte mir nicht vorstellen, wie die ganze Familie es schaffte, dort zu wohnen. Fliegen kreisten über dem Ausguß. Es gab keine Fliegengitter an den Fenstern, genau wie in dem Song: «The window she is broken and the rain she is coming in.» Terry war jetzt zu Hause und machte sich an den Töpfen zu schaffen.

Ihre zwei Schwestern sahen mich kichernd an. Die kleinen Kinder kreischten auf der Straße.

Als die Sonne rot durch die Wolken meines letzten Nachmittags im San Joaquin Valley brach, führte mich Terry zum Stall des Farmers Heffeldinger. Farmer Heffeldinger hatte weiter draußen an der Straße eine ertragreiche Farm. Wir rückten Obstkisten zusammen, sie brachte Decken aus dem Haus und ich war gemütlich eingerichtet, bis auf eine große haarige Tarantel, die oben im Giebel des Scheunendachs lauerte. Sie werde mir nichts tun, sagte Terry, wenn ich sie nicht störte. Ich lag auf dem Rücken und starrte zu ihr hinauf. Dann lief ich zum Friedhof hinüber und kletterte auf einen Baum. Oben auf dem Baum sang ich «Blue Skies». Terry und Johnny saßen im Gras; wir aßen Weintrauben. In Kalifornien lutscht man den Saft aus den Trauben und spuckt die Schale aus, ein wahrer Luxus. Es wurde dunkel. Terry ging zum Essen nach Hause; um neun kam sie zur Scheune und brachte köstliche Tortillas und Bohnenpüree mit. Um Licht zu haben, machte ich ein Holzfeuer auf dem Betonboden der Scheune. Wir liebten uns auf den Obstkisten. Terry stand auf und lief wieder zu ihrer Hütte zurück. Ihr Vater brüllte sie an; ich hörte ihn bis zur Scheune. Sie hatte mir einen Umhang dagelassen, damit ich nicht fror. Ich warf ihn mir über die Schultern und schlich durch den mondhellen Weinberg, um zu sehen, was los war. Ich kroch bis an das Ende einer Rebenreihe und kniete mich in die warme Erde. Ihre fünf Brüder sangen melodiöse Lieder auf spanisch. Über dem schmalen Dach hingen die Sterne. Rauch blakte aus dem Ofenrohr des Kamins. Es roch nach Bohnenpüree und Chili. Der Alte knurrte. Die Brüder jodelten weiter drauflos. Die Mutter schwieg. Johnny und die anderen Kinder kicherten im Schlafzimmer. Ein Zuhause in Kalifornien; versteckt zwischen den Reben, bekam ich alles mit. Ich kam mir vor wie ein Millionär – ich erlebte ein Abenteuer in der verrückten amerikanischen Nacht.

Terry kam heraus und knallte die Tür hinter sich zu. Auf der dunklen Straße näherte ich mich ihr. «Was ist los?»

«Oh, wir streiten die ganze Zeit. Er will, daß ich morgen zur Arbeit gehe. Er sagt, ich soll mich nicht dauernd rumtreiben. Sallie, ich möchte mit dir nach New York.»

«Aber wie?»

«Ich weiß nicht, Schatz. Du wirst mir fehlen. Ich liebe dich.»

«Aber ich muß fort.»

«Ja, ja. Wir legen uns noch einmal hin, und dann kannst du gehen.» Wir gingen zurück zu der Scheune. Ich liebte sie unter der Tarantel. Was machte die Tarantel da oben? Wir schliefen eine Weile auf den Obstkisten, während das Feuer langsam ausging. Um Mitternacht ging sie nach Hause; ihr Vater war betrunken; ich hörte ihn krakeelen; dann war es still, er war eingeschlafen. Der Sternenhimmel wölbte sich über dem schlafenden Land.

Am Morgen steckte Farmer Heffeldinger den Kopf durch das Pferdegatter und sagte: «Na, wie geht's, Junge?»

«Gut. Ich hoffe, es ist in Ordnung, daß ich hier bin.»

«Klare Sache. Du gehst mit der kleinen mexikanischen Biene?»

«Sie ist ein sehr nettes Mädchen.»

«Auch sehr hübsch. Ich nehme an, da ist mal der Bulle über den Zaun gesprungen. Blaue Augen hat sie.» Wir redeten über seine Farm.

Terry brachte mir mein Frühstück. Ich hatte schon meinen Seesack gepackt und war bereit, nach New York zu fahren, sobald ich in Sabinal mein Geld abgeholt hatte. Ich wußte, es wartete dort schon auf mich. Ich sagte Terry, ich müsse aufbrechen. Sie hatte die ganze Nacht darüber nachgedacht und sich damit abgefunden. Sie küßte mich emotionslos im Weinberg und ging durch die Rebenreihen davon. Nach einem Dutzend Schritten drehten wir uns beide um, denn die Liebe ist ein Duell, und sahen einander ein letztes Mal an.

«Ich seh dich in New York, Terry», sagte ich. In einem Monat wollte sie mit ihrem Bruder mit dem Auto nach New York fahren. Aber wir beide wußten, daß sie es nicht schaffen würde. Nach dreißig Metern drehte ich mich wieder nach ihr um. Sie kehrte gerade in die Hütte zurück, mit meinem Frühstücksteller in der Hand. Ich ließ den Kopf hängen und sah ihr nach. Ja, so ist das, und ich war wieder unterwegs.

Ich wanderte auf dem Highway nach Sabinal und aß schwarze Walnüsse von einem Walnußbaum. Ich ging auf dem Gleis der *Southern Pacific* und balancierte auf den Schienen. Ich kam an einem Wasserturm und einer Fabrik vorbei. Dies war das Ende von etwas. Ich ging zum Telegrafenamt der Eisenbahn, um meine Geldanweisung aus New York zu holen. Es war geschlossen. Ich fluchte und setzte mich auf die Treppe und wartete. Der Mann vom Fahrkartenschalter kam wieder und ließ mich rein. Das Geld war da; meine Tante hatte wieder einmal meinen faulen Arsch gerettet. «Wer gewinnt nächstes Jahr den Baseball-Pokal?» fragte der hagere alte Fahrkartenverkäufer. Plötzlich wurde mir klar, daß es Herbst war und daß ich nach Hause fuhr, nach New York.

Ich wanderte die Schienen entlang, in dem traurigen schrägen Oktoberlicht im Valley und hoffte, ein Güterzug der *Southern Pacific* käme vorbei, damit ich mich den Weintrauben essenden Landstreichern anschließen und mit ihnen Comicheftchen lesen könnte. Es kam kein Güterzug. Ich lief zum Highway hinaus und bekam sofort einen Lift. Es war die schnellste, tollste Fahrt meines Lebens. Der Fahrer war Fiedler bei einer kalifornischen Cowboy-Band. Er hatte ein nagelneues Auto und fuhr achtzig Meilen pro Stunde. «Ich trinke nicht beim Fahren», sagte er und reichte mir eine Flasche. Ich nahm einen Schluck und hielt ihm die Flasche hin. «Zum Teufel», sagte er und trank. Wir schafften es von Sabinal nach LA in der erstaunlichen Zeit von glatten vier Stunden, eine Strecke von 250 Meilen. Er setzte mich direkt vor den Studios der Columbia Pictures in Hollywood ab; gerade rechtzeitig, damit ich reinlaufen und meine abgelehnte Drehbuchvorlage abholen konnte. Dann kaufte ich mir mein Busticket nach Pittsburgh. Ich hatte nicht mehr genug Geld, um bis New York durchzufahren. Aber darüber, sagte ich mir, wollte ich mir erst Sorgen machen, wenn ich in Pittsburgh war.

Der Bus fuhr um zehn. Ich hatte also vier Stunden Zeit, um mir Hollywood allein anzusehen. Zuerst kaufte ich mir einen Laib Brot und eine Salami und machte mir zehn Sandwiches, die für die Fahrt quer durch das Land reichen sollten. Ich hatte noch einen Dollar. Ich saß auf der flachen Betonmauer hinter einem Parkplatz in Hollywood und schmierte die Sandwiches. Während ich mich mit dieser absurden Aufgabe abmühte, bohrten sich die mächtigen Scheinwerfer einer Hollywood-Premiere in den Himmel, diesen summenden Westküstenhimmel. Rings um mich herum waren die Geräusche der verrückten Goldküstenstadt. Und dies war meine ganze Hollywood-Karriere – es war mein letzter Abend in Hollywood, und ich hockte hinter einem Parkplatzklo und strich Senf auf die Sandwiches auf meinen Knien.

vierzehn

Im Morgengrauen sauste der Bus durch die Wüste von Arizona – Indio, Blythe, Salome (wo sie tanzte); die weiten dürren Landstriche, die zu den Bergen Mexikos im Süden führten. Dann schwenkten wir nordwärts auf die Berge von Arizona zu – Flaggstaff, Felsennester. Ich hatte ein Buch dabei, das ich in Hollywood aus einem Ständer geklaut hatte, «Le Grand Meaulnes» von Alain-Fournier, aber ich zog es vor, im Vorbeifahren die amerikanische Landschaft zu lesen. Jedes Schlagloch, jede Steigung und jede flache Strecke verzauberte meine Sehnsucht. In tintenschwarzer Nacht durchquerten wir New Mexico; in der grauen Morgendämmerung war es Dalhart, Texas; am trüben Sonntag nachmittag rollten wir in Oklahoma durch eine kleine Stadt nach der andern; bei Anbruch der Nacht ging es durch Kansas. Der Bus brummte weiter. Es war meine Heimkehr im Oktober. Jeder fährt im Oktober nach Hause.

Gegen Mittag trafen wir in St. Louis ein. Ich machte einen Spaziergang am Mississippi und betrachtete die Baumstämme, die aus Montana im Norden angeschwommen kamen – große odysseische Blöcke aus unserem kontinentalen Traum. Alte Dampfschiffe, das verschnörkelte Holz vom Wetter noch weiter verschnörkelt und verwittert, lagen im Schlick, wo die Ratten hausten. Mächtige Nachmittagswolken türmten sich über dem Mississippi Valley. Der Bus brauste in dieser Nacht über die Maisfelder Indianas; das Mondlicht beleuchtete die geisterhaft aufgehäuften Kolben; es war beinahe ein Halloween-Spuk. Ich schloß Freundschaft mit einem Mädchen, und wir schmusten den ganzen Weg bis Indianapolis. Sie war kurzsichtig. Als wir ausstiegen, um etwas zu essen, mußte ich sie an der Hand zur Imbißtheke führen. Sie bezahlte für mich; meine Sandwiches waren alle aufgegessen. Als Gegenleistung erzählte ich ihr lange Geschichten. Sie kam aus Washington State, wo sie den Sommer lang Äpfel gepflückt hatte. Zu Hause war sie auf einer Farm Upstate New York. Sie lud mich ein, zu ihnen heraufzukommen. Auf jeden Fall machten wir einen Tag aus, an dem wir uns in einem New Yorker Hotel wiedersehen wollten. In Columbus, Ohio, stieg sie aus, und ich schlief die ganze Strecke bis Pittsburgh. Ich war müde wie seit Jahren nicht mehr. Ich mußte noch 365 Meilen bis nach New York trampen und hatte noch zehn Cent in der Tasche. Fünf Meilen ging ich zu Fuß, um aus Pittsburgh herauszukommen, und zwei Lifts, erst ein Apfel-Laster, dann ein großer Trailer-Truck, brachten mich in der milden Regennacht des Indianersommers nach Harrisburg. Ich zog gleich weiter. Ich wollte nach Hause.

Dies war die Nacht des Geistes vom Susquehanna-Fluß. Der Geist war ein verschrumpeltes altes Männchen mit einer Papiertasche, der behauptete, er sei nach «Canady» unterwegs. Er schritt rasch drauflos und befahl mir, ihm zu folgen. Er sagte, da vorn sei eine Brücke, auf der wir hinüberkönnten. Er war etwa sechzig Jahre alt; er redete unaufhörlich von dem Essen, das er bekommen hatte, wieviel Butter man ihm auf die Pfannkuchen gegeben hatte, wieviel Extrabrotscheiben, und wie die

Alten ihm von der Veranda eines Wohlfahrtsheims in Maryland nachgerufen und ihn eingeladen hätten, übers Wochenende zu bleiben, und wie er ein schönes heißes Bad genommen hatte, bevor er gegangen war; wie er am Straßenrand in Virginia einen nagelneuen Hut gefunden hatte, den er jetzt auf dem Kopf trug; wie er in jeder Stadt beim Roten Kreuz vorsprach und ihnen seine Urkunden aus dem Ersten Weltkrieg zeigte; und daß das Rote Kreuz in Harrisburg seinen Namen nicht verdiene; wie er zurechtkam in dieser harten Welt. Aber soweit ich sehen konnte, war er nur ein halbwegs respektabler Landstreicher, der die gesamte Wildnis des Ostens zu Fuß durchquerte und in den Büros des Roten Kreuzes vorsprach und manchmal an belebten Straßenecken um einen Dime bettelte. Beide waren wir Bettler. Sieben Meilen wanderten wir den traurigen Susquehanna entlang. Es ist ein unheimlicher Fluß. Die mit Büschen bewachsenen Klippen auf beiden Seiten beugen sich wie struppige Gespenster über das unergründliche Wasser. Und all dies in tintenschwarze Nacht gehüllt. Manchmal steigt von den Eisenbahngleisen jenseits des Flusses ein mächtiges rotes Flackern aus Lokomotiven auf, das die schaurigen Klippen beleuchtet. Der kleine Alte sagte, er hätte einen schönen Gürtel in seiner Papiertasche, und wir blieben stehen, damit er ihn rausholen konnte. «Muß hier doch irgendwo 'nen schönen Gürtel haben – hab ich mir in Frederick, Maryland, besorgt. O verdammt, hab ich das Ding etwa auf der Ladentheke in Fredericksburg liegenlassen?»

«Sie meinen Frederick?»

«Nein, nein, Fredericksburg, *Virginia*!» Dauernd redete er von Frederick, Maryland, und Fredericksburg, Virginia. Er ging meist mitten auf der Straße, mitten im rollenden Verkehr, und wurde ein paarmal fast angefahren. Ich stapfte am Straßengraben entlang. Jeden Moment erwartete ich den armen kleinen Irren als Leiche durch die Luft fliegen zu sehen. Die Brücke fanden wir nie. Ich ließ ihn an einer Eisenbahnunterführung zurück, und weil ich vom Wandern so schwitzte, wechselte ich mein Hemd und zog zwei dünne Pullover übereinander. Aus einer Raststätte fiel Licht auf meine traurigen Bemühungen. Eine ganze Familie kam auf der finsteren Straße daher und wunderte sich, was ich da machte. Und das seltsamste war ein Tenorsaxophonist, der in dieser entlegenen pennsylvanischen Hütte einen sehr schönen Blues blies. Ich lauschte und seufzte. Es fing stärker an zu regnen. Ein Mann nahm mich mit nach Harrisburg und sagte mir, ich sei auf der falschen Straße. Plötzlich sah ich den kleinen Landstreicher unter einer trostlosen Straßenlaterne stehen und den Daumen hochrecken – armer verlassener Mann, armer verirrter Tippelbruder aus fernen Zeiten, jetzt abgerissener Geist der Wildnis des Elends. Ich erzählte dem Fahrer die Geschichte, und er hielt, um dem Alten Bescheid zu sagen.

«Hören Sie, Mann, hier sind Sie unterwegs nach Westen, nicht nach Osten.»

«He?» sagte der kleine Geist. «Mir könn' Sie nichts erzählen, ich kenn mich hier aus. Wandere schon seit Jahren durch diese Gegend. Bin unterwegs nach Canady.»

«Aber das ist nicht die Straße nach Kanada, das ist die Straße nach Pittsburgh und Chicago.» Das Männchen hatte von uns die Nase voll und wandte sich ab. Das letzte, was ich von ihm sah, war seine schaukelnde weiße Tasche, die sich im Dunkel der traurigen Alleghenies auflöste.

Ich hatte immer geglaubt, die Wildnis Amerikas liege im Westen, bis der Geist vom Susquehanna mich eines anderen belehrte. Nein, es gibt auch im Osten eine Wildnis, die Wildnis, durch die Ben Franklin in den Tagen der Ochsenfuhrwerke stapfte, als er Postmeister war, dieselbe Wildnis wie damals, als George Washington ein Draufgänger im Kampf gegen Indianer war, als Daniel Boone im Schein pennsylvanischer Laternen seine Geschichten erzählte und versprach, die Passage nach Westen zu finden, als Bradford seine Straße baute und johlende Männer in Blockhütten tranken. Nicht die grenzenlose Weite Arizonas gab es für dieses Männchen, sondern nur die buschige Wildnis im östlichen Pennsylvania, in Maryland und Virginia, die Nebenstraßen, die alten Teerstraßen, die sich an traurigen

Flüssen wie dem Susquehanna, dem Monongahela, dem alten Potomac und dem Monocay dahinschlängeln.

In dieser Nacht mußte ich in Harrisburg im Bahnhof auf einer Bank schlafen; bei Morgengrauen warf der Bahnhofsvorsteher mich raus. Ist es nicht so, daß man sein Leben als liebes Kind unter dem Dach seines Vaters beginnt und noch alles glaubt? Dann aber kommt der Tag der lauen Laodizäer, die der *Herr* ausspeit, und du erkennst, daß du der Elende und Bejammernswerte und arm und nackt und blind bist, und mit der Fratze eines vergrämten Schreckgespenstes schleppst du dich schaudernd durch ein alptraumhaftes Leben. Verstört stolperte ich aus dem Bahnhof; ich hatte mich nicht mehr in der Gewalt. Ich sah den frühen Tag nur noch als Weiß, ein Weiß wie die Weiße des Grabes. Ich war am Verhungern. Das einzige, was ich noch an Kalorien besaß, waren die letzten Hustenbonbons, die ich vor Monaten in Shelton, Nebraska, gekauft hatte. Ich lutschte sie, des Zuckers wegen. Das Betteln hatte ich nicht gelernt. Ich stolperte aus der Stadt hinaus und hatte kaum noch die Kraft, mich bis zum Straßenrand zu schleppen. Ich wußte, man würde mich verhaften, wenn ich noch eine weitere Nacht in Harrisburg blieb. Verfluchte Stadt! Mitgenommen wurde ich schließlich von einem dürren, hageren Mann, der an kontrolliertes Hungern aus Gesundheitsgründen glaubte. Als ich ihm, während wir nach Osten rollten, erzählte, daß ich am Verhungern sei, sagte er: «Fein, fein, Sie können sich nichts Besseres antun, mein Junge. Ich habe selbst seit drei Tagen nichts gegessen. Ich werde bestimmt hundertfünfzig Jahre alt.» Er war ein Sack voll Knochen, eine schlaffe Puppe, eine geknickte Latte, ein Irrer. Hätte mich doch ein dicker reicher Mann mitgenommen und gesagt: «So, jetzt halten wir mal bei dem Restaurant da vorn und bestellen uns ein paar Schweineschnitzel mit grünen Bohnen.» Nein, ich mußte an diesem Morgen mit einem Irren fahren, der an kontrolliertes Hungern aus Gesundheitsgründen glaubte. Nach hundert Meilen hatte er ein Einsehen und fischte Butterbrote vom Rücksitz des Wagens. Sie lagen unter seinen Vertretermustern versteckt. Er verkaufte Installationszubehör in der Gegend von Pennsylvania. Ich verschlang die Brote. Plötzlich mußte ich laut lachen. Ich saß allein im Wagen und wartete auf ihn, während er in Allentown ein paar geschäftliche Anrufe machte, und ich lachte und lachte. Gott, wie ich das Leben satt hatte! Immerhin fuhr mich der Irre nach Hause, nach New York.

Plötzlich fand ich mich auf dem Times Square wieder. Ich war achttausend Meilen auf dem amerikanischen Kontinent herumgefahren, und jetzt war ich wieder auf dem Times Square, und sogar mitten in der Rush-hour, um mit meinen unschuldigen Tramper-Augen den völligen Wahnsinn und das phantastische Chaos von New York zu sehen, mit seinen Millionen und Abermillionen Menschen, die auf der ewigen Jagd nach dem Dollar hin und her hetzen, der irre Traum – Raffen, Nehmen, Geben, Stöhnen, Sterben, nur um sich eines Tages in diesen schaurigen Friedhofsstädten hinter Long Island City begraben zu lassen. Die hohen Türme des Landes – das andere Ende des Landes, wo Zeitungs-Amerika geboren wurde. Ich stand im Eingang einer U-Bahn-Station und versuchte meinen Mut zusammenzunehmen, um eine herrlich lange Kippe aufzulesen, und jedesmal, wenn ich mich bückte, rannten Scharen von Menschen vorbei und verdeckten sie vor meinem Blick, und schließlich war sie zertreten. Ich hatte kein Geld, um mit dem Bus nach Hause zu fahren. Paterson ist einige Meilen vom Times Square entfernt. Kannst du dir vorstellen, wie ich diese letzten Meilen zu Fuß gehe, durch den Lincoln Tunnel oder über die Washington Bridge und nach New Jersey hinüber? Es wurde dunkel. Wo war Hassel? Wenn ich mich gleich auf dem Times Square umtat, dann wegen Hassel. Er war nicht da, er saß auf Riker's Island hinter Gittern. Wo war Dean? Wo waren all die anderen? Wo war das Leben? Ich hatte mein Zuhause, wohin ich gehen konnte, ich hatte einen Platz, wo ich mein Haupt betten und die Verluste zählen konnte, auch die Gewinne, die es, das wußte ich, irgendwo geben mußte. Ich mußte mir zwei Zehner für den Bus zusammenbetteln. Schließlich haute ich einen griechischen Priester an, der an der

Straßenecke stand. Er gab mir den Vierteldollar und schaute nervös beiseite. Ich rannte sofort zum Bus.

Kaum zu Hause, aß ich den Eisschrank leer. Meine Tante stand auf und schaute mich an. «Armer kleiner Salvatore», sagte sie auf italienisch. «Mager bist du geworden, mager. Wo warst du die ganze Zeit?» Ich hatte zwei Hemden und zwei Pullover an. In meinem Segeltuchsack waren vom Baumwollfeld zerfetzte Hosen und die zerschlissenen Reste meiner Huarache-Schuhe. Meine Tante und ich beschlossen, von dem Geld, das ich ihr aus Kalifornien geschickt hatte, einen neuen elektrischen Kühlschrank zu kaufen; es sollte der erste in der Familie sein. Sie ging schlafen, und spät in der Nacht konnte ich nicht einschlafen und rauchte eine Zigarette im Bett. Auf dem Schreibtisch lag mein halbfertiges Manuskript. Es war Oktober, ich war zu Hause, die Arbeit fing wieder an. Die ersten kalten Winde rüttelten an der Fensterscheibe – ich hatte es gerade noch rechtzeitig geschafft. Dean war zu uns gekommen, hatte ein paar Nächte dort geschlafen, auf mich gewartet; er hatte Nachmittage lang mit meiner Tante geredet, während sie an einem großen Flickenteppich arbeitete, in den alle Kleider meiner Familie aus vielen Jahren eingearbeitet waren und der jetzt fertig war und ausgebreitet in meinem Zimmer lag, kunterbunt wie der Lauf der Zeiten. Und dann war Dean fortgegangen, zwei Tage vor meiner Ankunft, und hatte wahrscheinlich meinen Weg in Pennsylvania oder Ohio gekreuzt, auf dem Wege nach San Francisco. Dort hatte er sein eigenes Leben. Camille hatte gerade eine Wohnung gefunden. Ich war nie auf die Idee gekommen, sie zu besuchen, solange ich in Mill City war. Jetzt war es zu spät, und auch Dean hatte ich verpaßt.

zweiter teil

eins

Es dauerte über ein Jahr, bis ich Dean wiedersah. Die ganze Zeit blieb ich zu Hause, schrieb mein Buch fertig und begann mit einem Kriegsveteranenstipendium zu studieren. Weihnachten 1948 fuhren meine Tante und ich, beladen mit Geschenken, zu meinem Bruder in Virginia. Ich hatte Dean geschrieben, und er antwortete, er werde wieder in den Osten kommen. Ich teilte ihm mit, falls er wirklich komme, werde er mich in Testament, Virginia, finden, zwischen Weihnachten und Neujahr. Und eines Tages, als alle unsere Verwandten im Süden in Testament im Wohnzimmer versammelt saßen, hagere Männer und Frauen mit der alten Heimaterde des Südens in den Augen, und leise, mit jammernden Stimmen über das Wetter und die Ernte redeten und müde die allgemeinen Neuigkeiten rekapitulierten, wer ein Baby bekommen, wer ein neues Haus gebaut hatte und so weiter, bremste ein schlammverspritzter Hudson Baujahr '49 auf dem Schotterweg draußen vor dem Haus. Ich hatte keine Ahnung, wer es war. Ein müder junger Kerl, muskulös und abgerissen, in einem T-Shirt, unrasiert, die Augen gerötet, kam an die Tür und klingelte. Ich machte auf, und plötzlich merkte ich, es war Dean. Er war den ganzen weiten Weg von San Francisco rübergekommen, bis vor das Haus meines Bruders Rocco in Virginia, und zwar in unfaßlich kurzer Zeit, weil ich doch eben erst den Brief geschrieben und darin mitgeteilt hatte, wo ich sei. Im Wagen sah ich zwei Gestalten schlafen. «Hol mich der Teufel! Dean! Wer ist das da im Auto?»

«Hal-lo, hal-lo, Mann, das ist Marylou. Und Ed Dunkel. Was wir jetzt sofort brauchen, ist ein Platz zum Waschen, wir sind hundemüde.»

«Aber wie seid ihr so schnell hergekommen?»

«Ah, Mann, dieser Hudson läuft!»

«Woher hast du ihn?»

«Von meinen Ersparnissen hab ich ihn gekauft. Ich hab gearbeitet, bei der Eisenbahn, und vierhundert Dollar im Monat verdient.»

Die nächste Stunde gab es ein völliges Durcheinander. Meine Verwandten im Süden hatten keinen Schimmer, was eigentlich los war, wer oder was Dean, Marylou und Ed Dunkel waren; sie machten nur dumme Gesichter. Mein Bruder Rocco und meine Tante verzogen sich in die Küche, um zu beratschlagen. Alles in allem waren da elf Personen in dem kleinen Haus im Süden. Und nicht nur das, sondern mein Bruder hatte sich soeben entschlossen, aus diesem Haus auszuziehen, und die Hälfte seiner Möbel war schon weg; er zog mit Frau und Kind mehr in die Nähe der Stadt Testament. Sie hatten sich neue Wohnzimmermöbel gekauft, und die alten sollten zu meiner Tante nach Paterson, auch wenn wir uns noch nicht darüber geeinigt hatten, wie. Als Dean davon hörte, bot er gleich seine Dienste mit dem Hudson an. Er und ich könnten die Möbel doch mit zwei schnellen Trips nach Paterson bringen und bei der zweiten Fahrt meine Tante nach Hause bringen. Auf diese Weise würden wir viel Geld und Mühe sparen. So wurde es beschlossen. Meine Schwägerin deckte den Tisch, und die drei ramponierten Reisenden setzten sich zum Essen. Marylou hatte seit Denver nicht geschlafen. Ich fand, sie wirkte älter und sah jetzt noch schöner aus.

Dean hatte, wie ich erfuhr, in San Francisco glücklich mit Camille gelebt, seit jenem Herbst 1947; er fand Arbeit bei der Eisenbahn und verdiente eine Menge Geld. Er wurde Vater eines süßen kleinen Mädchens, Amy Moriarty. Dann flippte er plötzlich aus, als er eines Tages die Straße entlangspazierte. Er sah einen 49er Hudson im Schaufenster stehen und rannte zur Bank und räumte sein ganzes Konto ab. Er kaufte den Wagen auf der Stelle. Ed Dunkel war dabei. Jetzt waren sie pleite. Dean beschwichtigte Camilles Ängste und sagte ihr, in einem Monat sei er wieder da. «Ich werde nach New York fahren und Sal mitbringen.» Sie war nicht allzu glücklich über diese Aussicht.

«Aber was soll das Ganze? Warum tust du mir das an?»

«Nichts, nichts, mein Schatz – äh – hm –, Sal hat gebettelt und mich angefleht, zu kommen und ihn zu holen, es ist absolut unvermeidlich, daß ich – aber wir wollen uns nicht mit all diesen Erklärungen – ich will dir sagen, warum ... Nein, hör zu, ich will dir sagen, warum.» Und er sagte ihr warum, und natürlich machte es keinen Sinn.

Auch der hochgewachsene Ed Dunkel arbeitete bei der Eisenbahn. Er und Dean waren soeben gefeuert worden, weil Personal eingespart wurde und sie noch nicht so lange dabei waren. Ed hatte ein Mädchen kennengelernt, sie hieß Galatea und lebte von ihren Ersparnissen in San Francisco. Die zwei gewissenlosen Gauner hatten beschlossen, das Mädchen mit in den Osten zu bringen und sie die Rechnung zahlen zu lassen. Ed schmeichelte und flehte; sie wollte nicht, außer er heiratete sie. Nach ein paar Tagen voll Sturm und Wirbel hatten Ed Dunkel und Galatea geheiratet, Dean war herumgelaufen und hatte die nötigen Papiere beschafft, und ein paar Tage vor Weihnachten waren sie losgerollt, mit siebzig Meilen pro Stunde, von San Francisco nach LA und weiter zu den schneefreien Straßen des Südens. In LA lasen sie in der Mitfahrerzentrale einen Matrosen auf und nahmen ihn mit, für Benzin im Wert von fünfzehn Dollar. Er war unterwegs nach Indiana. Auch eine Frau mit ihrer idiotischen Tochter nahmen sie mit, für vier Dollar Benzingeld bis Arizona. Dean setzte das idiotische Mädchen zu sich nach vorn und kümmerte sich um sie, wie er sagte: «Den ganzen Weg über, Mann! So eine weggetretene liebe kleine Seele. Oh, wir haben geredet und geredet, über Feuersbrünste und die Wüste, die sich in ein Paradies verwandelt, und ihren Papagei, der auf spanisch fluchte.» Sie setzten diese Reisegefährten ab und fuhren weiter nach Tucson. Den ganzen Weg jammerte Galatea Dunkel, Eds neue Frau, wie müde sie sei und daß sie in einem Motel schlafen wolle. Wäre das so weitergegangen, hätten sie das ganze Geld von ihr ausgegeben, lange bevor sie Virginia erreichten. Zweimal erzwang sie abends eine Rast und warf in den Motels mit Zehndollarscheinen um sich. Bis sie nach Tucson kamen, war sie blank. Dean und Ed hängten sie in einem Hotel ab und setzten allein die Reise fort, mit dem Matrosen und ohne Skrupel.

Ed Dunkel war ein großer ruhiger Bursche, der nicht viel nachdachte und stets bereit war, alles zu tun, was Dean von ihm wollte; und diesmal war Dean viel zu beschäftigt, um sich Gewissensbisse zu machen. Er raste gerade durch Las Cruces in New Mexico, als ihn urplötzlich der heiße Wunsch überkam, seine süße erste Frau, Marylou, wiederzusehen. Sie war oben in Denver. Er riß den Wagen nach Norden herum, ohne die schwachen Proteste des Matrosen zu beachten, und sauste am Abend desselben Tages nach Denver hinein. Er rannte herum und fand Marylou in einem Hotel. Sie verbrachten zehn Stunden in einer wilden Vögelei. Alles wurde neu beschlossen: sie wollten zusammenbleiben. Marylou war das einzige Mädchen, das Dean je wirklich geliebt hatte. Er war krank vor Reue, als er ihr Gesicht wiedersah, und wie damals flehte und bettelte er auf Knien um das Glück ihrer Gegenwart. Sie verstand Dean, sie strich ihm über das Haar, sie wußte, daß er verrückt war. Um den Matrosen zu beschwichtigen, beschaffte Dean ihm ein Mädchen in einem Hotelzimmer über der Bar, wo die alte Billardhallenbande zu saufen pflegte. Aber der Seemann wollte das Mädchen nicht, und er lief in die Nacht hinaus, und sie sahen ihn nie wieder; anscheinend hatte er einen Autobus nach Indiana genommen.

Dean, Marylou und Ed Dunkel brausten die Colfax Avenue entlang ostwärts und hinaus, den Prärien von Kansas entgegen. Gewaltige Schneestürme holten sie ein. In Missouri, bei Nacht, mußte Dean beim Fahren, weil die Windschutzscheibe fingerbreit mit Eis bedeckt war, den Kopf, mit einem Schal umwickelt, aus dem Fenster strecken – mit der Schneebrille sah er aus wie ein Mönch, der die Handschriften des Schnees studiert. Er fuhr durch das Land seiner Vorfahren, ohne einen Gedanken daran zu verschwenden. Frühmorgens kam der Wagen auf einer vereisten Steigung ins Rutschen und kippte in den Straßengraben. Ein Farmer war bereit, ihnen rauszuhelfen. Sie fielen rein auf einen Tramper, der ihnen einen Dollar versprach, wenn sie ihn bis Memphis mitnehmen würden. In Memphis ging er in sein Haus, suchte trödelnd nach dem Dollar herum und betrank sich dabei; er könne den Dollar nicht finden, sagte er. Sie fuhren weiter, durch Tennessee; die Achsenlager waren von dem Unfall in Mitleidenschaft gezogen. Dean war immer mit neunzig Meilen pro Stunde gefahren; jetzt mußte er bei stetigen siebzig bleiben, sonst schwirrte der ganze Motor den Berg hinunter. In tiefstem Winter durchquerten sie die Great Smoky Mountains. Als sie bei meinem Bruder vor der Tür standen, hatten sie seit dreißig Stunden nichts mehr gegessen – nur Bonbons und Käse-Crackers.

Sie aßen mit Heißhunger, während sich Dean, ein Sandwich in der Hand, über das große Grammophon beugte und sich eine heiße Be-Bop-Platte anhörte, die ich gerade gekauft hatte, «The Hunt» mit Dexter Gordon und Wardell Gray, die vor einem johlenden Publikum riesig aufdrehten, was der Platte einen irre phantastischen Sound gab. Die Südstaatler sahen einander an und schüttelten staunend die Köpfe. «Was für Freunde hat Sal da eigentlich?» fragten sie meinen Bruder. Er wußte nicht recht, was er sagen sollte. Südstaatler haben nichts übrig für Verrücktheiten, und schon gar nicht für Deans Art der Verrücktheit. Und Dean nahm nicht die geringste Rücksicht auf sie. Deans Verrücktheit war zu einer unheimlichen Blume erblüht. Das merkte ich erst, als er mit Marylou und mir und Ed Dunkel zu einer kurzen Spritztour mit dem Hudson aus dem Haus ging und wir zum erstenmal allein waren und über alles, was wir wollten, reden konnten. Dean packte das Steuer, legte den zweiten Gang ein, sinnierte eine Sekunde im Anfahren, schien plötzlich eine Entscheidung zu treffen und schoß mit vollen Rohren die Straße hinunter, mit einer wahnwitzigen Entschlossenheit.

«Alsdann, Kinder», sagte er, rieb sich die Nase und beugte sich vor, um nach der Handbremse zu tasten, ehe er Zigaretten aus dem Handschuhfach nahm, wobei er sich die ganze Zeit hin und her wiegte. «Die Zeit ist gekommen, zu entscheiden, was wir die nächste Woche tun wollen. Ernst, sehr ernst. Ähem!» Er wich einem Maultierkarren aus; ein alter Neger plagte sich darin vorwärts. «Ja!» schrie Dean. «Ja! Seht ihn euch an! Und jetzt denkt mal an seine Seele – nehmt euch Zeit und besinnt euch.» Und er bremste ab, damit wir uns alle umdrehten und uns den tollen alten Knaben ansahen, der ächzend dahintrottete. «O ja, seht genau hin; es wohnen Gedanken in diesem Kopf, oh, ich würde meinen letzten Arm hergeben, sie kennenzulernen, um da hineinzuklettern und herauszufinden, was der arme Teufel über das Rübenkraut in diesem Jahr und über den Schweineschinken denkt. Sal, du weißt nichts davon, aber ich habe einmal ein ganzes Jahr lang, als ich elf war, in Arkansas bei einem Farmer gelebt. Ich mußte die schlimmsten Sachen machen, einmal mußte ich ein totes Pferd abdecken. Weihnachten dreiundvierzig war ich das letztemal in Arkansas, vor fünf Jahren, als Ben Gavin und ich von einem Mann mit einer Flinte verfolgt wurden, dem das Auto gehörte, das wir knacken wollten. Ich sage das alles nur, um euch zu zeigen, daß ich mitreden kann, wenn es um den Süden geht. Ich kenne – will sagen, ich kapiere den Süden, ich kenne ihn in- und auswendig – ich habe kapiert, was du mir in deinen Briefen darüber geschrieben hast. O ja, o ja», sagte er und verlor den Faden, verstummte ganz und jagte den Wagen, tief übers Lenkrad gebeugt, plötzlich wieder auf siebzig. Er starrte verbissen vor sich hin. Marylou war ganz lächelnde Gelassenheit. Dies war der neue und vollständige Dean, reifer und erwachsen geworden. Mein Gott, sagte ich mir, wie hat er sich verändert. Zorn blitzte aus seinen Augen, wenn er von Dingen sprach, die er haßte; funkelnde Freude statt dessen, wenn er sich plötzlich freute; jeder Muskel zuckte vor Leben und Tatendrang. «Oh, Mann, was könnte ich dir alles erzählen», sagte er und stieß mich in die Rippen: «Oh, Mann, wir müssen unbedingt Zeit finden ... Was ist mit Carlo passiert? Wir müssen Carlo besuchen, ihr Lieben, gleich morgen früh. Und jetzt, Marylou, brauchen wir Brot und Fleisch, damit wir was zu essen haben bis New York. Hast du Geld, Sal? Wir werfen alles auf den Rücksitz, die Möbel von Mrs. P., und kuscheln uns vorn ganz eng zusammen und erzählen Geschichten, während wir nach New York sausen. Marylou, du mußt mit deinen Honigschenkeln neben mir sitzen, dann Sal und dann, am Fenster, Ed, der lange Ed soll den Fahrtwind abfangen, da kommt ihm mal sein Schlafrock zugute. Und dann stürzen wir uns alle ins Leben, denn jetzt ist die Zeit dafür, und *wir alle wissen, was Zeit bedeutet*!» Er rieb sich ungestüm das Kinn, schwenkte aus und überholte drei Lastwagen und donnerte in die Innenstadt von Testament, schaute hierhin und dorthin und sah alles im Halbkreis von 180 Grad, ohne den Kopf zu drehen. Zack, hatte er einen Parkplatz gefunden, ohne zu suchen, und wir parkten. Er sprang aus dem Wagen. Wie ein Wilder stürmte er in die Bahnhofshalle; wir trotteten hinterher wie Schafe. Er kaufte Zigaretten. In seinen Bewegungen war er völlig verrückt geworden; es schien, als machte er alles gleichzeitig. Ein Kopfschütteln, seitwärts und rauf und runter, nervös zuckende kräftige Hände, schnelle Schritte, hinsetzen, die Beine übereinanderschlagen und wieder strecken, am Hosenschlitz kratzen, die Hose hochziehen, und schon hob er wieder den Kopf und sagte «Aaah» und kniff plötzlich die Augen zusammen und spähte hierhin und dorthin; und dauernd stieß er mich in die Rippen und redete, redete.

Es war sehr kalt in Testament, und es lag viel Schnee für die Jahreszeit. Dean stand auf der langen öden Hauptstraße, die an der Eisenbahnstrecke entlangläuft, nur mit einem T-Shirt und hängender Hose bekleidet, den Gürtel aufgeschnallt, als wollte er sie jeden Moment ausziehen. Er kam herüber, mit eingezogenem Kopf, und redete auf Marylou ein; er sprang zurück, fuchtelte mit den Händen vor ihr herum. «O ja, ich weiß! Ich *kenne* dich, ich *kenne* dich, Schatz!» Sein Lachen war manisch; es fing dumpf an und endete schrill, genau wie das Lachen eines Irren im Radio, nur rascher und mehr wie ein Kichern. Zwischendurch kehrte er immer wieder in einen geschäftsmäßigen Ton zurück. Es gab keinen Grund für unsere Fahrt in die Stadt, aber er ließ sich Gründe einfallen. Er hetzte uns herum, Marylou mußte Proviant besorgen, ich die Zeitung, wegen des Wetterberichts, Ed Dunkel Zigarren. Dean rauchte gern Zigarren. Er qualmte eine, während er die Zeitung aufschlug, und redete und redete. «Ah, unsere heiligen amerikanischen Quasseltüten in Washington hecken schon wieder Unannehmlichkeiten aus – Äh-hem! – hep-hep!» Und schon sprang er auf und rannte davon, um ein farbiges Mädchen zu sehen, das draußen am Bahnhof vorbeiging. «Seht sie euch an», rief er, zeigte mit halb ausgestrecktem Finger auf sie und fummelte mit blödem Grinsen an sich herum, «was für eine liebliche schwarze Schönheit. Ah! Hmm!» Wir stiegen ein und brausten zurück zum Haus meines Bruders.

Ich hatte mir stille Weihnachten auf dem Land vorgestellt, wie mir bewußt wurde, als wir das Haus wieder betraten und ich den Weihnachtsbaum und die Geschenke sah und den Truthahn im Backofen roch und die Gespräche der Verwandten hörte, aber jetzt hatte das Fieber mich wieder erwischt, und das Fieber hieß Dean Moriarty, und ich war unterwegs, war wieder unterwegs.

zwei

Wir packten die Möbel meines Bruders hinten in den Wagen und fuhren bei Anbruch der Dunkelheit los. Wir versprachen, in dreißig Stunden wieder dazusein – dreißig Stunden für tausend Meilen nach Norden und wieder nach Süden. Dean wollte es so. Es war eine harte Fahrt, aber wir merkten es nicht einmal; die Heizung ging nicht, folglich war die Windschutzscheibe vereist; und Dean langte, bei siebzig Meilen pro Stunde, immer wieder hinaus, um sie mit einem Lappen zu wischen und ein Guckloch zu kratzen, damit er die Straße sehen konnte. «O heiliges Loch!» In dem geräumigen Hudson war vorn Platz genug für uns vier. Über unsere Knie hatten wir eine Decke gelegt. Das Radio funktionierte nicht. Es war ein nagelneuer Wagen, erst vor fünf Tagen gekauft, und schon war er Schrott. Und es war erst eine Rate bezahlt. Nordwärts ging es nach Washington, auf der Route 301, einem schnurgeraden zweispurigen Highway ohne viel Verkehr. Und Dean redete, außer ihm sprach keiner. Er gestikulierte, fuchtelte, beugte sich manchmal zu mir herüber, um seine Worte zu unterstreichen, ließ manchmal das Steuer ganz los, aber der Wagen rollte trotzdem pfeilgerade weiter, immer am weißen Mittelstreifen entlang, der im Vorbeifliegen unseren linken Vorderreifen küßte.

Eine völlig bedeutungslose Reihe von Umständen hatte Dean bewogen zu kommen, und ganz ähnlich war ich nun ohne Grund mit ihm losgefahren. In New York hatte ich die Universität besucht und mich in ein Mädchen namens Lucille verliebt, ein wunderschönes honigblondes italienisches Schätzchen, das ich eigentlich sogar hatte heiraten wollen. All die Jahre war ich auf der Suche nach der Frau gewesen, die ich einmal heiraten wollte. Ich lernte kein Mädchen kennen, ohne mich zu fragen: Wie wäre sie als Ehefrau? Ich erzählte Dean und Marylou von Lucille. Marylou wollte alles wissen über Lucille, sie wollte sie gern kennenlernen. Wir brausten durch Richmond, Washington, Baltimore und auf einer kurvenreichen Landstraße weiter nach Philadelphia und redeten und redeten. «Ich möchte eine Frau heiraten», verriet ich den beiden, «bei der meine Seele zur Ruhe kommt, bis wir zusammen alt werden. So darf das nicht dauernd weitergehen – all dieser Wahnsinn und das Herumjagen. Wir müssen irgendwo zur Ruhe kommen, einen Platz finden.»

«Na, hör mal, Mann», sagte Dean, «seit Jahren höre ich dich von Ehe und einem *Zuhause* reden, all diese tollen wunderschönen Dinge über deine Seele.» Es war eine traurige Nacht, und ebenso war es eine fröhliche Nacht. In Philadelphia gingen wir in einen Diner und bestellten uns Hamburger von unserem letzten Essensgeld. Der Mann an der Theke – es war drei Uhr morgens – hörte uns über Geld reden und bot an, uns die Hamburger kostenlos zu geben, plus extra Kaffee, falls wir alle miteinander halfen und hinten das Geschirr spülten; sein Gehilfe war nicht gekommen. Wir waren einverstanden. Ed Dunkel meinte, er sei ein alter Perlentaucher, und schob seine langen Arme ins Spülwasser. Dean stand da und schwang ein Handtuch, und Marylou ebenso. Am Ende knutschten sie zwischen Töpfen und Pfannen und zogen sich in eine dunkle Ecke der kleinen Küche zurück. Der Mann an der Theke war es zufrieden, solange Ed und ich nur das Geschirr spülten. Nach fünfzehn Minuten waren wir fertig. Bei Tagesanbruch rollten wir durch New Jersey und sahen die riesige Rauchwolke von New York vor uns in der verschneiten Ferne aufsteigen. Dean hatte sich einen Pullover um den Kopf gewickelt, um seine Ohren warm zu halten. Er sagte, wir seien eine Horde von Beduinen, gekommen, um New York in die Luft zu jagen. Durch den Lincoln Tunnel zischten wir rüber zum Times Square; Marylou wollte ihn unbedingt sehen.

«Oh, verdammt, ich wünschte, wir könnten Hassel finden. Alle scharf hinschauen, vielleicht entdecken wir ihn.» Wir suchten die Bürgersteige ab. «Guter alter verrückter Hassel. Oh, ihr hättet ihn in Texas *sehen* sollen.»

So also war Dean über viertausend Meilen von Frisco herübergefahren, durch Arizona und nach Denver rauf, innerhalb von vier Tagen, mit unzähligen Abenteuern dazwischen, und das war erst der Anfang.

drei

Wir fuhren zu mir nach Paterson und schliefen. Ich war als erster wach, spät am Nachmittag. Dean und Marylou schliefen in meinem Bett, Ed und ich im Bett meiner Tante. Deans ramponierter, aufgeplatzter Koffer lag am Boden und Socken hingen heraus. Vom Drugstore nebenan rief man mich ans Telefon. Ich lief hinunter; der Anruf kam aus New Orleans. Es war Old Bull Lee, der nach New Orleans gezogen war. Old

Bull Lee mit seiner hohen, jammernden Stimme beschwerte sich. Ein Mädchen, eine gewisse Galatea Dunkel, sei gerade auf der Suche nach einem gewissen Ed Dunkel bei ihm zu Hause gelandet; Bull hatte keine Ahnung, wer diese Leute waren. Galatea Dunkel war keine gute Verliererin. Ich sagte Bull, er solle sie beruhigen. Dean und Ed Dunkel seien bei mir; wir würden sie auf dem Weg zur Westküste bestimmt in New Orleans abholen. Dann kam das Mädchen selbst ans Telefon. Sie wollte nur wissen, wie es Ed gehe. Sie machte sich Sorgen, ob er auch glücklich sei.

«Wie bist du von Tucson nach New Orleans gekommen?» fragte ich. Sie sagte, sie habe sich Geld schicken lassen, von zu Hause, und habe einen Bus genommen. Sie war entschlossen, zu Ed zu stoßen, denn sie liebe ihn. Ich ging nach oben und erzählte dies alles dem langen Ed. Er saß mit bekümmerter Miene im Sessel, ein wahrer Engel von einem Mann.

«Also gut», rief Dean, der plötzlich aufgewacht war und aus dem Bett sprang, «als erstes brauchen wir jetzt was zu essen, und zwar sofort. Marylou, lauf in die Küche und sieh nach, was da ist. Sal, wir beide laufen runter und rufen Carlo an. Ed, sieh du zu, ob du die Wohnung in Ordnung bringen kannst.» Ich lief hinter Dean die Treppe hinunter.

Der Besitzer des Drugstore sagte: «Da war schon wieder ein Anruf für Sie – diesmal aus San Francisco, für einen Dean Moriarty. Ich habe gesagt, daß niemand hier ist mit diesem Namen.» Es war die süße Camille, die es nach Dean verlangte. Der Mann im Drugstore, Sam, ein hochgewachsener Freund von mir und sonst ein ruhiger Typ, sah mich an und kratzte sich am Kopf. «Mensch, was habt ihr da eigentlich laufen – ein internationales Freudenhaus?»

Dean kicherte irre. «Mann, Sie haben's erfaßt. Er sprang in die Telefonzelle und meldete ein R-Gespräch nach San Francisco an. Dann riefen wir Carlo in seiner Wohnung auf Long Island an und sagten ihm, er solle rüberkommen. Zwei Stunden später war Carlo da. Inzwischen machten Dean und ich mich für die Rückfahrt nach Virginia fertig, um dort die restlichen

Möbel zu holen und meine Tante nach Hause zu bringen. Carlo Marx kam mit Gedichten unter dem Arm, setzte sich in den bequemsten Sessel und sah mit großen, glänzenden Augen zu. Die erste halbe Stunde lang weigerte er sich, ein Wort zu sagen; jedenfalls lehnte er es ab, sich irgendwie festzulegen. Er war ruhiger geworden seit den Tagen seiner Denver-Depression; das hatte die Dakar-Depression bewirkt. In Dakar, wo er einen Bart getragen hatte, war er mit kleinen Kindern durch Seitengassen gewandert; sie führten ihn zu einem Zauberdoktor, der ihm die Zukunft voraussagte. Er hatte Fotos mitgebracht von wahnsinnigen Gassen mit Grashütten, dem elenden Ende von Dakar. Auf der Rückreise, sagte er, wäre er fast vom Schiff gesprungen, wie Hart Crane. Dean saß mit einer Spieldose auf dem Fußboden und lauschte mit grenzenloser Verwunderung dem kleinen Lied, das sie spielte: «A Fine Romance». «Kleine wirbelnde Klingelingglöckchen – Ah! Hört euch das an! Jetzt beugen wir uns alle darüber und schauen in das Innere der Spieldose, bis wir ihr Geheimnis erforscht haben – klingelingeling, juhu!» Ed Dunkel saß auch auf dem Fußboden; er hatte meine Drumsticks in den Händen, und plötzlich fing er an, leise einen *beat* zu der Musik aus der Spieldose zu schlagen, den wir kaum hören konnten. Alle hielten den Atem an und lauschten. «Tick … tack … tick-tack … tack-tack. Dean hielt die Hand hinters Ohr, der Mund stand ihm offen. «Ahhh!» sagte er. «Juhuuu!»

Carlo beobachtete diesen albernen Wahnsinn mit zusammengekniffenen Augen. Plötzlich klatschte er sich die Hand aufs Knie und rief: «Ich habe euch etwas zu verkünden.»

«Ja? Ja?»

«Was ist der Sinn dieser Reise nach New York? Was brütet ihr wieder für unerquickliche Sachen aus? Ich meine, o Herr, wohin führst du uns? Wohin reist du, Amerika, in deinem Glitzerzug in der Nacht?»

«Wohin reist du?» echote Dean mit offenem Mund. Wir saßen da und wußten nicht, was wir sagen sollten; es gab nichts mehr zu sagen. Blieb nur noch die Fahrt. Dean sprang auf und sagte, es sei soweit, wir müßten zurück nach Virginia. Er duschte, ich kochte einen Berg Risotto, mit all den Resten, die noch im Hause waren, Marylou stopfte Deans Socken, und dann waren wir soweit. Dean und ich brachten Carlo nach New York hinüber. Wir versprachen ihm, ihn in dreißig Stunden zu besuchen, rechtzeitig zur Silvesternacht. Es war dunkel draußen. Wir setzten Carlo am Times Square ab und fuhren durch den teuren Tunnel zurück nach New Jersey und dann weiter auf dem Highway nach Süden. Dean und ich wechselten uns am Steuer ab, und binnen zehn Stunden schafften wir es nach Virginia.

«Jetzt sind wir zum ersten Mal seit Jahren allein und können reden», sagte Dean. Und er redete die ganze Nacht. Wie im Traum flogen wir durch das schlafende Washington und weiter durch die Wildnis Virginias, überquerten, als der Tag anbrach, den Appomattox River und standen um acht Uhr früh vor dem Haus meines Bruders. Und die ganze Zeit war Dean unheimlich begeistert über alles, was er sah, bei allem, was er sagte, über jede Kleinigkeit, jede Minute, die verstrich. Er war außer sich vor rechtem Glauben. «Und natürlich kann niemand uns erzählen, daß es keinen Gott gäbe. Wir sind über alle äußeren Formen hinaus. Weißt du noch, Sal, wie ich zum ersten Mal in New York war und wollte, daß Chad King mir alles über Nietzsche beibringt? Weißt du, wie lange das her ist? Alles ist in bester Ordnung, Gott existiert, wir wissen, was Zeit ist. Alles, was seit den alten Griechen gepredigt wurde, ist falsch. Nicht einmal mit Geometrie und geometrischen Denksystemen kannst du es schaffen. *Darauf* kommt es an!» Er umschloß seinen Zeigefinger mit der Faust. Der Wagen streichelte gerade und treu den Mittelstreifen. «Und nicht nur das, sondern wir beide wissen, daß ich gar keine Zeit hätte zu erklären, wieso ich weiß und wieso du weißt, daß Gott existiert.» Irgendwann seufzte ich – über die Schwierigkeiten des Lebens –, wie arm meine Familie sei, wie gern ich Lucille helfen würde, die auch so arm sei und eine Tochter habe. «Schwierigkeiten, siehst du, das ist das verallgemeinernde Wort für das, worin Gott existiert. Die Sache ist die, daß du dich nicht verrennen darfst. Oh, mir schwirrt der Kopf!» rief er und preßte die Hände an die Schläfen. Er sprang wie Groucho Marx aus dem Wagen, um Zigaretten zu holen – mit diesem ungestümen, die Erde umarmenden Gang und den flatternden Rockschößen, nur daß Dean keine Rockschöße hatte. «Seit Denver, Sal, sind eine Menge Dinge – Oh, all die Dinge, ich habe darüber nachgedacht und immer wieder nachgedacht. Die meiste Zeit war ich in der Besserungsanstalt, ich war ein junger Punk, der sich durchbeißen wollte – Autos klauen als psychologischer Ausdruck meiner Situation, nichts als Angabe. Meine Knastprobleme habe ich jetzt ziemlich klar. Ich werde nie wieder im Knast landen, soweit ich sehe. Alles andere ist nicht meine Schuld.» Wir fuhren an einem kleinen Jungen vorbei, der Steine nach den Autos auf der Straße warf. «Denk daran», sagte Dean, «eines Tages wird er einem Mann einen Stein durch die Windschutzscheibe werfen, und der Mann wird einen Unfall bauen und tot sein – alles wegen dieses kleinen Jungen. Siehst du, was ich meine? Gott existiert und hat keine Skrupel. Und während wir hier so dahinrollen, bin ich ohne jeden Zweifel davon überzeugt, daß in allem für uns gesorgt wird, daß alles glattgehen wird, daß selbst du, bei deiner Fahrweise, deiner Angst vor dem Steuer –» ich fuhr nicht gern Auto und fuhr darum sehr vorsichtig – «wie von selbst auf der Spur bleiben wirst und wir nicht im Graben landen werden und daß ich ruhig schlafen kann. Außerdem kennen wir Amerika, wir sind hier zu Hause; ich kann in Amerika überall hingehen, und ich werde bekommen, was ich will, denn es ist überall, in jeder Ecke, das gleiche, ich kenne die Menschen, ich weiß, was sie tun. Wir geben und nehmen, und wir bewegen uns in der unglaublich komplizierten Süße im Zickzack nach hier und nach dort.» Alles, was er sagte, war unklar, und doch kam das, was er sagen wollte, irgendwie rein und klar zum Ausdruck. Das Wort «rein» führte er dauernd im Mund. Nie hätte ich mir träumen lassen, daß aus Dean ein Mystiker werden könne. Es waren dies die Anfänge seines Mystizismus, ein Auftakt zu jener seltsamen, wirren, an W. C. Fields gemahnenden Heiligmäßigkeit seiner späteren Tage.

Selbst meine Tante hörte ihm halb neugierig zu, während wir noch am selben Abend, nachdem wir die Möbel auf dem Rücksitz verstaut hatten, wieder nach Norden, nach New York brausten. Jetzt, da meine Tante im Wagen saß, begnügte sich Dean damit, von seinem Arbeitsleben in San Francisco zu sprechen. Wir erfuhren bis in die kleinsten Einzelheiten, was ein Bremser bei der Eisenbahn zu tun hat, er demonstrierte es jedesmal, wenn wir an einem Rangierbahnhof vorbeikamen, und einmal sprang er sogar aus dem Auto und zeigte mir, wie ein Bremser in einer Nebengleisweiche das Signal auf freie Fahrt stellt. Meine Tante verzog sich nach hinten und schlief. Um vier Uhr früh, in Washington, telefonierte Dean wieder per R-Gespräch mit Camille in Frisco. Gleich danach, als wir aus Washington rausfuhren, überholte uns ein Streifenwagen mit heulender Sirene, und wir bekamen einen Zettel wegen überhöhter Geschwindigkeit, obwohl wir nur dreißig Meilen pro Stunde gefahren waren. Das kalifornische Nummernschild war schuld. «Ihr glaubt wohl, ihr könnt hier durchrauschen, so schnell wie es euch paßt, bloß weil ihr aus Kalifornien seid?» sagte der Cop.

Ich begleitete Dean in die Polizeiwache und wir versuchten den Männern klarzumachen, daß wir kein Geld hatten. Dean müsse über Nacht in der Arrestzelle bleiben, sagten sie, wenn wir das Geld nicht auftreiben könnten. Meine Tante hatte das Geld natürlich, es waren fünfzehn Dollar, und sie hatte im ganzen zwanzig, also war alles bestens. Und während wir noch mit den Cops diskutierten, ging tatsächlich einer von ihnen nach draußen, um sich meine Tante anzusehen, die in Decken gehüllt hinten im Wagen saß. Sie entdeckte ihn.

«Keine Sorge, ich bin keine Gangsterbraut. Falls Sie das Auto durchsuchen wollen, machen Sie es nur. Ich bin mit meinem Neffen auf der Heimfahrt, und die Möbel hier sind nicht gestohlen, sie gehören meiner Nichte, die gerade ein Baby bekommen hat und in ein neues Haus umzieht.» Unser Sherlock Holmes war platt vor Staunen und kam wieder ins Revier. Meine Tante mußte die Strafe für Dean bezahlen, sonst wären wir in Washington hängengeblieben, denn ich hatte keinen

Führerschein. Dean versprach, das Geld zurückzuzahlen, und er hat es sogar getan, genau anderthalb Jahre später, zur freudigen Überraschung meiner Tante. Meine Tante, eine hochanständige Frau, kam sich fremd und ratlos vor in dieser trostlosen Welt, obwohl sie nicht weltfremd war. Sie erzählte uns von dem Polizisten. «Er versteckte sich hinter einem Baum und wollte mich ausforschen. Ich sagte ihm – ich sagte ihm, er solle das Auto durchsuchen, falls er Lust hätte. Ich habe nichts, weswegen ich mich schämen muß.» Sie wußte, daß es allerhand gab, weswegen Dean sich schämen mußte, und ich mich auch, einfach weil ich mit ihm zusammen war, und Dean und ich akzeptierten das traurig.

Meine Tante hatte einmal gesagt, die Welt werde keinen Frieden finden, solange die Männer nicht ihre Frauen auf Knien um Verzeihung bäten. Aber Dean wußte das selber, er sprach oft davon. «Immer wieder habe ich Marylou angefleht, wir sollten uns im herzlichen Einverständnis reiner Liebe vertragen und auf immer alle Streitereien vergessen; sie versteht es, doch ihr Sinn ist auf was anderes gerichtet – sie hat es auf mich abgesehen, sie will nicht verstehen, wie sehr ich sie liebe, sie strickt an meinem Verderben.»

«Die Wahrheit ist, daß wir unsere Frauen nicht verstehen. Wir geben ihnen die Schuld, und dabei ist alles unser Fehler», sagte ich.

«Nein, so einfach ist es auch nicht», widersprach Dean. «Der Friede wird unverhofft kommen, wir wissen nicht, wann – verstehst du, Mann?» Verbissen, mit düsterer Miene, jagte er den Wagen durch New Jersey; im Morgengrauen erreichte ich Paterson, während er hinten schlief. Um acht Uhr früh waren wir zu Hause, wo Marylou und Ed Dunkel herumsaßen und Kippen aus den Aschenbechern rauchten; sie hatten nichts mehr gegessen, seit Dean und ich losgefahren waren. Meine Tante ging einkaufen und brachte ein phantastisches Frühstück auf den Tisch.

vier

Für die drei aus dem Westen wurde es Zeit, ein eigenes Quartier in Manhattan zu finden. Carlo hatte eine Bude an der York Avenue; noch am selben Abend zogen sie bei ihm ein. Dean und ich schliefen den ganzen Tag, und als wir aufwachten, war gerade ein gewaltiger Schneesturm dabei, das neue Jahr, 1948, anzukündigen. Ed Dunkel saß in meinem Sessel und erzählte, wie er letztes Jahr Silvester verbracht hatte. «Ich war in Chicago, und ich war abgebrannt. Ich saß am Fenster, in meinem Hotel an der North Clark Street, und aus der Bäckerei unten stiegen die köstlichsten Düfte in meine Nase. Ich hatte keinen Penny, aber ich ging hinunter und sprach mit dem Mädchen dort. Sie gab mir Brot und Kuchen, ganz umsonst. Ich ging wieder in mein Zimmer und aß alles auf. Die ganze Nacht blieb ich in meinem Zimmer. Einmal, in Farmington, Utah, wo ich mit Ed Wall zusammen arbeitete – du kennst doch Ed Wall, den Rancher-Sohn aus Denver –, lag ich im Bett, und plötzlich sah ich meine tote Mutter in der Ecke stehen, umgeben von lauter Licht. Ich sagte: ‹Mutter!› Sie verschwand. Ich habe dauernd Visionen», sagte Ed Dunkel und nickte mit dem Kopf.

«Was hast du mit Galatea vor?»

«Oh, wir werden sehen. Wenn wir erst mal in New Orleans sind. Glaubst du nicht, hm?» Er hatte sich angewöhnt, auch mich um Rat zu fragen. Dean allein genügte ihm nicht. Er war aber schon in Galatea verliebt, wenn er es recht bedachte.

«Und was hast du mit dir selbst vor, Ed?» fragte ich.

«Ich weiß nicht», sagte er. «Einfach weitermachen. Das Leben packen.» Er redete schon wie Dean. Er hatte weder Zeit noch Richtung. Er saß da und schwelgte in Erinnerungen an jene Nacht in Chicago, an den warmen Kuchen in seinem einsamen Hotelzimmer.

Draußen wirbelte der Schnee. Eine Riesenparty sollte in New York stattfinden; wir wollten alle hin. Dean packte seinen ramponierten Koffer, warf ihn ins Auto und wir alle starteten in die große Nacht. Meine Tante war glücklich darüber, daß mein Bruder sie in der darauffolgenden Woche besuchen wollte; sie saß über ihrer Zeitung und wartete auf die mitternächtliche Silvester-Radiosendung vom Times Square. Über Glatteis schlitternd, brausten wir nach New York. Ich hatte nie Angst, wenn Dean am Steuer saß; er behielt den Wagen in jeder Situation unter Kontrolle. Das Radio war repariert worden, und ein wilder Be-bop jagte uns durch die Nacht. Ich wußte nicht, wo das alles noch enden sollte, und es war mir egal.

Um diese Zeit quälte mich eine seltsame Geschichte. Die Sache war die: Ich hatte etwas vergessen. Da war eine Entscheidung, die ich hatte treffen wollen, bevor Dean aufkreuzte, und jetzt war sie mir einfach entfallen, hing aber noch irgendwo im Hinterkopf. Ich schnickte mit den Fingern, versuchte mich zu erinnern. Ich sprach sogar darüber. Und ich konnte nicht einmal sagen, ob es eine wirkliche Entscheidung war oder nur ein Gedanke, den ich vergessen hatte. Es verfolgte und verwirrte mich, es machte mich traurig. Es hatte was mit dem «verhüllten Wanderer» zu tun. Carlo Marx und ich hatten einmal zusammengesessen, Knie an Knie, auf zwei Stühlen, und uns in die Augen geschaut, und ich hatte ihm einen Traum erzählt, von einer sonderbaren Beduinengestalt, die mich durch die Wüste verfolgte, der ich auszuweichen versuchte, die mich schließlich einholte, kurz bevor ich die schützende Stadt erreichte. «Wer ist das?» fragte Carlo. Wir grübelten darüber nach. Ich sagte zögernd, ich könnte es selbst sein, eingehüllt in ein Leichentuch. Das war's aber nicht. Irgend etwas, irgend jemand, ein Gespenst verfolgte alle von uns durch die Wüste des Lebens und mußte uns einholen, bevor wir den Himmel erreichten. Sicher, wenn ich zurückblickte, kann dies nur der Tod sein: der Tod, der uns einholen wird, ehe wir in den Himmel gelangen. Das einzige, wonach wir uns zeit unseres Lebens sehnen, was uns seufzend und stöhnend vorantreibt und süße

Qualen aller Art ertragen läßt, ist die Erinnerung an eine verlorene Seligkeit, die wir vielleicht im Mutterleib erlebten und die nur (auch wenn wir es ungern zugeben) im Tod wiedererlangt werden kann. Aber wer will schon sterben? Daran mußte ich im Wirbel der Ereignisse dauernd unterschwellig denken. Ich erzählte Dean davon, und er erkannte es sofort als die einfache schlichte Sehnsucht nach dem reinen Tod; und da wir alle kein zweites Mal leben werden, wollte er klugerweise nichts davon wissen, und damals gab ich ihm recht.

Wir machten uns auf die Suche nach der Bande meiner New Yorker Freunde. Die Blumen des Wahnsinns blühen auch hier. Zuerst fuhren wir zu Tom Saybrook's. Tom ist ein trauriger, gutaussehender Junge, herzlich, großzügig und umgänglich; nur, daß er hin und wieder plötzlich in Depressionen versinkt und davonrennt, ohne jemandem ein Wort zu sagen. Diese Nacht war er hell begeistert. «Sal, wo hast du diese absolut phantastischen Typen aufgetrieben? Solche Leute hab ich noch nie gesehen.»

«Ich hab sie im Westen getroffen.»

Dean war groß in Form; er warf eine Jazz-Platte auf, schnappte sich Marylou, hielt sie fest und ging im Takt der Musik an sie ran. Sie ging mit. Es war der reinste Liebestanz. Dann kam Ian MacArthur mit einer riesigen Meute. Das Neujahrswochenende begann und sollte drei Tage und Nächte dauern. Ganze Horden drängten sich in den Hudson und schlidderten über die verschneiten New Yorker Straßen von einer Party zur anderen. Ich nahm Lucille und ihre Schwester zu der größten Party mit. Als Lucille mich mit Dean und Marylou zusammen sah, verfinsterte sich ihr Gesicht – sie spürte den Wahnsinn, mit dem die beiden mich ansteckten.

«Ich mag nicht, wenn du mit ihnen zusammen bist.»

«Ah, schon gut, ist alles nur Spaß. Wir leben nur einmal. Wir lassen's uns gutgehen.»

«Nein, es ist trostlos, und ich mag es nicht.»

Dann fing Marylou an, sich an mich heranzumachen; sie sagte, Dean werde mit Camille zusammenbleiben, und ich solle mit ihr gehen. «Komm mit uns nach San Francisco. Wir werden zusammenleben. Ich werde dir eine gute Freundin sein.» Aber ich wußte, daß Dean Marylou liebte, und ich wußte auch, daß Marylou dies alles nur tat, um Lucille eifersüchtig zu machen, und das paßte mir nicht. Trotz allem leckte ich mir die Lippen nach dieser saftigen Blonden. Als Lucille sah, wie Marylou mich in die Ecke schob und mir schmeichelte und mich abküßte, nahm sie Deans Einladung an, hinauszugehen, ins Auto; allerdings redeten sie nur und tranken von dem schwarzgebrannten Schnaps aus dem Süden, den ich im Handschuhfach hatte liegenlassen. Alles lief durcheinander, und alles löste sich auf. Ich wußte, mein Verhältnis mit Lucille würde nicht mehr lange dauern. Sie wollte immer, daß es nach *ihrer* Nase ging. Sie war mit einem Hafenarbeiter verheiratet, der sie schlecht behandelte. Ich war bereit, sie zu heiraten und ihre kleine Tochter zu adoptieren und alles, wenn sie sich nur von dem Mann scheiden ließ; aber es war nicht einmal genügend Geld für eine Scheidung da, die ganze Sache war hoffnungslos, außerdem würde Lucille mich niemals verstehen, weil ich dazu neige, zu viele Sachen gleichzeitig zu machen, und dann verwirrt und enttäuscht bin, wenn ich bis zum Umfallen von einer Sternschnuppe zur anderen jage. So etwas kann einem passieren in der Nacht. Ich hatte einem anderen Menschen ja nichts zu bieten außer meiner eigenen Verwirrung.

Die Partys waren unwahrscheinlich; mindestens hundert Menschen waren in einer Souterrainwohnung irgendwo in den neunziger Straßen der Upper Westside. Die Leute überfluteten die Kellerräume neben der Heizung. In jeder Ecke war etwas los, auf jedem Bett und jeder Couch – keine Orgie, sondern nur eine New Yorker Silvesterparty mit irrem Geschrei und wilder Radiomusik. Auch eine Chinesin war da. Dean flippte wie Groucho Marx von einer Gruppe zur anderen und fand alle fabelhaft. Von Zeit zu Zeit rannten wir zum Wagen hinaus, um noch mehr Leute einzusammeln. Damion kam. Damion ist der Held meiner New Yorker Bande, so wie Dean der Häuptling und Held im Westen ist. Die beiden waren einander auf Anhieb unsympathisch. Damions Mädchen setzte Damion plötzlich einen satten rechten Schwinger ans Kinn. Er begann zu schwanken. Sie schleppte ihn nach Hause. Ein paar von unseren verrückten Zeitungsfreunden kamen aus der Redaktion und brachten Flaschen mit. Draußen tobte ein ungeheurer wunderbarer Schneesturm. Ed Dunkel flog auf Lucilles Schwester und verschwand mit ihr; ich vergaß zu sagen, daß Ed Dunkel sehr sanft im Umgang mit Frauen ist. Er ist eins neunzig groß, weichherzig, zuvorkommend, angenehm, freundlich und ganz reizend. Er hilft Frauen in den Mantel. So muß man's machen. Um fünf Uhr morgens rasten wir alle über den Hinterhof einer Mietskaserne und kletterten durchs Fenster in eine Wohnung, wo eine riesige Party im Gang war. Im Morgengrauen landeten wir wieder bei Tom Saybrook's. Die Leute malten Bilder und tranken schales Bier. Ich schlief mit einem Mädchen namens Mona in den Armen auf einer Couch. In hellen Scharen kamen sie jetzt von der alten Columbia-Campus-Bar. Das ganze Leben, alle Gesichter des Lebens drängten sich in diesem einen muffigen Raum. Bei Ian MacArthur ging die Party weiter. Ian MacArthur ist ein wunderbarer lieber Typ; er trägt eine Brille, durch die er voll Entzücken in die Welt blickt. Damals lernte er gerade, alles im Leben zu bejahen, genau wie Dean, und hat seither nicht aufgehört damit. Beim wilden Sound von Dexter Gordon und Wardell Gray, die «The Hunt» spielten, warfen Dean und ich Marylou über die Couch hin und her; sie war gar kein so leichtes Püppchen. Dean lief ohne Unterhemd herum, nur in Hosen und barfuß, bis es Zeit war, wieder ins Auto zu steigen und noch mehr Leute zu holen. Alles konnte passieren. Wir trafen den ekstatisch ausgerasteten Rollo Greb und blieben eine Nacht in seinem Haus auf Long Island. Rollo wohnt mit seiner Tante in einem schönen Haus; wenn sie einmal stirbt, gehört das Haus ihm, aber bis dahin erfüllt sie ihm nicht einen einzigen Wunsch. Sie haßt seine Freunde. Er brachte die ganze wüste Bande mit – Dean, Marylou, Ed und mich – und ließ eine krachende Party steigen. Die alte Dame verzog sich nach oben, sie drohte die Polizei zu rufen. «Oh, halt doch den Mund, du alte Runzel!» brüllte Greb. Ich fragte mich, wie er mit dieser Frau unter einem Dach leben konnte. Er hatte mehr Bücher, als ich jemals im Leben gesehen hatte – zwei Bibliotheken, zwei Zimmer, bis an die Decke an allen vier Wänden mit Büchern vollgestopft, darunter Werke wie die apokryphen Sowieso-Schriften in zehn Bänden. Er ließ Verdi-Opern laufen und tanzte dazu Pantomime in seinem Pyjama, der einen langen Riß am Rücken hatte. Er scherte sich einen Dreck um alles. Greb ist ein großer Gelehrter, der durch die New Yorker Hafenviertel streicht, mit Original-Partituren aus dem siebzehnten Jahrhundert unter dem Arm und laut singend. Wie eine große Spinne krabbelt er durch die Straßen. Seine Begeisterung blitzte ihm aus den Augen wie Strahlen von einem teuflischen Licht. Er rollte den Kopf in spastischer Ekstase. Er stammelte, er verrenkte sich, er plumpste zu Boden, er stöhnte, er heulte, er ließ sich verzweifelt auf den Rücken fallen. Er brachte kaum noch ein Wort hervor, so begeistert war er vom Leben. Dean stand vor ihm, den Kopf über ihn gebeugt, und sagte immer wieder: «Ja ... Ja ... Ja ...» Er zog mich in eine Ecke. «Dieser Rollo Greb, das ist der Größte und Wunderbarste von allen. Das ist das, was ich dir dauernd sagen wollte – so möchte ich gern sein. Ich möchte sein wie er. Er hängt nie durch, er verströmt sich in alle Richtungen, er läßt es heraus, er weiß, was Zeit ist, er braucht nichts zu tun, als vor- und zurückzuschaukeln. Mann, er ist am Ziel! Hörst du, mach's nur wie er, dann wirst du's erreichen.»

«Was erreichen?»

«ES! ES! Ich sag's dir noch – keine Zeit jetzt, jetzt haben wir keine Zeit.» Dean lief zurück, um weiter Rollo Greb zuzuschauen.

George Shearing, der großartige Jazz-Pianist, sagte Dean, sei genauso wie Rollo Greb. An diesem langen verrückten Wochenende gingen Dean und ich auch zu Shearing ins Birdland. Das Lokal war menschenleer, wir waren, um zehn Uhr, die ersten Gäste. Shearing kam aufs Podium, blind, an der Hand zu seinem Keybord geführt. Er war ein distinguierter britischer

Gentleman mit steifem weißem Kragen, das Gesicht leicht gerötet, blondes Haar, mit dem Fluidum einer milden englischen Sommernacht, das deutlich herauskam, als er die erste parlierende Nummer spielte, während der Bassist sich ehrfürchtig zu ihm hinüberbeugte und den *beat* schrummte. Der Drummer, Denzil Best, saß regungslos da und schlenkerte seine Besen aus dem Handgelenk. Und Shearing fing an zu schaukeln; ein Lächeln flog über sein verklärtes Gesicht; auf dem Klavierhocker fing er an zu schaukeln, vor und zurück, langsam zuerst, dann fing der Rhythmus an zu fliegen, und er schaukelte immer schneller, sein linker Fuß zuckte hoch bei jedem Takt, und sein Hals krümmte sich schaukelnd hin und her; das Gesicht jetzt tief über den Tasten, schob er sein Haar zurück, die aufgelösten Strähnen, und er fing an zu schwitzen. Die Musik wurde noch schneller. Der Bassist, tief gebeugt, ließ es dröhnen, schneller und schneller, jedenfalls kam es einem schneller und immer schneller vor, und das war's. Shearing griff jetzt seine berühmten Akkorde; in satten Schauern rollten sie aus dem Klavier, man hätte meinen sollen, der Mann hatte gar nicht die Zeit, sie aneinanderzureihen. Sie rollten und rollten wie Wellen im Meer. «Go!» schrien die Leute. Dean schwitzte; der Schweiß lief ihm in den Kragen. «Er hat's! Das ist er! Großer Gott! Großer Gott Shearing! Ja! Ja! Ja!» Und Shearing spürte den Irren hinter seinem Rücken, er hörte jeden von Deans Seufzern und Rufen, er nahm es wahr, auch wenn er's nicht sehen konnte. «Ja, genau!» rief Dean. «Ja!» Shearing lächelte; er wiegte sich vor und zurück. Schweißgebadet stand Shearing vom Piano auf; das war damals seine große Zeit, 1949, bevor er cool und kommerziell wurde. Als er gegangen war, deutete Dean auf den leeren Klavierhocker. «Gottes verlassener Thron», sagte er. Auf dem Klavier stand eine Trompete; ihr goldener Schatten warf sonderbare Reflexe auf die Wüstenkarawane, die an die Wand hinter den Drums gepinselt war. Gott war fortgegangen; was er zurückließ, war Schweigen. Es war eine Regennacht. Es war der Mythos einer Regennacht. Dean fielen vor ehrfürchtigem Staunen die Augen aus dem Kopf. Dieser Wahnsinn würde ins

Nichts führen. Ich wußte nicht, was mit mir los war, und plötzlich wurde mir klar, daß es nur das Gras war, das wir rauchten; Dean hatte es in New York gekauft. Es brachte mich auf die Idee, daß alles unmittelbar bevorstand – der Moment, da du weißt, daß alles und jedes für immer entschieden ist.

fünf

Ich nahm Abschied von allen und fuhr nach Hause, ich brauchte Ruhe. Meine Tante meinte, ich verschwendete nur meine Zeit, wenn ich mit Dean und seiner Bande herumhinge. Auch mir war klar, daß es nicht in Ordnung war. Das Leben ist, wie es ist, und jeder lebt es auf seine Art. Nur, ich wollte gern noch einmal eine tolle Fahrt an die Westküste machen und dann rechtzeitig zum Frühjahrssemester wieder an der Uni sein. Und was für eine Fahrt sollte es werden! Eigentlich machte ich nur der Fahrt wegen mit und weil ich sehen wollte, was Dean noch alles anstellte, schließlich aber auch deshalb, weil ich wußte, daß Dean in Frisco zu Camille zurückkehren würde und ich eine Affäre mit Marylou haben wollte. Wir machten uns also bereit, wieder einmal den ächzenden Kontinent zu durchqueren. Ich hob meinen Veteranensold ab und gab Dean achtzehn Dollar, die er seiner Frau schicken sollte; sie wartete auf seine Rückkehr, und sie war pleite. Was Marylou sich dachte, wußte ich nicht. Ed Dunkel trottete wie immer mit.

Es kamen noch lange, fröhliche Tage in Carlos Wohnung, bevor wir losfuhren. Er lief in seinem Bademantel herum und hielt halb ironisch gemeinte Reden. «Nun, ich will euch ja nicht eure süßen Träume nehmen, aber mir scheint, es ist an der Zeit, daß ihr euch darüber klar werdet, wer ihr seid und was ihr mit eurem Leben anfangen wollt.» Carlo jobbte in einem Büro und schrieb Schreibmaschine. «Ich möchte mal wissen, was das eigentlich bedeuten soll, wenn ihr den ganzen Tag zu Hause rumsitzt. Was soll das ewige Gerede, und was habt ihr eigentlich vor? Dean, warum hast du Camille sitzenlassen und dir Marylou geholt?» Keine Antwort, nur Gekicher. «Marylou, warum reist du einfach so im Land herum, und wonach strebst du, wenn du an das Totenhemd denkst?» Die gleiche Antwort. «Ed Dunkel, warum hast du deine junge Frau in Tucson verlassen, und was hockst du hier auf deinem dicken Arsch? Wo ist dein Zuhause? Was ist deine Arbeit?» Ed Dunkel ließ in ehrlicher Verlegenheit den Kopf hängen. «Sal, wieso bist du dermaßen auf den Hund gekommen, und was hast du mit Lucille gemacht?» Er strich seinen Bademantel glatt und sah uns alle an. «Es wird kommen der Tag des Zorns. Euer Ballon wird zerplatzen. Und nicht nur das, es ist ein abstrakter Ballon. Ihr werdet zur Westküste fliegen und zu Fuß zurückgewankt kommen, auf der Suche nach eurem Grab.»

In jenen Tagen hatte sich Carlo einen Ton angewöhnt, der, so hoffte er, wie «die Stimme vom Berge» klang; seine Absicht war es, die Leute zur Erkenntnis zu zwingen. «Ihr lauft Hirngespinsten nach», warnte er, «ihr hängt kopfüber bei den Fledermäusen unter dem Dach.» Mit irrem Blick funkelte er uns an. Seit der Dakar-Depression hatte er eine schreckliche Zeit durchgemacht, die er die Heiligen-Depression oder Harlem-Depression nannte, als er im Hochsommer in Harlem hauste und nachts in seiner einsamen Bude erwachte und die «große Maschine» vom Himmel herabsteigen hörte oder «unter Wasser» mit all den anderen Fischen über die 125th Street lief. Es war ein Chaos strahlender Ideen, die sein Gehirn erleuchtet hatten. Er zwang Marylou, sich auf seinen Schoß zu setzen, und befahl ihr, sich endlich zu beruhigen. Und zu Dean sagte er: «Setz dich doch einfach mal hin und entspanne dich. Warum springst du dauernd herum?» Dean rannte hin und her, rührte Zucker in seinen Kaffee und sagte: «Ja! Ja! Ja!» In der Nacht schlief Ed Dunkel auf Kissen am Boden, Dean und Marylou vertrieben Carlo aus seinem Bett, und Carlo saß in der Küche vor seinem Nierengulasch und murmelte seine Weissagungen vom Berge. Tagsüber kam ich dazu und erlebte alles mit.

Ed Dunkel sagte zu mir: «Heute nacht bin ich zum Times Square gelaufen, und als ich ankam, erkannte ich plötzlich, daß ich ein Geist war – es war mein Geist, der auf dem Bürgersteig ging.» Solche Sachen sagte er ohne jeglichen Kommentar und nickte dazu nachdrücklich mit dem Kopf. Zehn Stunden später sagte Ed mitten in das Gespräch anderer hinein: «Jawohl, es war mein Geist, der auf dem Bürgersteig ging.»

Dean beugte sich plötzlich mit ernster Miene zu mir herüber und sagte: «Sal, ich hab eine Bitte an dich – sehr wichtig für mich – ich weiß nicht, was du davon halten wirst – wir sind doch Freunde, nicht wahr?»

«Klar sind wir das, Dean.» Beinahe errötete er. Endlich rückte er damit heraus: er wollte gern, daß ich mit Marylou schlief. Ich fragte ihn nicht, warum, denn ich wußte, er wollte nur sehen, wie Marylou bei einem anderen war. Wir saßen in Ritzy's Bar, als er mit dieser Idee herausrückte; eine Stunde lang waren wir über den Times Square gegangen und hatten nach Hassel Ausschau gehalten. Ritzy's Bar ist die Ganovenkneipe des Viertels rund um den Times Square; jedes Jahr wechselt sie den Namen. Man spaziert rein und sieht kein einziges Mädchen, nur eine Menge junger Männer in Gaunerklamotten aller Art, von roten Hemden bis zu breitschultrigen Gangstersakkos. Es ist auch die Stricherkneipe – die Jungs verdienen ihr Geld bei den traurigen alten Homos der nächtlichen Eighth Avenue. Dean war hineinspaziert, mit zusammengekniffenen Augen, und hatte jedem einzelnen ins Gesicht gespäht. Da gab es wilde Negerschwuchteln, mürrische Burschen mit Ballermann, Matrosen mit Messer im Stiefel, ausgemergelte Junkies mit leeren Gesichtern und hier und da auch einen elegant gekleideten Detektiv mittleren Alters, der sich als Buchmacher ausgab und halb aus Interesse, halb aus Pflicht dort herumlungerte. Eine typische Kneipe für Dean, um mit seinem Vorschlag herauszurücken. Alle möglichen finsteren Pläne werden in Ritzy's Bar ausgeheckt – du riechst es direkt in der Luft –, und alle Arten von schrägen Sexpraktiken werden so nebenbei in die Wege geleitet. Der Geldschrankknacker schlägt dem Gangster nicht nur ein gewisses Loft in der 14th Street vor, sondern auch, daß sie miteinander ins Bett gehen. Kinsey ist oft in Ritzy's Bar gewesen und hat manche der Jungen interviewt. Ich habe selbst gesehen, 1945, wie sein Assistent hereinspaziert kam. Auch Hassel und Carlo ließen sich ausfragen.

Dean und ich fuhren zu Carlos Wohnung und fanden Marylou im Bett. Ed Dunkel schweifte als Geist durch die Straßen New Yorks. Dean teilte ihr mit, was wir beschlossen hatten. Sie fühle sich geehrt, sagte sie. Was mich betraf, so war ich mir nicht so sicher. Ich mußte ihnen beweisen, daß ich die Sache durchziehen konnte. Das Bett war einmal das Sterbebett eines schweren Mannes gewesen und in der Mitte eingesackt. Marylou lag in der Kuhle, und Dean und ich saßen links und rechts von ihr auf den hochgewölbten Rändern der Matratze und wußten nicht, was wir sagen sollten. Ich sagte: «Verdammt, ich kann das nicht machen.»

«Nur zu, los, Mann, du hast es versprochen», sagte Dean.

«Was ist mit Marylou?» fragte ich. «Komm, Marylou, was meinst du?»

«Nur zu», sagte sie.

Sie umschlang mich mit beiden Armen, und ich versuchte zu vergessen, daß Dean da war. Jedesmal, wenn mir bewußt wurde, daß er da im Dunkeln saß und auf jedes Geräusch horchte, konnte ich nur lachen. Es war fürchterlich.

«Wir müssen uns alle entspannen», sagte Dean.

«Ich fürchte, ich schaff das nicht. Willst du nicht einen Moment in die Küche gehen?»

Dean tat es. Marylou war so lieb zu mir, aber ich flüsterte: «Warte, bis wir in San Francisco sind und uns lieben. Jetzt ist mein Herz nicht bei der Sache.» Sie wußte, ich hatte recht. Wir waren drei Kinder der Erde, die in der Nacht etwas erzwingen wollten, während die Last vergangener Jahrhunderte in der Dunkelheit über ihnen schwebte. Es war sonderbar still in der Wohnung. Ich ging hinaus, faßte Dean am Arm und sagte, er solle zu Marylou gehen. Ich zog mich auf die Couch zurück.

Ich hörte, wie Dean selig drauflosplapperte und sich hochschaukelte. Nur ein Mann, der fünf Jahre im Gefängnis verbracht hat, kann sich in manische Extreme von solcher Hilflosigkeit steigern; flehend an den Pforten der sanften Quelle, verrückt vor einer rein körperlichen Erkenntnis der Ursprünge aller Lebensseligkeit und in dem blinden Versuch, dorthin zurückzukehren, woher er gekommen ist. Dies ist die Folge jahrelangen Anschauens erotischer Bilder hinter Schloß und Riegel, des Starrens auf Beine und Brüste von Frauen in billigen Illustrierten, des Einschätzens der Härte der Eisengitter und der Sanftheit der Frau, die nicht da ist. Im Gefängnis, da verspricht man sich das Recht zu leben. Dean hatte nie das Gesicht seiner Mutter gekannt. Jedes neue Mädchen, jede seiner Frauen, jedes neue Kind vermehrte sein Elend und seine innere Verarmung. Wo war sein Vater, Old Dean Moriarty, der Klempner und Vagabund, der auf Güterzügen durchs Land fuhr und als Tellerwäscher in Eisenbahnerkantinen arbeitete, durch nächtliche Hintergassen stolperte und im Suff zusammenbrach, auf Kohlenhaufen halb erlosch und seine gelb gewordenen Zähne einen nach dem andern in die Rinnsteine des Westens spuckte? Dean hatte jedes Recht, die süßen Tode vollkommener Liebe in den Armen seiner Marylou zu sterben. Ich wollte mich nicht dazwischendrängen, ich wollte ihm nur nachfolgen.

Carlo kam im Morgengrauen zurück und zog seinen Bademantel an. Er konnte damals nicht mehr schlafen. «Eeeh!» kreischte er und tobte vor Wut über das Chaos von Marmeladenflecken auf dem Fußboden, herumliegenden Hosen und Kleidern, Zigarettenstummeln, schmutzigen Tellern und Tassen, aufgeklappten Büchern – ein tolles Forum war's, das wir da hatten. Tag für Tag drehte die Welt sich ächzend im Kreis, und wir betrieben unsere schlimmen Studien der Nacht. Marylou war grün und blau von einem Fight mit Dean; er selber hatte Kratzer im Gesicht. Es war Zeit, aufzubrechen.

Wir fuhren zu mir nach Hause, eine Bande von zehn Leuten, um meinen Seesack zu holen und Old Bull Lee in New Orleans anzurufen, aus der Telefonzelle in der Bar, wo Dean und ich vor

Jahren zum erstenmal geredet hatten, als er vor meiner Tür stand, weil er schreiben lernen wollte. Wir hörten Bulls näselnde Südstaatenstimme aus eintausendachthundert Meilen Entfernung: «Sag mal, was stellt ihr euch eigentlich vor, was soll ich denn mit dieser Galatea Dunkel machen? Sie ist jetzt schon zwei Wochen hier, versteckt sich in ihrem Zimmer und redet kein Wort mit Jane oder mir. Ist dieser Dunkel bei euch? Bringt den Kerl mit, um Gottes willen, und schafft mir die Frau vom Hals. Sie schläft in unserem besten Zimmer und hat natürlich absolut kein Geld mehr. Wir sind doch kein Hotel.» Dean juchzte und schrie ins Telefon, um Bull zu beruhigen – und außer Dean waren da noch Marylou, Carlo, Ed Dunkel, ich, Ian MacArthur und seine Frau, Tom Saybrook und Gott weiß wer sonst noch, und alle brüllten wir und tranken Bier neben dem Telefon und machten Bull verrückt, der nichts mehr verabscheute als Unklarheit. «Na», sagte er, «vielleicht könnt ihr euch klarer ausdrücken, wenn ihr herkommt, falls ihr herkommt.» Ich sagte meiner Tante good-by, versprach, in zwei Wochen zurück zu sein, und wieder einmal war ich unterwegs nach Kalifornien.

sechs

Regnerisch war es und unheimlich am Anfang unserer Reise. Ich sah nur, daß es eine einzige große Nebelsaga werden würde. «Yippiiie!» schrie Dean. «Es geht los!» Er beugte sich übers Lenkrad und gab Gas; er war wieder in seinem Element, jeder konnte es sehen. Wir alle waren froh: wir wußten, daß wir Chaos und Wahnsinn hinter uns ließen und unsere einzige noble Aufgabe in der Zeit erfüllten – wir waren in Bewegung. Und ob wir uns bewegten! Wir flogen an den geheimnisvollen weißen Schildern in der Nacht vorbei, irgendwo in New Jersey, die (mit einem Pfeil) nach SÜDEN und (mit einem Pfeil) nach WESTEN zeigten, und wir schlugen die südliche Richtung ein. New Orleans! Es loderte in unseren Köpfen. Aus dem schmuddeligen Schnee der «frostigen Schwulenstadt New York», wie Dean sagte, tief hinunter zu dem Grün und den Flußgerüchen des alten New Orleans am wasserumspülten Arsch Amerikas. Ed saß hinten; Marylou und Dean und ich saßen vorn und führten das lebhafteste Gespräch über das Gute am Leben, über Lebensfreude. Dean wurde plötzlich ganz weich. «Also seht mal ihr alle, verdammt, wir müssen doch zugeben, daß alles bestens eingerichtet ist, kein einziger Grund in der Welt, sich Sorgen zu machen, und eigentlich sollten wir erkennen, was es für einen jeden von uns bedeuten könnte, einmal zu BEGREIFEN, daß wir uns doch in Wirklichkeit KEINERLEI Sorgen machen. Hab ich nicht recht?» Wir stimmten alle zu. «Und jetzt geht's los, wir sind alle zusam-men ... Was haben wir in New York gemacht? Es sei vergeben und vergessen.» Wir hatten alle unsere Streitigkeiten gehabt. «Dies liegt jetzt hinter uns, nach Meilen und Kompaßgraden. Jetzt geht es runter nach New Orleans. Wir werden Old Bull Lee wiedersehen und toll unseren Spaß haben, und hört nur mal diesen verdammten Tenor, wie er sich reinsteigert» – er drehte das Radio voll auf, daß der Wagen bebte –, «und hört euch an, wie er seine Story erzählt, das ist wahre Lockerung und Erleuchtung.»

Wir rockten mit der Musik und waren uns einig. Die Reinheit der Landstraße. Der weiße Mittelstreifen auf dem Highway entrollte sich und streichelte unseren linken Vorderreifen, wie angeleimt an unsere Spur. Dean beugte seinen muskulösen Nacken – er trug nur ein T-Shirt in dieser Winternacht –, und jagte den Wagen dahin. Er bestand darauf, daß ich durch Baltimore fuhr, wegen der Fahrpraxis im Stadtverkehr; das war in Ordnung, nur daß er und Marylou das Steuer nicht loslassen wollten, während sie herumknutschten und sich küßten. Es war verrückt; das Radio schmetterte mit voller Lautstärke. Dean trommelte den Rhythmus aufs Armaturenbrett, bis dort eine tiefe Delle entstand; auch ich trommelte. Der arme Hudson – unser langsamer Dampfer nach China – mußte was mitmachen!

«Oh, Mann, wie toll!» schrie Dean. «Nun hör zu, Marylou, mein Schatz, du weißt, ich bin ein Wahnsinnstyp und schaffe alles gleichzeitig, und meine Energie ist grenzenlos – also, in San Francisco jetzt müssen wir zusammenbleiben. Ich weiß genau, wo du hingehörst – ans Ende der täglichen Sklavenarbeit –, ich werde beinahe alle zwei Tage zu Hause sein und dann zwölf Stunden am Stück, und *Mann*, du weißt ja, was wir in zwölf Stunden alles anstellen können, Schatz. Unterdessen werde ich weiter, als wäre nichts, mit Camille zusammenleben, sie wird's gar nicht merken. Wir schaffen das schon, wir haben's früher schon geschafft.» Marylou war mit allem einverstanden, Hauptsache, es ging gegen Camille. An sich hatten wir ja ausgemacht, daß ich Marylou in Frisco übernehmen sollte, doch jetzt wurde mir klar, daß die beiden zusammenbleiben würden, so wie ich am anderen Ende des Kontinents auf meinem Arsch hocken bleiben würde. Aber warum daran denken, wenn all das goldene Land vor dir liegt und lauter ungeahnte Dinge nur darauf warten, dich zu überraschen und glücklich zu machen? Sei froh, daß du am Leben bist und sie erleben darfst.

In der Morgendämmerung kamen wir nach Washington. Es war der Tag, an dem Harry Truman in seine zweite Amtszeit eingeführt wurde. Protzige Schaustücke der Kriegsmacht waren an der Pennsylvania Avenue aufgereiht, als wir dort in unserem ramponierten Kahn vorbeischaukelten. B-29-Bomber, Landungsboote, schwere Geschütze, Kriegsgerät aller Art, das auf dem verschneiten Rasen einen mörderischen Anblick bot; zuletzt kam ein ganz gewöhnliches kleines Rettungsboot, das armselig und ein bißchen blöd aussah. Dean bremste ab, um es sich anzuschauen. Er schüttelte in ehrfürchtigem Staunen den Kopf. «Was haben die Typen hier vor? Harry schläft irgendwo in dieser Stadt ... Guter alter Harry ... Ein Mann aus Missouri, wie ich ... Das muß sein eigener Dampfer sein.»

Dean haute sich auf den Rücksitz, um zu schlafen, und Dunkel übernahm das Steuer. Wir schärften ihm ausdrücklich ein, sich Zeit zu lassen. Kaum schnarchten wir alle, brachte er die Karre auf achtzig Meilen, trotz der schlechten Achsenlager und allem, und nicht nur das, sondern er schlenkerte beim Überholen über drei Fahrbahnen weg, an einer Stelle, wo gerade ein Cop mit einem Autofahrer verhandelte – und war damit auf der vierten Spur eines vierspurigen Highway, und zwar in falscher Richtung. Klar, daß der Cop uns mit heulender Sirene nachsetzte. Wir mußten anhalten. Er befahl uns, ihm auf die Wache zu folgen. Dort war ein gemeiner Cop, der Dean vom ersten Moment an nicht leiden konnte; er witterte wahrscheinlich den Knastvogel in ihm. Er schickte seine Gehilfen hinaus, damit sie Marylou und mich heimlich ausfragten. Sie wollten wissen, wie alt Marylou sei, sie versuchten so etwas wie eine Entführung Minderjähriger zu konstruieren. Aber Marylou hatte ihren Trauschein bei sich. Dann nahmen sie mich beiseite und wollten wissen, wer von uns mit Marylou schlief. «Ihr Ehemann», sagte ich schlicht. Sie waren neugierig. Irgend etwas war faul. Sie versuchten sich als Amateurdetektive und stellten dieselben Fragen zweimal, offensichtlich in der Hoffnung, daß wir uns verplapperten. «Die beiden Männer fahren zurück zur Arbeit, sie sind in Kalifornien bei der Eisenbahn tätig, und das hier ist die Ehefrau des kleineren und ich bin ein Freund, der zwei Wochen Semesterferien hat.»

Der Cop grinste und sagte: «Yeah? Ist das tatsächlich Ihre Brieftasche?»

Der gemeine Cop drinnen verknackte Dean schließlich zu fünfundzwanzig Dollar. Wir sagten, wir hätten nur vierzig als Reisegeld bis zur Küste; sie sagten, das sei ihnen egal. Als Dean protestierte, drohte der gemeine Cop, ihn nach Pennsylvania mitzunehmen und unter Anklage zu stellen.

«Was für eine Anklage?»

«Das geht Sie nichts an. Machen Sie sich *deswegen* keine Gedanken, Sie Klugscheißer.»

Wir mußten die fünfundzwanzig hinblättern. Aber zuvor erbot sich Ed Dunkel, der Schuldige, ins Gefängnis zu gehen. Dean überlegte. Der Cop tobte: «Wenn Sie Ihren Partner ins

Gefängnis gehen lassen, bringe ich Sie auf der Stelle nach Pennsylvania zurück. Haben Sie verstanden?» Wir wollten nichts wie weg. «Noch eine Geschwindigkeitsübertretung in Virginia, und ihr seid euren Wagen los», sagte der gemeine Cop zum Abschied. Dean war rot im Gesicht. Schweigend fuhren wir davon. Daß sie uns unser Reisegeld weggenommen hatten, war eine direkte Aufforderung zum Klauen. Sie wußten genau, daß wir abgebrannt waren, an der Strecke keine Verwandten hatten und niemanden telegraphisch um Geld anhauen konnten. Die amerikanische Polizei führt einen psychologischen Krieg gegen jene Amerikaner, die nicht in der Lage sind, sie mit imposanten Papieren oder Drohungen zu beeindrucken. Es ist eine Polizei wie zu viktorianischen Zeiten; sie späht durch staubige Fensterscheiben und will alles ausspionieren und kann Verbrechen erfinden, wo es keine sie zufriedenstellenden Verbrechen gibt. «Neun Zeilen Kriminalität, eine Zeile Langeweile», hat Louis-Ferdinand Céline gesagt. Dean war so wütend, er wäre am liebsten noch einmal nach Virginia zurückgefahren und hätte den Cop erschossen, sobald er sich die nötige Waffe besorgt hätte.

«Pennsylvania!» schnaubte er. «Ich möchte nur wissen, was für eine Anklage das wäre. Landstreicherei, wahrscheinlich; nehmen mir erst mein Geld weg und verklagen mich dann wegen Landstreicherei. Die Kerle machen es sich verdammt einfach. Am Schluß schießen sie dich noch übern Haufen, wenn du dich beschwerst.» Wir konnten nichts machen, außer unsere gute Laune wiederzufinden und die Sache zu vergessen. Und als wir durch Richmond kurvten, vergaßen wir sie, und alles war wieder okay.

Wir hatten noch fünfzehn Dollar für den Rest der Fahrt. Wir mußten Tramper mitnehmen und sie um Kleingeld für den Sprit anhauen. Mitten in der Wildnis Virginias sahen wir plötzlich einen Mann auf der Straße marschieren. Dean bremste scharf ab und hielt. Ich schaute mich um und sagte, es sei nur ein Penner, der wahrscheinlich keinen Cent in der Tasche habe.

«Wir nehmen ihn mit, einfach so, zum Spaß», lachte Dean. Der Mann war ein heruntergekommener irrer Typ mit Brille, der durch die Gegend wanderte und dabei in einem zerfledderten Taschenbuch las, das er im Straßengraben gefunden hatte. Er stieg ein und las einfach weiter; er war unglaublich schmutzig und voller Grind. Hyman Solomon, stellte er sich vor, er wandere durch die USA und klopfe an jüdische Türen, manchmal auch mit einem Fußtritt, und verlange Geld. «Gebt mir Geld für Essen, ich bin Jude.»

Das klappe ganz gut, sagte er, und es stehe ihm ja auch zu. Wir fragten ihn, was er da lese. Er wußte es nicht. Er machte sich nicht die Mühe, auf das Titelblatt des Buches zu schauen. Er starrte nur auf die Wörter, als ob er die wahre Thora gefunden hätte, und zwar dort, wo sie hingehörte – in die Wildnis.

«Siehst du? Siehst du? Siehst du?» kicherte Dean und stieß mir in die Rippen. «Ich hab dir gesagt, das wird ein Spaß. Alle Typen machen Spaß, Mann!» Wir nahmen Solomon bis nach Testament mit. Mein Bruder wohnte inzwischen in seinem Haus am anderen Ende der Stadt. Wir waren wieder mal auf der langen, tristen Hauptstraße mit dem Eisenbahngleis in der Mitte und den trostlosen, mürrischen Südstaatlern, die vor Werkzeugläden und Discountgeschäften herumstanden.

Solomon sagte: «Verstehe, ihr braucht ein bißchen Geld, damit ihr eure Fahrt fortsetzen könnt. Wartet nur auf mich, ich gehe mal los und schnorre in einem jüdischen Haus ein paar Dollar zusammen, dann fahre ich mit bis Alabama.» Dean war außer sich vor Begeisterung; er und ich rannten los, um Brot und Käse einzukaufen, für ein Picknick im Auto. Marylou und Ed warteten im Wagen. Zwei Stunden verbrachten wir in Testament und warteten, daß Hyman Solomon sich blicken ließe; er schnorrte irgendwo in der Stadt Geld für sein Brot zusammen, aber wir konnten ihn nicht entdecken. Die Sonne sank rot dem Horizont entgegen.

Solomon kam nicht, also ließen wir Testament hinter uns. «Da siehst du, Sal, Gott existiert tatsächlich, weil wir immer wieder in dieser Stadt landen, einerlei, wie wir's anstellen, es muß an dem sonderbaren biblischen Namen liegen, den sie hat, und an diesem sonderbaren biblischen Typ, der uns dazu gebracht hat, wieder hier anzuhalten. Und alles wiederum hängt zusammen mit dem Regen, der die Menschen auf der Welt wie eine Kette verbindet ...» So plapperte Dean drauflos; er war außer sich vor Freude und Übermut. Er und ich sahen plötzlich das ganze Land vor uns liegen wie eine Auster, die wir nur öffnen mußten; und darin war die Perle, darin war die Perle. Weiter donnerten wir nach Süden. Wieder nahmen wir einen Tramper mit. Diesmal war es ein dumpfer junger Typ. Seine Tante, sagte er, hätte einen Lebensmittelladen in Dunn, North Carolina, gleich hinter Fayetteville. «Kannst du nicht, wenn wir dort sind, einen Dollar bei ihr losmachen? Klar! Genau! Fahren wir!» Nach einer Stunde, es dämmerte schon, waren wir in Dunn. Wir fuhren zu der Adresse, wo, wie der Junge sagte, die Tante ihren Lebensmittelladen hatte. Es war eine trostlose kleine Sackgasse, die vor einer Fabrikmauer endete. Es gab sogar einen Lebensmittelladen, aber keine Tante. Wir fragten uns schon, was der Typ da quatschte. Wir fragten ihn, wie weit er mitfahren wolle; er wußte es nicht. Alles ein einziger Schwindel; irgendwann einmal, bei irgendeiner halb vergessenen Hinterhofgeschichte, hatte er in Dunn einen Lebensmittelladen gesehen, und dies war das erste, was ihm durch seinen armen, verwirrten Kopf schoß. Wir spendierten ihm einen Hot dog, aber Dean sagte, wir könnten ihn nicht weiter mitnehmen, wir brauchten Platz zum Schlafen und Platz für Tramper, die Geld für Benzin hätten. Das war traurig, aber wahr. Bei Anbruch der Nacht ließen wir ihn in Dunn zurück.

Ich fuhr durch South Carolina und über Macon, Georgia, hinaus, während Dean, Marylou und Ed schliefen. Ganz allein in der Nacht, hing ich meinen Gedanken nach. Ich hielt den Wagen hart an der weißen Linie auf dieser heiligen Straße. Was machte ich hier? Wohin wollte ich? Bald würde ich es herausfinden. Hinter Macon wurde ich hundemüde und weckte Dean, damit er übernahm. Wir stiegen aus, um frische Luft zu schnappen, und plötzlich waren wir wie besoffen vor Freude, als wir merkten, daß in der Dunkelheit der Duft von grünen Wiesen hing und der Geruch von Dünger und brackigem Wasser. «Wir sind im Süden. Wir sind raus aus dem Winter!» Ein schwacher Morgenschimmer beleuchtete grüne Halme am Straßenrand. Ich holte tief Luft; eine Lokomotive heulte irgendwo in der Dunkelheit, Richtung Mobile. Unsere Richtung. Glückselig zog ich mein Hemd aus. Zehn Meilen weiter an der Straße fuhr Dean mit abgestelltem Motor an einer Tankstelle vor, sah den Tankwart am Schreibtisch sitzen und schlafen, sprang raus, füllte in aller Ruhe den Tank, paßte auf, daß die Glocke nicht schellte, und raste los wie ein Beduine in der Wüste, Sprit für fünf Dollar im Tank für unsere Pilgerfahrt.

Ich schlief ein und erwachte vom irren Sound einer triumphierenden Musik, während Dean und Marylou redeten und draußen das weite grüne Land vorbeizog. «Wo sind wir?»

«Wir sind gerade an der Spitze von Florida vorbei, Mann – Flomaton heißt es hier.» Florida! Wir rollten über die Küstenebene nach Mobile; vor uns über dem Golf von Mexiko türmten sich riesige Wolkenberge. Nur zweiunddreißig Stunden waren vergangen, seit wir allen good-by gesagt hatten, im schmuddeligen Schnee des Nordens. Wir hielten an einer Tankstelle. Dean und Marylou blödelten vor den Zapfsäulen herum, nahmen sich huckepack, und Ed Dunkel ging rein und klemmte mit flinker Hand drei Schachteln Zigaretten. Schon waren wir wieder weg. Während wir auf der langen Deichstraße nach Mobile hineinfuhren, zogen wir alle unsere Wintersachen aus und genossen die Wärme des Südens. Hier begann Dean seine Lebensgeschichte zu erzählen, und als er hinter Mobile an einer Straßenkreuzung in einen Stau vor- und zurückstoßender Autos geriet, schoß er, statt ihnen auszuweichen, kurzerhand durch die Einfahrt einer Tankstelle und brauste weiter, ohne sein auf der ganzen Fahrt eingehaltenes Dauertempo von siebzig Meilen pro Stunde abzubremsen. Wir ließen gaffende Gesichter und offene Münder hinter uns. Und Dean fuhr mit seiner Erzählung fort. «Ich sage euch, es ist wahr, ich habe schon mit neun Jahren mit Mädchen angefangen, mit einer, die Milly Mayfair hieß, hinter Rod's Garage an der Grant Street – dieselbe Straße, wo Carlo in Denver wohnte. Damals arbeitete mein Vater noch ab und zu in der Klempnerwerkstatt. Ich erinnere mich, daß meine Tante sich aus dem Fenster beugte und rief: ‹Was macht ihr denn da hinter der Garage?› Oh, Marylou, Schatz, hätte ich dich doch damals getroffen! Wow! Wie süß mußt du mit neun gewesen sein!» Er kicherte manisch; er schob seinen Zeigefinger in ihren Mund und leckte ihn ab, er nahm ihre Hand und rieb sich damit. Sie saß nur da und lächelte heiter.

Der lange Ed Dunkel sah aus dem Fenster und führte Selbstgespräche. «Ja, Sir, ich glaubte in jener Nacht, ich sei ein Geist.» Er fragte sich jetzt auch, was Galatea Dunkel in New Orleans zu ihm sagen würde.

Dean fuhr fort: «Einmal fuhr ich mit einem Güterzug von New Mexico bis nach LA – ich war elf Jahre alt, ich hatte meinen Vater an einem Nebengleis aus den Augen verloren, wir waren in einem Landstreicherdschungel, und ich war mit einem Kerl namens Big Red zusammen, während mein Vater besoffen in einem davonrollenden Waggon lag – Big Red und ich erreichten ihn nicht mehr. Monatelang habe ich meinen Vater nicht wiedergesehen. Ich fuhr mit einem langen Güterzug die ganze Strecke bis Kalifornien, es war wie Fliegen, ein Güterzug erster Klasse, ein Wüsten-Clipper. Den ganzen Weg hockte ich auf den Puffern – ihr könnt euch ja vorstellen, wie gefährlich das war, ich war noch ein Kind, ich wußte noch nichts. Ich hatte ein Stück Brot unter dem einen Arm und den anderen um den Bremshebel gehakt. Es ist kein Märchen, es ist wahr. Als ich nach LA kam, war ich so ausgehungert nach Milch und Sahne, daß ich mir einen Job in einer Molkerei suchte, und als erstes trank ich zwei Liter dicke Sahne und mußte kotzen.»

«Armer Dean», sagte Marylou und küßte ihn. Er starrte stolz vor sich hin. Er liebte sie.

Jetzt rollten wir schon an den blauen Wassern des Golfs entlang, und gleichzeitig fing im Radio eine ganz bedeutende irre Sache an: die Chicken Jazz 'n Gumbo Diskjockey-Show aus New Orleans, nichts als irre Jazzplatten, schwarze Musik, und der Diskjockey sagte: «Macht euch keine Sorgen, um nichts!»

Wir sahen New Orleans in der Dunkelheit vor uns glitzern und waren außer uns vor Freude. Dean rieb sich die Hände am Steuerrad. «Jetzt fängt der Spaß richtig an!» Bei Anbruch der Nacht rollten wir durch die wimmelnden Straßen von New Orleans. «Oh, Mann, es riecht nach Menschen!» schrie Dean und streckte schnuppernd den Kopf aus dem Fenster. «Aaah! Gott! Leben!» Mit einem Schlenker wich er einer Straßenbahn aus. «Ja!» Er ließ den Wagen flitzen und schaute ringsumher nach Mädchen. «Seht euch *die* da an!» Die Luft war so sanft in New Orleans – sie schien in weichen Kopftüchern daherzuschweben; man roch den Fluß, und man roch wirklich die Menschen, und den Schlamm, und den Sirup, und all diese tropischen Dünste stiegen einem in die Nase – wie weit entfernt waren wir plötzlich vom klirrenden Eis eines nördlichen Winters. Wir zappelten auf unseren Sitzen. «Und sieh dir die an!» rief Dean. «Oh, wie ich die Frauen liebe, liebe, liebe! Frauen sind wunderbar! Ich liebe die Frauen!» Er spuckte aus dem Fenster; er stöhnte; er umklammerte mit beiden Händen seinen Kopf. Große Schweißperlen tropften ihm von der Stirn, vor lauter Aufregung und Erschöpfung.

Unser Wagen holperte auf die Fähre nach Algiers, und plötzlich dampften wir per Schiff über den Mississippi. «Los, alle aussteigen, jetzt müssen wir den Fluß und die Menschen erleben und den Geruch der Welt atmen», rief Dean. Er suchte nach seiner Sonnenbrille und nach Zigaretten herum und sprang wie ein Springteufel aus dem Auto. Wir folgten ihm. An die Reling gelehnt blickten wir auf den großen braunen Vater der Flüsse hinunter, der wie eine Flut zerbrochener Seelen aus der Mitte Amerikas heranrollt – Baumstämme aus Montana und Schlamm aus Dakota und den Tälern Iowas mit sich führend, Dinge, die in Three Forks versunken waren, wo das Geheimnis im Eis begann. New Orleans mit seiner Rauchwolke wich auf der einen Seite zurück, und das schläfrige Algiers mit seinen krummen hölzernen Molen schaukelte uns auf der anderen entgegen. Neger schufteten an diesem heißen Nachmittag und schürten die Kessel des Fährschiffs so glühend heiß, daß unsere Reifen zu stinken begannen. Dean bestaunte sie und hüpfte in der Hitze hin und her. Er rannte auf dem Deck herum und die Treppe hinauf, und seine ausgebeulte Hose schlotterte ihm um die Hüften. Plötzlich sah ich ihn auf die Schiffsbrücke klettern. Gleich, dachte ich, wird er die Arme ausbreiten und davonfliegen. Überall auf dem Schiff hörte ich sein irres Gelächter: «Hi-hi-hi-hi-hi!» Marylou war bei ihm. Er saugte alles in sich auf und kam zurück mit allen Details, sprang ins Auto, als hinter uns schon ein Hupkonzert losbrach, und wir schossen los, an zwei, drei Autos in einer engen Durchfahrt vorbei, und gleich darauf rollten wir durch die Straßen von Algiers.

«Wohin? Wohin?» brüllte Dean immer wieder.

Wir beschlossen, als erstes zu einer Tankstelle zu fahren und uns zu waschen und dann Old Bull ausfindig zu machen. Kinder spielten im schummerigen Sonnenuntergang am Fluß; Mädchen mit Kopftüchern, in Baumwollblusen und mit nackten Beinen gingen vorbei. Dean rannte auf die Straße, er wollte alles sehen. Er schaute sich um, er nickte, er rieb sich den Bauch. Der lange Ed saß hinten im Wagen, den Hut über die Augen gezogen, und grinste über Dean. Ich hockte auf dem Kotflügel. Marylou war auf der Damentoilette. Von fernen, mit Büschen bewachsenen Ufern, wo winzig kleine Gestalten mit Angelruten standen und fischten, aus Deltaarmen, die sich weit ins rötliche Land erstreckten, wälzte sich der breite bucklige Fluß mit seiner wogenden Hauptströmung heran und wand sich unter einem unbeschreiblichen Donnern wie eine Schlange um Algiers. Das schläfrige Algiers auf seiner Halbinsel, mit all seinen Bienen und Bretterbuden, sah aus, als könnte es eines Tages fortgeschwemmt werden. Die Sonne stand schräg am Himmel, Insekten gaukelten in der Luft, die ehrfurchtgebietenden Wasser rauschten.

Wir fuhren zu Old Bull Lee hinaus, zu seinem Haus am Flußdeich vor der Stadt. Es lag an einer Straße, die durch sumpfige Felder führte. Das Haus war eine windschiefe alte Bude mit einer abgesunkenen Veranda, die sich ringsherum zog, und Trauerweiden im Hof. Das Gras stand einen Meter hoch, alte

Zäune hingen schief, alte Schuppen drohten einzustürzen. Weit und breit war kein Mensch zu sehen. Wir fuhren gleich auf den Hof und sahen Waschbottiche auf der hinteren Veranda. Ich stieg aus und ging zur Fliegengittertür. Drinnen stand Jane Lee, mit der Hand die Augen gegen die Sonne abschirmend. «Jane», sage ich, «ich bin's. Wir sind da.»

Sie wußte es. «Ja, ich weiß. Bull ist nicht da. Ist das ein Feuer da drüben, oder was?» Wir beide blickten gegen die Sonne.

«Du meinst die Sonne?»

«Ich meine natürlich nicht die Sonne – ich hab von dort drüben Sirenen gehört. Siehst du nicht dieses eigenartige Leuchten?»

Es war die Richtung von New Orleans; die Wolken sahen sonderbar aus.

«Ich kann nichts sehen», sagte ich.

Jane rümpfte die Nase. «Sal Paradise, immer noch der alte.»

Dies war unsere Begrüßung nach vier Jahren. Jane hatte früher einmal mit meiner Frau und mir in New York zusammengewohnt. «Und Galatea Dunkel, ist sie da?» fragte ich. Jane spähte noch immer nach ihrem Feuer; in jener Zeit schluckte sie drei Benzedrinkapseln täglich. Ihr Gesicht, früher einmal pummelig und von germanischer Schönheit, war starr geworden, rot und hager. In New Orleans hatte sie sich Kinderlähmung zugezogen und hinkte jetzt leicht. Dean und die ganze Bande stiegen mit dämlichem Grinsen aus und machten es sich mehr oder minder bequem. Galatea Dunkel kam aus ihrer standesgemäßen Residenz im Hinterzimmer und trat ihrem Peiniger entgegen. Galatea war ein ernstes Mädchen. Jetzt sah sie blaß und verheult aus. Der lange Ed fuhr sich mit der Hand durchs Haar und sagte Hallo. Sie sah ihn unverwandt an.

«Wo warst du? Warum hast du mir das angetan?» Sie bedachte Dean mit einem bösen Blick; sie wußte, was los war. Dean beachtete sie überhaupt nicht. Er dachte jetzt nur ans Essen. Er fragte Jane, ob etwas da sei. Und hier begann die Verwirrung.

Der arme Bull kam in seinem alten Texas-Chevy und fand

sein Haus von Verrückten belagert. Trotzdem begrüßte er mich mit schöner Herzlichkeit, wie ich sie lange nicht mehr bei ihm erlebt hatte. Dieses Haus in New Orleans hatte er von dem Geld gekauft, das er in Texas mit dem Anbau einer schwarzgetupften Erbsensorte verdient hatte, zusammen mit seinem Partner, einem alten Kumpel vom College, dessen geistesgestörter und halbseitig gelähmter Vater gestorben war und ein Vermögen hinterlassen hatte. Bull selbst bezog jede Woche fünfzig Dollar von seiner Familie – nicht übel, wenn er nicht jede Woche die gleiche Summe für seine Drogensucht ausgegeben hätte. Teuer war auch seine Frau, die jede Woche zehn Dollar in Form von Benzedrinkapseln schluckte. Ihre Lebenshaltungskosten waren die niedrigsten im ganzen Land: Sie aßen kaum etwas, auch die Kinder nicht, denen das anscheinend nichts ausmachte. Sie hatten zwei wunderbare Kinder: Dodie, acht Jahre alt, und Little-Ray, gerade ein Jahr. Ray watschelte splitternackt über den Hof, ein kleines blondes Regenbogenkind. Bull nannte ihn, in Anlehnung an W. C. Fields, das «kleine Ungeheuer». Bull kam also in den Hof gefahren, holte seine Knochen umständlich aus dem Wagen und kam mit finsterer Miene herüber, mit Brille und Filzhut, in einem abgerissenen Anzug, lang, mager, fremd und wortkarg, und sagte: «Na, Sal, hast du's endlich geschafft zu kommen. Gehen wir rein und trinken einen.»

Von Old Bull Lee zu erzählen würde die ganze Nacht dauern, sagen wir vorläufig also nur, er war Lehrer, und es sei hinzugefügt, daß er alles Recht hatte zu lehren, weil er nichts anderes tat, als dauernd zu lernen. Und was er lernte, waren die Fakten des Lebens, wie er es nannte und wie er sie sah, und er lernte sie nicht nur aus Notwendigkeit, sondern aus eigenem Wunsch. Seinerzeit hatte er seine lange, hagere Gestalt quer durch die Vereinigten Staaten geschleppt, durchs halbe Europa, durch Nordafrika, nur um zu sehen, was da los sei; in den dreißiger Jahren heiratete er eine weißrussische Gräfin in Jugoslawien, um sie vor den Nazis zu retten; es gibt Fotos von ihm, mit dem internationalen Kokain-Set der dreißiger Jahre – Typen mit struppigem Haar, die sich in den Armen liegen; es gibt auch andere Fotos von ihm, mit einem Panamahut, wie er auf die Straßen von Algiers blickt; die weißrussische Gräfin hat er nie wiedergesehen. Er war Kammerjäger in Chicago, Barmann in New York, Gerichtsdiener in Newark. In Paris saß er an Cafétischen und sah mürrische Franzosengesichter vorbeiziehen. In Athen blickte er von seinem *Ouzo* auf und sah, wie er meinte, die häßlichsten Menschen der Welt. In Istanbul schob er sich durch die Mengen der Opiumraucher und Teppichverkäufer, auf der Suche nach den Fakten. In englischen Hotels las er Spengler und den Marquis de Sade. In Chicago wollte er einmal ein türkisches Bad überfallen, zögerte genau zwei Minuten zu lange bei einem Drink, erbeutete schließlich zwei Dollar und mußte die Flucht ergreifen. All dies tat er nur um der Erfahrung willen. Seine neuerlichen Studien galten der Drogensucht. Er war in New Orleans gestrandet, wo er mit zwielichtigen Gestalten durch die Straßen zog und sich in Dealer-Kneipen herumtrieb.

Es gibt eine sonderbare Geschichte aus seiner Studentenzeit, die einen anderen Zug seines Wesens veranschaulicht: eines Nachmittags hatte er Freunde zum Cocktail in seine nobel möblierte Wohnung eingeladen, als plötzlich sein Frettchen, das er als Haustier hielt, einen eleganten Lackaffen angriff und in den Knöchel biß und alle kreischend zur Tür stürzten. Old Bull sprang auf, packte seine Schrotflinte und sagte: «Es riecht wieder mal die olle Ratte» und schoß ein Loch in die Wand, groß genug für fünfzig Ratten. An der Wand hing ein Foto von einem häßlichen alten Haus auf Cape Cod. Seine Freunde sagten: «Warum hast du das häßliche Ding aufgehängt?», und Bull sagte: «Es gefällt mir, weil es häßlich ist.» So ging es sein Leben lang. Einmal klopfte ich an seine Tür, irgendwo in den Slums an der 60th Street, und er öffnete mir mit einer Melone auf dem Kopf, einer Weste mit nichts darunter und in engen gestreiften Dandy-Hosen; in der Hand hielt er einen Kochtopf, und in dem Topf war Vogelfutter, und er versuchte die Körner zu zerstampfen und Zigaretten daraus zu drehen. Auch machte er

Experimente mit Hustensirup, wobei er das Codein zu einer schwarzen Pampe verkochte – aber es klappte nicht recht. Stundenlang verbrachte er mit seinem Shakespeare – dem «unsterblichen Barden», wie er sagte – auf den Knien. In New Orleans hockte er stundenlang über den Codices der Maya, und auch wenn er sprach, lag das Buch die ganze Zeit da. Einmal fragte ich: «Was passiert eigentlich mit uns, wenn wir sterben?» Und er antwortete: «Wenn du stirbst, bist du tot, so einfach ist das.» Er hatte Ketten in seinem Zimmer, die er, sagte er, für seine Psychoanalyse brauchte; sie machten Sitzungen mit Narkoanalysen und hatten herausgefunden, daß Old Bull sieben verschiedene Persönlichkeiten hatte, eine schlimmer als die andere, und zuletzt war er ein tobender Irrer, der in Ketten gelegt werden mußte. Seine höchste Persönlichkeit war ein britischer Lord, die tiefste der Idiot. Irgendwo in der Mitte war er ein alter Neger, der wartend mit lauter anderen in der Schlange stand und sagte: «Manche Menschen sind Schweinehunde, manche sind's nicht, ja, so ist das.»

Bull hatte eine sentimentale Ader für die alten Zeiten in Amerika, besonders für die Jahre um 1910, als man in jedem Drugstore rezeptfrei Morphium kaufen konnte und Chinesen abends am Fenster ihr Opium rauchten und dieses Land noch ungezähmt war, lärmend und frei, als es noch Überfluß und alle Freiheit für jeden gab. Sein ganzer Haß galt der Bürokratie in Washington, und an zweiter Stelle kamen die Liberalen; dann kamen die Cops. Meistens saß er da und redete mit den Leuten und lehrte. Jane saß zu seinen Füßen, ich ebenso und Dean auch; früher einmal auch Carlo Marx. Wir hatten alle von ihm gelernt. Er war ein grauer, unauffälliger Typ, den man auf der Straße kaum bemerkt hätte, sofern man nicht genauer hinsah und seinen verrückten kantigen Schädel erblickte, mit dieser seltsamen Jugendlichkeit – ein Prediger aus Kansas, voller Geheimnisse und von phänomenaler exotischer Glut. Er hatte in Wien Medizin studiert; er hatte Anthropologie studiert und alles gelesen; jetzt hatte er seine Lebensaufgabe gefunden, das Studium der Dinge selbst auf den Straßen des Lebens und in der Nacht. Er saß in seinem Sessel; Jane brachte Drinks, es waren Martinis. Die Vorhänge neben seinem Sessel waren immer zugezogen, bei Tag und bei Nacht – dies war sein Winkel im Haus. Auf seinen Knien lagen die Maya-Codices und eine Luftpistole, mit der er manchmal Benzedrinkapseln durchs Zimmer schoß. Ich lief herum und sammelte sie auf. Wir alle schossen, und zwischendurch redeten wir. Er schaute uns an und schnaubte Luft durch die Nase, *hrrrumpf*, wie ein Geräusch in einem leeren Tank.

«Also, Dean, sitz mal einen Moment still und sage mir, was das soll, daß du dauernd in der Gegend rumfährst.»

Dean wurde rot und sagte: «Ah, na ja, du weißt ja, wie es ist.»

«Sal, warum fährst du an die Küste?»

«Es ist nur für ein paar Tage. Dann fahre ich zurück und studiere weiter.»

«Und was ist mit Ed Dunkel? Was ist das für ein Typ?» Zur selben Zeit versöhnte sich Ed mit Galatea im Schlafzimmer; er brauchte dazu nicht lange. Wir wußten nicht, was wir Old Bull über Ed Dunkel sagen sollten. Als er sah, daß wir auch über uns selbst nichts zu sagen wußten, zauberte er drei Joints hervor und sagte, na los, gleich sei das Abendessen fertig.

«Gibt keinen besseren Appetitmacher auf der Welt. Einmal aß ich bekifft einen ekligen Hamburger aus einem Imbißwagen, und er schien die köstlichste Delikatesse von der Welt. Letzte Woche war ich wieder mal in Houston, bei Dale, um nach unserer Erbsenzucht zu sehen. Ich lag morgens in einem Motel, als ich plötzlich aus dem Schlaf gerissen wurde. So ein verdammter Idiot hatte im Nachbarzimmer seine Frau erschossen. Alle standen verstört rum, und der Typ stieg ins Auto und fuhr einfach weg und ließ die Schrotflinte für den Sheriff am Boden liegen. In Houma schnappten sie ihn endlich, besoffen wie ein Lord. In diesem Land bist du ohne Waffe deines Lebens nicht mehr sicher.» Er schlug sein Jackett auf und zeigte uns seinen Revolver. Dann zog er eine Schublade auf und zeigte uns sein übriges Arsenal. In New York hatte er eine halbautomatische Maschinenpistole unter dem Bett liegen gehabt. «Jetzt hab ich was Besseres gefunden – eine deutsche Scheintoth-Gastpistole; seht mal, bildschön, aber ich konnte nur eine Patrone kriegen. Mit dieser Waffe könnte ich hundert Männer außer Gefecht setzen und hätte Zeit genug, mich aus dem Staub zu machen. Dummerweise hab ich nur die eine Patrone.»

«Ich hoffe nur, ich bin nicht da, wenn du sie ausprobierst», rief Jane aus der Küche. «Wie willst du *wissen*, ob es eine Gaspistole ist?» Bull schnaubte; er reagierte nie auf ihre Geistesblitze, aber er registrierte sie. Die Beziehung zu seiner Frau war sehr merkwürdig: sie sprachen bis tief in die Nacht, Bull führte das große Wort und redete mit seiner langweilig leiernden Stimme, und sie versuchte etwas einzuwerfen, kam aber nie zum Zug: gegen Morgen dann schlaffte er ab, und dann sprach Jane, und er hörte ihr zu und schnaubte, *hrrrumpf*, durch die Nase. Sie liebte den Mann wahnsinnig, aber auf eine ekstatische Art, da gab es kein Getue und Geziere, nur immer Gespräche und eine sehr tiefe Freundschaft, die keiner von uns je würde ergründen können. Die merkwürdige Distanziertheit und Kühle zwischen ihnen war in Wirklichkeit eine Art Humor, durch die sie mit feinen Schwingungen kommunizierten. Liebe ist alles; Jane entfernte sich nie weiter als drei Meter von Bull, und sie ließ sich kein Wort von ihm entgehen – dabei sprach er mit sehr leiser Stimme.

Dean und ich schwärmten von einer tollen Nacht in New Orleans und wollten, daß Bull uns herumführte. Er dämpfte unsere Erwartungen. «New Orleans ist eine sehr trübselige Stadt. Es ist verboten, ins Farbigenviertel zu gehen. Die Bars sind unsagbar langweilig.»

Ich sagte: «Es muß doch eine ideale Bar in der Stadt geben.»

«Die ideale Bar gibt es nicht in Amerika. Eine ideale Bar ist etwas, das aufgehört hat zu existieren. Neunzehnzehn war eine Bar ein Ort, wo die Männer sich während oder nach der Arbeit trafen, kaum mehr als eine lange Theke, ein Messinggeländer, Spucknäpfe, ein Klavier für die Musik, ein paar Spiegel an den Wänden und Fässer voll Whisky für zehn Cent das Glas und Fässer mit Bier für fünf Cent pro Krug. Jetzt gibt es nur noch

Chrom, betrunkene Frauen, Tunten, abweisende Barmänner, ängstliche Besitzer, die vor der Tür herumflattern, besorgt um ihre Lederpolster und wegen der Polizei; nichts als Geschrei zur falschen Zeit und tödliche Stille, wenn ein Fremder zur Tür hereinkommt.»

Wir stritten uns über Bars. «Na, schön», sagte er. «Heute abend nehme ich euch mit nach New Orleans und zeige euch, was ich meine.» Und absichtlich führte er uns in die stumpfsinnigsten Kneipen. Jane ließen wir bei den Kindern; das Abendessen war vorbei, und sie las die Stellenanzeigen der *Times-Picayune* von New Orleans. Ich fragte, ob sie einen Job suche, sie sagte nur, es sei der interessanteste Teil der Zeitung. Bull fuhr mit uns in die Stadt und redete weiter drauflos. «Immer langsam, Dean, wir kommen noch rechtzeitig, hoffe ich. Ah, da ist die Fähre, du brauchst die Karre nicht in den Fluß zu setzen.» Er klammerte sich fest. Mit Dean sei es schlimmer geworden, vertraute er mir an. «Er scheint mir unterwegs zu sein zu seiner schicksalhaften Bestimmung, nämlich einer Zwangspsychose, mit einem Schuß psychopathischer Verantwortungslosigkeit und Gewalttätigkeit.» Er schielte aus dem Augenwinkel zu Dean hinüber. «Falls du mit diesem Verrückten nach Kalifornien fährst, wirst du nie ankommen. Warum bleibst du nicht bei mir, in New Orleans? Wir könnten drüben in Graetna auf Pferde wetten und uns in meinem Garten ausruhen. Ich habe einen Satz hübscher Messer und bin dabei, eine Zielscheibe zu bauen. Wir holen uns ein paar hübsche, flotte Mädchen aus der Stadt, falls du zur Zeit auf so was Lust hast.» Er schnaubte. Wir waren jetzt auf der Fähre, und Dean stieg aus und beugte sich über die Reling. Ich folgte ihm, aber Bull blieb sitzen und schnaubte, *hrrrumpf*. Ein geheimnisvoller Geisternebel hing an diesem Abend über der braunen Flut mit ihrem noch dunkleren Treibholz; New Orleans am anderen Ufer glitzerte orangerot und hell, und am Rand der Stadt schimmerten geisterhaft vom Nebel verhüllte Cereno-Schiffe mit spanischen Aufbauten und verziertem Heck – bis man näher kam und sah, daß es nur alte Frachter aus Schweden und Panama waren. Das Feuer unter den Kesseln der Fähre glühte in der Nacht; dieselben Neger schwangen die Schaufel und sangen. Mein alter Freund Big Slim Hazard hatte einmal auf der Algiers-Fähre als Decksmann gearbeitet; außerdem mußte ich an Mississippi Gene denken. Und während der große Fluß unter dem Licht der Sterne dahinströmte, von der Mitte Amerikas her, wußte ich – wußte ich mit irrsinniger Klarheit, daß alles, was ich je gesehen hatte und jemals sehen würde, eins war. Sonderbar war auch, daß an dem Abend, an dem wir mit Bull Lee auf der Fähre übersetzten, ein Mädchen von Bord sprang und Selbstmord beging; entweder kurz vor oder kurz nach uns – wir lasen es am nächsten Tag in der Zeitung.

Wir zogen mit Old Bull durch all die trostlosen Bars im französischen Viertel und waren gegen Mitternacht wieder zu Hause. In dieser Nacht nahm Marylou alles, was es nur gibt, Gras, Schlaftabletten, Benzedrin, Schnaps, und bat Old Bull sogar um einen Schuß Morphium, den er ihr natürlich nicht gab; was er ihr gab, war ein Martini. Sie war so abgefüllt mit allen möglichen Stoffen, daß sie einen Stillstand erreichte und bedröhnt mit mir auf der Veranda stand. Es war eine wunderschöne Veranda, die Bull da hatte, sie lief rund um das Haus, und bei Mondschein und mit all den Trauerweiden im Hof sah das Ganze wie ein altes Herrenhaus in den Südstaaten aus, das bessere Zeiten gesehen hatte. Drinnen saß Jane im Wohnzimmer und las die Stellenanzeigen; Bull war im Bad und zog seine Fixe auf, straffte mit den Zähnen seinen alten schwarzen Schlips als Kompresse und stieß die Nadel in seinen jämmerlich von tausend Stichen durchlöcherten Arm; Ed Dunkel lag mit Galatea im gewaltigen Ehebett, das Old Bull und Jane nie benutzten; Dean drehte Joints, und Marylou und ich spielten Südstaaten-Aristokratie.

«Oh, Miss Lou, was sehen Sie lieblich aus heute abend, äußerst gewinnend.»

«Oh, danke, Crawford, ich weiß Ihre Artigkeiten zu schätzen, Sie schmeicheln mir.»

Immer wieder wurden rund um die windschiefe Veranda Türen aufgestoßen, und Mitspieler bei unserem traurigen Drama in der amerikanischen Nacht steckten immer wieder die Köpfe heraus und schauten, wo die anderen waren. Schließlich machte ich allein einen Spaziergang zum Deich. Ich wollte am schlammigen Ufer sitzen und mir den Mississippi ansehen; statt dessen mußte ich meine Nase an einen Drahtzaun drükken. Wenn man die Menschen von ihren Flüssen trennt, was bleibt dann übrig? «Bürokratie!» sagt Old Bull; er sitzt da, mit seinem Kafka auf den Knien, über ihm brennt die Lampe, er schnaubt, *hrrrumpf*. Sein altes Haus knarrt. Und die Baumstämme aus Montana schaukeln auf dem großen nächtlichen schwarzen Fluß vorbei. «Nichts als Bürokratie. Und Gewerkschaften! Vor allem die Gewerkschaften!» Aber bald würde das dunkle Lachen wieder zu hören sein.

sieben

Es war wieder da, als ich am Morgen frisch und früh erwachte und Old Bull und Dean im Hinterhof fand. Dean trug seinen Tankwart-Overall und half Bull. Bull hatte eine dicke, massive, halb verrottete Holzplanke gefunden und mühte sich verzweifelt, die kleinen Nägel, die darin steckten, mit einem Zimmermannshammer herauszuhebeln. Wir starrten auf die Nägel, es waren Tausende, sie waren wie Würmer.

«Wenn ich die Nägel alle raus habe, baue ich mir ein Regal, das *tausend Jahre* hält!» sagte Bull, am ganzen Leibe zitternd vor jungenhafter Begeisterung. «Ist dir klar, Sal, daß die Regale, die sie heutzutage bauen, schon nach sechs Monaten unter der Last der Nippesfiguren durchsacken, falls sie nicht ganz zusammenbrechen? Genauso ist es mit den Häusern, genauso mit der Kleidung. Die Dreckskerle haben Plastikstoffe erfunden, aus denen man Häuser bauen könnte, die *ewig* halten. Und Autoreifen. Millionen von Amerikanern bringen sich jedes Jahr mit defekten Reifen um, die auf der Straße heißlaufen und platzen. Man könnte Reifen machen, die niemals platzen. Das gleiche mit Zahnpulver. Man hat einen bestimmten Kaugummi erfunden, den aber niemand zu sehen bekommt: wenn du ihn kaust, als Kind, wirst du für den Rest deiner Erdentage nie mehr Löcher in den Zähnen haben. Genauso ist es mit Kleidung. Man kann Kleider machen, die ewig halten. Aber lieber machen sie billigen Plunder, damit alle arbeiten gehen und ihre Stechuhr betätigen und sich in dumpfen Gewerkschaften organisieren und durchs Leben zappeln, während in Washington und Moskau das große Grapschen weitergeht.» Er hob seine große verrottete Planke. «Glaubst du nicht, das gibt ein prächtiges Regal?»

Es war früh am Morgen; seine Energie war auf dem Höhepunkt. Der arme Kerl pumpte so viel Stoff in seinen Kreislauf, daß er den größten Teil des Tages nur bedröhnt im Sessel hängen konnte, auch mittags bei Lampenlicht, aber frühmorgens war er in prächtiger Verfassung. Wir begannen mit Messern nach der Zielscheibe zu werfen. In Tunis, erzählte er, habe er einen Araber gesehen, der auf zehn Meter Entfernung einen Mann ins Auge treffen konnte. Dies brachte ihn auf seine Tante, die in den dreißiger Jahren die Kasbah besucht hatte. «Sie war mit einer Reisegruppe gekommen, mit einem Touristenführer. Sie hatte einen Brillantring am kleinen Finger. Sie stützte sich auf eine Mauer, um sich ein Weilchen auszuruhen, und ein Araber kam und brachte ihren beringten kleinen Finger an sich, bevor sie Aua! schreien konnte. Plötzlich merkte sie, daß sie den kleinen Finger nicht mehr hatte. Hi-hi-ha-ha!» Wenn er lachte, preßte er die Lippen zusammen und ließ das Lachen aus dem Bauch kommen, wie aus weiter Ferne, während er sich gebeugt auf die Knie stützte. So lachte und lachte er. «He, Jane!» rief er aufgeräumt. «Ich habe Dean und Sal gerade von meiner Tante in der Kasbah erzählt!»

«Ich hab's gehört», rief sie an diesem lieblichen warmen Golf-Morgen durch die Küchentür. Wunderbare große Wolken schwebten am Himmel, Wolken aus den Tälern, und sie vermittelten einem ein Gefühl von der unermeßlichen Weite des alten vergammelten heiligen amerikanischen Kontinents, von Flußmündung zu Flußmündung, von Landzunge zu Landzunge. Bull war voll sprudelnder Energie. «Sag mal, habe ich dir schon mal von Dales Vater erzählt? Er war der witzigste alte Knabe, den du je im Leben gesehen hast. Er litt an Parese, die frißt dir den vorderen Teil des Gehirns weg, und am Ende bist du nicht mehr verantwortlich für das, was dir in den Kopf kommt. Er hatte ein Haus in Texas und ließ die Zimmerleute rund um die Uhr arbeiten und neue Seitenflügel anbauen. Mitten in der Nacht sprang er aus dem Bett und sagte: ‹Ich will diesen verdammten Flügel nicht, stellt ihn dort drüben hin.› Die Zimmerleute mußten alles niederreißen und wieder von vorn anfangen. Bei Tagesanbruch sah man sie an dem neuen Flügel hämmern. Dann wurde dem Alten auch das zuviel, und er sagte: ‹Verdammt, ich fahre nach Maine!› Und er stieg ins Auto und raste davon, mit hundert Meilen pro Stunde, und Wolken von weißen Hühnerfedern säumten hundert Meilen lang seinen Weg. Mitten in Texas hielt er in einer kleinen Stadt und stieg aus, um Whisky zu kaufen. Ringsum hupten die Autos, und er kam aus dem Laden gelaufen und schrie: ‹Schlusch mit dieschem Scheisch-Lärm, blödesch Geschindel!› Er lispelte. Wenn man Parese hat, lipselt man, will sagen, man lispelt. Eines Abends stand er vor meinem Haus in Cincinnatti und drückte auf die Hupe und schrie: ‹Komm raus, wir fahren nach Texas und besuchen Dale!› Da war er gerade aus Maine zurück. Er behauptete, er hätte ein Haus gekauft ... Oh, wir haben am College einen Aufsatz über ihn geschrieben, es ging um diesen fürchterlichen Schiffbruch, man sieht Menschen im Wasser schwimmen und sich an das Rettungsboot klammern, und der Alte steht drinnen, mit einer Machete, und hackt ihnen die Finger ab. ‹Schurück, schurück, ihr Schaukerle, dasch ischt mein Boot!› Oh, er war fürchterlich. Ich könnte den ganzen Tag lang Geschichten von ihm erzählen. Sag mal, ist das nicht ein schöner Tag?»

Und das war es tatsächlich. Eine sanfte Brise wehte vom

Deich herüber. Schon deswegen hatte sich die ganze Fahrt gelohnt. Wir gingen mit Bull ins Haus, um die Wand für sein Regal auszumessen. Er zeigte uns den Tisch im Eßzimmer, den er gebaut hatte. Er war aus Planken, fast zwanzig Zentimeter stark. «Das ist ein Tisch, der tausend Jahre halten wird!» sagte Bull und wandte uns manisch sein ausgemergeltes Gesicht zu. Er schlug mit der Faust auf den Tisch.

Am Abend saß er vor diesem Tisch, stocherte in seinem Essen herum und warf die Knochen den Katzen zu. Er hatte sieben Katzen. «Ich liebe Katzen, vor allem die, die kreischen, wenn ich sie über die Badewanne halte.» Er wollte es unbedingt vorführen, aber es war jemand auf dem Klo. «Na», sagte er, «dann eben nicht. Hör mal, ich habe Streit mit den Nachbarn von nebenan.» Und er erzählte uns von den Nachbarn. Es war eine große Sippe mit frechen Kindern, die Steine über den windschiefen Zaun nach Dodie und Ray warfen, manchmal sogar nach Old Bull. Er hatte ihnen gesagt, sie sollten aufhören, worauf der Vater aus dem Haus gestürmt kam und Bull auf portugiesisch anbrüllte. Bull ging ins Haus und kam mit der Schrotflinte wieder heraus und stützte sich mit würdevoller Miene darauf; die unglaubliche Arroganz in seinen Zügen unter der breiten Hutkrempe, die hinterhältig bescheidene Haltung seiner gekrümmten Gestalt, während er abwartete – ein grotesker einsamer schmächtiger Clown unter den dahinziehenden Wolken. Bei seinem Anblick mußte der Portugiese an alte böse Träume gedacht haben.

Wir stöberten auf dem Hof nach Dingen herum, mit denen wir uns beschäftigen konnten. Es gab da einen mächtigen Zaun, den Bull hatte bauen wollen, als Trennwand gegen die lästigen Nachbarn; er sollte nie fertig werden, die Aufgabe war zu groß. Jetzt rüttelte er daran, um zu zeigen, wie stabil das Ding war. Plötzlich wurde er schlaff und still und ging ins Haus und verschwand im Bad, um sich seine Mittagsfixe zu setzen. Mit glasigen Augen und ruhig kam er heraus und setzte sich unter seine brennende Lampe. Die Sonne drang schwach durch die vorgezogenen Gardinen. «Sag mal, wollt ihr Typen nicht mal meinen Orgon-Akkumulator ausprobieren? Das bringt Saft in die Knochen. Ich rase jedesmal mit neunzig Sachen ins nächste Hurenhaus, harr-harr-harr.» Dies war sein «Lach»-Gelächter, wenn er nicht wirklich lachte. Der Orgon-Akkumulator ist ein gewöhnlicher Kasten, groß genug, daß man auf einem Stuhl darin sitzen kann: eine Schicht Holz, eine Schicht Blech und wieder eine Schicht Holz sammeln Orgonen aus der Atmosphäre und halten sie lang genug fest, damit der menschliche Körper mehr als die übliche Dosis absorbieren kann. Laut Reich sind Orgonen vibrierende atmosphärische Atome des Lebensprinzips. Die Leute kriegen Krebs, weil ihnen die Orgonen ausgehen. Old Bull glaubte, sein Orgonen-Akkumulator ließe sich verbessern, wenn das dafür verwendete Holz möglichst organisch sei, darum befestigte er büschelweise Mangrovenblätter und -zweige an seinem mystischen Häuschen. Dort stand es, auf dem heißen flachen Hof, ein verwitterter Apparat, überladen mit allerlei schmückendem Wahnsinnskrempel. Old Bull zog sich aus und setzte sich hinein und hielt seine Nabelschau. «Sag mal, Sal, laß uns doch beide nach dem Essen zu dem Buchmacher in Graetna fahren und auf Pferde wetten.» Er war phantastisch. Jetzt hielt er in seinem Sessel sein Mittagsschläfchen, die Luftpistole auf den Knien, den kleinen Ray schlafend an seine Brust gebettet. Ein schönes Bild, Vater und Sohn, ein Vater, der seinen Sohn mit Sicherheit nicht langweilen würde, wenn es darum ging, sich auszudenken, was man machen konnte, oder Sachen zu erklären. Mit einem Ruck wachte er auf und starrte mich an. Er brauchte ein Weilchen, bis er mich wiedererkannte. «Was hast du an der Ostküste verloren, Sal?» fragte er und war im nächsten Moment wieder eingeschlafen.

Am Nachmittag fuhren wir nach Graetna hinüber, nur Bull und ich. Wir nahmen seinen alten Chevy. Deans Hudson war flach und schnittig, Bulls Chevy hoch und klapprig. Wie aus der Zeit um 1910. Der Buchmacherladen war am Wasser, in einer protzigen Bar voll Chrom und Leder, die nach hinten in einen riesigen Saal überging, wo Quoten und Nummern an die Wand gepinnt waren. Louisiana-Typen hingen herum und blätterten in *Racing Form*. Bull und ich tranken ein Bier, und Bull stellte sich lässig an einen der Automaten und warf einen halben Dollar ein. Das Zählwerk klickerte: «Jackpot!» – «Jackpot!» – «Jackpot!» –, und der letzte Jackpot blitzte auf und sprang zurück auf «Cherry». Um ein Haar hätte Bull hundert Dollar gewonnen. «Verdammt!» schrie er. «Die Dinger sind manipuliert. Man konnte es genau sehen. Ich hab den Jackpot gehabt, dann ist der Mechanismus zurückgesprungen. Na ja, was will man machen.» Wir vertieften uns in die *Racing Form*. Ich hatte seit Jahren nicht mehr auf Pferde gewettet, und die vielen neuen Namen verwirrten mich. Es gab da ein Pferd, das Big Pop hieß; es versetzte mich vorübergehend in Trance und erinnerte mich an meinen Vater, der immer mit mir zu den Pferdewetten gegangen war. Ich wollte Old Bull schon davon erzählen, als er sagte: «Na, ich probier's mal mit Ebony Corsair.» Schließlich sagte ich es doch: «Big Pop erinnert mich an meinen Vater.»

Er grübelte einen Moment und sah mich mit seinen klaren blauen Augen hypnotisch an, so daß ich nicht wußte, was er gerade dachte oder wo er im Geiste war. Dann ging er hinüber und setzte auf Ebony Corsair. Big Pop gewann und brachte fünfzig zu eins.

«Hol mich der Henker!» sagte Bull. Ich hab's geahnt. Ich habe Erfahrung in solchen Dingen. Oh, daß wir niemals lernen!»

«Wie meinst du?»

«Big Pop, meine ich. Du hast eine Vision gehabt, Junge, eine *Vision*. Nur Dummköpfe achten nicht auf Visionen. Wie kannst du wissen, ob nicht dein Vater, der ein alter Pferdenarr war, dir gerade mitteilen wollte, daß Big Pop das Rennen machen wird? Der Name hat das Gefühl in dir ausgelöst, und er nutzte den Namen, um dir eine Botschaft zu schicken. Daran mußte ich denken, als du es vorhin erwähntest. Mein Cousin in Missouri hat mal auf ein Pferd mit einem Namen gesetzt, der ihn an seine Mutter erinnerte, und das Pferd hat gewonnen und viel Geld gebracht. So etwas ist heute nachmittag passiert.» Er schüttelte den Kopf. «Ah, gehen wir. Ich werde nie wieder auf

Pferde wetten, wenn du dabei bist; all diese Visionen treiben mich noch in den Wahnsinn.» Im Wagen, als wir zu seinem alten Haus zurückfuhren, meinte er: «Die Menschheit wird eines Tages erkennen, daß wir, wie auch immer, tatsächlich in Verbindung mit den Toten und mit der anderen Welt sind; wenn wir nur unseren geistigen Willen gebrauchten, könnten wir heute schon vorhersagen, was in den nächsten hundert Jahren geschehen wird, und Vorkehrungen treffen, um Katastrophen aller Art abzuwenden. Wenn jemand stirbt, macht sein Hirn eine Wandlung durch, von der wir heute noch nichts wissen, die aber eines Tages ganz deutlich werden wird, wenn die Wissenschaftler endlich aufwachen. Heute wollen die Scheißkerle ja nur herausfinden, wie man die Welt in die Luft jagen kann.»

Wir erzählten auch Jane von der Sache. Sie rümpfte die Nase. «Finde ich Blödsinn.» Sie stand in der Küche und schwang den Besen. Bull ging ins Bad und setzte sich seine Nachmittagsfixe.

Auf der Straße spielten Dean und Ed Dunkel Basketball, mit Dodies Ball und einem Eimer, den sie an einen Laternenpfahl genagelt hatten. Ich machte mit. Dann maßen wir unsere sportlichen Kräfte. Dean verblüffte mich restlos. Er ließ Ed und mich eine Eisenstange halten, etwa hüfthoch, und sprang aus dem Stand darüber weg, mit den Händen die Fersen umklammernd. «Los, hebt sie höher.» Wir hoben sie immer höher, bis vor die Brust. Noch immer sprang er mit Leichtigkeit darüber. Dann versuchte er sich im Weitsprung und schaffte gute sechs Meter oder mehr. Dann sprintete ich mit ihm die Straße entlang. Ich laufe hundert Meter in 10.5. Er hängte mich ab wie der Wind. Beim Laufen hatte ich eine irre Vision, ich sah Dean durch sein ganzes Leben laufen, genau so – sein hageres Gesicht dem Leben entgegengereckt, mit den Armen pumpend, Schweiß auf der Stirn, mit zappelnden Beinen wie Groucho Marx, und er schrie: «Ja! Ja, Mann, du läufst nicht schlecht!» Niemand konnte so laufen wie er, das ist die Wahrheit. Dann brachte Bull ein paar Messer heraus und zeigte uns, wie man in einer dunklen Gasse einen Messerstecher entwaffnen kann. Ich zeigte ihm dafür einen guten Trick, der darin besteht, daß man sich vor dem Gegner auf den Rücken wirft, ihn mit den Beinen umklammert und runterreißt und seine Handgelenke mit einem Doppelnelson packt. Er fand das ziemlich gut. Dann führte er uns Jiu-Jitsu vor. Die kleine Dodie rief ihre Mutter auf die Veranda und sagte: «Kuck dir mal die doofen Männer an.» Sie war ein so liebes freches Ding, daß Dean gar nicht die Augen von ihr abwenden konnte.

«Ah, wartet nur, bis sie erwachsen wird. Ich sehe sie schon mit ihren hübschen Augen durch die Canal Street stolzieren. Aaah! Oooh!» Er pfiff durch die Zähne.

Wir verlebten einen irren Tag in New Orleans, wo wir mit den Dunkels spazierengingen. Dean war wie von Sinnen an diesem Tag. Als er die Güterzüge der T & NO-Linie auf dem Rangierbahnhof sah, wollte er mir alles gleichzeitig zeigen. «Du bist ein gelernter Bremser, wenn ich mit dir fertig bin.» Wir drei, Ed und Dean und ich, liefen über die Schienen und sprangen an drei verschiedenen Stellen auf einen fahrenden Zug auf; Marylou und Galatea warteten im Auto. Wir fuhren mit dem Zug eine halbe Meile auf die Piers hinaus und winkten den Weichenstellern und Signalmännern zu. Die beiden zeigten mir, wie man von einem fahrenden Zug abspringt; mit dem hinteren Fuß zuerst landend, läßt man den Zug weiterrollen und setzt den anderen Fuß auf. Sie zeigten mir die Kühlwagen, die Eisbehälter, gut geeignet für eine Fahrt im leeren Zug in Winternächten. «Weißt du noch, was ich dir über meine Fahrt von New Mexico nach LA erzählt habe?» rief Dean. «So habe ich mich damals angeklammert …»

Mit einer Stunde Verspätung kehrten wir zu den Mädchen zurück, und natürlich waren sie sauer. Ed und Galatea hatten vor, sich in New Orleans ein Zimmer zu nehmen und hier zu bleiben und sich Arbeit zu suchen. Das konnte Bull nur recht sein, denn allmählich ging ihm die ganze Bande auf die Nerven. Ursprünglich hatte die Einladung nur mir gegolten. Im Wohnzimmer, wo Dean und Marylou schliefen, war der Fußboden mit Marmelade verschmiert und voller Kaffeeflecken, und überall lagen leere Benzedrinkapseln herum. Außerdem war es Bulls Arbeitszimmer, und er konnte sein Regal nicht fertigbauen. Die arme Jane fühlte sich durch Deans hektisches Hin und Her in den Wahnsinn getrieben. Wir warteten nur darauf, daß mein nächster Veteranen-Scheck kam; meine Tante sollte ihn mir nachschicken. Und dann wollten wir drei losfahren, Dean und Marylou und ich. Als der Scheck kam, wurde mir klar, daß ich Bulls wunderbares Haus nur ungern so plötzlich verließ, aber Dean fieberte vor Energie und war bereit.

Bei einem traurigen Abendrot stiegen wir endlich ins Auto, und Jane, Dodie, der kleine Ray, Bull, Ed und Galatea standen im hohen Gras und lächelten. Das war der Abschied. Im letzten Moment hatten Dean und Bull noch eine Meinungsverschiedenheit. Es ging um Geld; Dean wollte ihn anpumpen. «Kommt nicht in Frage», sagte Bull. Deans schlechter Ruf stammte noch aus den Zeiten in Texas. Er, der Schwindler, hatte sich nach und nach alle zu Feinden gemacht. Jetzt kicherte er manisch und zuckte die Schultern; er fuhr sich über den Hosenlatz, schob den Finger unter Marylous Kleid, leckte ihr Knie und plapperte mit Schaum vor dem Mund: «Schatz, du weißt, und ich weiß, zwischen uns beiden ist alles klar, zumindest jenseits aller abstrakten Definitionen in metaphysischen Begriffen, oder welche Begriffe du auch immer hochhalten oder auf deine liebe Art breitklopfen möchtest ...» und so weiter, und – schschscht – sauste der Wagen los, und wir waren wieder unterwegs, nach Kalifornien.

acht

Was ist das für ein Gefühl, wenn man wegfährt und die Menschen, die man zurückläßt, auf der weiten Ebene immer kleiner werden, bis man sie als winzige Punkte verschwinden sieht? Zu groß ist die Welt, die sich über uns wölbt – das ist

Abschied. Vor uns aber lag das nächste verrückte Abenteuer unter dem Himmel.

Wir glitten durch das schwüle Abendlicht von Algiers und wieder auf die Fähre, hinüber zu den schlammverspritzten und muschelverkrusteten alten Schiffen am andern Ufer, wieder die Canal Street entlang und weiter hinaus, dann auf dem zweispurigen Highway in violetter Dunkelheit nach Baton Rouge und dort mit einem Schlenker nach rechts über den Mississippi bei einer Stadt namens Port Allen. Port Allen – wo der Fluß nur noch Regen und Rosen ist, in einer dunstigen gesprenkelten Dunkelheit, wo wir unter gelben Nebellampen in einem Verkehrskreisel herumfuhren und plötzlich den mächtigen schwarzen Wasserlauf unter der Brücke sahen, während wir wieder einmal die Ewigkeit überquerten. Was ist der Mississippi? Ausgeschwemmte Ackerkrume in der Regennacht, leise platscht es von überhängenden Ufern des Missouri, löst sich auf, schwimmt mit der Strömung im Flußbett der Ewigkeit, mischt sich mit braunem Brandungsschaum, eine Reise durch endlose Täler und Wälder und zwischen Deichen, weiter und immer weiter, an Memphis vorbei, Greenville, Eudora, Vicksburg, Natchez, Port Allen und Port Orleans und Port of the Deltas, vorbei an Potash und Venice und hinaus in den großen nächtlichen Golf und immer weiter.

Im Radio lief ein Krimi-Hörspiel, und während ich aus dem Fenster schaute und eine Reklametafel sah, die verkündete: NEHMEN SIE COOPERS WANDFARBE, und ich sagte «Okay, mache ich», rollten wir in stockdunkler Nacht über die Ebene von Louisiana, durch Lawtell, Eunice, Kinder und De Quincy, lauter heruntergekommene Kleinstädte im Westen, immer tiefer in Mangrovensümpfen eingesunken, je näher wir dem Sabine River kamen. Im alten Opelousas ging ich in ein Geschäft, um Brot und Käse zu kaufen, während sich Dean um Benzin und Öl kümmern wollte. Es war nur ein Schuppen; im Hinterzimmer hörte ich die Familie beim Abendbrot. Ich wartete einen Moment; sie unterhielten sich weiter. Ich nahm Brot und Käse und schlüpfte durch die Tür hinaus. Wir hatten kaum

Geld genug, um es bis Frisco zu schaffen. Dean klemmte inzwischen in der Tankstelle eine Stange Zigaretten, und so hatten wir Vorräte für die Reise – Benzin, Öl, Zigaretten und etwas zu essen. Krumme Touren, Dean fuhr die pfeilgerade Straße entlang.

Bei Starks in der Nähe sahen wir eine mächtige rote Glut am Himmel; wir fragten uns, was es sein mochte; und schon fuhren wir daran vorbei. Ein loderndes Feuer hinter den Bäumen; viele Autos parkten dort am Highway. Vielleicht war's ein Fisch-Barbecue, vielleicht aber auch etwas ganz anderes. Bei Deweyville wurde die Gegend finster und unheimlich. Jetzt waren wir mitten in den Sümpfen.

«Kannst du dir vorstellen, Mann, wie es wäre, hier eine Jazzkneipe zu finden, mit großen starken schwarzen Typen, die ihren traurigen Blues auf der Gitarre zupfen und Schlangensaft trinken und uns Zeichen geben?»

«Ja!»

Es war geheimnisvoll. Der Wagen fuhr auf einer erhöhten Schotterstraße, die zu beiden Seiten, mit Schlingpflanzen bewachsen, steil abfiel. Wir kamen an einem Gespenst vorbei: es war ein Neger in weißem Hemd, der drauflosmarschierte und die Arme zum pechschwarzen Himmel reckte. Entweder er betete, oder er stieß einen Fluch aus. Wir sausten weiter; ich blickte durchs Rückfenster und sah seine weißen Augenbälle. «Hu!» sagte Dean. «Paß auf. Wir sollten in dieser Gegend besser nicht anhalten.» Irgendwann standen wir vor einer Kreuzung und mußten so oder so halten. Dean machte die Scheinwerfer aus. Wir steckten mitten im tiefsten Wald, Schlingpflanzen rankten sich um die Bäume, wir hörten beinahe das Rascheln von Millionen Copperhead-Nattern. Wir sahen nichts als den roten Ampereknopf am Armaturenbrett des Hudson. Marylou kreischte vor Angst. Wir lachten wie zwei Irre, um sie zu erschrecken. Auch wir hatten Angst. Wir wollten raus aus diesem Schlangenhort, aus diesem finsteren, schwülen Sumpf, und schnell zurück auf vertrauten amerikanischen Boden mit seinen Kuhdörfern. Der Geruch von Öl und brackigem Wasser hing in der Luft. Dies alles war ein Buch der Nacht, das wir nicht entziffern konnten. Eine Eule schrie. Auf gut Glück bogen wir in eine der beiden Sandstraßen ein, und bald überquerten wir den bösen alten Sabine River, der verantwortlich ist für alle Sümpfe. Staunend sahen wir riesige Lichtgebilde vor uns. «Texas! Das ist in Texas! Beaumont, die Ölstadt!» Gewaltige Öltanks und Raffinerien ragten wie Wolkenkratzer einer City in die ölgeschwängerte Atmosphäre.

«Was bin ich froh, daß wir draußen sind», sagte Marylou. «Laßt uns noch einen Krimi im Radio hören.»

Wir sausten durch Beaumont, dann bei Liberty über den Trinity River und weiter nach Houston. Dean erzählte von seiner Zeit 1947 in Houston. «Hassel! Der verrückte Hassel! Ich suche nach ihm, wo immer ich bin, und finde ihn nie. Wie oft hat er uns hängenlassen, hier in Texas. Jedesmal, wenn wir mit Bull Lebensmittel einkaufen fuhren, ist Hassel verschwunden. In allen Spielhallen der Stadt haben wir ihn gesucht.» Wir hatten gerade Houston erreicht. «Wir mußten ihn meistens im Negerviertel der Stadt suchen. Mann, der zog mit allen irren Typen los, die er auftreiben konnte. Eines Abends verloren wir ihn und mußten ein Hotelzimmer nehmen. Eigentlich sollten wir Eis für Jane holen, weil ihr die Lebensmittel verfaulten. Es dauerte zwei Tage, bis wir Hassel fanden. Ich war selbst schon ganz weggetreten, ich machte Frauen am hellichten Nachmittag an, mitten in der Stadt, beim Einkaufen in Supermärkten» – gerade rollten wir auf der nächtlich leeren Straße an einem vorbei –, «und fand ein echt scharfes stummes Mädchen; sie war nicht ganz richtig im Kopf, sie wanderte immer nur durch die Stadt und versuchte eine Orange zu klauen. Sie kam aus Wyoming. Ihr Körper war so schön, wie ihr Verstand schwach war. Sie brabbelte vor sich hin, als ich sie entdeckte, und ich nahm sie mit ins Hotel. Bull war betrunken und versuchte einen Mexikanerjungen betrunken zu machen. Carlo schrieb Gedichte, vollgepumpt mit Heroin. Hassel kam erst gegen Mitternacht zum Jeep zurück. Er schlief auf dem Rücksitz, als wir ihn fanden. Das Eis war geschmolzen. Hassel behauptete, er habe fünf

Schlaftabletten genommen. Mann, wenn mein Gedächtnis so funktionieren würde wie mein Verstand, ich könnte dir Dinge erzählen ... Sachen, die wir gemacht haben ... bis ins kleinste Detail. Ah, aber wir wissen ja, was Zeit ist. Alles läuft von selbst. Ich könnte die Augen zumachen, und dieser Wagen würde von selbst weiterfahren.»

In den leeren Straßen von Houston um vier Uhr morgens donnerte plötzlich ein Motorradfahrer vorbei, voll ausstaffiert mit glitzernden Knöpfen, Visier, glatter schwarzer Ledermontur, ein Texas-Dichter der Nacht, mit seinem Mädchen, das an seinem Rücken hing, wie ein Indianerbaby im Wickeltuch, flatternde Haare, den Blick nach vorn, und dazu ein Song: «Houston, Austin, Fort Worth, Dallas – und manchmal Kansas City, und manchmal das gute alte San Antonio – aaah! Ha!» Wie der Blitz zischten sie davon in die Dunkelheit. «Wow! Hast du die irre Braut gesehen, die ihm am Rücken hing? Los, hinterher!» Dean versuchte sie einzuholen. «Wäre es nicht phantastisch, wenn wir uns alle zusammenhocken und uns alle miteinander was einwerfen könnten, jeder friedlich und nett und zugänglich, kein Gezerre, kein kindisches Protestgeschrei, nichts Mißverstandenes von Körperverletzung oder so? Oh, aber wir wissen, die Zeit.» Er duckte sich über das Lenkrad und gab Gas.

Hinter Houston war seine Energie, so groß sie war, dann doch ausgebrannt, und ich setzte mich ans Steuer. Als ich losfuhr, fing es an zu regnen. Inzwischen waren wir auf der endlosen Prärie von Texas, und wie Dean sagte: «Du fährst und fährst und bist am nächsten Abend immer noch in Texas.» Es regnete in Strömen. Ich fuhr durch ein verkommenes kleines Kuhdorf mit matschiger Hauptstraße und war plötzlich in einer Sackgasse gelandet. «He, und was nun?» Die beiden schliefen. Ich wendete und kroch zurück durch das Dorf. Keine Menschenseele weit und breit, kein einziges Licht. Plötzlich tauchte ein Reiter im Regenmantel vor meinen Scheinwerfern auf. Es war der Sheriff. Er trug einen Zehn-Gallonen-Hut, dessen Krempe sich unter der Sturzflut bog. «Wo geht's nach Austin?» Er zeigte mir höflich die Richtung, und ich fuhr los. Hinter den letzten Häusern sah ich plötzlich zwei Scheinwerfer, die mir im peitschenden Regen direkt entgegenflimmerten. Uff. Ich dachte, ich sei auf der falschen Straßenseite; ich bremste und lenkte nach rechts und spürte, wie ich halb im Schlamm versank; ich lenkte zurück auf die Straße. Die Scheinwerfer kamen noch immer direkt auf mich zu. Im letzten Moment wurde mir klar, daß der andere Fahrer auf der falschen Straßenseite fuhr und es nicht wußte. Ich schwenkte mit dreißig Meilen rechts in den Schlamm; es war flach, zum Glück kein Straßengraben. Der schuldige Fahrer setzte im strömenden Regen zurück. Vier mürrische Landarbeiter, die sich heimlich von ihrer Feldarbeit entfernt hatten, um lieber die Kneipen zu beackern, alle in weißen Hemden, die Arme wettergebräunt und schmutzig, saßen da und starrten mich in der Dunkelheit blöde an. Der Fahrer war genauso besoffen wie alle anderen.

Er sagte: «Wo geht's nach Houston?» Ich zeigte mit dem Daumen hinter mich. Ich war wie vom Blitz getroffen bei der Vorstellung, daß die Kerle es mit Absicht getan hatten, nur um sich nach dem Weg zu erkundigen – wie ein Bettler, der einem auf dem Bürgersteig den Weg verstellt. Sie starrten reumütig auf den Boden ihres Wagens, wo leere Flaschen kullerten, und ratterten weiter. Ich stieg wieder ein und ließ den Wagen an; er steckte fast einen halben Meter tief im Schlamm. Ich stand in der verregneten Wildnis von Texas und stöhnte.

«Dean», sagte ich, «wach auf.»

«Was ist?»

«Wir stecken im Schlamm.»

«Was ist passiert?» Ich erzählte es ihm. Er fluchte Himmel und Hölle. Wir zogen alte Schuhe und Pullover an und stürzten uns in den prasselnden Regen. Ich schob mit dem Rücken am hinteren Kotflügel und drückte und wuchtete; Dean schob Ketten unter die durchdrehenden Räder. Im nächsten Moment waren wir von oben bis unten mit Schlamm bespritzt. Wir weckten Marylou inmitten dieser Schrecken und ließen sie Gas geben, während wir schoben. Der gequälte Hudson schleuderte hin und her. Plötzlich sprang er vor und schlitterte über die Straße. Marylou fing ihn gerade noch rechtzeitig ab, und wir stiegen ein. Und das war's – die Schinderei hatte uns dreißig Minuten gekostet, wir waren durchnäßt und fühlten uns miserabel.

Ich schlief ein, über und über mit Schlamm bedeckt; als ich morgens erwachte, war der Schlamm verkrustet, und draußen lag Schnee. Wir befanden uns auf dem Hochplateau bei Fredericksburg. Es war einer der härtesten Winter in Texas, ja, in der Geschichte des Westens, die Rinder verendeten wie die Fliegen in den verheerenden Schneestürmen, und sogar in LA und San Francisco lag Schnee. Uns war ganz elend. Wir wünschten, wir wären wieder in New Orleans, bei Ed Dunkel. Marylou saß am Steuer; Dean schlief. Sie lenkte mit der einen Hand und schob die andere zu mir nach hinten. Sie wisperte Versprechungen, für später, für San Francisco. Mir lief der Sabber im Mund zusammen. Um zehn übernahm ich das Steuer – Dean war seit zwei Stunden außer Gefecht – und fuhr ein paar hundert trostlose Meilen durch verschneites Buschland und zerklüftete Steppenhügel. Cowboys mit Baseballkappen und Ohrenschützern ritten vorbei, auf der Suche nach Kühen. Gemütliche kleine Häuser mit rauchendem Schornstein tauchten in größeren Abständen am Straßenrand auf. Am liebsten wäre ich eingekehrt auf ein Glas Buttermilch und einen Teller Bohnensuppe am offenen Feuer.

In Sonora besorgte ich wieder kostenlos Brot und Käse, während der Ladenbesitzer in der anderen Ecke mit einem stämmigen Rancher schwatzte. Dean juchzte, als er es hörte; er war hungrig. Wir konnten keinen Cent für Essen ausgeben. «Ja-ja», seufzte er, als er die Rancher auf der Hauptstraße von Sonora auf und ab schlendern sah, «jeder von ihnen ist ein Scheißmillionär, tausend Rinder, Arbeiter, Häuser, Geld auf der Bank. Wenn ich hier lebte, dann als armer Irrer draußen in der Prärie, als gehetzter Hase, der Salbeisträucher knabbert, aber ich würde die Augen nach hübschen Cowgirls verdrehen – hi-hi-hi-hi! Verdammt! Peng!» Er schlug sich mit der Faust aufs Knie. «Ja! Genau! Oh, ich Idiot!» Wir wußten nicht mehr, was er redete. Er übernahm das Steuer und raste den Rest der Strecke quer durch Texas, bis nach El Paso, ungefähr fünfhundert Meilen, ohne Halt, bis auf das eine Mal bei Ozona, als er sich alle Kleider vom Leib riß und juchzend und springend nackt durch die Büsche lief. Autos brausten vorbei und sahen ihn nicht. Er huschte ins Auto zurück und fuhr weiter. «Jetzt hört, ihr beide, Sal und Marylou, ich finde, ihr solltet es machen wie ich, befreit euch von all den Klamotten – wozu überhaupt Klamotten? sage ich immer schon – und laßt euch wie ich die Sonne auf eure schönen Bäuche scheinen. Na, kommt!» Wir fuhren nach Westen, der Sonne entgegen; sie schien schräg durch die Windschutzscheibe. «Tut euren Bauch auf, wir fahren direkt ins Licht.» Marylou fügte sich; auch ich machte unverdrossen mit. Alle drei saßen wir auf der vorderen Bank. Marylou kramte Cold Cream hervor und rieb uns zum Spaß damit ein. Immer wieder brausten große Lastwagen vorbei; die Fahrer in ihren hohen Kabinen erhaschten einen Blick auf eine goldbraune Schönheit, die nackt zwischen zwei nackten Männern saß. Man konnte sehen, wie sie einen Moment ins Schleudern gerieten, wenn sie in unserem Rückspiegel verschwanden. Weite Ebenen voll Steppengebüsch, schneefrei jetzt, zogen vorbei. Bald waren wir am Pecos Canyon mit seinen orangeroten Felsen. Vor uns die blaue Ferne, bis in den Himmel hinauf. Wir stiegen aus und besichtigten eine alte Indianer-Ruine. Dean splitterfasernackt. Marylou und ich hatten uns Mäntel übergeworfen. Juchzend und kreischend wanderten wir zwischen den alten Steinen herum. Touristen erblickten Dean nackt in der Prärie, aber sie trauten ihren Augen nicht und trippelten weiter.

Dean und Marylou parkten den Wagen in der Nähe von Van Horn und liebten sich; ich legte mich schlafen. Als ich aufwachte, rollten wir durch das gewaltige Tal des Rio Grande, über Clint und Ysleta nach El Paso. Marylou kletterte auf den Rücksitz, ich stieg nach vorn, und wir rollten weiter. Zu unserer Linken, jenseits der unermeßlichen Ebene des Rio Grande, waren die maurisch-roten Berge der mexikanischen Grenze, das Land der Tarahumaren; zarter Dunst umspielte die Gipfel. Geradeaus vor uns lagen die fernen Lichter von El Paso und Juárez, verstreut in einem so ungeheuer weiten Tal, daß man mehrere Eisenbahnzüge zur gleichen Zeit in alle Richtungen dampfen sah, als wäre es das Tal der Welt. Dort ging es hinunter.

«Clint, Texas!» rief Dean. Er hatte im Radio den Sender von Clint eingestellt. Alle fünfzehn Minuten spielten sie eine Platte; die restliche Zeit war Werbung für einen High-School-Fernkurs. «Dieses Programm wird über den ganzen Westen ausgestrahlt», rief Dean aufgeregt. «Mann, ich habe das Tag und Nacht gehört, in der Besserungsanstalt und im Knast. Alle haben wir hingeschrieben. Wenn du die Prüfung bestehst, kriegst du per Post ein High-School-Diplom, eine Kopie davon. All die jungen Kerle im Westen, was weiß ich, schreiben irgendwann deswegen hin; es gibt ja nichts anderes; in Sterling, Colorado, oder Lusk, Wyoming, oder wo auch sonst kannst du das Radio anstellen, und immer hörst du nur Clint, Texas, Clint, Texas. Sie spielen dauernd Cowboy- und Hillbilly-Platten und mexikanische Musik, absolut das schlechteste Programm in der Geschichte des Landes, und niemand kann etwas dagegen tun. Sie haben einen unheimlich starken Sender; sie haben das ganze Land an der Strippe.» Wir sahen den hohen Sendemast hinter den schäbigen Häusern von Clint. «Oh, Mann, Dinge könnte ich euch erzählen ...!» schrie Dean, und fast kamen ihm die Tränen. Den Blick auf Frisco und die Westküste gerichtet, kamen wir abends völlig abgebrannt in El Paso an. Wir mußten unbedingt Geld für Benzin auftreiben, sonst würden wir's nicht schaffen.

Wir versuchten alles. Wir klingelten bei der Mitfahrerzentrale an, aber an diesem Abend wollte niemand nach Westen. Die Mitfahrerzentrale ist ein Büro, wo man hingehen und nach Mitfahrern fragen kann, die sich an den Benzinkosten beteiligen, was im Westen ganz legal ist. Da warten schräge Typen mit ihren zerbeulten Koffern. Wir gingen zum Greyhound-Busbahnhof und wollten versuchen, jemanden zu überreden, uns das Geld zu geben, statt mit dem Bus zur Küste zu fahren. Wir waren zu schüchtern, um sonst jemanden anzuhauen.

Traurig schlenderten wir herum. Ein College-Student kam ins Schwitzen, als er die süße Marylou sah, und bemühte sich, ein interessiertes Gesicht zu machen. Dean und ich beratschlagten kurz, kamen aber zu dem Schluß, daß wir keine Zuhälter waren. Plötzlich machte sich ein dumpfer, geistesgestörter junger Kerl an uns ran, frisch aus der Besserungsanstalt entlassen, und er und Dean verschwanden auf ein Bier. «Komm, Mann, dreschen wir jemand auf die Schnauze und stecken sein Geld ein.»

«Alles klar, Mann!» rief Dean. Sie rannten los. Einen Moment lang machte ich mir Sorgen; Dean wollte mit dem Jungen aber nur die Straßen von El Paso checken und seinen Spaß haben. Marylou und ich warteten im Wagen. Sie schlang die Arme um mich.

Ich sagte: «Verdammt, Lou, warte, bis wir in Frisco sind.»

«Ist mir egal. Dean wird mich sowieso verlassen.»

«Wann gehst du wieder nach Denver?»

«Weiß nicht. Ist mir egal, was ich mache. Könnte ich nicht mit dir in den Osten gehen?»

«Wir müssen in Frisco erst Geld auftreiben.»

«Ich weiß einen Diner, wo du am Tresen arbeiten kannst, und ich geh als Kellnerin. Ich weiß auch ein Hotel, wo wir auf Pump wohnen können. Wir müssen zusammenbleiben. Gott, bin ich traurig.»

«Warum bist du traurig, Kleines?»

«Ach, wegen allem. Oh, verdammt, ich wünschte, Dean wäre nicht so verrückt.» Dean kam augenzwinkernd und kichernd zurück und sprang ins Auto.

«Oh, was war das für ein irrer Typ! Der gefällt mir! Ich habe Tausende von solchen Kerlen gekannt, einer ist wie der andere, ihre Hirne ticken im gleichen Takt wie ein einziges Uhrwerk, oh, diese unendlichen Verzweigungen, keine Zeit, keine Zeit ...» Und er trat aufs Gas, beugte sich tief übers Steuer und donnerte aus El Paso raus. «Dann müssen wir eben Tramper auflesen. Bin mir sicher, wir finden welche. Hep-hep! Jetzt geht's los. Paß doch auf!» schrie er einem Autofahrer nach und überholte ihn und wich einem Lastwagen aus und bretterte aus der Stadt. Jenseits des Flusses sah man die wie Perlen schimmernden Lichter von Juárez, das trostlose dürre Land und die Brillantensterne von Chihuahua. Marylou beobachtete Dean, wie sie ihn auf der ganzen Fahrt quer durchs Land und wieder zurück beobachtet hatte, aus dem Augenwinkel – mit einem trüben und traurigen Ausdruck, als wollte sie ihm den Kopf abschneiden und in ihrem Schrank verstecken, voll neidischer und reumütiger Liebe zu ihm, der so erstaunlich er selber war, unbändig und arrogant und wahnsinnig auf seine Art, mit einem Lächeln zärtlicher Hingabe, aber auch finsterer Mißgunst, das mir angst um sie machte, eine Liebe, bei der nichts rauskommen konnte, wie sie wußte, denn wenn sie sein schmales knochiges Gesicht betrachtete, mit der männlichen Verschlossenheit und der Geistesabwesenheit, die sich darin spiegelte, wußte sie, er war einfach viel zu verrückt. Dean war überzeugt, daß Marylou eine Hure sei; mir hatte er anvertraut, sie sei eine krankhafte Lügnerin. Aber wenn sie ihn so beobachtete, war es doch Liebe; und wenn Dean es merkte, zeigte er ihr immer sein falsches breites flirtendes Lächeln, mit klappernden Wimpern und perlweißen Zähnen, während er noch kurz zuvor in seiner Ewigkeit dahingeträumt hatte. Dann lachten wir beide, Marylou und ich, doch Dean ließ sich nicht aus der Fassung bringen und lächelte nur sein bekloppt fröhliches Lächeln, als ob er sagen wollte: Macht es nicht *trotzdem* Spaß? Und so war's.

Außerhalb von El Paso sahen wir in der Dunkelheit eine kleine Gestalt kauern, die den Daumen hochreckte. Unser ersehnter Tramper. Wir bremsten und setzten zurück. «Wieviel Geld hast du, Junge?» Der Junge hatte kein Geld; er war ungefähr siebzehn Jahre, blaß, seltsam, mit einer zu kurzen, verkrüppelten Hand und ohne Gepäck. «Ist er nicht *süß*?» sagte Dean, zu mir gewandt und mit ehrlichem Staunen. «Komm, steig ein, wir fahren dich ein bißchen spazieren –» Der Junge witterte seine Chance. Er habe, sagte er, eine Tante in Tulare, Kalifornien, sie habe einen Lebensmittelladen, und wenn wir erst dort wären, könne er etwas Geld für uns auftreiben. Dean wälzte sich vor Lachen am Boden, es war die gleiche Geschichte wie mit dem Jungen in North Carolina. «Ja! Ja!» schrie er. «Wir *alle* haben eine Tante; na, fahren wir und besuchen wir unterwegs all die Tanten und Onkel und die Lebensmittelläden der Welt!!» Wir hatten also einen neuen Mitfahrer, und er war, wie sich herausstellte, ein netter kleiner Kerl. Er sprach kein Wort, er hörte nur zu. Nachdem er eine Weile Deans Sprüche gehört hatte, war er wahrscheinlich überzeugt, daß er zu einer Horde von Irren ins Auto gestiegen war. Er sagte, daß er von Alabama nach Oregon trampen müsse, wo er zu Hause sei. Wir fragten, was er in Alabama gemacht habe.

«Ich habe meinen Onkel besucht; er sagte, er hätte einen Job für mich in einer Sägemühle. Aus dem Job ist nichts geworden, und jetzt fahre ich wieder nach Hause.»

«Nach Hause», sagte Dean, «ja, nach Hause, ich weiß, wir bringen dich nach Hause, wenigstens bis nach Frisco.» Aber wir hatten noch immer kein Geld. Dann fiel mir ein, ich könnte fünf Dollar von meinem alten Freund Hal Hingham pumpen, der in Tucson, Arizona, lebte. Dean sagte sofort, in Ordnung, alles klar, fahren wir also nach Tucson. Und das taten wir.

In der Nacht kamen wir durch Las Cruces, New Mexico, und bei Tagesanbruch waren wir in Arizona. Ich erwachte aus tiefem Schlaf und sah die anderen friedlich wie Lämmer schlafen; das Auto war weiß Gott wo geparkt, ich konnte es durch die beschlagenen Scheiben nicht sehen. Ich stieg aus. Wir waren in den Bergen: ein himmlischer Sonnenaufgang, kühle, leicht violette Luft, rote Bergflanken, smaragdgrüne Weiden in den Tälern, Tautropfen und sich dauernd verändernde Wolken, am Boden Maulwurfslöcher, Kakteen, Mesquitesträucher. Zeit für mich, weiterzufahren. Ich schob Dean und den Jungen zur Seite und rollte mit durchgetretener Kupplung und abgestelltem Motor bergab, um Benzin zu sparen. So kam ich nach Benson, Arizona. Da fiel mir ein, daß ich eine Taschenuhr hatte, die Rocco mir vor kurzem zum Geburtstag geschenkt hatte, eine Fünf-Dollar-Uhr. Ich fragte den Mann an der Tankstelle, ob er in Benson ein Pfandhaus wisse. Es war gleich neben der Tankstelle. Ich klopfte an, jemand erhob sich aus dem Bett, und eine

Minute später hatte ich einen Dollar für meine Uhr. Das Geld floß in den Tank. Jetzt hatten wir genug Benzin bis Tucson. Plötzlich tauchte aber, als ich gerade losfahren wollte, ein großer revolverbehängter State Trooper auf, der mich nach meinen Papieren fragte. «Der Typ auf dem Rücksitz hat die Papiere», sagte ich. Dean und Marylou lagen hinten unter Decken. Der Cop befahl Dean auszusteigen. Plötzlich zog er sein Schießeisen und brüllte: «Hände hoch!»

«Officer», hörte ich Dean in einem höchst salbungsvollen und lächerlichen Ton sagen, «Officer, Sir, ich mußte mir nur noch schnell die Hose zuknöpfen.» Sogar der Cop mußte grinsen. Dean stieg aus, schmutzig, abgerissen, im T-Shirt, rieb sich den Bauch, fluchte und begann überall nach seinem Führerschein und den Wagenpapieren zu suchen. Der Cop durchstöberte unseren Kofferraum. Alle Papiere waren in Ordnung.

«Nur eine Routinekontrolle», sagte der Cop mit breitem Grinsen. «Ihr könnt weiterfahren, Jungs. Benson ist gar nicht so schlecht – würdet ihr merken, falls ihr hier frühstücken wollt.»

«Ja, ja, ja», sagte Dean, ohne ihn noch zu beachten, und fuhr los. Wir seufzten vor Erleichterung. Polizisten sind immer mißtrauisch, wenn junge Kerle in neuen Autos und ohne einen Cent in der Tasche vorfahren und ihre Uhr im Pfandhaus versetzen müssen. «Oh, sie mischen sich überall ein», sagte Dean, «aber der Cop war besser als diese Ratte in Virginia. Sie wollen nur Leute verhaften und Schlagzeilen machen; sie halten jedes durchfahrende Auto für einen Gangsterschlitten aus Chicago. Haben nichts Besseres zu tun.» Wur fuhren weiter in Richtung Tucson.

Tucson liegt in einer schönen Landschaft voller Mesquitesträucher an einem Flußbett, darüber die verschneite Kette der Catalina-Berge. Die Stadt war eine einzige große Baustelle; Menschen auf der Durchreise, wild, ehrgeizig, fleißig, lebenslustig; Wäscheleinen und Trailer; wimmelnde Straßen mit flatternden Fähnchen; alles in allem sehr kalifornisch. Hingham wohnte an der Fort Lowell Road, die sich unter prächtigen Bäumen am Flußbett entlang durch die platte Wüste schlängelt.

Wir sahen Hingham grübelnd im Hof sitzen. Er war Schriftsteller und nach Arizona gekommen, um in Ruhe an seinem Buch zu arbeiten. Er war ein hochgewachsener, jungenhafter und schüchterner Spötter, der mit abgewandtem Gesicht zu einem hinmurmelte und immer witzige Sachen sagte. Seine Frau und sein Baby lebten mit ihm in dem kleinen Lehmziegelhaus, das sein indianischer Stiefvater gebaut hatte. Seine Mutter wohnte jenseits des Hofes in ihrem eigenen Haus. Sie war eine lebhafte Amerikanerin, die sich für Keramik, Perlenstickerei und Bücher begeisterte. Hingham hatte von Dean durch Briefe aus New York gehört. Wie eine Wolke brachen wir über ihn herein, alle mit einem Bärenhunger, sogar Alfred, unser verkrüppelter Tramper. Hingham trug einen alten Pullover und rauchte Pfeife in der frischen Wüstenluft. Seine Mutter kam herüber und lud uns zum Essen in ihre Küche ein. Wir kochten einen großen Topf Nudeln.

Dann fuhren wir alle zusammen zu einem Schnapsladen an der Straße, wo Hingham einen Fünf-Dollar-Scheck einlöste und mir das Geld in die Hand drückte.

Der Abschied war kurz. «Es war wirklich nett», sagte Hingham und schaute beiseite. Hinter den Bäumen draußen über dem Wüstensand glühte die rote Neonreklame eines Rasthauses am Straßenrand. Dort trank Hingham immer ein Bier, wenn er vom Schreiben genug hatte. Er war sehr einsam, er wollte gern zurück nach New York. Es war traurig, seine schmale Gestalt in der Dunkelheit zurückbleiben zu sehen, als wir fortfuhren, wie vorher jene anderen Gestalten in New York oder in New Orleans: unsicher stehen sie unter einem unermeßlichen Himmel, und alles um sie herum ist versunken. Wohin? Was tun? Wozu? – schlafen. Doch wir, diese verrückte Bande, wollten vorwärts.

neun

Draußen vor Tucson sahen wir wieder einen Tramper am dunklen Straßenrand stehen. Es war ein Wanderarbeiter aus Bakersfield, Kalifornien, der gleich mit seiner Geschichte herausrückte: «Mist, verdammter, ich bin aus Bakersfield mit einem Auto von der Mitfahrerzentrale losgefahren und hab meine Giii-tarre im Kofferraum eines anderen liegenlassen und die Sachen nie wiedergesehen – Giii-tarre und Cowboy-Klamotten; ich bin Muuu-siker, versteht ihr, ich wollte nach Arizona und mit den Johnny Mackaw's Sagebrush Boys spielen. Verdammt, und jetzt sitze ich abgebrannt in Arizona, und meine Giii-tarre ist gestohlen. Fahrt mich zurück nach Bakersfield, Jungs, da hole ich das Geld bei meinem Bruder. Wieviel braucht ihr?» Wir brauchten nur Geld für genügend Benzin, um es von Bakersfield bis nach Frisco zu schaffen, vielleicht drei Dollar. Jetzt waren wir fünf im Wagen. «Abend, Ma'am», sagte er, tippte für Marylou an seinen Hut, und wir rollten weiter.

Mitten in der Nacht blickten wir von einer Bergstraße auf die Lichter von Palm Springs hinab. Im Morgengrauen kurvten wir über verschneite Pässe der Stadt Mojave entgegen, dem Eingangstor zum hohen Tehachapi-Paß. Der Wanderarbeiter wachte auf und erzählte komische Geschichten; der süße kleine Alfred saß da und lächelte. Der Wanderarbeiter sagte, er kenne einen Mann, der seiner Frau verziehen habe, daß sie auf ihn geschossen hatte, und er holte sie aus dem Gefängnis, nur um ein zweites Mal von ihr über den Haufen geschossen zu werden. Wir fuhren am Frauengefängnis vorbei, als er das erzählte. Vor uns sahen wir, wo es zum Tehachapi-Paß hinaufging. Dean übernahm das Steuer und brachte uns direkt aufs Dach der Welt. In der Schlucht sahen wir eine nebelverhangene

Zementfabrik. Dann ging es bergab. Dean nahm das Gas weg, trat die Kupplung und segelte durch die Haarnadelkurven und überholte Autos und machte alles, wie es im Buch steht, ohne ein einziges Mal zu beschleunigen. Ich hielt mich fest. Manchmal führte die Straße wieder kurz bergauf; dann überholte er flott und lautlos, nur aus eigenem Schwung. Er kannte den Rhythmus und jeden Dreh eines erstklassigen Bergpasses. Wenn es Zeit war, durch eine scharfe Linkskurve zu fahren, an einem Steinmäuerchen entlang, das auf den Abgrund der Welt schaute, beugte er sich nur weit nach links, hielt mit gestreckten Armen das Steuer und ließ die Karre laufen; und wenn die Kurve sich wieder nach rechts schlängelte, diesmal mit einer Felswand zur Linken, lehnte er sich weit nach rechts, so daß Marylou und ich mitschwangen. So flogen und flatterten wir ins San Joaquin Valley hinab. Es lag eine Meile unter uns ausgebreitet, praktisch der Boden von Kalifornien, grün und schön anzusehen von unserer luftigen Aussichtsplattform. Wir schafften dreißig Meilen, ohne einen Tropfen Benzin zu verbrauchen.

Plötzlich waren wir alle ganz aufgeregt. Als wir nach Bakersfield kamen, wollte Dean mir in allen Einzelheiten erzählen, was er über die Stadt wußte. Er zeigte mir Häuser, in denen er gewohnt hatte, Eisenbahnerhotels, Billardhallen und Imbißbuden, die Rangiergleise, wo er von der Lok abgesprungen war, um Weintrauben zu pflücken, chinesische Restaurants, wo er gegessen hatte, Parkbänke, wo er mit Mädchen geknutscht hatte, und bestimmte Plätze, wo er einfach nur gesessen und gewartet hatte. Deans Kalifornien – wild, schwitzig, wichtig, das Land der Einsamen und Verbannten, der exzentrischen Liebenden, die hier wie Zugvögel einschwärmten, ein Land, wo jeder aussah wie ein abgebrannter, flotter, etwas dekadenter Filmschauspieler. «Mann, auf genau dem Stuhl vor dem Drugstore hab ich stundenlang gesessen!» An alles erinnerte er sich – an jedes Kartenspiel, jede Frau, jeden trostlosen Abend. Und plötzlich kamen wir an dem Platz am Güterbahnhof vorbei, wo Terry und ich bei Mondschein auf den Obstkisten der Penner gesessen und Wein getrunken hatten, im Oktober 1947, und ich versuchte ihm davon zu erzählen. Aber er war zu aufgeregt. «Das ist die Stelle, wo Ed Dunkel und ich einen ganzen Morgen lang Bier gesoffen haben und eine echt scharfe Kellnerin aus Watsonville anmachen wollten – nein, aus Tracy, sie war aus Tracy und hieß Esmeralda, oh, Mann, oder so ähnlich.» Marylou überlegte, was sie machen wollte, wenn sie erst einmal in Frisco war. Alfred sagte, daß seine Tante drüben in Tulare ihm jede Menge Geld geben würde. Der Wanderarbeiter dirigierte uns zu seinem Bruder, draußen in der Ebene vor der Stadt.

Gegen Mittag hielten wir vor einer kleinen, von Rosenspalieren verdeckten Hütte, und der Wanderarbeiter ging hinein und redete mit irgendwelchen Frauen. Wir warteten fünfzehn Minuten. «Ich glaube allmählich, der Junge hat nicht mehr Geld als ich», sagte Dean. «Wir sitzen in der Tinte. Nach dieser blöden Spritztour wird keiner in der Familie ihm einen Cent geben wollen.» Der Wanderarbeiter kam dämlich grinsend aus dem Haus und dirigierte uns zurück in die Stadt.

«Mist, verdammter, wenn ich nur meinen Bruder finden könnte.» Er fragte die Leute aus. Wahrscheinlich empfand er sich als unser Gefangener. Zuletzt fuhren wir zu einer großen Brotfabrik, und der Wanderarbeiter kam mit seinem Bruder heraus, der einen blauen Overall trug und anscheinend der Autoschlosser der Fabrik war. Er sprach eine Weile mit seinem Bruder. Wir saßen im Auto und warteten. Der Wanderarbeiter erzählte allen seinen Verwandten von seinen Abenteuern und vom Pech mit seiner Gitarre. Aber er kriegte Geld, und er gab es uns, und jetzt war der Weg frei nach Frisco. Wir dankten ihm und fuhren los.

Unser nächster Halt war Tulare. Wir brausten das San Joaquin Valley hinauf. Ich lag auf dem Rücksitz, völlig erschöpft und am Ende, und irgendwann am Nachmittag, während ich eingenickt war, sauste der schlammverspritzte Hudson an dem Zeltplatz draußen vor Sabinal vorbei, wo ich in grauer Vorzeit gelebt und geliebt und gearbeitet hatte. Dean saß starr vor dem Lenkrad und trommelte auf die Speichen. Ich schlief, als wir endlich in Tulare ankamen; ich wachte auf und mußte mir die Wahnsinnsgeschichte anhören. «Sal, wach auf! Alfred hat den Lebensmittelladen seiner Tante gefunden, aber weißt du, was passiert ist? Seine Tante hat ihren Mann erschossen und sitzt im Gefängnis. Der Laden ist geschlossen. Wir kriegen keinen Cent. Stell dir das vor! Sachen passieren! Genau die Geschichte, die uns der Wanderarbeiter erzählt hat, mehr oder minder. Probleme auf allen Seiten, Verwicklungen – oh, verdammt!» Alfred saß da und biß sich auf die Fingernägel. In Madera bogen wir von der Straße nach Oregon ab und nahmen Abschied von unserem kleinen Alfred. Wir wünschten ihm Glück und gute Reise nach Oregon. Er sagte, es sei die schönste Fahrt seines Lebens gewesen.

Minuten später, so schien es uns, als wir durch die Hügel von Oakland rollten, sahen wir plötzlich, von einer Höhe aus, die märchenhafte weiße Stadt San Francisco auf ihren elf mystischen Hügeln liegen, mit dem blauen Pazifischen Ozean dahinter und der sich vom «Kartoffelfeld» heranwälzenden Nebelwand, den Rauch und den goldenen Glanz der Abendsonne. «Da ist sie!» schrie Dean. «Wow! Geschafft! Und mit dem letzten Tropfen Benzin! Gib mir Wasser! Kein Land mehr! Weiter können wir nicht fahren, weil dahinter kein Land mehr ist! So, Marylou, Schatz, jetzt gehst du mit Sal sofort in ein Hotel und dort wartet ihr auf mich, bis ich mich morgen früh wieder melde, sobald ich endgültige Vereinbarungen mit Camille getroffen und den Franzosen wegen meiner Schicht bei der Eisenbahn angerufen habe, und als erstes kauft ihr in der Stadt eine Zeitung, wegen der Stellenanzeigen und Arbeitsausschreibungen.»

Er fuhr auf die Oakland Bay Bridge zu, die uns nach San Francisco hinüberbrachte. Die Bürogebäude im Zentrum funkelten im Glanz ihrer Lichter; es erinnerte an Sam Spade. Als wir an der O'Farrell Street aus dem Wagen taumelten und die Luft schnupperten und unsere Knochen streckten, war es wie eine Landung nach langer Fahrt auf dem Meer; das abschüssige Straßenpflaster schwankte unter unseren Füßen; geheimnisvolle Chop-Suey-Düfte wehten vom Chinesenviertel herüber. Wir holten unsere Sachen aus dem Wagen und stapelten sie auf dem Bürgersteig.

Plötzlich nahm Dean von uns Abschied. Er brannte darauf, Camille wiederzusehen und zu erfahren, was passiert war. Marylou und ich standen dumpf auf der Straße und sahen ihm nach.

«Siehst du jetzt, was für ein Dreckskerl er ist?» sagte Marylou. «Dean läßt dich jederzeit in der Kälte stehen, wenn es in seinem Interesse ist.»

«Ich weiß», sagte ich und blickte seufzend zurück nach Osten. Wir hatten kein Geld. Von Geld hatte Dean nichts gesagt. «Wo sollen wir bleiben?» Wir liefen herum, schleppten unsere Lumpenbündel durch enge romantische Straßen. Die Leute hier sahen alle aus wie abgetakelte Filmkomparsen oder verblühte Starlets; abgebrühte Stunt-Männer, Minicar-Rennfahrer, ergreifende kalifornische Gestalten mit ihrer Trostlosigkeit am Ende der Welt, hübsche und dekadente Casanovas, glotzäugige Absteige-Blondinen, Stricher, Zuhälter, Nutten, Masseure und Masseusen, Hotelpagen – ein schräger Haufen, und wie sollte ein Mann unter solchen Leuten sein Geld verdienen?

zehn

Immerhin, Marylou hatte unter diesen Leuten gelebt – nicht weit vom Rotlichtbezirk –, und ein graugesichtiger Hotelportier gab uns ein Zimmer auf Pump. Dies war der erste Schritt. Dann brauchten wir etwas zu essen und fanden erst etwas um Mitternacht, als wir eine Nachtklubsängerin in ihrem Hotelzimmer besuchten, die ein Bügeleisen, die Platte nach oben, auf einem Drahtkleiderbügel in den Papierkorb hängte und eine Dose Bohnen mit Speck aufwärmte. Durchs Fenster sah ich die blinkenden Neonreklamen und sagte mir: Wo ist Dean, und warum kümmert er sich nicht um uns? Ich verlor in diesem Jahr meinen Glauben an Dean. Eine Woche lang blieb ich in San Francisco, und es war die kaputteste Zeit meines Lebens. Marylou und ich liefen meilenweit durch die Gegend, auf der Suche nach Geld, nach Essen. Wir besuchten sogar ein paar versoffene Matrosen im Nachtasyl in der Mission Street, die sie kannte; sie boten uns Whisky an.

Im Hotel lebten wir zwei Tage zusammen. Ich erkannte, daß Marylou jetzt, da Dean von der Bildfläche verschwunden war, keinerlei echtes Interesse an mir hatte; sie wollte durch mich, seinen Kumpel, an Dean herankommen. Wir stritten uns in dem Zimmer. Wir lagen auch nächtelang im Bett, und ich erzählte ihr meine Träume. Ich erzählte ihr von der großen Weltenschlange, die, wie ein Wurm im Apfel zusammengeringelt, in der Erdkugel lag. Eines Tages aber würde sie einen Berg auftürmen, der als Schlangenberg bekannt werden und sich hundert Meilen weit ins Land entrollen und alles auf seinem Weg verschlingen würde. Die Schlange, sagte ich, sei der Satan. «Und was passiert dann?» wimmerte sie und klammerte sich an mich.

«Ein Heiliger, ein gewisser Doktor Sax, wird kommen und sie mit geheimen Kräutern vernichten, die er in seiner unterirdischen Höhle irgendwo in Amerika in diesem Moment schon zusammenbraut. Es kann allerdings auch verraten werden, daß diese Schlange nur eine riesige Hülle voller Tauben ist, und wenn die Schlange stirbt, werden Wolken von spermagrauen Tauben auffliegen und die Friedensbotschaft in alle Welt tragen.» Ich war von Sinnen vor Hunger und Bitternis.

Eines Abends verschwand Marylou mit einer Nachtklubbesitzerin. Ich wartete, wie verabredet, in einem Hauseingang gegenüber, an der Ecke Larkin und Geary Street, und hatte Hunger, als sie plötzlich aus der Halle eines schicken Apartmenthauses kam, zusammen mit ihrer Freundin, der Nachtklubbesitzerin, und einem schmierigen alten Mann mit einem Haufen Geld. Ursprünglich hatte sie nur die Freundin besuchen wollen. Jetzt sah ich, was für eine Hure sie war. Sie wagte nicht, mir ein Zeichen zu geben, obwohl sie mich vor dem Haus stehen sah. Sie kam angestöckelt und stieg in den Cadillac, und weg waren sie. Ich hatte niemanden mehr, nichts.

Ich lief umher und sammelte Kippen von der Straße auf. Ich kam an einem Fisch-Diner in der Market Street vorbei, und die Frau drinnen sah mich, als ich vorbeiging, mit einem verängstigten Blick an; sie war die Besitzerin und dachte anscheinend, ich käme mit einer Waffe und wollte den Laden ausrauben. Ich ging ein paar Meter weiter. Plötzlich kam mir die Idee, dies sei meine Mutter von vor ungefähr zweihundert Jahren in England vielleicht und ich ihr Sohn, ein Straßenräuber, frisch aus dem Kerker entlassen, um sie bei ihrer ehrlichen Arbeit in ihrer Fischküche heimzusuchen. Ich blieb auf dem Bürgersteig stehen, starr vor Ekstase. Vor mir sah ich die Market Street. Ich wußte nicht mehr, war sie es, oder war es die Canal Street in New Orleans: sie führte hinunter zum Wasser, zum trügerischen Wasser der Welt, ähnlich wie die 42nd Street in New York zum Wasser führt, und man weiß nie, wo man ist. Ich dachte an Ed Dunkels Geist auf dem Times Square. Ich phantasierte. Ich wollte zurück, wollte meine sonderbare Mutter, diese Dickens-Gestalt, in ihrer Fischbude anstarren. Ich zitterte am ganzen Leib. Es schien, als führten alle meine Erinnerungen zurück ins England von 1750, als wäre ich hier in San Francisco nur in einem anderen Leben, in einem anderen Körper. «Nein», schien die Frau mit diesem verängstigten Blick zu sagen, «du sollst nicht wiederkommen und deine ehrbare, hart arbeitende Mutter quälen. Du bist nicht länger mein Sohn – du bist wie dein Vater, mein erster Mann. Der freundliche Grieche hier hat sich meiner erbarmt.» (Der Besitzer der Imbißbude war ein Grieche mit behaarten Armen.) «Du bist ein Taugenichts, du neigst zur Trunksucht und Ausschweifung und bringst mich schändlich um die Früchte meiner demütigen Arbeit hier in dieser Fischküche. Oh, Sohn! Hast du niemals auf Knien um Vergebung für all deine Sünden und Missetaten gebetet? Verlorenes Kind! Hebe dich hinfort! Verfolge nicht meine Seele;

ich habe wohlgetan, dich zu vergessen. Bohre nicht in alten Wunden, ach, wärst du doch nie zurückgekehrt, hättest du doch nie zu mir hereingeblickt, die Demütigungen meiner Arbeit, meine wenigen zusammengescharrten Pennys zu sehen – gierig nach Raub, flink bei der Hand, du verworfener ungeliebter niederträchtiger Sohn meines Fleisches. Sohn! Sohn!» Ich mußte an meine Vision in Graetna denken, wo ich mit Old Bull beim Pferdewetten auf Big Pop setzen wollte. Und einen Moment lang hatte ich den Punkt der Ekstase erreicht, den ich immer hatte erreichen wollen, den vollendeten Schritt über die Schwelle der chronologischen Zeit hinüber in zeitlose Schattenwelten, mit diesem Staunen über die Finsternis im Reich der Sterblichen und dem Gefühl, daß der Tod mir im Nacken saß und mich vorantrieb, auch er von einem hartnäckigen Phantom getrieben, während ich zu der rettenden Planke jagte, wo alle Engel sich in die Lüfte schwangen und aufflogen ins heilige Nichts der unerschaffenen Leere, wo ein mächtiges und unvorstellbar strahlendes Licht in der hellen Essenz des Geistes leuchtete, wo unzählige Lotosgärten im magischen Schmetterlingsschwarm des Himmels ihre Blüten öffneten. Ich hörte ein unbeschreibliches brodelndes Brausen, das nicht in meinen Ohren war, sondern überall, und es hatte nichts mit Geräuschen zu tun. Ich erkannte, daß ich gestorben und unzählige Male wiedergeboren worden war, mich aber nicht daran erinnern konnte, vor allem, weil die Übergänge vom Leben zum Tod und wieder ins Leben so unheimlich leicht vonstatten gingen, ein magisches Handumdrehen, als schliefe man millionenmal ein und erwachte wieder, und dies ganz beiläufig, ohne sich dessen im geringsten bewußt zu sein. Ich erkannte, daß es nur in der Stabilität des wahren Bewußtseins solche Wellenbewegungen von Tod und Geburt geben konnte, wie der Hauch des Windes, der auf eine reine, klare, spiegelnde Wasserfläche trifft. Ich empfand eine süße schwingende Seligkeit, sie war wie ein Schuß Heroin in die Hauptschlagader, wie ein Schluck Rotwein am Abend, der dir einen Schauer über den Rücken jagt; meine Füße zitterten. Ich dachte, ich sterbe jeden Moment. Aber ich starb nicht und lief vier Meilen weit und hob zehn lange Kippen vom Boden auf und nahm sie mit in Marylous Zimmer im Hotel und stopfte den Tabak in meine alte Pfeife und steckte sie mir an. Ich war zu jung, um zu wissen, was passiert war. Durchs Fenster roch ich die Essensdünste von ganz San Francisco. Da draußen gab es Fischrestaurants, wo die Semmeln warm aus dem Ofen kamen und sogar die Körbchen lecker genug waren, um sie aufzuknabbern; ja, wo die Speisekarten selbst von einer zarten Bekömmlichkeit und Nahrhaftigkeit waren, als wären sie in scharfe Brühe getunkt und knusprig gebraten und gut genug, um auch sie zu verspeisen. Zeigt mir die panierte Goldmakrele auf einer Fischkarte, und ich esse sie auf; laßt mich nur den Duft zerlassener Butter auf Hummerscheren riechen. Es gab Restaurants, die auf dicke rote Roastbeefs *au jus* oder in Weißwein sautierte Hühnerbrüstchen spezialisiert waren. Lokale, wo Hamburger auf dem Grill brutzelten und der Kaffee nur einen Nickel kostete. Oh, dieses pfannenfrittierte Chow Mein, wie es die Luft würzte, die aus dem Chinesenviertel zu mir ins Zimmer wehte, wetteifernd mit den Spaghetti-Sugos von North Beach, mit zarten dünnschaligen Krabben von der Fisherman's Wharf – ach, und die Lendensteaks, die an der Fillmore Street an Spießen rotierten! Gebt mir noch Chilibohnen von der Market Street, scharf gewürzt, und Pommes frites aus den Säufernächten am Embarcadero, gedünstete Muscheln aus Sausalito, jenseits der Bay, und jaaah, das ist mein Traum von San Francisco. Fügt Nebel hinzu, den Hunger schärfenden rauhen Nebel, die pulsierenden Neonlichter in der milden Nacht, das Klappern von Stöckelschuhen schöner Frauen und weiße Tauben im Schaufenster eines chinesischen Delikatessenladens ...

elf

Das war der Zustand, in dem Dean mich fand, als er endlich zu dem Schluß kam, daß ich es wert sei, gerettet zu werden. Er nahm mich mit in Camilles Wohnung. «Mann, wo ist Marylou?»

«Die Hure ist weggelaufen.» Camille war eine Erholung nach Marylou; eine wohlerzogene, höfliche junge Frau, und sie wußte sogar, daß die achtzehn Dollar, die Dean ihr geschickt hatte, von mir waren. Aber ach, wohin warst du entschwunden, schöne Marylou? Bei Camille erholte ich mich ein paar Tage. Aus ihrem Wohnzimmerfenster in dem hölzernen Mietshaus in der Liberty Street sah man ganz San Francisco grün und rot in der Regennacht brennen. In den Tagen, die ich noch blieb, verfiel Dean auf die allerlächerlichste Sache seiner Karriere. Er fand einen Job, bei dem er den Leuten zu Hause in ihrer Küche einen neumodischen Dampfkochtopf vorführen sollte. Der Vertreter gab ihm stapelweise Muster und Broschüren mit. Am ersten Tag war Dean ein Wirbelsturm an Energie. Ich fuhr mit ihm kreuz und quer durch die Stadt, wo er seine Verabredungen traf. Es ging darum, sich im privaten Rahmen zu Dinner-Partys einladen zu lassen und dann aufzuspringen und den Dampfkochtopf vorzuführen. «Mann», rief Dean begeistert, «das ist ja noch irrsinniger als damals, als ich für Sinah gearbeitet habe. Sinah verkaufte Enzyklopädien in Oakland. Niemand konnte ihn loswerden. Er hielt lange Reden, er sprang auf und ab, er lachte, er schrie. Einmal waren wir in ein Haus von Wanderarbeitern eingedrungen, die gerade zu einer Beerdigung gehen wollten. Sinah fiel auf die Knie und flehte um die Erlösung der dahingeschiedenen Seele. Alle brachen in Tränen aus. Er verkaufte ein komplettes mehrbändiges Lexikon. Er war der verrückteste Vogel der Welt. Ich möchte wissen, wo er geblieben ist. Wir setzten uns zu den hübschesten jungen Töchtern und befummelten sie in der Küche. Heute nachmittag war ich mit so 'ner lieben kleinen Hausfrau in ihrer Küche – den Arm um ihre Schulter gelegt, den Kochtopf vorgeführt. Ah! Hmmm! Uaaah!»

«Weiter so, Dean», sagte ich, «vielleicht wirst du eines Tages Bürgermeister von San Francisco.» Er hatte die ganze Kochtopf-Masche haarklein ausgearbeitet; abends übte er mit Camille und mir.

Eines Morgens stand er nackt am Fenster und blickte auf ganz San Francisco hinunter, als eben die Sonne aufging. Er sah aus, als würde er eines Tages der Heiden-Bürgermeister von San Francisco werden. Doch seine Energie schlaffte ab. An einem regnerischen Nachmittag kam der Vertreter, um zu sehen, was Dean eigentlich so machte. Dean lag auf der Couch. «Haben Sie versucht, die Dinger zu verkaufen?»

«Nein», sagte Dean, «ich hab einen anderen Job in Aussicht.»

«Oh, und was haben Sie mit all den Mustern vor?»

«Weiß nicht.» In tödlichem Schweigen sammelte der Vertreter seine traurigen Töpfe ein und verschwand. Mir hing das alles zum Halse raus, und Dean ging's genauso.

Aber eines Abends packte uns wieder der Wahnsinn; wir wollten Slim Gaillard hören, in einem kleinen Nachtklub in Frisco. Slim Gaillard ist ein hochgewachsener schlanker Neger mit riesigen traurigen Augen, der dauernd sagt: «Genau-hau-hau» oder «Wie wär's mit einem Bourbon-oroni?» In Frisco saßen ihm die jungen Halbintellektuellen in Scharen zu Füßen, wenn er am Klavier, auf der Gitarre oder den Bongos aufdrehte. Wenn er sich warmgelaufen hat, zieht er sein Hemd und sein Unterhemd aus und legt richtig los. Er macht und sagt die letzten Sachen, die ihm so in den Sinn kommen. Zum Beispiel singt er: Betonmixer-putt-putt», und plötzlich verschleppt er den Rhythmus und brütet über den Bongos und streichelt nur mit den Fingerspitzen das Fell, während alles den Atem anhält und lauscht; du glaubst, das macht er vielleicht 'ne Minute lang oder so, aber nein, er macht weiter, manchmal eine Stunde lang, unhörbar leise Geräusche, nur mit den Fingerspitzen und immer leiser, immer winziger, bis nichts mehr zu hören ist und der Verkehrslärm durch die offene Tür hereindringt. Dann richtet er sich langsam auf und nimmt das Mikrophon und sagt bedächtig: «Wunderbaroni ... Sehr gut-oruti ... Hallo-oroni ... Nimm einen Bourbon-oroni ... He, Leute-oroni ... Was machen die Typen da vorn mit den Mädels-oroni ... Oroni ... Oroni ... Ovuti ... Oronironi ...» Das hält er fünfzehn Minuten lang durch, und seine Stimme wird immer leiser, bis man sie nicht mehr hört. Seine traurigen großen Augen streicheln das Publikum.

Dean steht im Hintergrund und sagt: «Gott! Ja!» – und faltet die Hände zum Gebet und schwitzt. «Sal, dieser Slim weiß, was Zeit ist, er kennt sie, die Zeit.» Slim setzt sich ans Klavier und schlägt zwei Töne an, zwei hohe C, und noch einmal zwei, dann eins, dann zwei, und plötzlich erwacht der große dicke Bassist aus einem Tagtraum und hackt seinen dicken Zeigerfinger in die Saiten, und wummernd steht der satte Rhythmus im Raum, und alle rocken mit, und Slim schaut immer noch so traurig drein, und eine halbe Stunde jazzen sie drauflos, und dann hebt Slim ab, er nimmt die Bongos und schlägt wahnsinnig schnelle kubanische Rhythmen und schreit irres Zeug auf spanisch, arabisch, ägyptisch, in einem peruanischen Dialekt, in jeder Sprache, die er kennt, und er kennt viele Sprachen. Schließlich ist dieser Set vorbei; jeder Set dauert bei ihm zwei Stunden. Slim Gaillard tritt ab und lehnt sich an einen Pfosten und blickt traurig über die Köpfe der Menge, während Leute kommen und mit ihm reden wollen. Man drückt ihm einen Bourbon in die Hand. «Boubon-oroni ... Danke-ovuti ...» Niemand weiß, wo Slim Gaillard im Geiste ist. Dean hatte einmal einen Traum, er sollte ein Baby kriegen, sein Bauch war blau geschwollen, er lag auf dem Rasen vor einem kalifornischen Krankenhaus. Unter einem Baum, in einer Gruppe von Schwarzen, saß Slim Gaillard. Dean sah ihn mit den flehenden Augen einer Mutter an. Slim sagte: «Los geht's-oroni.» Und jetzt ging Dean zu ihm hin, näherte sich seinem Gott; Slim war sein Gott; er scharrte mit den Füßen und verneigte sich vor ihm und bat ihn zu uns an den Tisch. «Genau-oroni», sagte Slim; er setzt sich zu jedem an den Tisch, aber er kann nicht garantieren, daß er im Geiste dasein wird. Dean besorgte uns einen Tisch, bestellte Drinks und hockte dann steif vor Slim auf dem Stuhl. Slim schaute träumend über ihn weg. Jedesmal, wenn Slim «Oroni» sagte, sagte Dean «Ja!» Ich saß bei diesen beiden Verrückten. Nichts passierte. Für Slim Gaillard war die ganze Welt ein einziges großes Oroni.

In derselben Nacht erlebte ich Lampshade an der Ecke Fillmore und Geary Street. Lampshade ist ein schwerer schwarzer Typ, der in Mantel, Hut und Schal in die Musikkneipen von Frisco kommt und aufs Podium steigt und zu singen anfängt; an seiner Stirn schwellen die Adern an; er beugt sich rückwärts und bläst einen gewaltigen Nebelhorn-Blues, den er aus allen Fasern seiner Seele holt. Und während er singt, brüllt er den Leuten zu: «Wer stirbt, kommt nur in den Himmel, wer mit Doctor Pepper anfängt, landet beim Whisky!» Seine Stimme übertönt alles. Er schneidet Grimassen, er windet sich, er macht alles. Er kam an unseren Tisch und verbeugte sich und sagte: «Ja!» Und dann taumelte er auf die Straße und in die nächste Kneipe. Und dann ist da Connie Jordan, ein verrückter Typ, er singt und schlenkert die Arme, bis Schweißtropfen durch die Gegend fliegen, bis er das Mikrophon umreißt und schrill kreischt wie eine Frau; spät in der Nacht erlebt man ihn, erschöpft, als Zuhörer bei wilden Sessions in Jamson's Nook; die Augen weit aufgerissen, die Schultern schlaff, starrt er bedröhnt ins Leere, vor sich, auf dem Tisch, ein Drink. Nie wieder hab ich so verrückte Musiker gesehen. Alle in Frisco jazzten. Es war das Ende des Kontinents; sie pfiffen drauf. So lungerten Dean und ich in San Francisco rum, bis das nächste Geld von meiner Veteranenrente kam und ich nach Hause fahren konnte.

Was hatte ich erreicht mit meiner Fahrt nach Frisco? Ich weiß es nicht. Camille wollte, daß ich abhaute; Dean war es egal, ob so oder anders. Ich kaufte mir einen Laib Brot und Aufschnitt und machte mir zehn Sandwiches, mit denen ich das Land wieder durchqueren wollte, doch sollten sie alle vergammeln, bis ich nach Dakota kam. Am letzten Abend drehte Dean noch einmal durch, er fand Marylou irgendwo in der Stadt, und wir stiegen ins Auto und fuhren hinüber nach Richmond jenseits der Bay und stürmten die Negerjazzkneipen bei den Ölfeldern. Marylou wollte sich hinsetzen, und ein farbiger Typ zog ihr den Stuhl unterm Hintern weg. Mädchen machten sie auf der Toilette an. Auch ich bekam Angebote. Dean probte schwitzend herum. Es war der Abschuß; ich wollte weg.

Im Morgengrauen stieg ich in meinen Bus nach New York und sagte good-by zu den beiden. Dean und Marylou wollten ein paar von meinen Sandwiches haben. Ich sagte nein. Es war ein düsterer Augenblick. Wir dachten, wir würden uns nie wiedersehen, und es machte uns nichts aus.

dritter teil

eins

Im Frühling 1949 hatte ich ein paar Dollar von meinem Veteranen-Stipendium gespart und fuhr nach Denver, mit dem Gedanken, mich dort niederzulassen. Ich sah mich schon als würdigen Patriarchen im Mittleren Westen. Ich war einsam. Niemand war da – keine Babe Rawlins, kein Ray Rawlins, Tim Gray, Betty Gray, Roland Major, Dean Moriarty, Carlo Marx, Ed Dunkel, Roy Johnson, Tommy Snark – niemand. Ich schlenderte durch die Curtis Street und die Larimer Street, arbeitete ein Weilchen auf dem Fruchtgroßmarkt, wo sie mich 1947 schon beinahe angeheuert hätten – der härteste Job meines Lebens; irgendwann mußten die Japanerjungs und ich einen ganzen Güterwaggon dreißig Meter weit auf dem Gleis weiterschieben, und zwar von Hand, mit einer Art Wagenheber, der den Waggon mit jedem Hebeldruck einen Zentimeter vorwärts bewegte. Ich schleppte Kisten voll Wassermelonen über den vereisten Boden von Kühlwaggons in die knallende Sonne hinaus und nieste. In Gottes Namen und bei den Sternen am Himmel, wozu?

In der Abenddämmerung ging ich spazieren. Ich fühlte mich wie ein Staubkorn auf der Oberfläche der trostlosen roten Erde. Ich ging am Windsor Hotel vorbei, wo Dean Moriarty in der Zeit der Depression während der dreißiger Jahre mit seinem Vater gelebt hatte, und wie einst hielt ich überall Ausschau nach der legendären Gestalt des traurigen Klempners meiner Vorstellung. Entweder du findest an Orten wie Montana jemanden, der aussieht wie dein Vater, oder du siehst dich nach dem Vater eines Freundes um – da, wo er nicht mehr ist.

Im violetten Abendlicht spazierte ich mit schmerzenden Muskeln unter den Straßenlaternen der 27th Street und der Welton Street ins Negerviertel von Denver und wünschte mir, ich wäre ein Neger, denn ich spürte, daß auch das Beste, was die Welt der Weißen zu bieten hatte, mir nicht genug Ekstase bot, nicht genug Leben, Freude, Spaß, Dunkelheit, Musik, nicht genug Nacht. Ich blieb vor einer kleinen Hütte stehen, wo ein Mann scharfen roten Chili in Pappbechern verkaufte; ich kaufte etwas und aß davon und schlenderte weiter durch dunkle, geheimnisvolle Straßen. Ich wünschte, ich wäre ein Mexikaner in Denver oder sogar ein armer abgerackerter Jap – alles andere, nur nicht das, was ich trostloserweise war, ein desillusionierter «Weißer». Mein Leben lang hatte ich weiße Ambitionen gehabt; das war der Grund, warum ich eine gute Frau wie Terry im San Joaquin Valley verlassen hatte. Ich ging an den dunklen Veranden der Häuser vorbei, wo die Mexikaner und die Neger wohnten; leise Stimmen dort, manchmal im Schatten das Knie eines geheimnisvoll sinnlichen Mädchens und dunkle Gesichter von Männern hinter Rosenspalieren. Kleine Kinder saßen wie uralte Weise in altertümlichen Schaukelstühlen. Eine Gruppe farbiger Frauen lief vorbei, und eine der Jüngeren löste sich von den mütterlich wirkenden Älteren und kam rasch auf mich zu: «Hallo, Joe!» Und sah plötzlich, daß ich nicht Joe war, und lief errötend zurück. Ich wünschte mir, ich wäre Joe gewesen. Doch ich war nur ich selbst, Sal Paradise der Traurige, der durch die violette Dunkelheit, diese unerträglich süße Nacht schlenderte und sich wünschte, er könnte mit all den glücklichen, treuherzigen, ekstatischen Negern Amerikas die Welten tauschen. Die heruntergekommenen Viertel erinnerten mich an Dean und Marylou, die diese Straßen so gut aus ihrer Kindheit kannten. Wie wünschte ich mir, ich könnte sie wiederfinden.

Unten an der 23rd Street, Ecke Welton, war ein Softballspiel im Gang, unter Flutlichtern, die auch den Gasometer beleuchteten. Eine ungeduldige Menschenmenge brüllte bei jedem *Run*. All die seltsamen jungen Helden auf dem Feld, Weiße, Schwarze, Mexikaner, reine Indianer, spielten so herzergreifend ernsthaft. Spielplatzkinder im Mannschaftstrikot. Nie in meinen Jahren als Sportler hätte ich mir erlaubt, so vor Angehörigen und Freundinnen und Jugendlichen aus der Nachbarschaft aufzutreten, bei Nacht, unter Flutlicht; immer war es am College gewesen, immer nur Punkte, mit ernstem Gesicht; keine jungenhafte, menschliche Freude wie hier. Jetzt war es zu spät. Nicht weit von mir saß ein alter Neger, der sich offenbar jeden Abend die Spiele anschaute. Neben ihm ein alter weißer Landstreicher; dann eine mexikanische Familie, dann ein paar Mädchen, ein paar Jungen – die ganze Menschheit, das Volk. Oh, die Traurigkeit der Lichter dieser Nacht! Der junge *Pitcher* sah aus wie Dean. Eine hübsche Blonde auf der Tribüne sah aus wie Marylou. Das war die Nacht von Denver, und ich fühlte mich tot.

Unten in Denver, unten in Denver
Fühlte ich mich tot.

Auf der anderen Straßenseite saßen Negerfamilien auf den Stufen vor ihren Haustüren und redeten und schauten durch die Blätter der Bäume zum nächtlichen Sternenhimmel hinauf; sie entspannten sich in der milden Luft und verfolgten manchmal das Spiel. Viele Autos fuhren durch die Straße und hielten vorn an der Ecke, wenn die Ampel auf Rot sprang. Ich spürte die Erregung, die Luft war erfüllt von den Schwingungen eines wirklich fröhlichen Lebens ohne Enttäuschung, ohne «weiße» Sorgen und alles. Der alte Neger hatte eine Bierdose in der Jackentasche, die er jetzt aufmachte; und der alte Weiße schielte neidisch nach der Dose und kramte in seiner Tasche, ob *er* sich auch eine leisten könnte. Wie tot ich mich fühlte! Ich ging fort.

Ich besuchte ein reiches Mädchen, das ich kannte. Am Morgen zog sie einen Hundertdollarschein aus ihrem Seidenstrumpf und sagte: «Du hast von einem Trip nach Frisco geredet. Wenn es so ist, wie du sagst, nimm das hier und fahr los, und viel Spaß.» Also waren alle meine Probleme gelöst, ich fand bei der Zentrale eine Mitfahrgelegenheit für elf Dollar Benzinbeteiligung bis Frisco und sauste wieder einmal durchs Land.

Zwei Kerle fuhren diesen Wagen; sie seien Zuhälter, sagten sie. Zwei andere Typen waren Mitfahrer wie ich. Wir saßen eng und konzentrierten unsere Gedanken auf das Ziel. Über den Bertoud Pass ging es hinunter auf das große Plateau, Tabernash, Troublesome, Kremmling; über den Rabbit Ears Pass nach Steamboat Springs und weiter; fünfzig Meilen eine staubige Umleitung; dann Craig und die große amerikanische Wüste. Als wir die Grenze von Colorado nach Utah überquerten, sah ich am Himmel Gott in der Gestalt riesiger, golden sonnenglühender Wolken über der Wüste; sie deuteten, so schien es, mit einem Finger auf mich und sagten: «Schreite voran, du bist auf der Straße zum Himmel.» Na schön, und wenn schon! Was mich mehr interessierte, waren ein paar alte verrottete Eisenbahnwaggons und Billardtische, die bei einem Coca-Cola-Stand in der Wüste von Nevada standen; ich sah Hütten mit verwitterten Schildern, die noch immer im geisterhaft unheimlichen Wüstenwind flatterten und verkündeten: «Hier wohnte Rattlesnake Bill» oder: «Hier hielt sich Broken-mouth Annie vor Jahren versteckt.» Ja, zack, vorbei. In Salt Lake City kontrollierten die Zuhälter ihre Mädchen, und wir fuhren weiter. Bevor ich's begriff, sah ich wieder einmal die sagenhafte Stadt San Francisco, vor mir hingestreckt an der Bay in der Mitte der Nacht. Ich lief sofort zu Dean. Er hatte inzwischen ein kleines Haus. Ich brannte darauf zu hören, was er im Sinn hatte und was jetzt passieren würde, denn es gab nichts mehr, was mich mit früher verband, alle Brücken waren abgebrochen, und alles war mir egal. Um zwei Uhr morgens klopfte ich an seine Tür.

zwei

Splitternackt kam er an die Tür, und wenn der Präsident der Vereinigten Staaten angeklopft hätte, ihm war es egal. Er empfing die Welt, wie Gott ihn geschaffen hatte. «Sal!» rief er, ehrlich erstaunt. «Hätte ich nicht gedacht, daß du es schaffst. Endlich bist du zu *mir* gekommen.»

«Jaja», sagte ich. «Bei mir ist alles in Auflösung. Wie steht's bei dir?»

«Nicht so gut, nicht so gut. Aber wir haben tausend Sachen zu bereden. Sal, *end-lich* ist es soweit, daß wir miteinander reden und klarkommen.» Wir stimmten überein, daß es an der Zeit war, und gingen ins Haus. Meine Ankunft war wie der Auftritt des fremden bösen Engels im Tempel zum schneeweißen Vlies, und sofort fingen Dean und ich unten in der Küche an, aufgeregt miteinander zu reden, was uns Schluchzer von oben einbrachte. Alles, was ich zu Dean sagte, fand als Antwort ein wildes, geflüstertes, bebendes «Ja!» Camille wußte, was nun passieren würde. Anscheinend war Dean ein paar Monate ruhig geblieben; jetzt war der böse Engel gekommen, jetzt würde er wieder durchdrehen. «Was ist los mit ihr?» flüsterte ich.

Er sagte: «Es wird immer schlimmer mit ihr, Mann, sie heult und kriegt Wutanfälle, sie will nicht, daß ich Slim Gaillard hören geh, wird jedesmal sauer, wenn ich zu spät komme, wenn ich aber zu Hause bleibe, will sie nicht mit mir reden und sagt, ich sei das letzte Schwein.» Er lief hinauf, um sie zu trösten. Ich hörte Camille kreischen: *«Du bist ein Lügner, du bist ein Lügner, du bist ein Lügner!»* Ich nutzte die Gelegenheit, mir das sehr schöne Haus, das sie hatten, anzusehen. Es war ein windschiefes, halb verfallenes zweigeschossiges Holzhaus inmitten von Mietskasernen, hoch auf dem Russian Hill, mit Ausblick über die Bay. Das Haus hatte vier Zimmer, drei oben und eine riesige Wohnküche unten. Die Küchentür ging auf einen mit Gras bewachsenen Hof hinaus, wo Wäscheleinen hingen. Neben der Küche befand sich ein Abstellraum, wo Deans alte Schuhe standen, noch immer zentimeterdick mit dem Schlamm von Texas verkrustet, von der Nacht, als der Hudson am Brazos River steckengeblieben war. Der Hudson war natürlich futsch; Dean hatte es nicht geschafft, weitere Raten zu zahlen. Nun hatte er gar kein Auto. Außerdem war ihr zweites, nicht geplantes Baby unterwegs. Es war schrecklich, Camille so schluchzen zu hören. Wir konnten es nicht ertragen und gingen Bier holen und brachten es in die Küche. Camille schlief endlich ein oder starrte die Nacht lang blind ins Dunkel. Ich hatte keine Ahnung, was ihr wirklich fehlte, außer daß Dean sie vielleicht schon in den Wahnsinn getrieben hatte.

Nach meiner letzten Abreise aus Frisco war er wieder verrückt auf Marylou geworden und lungerte monatelang vor ihrer Wohnung an der Divisadero Street, wo sie jeden Abend einen anderen Matrosen bei sich hatte und er durch den Briefkastenschlitz spähen und ihr Bett sehen konnte. Dort sah er Marylou jeden Morgen mit einem Kerl liegen. Er verfolgte sie durch die ganze Stadt. Er wollte den absoluten Beweis, daß sie eine Hure war. Er liebte sie, er litt Qualen ihretwegen. Schließlich bekam er etwas Bhang, wie die Dealer es nennen, in die Finger – grünes, unfermentiertes Marihuana –, und rauchte zuviel davon.

«Am ersten Tag», sagte er, «lag ich brettsteif im Bett und konnte mich weder rühren noch ein Wort sagen; ich starrte nur mit weit offenen Augen an die Decke. Ich hörte ein Brummen im Kopf und hatte alle möglichen wunderbaren Visionen in Technicolor und fühlte mich bestens. Am zweiten Tag stürmte alles, aber auch ALLES, was ich jemals getan oder erfahren oder gelesen oder gehört oder vermutet hatte, wieder auf mich ein und arrangierte sich neu in meinem Kopf, auf eine völlig neue logische Art, und weil ich in meinem inneren Drang, dieses Staunen und dieses Gefühl der Dankbarkeit festzuhalten und zu pflegen, nichts anderes denken konnte, sagte ich immer nur ‹Ja, ja, ja, ja›. Nicht laut. Nur ganz leise ‹Ja›, und diese Bhangvisionen dauerten bis zum dritten Tag. Inzwischen hatte ich alles verstanden, mein ganzes Leben war entschieden, ich wußte, ich liebte Marylou, ich wußte, ich mußte meinen Vater finden, wo er auch sein mochte, ich mußte ihn retten, und ich wußte, daß du mein Kumpel und so weiter warst, ich wußte, was Carlo für ein phantastischer Typ ist. Ich wußte tausend Dinge über alles und jeden. Am dritten Tag hatte ich dann grauenhafte Serien von Wachalpträumen, und sie waren so furchtbar und gräßlich und grün, daß ich nur noch dalag, zusammengekrümmt, die Knie umklammert, und stöhnte: ‹Oh, oh, oh, ah, oh …› Die Nachbarn hörten mich und holten einen

Arzt. Camille war fort, sie besuchte mit dem Baby irgendwelche Verwandten. Die ganze Nachbarschaft machte sich Sorgen. Sie kamen rein und fanden mich auf dem Bett liegend, die Arme wie für immer von mir gestreckt. Sal, ich bin zu Marylou gerannt und habe ihr etwas von dem Gras mitgenommen. Und weißt du was? Die dumme kleine Schachtel hat das gleiche erlebt – die gleichen Visionen, die gleiche Logik, die gleichen endgültigen Entscheidungen, über alles und jedes, den gleichen Blick auf alle Wahrheiten in einem einzigen qualvollen Knoten, der dann zu Alpträumen und Schmerzen führte – ach! Da wurde mir klar, ich liebe sie so sehr, daß ich sie töten wollte. Ich lief nach Hause und knallte den Kopf gegen die Wand. Ich lief zu Ed Dunkel; er ist, mit Galatea zusammen, wieder in Frisco. Ich fragte ihn, ob er jemand kennt, der einen Revolver hat, ich lief zu dem Kerl, ich kriegte das Ding, ich rannte zu Marylou, ich spähte durch den Briefschlitz, sie pennte mit einem Typen, ich mußte zurück, und ich zögerte, kam nach einer Stunde wieder, ich platzte rein, sie war allein – und ich gab ihr den Revolver und sagte: Töte mich. Eine Ewigkeit hielt sie das Ding in der Hand. Ich bat sie, einen süßen Todespakt mit mir zu schließen. Sie wollte nicht. Ich sagte, einer von uns muß sterben. Ich knallte den Kopf gegen die Wand. Mann, ich war außer mir. Sie wird dir erzählen, sie hat es mir ausgeredet.»

«Und was ist dann passiert?»

«Es war vor Monaten – nachdem du fortgegangen warst. Schließlich hat sie geheiratet, einen Gebrauchtwagenhändler! Der dumpfe Dreckskerl hat geschworen, daß er mich umbringt, falls er mich erwischt. Ich werde mich notfalls verteidigen und ihn töten und in San Quentin landen, denn, Sal, wenn ich mir noch ein einziges Ding leiste, komme ich nach San Quentin, lebenslänglich – das ist das Ende. Und schau mal, meine Hand.» Er zeigte mir seine Hand. Mir war vor lauter Aufregung nicht aufgefallen, daß seine Hand schlimm verletzt war. «Ich habe Marylou auf den Kopf gehauen, am sechsundzwanzigsten Februar um sechs Uhr abends – sechs Uhr zehn, um es genau zu sagen, ich weiß es noch, weil ich eine Stunde und zwanzig Minuten später meinen Expreßgüterzug erreichen mußte –, es war das letzte Mal, daß wir uns sahen, das letzte Mal, daß wir Beschlüsse faßten, und nun hör dir das an: Ich prallte mit dem Daumen an ihre Stirn, sie hatte nicht einmal eine Schramme davon, und sie lachte sogar, aber mein Daumen war an der Handwurzel gebrochen, ein blöder Arzt richtete die Knochen, was gar nicht leicht war, dreimal mußte der Gips gewechselt werden, ich mußte dreiundzwanzig Stunden auf harten Bänken warten und so weiter, und beim letzten Gips wurde mir eine Traktionsnadel durch den Daumen gerammt, und als im April der Gips abgenommen wurde, hatte die Nadel meinen Knochen infiziert, eine Osteomyelitis, die chronisch geworden ist, und die Folge war, nach einer verpfuschten Operation und einem Monat Gips, daß mir ein Stück von der Scheißfingerkuppe amputiert werden mußte.»

Er wickelte die Binde ab und zeigte mir die Wunde. Unter dem Nagel fehlte ein Zentimeter.

«Es ging mir immer schlechter. Ich mußte ja für Camille und Amy sorgen, und ich hab bei Firestone im Akkord gearbeitet, an der Formpresse, runderneuerte Reifen vulkanisieren, und später mußte ich Brocken von hundertfünfzig Pfund vom Boden auf die Lastwagen wuchten – und konnte nur die eine Hand gebrauchen, mit der kaputten stieß ich dauernd an, brach mir den Daumen noch einmal, wieder mußten die Knochen gerichtet werden, und wieder ist er entzündet und geschwollen. Jetzt darf ich zu Hause das Kind hüten, und Camille geht zur Arbeit, verstehst du? Nervöse Zustände, ausgemustert, Klasse drei-A, der jazzbegeisterte Dean Moriarty hat einen müden Arsch, muß sich von seiner Frau jeden Tag Penizillin für seinen Daumen spritzen lassen, was zu allergischen Ausschlägen führt. Sechzigtausend Einheiten von Sir Flemings Saft muß er sich binnen eines Monats verpassen lassen. Alle vier Stunden schluckt er eine Pille, einen Monat lang, um die Allergie zu bekämpfen, die dieses Zeug hervorruft. Er muß Codein und Aspirin schlucken zur Linderung der Schmerzen im Daumen. Er muß sich am Bein operieren lassen, wegen einer entzündeten Zyste. Er muß nächsten Montag um sechs Uhr früh aufstehen, um sich vom Zahnarzt die Zähne polieren zu lassen. Er muß zweimal pro Woche zum Fußdoktor. Er muß jeden Abend Hustensaft nehmen. Er muß sich dauernd schnauben und sich schneuzen, um die Nase frei zu kriegen, die am Sattel eingefallen ist, wo eine Operation vor ein paar Jahren den Nasenrücken geschwächt hat. An seiner Wurfhand ist der Daumen futsch. Der größte Siebzig-Meter-Werfer in der Geschichte der Besserungsanstalt von New Mexico. Und doch – und doch ist es mir nie besser gegangen, nie war ich glücklicher und zufriedener mit der Welt, ich freue mich, wenn ich niedliche kleine Kinder in der Sonne spielen sehe, und ich bin so froh, dich wiederzusehen, mein lieber, guter, ausgeflippter Sal, und ich weiß, ich *weiß* einfach, daß alles gut werden wird. Morgen zeig ich sie dir, meine wunderbare liebe wunderschöne Tochter, sie kann schon allein stehen, dreißig Sekunden, ohne Hilfe, sie wiegt zweiundzwanzig Pfund und ist zweiundsiebzig Zentimeter groß. Und ich habe ausgerechnet, sie ist einunddreißigeinviertel Prozent Engländerin, siebenundzwanzigeinhalb Prozent Irin, fünfundzwanzig Prozent Deutsche, achtdreiviertel Prozent Holländerin, siebeneinhalb Prozent Schottin, einhundert Prozent wunderbar.» Er gratulierte mir zu meinem fertigen Buch, das vom Verlag schon angenommen worden war. «Wir kennen das Leben, Sal, wir werden langsam älter, jeder von uns, wir wissen Bescheid. Und ich verstehe gut, was du mir von deinem Leben erzählst, ich habe deine Gefühle immer verstanden, und jetzt bist du tatsächlich soweit, dich mit einem wunderbaren Mädchen zusammenzutun, wenn du sie nur finden kannst, und du wirst gut zu ihr sein und dafür sorgen, daß sie deine Seele achtet, genauso wie ich mich immer so bemüht habe, bei meinen verdammten Frauen, oh, Scheiße! Scheiße! Scheiße!» schrie er.

Am nächsten Morgen warf Camille uns beide raus, mitsamt dem Gepäck und allem. Angefangen hatte es damit, daß wir Roy Johnson anriefen, den alten Kumpel aus Denver; er war auf einen Drink herübergekommen, während Dean sich um das Baby kümmerte und das Geschirr spülte und auf dem Hof die Wäsche wusch, wenn auch ziemlich schlampig in seiner Aufgeregtheit. Johnson war bereit, uns nach Mill City zu fahren, wo wir bei Remi Boncœur vorbeischauen wollten. Camille kam von ihrem Job als Sprechstundenhilfe nach Hause und musterte uns mit dem traurigen Blick einer vom Leben überforderten Frau. Ich wollte der armen Seele beweisen, daß ich's nicht böse meinte, mit ihr und ihrem trauten Familienleben, und sagte freundlich hallo und sprach herzlich mit ihr, aber sie wußte, daß es Mache war, wie ich's vielleicht von Dean gelernt hatte, und bedachte mich nur mit einem knappen Lächeln. Am nächsten Morgen gab es eine furchtbare Szene: Sie lag im Bett und schluchzte, und mittendrin mußte ich plötzlich dringend auf die Toilette, und der einzige Weg dorthin führte durch ihr Zimmer. «Dean, Dean», rief ich, «wo ist die nächste Bar?»

«Bar?» fragte er überrascht; er stand in der Küche am Spülstein und wusch sich die Hände. Er glaubte, ich wolle mich betrinken. Als ich ihm meine Notlage erklärte, sagte er: «Geh doch schon, das macht sie dauernd.» Das brachte ich aber nicht fertig. Ich ging hinaus und suchte eine Kneipe; vier Blocks lief ich den Russian Hill rauf und runter und fand nichts als Waschsalons, chemische Reinigungen, Eisdielen, Schönheitssalons. Ich lief zurück zu dem windschiefen kleinen Haus. Die beiden brüllten sich gegenseitig an, während ich dämlich grinsend durchs Zimmer schlüpfte und die Klotür von innen verriegelte. Wenig später warf Camille im Wohnzimmer Sachen von Dean auf den Fußboden und sagte ihm, er solle packen. Verblüfft entdeckte ich ein großes Ölbild von Galatea Dunkel an der Wand über dem Sofa. Und ich begriff, daß diese beiden Frauen seit Monaten in ihrer Einsamkeit zusammensteckten und über ihr Frauenschicksal und den Wahnsinn der Männer quatschten. Deans manisches Kichern hallte durchs Haus, dazwischen hörte ich das Baby schreien. Dann sah ich ihn durch die Wohnung flitzen, geduckt wie Groucho Marx, den gebrochenen Daumen in einem dicken weißen Verband emporgereckt – wie ein Leuchtturm über der tobenden See. Und wieder sah ich seinen jammervollen, verbeulten alten Koffer voll überquellender Socken und schmutziger Unterwäsche; Dean stand gebückt und warf alles hinein, was ihm unter die Finger kam. Dann nahm er seinen Koffer, den verbeultesten Koffer der ganzen Vereinigten Staaten. Er war aus Pappe, mit einem Leder imitierenden Muster und irgendwie angeklebten Scharnieren. Im Deckel war ein langer Riß; Dean band ihn mit Schnur zusammen. Er zog seinen Seesack hervor und warf alle möglichen Sachen hinein. Auch ich holte meinen Sack und packte. Während Camille im Bett lag und «Lügner! Lügner! Lügner!» rief, flüchteten wir aus dem Haus und schleppten uns durch die Straßen zur nächsten Cable-Car-Haltestelle, zwei Männer mit Koffern und diesem riesigen, hoch in die Luft gereckten bandagierten Daumen.

Der Daumen wurde das Symbol für Deans abschließende Entwicklung. Er ließ alles laufen (wie früher schon einmal), aber zugleich fühlte er sich *grundsätzlich mit allem verbunden*; das heißt, ihm war alles egal, er gehörte der Welt, und es gab nichts, was er dagegen hätte tun können. Mitten auf der Straße blieb er stehen und sah mich an.

«Mann, ich weiß, du bist wahrscheinlich stocksauer; du bist den ersten Tag in der Stadt, und wir werden rausgeschmissen, und du fragst dich: Womit habe ich das verdient – und dazu all das Geschrei, hi-hi-hi, aber sieh mich an, Sal, sieh mich bitte an.»

Ich sah ihn an. Da stand er in seinem T-Shirt, seiner zerschlissenen, unter dem Bauch hängenden Hose, seinen ausgelatschten Schuhen; er war unrasiert, das Haar zerzaust und struppig, die Augen blutunterlaufen, mit diesem Riesenverband am Daumen, der senkrecht vor seiner Brust schwebte (er mußte ihn so halten), und trug das dümmste Grinsen der Welt zur Schau. Er drehte sich im Kreis und schaute sich um.

«Was sehen meine müden Augen? Ah, blauer Himmel. Longfellow!» Er schwankte und blinzelte, rieb sich die Augen. «Und dazu Fenster – hast du schon mal Fenster gesehen? Gut, sprechen wir über Fenster. Glaube mir, ich habe Fenster gesehen, die mir Fratzen schnitten, und andere, mit vorgezogenen Vorhängen, die mir zugeblinzelt haben.» Er fischte ein Buch aus seinem Seesack, *Mysteries of Paris*, von Eugene Sue, zupfte an seinem Hemd und begann an dieser Straßenecke mit steifer Würde zu lesen. «Tatsächlich, Sal, laß uns doch mal sehen, was es so alles gibt ...» Schon im nächsten Moment hatte er alles vergessen und starrte ins Leere. Gut, daß ich gekommen war, dachte ich, jetzt braucht er mich.

«Warum hat Camille dich rausgeworfen? Was willst du tun?»

«Eh?» sagte er. «Eh? Eh?» Wir zerbrachen uns den Kopf, wohin wir gehen und was wir machen sollten. Ich wußte, jetzt war ich gefordert. Armer, armer Dean, der Teufel selbst hätte nicht tiefer fallen können; geistig verwirrt, mit entzündetem Daumen, umgeben von dem zerstoßenen Gepäck eines mutterlosen fiebrigen Lebens quer durch Amerika, hin und her, unzählige Male, ein gerupfter Vogel. «Laß uns zu Fuß nach New York gehen», sagte er, «und laß uns genau aufnehmen, was uns alles am Weg begegnet – ja, ja!» Ich zog mein Geld aus der Tasche und zählte es ihm vor.

«Ich habe hier», sagte ich, «genau dreiundachtzig Dollar und ein paar Cents. Wenn du mitkommst, fahren wir zuerst nach New York – und dann gehen wir nach Italien.»

«Italien?» fragte er. Seine Augen leuchteten auf. «Italien, ja – wie kommen wir dorthin, lieber Sal?»

Ich dachte nach. «Ich werde etwas Geld verdienen, vom Verlag bekomme ich tausend Dollar. Wir fahren los und werden die verrücktesten Frauen kennenlernen, in Rom, in Paris, überall; wir werden in Straßencafés sitzen, und wir wohnen in den Bordells. Warum also nicht Italien?»

«Ja, warum nicht?» sagte Dean, und dann erkannte er, daß ich es ernst meinte, und zum erstenmal sah er mich schief an aus den Augenwinkeln, denn noch nie zuvor hatte ich mich auf die Bürden seines Lebens eingelassen. Es war der Blick eines Mannes, der im letzten Moment noch schnell seine Chancen abwägt, bevor er die Wette plaziert. Siegesgewißheit und Dreistigkeit waren in seinen Augen, es war ein teuflischer Blick, und lange wandte er die Augen nicht von den meinen ab. Ich erwiderte seinen Blick und wurde rot.

«Na, was ist», fragte ich und kam mir erbärmlich vor bei dieser Frage. Er antwortete nicht, sondern sah mich immer noch an, mit diesem vorsichtigen, dreisten Blick aus den Augenwinkeln.

Ich versuchte mich an alles, was er in seinem Leben getan hatte, zu erinnern, und überlegte, ob da irgend etwas war, das ihn jetzt mißtrauisch machen konnte. Fest und entschlossen wiederholte ich, was ich gesagt hatte: «Komm mit nach New York, ich habe das Geld.» Ich sah ihn an; meine Augen waren naß vor Verlegenheit und Tränen. Er starrte mich noch immer an. Jetzt war es ein leerer Blick, der durch mich hindurchging. Wahrscheinlich war es der Wendepunkt unserer Freundschaft: er erkannte, daß ich tatsächlich ein paar Stunden an ihn und seine Schwierigkeiten gedacht hatte, und nun versuchte er, diese Erfahrung in seine enorm komplizierten und qualvollen Denkmuster einzuordnen. Bei uns beiden machte es «Klick». Bei mir war es die plötzliche Sorge um einen Mann, der Jahre – fünf Jahre – jünger war als ich und dessen Schicksal sich im Lauf der vergangenen Jahre mit meinem verwoben hatte; was es bei ihm war, kann ich nur aus dem, was er danach tat, schließen. Er wurde plötzlich äußerst fröhlich und meinte, dann sei ja alles geregelt. «Was war das für ein Blick?» fragte ich. Es tat ihm weh, daß ich ihn das fragte. Er runzelte die Stirn. Es kam selten vor, daß Dean die Stirn runzelte. Beide waren wir sprachlos und unsicher. Wir standen auf einem Hügel in San Francisco, und es war ein wunderschöner sonniger Tag; unsere Schatten fielen über den Bürgersteig. Aus dem Mietshaus neben Camilles Haus kamen elf Griechen und Griechinnen und postierten sich sogleich auf dem sonnigen Bürgersteig, während einer von ihnen ein paar Schritte zurücktrat, auf der engen Straße, und die anderen über die Kamera hinweg anlächelte. Wie staunten wir über diese altertümlichen Menschen, sie feierten die Hochzeit einer ihrer Töchter, wahrscheinlich die tausendste in einer endlosen, dunklen Geschlechterfolge des Lächelns im Sonnenschein. Sie waren gut gekleidet, und sie waren fremd. Nun, genausogut hätten Dean und ich auf Zypern sein können. Möwen flogen hoch oben am glitzernden Himmel.

«Ja», sagte Dean mit sehr schüchterner und zarter Stimme, «wollen wir fahren?»

«Ja», sagte ich, «fahren wir nach Italien.» Und so nahmen wir unser Gepäck, er, mit der gesunden Hand, seinen Koffer und ich den Rest, und stolperten zur Haltestelle der Cable-Car. Gleich darauf rollten wir den Hügel hinab und ließen von der klappernden Plattform die Füße auf den Bürgersteig baumeln, zwei zerbrochene Helden der Nacht im Westen Amerikas.

drei

Zuerst gingen wir in eine Bar unten an der Market Street und faßten Beschlüsse – daß wir zusammenbleiben und Freunde bleiben wollten, bis ans Ende unseres Lebens. Dean war sehr still und betrachtete, in Gedanken versunken, die alten Landstreicher in der Kneipe, die ihn an seinen Vater erinnerten. «Ich nehme an, er ist in Denver – diesmal müssen wir ihn unbedingt finden, vielleicht ist er im Bezirksgefängnis, vielleicht ist er wieder auf der Larimer Street, aber er muß zu finden sein. Abgemacht?»

Ja, es war abgemacht; wir würden all die Dinge tun, die wir nie getan hatten, weil wir in der Vergangenheit zu dumm gewesen waren, sie zu tun. Dann sagten wir uns, daß wir uns noch zwei Tage in San Francisco gönnen wollten, bevor wir losfuhren, und natürlich waren wir uns einig, daß wir mit von der Mitfahrerzentrale vermittelten Wagen, gegen Benzinkostenbeteiligung, reisen wollten, um möglichst viel Geld zu sparen. Dean behauptete, er brauche Marylou nicht mehr, obwohl er sie immer noch liebte. Wir waren uns einig, daß er in New York darüber hinwegkommen würde.

Dean schlüpfte in seinen Nadelstreifenanzug und ein Sporthemd, wir packten unsere Sachen für zehn Cent in ein Schließfach am Greyhound-Bahnhof und zogen los, um Roy Johnson zu treffen, der uns bei unserer zweitägigen Frisco-Tour chauffieren sollte. Roy hatte sich am Telefon einverstanden erklärt. Kurz darauf erschien er an der Market Street, Ecke Third Street und holte uns ab. Roy lebte jetzt in Frisco, er arbeitete als Angestellter in einem Büro und war mit einer hübschen kleinen Blonden, die Dorothy hieß, verheiratet. Dean hatte mir anvertraut, daß ihre Nase zu lang sei – sein großer Vorbehalt gegen sie, aus irgendwelchen unerforschlichen Gründen –, aber ihre Nase war gar nicht so lang. Roy Johnson ist ein schmaler, dunkler, gutaussehender Junge mit messerscharfen Gesichtszügen und straff gekämmtem Haar, das er sich dauernd aus den Schläfen streicht. Er hatte eine äußerst ernste Einstellung zum Leben und ein großes offenes Lächeln. Anscheinend hatte Dorothy, seine Frau, ihm Vorwürfe gemacht, daß er für uns den Chauffeur spielen wollte – aber Roy, entschlossen, sich als Herr des Hauses zu behaupten (sie hausten in einem kleinen Zimmer), wollte trotzdem sein Versprechen halten, was Folgen hatte; sein seelisches Dilemma löste sich auf in bitterem Schweigen. Er fuhr Dean und mich Tag und Nacht in Frisco umher, und nie sagte er ein Wort; nur daß er dauernd rote Ampeln überfuhr und die Kurven auf zwei Rädern kratzte, was uns verriet, welchem Streß wir ihn aussetzten. Er stand zwischen den Ansprüchen seiner jungen Frau und den Ansprüchen, die Dean als sein ehemaliger Anführer der Billardhallen-Bande in Denver erhob. Dean war begeistert, und natürlich fand er nichts auszusetzen an seiner Fahrweise. Wir beachteten Roy gar nicht und saßen hinten im Auto und quatschten.

Zunächst fuhren wir nach Mill City und suchten nach Remi Boncœur. Verwundert stellte ich fest, daß die *Admiral Freebee*, der alte Dampfer, nicht mehr in der Bay vor Anker lag; und Remy wohnte natürlich nicht mehr im vorletzten Abteil der

Baracke im Canyon. Eine wunderschöne Schwarze öffnete statt dessen die Tür; Dean und ich redeten lange auf sie ein. Roy Johnson wartete unterdessen im Wagen und las Eugene Sues *Mysteries of Paris*. Ich warf einen letzten Blick auf Mill City und wußte, daß es ein sinnloses Unterfangen war, die komplizierte Vergangenheit heraufzubeschwören; statt dessen beschlossen wir, Galatea Dunkel zu besuchen und sie zu fragen, ob wir bei ihr übernachten könnten. Ed hatte sie abermals verlassen, er lebte in Denver, und ganz bestimmt klügelte sie wieder Pläne aus, wie sie ihn zurückholen konnte. Wir fanden sie in ihrer Vierzimmerwohnung in einem Mietshaus in der Mission Street, wo sie mit untergeschlagenen Beinen auf einem falschen Orientteppich saß und Schicksalskarten legte. Tapferes Mädchen. Ich entdeckte traurige Zeichen dafür, daß Ed Dunkel hier eine Weile gewohnt hatte und dann nur aus Stumpfsinn und Lustlosigkeit fortgegangen war.

«Er kommt wieder», sagte Galatea. «Der Junge kann ohne mich nicht leben.» Sie funkelte Dean und Roy Johnson wütend an. «Diesmal war Tommy Snark der Übeltäter. Ed war total glücklich, bevor er auftauchte, er arbeitete, und abends gingen wir aus und hatten viel Spaß zusammen. Dean, du weißt das doch. Dann saßen die beiden stundenlang im Bad zusammen, Ed in der Wanne und Snark auf dem Klositz, und redeten, redeten, redeten – lauter dummes Zeug.»

Dean lachte. Jahrelang war er der Oberprophet der Bande gewesen, und jetzt lernten sie langsam seine Methoden. Tommy Snark hatte sich einen Bart wachsen lassen, mit seinen traurigen blauen Augen war er nach Frisco gekommen und hatte nach Ed Dunkel gesucht; was passiert war (tatsächlich und ungelogen): Tommy hatte bei einem Unfall in Denver den kleinen Finger verloren und hatte ein schönes Schmerzensgeld kassiert. Aus unerfindlichen Gründen beschlossen die beiden, Galatea abzuhängen und nach Portland, Maine, zu gehen, wo Snark anscheinend eine Tante hatte. Sie waren jetzt also entweder auf der Durchreise in Denver oder schon in Portland.

«Wenn Tommys Geld zu Ende ist, kommt Ed zurück», sagte Galatea mit einem Blick auf die Karten. «Dummer Kerl – er versteht nichts und hat noch nie was verstanden. Dabei braucht er doch nur zu wissen, daß ich ihn liebe.»

Galatea, wie sie dort auf dem Teppich saß, mit ihrem bis auf den Boden fließenden langen Haar und den Schicksalskarten vor sich, erinnerte mich an die Tochter der Griechen mit dem Fotoapparat in der Sonne. Sie wurde mir immer sympathischer. Wir beschlossen sogar, am Abend zusammen auszugehen und Jazz zu hören, Dean mit Marie, einer über eins achtzig großen Blonden, die in der Nachbarschaft wohnte.

Am Abend gingen wir, Galatea, Dean und ich, zu Marie. Sie lebte in einer Kellerwohnung, hatte eine kleine Tochter und ein altes Auto, das selten ansprang und das Dean und ich auf der Straße anschieben mußten, während die Mädchen auf den Starter drückten. Wir fuhren zu Galatea, und dort saßen alle herum – Marie, ihre Tochter, Galatea, Roy Johnson und Dorothy, seine Frau –, alle mit mürrischen Gesichtern auf dicken Polstermöbeln, während ich mich, neutral in den Intrigen von Frisco, im Hintergrund hielt und Dean, mit seinem Ballondaumen vor der Brust, kichernd mitten im Zimmer stand. «Gott verdammt», sagte er, «wir alle verlieren noch unsere Finger – harr-harr-harr.»

«Dean, warum verhältst du dich so albern?» fragte Galatea. «Camille hat angerufen, sie sagt, du hättest sie verlassen. Hast du vergessen, daß du eine kleine Tochter hast?»

«Nicht er hat sie verlassen, sie hat ihn rausgeworfen», sagte ich, meine Neutralität aufgebend. Alle starrten mich finster an; Dean grinste. «Und mit diesem Daumen, was erwartest du, was soll der arme Kerl denn machen?» fügte ich hinzu. Alle starrten mich an; besonders Dorothy Johnson warf mir einen vernichtenden Blick zu. Es war ein richtiges Nähkränzchengericht, und in der Mitte stand Dean, der Schuldige – verantwortlich anscheinend für alles, was schiefgelaufen war. Ich stand am Fenster und blickte auf das nächtliche Treiben auf der Mission Street hinunter; ich wollte endlich los und den großartigen Jazz von Frisco hören – und man bedenke, dies war erst mein zweiter Abend in der Stadt.

«Ich nehme an, es war sehr, sehr weise von Marylou, daß sie dich verlassen hat, Dean», sagte Galatea. «All die Jahre hast du niemals Verantwortungsgefühl irgend jemandem gegenüber gezeigt. Du hast so schreckliche Sachen gemacht, ich weiß nicht, was ich zu dir sagen soll.»

Und das war tatsächlich so, und alle saßen sie da und sahen Dean mit gesenkten, haßerfüllten Blicken an, und er stand in der Mitte von ihnen auf dem Teppich und kicherte – kicherte einfach. Er tänzelte im Kreis. Sein Verband wurde immer schmutziger, und er begann sich schon aufzulösen. Plötzlich erkannte ich, daß Dean, einfach aufgrund der riesigen Anzahl seiner Sünden, im Begriff war, der Idiot, der Narr, der Heilige der Gruppe zu werden.

«Du nimmst absolut keine Rücksicht auf andere und denkst nur an dich und dein verdammtes Vergnügen. Du denkst nur an das Ding, das zwischen deinen Beinen hängt, und daran, wieviel Geld oder Spaß du aus einem Menschen rausholen kannst, bevor du ihn wegwirfst. Und nicht nur das, du lachst auch noch dabei. Dir ist nie in den Sinn gekommen, daß das Leben eine ernste Sache ist, daß es Menschen gibt, die etwas Anständiges draus machen wollen, statt die ganze Zeit rumzublödeln.»

Der HEILIGE SCHWINDLER, das war's, was Dean war.

«Camille weint sich heute abend die Augen aus, aber glaube nur nicht, auch nicht eine Minute lang, daß sie dich wiederhaben will, sie will dich nie wiedersehen, hat sie gesagt, und dies war das letzte Mal, sagt sie. Du aber stehst da und schneidest Grimassen und hast kein Fünkchen Mitgefühl im Herzen.»

Das stimmte nicht; ich wußte es besser, und ich hätte es ihnen sagen können. Es war zwecklos, es zu versuchen. Am liebsten wäre ich hingegangen und hätte den Arm um Dean gelegt und gesagt: Jetzt seht mal her, ihr alle, und vergeßt eines nicht: dieser Typ hier hat ebenfalls seine Probleme, und er hat nie geklagt, und außerdem hat er euch allen verdammt gute Stunden geschenkt, einfach indem er so war, wie er ist, und wenn euch das nicht genügt, dann stellt ihn doch vors Hinrichtungskommando, anscheinend brennt ihr ja darauf.

Trotzdem war Galatea Dunkel die einzige in der ganzen Bande, die keine Angst vor Dean hatte und ruhig, mit erhobenem Gesicht dasitzen konnte, während sie ihm vor aller Ohren die Meinung sagte. In Denver hatte es Zeiten gegeben, da alle im Dunkeln mit ihren Mädchen beisammensaßen, während Dean redete und redete, und er redete mit einer Stimme, die etwas Hypnotisches hatte und zugleich fremd war und von der es hieß, sie könne die Mädchen herumkriegen, einfach durch Überzeugungskraft und den Inhalt dessen, was er sagte. Damals war er fünfzehn, sechzehn Jahre alt. Inzwischen waren seine Jünger verheiratet, und die Frauen seiner Jünger wollten ihn sich vorknöpfen wegen seiner Sexualität und wegen all der Dinge, die er in ihr Leben gebracht hatte. Ich hörte weiter zu.

«Jetzt willst du mit Sal an die Ostküste gehen», sagte Galatea, «und was, glaubst du, wirst du damit erreichen? Camille muß zu Hause bleiben und für das Kind sorgen, jetzt, da du gegangen bist – wie könnte sie da ihren Job halten? –, und sie will dich nie wiedersehen, ich kann es ihr nicht verdenken. Falls du Ed siehst, irgendwo unterwegs, sage ihm, daß ich ihn umbringen werde, falls er nicht wiederkommt.»

Deutliche Worte. Es war der traurigste Abend, der sich denken ließ. Ich kam mir vor wie unter sonderbaren Brüdern und Schwestern in einem jämmerlichen Traum. Tiefes Schweigen breitete sich aus; wo Dean sich früher herausgeredet hätte, war auch er jetzt verstummt, aber er stand vor allen anderen, abgerissen, gebrochen, ein Idiot im Licht der Deckenlampe, mit seinem knochigen, schweißbedeckten Gesicht und pochenden Adern, und er sagte immer nur: «Ja, ja, ja», als ob ihn die ganze Zeit ungeheure Offenbarungen bestürmten, und das taten sie auch, davon bin ich überzeugt, und auch die anderen ahnten es und erschraken. Von Gott geschlagen war er – Urgrund aller Gottseligkeit, BEAT und *beatific* in einem. Was mochte er wissen? Er versuchte mir mit aller Macht mitzuteilen, was er wußte, und sie beneideten mich darum, neideten mir den Platz an seiner Seite, daß ich ihn verteidigte und ihn in mich aufsog, wie sie es einst versucht hatten. Sie sahen mich an. Was hatte ich, ein Fremder, an diesem schönen Abend hier an der Westküste zu suchen? Mich schauderte bei dem Gedanken.

«Wir fahren nach Italien», sagte ich, und ich wusch meine Hände in Unschuld. Andererseits lag aber auch ein sonderbares Gefühl mütterlicher Befriedigung in der Luft, denn die Mädchen betrachteten Dean wirklich so, wie eine Mutter ihr liebstes und ungezogenstes Kind ansieht, und er mit seinem Daumen und all seinen Offenbarungen wußte es wohl, und deshalb schaffte er es, auch in dieser tick-tack-tickenden Stille ohne ein weiteres Wort aus der Wohnung zu gehen und unten auf uns zu warten, bis wir uns über die *Zeit* geeinigt hätten. Das war's, was wir über das Gespenst auf dem Bürgersteig dachten. Ich sah aus dem Fenster. Er stand allein vor der Haustür und blickte über die Straße hin. Bitterkeit, Vorwürfe, gute Ratschläge, moralische Vorhaltungen, Traurigkeit – all dies lag hinter ihm, und vor ihm lag die irre, ekstatische Freude des reinen Seins.

«Kommt, Galatea und Marie, gehen wir Jazz hören und vergessen wir's. Eines Tages wird Dean gestorben sein. Was könnt ihr dann zu ihm sagen?»

«Je eher er stirbt, desto besser», sagte Galatea, und sie sprach feierlich und für die meisten der Anwesenden.

«Also gut», sagte ich, «aber noch lebt er, und ich möchte wetten, daß ihr neugierig seid, was er als nächstes anstellen wird, und zwar deshalb, weil er das Geheimnis besitzt, nach dem wir alle so verzweifelt suchen, und wenn es ihm nun den Kopf sprengt, wenn er darüber verrückt wird – macht euch nichts draus, es ist nicht eure Schuld, sondern die Schuld Gottes.»

Sie protestierten; sie sagten, ich kennte Dean nicht wirklich; er sei der schlimmste Schurke, der je auf Erden gelebt habe, sagten sie, das würde ich eines Tages schon noch zu meinem Bedauern herausfinden. Belustigt hörte ich mir an, wie sie sich ereiferten. Roy Johnson machte sich für die Ladys stark und meinte, er kenne Dean besser als irgend jemand sonst, und

Dean sei einfach ein sehr interessanter und sogar amüsanter Schwindler. Ich ging zu Dean hinaus, und wir sprachen kurz darüber.

«Ach, Mann, mach dir keine Sorgen, es ist doch alles bestens und in Ordnung.» Er rieb sich den Bauch und leckte sich die Lippen.

vier

Die Mädchen kamen herunter, und wir brachen auf zu unserer tollen Nacht, aber erst einmal mußten wir wieder den Wagen anschieben. «Yippiiie, jetzt geht's los», schrie Dean, und wir sprangen hinten ins Auto und ratterten nach Little Harlem an der Folsom Street.

Wir sprangen raus in die heiße verrückte Nacht und hörten von gegenüber ein ausgeflipptes Tenorsaxophon jaulen, «Iiiih-joooh! Iiih-joooh! Iiih-joooh!», dazu Hände, die den Rhythmus klatschten, und kreischende Stimmen: «Go, go, go!» Dean rannte schon über die Straße, den Daumen hoch in die Luft gereckt, und rief: «Laß es raus, Mann, laß es raus!» Ein Häufchen Farbiger in Samstagabendanzügen sorgten vor dem Laden für Stimmung. Es war eine billige Kneipe mit Sägemehl auf dem Fußboden und einem winzigen Musikpodium, auf dem die Typen mit ihren Hüten auf dem Kopf vor den Leuten standen und jazzten, ein toller Laden, wüste, schlampige Frauen wanderten in ihren Bademänteln herum, Flaschen klirrten in den Durchgängen. Im Hintergrund, in einem dunklen Flur vor den schmutzigen Klosetts, lehnten Scharen von Männern und Frauen an der Wand und tranken Rotwein-Spodiodi – Wein mit Whisky – und spuckten auf die Sterne. Der Mann mit dem Tenorsaxophon steigerte sich mit seinem Hut auf dem Kopf in eine wunderbar schwebende Improvisation, ein anschwellendes und abfallendes Riff von einem «Ibidiiieh!» zu einem wahnsinnigen «Ibidibidibidaaah!» und stürmte weiter zu dem rollenden Rhythmus aus kippenversengten Trommeln, den ein großer, brutaler, stiernackiger Neger aus seinem gnadenlos strapazierten Schlagzeug herausholte: kresch, ratatiwumm, kresch. Ein kochender Sound, und der Tenormann, er *hatte es*, ja, und alle wußten, daß er es hatte. Dean preßte sich in der Menge die Hände an die Schläfen, und die Menge tobte. Sie jubelten dem Saxophonisten zu, sie feuerten ihn an, bleib drauf, bleib drauf und halte es, und der Mann hob sich und ging mit seinem Horn wieder in die Hocke, sprang auf, schickte einen glasklaren, lang gehaltenen Ton über die Köpfe der Menge. Eine ausgemergelte Schwarze schaukelte ihre Knochen vor dem Podium, und der Mann stieß sein Horn in ihre Richtung, «Eeeh! Eeeh! Eeeh!»

Alles rockte und raste. Galatea und Marie, beide ein Bier in der Hand, standen auf ihren Stühlen, wiegten sich und tanzten. Schwarze Typen strömten in Scharen von der Straße herein, rempelten in der Tür, um reinzukommen. «Bleib drauf, Mann!» brüllte ein Kerl mit einer Stimme wie ein Nebelhorn, die man gewiß bis Sacramento hören konnte, aaah-oooh! «Wow!» keuchte Dean. Er rieb sich die Rippen, den Bauch; Schweiß tropfte ihm vom Gesicht. Wumm, kick, der Drummer drosch seine Drums tief in den Keller und rollte den *beat* nach oben, mit seinen mörderischen Sticks, Rattati-wumm! Ein großer fetter Mann sprang aufs Podium, knarrend sackten die Bretter halb durch. «Uuuh!» Der Klavierspieler hämmerte nur mit gespreizten Fingern auf die Tasten, Akkorde in den Intervallen, wenn der große Tenormann Luft holen mußte für den nächsten Stoß, Akkorde, die wie chinesische Gongs tönten, jede Faser im Holz des Klaviers, jede Stahlsaite vibrierte mit. Der Saxophonist sprang vom Podium herunter und stand in der Menge, schwenkte sein Instrument im Kreis; der Hut war ihm ins Gesicht gerutscht; jemand schob ihn nach hinten. Er warf sich zurück und stampfte mit dem Fuß den Takt und blies einen heiseren, gurgelnden Ton und holte Luft und riß das Horn hoch und schickte einen klirrend klaren Ton zum Himmel hinauf.

Dean stand jetzt direkt vor ihm, beugte sich über den Trichter des Horns, schlug die Hände zusammen, warf den Kopf hin und her, so daß der Schweiß auf die Klappen des Instruments spritzte, und der Mann merkte es und lachte ein wimmerndes irres Lachen durch sein Saxophon, und alles lachte und rockte und raste; und endlich beschloß der Saxophonist, das Letzte zu geben, ging in die Hocke und preßte ein langes, anhaltendes hohes C heraus, während alle kreischten und immer lauter schrien und ich schon glaubte, die Polizei vom nächsten Revier würde jeden Moment reingestürzt kommen. Dean war in Trance. Der Saxophonist hielt die Augen auf ihn gerichtet; hier hatte er einen Verrückten vor sich, der nicht nur verstand, sondern mitging mit der Musik und mehr verstehen wollte – noch mehr, als da war, und es begann ein Spiel zwischen beiden, ein Duell: alles kam jetzt aus dem Horn, keine Phrasen und Läufe mehr, nur Schreie, Schreie, «Baaah!» und dann «Biiip!» und weiter zu einem «Iiih!» und hinunter zu dumpfem Gurgeln und hinüber zu dröhnenden Hornklängen. Er probierte alles, rauf, runter, seitwärts, kopfüber, waagerecht, in einem Winkel von dreißig, vierzig Grad, und schließlich ließ er sich nach hinten kippen, wurde aufgefangen und gab endlich auf, während die Leute ihn stießen und brüllten: «Ja! Ja! Er hat's gebracht!» Dean wischte sich mit dem Taschentuch die Stirn.

Dann stieg der Saxophonist wieder aufs Podium, gab einen langsamen Takt vor und blickte traurig über die Köpfe der Menge zur offenen Tür und fing an zu singen: «Close Your Eyes.» Es wurde einen Moment still. Der Mann trug eine abgewetzte Wildlederjacke, ein lila Hemd, rissige Lederschuhe und eine ungebügelte Hose; es machte ihm nichts aus. Er sah aus wie ein schwarzer Hassel. Seine großen braunen Augen blickten sanft und voll Traurigkeit, und er sang langsam, mit langen, nachdenklichen Pausen. Beim zweiten Chorus aber kam er in Fahrt und griff sich das Mikrophon und sprang vom Podium herunter, schmal und gebückt. Er beugte sich ganz tief über das Mikrophon, setzte ganz leise an, zog dann die Stimme hoch, zog auch das Mikro immer höher, und er verausgabte sich so sehr, daß er taumelte und sich gerade noch rechtzeitig fangen konnte, um den nächsten, langen langsamen Ton zu hauchen: «Mu-u-u-usic pla-a-a-a-a-ay!» Er warf den Kopf zurück und blickte zur Decke hinauf und zog das Mikrophon unters Kinn. Er bebte, er schwankte. Dann ein Ruck nach vorn, und er fiel beinah auf das Mikro. «Ma-a-a-ake it dream-y for dan-cing» – und er blickte hinaus auf die Straße, mit einem spöttischen Lächeln wie Billie Holiday – «while we go roman-n-n-cing» – und wankte seitwärts – «Lo-o-o-ove's Holida-a-ay» – und schüttelte den Kopf, angewidert von der Welt, überdrüssig – «Will make it seem» – ja, was, was, was? Alle hielten den Atem an, und er stöhnte: «O-kay.» Aus dem Klavier klirrte ein Akkord. «So baby come on just clo-o-o-ose your pretty little ey-y-y-y-yes» – seine Lippen bebten, er sah uns an, Dean und mich, und sein Gesicht schien zu sagen: He, was ist das, was machen wir denn alle hier in dieser traurigen grauen Welt? –, und dann kam das Ende des Songs, und dafür mußten sorgfältige Vorbereitungen getroffen werden, man hätte derweil alle Botschaften in die Garcia Avenue zwölfmal rund um die Welt schicken können, und was machte das auch, ging es doch hier um die Höhen und Tiefen des armen geschlagenen Lebens auf den grausamen Straßen der Menschen, so sagte er und sang er, «Close – your –», und dann brach es aus ihm heraus und schwebte hinauf zu den Sternen und immer weiter – «Ey-y-y-y-es» –, und er schwankte fort vom Podium und verfiel in stummes Brüten. Jetzt saß er mit ein paar Jungen in einer Ecke, beachtete aber keinen. Er ließ den Kopf hängen und weinte. Er war der Größte.

Dean und ich gingen hin und wollten mit ihm reden. Wir luden ihn ein, mit uns hinaus in den Wagen zu kommen. Draußen im Auto rief er plötzlich: «Ja! Nichts besser als richtiger Spaß! Wohin fahren wir?» Dean hüpfte vor Ungeduld auf und ab und kicherte wie ein Verrückter. «Später! Später», sagte der Mann. «Ich will den Jungen holen, er soll uns zu Jamson's Nook fahren, ich muß singen. Das Singen, Mann, ist mein Leben. ‹Close Your Eyes› singe ich schon zwei Wochen lang – ich will nie mehr was anderes singen. Und, Leute, was habt ihr so vor?»

Wir sagten, daß wir in zwei Tagen nach New York wollten. «O Gott, ich bin noch nie dort gewesen, soll eine aufregende Stadt sein, wie ich höre, aber hier kann ich auch nicht klagen. Bin verheiratet, müßt ihr wissen.»

«O ja?» sagte Dean, und sein Gesicht leuchtete auf. «Und wo ist der Schatz heute abend?»

«Wie meinen Sie das?» sagte der Musiker und musterte Dean aus dem Augenwinkel. «Ich habe gesagt, daß ich *verheiratet* bin, nicht wahr?»

«O ja, o ja», sagte Dean. «War nur so eine Frage. Ist sie mit Freundinnen zusammen? Mit Schwestern? Eine Party ... wissen Sie, ich hätte Lust auf eine Party.»

«Ah, Partys, was soll's, das Leben ist viel zu traurig, um dauernd tanzen zu gehen», sagte der Mann und schaute hinaus auf die Straße. «Scheiße», sagte er. «Ich hab kein Geld, und heute abend ist mir alles scheißegal.»

Wir gingen wieder hinein, um noch etwas Musik zu hören. Die Mädchen waren sauer auf uns, weil Dean und ich dauernd verschwanden; sie waren zu Fuß zu Jamson's Nook gelaufen; der Wagen sprang sowieso nicht an. In der Bar bot sich uns ein schreckliches Bild: ein schwuler Hipster, ein Weißer in buntem Hawaii-Hemd, war in den Laden gekommen und hatte den dicken Drummer gefragt, ob er einsteigen und mitspielen dürfe. Die Musiker schauten ihn mißtrauisch an. «Kannst du spielen?» Ja, sagte er affektiert. Sie sahen einander an und meinten: «Na, wenn der Typ es sagt, Scheiße!» Der Schwule setzte sich an die Tubs, und sie starteten den Rhythmus einer schnellen, heißen Nummer, und er strich mit den Bebop-Besen sanft über die Spannsaiten und schwang den Kopf hin und her – in jener selbstgefälligen, von Reich analysierten Ekstase, die gar nichts besagt, außer daß jemand zuviel Gras und Downers intus hat und einen auf cool machen will. Aber ihm war alles schnuppe. Er grinste fröhlich ins Leere und hielt den Rhythmus, wenn auch sehr sanft, mit Bop-Synkopen und Wirbeln, eine hektische kichernde Begleitung zu dem lauten, wuchtigen Nebelhorn-Blues, den die Jungs bliesen, ohne ihn zu beachten.

Der große stiernackige Neger-Drummer saß und wartete, bis er wieder einsteigen konnte. «Was macht der Mann da?» sagte er. «Ist das Musik?» sagte er. «Zum Teufel!» sagte er. «Scheiße!», und er blickte angewidert weg.

Der Fahrer unseres Altsaxophonisten war gekommen, ein kleiner drahtiger Schwarzer mit einem großen Cadillac. Wir stiegen ein. Der Typ saß am Steuer und jagte den Wagen mit siebzig Meilen quer durch Frisco, ohne ein einziges Mal zu bremsen, mitten durch den Verkehr, und so gekonnt, daß keiner von uns was merkte. Dean war in Ekstase. «Was für ein Typ. Sieh nur, Mann, wie er da sitzt und keinen Knochen rührt und die Karre laufen läßt und dabei reden könnte, die ganze Nacht, nur daß er keine Lust hat zu reden und schweigt, Sachen gibt's, Mann, ich könnte – ich wünschte – ja, los! Gib Gas, laß es laufen! Ja!» Und der Typ nahm die Ecke, ohne zu bremsen, und rollte uns direkt vor Jamson's Nook und parkte auch schon. Ein Taxi hielt, ein dünner, dürrer Neger-Prediger sprang heraus und warf dem Fahrer einen Dollarschein hin, schrie «Blow!» und stürmte in den Club und durch die Bar im Erdgeschoß – «Blowblowblow» – und taumelte die Treppe hinauf und fiel beinah auf die Nase und stieß die Tür auf und platzte kopfüber in die Jam Session, die da im Gange war, die Hände vorgestreckt für den Fall, daß er stolperte, und tatsächlich stolperte er über Lampshade, der in dieser Saison in Jamson's Nook als Kellner arbeitete, und während der Bebop dröhnte und schrillte, blieb er wie angewurzelt in der Tür stehen und schrie: «Los, spiel für mich, Mann, blas, blow!» Und der Mann, den er meinte, war ein kleiner, zierlicher Neger mit einem Altsaxophon, der, so sagte Dean, offenbar bei seiner Großmutter lebte, wie Tom Snark, und die Tage verschlief und die ganze Nacht durch in den Kneipen jazzte und erst einmal hundert Chorusse blasen mußte, bevor er richtig aufdrehte. Und genau das tat er jetzt gerade.

«Genau wie Carlo Marx!» schrie Dean, um den Lärm zu übertönen.

Und so war es. Das Großmuttersöhnchen, der Junge mit

dem von Klebeband zusammengehaltenen Alt-Sax, hatte schimmernde Perlenaugen, spindeldürre Beine und kleine, einwärts gedrehte Füße, und er hopste und hüpfte mit seinem Horn herum und warf die Füße in die Luft, hielt die Augen auf das Publikum gerichtet (nur ein paar lachende Leute an einem Dutzend Tische, in einem zehn mal zehn Meter großen Raum, mit einer niedrigen Decke) und machte nie eine Pause. Er war sehr einfach in seinen Ideen. Er überraschte gern mit einer neuen, ganz einfachen Variation des Chorus. «Ta-tap-tada-rara-ta-tap-tader-rara», fing er an und hopste dazu und küßte und lächelte in sein Horn und ging zu einem «Ta-tap-iiih-da-di-dira-RAP! Ta-tap-iiih-da-di-dira-RAP!» über, und das waren jedesmal große Momente, Lachen und Verstehen zwischen ihm und allen, die es hörten. Sein Ton war glockenklar, hell, rein und wehte uns aus einem Meter Abstand ins Gesicht. Dean stand vor ihm, er hatte die Welt vergessen, er wippte mit dem Kopf und schlug die Hände ineinander und zuckte am ganzen Körper, von den Fersen aufwärts, während der Schweiß ihm in Bächen über den gemarterten Kragen floß und sich buchstäblich in einer Pfütze zu seinen Füßen sammelte. Auch Galatea und Marie waren da, und es dauerte fünf Minuten, bis wir es überhaupt merkten. Oh, diese Nächte von San Francisco, am Ende des Kontinents und am Ende des Zweifelns, allen dumpfen Zweifelns und aller Albernheiten, good-by. Lampshade rauschte mit seinem Tablett voller Biergläser herum, jede Bewegung im Rhythmus mit der Musik, und im Rhythmus rief er den Kellnerinnen zu: «He, Baby-Baby, Platz da, Platz gemacht, Lampshade ist da, laßt ihn vorbei!», und er balancierte das Tablett über ihre Köpfe hinweg und raste durch die Pendeltür in die Küche und tanzte mit den Köchinnen und kam schwitzend zurück. Der Tenorsaxophonist saß völlig regungslos an einem Ecktisch vor seinem unberührten Drink und starrte mit schmalen Augen ins Leere und ließ die Hände schlaff herunterhängen, daß sie fast den Boden berührten, die Füße weit von sich gereckt, wie zwei herausgestreckte Zungen, der Körper zusammengesunken in völliger Erschöpfung und verzücktem Leid, was immer ihm auf der Seele brannte: ein Mann, der jeden Abend das Letzte gab und es anderen überließ, ihm in der Nacht den Rest zu geben. Alles drehte sich um ihn wie eine wirbelnde Wolke. Und der Großmuttersöhnchen-Alt, dieser kleine Carlo Marx, hopste, tanzte einen Affentanz mit seinem magischen Horn, zweihundert Blues-Chorusse blies er ohne Pause, jeder noch ausgeflippter als der vorangegangene, und noch immer kein Zeichen von abschlaffender Energie oder Bereitschaft, Schluß zu machen. Alles im Raum vibrierte.

An der Ecke Fourth Street und Polsom Street stand ich eine Stunde später mit Ed Fournier zusammen, einem Altsaxophonisten aus San Francisco, der mit mir auf Dean wartete. Dean war in einer Bar verschwunden, um Roy Johnson anzurufen, damit er uns abholte. Es war nichts weiter, wir unterhielten uns einfach, doch plötzlich bot sich uns ein sehr sonderbarer und reichlich verrückter Anblick. Es war Dean. Er wollte Roy Johnson die Adresse der Bar durchgeben, in der er stand, also bat er ihn, am Apparat zu bleiben, und lief hinaus, um nach den Straßenschildern zu sehen, und mußte dazu eine lange, schmale Bar voll lärmender Trinker in weißen Hemden durchqueren und auf die Mitte der Straße hinauslaufen. Flach geduckt wie Groucho Marx kam er mit verblüffend flinken Füßen aus der Kneipe geflogen wie eine Erscheinung, den Ballondaumen hoch in den Nachthimmel gereckt, machte eine schlitternde Vollbremsung mitten auf der Straße und verrenkte den Kopf nach den Straßenschildern. Sie waren im Dunkeln schlecht zu erkennen, und Dean drehte sich ein dutzendmal auf der Straße, den Daumen hoch in der Luft, und all dies in atemlosem, beklemmendem Schweigen, ein wild zerzauster Mensch, der seinen Ballondaumen hoch emporhielt wie eine große Himmelsgans und durch die Nacht kreiselte und kreiselte, lässig die andere Hand in die Hosentasche geschoben. Ed Fournier sagte gerade: «Ich spiele einen leisen Bebop, wo ich auch bin, und wenn's den Leuten nicht gefällt, kann ich auch nichts machen. Aber, sag mal, dein Freund ist ja ein irrer Typ, sieh ihn dir an, da, sieh mal!» Und wir sahen hin. Stille war rund um uns, als Dean die Straßenschilder erblickte und wieder in die Kneipe raste, sozusagen unter den Beinen herauskommender Gäste hindurch, und so schnell durch die Bar flitzte, daß man schon zweimal hinschauen mußte, um ihn zu erkennen. Gleich darauf kreuzte Roy Johnson auf, und zwar mit der gleichen verblüffenden Schnelligkeit. Dean glitt über die Straße, in den Wagen, und all dies in völliger Lautlosigkeit. Wir fuhren los.

«Roy, mir ist klar, daß du Streit hast mit deiner Frau, aber wir müssen jetzt unbedingt zur Forty-sixth Street, Ecke Geary, und zwar in der unglaublichen Zeit von drei Minuten, sonst ist alles verloren. Äh-hm! Ja! (Räusper-räusper.) Morgen früh starten Sal und ich nach New York, und dies ist absolut unsere letzte Nacht, und ich weiß, du nimmst es nicht übel.»

Nein, Roy Jonson nahm es nicht übel; er überfuhr lediglich jede Ampel, die er finden konnte, und chauffierte uns weiter in unseren Wahnsinn. Bei Morgengrauen fuhr er nach Hause und legte sich schlafen. Dean und ich waren mit einem Schwarzen, der Walter hieß, zurückgeblieben; er orderte Drinks an der Bar, ließ sie auf der Theke aufreihen und sagte: «Wein-Spodiodi!» Das war ein Schuß Portwein, ein Schuß Whisky und noch ein Schuß Portwein. «Nettes Tarnjäckchen für den miesen Whisky!» brüllte er.

Er lud uns zu sich nach Hause ein, auf eine Flasche Bier. Er wohnte in den Mietskasernen hinter der Howard Street. Seine Frau lag im Bett und schlief, als wir kamen. Das einzige Licht war die Glühbirne über ihrem Bett. Wir mußten auf einen Stuhl steigen und die Birne herausdrehen, während die Frau lächelnd dalag; Dean tat es mit flatternden Augendeckeln. Sie war ungefähr fünfzehn Jahre älter als Walter, die süßeste Frau der Welt. Wir mußten das Verlängerungskabel über ihrem Bett einstöpseln, und sie lächelte und lächelte. Mit keinem Wort fragte sie Walter, wo er gewesen sei, wie spät es sei, nichts. Schließlich hatten wir das Verlängerungskabel in die Küche gespannt und setzten uns an den bescheidenen Tisch, wo wir Bier tranken und Geschichten erzählten. Draußen dämmerte der Morgen. Es war Zeit, zu gehen und die Verlängerungsschnur wieder aufzurollen und die Birne wieder einzuschrauben. Walters Frau lächelte und lächelte, während wir die blödsinnige Prozedur noch einmal durchzogen. Sie sagte kein Wort.

Draußen, auf der dämmerigen Straße, sagte Dean: «Siehst du, Junge, das ist mal eine *richtige* Frau. Kein harsches Wort, keine Klage, keine Stichelei; ihr Alter kann noch so spät in der Nacht nach Hause kommen, er kann mitbringen, wen er will, und in der Küche sitzen und reden und Bier trinken und jederzeit wieder gehen. Das ist ein Mann, und dies ist seine Burg.» Er deutete zu der Wohnung hinauf. Wir stolperten los. Die große Nacht war vorüber. Ein Streifenwagen folgte uns mißtrauisch ein paar Straßen weit. In einer Bäckerei an der Third Street kauften wir frische Doughnuts und aßen sie auf der grauen, schmutzigen Straße. Ein hochgewachsener, gut angezogener Typ mit Brille kam die Straße dahergestolpert, zusammen mit einem Neger, der eine Trucker-Mütze trug. Sie waren ein seltsames Paar. Ein großer Lastwagen rollte vorbei, und der Neger zeigte aufgeregt darauf und versuchte, seine Gefühle auszudrücken. Der lange Weiße schielte verstohlen über die Schulter und zählte sein Geld. «Genau wie Old Bull Lee!» kicherte Dean. «Zählt sein Geld und macht sich alle möglichen Sorgen, und dabei will der andere Junge nur über Lastwagen reden und über Sachen, die er versteht.» Wir folgten ihnen ein Weilchen.

Heilige Blumen, die in der Luft schwebten, das waren all diese müden Gesichter in der Morgendämmerung Jazz-Amerikas.

Wir mußten schlafen; Galatea Dunkels Wohnung kam nicht in Frage. Dean kannte einen Eisenbahner, einen Bremser, der Ernest Burke hieß und mit seinem Vater in einem Hotelzimmer an der Third Street hauste. Ursprünglich hatte er sich gut mit den beiden vertragen, doch letzthin weniger, und darum, meinte er, sollte ich es versuchen, sie überreden, daß sie uns bei sich auf dem Fußboden schlafen ließen. Der Alte kam mißtrauisch ans Telefon. Er erinnerte sich an mich, an das, was sein Sohn ihm von mir erzählt hatte. Zu unserer Überraschung kam er selbst in die Halle herunter und öffnete uns. Es war ein schäbiges altes, braunes Frisco-Hotel. Wir gingen nach oben, wo der Alte uns netterweise das ganze Bett überließ. «Muß sowieso aufstehen», sagte er und zog sich in die winzige Kochnische zurück, um Kaffee zu kochen. Er fing an, Geschichten aus seiner Eisenbahnzeit zu erzählen. Er erinnerte mich an meinen Vater. Ich blieb auf und hörte mir die Geschichten an. Dean hörte nicht zu, er putzte sich die Zähne und wuselte herum und sagte zu allem, was der Alte sagte: «Ja, richtig, genau.» Endlich schliefen wir. Und am Vormittag kam Ernest von einer Fahrt auf der Western-Division-Linie zurück und warf sich in das Bett, nachdem Dean und ich aufgestanden waren. Der alte Mr. Burke putzte sich für ein Rendezvous mit seiner nicht mehr ganz jungen Liebsten heraus. Er warf sich in einen grünen Tweedanzug, setzte eine Kappe auf, die ebenfalls aus grünem Tweed war, und steckte sich eine Blume ins Knopfloch.

«Diese romantischen alten und kaputten Bremser in Frisco leben ein trauriges, aber unersättliches Leben», sagte ich im Badezimmer zu Dean. «Es war sehr nett von ihm, uns hier schlafen zu lassen.»

«Ja, ja», sagte Dean, ohne hinzuhören. Er lief los, um sich in der Mitfahrerzentrale um einen Wagen zu kümmern. Ich sollte inzwischen zu Galatea Dunkel gehen und unsere Sachen holen. Sie saß am Boden vor ihren Schicksalskarten.

«Na, dann good-by, Galatea, und ich hoffe, es wird alles gut.»

«Wenn Ed wiederkommt, gehe ich jeden Abend mit ihm zu Jamson's Nook, damit er seine Ration Wahnsinn kriegt. Glaubst du, Sal, daß es gutgeht? Ich weiß nicht mehr, was ich machen soll.»

«Was sagen die Karten?»

«Pikas liegt weit weg von ihm. Die Herzkarten sind immer in seiner Nähe – die Herzkönigin ist nie weit weg. Siehst du den Pikbuben hier? Das ist Dean, er ist immer dabei.»

«Also, in einer Stunde brechen wir nach New York auf.»

«Eines Tages wird Dean zu so einer Reise aufbrechen und nicht mehr wiederkommen.»

Ich durfte bei ihr duschen und mich rasieren, und dann

nahm ich Abschied und schleppte unser Gepäck hinunter und winkte ein Jitney-Taxi heran, das sind ganz gewöhnliche Taxis in San Francisco, die eine feste Route fahren, und man kann sie an jeder Ecke anhalten und für fünfzehn Cent zu jeder anderen Straßenecke mitfahren, zusammengedrängt mit anderen Fahrgästen, wie im Bus, und dabei reden und Witze erzählen, wie im eigenen Wagen. Die Mission Street war an diesem letzten Tag in Frisco ein einziges Chaos von Baustellen, spielenden Kindern, lachenden Negern auf dem Heimweg von der Arbeit, von Staub und Dreck und Aufregung und dem brodelnden, vibrierenden Gewimmel dieser wahrhaft aufregendsten Stadt Amerikas – und darüber der reine, blaue Himmel und die Freude an dem Nebelmeer, das jeden Abend heranrollt und jedermann hungrig auf gutes Essen und weitere Aufregungen macht. Es tat mir leid, daß ich fort mußte; mein Aufenthalt hatte kaum mehr als sechzig Stunden gedauert. Mit dem verrückten Dean raste ich durch die Welt, ohne die Chance, etwas von ihr zu sehen. Am Nachmittag brausten wir nach Sacramento und wieder nach Osten.

fünf

Der Wagen gehörte einem langen, dünnen Schwulen, der auf dem Heimweg nach Kansas war und eine Sonnenbrille trug; er lenkte sein Auto mit äußerster Vorsicht; der Wagen war, was Dean einen «Schwuchtel-Plymouth» nannte; kein Beschleunigungsvermögen und keine wirkliche Kraft. «Ein feminines Auto!» flüsterte Dean mir ins Ohr. Es gab noch zwei andere Mitfahrer, ein Pärchen, typische Sonntagstouristen, die überall haltmachen und übernachten wollten. Erster Halt sollte unbedingt Sacramento sein, kaum der Anfang unserer Fahrt nach Denver. Dean und ich saßen allein auf dem Rücksitz, überließen die anderen ihrem Schicksal und redeten.

«Also, der Typ mit dem Altsaxophon, Mann, gestern abend – der hatte ES, und er hat es festgehalten; ich habe noch nie erlebt, daß einer es so lange halten konnte.» Ich wollte wissen, was «ES» bedeute. «Ah», lachte Dean, «jetzt fragst du mich Imponderabilien, hmm! Hier steht zum Beispiel ein Typ, und da ist das Publikum, verstehst du? Seine Aufgabe ist es, auszudrücken, was all die anderen fühlen. Er fängt mit dem ersten Chorus an, reiht dann seine Ideen aneinander, die Leute schreien ‹yeah, yeah, weiter so›, und dann schwingt er sich zu seinem Schicksal auf, und was er bläst, muß dem gleichwertig sein. Und plötzlich, irgendwo mitten im Chorus, *hat er es* – alle blicken auf und wissen es; sie lauschen; er greift es auf und führt es weiter. Die Zeit bleibt stehen. Er füllt den leeren Raum mit der Substanz unseres Lebens, mit Geständnissen dessen, was ihm Bauchschmerzen macht, mit Erinnerungen an Ideen, an Themen früherer Sessions. Er muß über die Brücken hinweg und wieder zurück, mit einem so tiefen, die Seele auslotenden Gefühl für die Melodie des Augenblicks, daß alle wissen, nicht auf die Melodie kommt es an, sondern auf ES –» Dean konnte nicht weiter, er brach in Schweiß aus, während er darüber sprach.

Jetzt fing ich an zu reden; ich hatte noch nie im Leben soviel geredet wie damals. Ich erzählte Dean, daß ich, wenn ich als Kind im Auto mitfahren durfte, mir immer vorstellte, ich hielte eine große Sichel in der Hand und mähte alle Bäume und Masten nieder und säbelte sogar die Berge ab, die am Fenster vorbeisausten. «Ja! Ja!» rief Dean. «Genau so hab ich es auch gemacht, nur daß es eine andere Sichel war – und ich will dir sagen, warum. Wenn wir durch den Westen fuhren, diese weiten Entfernungen, mußte meine Sichel unendlich viel länger sein, sie mußte ferne Berge erreichen und ihre Gipfel abrasieren, und noch viel fernere Gipfel erwischen, und gleichzeitig mußte sie jeden Pfosten am Straßenrand kappen, die normalen Pfosten, die vorbeiflitzten. Und darum muß ich dir erzählen – o Mann, ich hab's, JETZT habe ich ES –, ich muß dir erzählen, wie wir einmal, mein Vater und ich, mit einem armen Penner von der Larimer Street mitten in der Zeit der Depression nach Nebraska fuhren, um Fliegenklatschen zu verkaufen. Und, hör dir an, wie wir sie hergestellt haben: wir kauften Maschendraht für Fliegengitter und ganz gewöhnlichen Draht, den wir doppelt flochten, Reste von rotem und blauem Stoff, den wir um die Ränder nähten, und das alles für ein paar Cents im Penny-Markt, und fabrizierten Tausende von Fliegenklatschen und setzten uns in die alte Karre dieses Penners und kutschierten durch Nebraska und verhökerten die Dinger für einen Nickel das Stück, in jedem Farmhaus – meist gaben sie uns das Geld aus Barmherzigkeit, zwei alten Landstreichern mit einem Jungen auf Wanderschaft, ‹Halleluja, ich bin wieder ein Vagabund-bund-bund›, hat mein Vater damals immer gesungen. Und, Mann, jetzt hör zu, volle zwei Wochen waren wir in der Hitze über Land gefahren und hatten unter Qualen, mit Flehen und Betteln diese abscheulichen selbstgebastelten Fliegenklatschen verhökert, als die beiden Alten sich über die Aufteilung des Profits in die Haare kriegten und sich am Straßenrand prügelten, und schließlich versöhnten sie sich wieder und kauften Wein und fingen an, den Wein zu saufen, und soffen fünf Tage und Nächte lang, während ich abseits saß und flennte, und als sie endlich Schluß machten, war auch der allerletzte Cent ausgegeben, und wir waren wieder da, wo wir angefangen hatten, in der Larimer Street. Und mein Alter kam ins Gefängnis, und ich mußte vor Gericht den Richter anflehen, ihn laufenzulassen, weil er doch mein Papa war und ich keine Mutter mehr hatte. Mit acht Jahren, Sal, habe ich Reden geschwungen wie ein Erwachsener, vor neugierigen Juristen …» Uns war heiß, es ging nach Osten, wir waren aufgeregt.

«Laß dir noch weitererzählen», sagte ich, «nur als Ergänzung zu dem, was du gesagt hast, und um meinen Gedanken zu Ende zu führen. Als Kind, wenn ich bei meinem Vater hinten im Auto saß, hatte ich die Vision, auf einem weißen Pferd nebenher zu reiten, über alle möglichen Hindernisse hinweg; ich wich Laternenpfählen aus, jagte um die Häuser herum, sprang darüber weg, wenn ich sie zu spät bemerkte, galoppierte über

Hügel, über plötzlich auftauchende Plätze, und durch den dichtesten Verkehr schlängelte ich mich mit unglaublichem –»

«Ja! Ja! Ja!» keuchte Dean ekstatisch. «Der einzige Unterschied bei mir war: ich mußte laufen, ich hatte kein Pferd. Du warst ein Kind im Osten und hast von Pferden geträumt; klar, daß wir nichts darauf geben, wir wissen beide, es sind nur Hirngespinste und literarische Ideen, aber nur daß ich in meinen womöglich wilderen Wahnphantasien tatsächlich neben dem Auto hergelaufen bin, mit unglaublicher Geschwindigkeit, manchmal mit neunzig Meilen in der Stunde, und so bin ich über Büsche und Zäune und Farmhäuser gesprungen, manchmal machte ich auch einen kurzen Abstecher in die Hügel und wieder zurück, ohne ins Hintertreffen zu geraten ...»

Solche Sachen erzählten wir und waren beide ins Schwitzen geraten. Die Leute vorn hatten wir ganz vergessen; wahrscheinlich fragten sie sich, was hinten auf dem Rücksitz vor sich ging. Irgendwann sagte der Fahrer: «Um Gottes willen, ihr bringt noch das Boot zum Kentern!» Das stimmte sogar, der Wagen schaukelte hin und her, während Dean und ich uns im Rhythmus des ES wiegten, im Takt dieser völlig überdrehten Freude am Reden, am Leben, bis an das leere verzückte Ende aller unzähligen, wahnwitzigen, engelhaft reinen Details, die unser Leben lang in den Tiefen unserer Seele geschlummert hatten.

«O Mann, Mannomann!» stöhnte Dean. «Und dabei hat die Sache noch nicht mal angefangen – und jetzt sind wir endlich unterwegs nach Osten, zusammen, noch nie sind wir zusammen losgefahren, Sal, stell dir vor, wir werden zusammen Denver unsicher machen und sehen, was die anderen alle treiben, auch wenn's uns schnuppe sein soll, denn Hauptsache, wir beide wissen, was ES ist, und wissen, was ZEIT bedeutet, und wissen, daß alles wirklich und wahrhaftig BESTENS und in Ordnung ist.» Dann flüsterte er nur noch und packte mich schwitzend am Arm: «Jetzt sieh dir die Leute da vorn an. Sie machen sich Sorgen, sie zählen die Meilen, überlegen sich, wo sie heute nacht schlafen werden, wieviel Benzin sie sich leisten können, wie das Wetter wird, ob sie gut ankommen werden –

und dabei kommen sie ja doch ganz von selber an, nicht wahr? Aber sie müssen sich Sorgen machen und die Zeit verraten mit falschen Dringlichkeiten, aus winselnder Angst, ihre Seelen werden nie Frieden finden, ehe sie nicht einen Grund zu echter, handfester Sorge entdeckt haben, und kaum haben sie den Grund gefunden, machen sie auch das passende Gesicht dazu und laufen damit herum, ein unglückliches Gesicht, wie du siehst, und die ganze Zeit fliegt das alles an ihnen vorbei, und sie wissen es, und auch das macht ihnen Sorgen ohne Ende. Hörst du, hörst du? ‹Ja, also›», machte er sie nach, «‹ich weiß nicht, ich weiß nicht, vielleicht sollten wir lieber doch nicht an dieser Tankstelle tanken. Ich las kürzlich in den *National Petroffious Petroleum News*, daß diese Sorte Benzin null Oktan-Gleitmittel enthält, und einmal hat mir jemand erzählt, da stecke sogar ein superpotenter Anti-Klopf-Zusatz drin, und ich weiß nicht so recht, ich habe einfach kein so gutes Gefühl dabei ...› Mann, du kapierst das schon.» Er puffte mich wütend in die Rippen, ich sollte endlich verstehen. Ich strengte mich an, tat mein Bestes. Ping-Pong, es tönte nur immer «Ja! Ja! Ja!» vom Rücksitz, und die Leute vorn wischten sich vor Schreck die Brauen und wünschten, sie hätten uns nicht aufgegabelt bei der Mitfahrerzentrale. Und es war doch nur der Anfang.

In Sacramento mietete sich der Schwule, schlau wie er war, ein Zimmer und lud Dean und mich ein, auf einen Drink heraufzukommen, während das Paar bei Verwandten übernachten wollte, und in dem Hotelzimmer zog Dean alle Register, um Geld aus dem Schwulen herauszuholen. Es war Wahnsinn. Der Schwule laberte, er sagte, wie er sich freue, daß wir mitgekommen seien. Er habe etwas übrig für junge Männer wie uns, und ob wir's glaubten oder nicht, aber er könne Mädchen nicht leiden und habe kürzlich erst wieder in Frisco eine Affäre mit einem Mann gehabt, bei der er die männliche Rolle gespielt habe und der Mann die weibliche. Dean stellte sachkundige Fragen und nickte eifrig. Der Schwule sagte, er würde furchtbar gern wissen, wie Dean darüber dachte. Dean warnte ihn zuerst, er sei in jungen Jahren selbst auf den Strich gegangen, und fragte ihn, was er so an Geld bei sich habe. Ich war unterdessen im Bad. Der Schwule war plötzlich äußerst sauer, ich nehme an, er war mißtrauisch, was Deans Absichten betraf, jedenfalls rückte er kein Geld heraus und machte nebelhafte Versprechungen für Denver. Er zählte dauernd sein Geld und tastete nach seiner Brieftasche. Dean warf die Hände hoch und gab auf: «Bei solchen Leuten, Mann, ist alle Mühe vergebens. Biete ihnen an, was sie sich heimlich wünschen, und schon geraten sie in Panik.» Doch der Besitzer des Plymouth war so überzeugt von Dean, daß er ihn ans Steuer seines Wagens ließ, und jetzt ging die Reise richtig los.

Im Morgengrauen verließen wir Sacramento, und gegen Mittag querten wir die Wüste von Nevada, nach einer schlingernden Fahrt über die Berge, bei der die Touristen und der Schwule sich auf dem Rücksitz aneinanderklammerten. Wir beide saßen vorn, wir hatten das Ruder übernommen. Dean war wieder glücklich. Was er brauchte, war ein Rad in den Händen und vier unter dem Hintern. Er erzählte von Old Bull Lee, was für ein schlechter Fahrer er sei: «Jedesmal, wenn ein großer Truck auftauchte, wie der da vorn, dauerte es eine Ewigkeit, bis Bull ihn erblickte, weil er *nichts sieht*, Mann, er ist halb blind.» Zur Verdeutlichung rieb er sich furios die Augen. «Und ich sage: ‹Oh, paß auf, Bull, ein Lastwagen!›, und er sagt: ‹Wie? Was hast du gerade gesagt, Dean?› Ich sage: ‹Lastwagen! Lastwagen!›, und im *letzten* Moment steuert er direkt auf den Lastwagen zu, ungefähr so –», und Dean schleuderte den Wagen frontal auf den Truck zu, der uns entgegengedonnert kam, schwankte, zögerte einen Moment, während das Gesicht des Lastwagenfahrers vor unseren Augen erbleichte und die Leute hinten keuchend vor Schreck zurücksanken, und riß ihn in letzter Sekunde wieder herum. «Genau *so*, verstehst du, genau so, du siehst, was für ein schlechter Fahrer er ist.» Ich hatte keine Angst, ich kannte Dean. Den Leuten auf dem Rücksitz aber hatte es die Sprache verschlagen. Tatsächlich wagten sie nicht einmal, sich zu beschweren: Weiß Gott, was Dean noch alles anstellen mochte, dachten sie, falls sie sich beklagten. So bretterte er durch die Wüste und demonstrierte auf vielfältige Weise, wie man *nicht* fahren sollte, wie sein Vater damals alte Kisten gefahren war, wie ein guter Fahrer die Kurven anschneidet, wie ein schlechter Fahrer am Anfang der Kurve zu weit ausschert und dann am Ende ins Gedränge kommt, und so weiter. Es war heiß, ein sonniger Nachmittag. Reno, Battle Mountain, Elko, all die Städte an der Nevada-Route schossen an uns vorbei, und als es Abend wurde, waren wir in der Ebene am großen Salzsee und sahen die Lichter von Salt Lake City glitzern, aus fast hundert Meilen Entfernung, verdoppelt durch eine Fata Morgana, einmal über und einmal unter dem Krümmungsbogen der Erde, einmal klar, einmal matt. Das einzige, was uns alle auf dieser Welt verbinde, sagte ich zu Dean, seien die unsichtbaren Dinge, und zum Beweis deutete ich auf die langen Reihen der Telegrafenmasten, die sich über einem gewölbten Horizont von hundert Meilen Salz aus dem Blickfeld schwangen. Deans aufgelöster Verband, inzwischen völlig verschmutzt, zitterte in der Luft, und sein Gesicht strahlte. «Oh, ja, Mann, mein Gott, ja, ja!» Plötzlich hielt er an und brach zusammen. Ich wandte mich ihm zu und sah ihn, seitwärts auf dem Fahrersitz kauernd, schlafen. Das Gesicht hatte er auf die gesunde Hand gebettet, die verbundene Hand blieb automatisch und pflichtbewußt in der Luft.

Die Leute auf dem Rücksitz seufzten erleichtert auf. Ich hörte sie flüstern und murren. «Wir dürfen ihn nicht mehr ans Steuer lassen, er ist völlig verrückt, vielleicht ist er aus einer Anstalt entlaufen.»

Ich wollte Dean verteidigen und beugte mich zurück, um ihnen ins Gesicht zu sehen. «Der Mann ist nicht verrückt, er kommt gleich wieder klar, und machen Sie sich keine Sorgen wegen der Fahrerei, er ist der beste Fahrer der Welt.»

«Ich halte das nicht aus», flüsterte die junge Frau mit gepreßter, hysterischer Stimme. Ich lehnte mich im Sitz zurück, genoß den Einbruch der Nacht über der Wüste und wartete, daß der verwaiste Engel Dean wieder erwachte. Wir waren auf einem Hügel, von dem aus man die gleichmäßigen Muster der

Lichter von Salt Lake City sehen konnte, und Dean öffnete die Augen und sah die Stadt in dieser geisterhaften Welt, in der er einst namenlos und armselig geboren war.

«Sieh doch, Sal, da bin ich geboren, stell dir vor! Wie die Menschen sich verändern, Jahr um Jahr essen sie ihre Mahlzeiten und verändern sich doch mit jeder Mahlzeit. Aaah! Sieh doch!» Er war so erregt – mir kamen die Tränen. Wohin sollte das alles führen? Die Touristen bestanden darauf, selbst den Rest des Weges nach Denver zu fahren. Okay, uns sollte es recht sein. Wir setzten uns nach hinten und redeten weiter. Aber gegen Morgen wurden sie müde, und bei Craig, in der östlichen Wüste von Colorado, übernahm Dean wieder das Steuer. Die ganze Nacht über waren wir vorsichtig über den Strawberry Pass in Utah gekrochen und hatten eine Menge Zeit verloren. Jetzt schliefen die Touristen. Dean raste auf den mächtigen Wall des Berthoud-Passes zu, hundert Meilen vor dem Dach der Welt, eine gewaltige, von Wolken verhüllte Pforte, die an Gibraltar erinnerte. Wie ein Maikäfer brummte er über den Paß – wie damals am Tehachapi Pass stellte er den Motor ab und ließ den Wagen schweben, überholte alle Autos und fiel kein einziges Mal aus dem rhythmischen Vorwärtsschaukeln, das der Berg selber vorschrieb, bis wir wieder über die weite, sonnendurchglühte Ebene von Denver blickten – und Dean zu Hause war.

Mit lächerlich übertriebener Erleichterung ließen die Leute uns an der 27th Street, Ecke Federal aussteigen. Wieder einmal stapelte sich unser schäbiges Gepäck auf dem Gehsteig; vor uns lag noch ein längerer Weg. Uns sollte es recht sein. Der Weg ist das Leben.

sechs

Diesmal mußten wir uns in Denver mit einer Reihe von Umständen auseinandersetzen, die ganz anders waren als jene von 1947. Wir konnten entweder gleich einen Wagen über die Mitfahrerzentrale kriegen oder zum Spaß ein paar Tage bleiben und nach Deans Vater Ausschau halten.

Wir waren beide erschöpft und schmutzig. In der Toilette eines Lokals stand ich vor einem Pinkelbecken, womit ich Dean den Weg zum Waschbecken verstellte; deshalb trat ich zurück, bevor ich fertig war, ging zu einem anderen Becken und pinkelte weiter. Ich sagte zu Dean: «Den Trick mußt du dir merken.»

«Mann», sagte er, während er sich am Waschbecken die Hände wusch, «bestimmt ein guter Trick, aber schlecht für deine Nieren, weil du jedesmal ein bißchen älter wirst, wenn du so was machst, und wenn du alt bist, kommen dann Jahre des Leidens, furchtbare Nierenschmerzen, wenn du irgendwo auf der Parkbank sitzt.»

Ich wurde sauer. «Wer ist hier alt? Ich bin nicht viel älter als du!»

«Hab ich auch nicht behauptet, Mann!»

«Oh», sagte ich, «dauernd machst du witzige Anspielungen auf mein Alter. Ich bin doch kein alter Schwuler, wie dieser Schwule da, *mich* brauchst du nicht wegen meiner Nieren zu warnen.» Wir kamen wieder an den Tisch, gerade als die Kellnerin unsere warmen Roastbeef-Sandwiches brachte – und normalerweise hätte sich Dean sofort wie ein Wolf auf das Essen gestürzt –, da sagte ich, um meine Wut abzuschütteln: «Schluß jetzt, ich will nichts mehr davon hören.» Dean traten plötzlich Tränen in die Augen, er stand auf und ließ sein dampfendes Essen stehen und ging nach draußen. Ich überlegte schon, ob er für immer abgehauen sei. Mir war es egal, so wütend war ich – ich war einen Moment regelrecht ausgerastet und hatte es Dean fühlen lassen. Aber der Anblick seines nicht angerührten Essens machte mich so traurig, wie ich seit Jahren nicht mehr gewesen war. Ich hätte es nicht sagen sollen … er ißt doch so gern … Nie hat er sein Essen einfach so stehenlassen … Ach, verdammt. Soll es ihm eine Lehre sein.

Dean stand draußen vor dem Restaurant, genau fünf Minuten lang, dann kam er wieder herein und setzte sich. «Na», sagte ich, «was hast du da draußen gemacht, die Fäuste geballt? Mich verflucht, dir neue Witze über meine Nieren ausgedacht?»

Dean schüttelte stumm den Kopf. «Nein, Mann, nein, du liegst völlig falsch. Wenn du's wissen willst, na …»

«Na, mach schon, erzähl.» Ich sagte das, ohne den Blick von meinem Teller zu heben. Ich fand mich selbst widerlich.

«Ich habe geweint», sagte Dean.

«Blödsinn, du weinst doch nie.»

«Warum sagst du das? Wieso glaubst du, ich könnte nicht weinen?»

«Dazu geht's dir nicht dreckig genug.» Mit jedem dieser Sätze stieß ich mir selbst ein Messer in die Brust. Meine ganze unterdrückte Wut auf meinen Bruder kam heraus: Wie konnte ich so gemein sein, wieviel Schmutz stieg da aus den Tiefen meiner eigenen unreinen Psyche auf!

Dean schüttelte den Kopf. «Nein, Mann, ich hab geweint.»

«Komm schon, ich wette, du warst so sauer, daß du raus mußtest.»

«Glaub mir, Sal, wirklich, glaub mir, falls du mir jemals ein Wort geglaubt hast.» Ich wußte, daß er die Wahrheit sagte, und wollte doch nichts mit dieser Wahrheit zu tun haben, und als ich ihn ansah, kam ich mir selber blödsinnig vor und spürte den Knoten in meinem verdammten Bauch. Da wußte ich, daß ich im Unrecht war.

«Ach, Mann, Dean, es tut mir leid, noch nie hab ich mich dir gegenüber so benommen. Na, endlich lernst du mich kennen. Du weißt, ich habe keinerlei nähere Beziehungen mehr zu irgend jemandem – ich weiß nicht, wie ich es anfangen soll. Ich halte Dinge in der Hand, als wären sie Dreck, und weiß nicht, wo ich sie hinlegen soll. Vergiß es.»

Der heilige Schwindler fing an zu essen. «Es ist nicht meine Schuld, es ist nicht meine Schuld!» sagte ich. «Nichts auf dieser lausigen Welt ist meine Schuld, verstehst du das nicht? Ich will nicht, daß es so ist, und es kann nicht sein, und es wird nicht so sein.»

«Ja, Mann, ja, Mann. Aber kommen wir bitte zurück zur Sache, und glaube mir.»

«Ich glaube dir doch, ja, wirklich.» Dies war die traurige Geschichte jenes Nachmittags. Alle möglichen furchtbaren Komplikationen ergaben sich noch am gleichen Abend, als wir, Dean und ich, bei der Wanderarbeiterfamilie einzogen.

Die Leute waren Nachbarn von mir gewesen, in meiner Denver-Einsamkeit vor zwei Wochen. Die Mutter war eine wunderbare Frau in Jeans, die Kohlenlaster durch die winterlichen Berge steuerte, um ihre Kinder durchzubringen, vier im ganzen, nachdem ihr Mann sie vor Jahren verlassen hatte, als sie alle zusammen mit einem Trailer durchs Land fuhren. Mit diesem Trailer waren sie von Indiana nach LA gekommen. Nach vielen guten Zeiten und tollen Sonntagnachmittagssaufereien in Kneipen an Straßenkreuzungen, nach viel Gelächter und abendlichem Gitarrespiel war der große Lümmel plötzlich aufgestanden und über die nächtlichen Felder davongegangen, um niemals wiederzukommen. Die Kinder waren wunderbar. Der Älteste war ein Junge, der nicht zu Hause war, sondern den Sommer in einem Jugend-Camp in den Bergen verbrachte; dann kam die süße dreizehnjährige Tochter, Janet, die Gedichte schrieb und auf den Feldern Blumen pflückte und, wenn sie einmal groß war, Schauspielerin in Hollywood werden wollte; danach kamen die beiden Kleinen, Little Jimmy, der abends am Lagerfeuer nach seinen «Toffeln» schrie, bevor sie noch halb geröstet waren, und Little Lucy, die Würmer und Kröten und Käfer als Haustiere adoptierte, alles, was krabbeln konnte, und ihnen Namen und ein Obdach gab. Sie hatten vier

Hunde. Sie lebten ihr ärmliches, fröhliches Leben in der kleinen Neubausiedlung am Straßenrand, wo sie Kritik und Spott ihrer halbrespektablen Nachbarn ertragen mußten, nur weil die arme Frau von ihrem Mann verlassen worden war und weil sie Unordnung im Hof machten. Abends sah man von dort all die Lichter von Denver wie ein großes Rad auf der Ebene ausgebreitet, denn das Haus stand in jenem Teil des Westens, wo die Berge sanft auslaufen und wo in Urzeiten wahrscheinlich die sanften Wellen eines meergroßen Mississippi schwappten und solche runden, perfekten Sockel für inselartige Gipfel wie den Evans und den Pike und den Longs ausgewaschen haben. Dean kam dort an und war natürlich sofort hell begeistert, als er sie alle sah, vor allem Janet, aber ich ermahnte ihn, er solle sie nicht anrühren, was wahrscheinlich nicht einmal nötig gewesen wäre. Die Frau hatte viel für Männer übrig und flog gleich auf Dean, aber sie war schüchtern, und er war ebenfalls schüchtern. Sie sagte, Dean erinnere sie an ihren davongelaufenen Mann. «Genau wie er – oh, das war ein Verrückter, ich sag's euch!»

Es folgten lärmende Biergelage im unaufgeräumten Wohnzimmer, lautstarke Abendessen und dröhnende Cowboy-Musik aus dem Radio. Schwierigkeiten erhoben sich wie Wolken von Schmetterlingen: die Frau – Frankie, wie alle sie nannten – wollte sich endlich ein altes Auto kaufen, wie sie es seit Jahren angedroht hatte, und war kürzlich ihrem Ziel ein paar Bucks nähergekommen. Dean übernahm sofort die Aufgabe, den Wagen auszusuchen und den Preis auszuhandeln, weil er natürlich selbst damit fahren wollte, damit er wie einst am Nachmittag aus der High-School kommende Mädchen aufgabeln und mit ihnen in die Berge fahren konnte. Die arme arglose Frankie war stets für alles zu haben. Aber als sie auf den Platz kamen und vor dem Händler standen, hatte sie plötzlich Angst, sich von ihrem Geld zu trennen. Dean setzte sich in den Staub des Alameda Boulevard und schlug sich mit den Fäusten vor die Stirn. «Für einen Hunderter *kriegst* du nichts Besseres!» Er schwor, er werde nie wieder mit ihr reden, er fluchte mit hochrotem Kopf und war drauf und dran, so oder so in den Wagen zu springen und wegzufahren. «Oh, diese blöden blöden blöden Wanderarbeiter, sie werden sich nie ändern, wie absolut blöd, wie unglaublich borniert, kaum sind Taten angesagt, ergreift sie die heilige, hysterische Lähmung, nichts fürchten sie mehr als das, was sie sich immer schon wünschen – *genau wie mein Vater, genau wie mein Vater,* immer das gleiche.»

Dean war sehr aufgeregt an diesem Abend. Wir hatten uns mit seinem Vetter Sam Brady in einer Bar verabredet. Er zog ein sauberes T-Shirt an und strahlte übers ganze Gesicht. «Hör zu, Sal, ich muß dir von Sam erzählen – meinem Vetter.»

«Übrigens, hast du nach deinem Vater gesucht?»

«Heute nachmittag, Mann, war ich in der Stadt in Jiggs' Buffet, wo er sonst immer selig besäuselt am Zapfhahn stand und vom Chef runtergeputzt wurde und hinaustorkelte – nichts –, und dann war ich in dem alten Friseursalon beim Windsor Hotel – wieder nichts –, aber der alte Knabe dort sagte, er glaube – stell dir das vor! –, er arbeite neuerdings bei der *Boston-and-Maine*-Linie, in einem Eisenbahner-Musikschuppen in Neuengland! Aber das nehme ich ihm nicht ab, die Leute erfinden dir Schauergeschichten für zehn Cent. Jetzt hör mir gut zu. In meiner Kindheit war Sam Brady, mein Vetter, für mich der absolute Held. Er war Whiskyschmuggler in den Bergen, und einmal hatte er auf dem Hof eine furchterregende Prügelei mit seinem Bruder, zwei Stunden dauerte das, die Frauen kreischten vor Angst. Wir schliefen damals im selben Zimmer. Er war der einzige Mann in der Familie, der sich liebevoll um mich gekümmert hat. Und heute abend soll ich ihn wiedersehen, zum erstenmal seit sieben Jahren, er ist gerade aus Missouri zurück.»

«Und wo ist der Haken?»

«Kein Haken, Mann, ich will nur wissen, wie's in der Familie so läuft – auch ich habe Familie, vergiß das nicht –, und vor allem, Sal, will ich mir Dinge aus meiner Kindheit erzählen lassen, die ich vergessen habe. Ich möchte mich erinnern, erinnern, ja, genau!» Nie hatte ich Dean so glücklich und aufgeregt erlebt. Während wir in der Bar auf seinen Vetter warteten, sprach er mit allen möglichen Gammlertypen und Strichern aus der Stadt, er wollte wissen, was es für neue Banden gab und was so los war. Dann erkundigte er sich nach Marylou, die kürzlich in Denver gewesen war. «Sal, wenn ich in meinen jungen Jahren an diese Ecke kam, um Kleingeld vom Zeitungsstand zu klauen und mir ein billiges Gulasch zu leisten, stand da immer dieser üble Bursche, den du da drüben siehst, nichts als Mord und Totschlag im Sinn, und fing eine grausame Schlägerei nach der anderen an, ich kann mich sogar an seine Narben erinnern ... bis ihn das jahrelange Herumstehen an der Straßenecke schließlich weichgekocht und enorm geläutert hat, wie du siehst, jetzt ist er ganz friedlich und freundlich und hat Geduld mit allen und ist eine *Institution* an der Ecke geworden, da siehst du mal, wie es gehen kann.»

Dann kam Sam, drahtig, mit krausem Haar, ein Mann von fünfunddreißig Jahren, mit Schwielen an den Arbeiterhänden. Dean stand ehrfürchtig vor ihm. «Nein», sagte Sam Brady, «ich trinke nicht mehr.»

«Siehst du? Siehst du?» flüsterte Dean mir ins Ohr. «Er trinkt nicht mehr, dabei war er der größte Whiskysäufer in der Stadt, jetzt ist er fromm geworden, gläubig, hat er mir am Telefon erzählt, verstehst du? Verstehst du die Veränderung, die in einem Menschen vorgehen kann? Mein Held ist mir fremd geworden.» Sam Brady war voller Mißtrauen gegen seinen jungen Vetter. Er drehte mit uns eine Runde in seinem klapprigen alten Coupé und stellte sofort die Verhältnisse klar.

«Sieh mal, du, Dean, ich habe den Glauben an dich verloren, mir kannst du nichts mehr erzählen. Heute abend bin ich nur gekommen, weil du Papiere unterzeichnen sollst, für die Familie. Dein Vater existiert nicht mehr für uns, wir sprechen nicht mehr von ihm und wollen nichts mit ihm zu schaffen haben, und – tut mir leid, es zu sagen – mit dir auch nicht.» Ich sah Dean an. Ihm fiel die Kinnlade runter, er wurde rot.

«Ja, ja», sagte er. Der Vetter fuhr noch ein Stück mit uns spazieren und spendierte uns sogar ein Eis. Trotz allem bestürmte ihn Dean mit unzähligen Fragen nach der Vergangenheit, und der Vetter gab Antwort, und einen Moment lang schwitzte Dean beinahe schon wieder vor Begeisterung. Oh, wenn nur sein armer Vater an diesem Abend dabeigewesen wäre! Der Vetter ließ uns im trüben Licht eines Rummelplatzes am Alameda Boulevard, Ecke Federal, aussteigen. Er vereinbarte mit Dean ein Treffen am nächsten Nachmittag zur Unterzeichnung der Papiere und verschwand. Ich sagte Dean, es tue mir so leid, daß niemand mehr auf der Welt an ihn glaube.

«Aber ich glaube an dich, vergiß das nicht. Es tut mir unendlich leid, mein blöder Zorn gestern nachmittag auf dich.»

«Schon gut, Mann, ist erledigt», sagte Dean. Wir gingen zusammen auf den Rummelplatz. Es gab Karussells, Riesenräder, Popcorn-Stände, ein Roulette, billige Kneipen und Hunderte von Kids aus Denver, die ziellos in ihren Jeans umherschlenderten. Staub stieg zum Sternenhimmel auf, dazu die traurigste Musik dieser Erde. Dean trug seine ausgewaschenen engen Jeans und ein T-Shirt, und er sah plötzlich wieder wie ein richtiger Typ aus Denver aus. Man sah Motorrad-Typen mit Augenschirm und Schnurrbart und perlenbesetzten Jacken, die bei den Spannleinen hinter den Zelten herumlungerten, mit hübschen Mädchen in engen Jeans und roten Blusen. Man sah auch eine Menge mexikanische Chicks und ein erstaunliches kleines Mädchen, nur etwa einen Meter groß, eine Zwergin – sie hatte das schönste und zarteste Gesicht der Welt –, die sich zu ihrem Begleiter umdrehte und sagte: «Komm, laß uns Gomez anrufen und hier verschwinden.» Dean blieb wie angewurzelt stehen, als er sie sah. Ein Dolch aus dem Dunkel der Nacht hatte ihn ins Herz getroffen. «O Mann, ich liebe sie, ich *liebe* sie ...» Wir mußten ihr nachlaufen, ein ganzes Stück, bis sie schließlich über die Straße ging, in ein Motel, um dort in der Zelle einen Anruf zu machen, und Dean gab vor, im Telefonbuch zu blättern, während er sie in Wahrheit wie gebannt beobachtete. Ich wollte mit den Freundinnen des süßen Püppchens ein Gespräch anfangen, aber sie beachteten uns nicht. Dann kam Gomez mit einem klapprigen Lastwagen vorbeigefahren und holte die Mädchen ab. Dean stand auf der Straße und schlug die Hände vor die Brust. «Oh, Mann, ich wäre fast gestorben ...»

«Warum, verdammt, hast du sie nicht angesprochen?»

«Kann ich nicht, konnte ich nicht ...» Wir beschlossen, Bier zu holen und bei Frankie, der Wanderarbeiterin, Platten zu hören. Wir marschierten die Straße lang, mit einer großen Tüte voller Bierdosen. Frankies Tochter, die dreizehnjährige Janet, war das allerschönste Mädchen in der Welt und würde zu einer sagenhaften Frau heranwachsen. Das Beste von allem waren die schmalen, spitz zulaufenden sensiblen Finger, mit denen sie zu sprechen pflegte wie eine Kleopatra vom Nil beim Tanz. Dean saß in der anderen Ecke des Zimmers, beobachtete sie mit zusammengekniffenen Augen und sagte: «Ja, ja, ja.» Janet hatte ihn schon gewahrt, sie wandte sich schutzsuchend an mich. In den zurückliegenden Sommermonaten hatte ich viel Zeit mit ihr verbracht, mit ihr über Bücher geredet und über die kleinen Dinge, die ihr am Herzen lagen.

sieben

An diesem Abend passierte nichts; wir gingen schlafen. Alles passierte am nächsten Tag. Nachmittags gingen Dean und ich in die Stadt, um unsere verschiedenen Dinge zu erledigen und in der Mitfahrerzentrale nach einem Wagen nach New York zu fragen. Am späten Nachmittag machten wir uns auf den Weg zu Frankie, den Broadway entlang, wo Dean plötzlich in ein Sportgeschäft schlenderte, seelenruhig einen Softball von der Ladentheke nahm und wieder herauskam, den Ball auf der flachen Hand jonglierend. Niemand bemerkte es; solche Sachen werden nie bemerkt. Es war ein heißer, schläfriger Nachmittag. Im Gehen spielten wir Fangball. «Morgen finden wir bestimmt eine Mitfahrgelegenheit.»

Eine mir befreundete Frau hatte mir eine Literflasche Old

Granddad-Bourbon geschenkt. Wir fingen bei Frankie an zu trinken. Hinter dem Maisfeld beim Haus wohnte ein hübsches junges Mädchen, das Dean herumzukriegen versuchte, seit wir angekommen waren. Ärger lag in der Luft. Allzuoft hatte er Steinchen an ihr Fenster geworfen und sie erschreckt. Und während wir in dem unaufgeräumten Wohnzimmer saßen, zwischen all den Hunden und den herumliegenden Spielsachen, und plaudernd den Bourbon tranken, lief Dean immer wieder zur Küchentür hinaus und quer über das Maisfeld, um Steinchen zu werfen und vor dem Fenster zu pfeifen. Manchmal ging Janet hinaus und spähte hinüber. Plötzlich kam Dean schreckensbleich zurück. «Ärger, mein Freund. Die Mutter der Kleinen ist mit der Schrotflinte hinter mir her, sie hat ein paar Schüler aus der Nachbarschaft zusammengetrommelt, die mich verdreschen sollen.»

«Was? Wie? Wo sind sie?»

«Hinter dem Maisfeld, mein Junge.» Dean war betrunken, ihm war alles egal. Wir gingen zusammen im Mondschein über das Maisfeld. Auf der dunklen Schotterstraße am anderen Ende sah ich Menschen in Grüppchen beisammenstehen.

«Sie kommen!» hörte ich.

«Moment mal», sagte ich. «Worum geht es, bitte?»

Die Mutter lauerte etwas abseits, mit einer langen Schrotflinte im Arm. «Dein Freund, der verdammte Kerl, hat uns lange genug belästigt. Ich bin nicht die Frau, die gleich die Polizei ruft. Falls er sich noch einmal blicken läßt, werde ich schießen – und zwar scharf schießen.» Die Schuljungen, die dabeistanden, ballten die Fäuste. Ich war so betrunken, daß auch mir schon alles egal war, aber ich konnte die Leute etwas beruhigen.

Ich sagte: «Er tut es nicht wieder. Ich passe auf, er ist mein Bruder und hört auf mich. Bitte, tun Sie die Waffe weg, und machen Sie sich keine Sorgen.»

«Noch ein einziges Mal!» sagte sie grimmig und fest entschlossen aus der Dunkelheit. «Wenn mein Mann nach Hause kommt, schicke ich ihn rüber.»

«Das ist gar nicht nötig; er wird Sie nicht mehr belästigen, verstehen Sie? Beruhigen Sie sich, es ist alles okay.» Dean hinter mir fluchte leise vor sich hin. Das Mädchen spähte aus dem Fenster. Ich kannte die Leute von früher, sie hatten ein gewisses Vertrauen zu mir und beruhigten sich. Ich nahm Dean am Arm, und wir gingen zurück durch den mondhellen Mais.

«Yippiiie!» brüllte er. «Heute abend besaufe ich mich.» Wir gingen wieder zu Frankie und den Kindern hinein. Irgendwann ärgerte sich Dean über eine Schallplatte, die die kleine Janet gerade aufgelegt hatte, und zerbrach sie über seinem Knie: es war eine Hillbilly-Platte. Unter den Platten war eine frühe Dizzy-Gillespie-Aufnahme, die Dean sehr schätzte, «Congo Blues», mit Max West am Schlagzeug. Ich hatte sie Janet irgendwann mal geschenkt, und als sie jetzt weinte, sagte ich zu ihr, sie solle sie nehmen und sie über Deans Kopf zerbrechen. Sie ging hinüber und tat es. Dean guckte dumm und kapierte. Wir alle lachten. Alles war wieder in Ordnung. Dann wollte Frankie-Mama ausgehen und in der Kneipe an der Straße Bier trinken. «Los, gehen wir!» schrie Dean. «Oh, verdammt, hättest du den Wagen gekauft, den ich dir Donnerstag gezeigt hab, müßten wir jetzt nicht zu Fuß laufen.»

«Aber ich mochte die verdammte Karre nicht!» schrie Frankie zurück. Rah-rah, fingen die Kinder an zu jammern. Dichte, mottige Ewigkeit brütete in dem verrückten braunen Wohnzimmer mit der trostlosen Tapete, der pinkroten Lampe, den erregten Gesichtern. Der kleine Jimmy hatte Angst; ich legte ihn zum Schlafen auf die Couch und band den Hund bei ihm an. Frankie war blau und rief ein Taxi, und plötzlich, während wir warteten, kam ein Anruf für mich, von der Frau, mit der ich befreundet war. Sie hatte einen Cousin mittleren Alters, der mich haßte wie die Pest, und ein paar Stunden zuvor, an diesem Nachmittag, hatte ich einen Brief an Old Bull Lee geschrieben, der gerade in Mexico City war, und ihm von unseren Abenteuern erzählt und von den Umständen, unter denen Dean und ich uns in Denver aufhielten. Ich schrieb: «Ich habe eine Freundin, die mir Whisky und Geld gibt und mich zu tollen Suppers einlädt.»

Dummerweise hatte ich diesen Brief ihrem Cousin mittleren Alters gegeben, mit der Bitte, ihn einzustecken, und zwar unmittelbar nach so einem Supper mit Brathühnern. Er öffnete ihn, las ihn und nahm, was ich geschrieben hatte, gleich als Beweis dafür, daß ich ein Schnorrer sei. Nun rief die Frau mich unter Tränen an und sagte, sie wolle mich niemals wiedersehen. Dann kam der triumphierende Cousin ans Telefon und nannte mich einen Dreckskerl. Während draußen das Taxi hupte und drinnen die Kinder heulten und die Hunde kläfften und Dean mit Frankie umhertanzte, brüllte ich alle Flüche, die mir einfielen, ins Telefon, dazu ein paar neu erfundene, und in meiner besoffenen Raserei forderte ich alle per Telefon auf, zur Hölle zu gehen, ehe ich den Hörer aufknallte und loszog, um mich zu besaufen.

Beim Aussteigen aus dem Taxi purzelten wir vor der Kneipe alle durcheinander. Es war ein hinterwäldlerisches Rasthaus am Fuß der Berge, und wir gingen hinein und bestellten Bier. Alles brach plötzlich zusammen, und um die Dinge noch unvorstellbar viel verrückter zu machen, war dort ein ekstatischer Spastiker an der Bar, der die Arme um Dean warf und ihm ins Gesicht stöhnte, und Dean rastete wieder aus, er schwitzte vor Wahnsinn, und um das unerträgliche Durcheinander noch schlimmer zu machen, stürzte Dean im nächsten Moment hinaus und knackte direkt in der Einfahrt ein Auto und sauste damit nach Denver *downtown* und kam mit einem neueren, besseren wieder. Plötzlich blickte ich in der Kneipe auf und sah, daß Polizisten und Neugierige im Scheinwerferlicht der Streifenwagen in der Einfahrt durcheinanderwirbelten und über das gestohlene Auto redeten. «Jemand klaut hier Autos, rechts und links», sagte der eine Cop gerade. Dean stand direkt hinter ihm, spitzte die Ohren und sagte: «Ah, ja. Ah, ja.» Die Cops fingen an zu kontrollieren. Dean kam in die Bar und rockte mit dem armen spastischen Jungen, der gerade an diesem Tag geheiratet hatte und sich riesig einen ansoff, während die Braut irgendwo wartete. «O Mann, dieser Typ ist absolut das Größte in der Welt», schrie Dean. «Sal, Frankie, ich gehe jetzt und hole wieder ein Auto, diesmal ein wirklich gutes, und dann fahren wir los, und Tony» (der heilige Spastiker) «soll auch mitkommen.» Er stürzte hinaus. Gleichzeitig kam ein Cop hereingelaufen und sagte, ein in der Innenstadt gestohlener Wagen sei in der Einfahrt geparkt. Darüber diskutierten die in dicken Trauben stehenden Leute. Durchs Fenster sah ich Dean ins nächstbeste Auto springen und davonbrausen, und keine Seele bemerkte ihn. Ein paar Minuten später war er wieder da, mit einem völlig anderen Wagen, einem brandneuen Kabriolett. «Das ist ein richtiges Prachtstück!» flüsterte er mir ins Ohr. «Der andere hat zu sehr gestottert – ich habe ihn an der Kreuzung stehenlassen, als ich dieses schöne Stück vor einem Farmhaus parken sah. Hab eine Runde durch Denver gedreht. Komm, Mann, steigen wir alle ein.» Bitterkeit und Verrücktheit seiner ganzen Jahre in Denver schossen wie Dolche aus seinen Adern. Sein Gesicht war rot verschwitzt und böse.

«Nein, mit gestohlenen Autos will ich nichts zu tun haben.»

«Ah, komm schon, Mann! Tony fährt mit, nicht wahr, Tony, du wundersamer Schatz?» Und Tony, diese spindeldürre, dunkelhaarige, stöhnende und schäumende, verlorene Seele mit dem heiligen Blick in den Augen, lehnte sich wieder an Dean und ächzte und ächzte, denn ihm war plötzlich schlecht geworden, und da, aus einer sonderbaren intuitiven Ahnung heraus, bekam er Angst vor Dean und warf die Hände hoch und wandte sich ab, nacktes Entsetzen in seinem verzerrten Gesicht. Dean senkte den Kopf und schwitzte. Er lief hinaus und fuhr weg. Frankie und ich fanden vor dem Haus ein Taxi und beschlossen nach Hause zu fahren. Während der Taxifahrer mit uns den stockdunklen Alameda Boulevard hinauffuhr, wo ich in den vergangenen Sommermonaten so manche verlorene Nacht dahingepilgert war, singend und seufzend und die Sterne in mich aufsaugend, Tropfen für Tropfen das Blut meines Herzens auf dem heißen Asphalt verspritzend, fuhr Dean mit dem gestohlenen Kabrio hinter uns auf und hupte und hupte und drängte uns ab und schrie. Der Taxifahrer wurde weiß im Gesicht.

«Nur ein Freund von mir», sagte ich. Dean hatte genug von uns und zog plötzlich mit neunzig Sachen in einem gespenstischen Wirbel von Staub und Auspuffgasen an uns vorbei. Er bog in Frankies Straße ein und hielt vor dem Haus; genauso plötzlich fuhr er wieder los, wendete und raste zurück Richtung Stadt, während wir ausstiegen und den Taxifahrer bezahlten. Kurz darauf, während wir noch besorgt im dunklen Hof warteten, kam er zurück, wieder mit einem anderen Auto, einem zerbeulten Coupé, bremste in einer Staubwolke vor dem Haus, kam taumelnd heraus und ging schnurstracks ins Schlafzimmer, wo er sturzbetrunken aufs Bett fiel. Und da saßen wir nun, mit einem gestohlenen Auto vor der Tür.

Ich mußte ihn wecken; ich schaffte es nicht, den Wagen zu starten und irgendwo loszuwerden. Er torkelte aus dem Bett, nur in Unterhose, und während die Kinder kichernd aus den Fenstern hingen, stiegen wir ein und fuhren holpernd und fliegend los, quer über die hartgebackenen Alfalfa-Reihen am Ende der Straße, wumm-ti-wummp, bis das Auto endlich schlappmachte und unter einem uralten Cottonwood-Baum bei der alten Mühle seinen Geist aufgab. «Weiter geht's nicht», sagte Dean lakonisch und stieg aus und marschierte über das Maisfeld zurück, gut eine halbe Meile weit, in seiner Unterhose im Mondschein. Wir kehrten ins Haus zurück, und er legte sich schlafen. Alles war ein gräßliches Durcheinander: ganz Denver, die Freundin, die Autos, die Kinder, die arme Frankie, das mit Bier und Bierdosen verwüstete Wohnzimmer – und ich versuchte zu schlafen. Eine Grille hinderte mich am Einschlafen. Bei Nacht sind die Sterne in dieser Gegend des Westens, wie ich schon in Wyoming gesehen hatte, groß wie Leuchtkugeln und so einsam wie der Dharma-Prinz, der den heiligen Hain seiner Ahnen verloren hat und nun zwischen den Deichselpunkten des Großen Wagens durch die Sphären irrt, um ihn wiederzufinden. So kreisten sie langsam durch die Nacht, und lange bevor die Sonne wirklich aufging, zog fern über dem dunklen öden Land im Westen von Kansas das mächtige rote Licht auf, und über Denver fingen die Vögel an zu singen.

acht

Scheußliche Übelkeit plagte uns am Morgen. Als erstes ging Dean auf das Maisfeld hinaus, um zu sehen, ob der Wagen uns noch Richtung Osten tragen würde. Ich war dagegen, aber er ging trotzdem. Bleich vor Schreck kam er wieder. «Mann, das ist ein Polizeiwagen, und jedes Revier in der Stadt kennt meine Fingerabdrücke, seit damals, als ich fünfhundert Autos in einem Jahr geknackt hab. Du siehst ja, was ich damit mache, ich will nur rumfahren, Mann! Hör zu, wir landen noch im Gefängnis, wenn wir nicht augenblicklich von hier verschwinden.»

«Verdammt recht hast du», sagte ich, und mit fliegenden Händen packten wir unsere Sachen. Mit flatterndem Schlips und baumelnden Hemdenzipfeln nahmen wir Abschied von unserer lieben kleinen Familie und stolperten los, auf die schützende Straße zu, wo niemand uns kannte. Die kleine Janet weinte, als sie uns oder mich, oder was auch immer verschwinden sah – und Frankie war höflich, und ich küßte sie und entschuldigte mich bei ihr.

«Wirklich ein irrer Kerl!» sagte sie. «Erinnert mich enorm an meinen durchgebrannten Mann. Genau der gleiche Typ. Ich hoffe nur, daß mein Mickey nicht in die Richtung schlägt, tun sie ja heute alle.»

Ich sagte good-by zu Little Lucy, die ihren Lieblingskäfer in der Hand hielt, der kleine Jimmy schlief noch. All dies im Zeitraum von Sekunden, an einem lieblichen Sonntagmorgen bei Sonnenaufgang, und schon stolperten wir mit unserem lumpigen Gepäck davon. Wir mußten eilen. Jede Minute konnte ein

Streifenwagen um eine Straßenbiegung kommen, der auf der Suche nach uns war.

«Falls die Frau mit der Schrotflinte dahinterkommt, sind wir geliefert», sagte Dean. «Wir *müssen* ein Taxi nehmen. Dann sind wir in Sicherheit.» Wir wollten schon die Leute in einem Farmhaus wecken und bitten, bei ihnen kurz telefonieren zu dürfen, aber der Hund verscheuchte uns. Jeden Moment wurde es für uns gefährlicher; ein ländlicher Frühaufsteher konnte das gestrandete Auto im Maisfeld finden. Eine reizende alte Dame ließ uns endlich telefonieren, und wir bestellten ein Taxi aus Denver, aber es kam nicht. Wir trotteten weiter die Straße entlang. Der erste Morgenverkehr begann, jedes Auto sah aus wie ein Streifenwagen. Dann kam plötzlich ein Streifenwagen auf uns zu, und ich wußte, dies war das Ende, das Ende meines Lebens, wie ich es bis jetzt gekannt hatte, und der Anfang eines neuen und schrecklichen Stadiums in Gefängnissen, hinter Gittern, in Kummer und Leid. Aber der Streifenwagen war unser Taxi, und von diesem Moment an flogen wir nach Osten.

Bei der Mitfahrerzentrale gab es das unwahrscheinliche Angebot, eine 47er Cadillac-Limousine nach Chicago zu bringen. Der Besitzer war mit seiner Familie von Mexiko heraufgefahren, er hatte genug von der Fahrerei und hatte die Seinen in den Zug gesetzt. Er wollte nur Ausweise sehen und daß der Wagen ordentlich überführt würde. Meine Papiere überzeugten ihn, daß alles in Ordnung gehen würde. Er brauche sich keine Sorgen zu machen, sagte ich, und zu Dean sagte ich: «Keine krummen Sachen mit diesem Wagen.» Dean zappelte vor Neugier, den Wagen zu sehen. Wir mußten eine Stunde warten. Wir legten uns auf den Rasen an der Kirche, wo ich 1947 zwischen bettelnden Landstreichern gehockt hatte, nachdem ich Rita Bettencourt nach Hause brachte, und dort schlief ich, erschöpft von all den Schrecken, ein – über mir die Nachmittagsvögel. Sogar eine Orgel spielte irgendwo. Dean trieb sich unterdessen in der Stadt herum. In einem Schnellimbiß sprach er eine Kellnerin an und verabredete mit ihr, daß er sie am Nachmittag in seinem Cadillac spazierenfahren würde. Dann kam er zurück und weckte mich mit dieser Neuigkeit.

Als der Cadillac schließlich kam, fuhr Dean sofort los, um «Benzin zu tanken», und der Mann von der Mitfahrerzentrale sah mich an und fragte: «Wann kommt er wieder? Die anderen Mitfahrer sind schon bereit.» Er zeigte auf zwei irische Jungen aus einem Jesuiten-Internat an der Ostküste, die wartend mit ihren Koffern auf einer Bank saßen.

«Er ist nur tanken gefahren. Er ist gleich zurück.» Ich flitzte zur Straßenecke und beobachtete, wie Dean mit laufendem Motor auf seine Kellnerin wartete, die sich in ihrem Hotelzimmer feinmachte; ich sah sie sogar von dort, wo ich stand, vor ihrem Spiegel stehen und sich die Nylons glattstreichen und Make-up auflegen und wünschte, ich hätte mit den beiden mitfahren können. Sie kam herunter und stieg in den Cadillac. Ich schlenderte zurück, um den Boss der Zentrale und die Mitfahrer zu beruhigen. Von dort, wo ich an der Tür stand, sah ich den Cadillac über den Cleveland Place huschen, Dean im T-Shirt und fröhlich, mit den Händen fuchtelnd über das Lenkrad gebeugt und auf das Mädchen einredend, das traurig und stolz neben ihm saß. Am hellichten Tag fuhren sie auf einen Parkplatz, parkten vor einer Backsteinmauer (ein Parkplatz, auf dem Dean früher einmal als Wärter gearbeitet hatte), und dort, behauptet er, habe er sie auf der Stelle umgelegt; und nicht nur das, er habe sie sogar überredet, sagte er, uns an die Ostküste zu folgen; sobald sie am nächsten Freitag ihren Lohn kassiert habe, solle sie in den Bus steigen und sich in New York mit uns treffen, in Ian MacArthurs Bude an der Lexington Avenue. Sie habe eingewilligt; sie heiße Beverly. Dreißig Minuten später kam Dean wieder angesaust, setzte das Mädchen vor dem Hotel ab, Küsse, Lebewohl, Versprechungen, und hielt vor der Mitfahrerzentrale, um die ganze Crew aufzusammeln.

«Wird ja auch Zeit!» sagte der Boss von der Broadway-Sam-Zentrale. «Ich dachte schon, Sie wären mit dem Cadillac abgehauen.»

«Ich übernehme die Verantwortung», sagte ich, «keine

Sorge.» Ich sagte es, weil Dean so offenkundig in einem Rausch war, daß jeder seine Verrücktheit erkennen konnte. Dean, plötzlich nüchtern und geschäftig, half den Jesuiten-Boys mit ihrem Gepäck. Kaum saßen sie auf dem Rücksitz, kaum hatte ich Denver Lebewohl gewinkt, raste er los, und der mächtige Motor schnurrte mit immenser vogelgleicher Kraft. Keine zwei Meilen hinter Denver brach unsere Tachowelle, weil Dean den Wagen auf mehr als 110 Meilen pro Stunde hinaufjagte.

«Kein Tacho mehr, na, dann weiß ich auch nicht, wie schnell ich fahre. Ich werde also bis Chicago durchbrettern und den Schnitt nach der Uhrzeit schätzen.» Es schien, als ob wir nicht mal siebzig fuhren, aber die anderen Autos blieben wie tote Fliegen hinter uns zurück auf dem schnurgeraden Highway nach Greeley. «Du fragst dich, Sal, warum wir nach Norden fahren? Wir müssen unbedingt Ed Wall besuchen, auf seiner Ranch in Sterling, du mußt ihn kennenlernen und seine Ranch sehen – und dieser Wagen läuft so schnell, daß wir es ohne Probleme rechtzeitig schaffen können und in Chicago sind, lange bevor dieser Mann mit der Eisenbahn angekommen ist.» Okay, mir sollte es recht sein. Es regnete, aber Dean fuhr kein bißchen langsamer. Es war ein sehr schöner Wagen, eine der letzten großen, altmodischen Limousinen, schwarz, ein langer Schlitten mit Weißwandstreifen und wahrscheinlich kugelsicheren Fenstern. Die Jesuiten-Boys – von St. Bonaventura – saßen im Fond, glücklich und froh, daß die Reise losging: sie hatten keine Ahnung, wie schnell wir fuhren. Sie versuchten ein Gespräch anzufangen, aber Dean schwieg und zog sein T-Shirt aus und fuhr mit nacktem Oberkörper. «Oh, diese Beverly ist vielleicht ein süßes tolles Mädchen – sie kommt zu mir nach New York –, wir werden heiraten, sobald ich die Scheidung von Camille bekommen habe – alles überschlägt sich, Sal, und wir sind wieder unterwegs! Ja!» Je schneller wir uns von Denver entfernten, um so besser ging es mir, und wir entfernten uns *schnell*. Es wurde dunkel, als wir bei Junction den Highway verließen und abbogen auf eine unbefestigte Straße, die uns über die düstere Prärie des östlichen Colorado zu Ed Walls Ranch führte, mitten ins

Niemandsland der Koyoten. Aber es regnete immer noch, der Wagen war schlammverkrustet, und Dean ging auf siebzig runter. Ich sagte, er solle noch langsamer fahren, wir würden sonst ins Schleudern kommen, aber er meinte: «Keine Sorge, Mann, du kennst mich.»

«Diesmal nicht», sagte ich. «Du fährst wirklich zu schnell.» Er jagte nur so über den glitschigen Schlamm, und in dem Moment, als ich es sagte, kam eine scharfe Kurve nach links, Dean riß das Steuer herum, doch er schaffte es nicht, und der schwere Wagen rutschte, entsetzlich schwankend, in den Dreck.

«Paß auf jetzt!» rief Dean unbekümmert und rang einen Moment lang mit seinem Schutzengel, und dann landeten wir mit dem Heck im Straßengraben, die Nase des Wagens der Straße zugekehrt. Tiefe Stille ringsum. Wir hörten das Pfeifen des Windes. Wir standen mitten in der wilden Prärie. Ein Farmhaus lag eine Viertelmeile weiter an der Straße. Ich hörte nicht auf zu fluchen, so wütend, so sauer war ich auf Dean. Er sagte nichts, zog sich eine Jacke über und stapfte im Regen zu dem Farmhaus hinüber, um Hilfe zu holen.

«Ist das dein Bruder?» fragten die Jungs auf dem Rücksitz. «Er fährt wie der Teufel, was? Und kann's mit den Frauen, nach allem, was er erzählt.»

«Er spinnt», sagte ich, «und ja, er ist mein Bruder.» Dean kam mit dem Farmer auf einem Traktor zurück. Sie hakten Ketten ein, und der Farmer zog uns aus dem Graben. Der Wagen war voller Schlamm, der eine Kotflügel war eingedrückt. Der Farmer verlangte fünf Dollar. Seine Töchter standen im Regen und schauten zu. Die schönste und schüchternste von allen stand abseits versteckt auf dem Feld, und sie hatte allen Grund dazu, denn sie war absolut und definitiv das schönste Mädchen, das Dean und ich je in unserem Leben erblickt hatten. Sie war ungefähr sechzehn und hatte einen Prärieteint wie wilde Rosen, die strahlendsten blauen Augen, das lieblichste Haar, und sie war scheu und flink wie eine Steppenantilope. Sie zuckte jedesmal zusammen, wenn wir zu ihr hinüberschauten. So stand sie da in dem wilden Wind, der vom Sasketchewan River herüberblies und ihr das Haar zauste und wie einen Schleier aus lebendigen Locken um ihr schönes Gesicht legte. Sie errötete immer mehr.

Wir gaben dem Farmer, was er verlangte, warfen noch einen letzten Blick nach unserem Engel der Prärie und fuhren weiter, langsamer jetzt, bis es vollends Nacht wurde und Dean meinte, daß Ed Walls Ranch nicht mehr weit sein könne. «Weißt du, so ein Mädchen wie dieses macht mir angst», sagte ich. «Ich gäbe alles auf und würde mich bedingungslos ausliefern, auf Gedeih und Verderb, und wenn sie mich dann nicht haben wollte, würde ich mich in den tiefsten Abgrund der Welt stürzen.» Die Jesuiten-Boys kicherten. Sie kannten nichts anderes als die abgedroschenen Sprüche von ihrem Ostküsten-College und hatten nichts in ihren Vogelhirnen als eine Menge halbverdauten Thomas von Aquino. Dean und ich beachteten sie nicht. Während wir durch die versumpften Ebenen brausten, erzählte Dean Geschichten aus seiner Cowboy-Zeit; er zeigte uns das Stück der Straße, wo er einen ganzen Vormittag lang geritten war; die Stelle, wo er den Weidezaun geflickt hatte, als wir den wahrhaft unermeßlichen Besitz der Walls erreichten, und auch die Stelle, wo der alte Mister Wall, Eds Vater, im Auto hinter einer verlaufenen Kuh über die Steppe geholpert war und gebrüllt hatte: «Dich kriege ich noch, Gott verdammt!» «Er brauchte alle sechs Monate einen neuen Wagen», lachte Dean. «Ihm war's egal. Wenn ein Tier sich verlaufen hatte, ratterte er bis zum nächsten Wasserloch hinterher und sprang hinaus und lief zu Fuß weiter. Hat jeden Cent umgedreht und im Kasten gehortet. Verrückter alter Rancher. Ich werde dir ein paar von seinen Autowracks hinter der Arbeiterbaracke zeigen. Hierher kam ich, als ich auf Bewährung entlassen wurde, nach meinem letzten Gastspiel im Knast. Von hier habe ich die Briefe an Chad King geschrieben, die du gelesen hast.» Wir bogen von der Straße ab und holperten auf einem Feldweg durch die Winterweide. Mehrere Kühe reckten plötzlich ihre traurigen weißen Gesichter ins Scheinwerferlicht. «Ja, das sind sie. Das sind die Kühe von Ed Wall. Da kommen wir niemals durch. Wir müssen aussteigen und sie verjagen. He-he-heee!» Es war aber gar nicht nötig, und vorsichtig schoben wir uns zwischen den Tieren hindurch, die muhend und manchmal leise gegen die Tür polternd wie ein Meer unser Auto umwogten. Dahinter sahen wir das Licht des Ranch-Hauses. Um dieses einsame Licht erstreckten sich Hunderte von Meilen leerer Ebenen.

Eine so schwarze Nacht, wie sie sich über die Prärie senkte, ist unvorstellbar für uns im Osten. Da waren keine Sterne, kein Mond, keine Lichter – nur der schwache Lichtschein aus Mrs. Walls Küche. Jenseits des von dunklen Schatten erfüllten Hofes dehnte sich eine endlose Welt, von der bis zum Morgengrauen nichts zu sehen sein würde. Wir klopften, wir riefen im Dunklen nach Ed Wall, der im Stall die Kühe melkte. Ich tat ein paar vorsichtige Schritte, vielleicht zehn Meter, nicht weiter, in die Finsternis und glaubte Koyoten zu hören. Ed Wall meinte, es sei wahrscheinlich eines der Wildpferde seines Vaters gewesen, das in der Ferne wieherte. Ed Wall war ungefähr in unserem Alter, hoch gewachsen, schlank, mit kleinen, spitzen Zähnen und wortkarg. Er und Dean hatten in Denver oft an der Curtis Street herumgestanden und den Mädchen nachgepfiffen. Jetzt führte er uns freundlich in sein dunkles, braunes, anscheinend selten benutztes Wohnzimmer und tappte umher, bis er eine trübe Lampe fand, die er anmachte. Dann sagte er zu Dean: «Verdammt, was ist mit deinem Daumen passiert?»

«Habe Marylou eins auf die Schnauze gegeben, und der Daumen hat sich so sehr entzündet, daß ein Stück davon amputiert werden mußte.»

«Verdammt, warum tust du so etwas?» Mir wurde klar, daß Ed einmal so etwas wie ein großer Bruder für Dean gewesen war. Er schüttelte den Kopf; der Melkeimer stand noch vor seinen Füßen. «Du warst schon immer ein verrückter Spinner.»

Inzwischen bereitete Eds junge Frau in der riesigen Ranch-Küche ein tolles Essen. Für den Eiskrem entschuldigte sie sich: «Ach, nichts als Sahne und Pfirsiche, zusammen in den Kühlschrank gestellt.» Es war natürlich das einzige wahre Eis, das ich je im Leben gegessen habe. Sie begann sparsam und endete verschwenderisch: während wir aßen, erschienen immer neue Köstlichkeiten auf dem Tisch. Sie war eine stattliche Blonde, und wie alle Frauen, die isoliert in entlegenen Gegenden leben, klagte sie über die Langeweile. Sie zählte die Radioprogramme auf, die sie normalerweise abends um diese Zeit hörte. Ed Wall saß dabei und betrachtete seine Hände. Dean aß mit Heißhunger. Er flunkerte, und ich sollte den Schwindel mitmachen, daß ich der Besitzer des Cadillacs sei, ein reicher Mann, und er mein Freund und Chauffeur. Ed Wall ließ sich nicht beeindrucken. Jedesmal, wenn sich das Vieh im Stall regte, hob er den Kopf und lauschte.

«Na gut, hoffentlich kommt ihr gut nach New York.» Er glaubte kein Wort von dem Märchen, daß ich der Besitzer des Cadillacs sei. Er war überzeugt, daß Dean den Wagen gestohlen hatte. Ungefähr eine Stunde blieben wir auf der Ranch. Ed Wall hatte den Glauben an Dean verloren, genau wie Sam Brady – er sah ihn vorsichtig an, wenn er ihn überhaupt ansah. In wilden alten Zeiten waren die beiden, nach der Heuernte in Wyoming, Arm in Arm durch die Straßen von Laramie gestolpert, doch das war lange vorbei und vergessen.

Dean rutschte ungeduldig auf seinem Stuhl. «Tja, nun ja, ich glaube, wir sollten besser fahren, morgen abend müssen wir in Chicago sein, und wir haben schon mehrere Stunden vertrödelt.» Die College-Boys bedankten sich wohlerzogen bei den Walls, und wir fuhren wieder davon. Ich drehte mich um und sah das Küchenlicht im dunklen Meer der Nacht versinken. Dann blickte ich wieder nach vorn.

neun

Im Nu waren wir wieder auf dem Highway, und in dieser Nacht sah ich, wie sich der ganze Staat Nebraska vor mir entrollte. Mit hundertzehn Meilen in der Stunde ging's dahin, eine pfeilgerade Straße, schlafende Kleinstädte, kein Verkehr, und der Schnellzug der *Union-Pacific*-Linie blieb hinter uns im hellen Mondschein zurück. Ich war völlig unbesorgt in dieser Nacht; hundertzehn Meilen in der Stunde, das war durchaus in Ordnung, wir redeten und sahen die Städte Nebraskas wie im Traum vorbeifliegen – Ogallala, Gothenburg, Kearney, Grand Island, Columbus. Es war ein phantastisches Auto, es lag auf der Straße wie ein Boot im Wasser. Singend glitt es mühelos durch die Kurven.

«Mann, was für ein Traumboot», seufzte Dean. «Denk nur, was wir machen könnten, wenn wir so ein Auto hätten. Weißt du, daß es eine Straße gibt, die quer durch Mexiko und weiter bis nach Panama geht? Und noch weiter bis ans Ende Südamerikas, wo die Indianer zwei Meter groß sind und in den Bergen Koka kauen? Ja! Du und ich, Sal, wir würden mit so einem Auto uns die ganze Welt ansehen, Mann, jede Straße muß schließlich und endlich in die ganze Welt führen, wohin sonst, nicht wahr? Oh, wenn wir mit diesem Ding erst durchs alte Chi rollen! Stell dir vor, Sal, ich bin noch nie im Leben in Chicago gewesen, nie durchgekommen.»

«Wie die Gangster werden wir mit diesem Cadillac in die Stadt einfahren!»

«Ja! Und Mädchen! Wir könnten jede Menge Mädchen abschleppen, Sal. Ich habe beschlossen, die Strecke in einer extrasuperschnellen Zeit zu schaffen, damit uns ein ganzer Abend bleibt, um mit dem Wagen spazierenzufahren. Ruh du dich nur aus, und ich drücke aufs Gas, bis wir ankommen.»

«Hm, wie schnell fährst du jetzt?»

«Gleichmäßige Hundertzehn, schätze ich, man merkt es gar nicht. Iowa werden wir noch bei Tageslicht sehen, und dann schaffe ich in Null Komma nichts das gute alte Illinois.» Die Boys waren eingeschlafen, wir redeten und redeten die ganze Nacht.

Es war bemerkenswert, wie Dean ausflippen und gleich darauf wieder ganz ruhig und vernünftig, als wäre nichts gewesen, weitererzählen konnte, mit ganzer Seele – von der ich mir denke, daß sie in einem schnellen Auto, an einer Küste, die zu erreichen ist, und bei einer Frau am Ende der Straße geborgen ist. «So geht's mir jetzt jedesmal in Denver – ich packe die Stadt nicht mehr. Baller-baller, Dean, der Knaller – wumm!» Ich erzählte ihm, daß ich auf dieser Straße schon einmal durch Nebraska gefahren war, '47. Er auch, sagte er. «Sal, ich hatte Arbeit gefunden in Los Angeles, in dieser New Era Laundry, dieser Großwäscherei, neunzehnvierundvierzig, natürlich mit gefälschtem Geburtsdatum in meinen Papieren, und da hab ich einmal einen Trip zum Rennen in Indianapolis gemacht, extra um mir das klassische Rennen am Memorial Day anzusehen, tagsüber bin ich getrampt und nachts habe ich mir Autos geklaut, um es rechtzeitig zu schaffen. Natürlich hatte ich in LA ein Auto, 'nen alten Buick für zwanzig Dollars, kriegte ihn aber nicht durch die Brems- und Lichtinspektion, und so wollte ich mir Nummernschilder aus einem anderen Staat holen, um den Wagen zu fahren, ohne gleich verhaftet zu werden, und hier habe ich mir die Schilder besorgt. Ich wanderte also durch eine von diesen Städten hier, unter der Jacke die frisch abgeschraubten Nummernschilder, als mich ein neugieriger Sheriff, der meinte, ich wäre zu jung zum Trampen, auf der Hauptstraße anhielt. Natürlich fand er die Schilder und steckte mich in das Zwei-Zellen-Gefängnis, zu einem Knacki aus dem Bezirk, der besser im Altersheim aufgehoben gewesen wäre, weil er nicht mehr ohne Hilfe essen konnte (die Frau des Sheriffs fütterte ihn) und den ganzen Tag sabbernd und schlabbernd dasaß. Nach einem sentimentalen Verhör, erst väterlich gütiges Quiz, dann plötzlich Kehrtwendung, um mich mit Drohungen einzuschüchtern, einem Handschriftenvergleich et cetera, und nach der großartigsten Rede, die ich in meinem Leben gehalten habe, nur um da rauszukommen, und die in dem Geständnis gipfelte, ich hätte die ganze Latte meiner Straftaten als Autoknacker nur zusammengelogen, in Wirklichkeit sei ich auf der Suche nach meinem Papa, der hier in der Gegend auf einer Farm arbeite, ließ er mich laufen. Zu dem Rennen kam ich natürlich zu spät. Im darauffolgenden Herbst hab ich das gleiche noch einmal gemacht, um das Spiel zwischen Notre Dame und California in South Bend, Indiana, zu sehen, und keinerlei Ärger diesmal, und, Sal, ich sage dir, ich hatte nur noch das Geld für die Eintrittskarte, keinen Cent mehr, und auf dem ganzen Weg hin und zurück hatte ich nichts zu essen, gerade nur das, was ich mir von allen möglichen kaputten Typen, die ich unterwegs traf, zusammenschnorren konnte. Aber gleichzeitig lief ich den Mädchen nach. Kein Mensch in den Vereinigten Staaten hat so viel Ärger riskiert, nur um ein Baseballspiel zu sehen.»

Ich fragte ihn, warum und wieso er damals, 1944, in Los Angeles gewesen sei. «Ich hatte in Arizona gesessen, mit Abstand der schlimmste Knast, den ich von innen gesehen habe. Da mußte ich raus, und hab den tollsten Ausbruch meines Lebens hingelegt, wenn wir schon vom Ausbrechen reden: Auf dem Bauch durch den Wald gekrochen, verstehst du, und durch die Sümpfe gewatet, kreuz und quer durch dieses bergige Land. Was mich erwartete, waren Gummiknüppel und Schinderei und Tod durch Unfall, wie man so sagt, darum mußte ich raus aus dem Wald und über die Berge und mich von Pfaden und Wegen und Straßen fernhalten. Ich mußte meine Sträflingsklamotten loswerden, also klaute ich mir in einer Tankstelle bei Flaggstaff ein Hemd und eine Hose, und zwei Tage später war ich in Los Angeles, angezogen wie ein Tankwart, und marschierte in die erstbeste Tankstelle und kriegte einen Job und beschaffte mir ein Zimmer und änderte meinen Namen (Lee Buliay) und verbrachte ein aufregendes Jahr in LA, mit einer ganzen Bande von neuen Freunden und ein paar wirklich tollen

Mädchen, und dann war Schluß mit dieser Herrlichkeit, als wir eines Abends über den Hollywood Boulevard rollten und ich zu meinem Kumpel sagte, er solle mal das Lenkrad halten, während ich mein Mädchen küßte – ich saß natürlich am Lenkrad –, und *der Kerl hörte mich nicht* und wir krachten frontal gegen einen Laternenpfahl, zwar nur mit zwanzig Meilen, aber ich hab mir die Nase gebrochen. Du hast ihn ja gesehen, den schiefen griechischen Nasenbogen da oben. Danach ging ich nach Denver und lernte Marylou kennen, in einer Eisdiele in dem Frühling damals. Oh, Mann, sie war erst fünfzehn und lief in engen Jeans rum und wartete nur darauf, daß jemand kam und sie pflückte wie eine Blume. Drei Tage und drei Nächte haben wir ununterbrochen geredet im Ace Hotel, dritter Stock, südöstliches Eckzimmer, heilige Ehrenhalle und ehrwürdiges Museum meiner jungen Jahre – ah, sie war so süß, so *jung* damals, hm! Aber, he, sieh mal, dort drüben in der Dunkelheit, hepp-hepp, da sitzen die alten Penner vor ihrem Feuerchen am Bahndamm, du glaubst es nicht.» Er war drauf und dran anzuhalten. «Verstehst du, ich weiß nie, ob mein Vater nicht dabei ist.» Ein paar Gestalten torkelten um ein Holzfeuer am Bahngleis. «Ich weiß nie, ob ich nach ihm fragen soll. Er könnte überall sein.» Wir fuhren weiter. Irgendwo in der unermeßlich weiten Nacht vor uns oder hinter uns mochte sein Vater im Gebüsch liegen, betrunken, vermutlich Spucke am Kinn, nasse Hosen, Dreck in den Ohren, Schorf auf der Nase, das Haar blutverschmiert, und der Mond schien auf ihn herab.

Ich legte Dean die Hand auf den Arm. «Vergiß es, Mann. Wir jedenfalls fahren jetzt nach Hause.» New York würde sein festes Zuhause sein – sein erstes. Er zappelte vor Ungeduld; er konnte es kaum erwarten.

«Und wenn wir erst in Pennsylvania sind, Sal! Von da an hören wir den schärfsten Ostküsten-Bebop im Radio. *Geeyah, roll old boat, roll!*» Das phantastische Auto brachte den Wind zum Singen, es ließ die Ebene abrollen wie eine Rolle Papier, ließ den heißen Asphalt mit den besten Empfehlungen hinter sich – ein königliches Schiff. Ich öffnete die Augen und erblickte den breiten Fächer der Morgenröte, der wir entgegenflogen. Deans knochiges Gesicht hing mit steinerner Beharrlichkeit über dem Armaturenbrett.

«Was denkst du gerade, Alter?»

«Aaah, aaah, immer nur eines, du weißt schon – Frauen, Frauen, Frauen.»

Ich schlief ein, und als ich in der trockenen heißen Luft eines Juli-Sonntagmorgens in Iowa erwachte, fuhr Dean noch immer und fuhr mit unvermindertem Tempo dahin; die Maistäler Iowas durchkurvte er mit mindestens achtzig Meilen, auf geraden Strecken fuhr er unbeirrbar einhundertfünfzehn, außer wenn er durch Gegenverkehr gezwungen war, in der kriechenden Kolonne auf armselige Sechzig runterzugehen. Wenn er die Chance sah, schoß er vor und ließ ein halbes Dutzend Autos in einer Staubwolke hinter sich. Ein Spinner in einem brandneuen Buick sah dies alles, und er beschloß, uns auf der Straße ein Rennen zu liefern. Dean wollte gerade einen Langweiler vor uns überholen, als der Kerl ohne Vorwarnung, schreiend und hupend, an uns vorbeizog und herausfordernd mit den Rücklichtern blinkte. Wie ein Raubvogel nahm Dean die Verfolgung auf. «Na, warte», lachte er. «Jetzt lasse ich den Hurensohn ein paar Dutzend Meilen schmoren. Paß auf.» Er ließ dem Buick ein gutes Stück Vorsprung, dann gab er Gas und hängte sich an die Stoßstange des anderen. Der Spinner in seinem Buick flippte aus; er jagte seine Karre auf hundert Meilen. Jetzt hatten wir eine Chance, ihn genauer zu sehen: anscheinend ein Hipster-Typ aus Chicago, mit einer Frau, alt genug, um seine Mutter zu sein – und wahrscheinlich war sie es. Gott weiß, ob sie jammerte, aber er drückte aufs Gas, er lieferte uns ein Rennen. Er hatte struppiges schwarzes Haar, ein Italo-Gangster aus dem alten Chi, und trug ein Sporthemd. Womöglich dachte er, wir seien eine neue Gang aus LA, die in Chicago eindringen wollte, vielleicht ein paar von Mickey Cohens Männern, weil die Limousine ganz danach aussah und kalifornische Nummernschilder hatte. Aber in der Hauptsache war es einfach nur Spaß. Er riskierte alles, um seinen Vorsprung zu halten; er überholte in den Kurven, und er konnte sich kaum noch wieder einordnen, wenn ein Lastwagen schlingernd entgegenkam und immer größer wurde. Achtzig Meilen von Iowa flogen auf diese Weise an uns vorbei, und so spannend war das Rennen, daß ich gar keine Zeit hatte, Angst zu haben. Irgendwann gab der Spinner auf, hielt vor einer Tankstelle, wahrscheinlich weil die alte Mutter es befohlen hatte, und winkte uns munter zu, als wir vorbeirauschten. Weiter rasten wir, Dean mit nacktem Oberkörper, ich mit den Füßen auf dem Armaturenbrett, und auf dem Rücksitz pennten die College-Boys. Zum Frühstück hielten wir an einem Diner, und die weißhaarige alte Frau am Tresen gab uns extragroße Portionen Kartoffeln, während in der benachbarten Kleinstadt die Kirchenglocken läuteten. Und weiter ging es.

«Dean, fahr nicht so schnell bei Tag.»

«Keine Sorge, Mann, ich weiß, was ich tue.» Ich wurde unruhig. Wie ein Engel des Schreckens stürzte sich Dean auf ganze Wagenreihen. Er rammte sie fast, wenn er eine Lücke zum Einordnen suchte. Er hängte sich an die Stoßstangen der Wagen vor ihm, er verlangsamte und beschleunigte und reckte den Kopf, um eine Kurve einzusehen, und dann flog der schwere Wagen mit einem Satz hinaus auf die Überholspur, und immer schafften wir es gerade eben noch, uns wieder einzufädeln, wenn der Gegenverkehr in Kolonnen vorbeirauschte – mir grauste. Ich hielt es nicht mehr aus. In Iowa gibt es selten lange, gerade Strecken wie in Nebraska, und als wir endlich wieder eine gefunden hatten, schnurrte Dean mit seinen üblichen hundertzehn Meilen dahin, und draußen vor dem Fenster blitzten verschiedene Bilder auf, die mich an meine Fahrt von 1947 erinnerten – die lange Straße, an der Eddie und ich zwei Stunden lang festsaßen. Die Straße der Vergangenheit zog verschwommen an mir vorüber, als hätte ich den Becher des Lebens gekippt und alles verschüttet. Es war ein Alptraum, am hellichten Tag, von dem mir die Augen schmerzten.

«Dean, verdammt, ich gehe nach hinten, ich halte das nicht mehr aus, ich kann's nicht mehr sehen!»

«Hi-hi-hi!» kicherte Dean und überholte auf einer schmalen Brücke ein Auto, schlingerte im Staub und raste weiter. Ich kletterte nach hinten und legte mich auf den Rücksitz schlafen. Einer der Jungs setzte sich nach vorn, weil es ihm Spaß machte. Ich war wie gelähmt vor Angst, wir würden an diesem Morgen einen Unfall bauen, und ich legte mich auf den Wagenboden und kniff die Augen zusammen und versuchte einzuschlafen. Als ich zur See fuhr, hatte ich beim Einschlafen immer an die rauschenden Wellen unter der Nußschale des Schiffes gedacht, an die grundlose Tiefe darunter – und jetzt spürte ich, keinen halben Meter unter mir, den Asphalt, auf dem wir mit vollen Segeln dahinbrausten, auf dem wir mit unglaublichem Tempo über den stöhnenden Kontinent flogen, mit diesem übergeschnappten Kapitän Ahab am Steuer. Wenn ich die Augen schloß, sah ich nur die Straße, die sich in mich hineinrollte. Schlug ich sie auf, sah ich vibrierende Schatten von Bäumen über den Wagenboden zucken. Es gab kein Entkommen. Resigniert fand ich mich mit allem ab. Und Dean fuhr immer noch weiter, er dachte gar nicht an Schlaf, bis wir in Chicago ankämen. Am Nachmittag fuhren wir wieder einmal durch Des Moines. Hier blieben wir natürlich im Stadtverkehr stecken und mußten langsam fahren, und ich setzte mich wieder nach vorn. Dann ereignete sich ein seltsamer rührender Unfall. Ein fetter Farbiger fuhr mit seiner ganzen Familie in seiner Limousine vor uns; an der hinteren Stoßstange hing einer von diesen Wasserbeuteln aus Segeltuch, wie sie in der Wüste an Touristen verkauft werden. Er bremste scharf, Dean redete gerade mit den Boys hinten und sah es nicht, und wir rammten ihn mit fünf Meilen pro Stunde und trafen auf den Wassersack, der wie eine Eiterbeule aufplatzte und eine Wasserfontäne in die Luft jagte. Kein weiterer Schaden, nur eine Delle an der Stoßstange. Dean und ich stiegen aus und sprachen mit dem Mann. Das Ergebnis: Austausch von Adressen, einiges Gerede, bei dem Dean die Augen nicht von der Frau des Mannes abwenden konnte, die ihre schönen braunen Brüste nur sehr unvollständig in ihrer dünnen lockeren Baumwollbluse verbarg. «Ja, ja.» Wir gaben ihm die Adresse unseres Geldbarons in Chicago und fuhren weiter.

Hinter Des Moines überholte uns ein Streifenwagen mit Sirenengeheul und winkte uns an den Rand. «Was jetzt?»

Der Cop stieg aus. «Hatten Sie in der Stadt einen Unfall?»

«Unfall? An einer Kreuzung haben wir einem Mann den Wasserbeutel beschädigt.»

«Er behauptet, Typen in einem gestohlenen Auto hätten ihn gerammt und sich aus dem Staub gemacht.»

Es war dies einer der wenigen Fälle, die Dean und ich kannten, wo ein Neger sich wie ein mißtrauischer alter Narr verhalten hatte. Wir waren so verblüfft, daß wir lachten. Wir mußten mit zum Polizeirevier kommen und warteten dort eine Stunde lang auf dem Rasen, während die Cops mit Chicago telefonierten und sich vom Eigentümer des Cadillacs unseren Status als gemietete Fahrer bestätigen ließen. Der Finanzbaron sagte dem Cop zufolge: «Ja, das ist mein Wagen, aber für alles, was die Jungs sonst angestellt haben mögen, kann ich nicht einstehen.»

«Sie hatten hier, in Des Moines, einen kleinen Unfall.»

«Ja, das sagten Sie schon – ich wollte nur sagen, daß ich für irgend etwas, das sie womöglich früher schon angestellt haben, nicht einstehen kann.»

Damit war alles geklärt, und wir brausten weiter. Wir kamen nach Newton, Iowa, wo ich 1947 in der Morgendämmerung die Straße entlanggegangen war. Am Nachmittag fuhren wir durch das verschlafene alte Davenport und überquerten den flachen Mississippi in seinem Sägespänebett; dann Rock Island, ein paar Minuten dichter Verkehr, die Sonne, die sich rötete, und plötzlich das friedliche Bild kleiner Nebenflüsse des großen Stroms, die sich idyllisch zwischen Zauberbäumen und satten Weiden des mittelamerikanischen Illinois schlängelten. Beinahe sah es schon so aus wie im milden, sanften Osten. Der ganze Staat Illinois entfaltete sich vor meinen Augen in einer einzigen großen Bewegung, die Stunden andauerte, während Dean in immer gleichem Tempo weiterjagte. In seiner Müdigkeit fuhr er jetzt immer waghalsiger. Auf einer schmalen Brücke, die eines der lieblichen Flüßchen überquerte, geriet er Hals über Kopf in eine fast rettungslose Situation. Zwei Autos holperten langsam vor uns über die Brücke; auf der Gegenfahrbahn näherte sich ein gewaltiger Sattelschlepper, dessen Fahrer genau abzuschätzen schien, wie lange die Autos brauchten, um die Brücke zu überqueren, und offensichtlich schätzte er, sie müßten drüben sein, bevor er dort ankam. Auf der Brücke selbst war kein Platz für den großen Truck, solange dort Wagen in die Gegenrichtung fuhren. Hinter dem Laster scherten Autos aus und lauerten auf eine Chance zum Überholen. Vor den zwei langsamen Autos krochen noch andere langsame Wagen dahin. Die Straße war nahezu verstopft, und jeder brannte darauf zu überholen. Dean näherte sich mit hundertzehn Meilen, und er zögerte nicht eine Sekunde. Er überholte die langsamen Autos auf der Brücke, schleuderte und streifte beinahe das linke Brückengeländer, fuhr geradewegs dem herandonnernden Laster entgegen, riß das Steuer scharf nach rechts, entkam gerade noch dem linken Vorderrad des Trucks, rammte beinah das erste der langsamen Autos, scherte gleich wieder zum Überholen aus und mußte wieder einschwenken, weil ein anderer Wagen hinter dem Laster ausscherte und zum Überholen ansetzte – all dies im Zeitraum von zwei Sekunden! Dean schoß an allen vorbei und hinterließ nur eine Staubwolke statt einer grauenvollen Massenkarambolage von Autos, die in alle Richtungen kippten, und dem gewaltigen Sattelschlepper, der seinen Buckel ins tödliche Rot des Nachmittags über den verträumten Feldern von Illinois reckte. Ich mußte gegen meinen Willen dauernd an einen berühmten Bebop-Klarinettisten denken, der kürzlich bei einem Autounfall in Illinois ums Leben gekommen war, vielleicht an einem Tag wie diesem. Ich setzte mich wieder nach hinten.

Auch die Jesuiten-Boys blieben jetzt auf dem Rücksitz. Dean war entschlossen, Chicago vor Einbruch der Nacht zu erreichen. An einem Güterbahnhof nahmen wir zwei Wanderarbeiter mit, die einen halben Dollar für Benzin zusammenbrachten.

Eben noch hatten sie zwischen aufgestapelten Eisenbahnschwellen gehockt und vielleicht einen letzten Rest Wein weggeputzt, jetzt schaukelten sie in einer schlammverkrusteten, aber ungebeugten, prächtigen Limousine mit halsbrecherischem Tempo in Richtung Chicago. Der alte Knabe neben Dean auf dem Beifahrersitz hing mit den Augen am Asphalt und betete wahrscheinlich im stillen seine armseligen Landstreichergebete. «Na», sagten sie, «hätten wir nicht geglaubt, daß wir so schnell nach Chicaaago kommen.» Während wir so durch verschlafene Städte von Illinois brausten, wo die Leute es gewöhnt sind, daß jeden Tag Gangster aus Chicago in ihren langen Limousinen vorbeifahren, boten wir wohl ein seltsames Bild: allesamt unrasiert, der Fahrer mit nacktem Oberkörper, dazu zwei Landstreicher, ich selbst auf dem Rücksitz, die Hand im Haltegurt verkrallt und mit Herrscherblick die Landschaft betrachtend – die typische California-Gang, unterwegs nach Chicago, um Beute zu machen, eine Horde von Desperados, aus Zuchthäusern unter dem Mond von Utah entsprungen. In einer kleinen Stadt, wo wir vor der Tankstelle hielten, um Cokes zu kaufen und Sprit nachzutanken, liefen die Menschen zusammen und gafften uns an, aber sie sagten kein Wort, und ich nehme an, sie prägten sich für alle Fälle ein, wie wir aussahen und wie groß wir waren. Um mit dem Mädchen von der Zapfstelle zu verhandeln, warf Dean sich ein T-Shirt über die Schulter, lässig wie einen Schal, und war kurz angebunden und ruppig wie immer und stieg wieder ein, und wir donnerten wieder los. Aus der Röte des Abendhimmels wurde bald ein Purpurrot, und der letzte der verzauberten Flüsse blitzte kurz auf. Schon sahen wir den fernen Smog von Chicago jenseits des Straßenrings. Die ganze Strecke von Denver, über Ed Walls Ranch bis nach Chicago, 1180 Meilen insgesamt, hatten wir in genau siebzehn Stunden zurückgelegt, die zwei Stunden im Straßengraben und die drei Stunden auf der Ranch und die zwei Stunden im Polizeirevier von Newton, Iowa, nicht mitgerechnet, also ein Durchschnittstempo von siebzig Meilen pro Stunde, quer durch das Land, mit nur einem Fahrer. Schon ein irrer Rekord.

zehn

Chicago, das große Chicago, glühte rot vor unseren Augen. Auf der Madison Street sahen wir uns plötzlich inmitten von Landstreicherhorden; manche lagen ausgestreckt auf der Straße, die Füße auf dem Bordstein, andere drängten sich zu Hunderten vor Kneipen und Seitengassen. «Jupp-jupp! Haltet die Augen auf nach Old Dean Moriarty, vielleicht ist er zufällig dieses Jahr in Chicago.» Hier, an dieser Straße, setzten wir die beiden Penner ab und fuhren weiter nach *downtown* Chicago. Kreischende Straßenbahnen, Zeitungsjungen, vorbeistökkelnde Mädchen, die Gerüche von Gebratenem und Bier in der Luft, blinkende Neonreklamen – «Wir sind in der Großstadt, Sal! Hoheee!» Als erstes mußten wir den Cadillac an einem guten dunklen Platz verstecken, uns waschen und umziehen für die Nacht. Gegenüber vom YMCA entdeckten wir eine mit Ziegelsteinen gepflasterte Gasse zwischen zwei Gebäuden, wo wir den Cadillac abstellten, die Nase zur Straße und startbereit; dann folgten wir den Jesuiten-Boys hinüber ins christliche Hospiz, wo sie ein Zimmer bekamen und uns auf eine Stunde ihr Bad benutzen ließen. Dean und ich rasierten uns und duschten; ich verlor in der Halle meine Brieftasche, Dean fand sie und wollte sie gerade heimlich in seinem Hemd verschwinden lassen, als er merkte, daß sie uns gehörte: er war richtig enttäuscht. Wir nahmen Abschied von den beiden College-Jungs, die glücklich waren, daß sie die weite Strecke in einem Stück geschafft hatten, und gingen zum Essen in eine Cafeteria. Chicago, die sagenhafte dunkle Stadt mit ihren fremdartigen, teils aus dem Osten, teils aus dem Westen kommenden Typen, die auf die Straße spuckend zur Arbeit gehen. In der Cafeteria stand Dean da, rieb sich den Bauch und starrte mit offenem Mund. Er wollte unbedingt eine komische farbige Frau mittleren Alters ansprechen, die hereingekommen war und eine wirre Geschichte erzählte, warum sie kein Geld hätte, aber daß sie trockene Semmeln habe, und ob man ihr, bitte, Butter geben könne. Mit schlenkernden Hüften war sie reingekommen, mit dem Hintern wackelnd ging sie, nachdem sie abgewiesen worden war, wieder hinaus. «Huiii!» sagte Dean. «Nichts wie hinterher, wir schleppen sie zu unserem Cadillac und vernaschen sie, das gibt ein Fest!» Aber wir überlegten es uns anders, drehten statt dessen eine Runde auf dem Loop und gingen direkt zur North Clark Street, wo wir den gliederverrenkenden Twist erlebten und den neuesten Bebop hörten. Und es wurde eine Wahnsinnsnacht. «Oh, Mann», stöhnte Dean, als wir vor einer Bar standen, «sieh dir das an, das ist die Straße des Lebens, und all die Chinesen, die hier rumlaufen! Was für eine unheimliche Stadt – wow, und die Frau da oben am Fenster, wie sie heruntergucktund ihre großen Brüste aus dem Nachthemd baumeln läßt, diese großen, weiten Augen. Juhu! Komm, Sal, ziehen wir los und gehen wir immer weiter, bis wir da sind.»

«Wohin denn, Mann?»

«Weiß ich auch nicht, aber wir müssen los.» Gerade da kam eine Gruppe von jungen Jazzern angefahren; sie holten ihre Instrumente aus den Autos und drängten sich gleich in einen Saloon. Wir folgten ihnen. Sie richteten sich ein und legten los. Wir waren da! Der Leader war ein schmaler, leicht gebeugter Tenorsaxophonist mit krausen Locken und zusammengezogenen Lippen; er trug über seinen schmalen Schultern ein locker sitzendes Sporthemd, schön kühl in der heißen Nacht, und seine Augen verrieten lässige Arroganz. Er hob sein Horn an, betrachtete es stirnrunzelnd und blies coole komplizierte Phrasen, wobei er leicht mit dem Fuß tappte, wenn er Ideen aufnahm, und einen Moment die Schultern einzog, wenn er einen Gedanken abbrach, und sehr leise «Blow» sagte, wenn einer der anderen Jungs mit seinem Solo anfing. Dann war da Prez, ein kräftiger, hübscher Blonder, der aussah wie ein sommersprossiger Boxer, sorgfältig gekleidet in seinem glatten Pepitaanzug, das Sakko mit langem Revers und aufgestelltem Kragen, der

Schlips gelockert, scharf und lässig in genau der richtigen Mischung. Schwitzend schaffte er sich rein, klammerte sich an sein Horn und kroch beinahe hinein, und heraus kam ein Ton wie von Lester Young persönlich. «Siehst du, Mann, dieser Prez ist dauernd um seine Technik besorgt, wie alle Geld machenden Musiker, er ist als einziger gut angezogen, und du siehst ihn zusammenzucken, wenn er einen Patzer macht, aber der Leader, der coole Typ, sagt ihm, er soll sich keine Gedanken machen, einfach nur weiterspielen, spiel weiter – der Sound und der ernste Überschwang der Musik ist alles, worauf es *ihm* ankommt. Das ist ein Künstler! Er ist wie ein Trainer für Prez, den Boxer. Und jetzt hör dir die anderen an, wie sie loslegen!» Das dritte Sax war ein Alt, ein nachdenklicher cooler schwarzer Charlie-Parker-Typ von achtzehn Jahren, frisch von der High-School, mit wulstigen Lippen, größer als die anderen, und sehr ernst bei der Sache. Er hob sein Horn und blies leise und vorsichtig hinein und entlockte ihm federleichte Phrasen und logische Architekturen wie Miles Davis. Dies waren die Kinder der großen Bebop-Erneuerer.

Einst hatte Louis Armstrong im Schlamm von New Orleans sein Letztes gegeben; vor ihm hatten die verrückten alten Musiker, wenn sie bei offiziellen Paraden ihre Sousa-Märsche spielten, das Muster zerbrochen und in Ragtime aufgelöst. Dann kam der Swing, und Roy Eldridge, kraftvoll und männlich, holte ganze Wellen von Energie und Logik und Subtilität aus dem Instrument – vornübergebeugt, mit blitzenden Augen und lachendem Mund hat er über das Radio die Welt des Jazz aufhorchen lassen. Dann war Charlie Parker gekommen, ein Junge, der in der Holzhütte seiner Mutter in Kansas City lebte, wo er zwischen Klafterholz auf seinem mit Klebeband zusammengeflickten Althorn spielte und an jedem Regentag übte und nur herauskam, um sich die swingende Band von Count Basie und die von Benny Moten anzuhören, bei der Hot Lips Page und all die anderen mitmachten – Charlie Parker, der von zu Hause fortging und nach Harlem kam, wo er dem verrückten Thelonius Monk begegnete, und dem noch verrückteren Gillespie –

Charlie Parker in seiner frühen Zeit, als er beim Spielen abhob und auf dem Podium im Kreis herumlief. Etwas jünger als Lester Young, ebenfalls aus Kansas City, dieser düstere heilige Narr, der die Geschichte des Jazz in sich verkörperte; denn wenn er sein Saxophon hoch in die Luft hielt, beinahe waagerecht vor den Lippen, war er der Größte; und als sein Haar länger und er selber träge und müde wurde, sank sein Horn auf halbe Höhe herunter, bis es schließlich ganz herabhing, und heute, wo der Mann auf dicken Kreppsohlen herumläuft, damit er den Asphalt des Lebens nicht spürt, hält er sein Saxophon schlaff vor der Brust und bläst coole, leicht eingängige Phrasen. Dies hier waren die Kinder der amerikanischen Bebop-Nacht.

Noch seltsamere Blumen der Nacht – denn während der schwarze Altist voll Würde über die Köpfe der Menge blickte, leckte der junge, hochgewachsene, schlanke blonde Typ von der Curtis Street in Denver, in Jeans und mit nietenbeschlagenem Gürtel, ungeduldig sein Mundstück und wartete, daß die anderen zum Ende kamen, und als es soweit war, legte er los, und man mußte sich umschauen, um zu sehen, woher dieses Solo kam, denn es kam von den engelhaften lächelnden Lippen an diesem Mundstück, ein sanftes, liebliches, märchenhaftes Solo auf einem Altsaxophon. Einsam wie Amerika, ein Klang wie aus durchbohrter Kehle in dunkler Nacht.

Und die anderen und all ihre Musik? Da war der Bassist, ein drahtiger Rothaariger mit wilden Augen, der jedesmal, wenn er die Finger voll Drive in die Saiten hackte, mit schwingender Hüfte gegen die Baßgeige stieß, an heißen Stellen mit offenem Mund, wie in Trance. «Sieh mal, Mann, wie der Typ sein Mädchen hinbiegt!» Der melancholische Drummer, ein Typ wie unser weißer Hipster in der Folsom Street in Frisco, war völlig weggetreten, er starrte ins Leere, kaute Kaugummi, die Augen weit aufgerissen, und ließ den Kopf kreisen – der Taumel und die selbstzufriedene Ekstase, wie Wilhelm Reich sie beschreibt. Am Klavier – ein mächtiger, kräftiger italienischer Truckdrivertyp mit breiten Pranken, ein robuster und nachdenklicher Spaßvogel. Sie spielten eine Stunde lang. Niemand hörte hin. Penner von der North Clark Street hingen an der Bar, Huren kreischten vor Wut. Geheimnisvolle Chinesen huschten vorbei. Der Lärm von twistenden Tänzern störte. Die Musiker ließen sich nicht stören. Draußen auf dem Gehsteig schwebte eine Erscheinung heran – ein sechzehnjähriger Junge mit Ziegenbärtchen und einem Posaunenkoffer. Dünn, als hätte er die Schwindsucht, mit irrem Blick, wollte er sich der Gruppe anschließen und mitspielen. Sie kannten ihn und wollten nichts mit ihm zu schaffen haben. Er kam in die Bar geschlichen, holte verstohlen sein Blech aus dem Futteral und setzte es an die Lippen. Kein Einsatz für ihn. Keiner gab ihm ein Zeichen. Dann machten sie Schluß, packten zusammen und zogen in eine andere Bar. Er platzte vor Wut, der spindeldürre Chicago-Typ. Er klatschte sich die Sonnenbrille vor die Augen, hob die Posaune an die Lippen und machte «Boooh!» Dann lief er den anderen nach. Sie wollten ihn nicht mitspielen lassen, genau wie die Football-Mannschaft auf dem Sandplatz hinter dem Gaswerk. «Diese Typen wohnen alle bei ihren Großmüttern, genau wie Tom Snark und unser Carlo-Marx-Altist», sagte Dean. Wir sprangen auf und liefen hinter den Musikern her. Sie gingen in den Anita O'Day's Club, und dort packten sie aus und spielten bis neun Uhr morgens. Dean und ich waren da und tranken Bier.

In den Pausen liefen wir hinaus, sprangen in unseren Cadillac und versuchten überall in Chicago die Mädchen anzumachen. Sie hatten Angst vor unserer langen, von Narben entstellten Propheten-Kutsche. In seinem Wahnsinn krachte Dean rückwärts gegen einen Hydranten und kicherte manisch. Bis neun Uhr früh war der Wagen nur noch ein Wrack; die Bremsen funktionierten nicht mehr, die Kotflügel waren eingedrückt, die Ventile klapperten. An den Ampeln konnte Dean nicht mehr bremsen, ruckend und bockend kroch das Auto über die Straßen. Es hatte den Preis dieser Nacht bezahlt. Es war ein schmutziger Stiefel, keine funkelnde Luxuslimousine mehr. «Huiii!» Bei Anita spielten die Typen noch immer.

Plötzlich starrte Dean in eine dunkle Ecke neben dem Podium und sagte: «Sal, Gott ist erschienen.»

Ich sah hin. *George Shearing.* Und wie immer, sein blindes Haupt in die bleiche Hand gestützt, ganz Ohr mit seinen weit offenen Elefantenohren, lauschte er den amerikanischen Klängen und formte sich daraus seinen britischen Sommernachtstraum. Man drängte ihn, aufs Podium zu steigen und zu spielen. Er tat es. Er spielte unzählige Chorusse mit verblüffenden Akkorden, die höher und höher kletterten, bis die Schweißtropfen auf die Klaviertasten spritzten und alle ergriffen und in Ehrfurcht lauschten. Nach einer Stunde führten sie ihn vom Podium. Er kehrte zurück in seine dunkle Ecke, Old Shearing, der Gott, und die Typen sagten: «Nach ihm kommt nichts mehr.»

Aber der schlanke Leader runzelte die Stirn. «Spielen wir trotzdem weiter.»

Es würde schon etwas dabei herauskommen. Immer kommt etwas heraus, es geht immer noch etwas weiter – es hört nie auf. Sie tasteten sich an neue Phrasen heran, nach Shearings weitläufigen Erkundungen; sie strengten sich an. Sie krochen in ihre Instrumente hinein, sie verrenkten sich, sie bliesen den Sound. Hin und wieder vermittelte ein klarer, harmonischer Aufschrei eine Ahnung von einem neuen Ton, der eines Tages die Herzen der Menschen zur Freude erheben und der einzige Song in der Welt sein würde. Sie fanden ihn, sie verloren ihn wieder, sie rangen um ihn, sie fanden ihn abermals, sie lachten, sie stöhnten – und Dean saß schwitzend am Tisch und rief ihnen zu: «Go, go, go!» Um neun Uhr morgens waren alle, die Musiker, die Mädchen in weichen langen Hosen, die Barmänner und der unglückliche kleine Posaunist, am Ende, sie stolperten aus dem Club in den lärmenden Tag von Chicago hinaus, um sich auszuschlafen, bis die wilde Bebop-Nacht wieder begann.

Dean und ich standen zitternd und zerrissen im rauhen Morgen. Es war an der Zeit, den Cadillac seinem Besitzer zurückzubringen; der Mann lebte am Lake Shore Drive in einer eleganten Wohnung, mit einer großen Garage im Tiefgeschoß, die von ölverschmierten Negern geführt wurde. Wir fuhren hin und stellten den schlammverkrusteten Schrott auf seinen Platz.

Der Mechaniker erkannte den Cadillac nicht wieder. Wir übergaben ihm die Papiere. Er sah sie an und kratzte sich am Kopf. Wir mußten schleunigst verschwinden. Das taten wir. Wir nahmen einen Bus nach *downtown* Chicago, und das war's dann. Und wir hörten nie wieder ein Wort von unserem Geldbaron aus Chicago über den Zustand seines Wagens, obwohl er unsere Adressen hatte und sich hätte beschweren können.

elf

Es war an der Zeit, daß wir uns wieder auf den Weg machten. Wir nahmen einen Autobus nach Detroit. Das Geld ging uns aus. Wir schleppten unser zerlumptes Gepäck durch den Busbahnhof. Deans Daumenverband war inzwischen fast kohlenschwarz und hatte sich aufgelöst. Wir sahen beide so erbärmlich aus, wie man nur aussehen kann, wenn man hinter sich hat, was wir hinter uns hatten. Dean schlief erschöpft ein in dem Bus, der quer durch den Staat Michigan donnerte. Ich sprach ein üppiges Mädchen vom Lande an; der tiefe Ausschnitt ihrer Baumwollbluse enthüllte die leckere Sonnenbräune ihrer Brustansätze. Sie war dumm. Sie erzählte von Abenden auf dem Land, wenn sie auf der Veranda Popcorn machte. Früher hätte dergleichen mein Herz erfreut, doch da das ihre nicht froh war, als sie mir davon erzählte, wurde mir klar, daß es für sie nichts weiter war als die Vorstellung, was man an einem schönen Abend machen sollte. «Und was machst du sonst noch so zum Spaß?» fragte ich in dem Versuch, das Gespräch auf Freunde und Sex zu bringen. Ihre großen schwarzen Augen musterten mich mit leerem Blick und mit einem Kummer, der seit Generationen und Generationen in ihrem Blut verankert war, weil nie getan worden war, was schreiend danach verlangte, getan zu werden – was immer es sein mochte, und jeder weiß, was es ist. «Was erwartest du dir vom Leben?»

Am liebsten hätte ich sie gepackt und die Antwort aus ihr herausgeschüttelt. Nicht die leiseste Ahnung hatte sie, was sie wollte. Sie redete von Jobs, vom Kino, vom Besuch bei ihrer Großmutter im Sommer, von ihrem Wunsch, einmal nach New York zu fahren und ins Roxy zu gehen, und was sie anziehen sollte – etwas wie das, was sie letztes Jahr zu Ostern getragen hatte, weißes Hütchen, rosa Rosen, rosa Pumps und einen lavendelblauen Gabardinemantel. «Was machst du so am Sonntag nachmittag?» fragte ich. Dann saß sie auf der Veranda. Die Jungen fuhren auf dem Fahrrad vorbei und hielten zu einem Plausch an. Sie las Comics, sie legte sich in ihre Hängematte. «Und was machst du an einem heißen Sommerabend?» Sie saß auf der Veranda, sie sah den Autos auf der Straße nach. Sie machte mit ihrer Mutter Popcorn. «Was macht dein Vater an einem Sommerabend?» Er arbeitet, schiebt Nachtschicht in der Kesselfabrik, er hat sein Leben lang für Frau und Kinder geschuftet, ohne dafür Anerkennung oder Liebe zu bekommen. «Was macht dein Bruder an einem Sommerabend?» Er fährt mit seinem Fahrrad herum und steht mit den anderen draußen vor der Eisdiele. «Wonach sehnst du dich? Wonach sehnen wir uns alle?» Sie wußte es nicht. Sie gähnte. Sie wurde schläfrig. Es war zuviel für sie. Das konnte niemand sagen. Das würde niemand je wissen. Aus und vorbei. Sie war achtzehn, sie war überaus lieblich, und verloren.

Dean und ich, zerlumpt und verdreckt, als hätten wir von Heuschrecken gelebt, taumelten in Detroit aus dem Bus. Wir beschlossen, die Nacht in einem der Rund-um-die-Uhr-Kinos im Vergnügungsviertel zu verbringen. Um im Park zu übernachten, war es zu kalt. Hassel hatte sich im Vergnügungsviertel von Detroit herumgetrieben, er hatte jede Schießbude und jedes Nachtkino gekannt und jede Schlägerkneipe mit seinen schwarzen Augen viele Male von innen gesehen. Sein Geist verfolgte uns. Nie wieder würden wir ihn auf dem Times Square treffen. Vielleicht, dachten wir, war ja der alte Dean Moriarty zufällig hier, der Vater – aber das war er nicht. Für fünfunddreißig Cent pro Nase gingen wir in das heruntergekommene alte

Kino und setzten uns auf den Balkon, bis zum anderen Morgen, bis wir von dort nach unten gescheucht wurden. Die Leute, die in diesem Nachtkino saßen, waren allesamt am Ende. Vom Leben geschlagene Neger, die auf ein Gerücht hin von Alabama heraufgekommen waren, um in den Autofabriken Arbeit zu finden; alte weiße Landstreicher; junge langhaarige Gammler, die am Ende des Weges angekommen waren und Rotwein tranken; Huren, ganz gewöhnliche Paare und Hausfrauen, die nichts zu tun hatten, nicht wußten, wohin sie gehen sollten, an nichts und niemanden mehr glaubten. Hätte man ganz Detroit durch ein Drahtsieb geseiht – man hätte den Bodensatz nicht besser sammeln können. Der Film handelte vom singenden Cowboy Eddie Dean und von Bloop, seinem tapferen weißen Roß, das war die Nummer eins; Nummer zwei des Doppelprogramms zeigte George Raft, Sidney Greenstreet und Peter Lorre in einem Film über Istanbul. Wir sahen beide Streifen sechsmal im Laufe dieser Nacht. Wir sahen sie wachend, wir hörten sie schlafend, wir spürten sie im Traum, und als der Morgen kam, waren wir vollständig durchdrungen von dem sonderbaren grauen Mythos des Westens und dem unheimlichen dunklen Mythos des Ostens. Seither ist all mein Tun und Lassen in meinem Unbewußten unwillkürlich durch diese schreckliche osmotische Erfahrung diktiert worden. Hundertmal hörte ich Greenstreets höhnische Lache; ich hörte Peter Lorre bei seinen finsteren Auftritten; mit George Raft durchlebte ich seine paranoiden Ängste; ich ritt und sang mit Eddie Dean und schoß unzählige Male die Viehdiebe über den Haufen. Ringsum ließen Leute Flaschen gluckern und drehten sich in dem dunklen Saal um auf der Suche nach jemandem, mit dem sie etwas unternehmen, mit dem sie reden konnten. Irgendwie war ein jeder schuldbewußt und still, niemand sprach. Im grauen Dämmerlicht des Morgens, das geisterhaft vor den Fenstern des Kinos waberte und die Dachtraufen umfing, lag ich mit dem Kopf auf der hölzernen Armlehne des Sessels und schlief, während sechs Angestellte des Kinos mit Besen anrückten und einen großen Kehrichthaufen zusammenfegten; der

Staub stieg mir in die Nase, während ich mit nach unten hängendem Kopf schnarchte – und beinahe hätten sie auch mich mit aufgefegt. So berichtete es mir Dean, der zehn Reihen hinter mir saß und es beobachtete. Zigarettenkippen, Flaschen, Zündholzheftchen, all das Treibgut der Nacht wurde auf diesen Haufen gekehrt. Hätten sie mich mitgenommen, Dean hätte mich niemals wiedergesehen. Die ganzen Vereinigten Staaten hätte er durchstreifen, jede Mülltonne von der Ostküste bis zur Westküste hätte er durchstöbern müssen, bis er mich, gleich einem Embryo zusammengekrümmt, zwischen den Abfällen meines Lebens, seines Lebens und des Lebens eines jeden, ob es ihn betraf oder nicht betraf, wiederfand. Was hätte ich ihm gesagt aus meinem Müllschoß? «Laß mich in Ruhe, Mann, es geht mir gut hier, wo ich bin. Im August des Jahres neunzehnhundertneunundvierzig hast du mich eines Nachts in Detroit verloren. Was kommst du nun und störst meine Träume in dieser vollgekotzten Tonne?» 1942 war ich der Star in einem der schmutzigsten Dramen aller Zeiten gewesen. Ich war Seemann, in Boston, und ging ins Imperial Café am Scollay Square, um mich zu besaufen. Ich trank an die sechzig Glas Bier und zog mich in die Toilette zurück, wo ich mich um die Kloschüssel wickelte und einschlief. Im Laufe der Nacht sind mindestens hundert Seeleute und Zivilisten aller Art gekommen und haben sich über mir entleert, bis ich zur Unkenntlichkeit verschissen war. Aber was macht es schon? Anonymität in der Welt der Menschen ist besser als aller Ruhm im Himmel, und überhaupt, in welchem Himmel? Auf welcher Erde? Alles ist nur im Kopf.

Schnatternd stolperten Dean und ich im Morgengrauen aus dieser Horrorhöhle und machten uns auf den Weg, ein Mitfahrerauto zu suchen. Nachdem wir einen guten Teil des Vormittags in Negerkneipen verbracht und Mädchen angequatscht und aus der Jukebox Jazzplatten gehört hatten, ratterten wir in städtischen Bussen fünf Meilen weit mit unserem lausigen Gepäck zum Haus eines Mannes, der uns für die Fahrt nach New York vier Dollar pro Nase berechnen wollte. Er war ein blonder

Typ mittleren Alters mit Brille, der eine Frau, ein Kind und ein schönes Zuhause hatte. Wir warteten draußen, bis er soweit war.

Seine nette Frau, die ein Schürzenkleid aus Baumwolle trug, bot uns Kaffee an, aber wir waren zu sehr in unser Gespräch vertieft. Dean war inzwischen so erschöpft und ausgetickt, daß alles, was er sah, ihn begeisterte. Er hatte wieder einmal die Stufe des frommen Wahns erreicht. Er schwitzte und schwitzte. Kaum saßen wir in dem brandneuen Chrysler und waren unterwegs nach New York, erkannte der arme Mann, daß er sich zwei Verrückte aufgehalst hatte, doch er machte das Beste daraus und gewöhnte sich an uns, bis wir am Briggs Stadium vorbeirollten und über die Chancen der Detroit Tigers im nächsten Jahr diskutierten.

In nebliger Nacht fuhren wir durch Toledo, und weiter ging's durch das alte Ohio. Mir wurde klar, daß ich die Kleinstädte Amerikas allmählich wie ein Handelsvertreter bereiste: schäbige Reisegelegenheiten, schlechte Ware, fauler Zauber am Boden meiner Trickkiste – und keine Kunden. Der Mann wurde müde in der Nähe von Pennsylvania, und Dean setzte sich ans Steuer und fuhr den Rest des Weges bis nach New York, und unterwegs hörten wir die Symphony-Sid-Show im Radio mit dem neuesten Bebop, und dann gelangten wir in die große und endgültige Stadt Amerikas. Frühmorgens kamen wir an. Der Times Square wurde wieder einmal aufgerissen, denn New York ruht nie. Unwillkürlich hielten wir im Vorbeifahren Ausschau nach Hassel.

Eine Stunde später waren Dean und ich bei meiner Tante auf Long Island, in ihrer neuen Wohnung, wo sie heftig mit den Malern zugange war, Freunden der Familie, mit denen sie gerade um den Preis feilschte, als wir, aus San Francisco kommend, die Treppe hinaufstolperten. «Sal», sagte meine Tante, «Dean kann ein paar Tage hierbleiben, und dann muß er verschwinden, verstehst du?» Die Fahrt war vorbei. An diesem Abend machten Dean und ich einen langen Spaziergang zwischen den Gasometern und Eisenbahnbrücken und den Nebellampen von Long Island. Ich erinnere mich daran, wie Dean unter einer Straßenlaterne stand.

«Vorhin, Sal, als wir unter der anderen Laterne vorbeigingen, wollte ich dir noch was sagen, aber jetzt möchte ich einen neuen Gedanken einschieben, und bis wir an die nächste Laterne kommen, kehre ich zu dem Thema von vorhin zurück, einverstanden?» Natürlich war ich einverstanden. Wir waren so daran gewöhnt, unterwegs zu sein, daß wir ganz Long Island abwandern mußten, aber dann war dort kein Land mehr, nur noch der Atlantische Ozean, und wir konnten nicht weiter. Wir gaben uns die Hand und versprachen, für immer Freunde zu bleiben.

Keine fünf Abende später gingen wir zu einer Party in New York, ich sah ein Mädchen, das Inez hieß, und erzählte ihr, daß ich mit einem Freund gekommen sei, den sie einmal kennenlernen müsse. Ich war betrunken und erzählte ihr, er sei ein Cowboy. «Oh, ich wollte schon immer einen Cowboy kennenlernen.»

«Dean?» rief ich quer durch den Raum, wo Angel Luz García, der Dichter, Walter Evans, der venezolanische Dichter Victor Villanueva, Jinny Jones, meine frühere Geliebte, Carlo Marx, Gene Dexter und unzählige andere versammelt waren. «Komm doch mal rüber, Mann.» Dean kam verlegen herüber. Eine Stunde später, in all der Trunkenheit und dem Chichi der Party («zum feierlichen Ausklang des Sommers», natürlich), lag er auf Knien vor ihr, das Kinn auf ihren Nabel gebettet, und redete auf sie ein und versprach ihr schwitzend das Blaue vom Himmel herunter. Sie war eine kräftige Person, brünett und sexy, «direkt einem Bild von Degas entstiegen», wie García sagte, und hatte etwas von einer hübschen Pariser Kokotte. Schon ein paar Tage später hingen sie am Telefon und schwatzten Camille in San Francisco die nötigen Scheidungspapiere ab, damit sie heiraten konnten. Und nicht nur das, ein paar Monate später bekam Camille von Dean ein zweites Kind, nachdem die beiden sich zu Beginn des Jahres ein paar Nächte lang verstanden hatten. Und wieder ein paar Monate später bekam Inez ein

Baby. Ein uneheliches Kind irgenwo im Westen mitgerechnet, hatte Dean jetzt vier kleine Kinder und keinen Cent und lebte in all den Schwierigkeiten und Ekstasen und dem Tempo wie immer. So fuhren wir nicht nach Italien.

vierter teil

eins

Der Verkauf meines Buches brachte mir etwas Geld ein. Ich rechnete mit meiner Tante ab und gab ihr die Miete für den Rest des Jahres. Immer wenn es Frühling wird in New York, kann ich den Einflüsterungen des weiten Landes, die von New Jersey über den Fluß herüberwehen, nicht widerstehen und muß losziehen. Also zog ich los. Zum erstenmal in unsrem Leben sagte ich zu Dean in New York good-by und ließ ihn allein zurück. Er arbeitete auf einem Parkplatz an der Madison Avenue, Ecke 40th Street. Wie immer rannte er dort allein umher, in seinen zerschlissenen Schuhen und seinem T-Shirt und seiner unter dem Bauch hängenden Hose, und entwirrte den wilden Andrang von Autos um die Mittagszeit.

In den Abendstunden, wenn ich ihn gewöhnlich besuchte, gab es meist nicht viel zu tun. Er stand in der Bude und zählte Parkscheine oder rieb sich den Bauch. Das Radio lief immer. «Mann, hast du mal diesen irren Marty Glickman gehört, wenn er Basketballspiele kommentiert – Vordribbeln-zum-Mittelfeld-Ball-abgeprallt-Täuschmanöver-Sprung-und-witsch, zwei Punkte. Absolut der größte Kommentator, den ich je gehört habe.» Ihm blieben nur noch schlichte Vergnügungen wie dieses. Er wohnte mit Inez in einer Kaltwasserwohnung in den achtziger Straßen der Upper Eastside. Wenn er abends nach Hause kam, zog er alle seine Klamotten aus, schlüpfte in eine über die Hüften reichende chinesische Seidenjacke, setzte sich in seinen Lehnstuhl und rauchte Gras aus der Wasserpfeife. Das waren so seine Feierabendfreuden, abgesehen von einem Spiel unanständiger Karten. «Letzthin habe ich mich auf diese Karozwei konzentriert. Hast du bemerkt, wo ihre Hand ist? Ich wette, du ahnst es nicht. Schau länger hin, und versuch es herauszufinden.» Er wollte mir die Karozwei borgen, auf der ein trauriger langer Kerl mit einer trostlosen lasziven Hure abgebildet war, die auf dem Bett eine Stellung probierten. «Na los, hab ich schon oft angewandt!» Inez war in der Küche, kochte das Essen und schaute mit schiefem Lächeln herein. Für sie war alles in bester Ordnung. «Siehst du sie? Hast du gesehen, Mann? Das ist Inez. Schau, wie sie den Kopf zur Tür reinsteckt und lächelt, das ist alles, was sie tut. Oh, ich habe mit ihr geredet, und wir haben alles aufs schönste geklärt. Im Sommer gehen wir weg und werden auf einer Farm in Pennsylvania leben – Kombiwagen für mich, damit ich mal auf einen Sprung nach New York fahren kann, schönes großes Haus, und wir werden uns in den nächsten Jahren eine Menge Kinder zulegen. Äh-hm! Hrrrumpf! Krrr, krrr!» Er sprang von seinem Lehnstuhl hoch und legte eine Willie-Jackson-Platte auf, «Gator Tail». Er blieb davor stehen, schlug mit der Faust in die flache Hand und wippte zum Takt federnd in den Knien. «Aaah! Dieser Hurensohn! Hab schon geglaubt, als ich ihn zum erstenmal hörte, am nächsten Abend ist der Bursche tot, aber er lebt noch immer.»

Genau das gleiche hatte er mit Camille in Frisco gemacht, am anderen Ende des Kontinents. Derselbe verbeulte Koffer lugte fluchtbereit unter dem Bett hervor. Inez telefonierte oft mit Camille und hatte lange Gespräche mit ihr; sie redeten sogar über sein Dings, behauptete Dean jedenfalls. Sie wechselten Briefe über Deans exzentrisches Verhalten. Natürlich mußte er jeden Monat einen Teil seines Lohns an Camille schicken, sonst wäre er auf ein halbes Jahr im Arbeitshaus gelandet. Um den Verlust wettzumachen, schummelte er auf dem Parkplatz, ein wahrer Wechselkünstler erster Klasse. Ich sah, wie er einem wohlhabenden Mann so überschwenglich fröhliche Weihnachten wünschte, daß die fehlenden fünf Dollar Wechselgeld überhaupt nicht vermißt wurden. Wir verjubelten sie im Birdland, dem Bebop-Schuppen. Lester Young stand an diesem Abend auf dem Podium, Ewigkeit auf seinen großen Augenlidern.

Einmal standen wir nachts um drei an der Madison Avenue,

Ecke 47th Street und redeten. «Oh, verdammt, Sal, ich wünschte, du würdest nicht fahren, wirklich, es wird das erste Mal sein, daß ich ohne meinen alten Kumpel in New York bin.» Und er sagte: «New York, das ist für mich eine Zwischenstation, zu Hause bin ich in Frisco. Und die ganze Zeit hier habe ich noch kein Mädchen gehabt, nur Inez – so was kann mir nur in New York passieren! Verdammt! Aber der bloße Gedanke, noch einmal diesen schrecklichen Kontinent zu überqueren – Sal, wir haben lange nicht mehr richtig geredet.» In New York hingen wir immer mit Scharen von Freunden auf versoffenen Partys herum. Irgendwie paßte es nicht zu Dean. Wenn er hier bei Nacht auf der leeren Madison Avenue unter dem kalten Nieselregen die Schultern einzog, war er doch mehr er selbst. «Inez liebt mich; sie hat mir gesagt und versprochen, daß ich alles tun kann, was ich will, und es wird nur ein Minimum an Problemen geben. Siehst du, Mann, je älter man wird, desto größer werden die Sorgen. Du und ich, wir werden eines Tages bei Sonnenuntergang durch eine Hintergasse schlurfen und in den Mülltonnen stöbern.»

«Meinst du, wir werden als zwei alte Penner enden?»

«Warum nicht, Mann? Klar, werden wir, falls wir es wollen. Und es ist nichts dabei, so zu enden. Du hast ein Leben lang keine Konflikte mit den Wünschen anderer, einschließlich der Politiker und der Reichen, und niemand belästigt dich, und du läufst rum und machst alles so, wie es dir paßt.» Ich stimmte ihm zu. Ganz einfach und direkt traf er seine taoistischen Entscheidungen. «Was ist dein Weg, Mann? Der Weg des heiligen Knaben, der Weg des Irren, der Regenbogenweg, der Weg der U-Boote, jeder Weg. Ein Weg, der überallhin führt, jeden, irgendwie. Wohin, wer, wie?» Wir standen im Regen und nickten mit den Köpfen. «Verdammt, und du mußt auf den Jungen in dir aufpassen. Er ist nur ein Mann, solange er auf den Beinen ist – mach, was der Doktor sagt. Ich will dir was sagen, Sal, ganz offen: egal, wo ich lebe, mein Koffer guckt immer unter dem Bett hervor, ich bin bereit, abzuhauen oder mich rauswerfen zu lassen. Ich habe beschlossen, alles aus den Händen zu geben.

Du hast gesehen, wie ich mir den Arsch abgearbeitet habe, um es zu schaffen, *du* weißt, daß es nicht darauf ankommt, und wir wissen, was *Zeit* ist – wie man sie aufhält und rumläuft und alles checkt und die richtigen Sachen macht, wie früher – was gibt's denn sonst noch im Leben? *Wir* wissen Bescheid.» Wir standen im Regen und seufzten. An diesem Abend regnete es überall im Hudson Valley. Es regnete auf die großen Überseepiers am Fluß, der hier weit wie ein Meer ist, es regnete auf die Landungsbrücken der Dampfbarkassen in Poughkeepsie, es regnete auf den Split Rock Pond an den Quellen, es regnete auf den Mount Vanderwhacker.

«Tja», sagte Dean, «und so renne ich weiter durch mein Leben, wie es mich gerade führt. Weißt du, vor kurzem hab ich an meinen Alten geschrieben, ins Staatsgefängnis in Seattle – dieser Tage habe ich den ersten Brief seit Jahren von ihm bekommen.»

«Tatsächlich?»

«Ja, ja. Er will das ‹Babby› sehen, sagt er, und hat es mit zwei b geschrieben, sobald er nach Frisco kommen kann. Ich habe eine Dreizehn-Dollar-Bude in den vierziger Straßen an der Eastside für ihn gefunden; wenn ich ihm das Geld schicken kann, will er kommen und in New York leben – *falls* er's bis hierher schafft. Von meiner Schwester hab ich dir nie viel erzählt, aber glaube mir, ich habe eine süße kleine Schwester; ich möchte, daß sie herkommt und auch bei mir wohnt.»

«Wo ist sie?»

«Ah, das ist es ja, ich weiß es nicht – er will versuchen, sie zu finden, der Alte, aber du weißt ja, was er in Wirklichkeit machen wird.»

«Er ist also nach Seattle gegangen?»

«Und direkt in den miesesten Knast.»

«Wo hat er so lange gesteckt?»

«Texas, Texas ... Du siehst also, Mann, meine Seele, der Stand der Dinge, meine Lage – du hast gemerkt, ich werde ruhiger.»

«Ja, das stimmt.» In New York war Dean ruhiger geworden.

Er wollte sprechen. Wir standen im kalten Regen und froren uns zu Tode. Wir verabredeten, daß wir uns vor meiner Abreise im Haus meiner Tante treffen würden.

Am darauffolgenden Sonntagnachmittag kam er. Ich hatte ein Fernsehgerät. Wir sahen uns ein Ballspiel im Fernsehen an und hörten uns gleichzeitig ein anderes im Radio an und schalteten immer wieder auf ein drittes um und verfolgten so, was jeden Moment vor sich ging. «Bedenke, Sal, Hodges steht für Brooklyn auf der zweiten Base, und während für die Phillies der Ersatz-Pitcher einläuft, schalten wir zu den Giants in Boston um und halten gleichzeitig fest, daß DiMaggio drei Bälle Count hat und der Pitcher an seinem Handschuh herumfummelt, so daß wir schnell rausfinden können, was vorhin mit Bobby Thomson los war, als wir ihn vor dreißig Sekunden mit einem Mann auf der dritten Base verlassen haben.»

Am späten Nachmittag gingen wir hinaus und spielten Baseball mit den Jungen auf dem verrußten Platz hinter dem Rangierbahnhof von Long Island. Wir spielten auch Basketball und spielten so wild, daß die Jungen sagten: «Immer mit der Ruhe, ihr bringt euch ja um.» Sie dribbelten einfach um uns herum und spielten uns lässig aus. Dean und ich schwitzten. Irgendwann fiel Dean voll aufs Gesicht, auf dem Betonplatz. Wir keuchten und schnauften, um den Jungs den Ball abzunehmen; sie drehten ab und gaben ihn einfach weiter. Andere kamen angestürmt und schossen eben über unsere Köpfe hinweg. Wir sprangen wie zwei Verrückte nach dem Korb, und die Kleinen schnappten sich den Ball aus unseren verschwitzten Händen und dribbelten davon. Wir führten uns auf wie ein heißer schwarzer Tenorsaxophonist aus der Welt des wilden amerikanischen Hinterhofjazz, der gegen Stan Getz und Cool Charlie Basketball spielen will. Die Jungs dachten, wir spinnen. Als wir nach Hause gingen, warfen Dean und ich uns quer über die Straße den Ball zu. Wir fingen die krummsten Würfe, hechteten über Büsche und wären mehrmals um ein Haar gegen einen Laternenpfahl geknallt. Wenn ein Auto vorbeikam, lief ich nebenher und warf den Ball knapp hinter der entschwindenden

Stoßstange zu Dean hinüber. Er machte einen Satz und erwischte ihn und kugelte im Gras und schleuderte ihn so zurück, daß ich ihn hinter einem geparkten Bäckerwagen fangen mußte. Ich schaffte es gerade eben mit der linken Hand und warf ihn so zurück, daß Dean herumwirbeln und hochspringen mußte und hinter einer Hecke auf dem Rücken landete. Bei mir zu Hause zückte Dean seine Brieftasche, räusperte sich und gab meiner Tante die fünfzehn Dollar, die er ihr noch schuldete, seit wir uns in Washington den Strafzettel wegen zu schnellen Fahrens eingehandelt hatten. Sie war völlig überrascht und freute sich sehr. Es gab ein gutes Abendessen. «Ach, Dean», sagte meine Tante, «ich hoffe nur, Sie schaffen es, für Ihr neues Baby, das bald kommt, zu sorgen und daß Sie diesmal verheiratet bleiben.»

«Ja, jaja, ja.»

«Sie können doch nicht dauernd durchs Land fahren und überall Kinder haben! Die armen kleinen Wesen wachsen ja völlig hilflos auf. Es ist Ihre Pflicht, ihnen eine Chance im Leben zu geben.» Dean starrte auf seine Schuhe und nickte. Im rauhen roten Abendlicht sagten wir uns auf einer Fußgängerbrücke über dem Superhighway good-by.

«Ich hoffe, du bist noch in New York, wenn ich wiederkomme», sagte ich. «Und ich hoffe, Dean, daß wir eines Tages friedlich mit unseren Familien in derselben Straße wohnen können, zwei Oldtimer, die zusammengehören.»

«Ja, das stimmt, Mann – und du weißt, ich bete darum, auch wenn mir bewußt ist, daß wir harte Zeiten hatten und daß noch harte Zeiten kommen werden, wie deine Tante weiß und mir gesagt hat. Ich wollte das neue Baby nicht, Inez bestand darauf, wir hatten Streit. Wußtest du, daß Marylou mit einem Gebrauchtwagenhändler in Frisco verheiratet ist und ein Kind erwartet?»

«Ja. Jetzt erwischt es uns alle.» Kleine Wellen nur auf dem kopfstehenden Teich der Leere – so etwas hätte ich sagen sollen. Der Boden der Welt ist Gold, und die Welt steht kopf. Er zog ein Foto heraus: Camille in Frisco, mit dem neuen Baby auf dem Arm, einem kleinen Mädchen. Der Schatten eines Mannes fiel auf der sonnigen Straße über das Kind, zwei lange Hosenbeine, in ihrer ganzen Trostlosigkeit. «Wer ist das?»

«Das ist nur Ed Dunkel. Er ist wieder mit Galatea zusammen, sie sind jetzt nach Denver gegangen. Vorher haben sie einen Tag damit verbracht, Fotos zu machen.»

Ed Dunkel mit seinem Mitleid, das so wenig beachtet wurde wie das Mitleid der Heiligen. Dean zog noch andere Fotos hervor. Diese Schnappschüsse, sagte ich mir, würden unsere Kinder eines Tages voll Staunen betrachten, und sie würden denken, was für ein ruhiges und wohlgeordnetes Leben ihre Eltern doch geführt hatten, eingefangen in einem Foto, wie sie morgens aufstanden, um stolz durchs Leben zu wandeln – und kein Gedanke an den zerrissenen Wahnsinn und Aufruhr unseres gegenwärtigen Lebens, unserer gegenwärtigen Nacht, an diese Hölle, dieses sinnlose Unterwegssein auf den Straßen des Alptraums. Und das alles in einer Leere ohne Anfang und Ende. Traurige Formen von Unwissenheit. «Good-by, good-by.» Dean ging davon unter dem langgestreckten Abendrot. Oberhalb von ihm rauchten und rangierten Lokomotiven. Sein Schatten folgte ihm, äffte seine Schritte nach, seine Gedanken, sein ganzes Sein. Er drehte sich um und winkte schüchtern, verlegen. Er hob zwei Finger, hüpfte auf und ab, rief etwas, das ich nicht verstand. Er lief in einem Kreis herum und näherte sich immer mehr der Betonmauer vor der Eisenbahnüberführung. Er gab mir ein letztes Zeichen, ich winkte zurück. Plötzlich wandte er sich seinem Leben zu und entschwand mit schnellen Schritten meinem Blickfeld. Ich starrte in die düstere Leere meiner eigenen Tage. Auch ich hatte noch einen furchtbar langen Weg vor mir.

zwei

Am nächsten Abend gegen Mitternacht sang ich dieses kleine Liedchen vor mich hin,

Zu Haus in Missoula,
Zu Haus in Truckee,
Zu Haus in Opelousas,
Daheim bin ich nie.
Zu Haus im alten Medora,
Zu Haus in Wounded Knee,
Zu Haus in Ogallala,
Ein Heim find ich nie,

als ich in den Autobus nach Washington stieg; dort vergeudete ich einige Zeit, indem ich in der Stadt herumging, fuhr dann einen Umweg, um den Blue Ridge zu sehen, hörte den Vogel von Shenandoah und besuchte Stonewall Jacksons Grab, spuckte in der Abenddämmerung in den Kanawha River und wanderte durch die Hillbilly-Nacht von Charleston, West Virginia; Mitternacht dann in Ashland, Kentucky, und ein einsames Mädchen unter dem Vordach eines bereits geschlossenen Theaters. Das dunkle und geheimnisvolle Ohio und Cincinnati im Morgengrauen. Wieder die Felder von Indiana und St. Louis – wie immer unter hohen Quellwolken am Nachmittag. Das schmutzige Kopfsteinpflaster und die Baumstämme aus Montana, die außer Dienst gestellten Dampfboote, die alten Straßenschilder, das Gras und die Taue am Fluß. Das endlose Gedicht. In der Nacht Missouri, die Felder von Kansas, die Nacht-Kühe von Kansas in den ungeahnten Weiten, Schuhschachtelstädte mit einem See am Ende jeder Straße und die Morgendämmerung in Abilene. Aus fetten Weiden im Osten von Kansas werden die Steppen in Westkansas, die sich hinaufziehen zum Hügelland der westlichen Nacht.

Henry Glass saß neben mir im Bus. Er war in Terre Haute, Indiana, zugestiegen, und jetzt sagte er: «Ich habe Ihnen gesagt, warum ich den Anzug, den ich anhabe, nicht leiden kann – aber das ist nicht alles.» Er zeigte mir einige Papiere. Er war soeben aus dem Bundesgefängnis in Terre Haute entlassen worden; er hatte Autos in Cincinnati gestohlen und weiterverkauft. Ein junger Bursche von zwanzig mit gelocktem Haar. «Sobald ich in Denver bin, versetze ich diesen Anzug im Pfandhaus und besorge mir Jeans. Wissen Sie, was die im Gefängnis mit mir gemacht haben? Einzelhaft, nur mit der Bibel; die benutzte ich, um mich auf den Steinfußboden zu setzen; als sie das sahen, nahmen sie mir die Bibel weg und gaben mir so 'ne winzige Taschenbibel. War zu klein zum Draufsitzen, also las ich die ganze Bibel und das Testament. Hihi» – er stieß mich an, seinen Bonbon kauend, er aß dauernd Bonbons, weil er sich im Zuchthaus den Magen ruiniert hatte und nichts anderes mehr vertrug –, «da stehen echt scharfe Sachen drin, in dieser Bibel.» Er erklärte mir, was es hieß, «Andeutungen» zu machen. «Wenn jemand bald entlassen werden soll und er fängt an, von seinem Entlassungstag zu reden, ‹deutet er an›, daß die anderen bleiben müssen. Wir packen ihn dann beim Genick und sagen: ‹Mach mir *keine* Andeutungen!› Böse Sache das, solche Andeutungen – haben Sie gehört?»

«Ich mache bestimmt keine Andeutungen, Henry.»

«Wenn einer mir Andeutungen macht, brennt bei mir die Sicherung durch, und ich werde so wütend, daß ich morden könnte. Und wissen Sie, warum ich mein Leben lang im Knast gesessen habe? Weil ich die Nerven verlor, als ich dreizehn war. Ich war mit einem anderen Jungen im Kino, und er riß einen Witz über meine Mutter – Sie kennen bestimmt das dreckige Wort –, und ich zog mein Klappmesser raus und stieß es ihm in den Hals, und ich hätte ihn umgebracht, hätten die anderen mich nicht weggerissen. Der Richter fragte: ‹Hast du gewußt, was du tust, als du deinen Freund angegriffen hast?› – ‹Jawohl,

Euer Ehren, Sir, habe ich, ich wollte den Dreckskerl umbringen und würde es immer noch tun!› Also kriegte ich keine Bewährung und kam direkt in die Besserungsanstalt. Ich habe Hämorrhoiden gekriegt vom Sitzen in Einzelhaft. Passen Sie auf, daß Sie nie in ein Bundesgefängnis kommen, das sind die schlimmsten. Scheiße, ich könnte die ganze Nacht reden, so lange ist's her, daß ich mit jemand geredet habe. Sie können sich nicht vorstellen, wie gut es mir geht, seit ich draußen bin. Sie haben schon im Bus gesessen, als ich einstieg in Terre Haute – was haben Sie so gedacht?»

«Nichts, ich habe nur dagesessen und mich schaukeln lassen.»

«Aber ich – ich habe gesungen vor Freude. Ich hab mich zu Ihnen gesetzt, weil ich nicht wagte, mich neben ein Mädchen zu setzen, aus Angst, ich könnte durchdrehen und ihr unter den Rock greifen. Muß noch ein Weilchen warten damit.»

«Noch eine Gefängnisstrafe, und man wird Sie lebenslänglich verknacken. Passen Sie lieber auf, von jetzt an.»

«Das hab ich ja vor, das Blöde ist nur, daß mir manchmal die Sicherung durchbrennt, und dann weiß ich nicht mehr, was ich tu.»

Er war unterwegs zu seinem Bruder und seiner Schwägerin, bei denen er unterkommen sollte; sie hatten auch Arbeit für ihn in Colorado. Die Fahrkarte hatte ihm die Regierung bezahlt, sein Reiseziel hieß Bewährung. Das war ein Junge, wie Dean einer gewesen war, zu heißblütig, als daß er es ertragen konnte; die Sicherung brannte ihm durch, aber er besaß nicht die natürliche, komische Heiligmäßigkeit, die ihn vor dem eisernen Schicksal hätte bewahren können.

«Seien Sie mir ein Kumpel und passen Sie auf mich auf, daß mir in Denver nicht die Sicherung durchbrennt. Versprechen Sie mir das, Sal? Vielleicht schaffe ich's, heil zu meinem Bruder zu kommen.»

Als wir in Denver ankamen, nahm ich ihn beim Arm und führte ihn in die Larimer Street, damit er den Knastanzug versetzen konnte. Der alte Jude witterte sofort, was es war, noch ehe der Anzug halb ausgepackt war. «Verdammt, ich will das Ding nicht haben. Ich kriege so etwas jeden Tag von den Jungs aus Canyon City.»

Die Larimer Street war überlaufen von entlassenen Strafgefangenen, die versuchten, die ihnen im Gefängnis übergebenen Anzüge zu verhökern. Henry klemmte sich das Ding in einer braunen Tüte unter den Arm und spazierte in nagelneuen Jeans und einem Sporthemd herum. Wir gingen in Deans alte Kneipe, die Glenarm Bar – unterwegs warf Henry den Anzug in eine Mülltonne –, und riefen Tim Gray an. Es war inzwischen Abend geworden.

«Du?» kicherte Tim Gray. «Bin gleich da.»

Binnen zehn Minuten kam er mit Stan Shephard in die Bar gestürmt. Die beiden hatten gerade eine Frankreichreise hinter sich und waren furchtbar enttäuscht von ihrem Alltag in Denver. Sie waren begeistert von Henry und spendierten ihm Bier. Irgendwann fing er an, sein ganzes Knastgeld auf den Kopf zu hauen. Ich atmete wieder einmal die milde dunkle Nacht von Denver mit seinen heiligen Gassen und verrückten Häusern ein. Wir zogen durch die Kneipen der Stadt, durch die Bars an der West Colfax Avenue, die Negerpinten in Five Points, die Hurenhäuser.

Stan Shephard hatte seit Jahren darauf gewartet, daß er mich kennenlernte, und jetzt standen wir zum erstenmal vor einem gemeinsamen Abenteuer. «Sal, seit ich aus Frankreich zurück bin, weiß ich mit mir nichts mehr anzufangen. Ist es wahr, daß du nach Mexiko fährst? Verdammt noch mal, kann ich nicht mitfahren? Ich kann mir hundert Bucks besorgen, und wenn wir dort sind, kann ich mich als Kriegsteilnehmer mit einem Stipendium am College in Mexico City einschreiben.»

Okay, es war abgemacht, Stan würde also mitfahren. Er war ein sehniger, schüchterner Junge aus Denver mit wilder Mähne, einem breiten Gaunerlächeln und langsamen, lässigen Bewegungen wie Gary Cooper. «Verdammt noch mal», sagte er, hakte die Daumen in seinen Gürtel und schlenderte, leicht in den Hüften wiegend, die Straße entlang. Sein Großvater machte ihm das Leben schwer. Er war gegen die Frankreichreise gewesen, und jetzt war er dagegen, daß Stan nach Mexiko fuhr. Wegen der Streits mit seinem Großvater trieb sich Stan wie ein Landstreicher in Denver herum. In dieser Nacht, nachdem wir alle mächtig gesoffen und Henry davor bewahrt hatten, daß ihm in der Hot Shoppe an der Colfax Avenue die Sicherung durchbrannte, stolperte Stan mit Henry davon, um bei ihm im Hotelzimmer an der Glenarm Street zu übernachten. «Ich darf nicht einmal spät nach Hause kommen – sofort fängt mein Großvater Streit an, und dann wendet er sich gegen meine Mutter. Ich sage dir, Sal, ich muß bald aus Denver verschwinden, sonst werde ich noch verrückt.»

Nun, ich blieb erst einmal bei Tim Gray, und später fand Babe Rawlins ein nettes kleines Kellerzimmer für mich, und dort feierten wir eine Woche lang jeden Abend unsere Partys. Henry verschwand zu seinem Bruder, und wir sahen ihn nie wieder und werden niemals erfahren, ob ihm seither jemand Andeutungen gemacht hat und ob er wieder hinter Gittern gelandet ist oder ob er noch immer bei Nacht in Freiheit seine Ketten sprengt. Tim Gray, Stan, Babe und ich verlebten eine ganze Woche wilder Nachmittage in den nettesten Bars von Denver, wo die Kellnerinnen lange weiche Hosen tragen und mit scheuen, liebevollen Blicken umherlaufen, nicht abgebrühte Schankweiber, sondern Kellnerinnen, die sich noch in ihre Gäste verlieben und heiße Affären haben und sich von einem harten miesen Job zum anderen schleppen. Die Abende derselben Woche verbrachten wir in Five Points, hörten Jazz und tranken Schnaps in wüsten Negerkneipen und quatschten bis fünf Uhr früh in meinem Keller. Mittags saßen wir meist bequem zurückgelehnt in Babes Garten, zwischen den kleinen Kindern aus Denver, die Cowboy und Indianer spielten und sich von blühenden Kirschbäumen auf uns fallen ließen. Es war eine wunderschöne Zeit für mich, und die ganze Welt lag offen vor mir, weil ich keine Träume hatte. Stan und ich beschlossen insgeheim, daß wir Tim Gray überreden wollten, mit uns zu fahren, aber Tim hing zu sehr an seinem Leben in Denver.

Ich war allmählich bereit, nach Mexiko aufzubrechen, als Denver Doll mich eines Abends anrief und sagte: «Rate mal, Sal, wer nach Denver kommt?» Ich hatte keine Ahnung. «Er ist schon unterwegs, ich habe die Neuigkeit durch meinen Nachrichtendienst erfahren. Dean hat ein Auto gekauft und kommt zu dir.» Plötzlich hatte ich eine Vision, ich sah Dean als lodernden, schaurig-schönen Engel zitternd über die Straße heranschweben, er näherte sich wie eine Wolke, mit enormer Geschwindigkeit, und er verfolgte mich wie einst der verhüllte Wanderer in der Prärie und stieß auf mich nieder. Riesig sah ich sein Gesicht über der weiten Ebene, seine wilde, knochenharte Entschlossenheit und die leuchtenden Augen; ich sah seine Flügel, sah seine alte Kutsche mit tausend Funken sprühenden Flammen heranbrausen, sah die Brandspur, die er auf der Straße zurückließ; ja, er bahnte sich sogar seine eigene Straße und walzte Maisfelder und Städte nieder, zerstörte Brücken und trocknete Flüsse aus. Wie der Zorn Gottes kam er über den Westen. Ich wußte, Dean war wieder einmal verrückt geworden. Da war keine Chance mehr, daß er seinen beiden Frauen Geld schickte, wenn er seine Ersparnisse von der Bank geholt und ein Auto gekauft hatte. Alles ging wieder los, der ganze Tanz fing von vorn an. Hinter ihm rauchten verkohlte Ruinen. Wieder mal rauschte er über den ächzenden und erhabenen Kontinent westwärts, und bald würde er dasein. Hastig trafen wir Vorbereitungen für seinen Empfang. Es hieß, er habe vor, mich nach Mexiko zu fahren.

«Glaubst du, er läßt mich mitkommen?» fragte Stan furchtsam.

«Ich werde mit ihm reden», sagte ich grimmig. Wir wußten nicht, was wir zu erwarten hatten. «Wo wird er schlafen? Was soll er essen? Gibt es Mädchen für ihn?» Es war wie die unmittelbar bevorstehende Ankunft Gargantuas; es war dringend erforderlich, die Gossen von Denver zu verbreitern und die Gültigkeit gewisser Gesetze einzuschränken, um Raum zu schaffen für die Wucht seines Leids und das Feuer seiner Ekstasen.

drei

Als Dean schließlich kam, war alles wie in einem altmodischen Film. Ich war in Babes Haus, es war ein goldener Nachmittag. Ein Wort noch über das Haus. Ihre Mutter war gerade in Europa. Als Anstandsdame fungierte eine Tante, die Charity genannt wurde; mit ihren fünfundsiebzig Jahren war sie putzmunter. In der weit über den Westen verstreuten Rawlins-Familie pendelte sie dauernd von einem Haus zum andern und machte sich überall nützlich. Einst hatte sie ein Dutzend Söhne gehabt. Sie waren alle fortgegangen, hatten sie alle verlassen. Sie war alt, nahm aber Anteil an allem, was wir taten und sagten. Traurig schüttelte sie den Kopf, wenn wir im Wohnzimmer Whisky schlürften. «Sie sollten dazu in den Garten gehen, junger Mann.» Unter dem Dach – in diesem Sommer war das Haus eine Art Pension – wohnte ein Typ namens Tom, der hoffnungslos in Babe verliebt war. Er kam aus Vermont, aus einer reichen Familie, so hieß es, und eine große Karriere mit allem Drum und Dran erwartete ihn dort, aber er zog es vor, in Babes Nähe zu bleiben. An den Abenden saß er im Wohnzimmer, versteckte sein brennendes Gesicht hinter der Zeitung, und jedesmal, wenn einer von uns etwas sagte, horchte er auf, ließ sich aber nichts anmerken. Besonders rot glühte sein Gesicht, wenn Babe etwas sagte. Wenn wir ihn zwangen, seine Zeitung wegzulegen, sah er uns mit unermeßlicher Langeweile und Leidensmiene an. «Wie? O ja, vermutlich.» Mehr sagte er im allgemeinen nicht.

Charity saß strickend in ihrer Ecke und beobachtete uns mit ihren Vogelaugen. Es war ihre Aufgabe, auf Anstand zu achten, sie mußte aufpassen, daß niemand fluchte. Babe hockte kichernd auf der Couch. Tim Gray, Stan Shephard und ich rekelten uns in den Sesseln. Der arme Tom litt Qualen. Er stand auf, gähnte und sagte: «Na, morgen ist auch noch ein Tag, gute Nacht» und verschwand nach oben. Babe konnte ihn als Verehrer nicht brauchen. Sie war in Tim Gray verliebt, der sich jedoch wie ein Aal wand, um ihren Fängen zu entkommen. So saßen wir auch an einem sonnigen Nachmittag kurz vor dem Abendessen herum, als Dean mit seiner alten Karre vor dem Haus hielt und heraussprang – in einem Tweedanzug mit Weste und Uhrkette.

«Hephep!» hörte ich ihn draußen auf der Straße. Er war mit Roy Johnson zusammen, der gerade mit seiner Frau Dorothy aus Frisco zurückgekehrt war und nun wieder in Denver lebte. Auch Dunkel und Galatea Dunkel und Tom Snark waren wieder da. Alle waren wieder in Denver. Ich ging hinaus an die Tür. «Na, alter Junge», sagte Dean und streckte seine Pranke aus, «wie ich sehe, ist an diesem Ende der Leitung alles in Ordnung. Hallo-hallo-hallo», sagte er zu jedem. «Ah ja, Tim Gray, Stan Shephard, wie geht es?» Wir stellten ihn Charity vor. «O ja, wie geht es Ihnen? Das hier ist mein Freund Roy Johnson, er war so nett, mich zu begleiten, harrumpf! kch! kch! Gestatten, Major Hoople», sagte er und streckte seine Hand Tom entgegen, der ihn entgeistert anstarrte. «Jaja, Sal, alter Junge, wie sieht's denn nun aus, wann starten wir nach Mexiko. Morgen nachmittag? Schön, schön. Ah-hm! Und jetzt, Sal, bleiben mir genau sechzehn Minuten, um zu Ed Dunkel zu fahren, wo ich meine alte Eisenbahneruhr abholen will, damit ich sie kurz vor Ladenschluß in der Larimer Street versetzen kann, aber inzwischen muß ich mich schleunigst und so gründlich, wie es die *Zeit* erlaubt, in Jigg's Buffet und ein paar anderen Kneipen umsehen, ob nicht mein alter Herr zufällig da ist, und dann habe ich eine Verabredung mit dem Friseur, den Denver Doll mir immer so warm empfohlen hat, und da ich mich nicht geändert habe in all den Jahren, will ich auch diesem Grundsatz treu bleiben – kch! kch! Und pünktlich um sechs – *pünktlich*, hörst du? – mußt du hier sein, weil ich dann vorbeigesaust komme, um dich auf einen Sprung zu Roy Johnson mitzunehmen, wo wir Gillespie und ein paar ausgesuchte Bebop-Platten hören werden, ein Stündchen Entspannung vor dem großen Abend, den ihr, du und Tim und Stan und Babe, für heute mit Sicherheit geplant habt, ganz unabhängig von meinem Kommen, das übrigens vor genau fünfundvierzig Minuten stattfand, in meinem alten Ford, Baujahr siebenunddreißig, den du dort drüben parken siehst; ich habe die Strecke mit nur einer längeren Pause in Kansas City geschafft, wo ich meinen Cousin besuchen wollte, nicht Sam Brady, sondern den jüngeren ...» Und während er all dies sagte, zog er sich eilig um, tauschte im Erker des Wohnzimmers, wo niemand ihn sah, seinen Anzug gegen ein T-Shirt und befestigte seine Uhrkette an einer anderen Hose, die er aus seinem alten verbeulten Koffer zog.

«Und Inez?» fragte ich. «Was ist in New York passiert?»

«Offiziell, Sal, hat diese Reise den Zweck, eine mexikanische Scheidung zu bekommen, billiger und schneller als jede andere. Endlich habe ich Camilles Einwilligung, und alles ist klar, alles in Ordnung, alles ist bestens, und wir wissen ja, daß wir uns jetzt nicht die geringste Sorge mehr zu machen brauchen, nicht wahr, Sal?»

Na, okay, ich bin immer bereit, Dean zu folgen, und so stellten wir uns alle auf die neuen Pläne um und trafen Vorbereitungen für eine wilde Nacht – und es wurde eine denkwürdige Nacht! Bei Ed Dunkels Bruder fand eine Party statt. Zwei von seinen anderen Brüdern sind Busfahrer. Sie saßen ehrfürchtig herum und bestaunten alles, was vor sich ging. Der Tisch war hübsch gedeckt, Kuchen und alle möglichen Getränke waren aufgetischt. Ed Dunkel wirkte glücklich und zufrieden. «Na, alles wieder im Lot mit Galatea?»

«Ja, Sir», sagte Ed, «und ob. Ich will jetzt an der Uni in Denver studieren, verstehst du? Ich und Roy.»

«Was willst du studieren?»

«Oh, Soziologie und das ganze Gebiet, du weißt schon. Sag mal, Dean wird wohl jedes Jahr verrückter, oder?»

«Stimmt.»

Auch Galatea Dunkel war da. Sie versuchte sich mit jemandem zu unterhalten, aber Dean beherrschte die Szene. Er stand da und gab eine Vorstellung für Shephard, Tim, Babe und mich, die wir auf Küchenstühlen nebeneinander an der Wand saßen. Hinter ihm reckte Ed Dunkel nervös den Hals. Sein armer Bruder war völlig in den Hintergrund gedrängt. «Hep, hep!» sagte Dean und zupfte an seinem Hemd, rieb sich den Bauch und hüpfte auf und ab. «Ja, also – da sind wir wieder alle beisammen, und die Jahre sind an uns vorbeigerauscht, und doch hat sich, wie ihr seht, keiner von uns wirklich verändert, das ist's, was so erstaunlich ist, die Dauer, die Dauerhaftigkeit, und zum Beweis dafür habe ich hier ein Kartenspiel, mit dem ich jedem von euch genau die Zukunft vorhersagen kann.» Es war das Spiel mit den obszönen Karten. Dorothy Johnson und Roy saßen steif in der Ecke. Es war eine traurige Party. Dann wurde Dean plötzlich still und saß zwischen Stan und mir auf einem Küchenstuhl und starrte mit unerschütterlichem hündischem Staunen vor sich hin und beachtete keinen von uns. Er war einfach für einen Moment weggetreten, um neue Energie zu sammeln. Hätte man ihn angerührt, er hätte geschwankt wie ein Felsblock, der auf einem Kieselstein am Rande eines Abgrunds schwebt. Vielleicht wäre er abgestürzt, vielleicht hätte er nur gewankt wie ein Fels. Dann zerbarst der Felsblock in eine Blume, und sein Gesicht leuchtete auf in einem strahlenden Lächeln, und er schaute sich um wie jemand, der eben gerade erwacht ist, und sagte: «Aah, seht nur, all die netten Leute, die hier mit mir sitzen. Ist das nicht schön? Ach, Sal, neulich noch habe ich zu Min gesagt, warum, uu-ups, ah, ja!» Er stand auf und wanderte durch das Zimmer und streckte einem der Autobusfahrer auf der Party die Hand entgegen. «Wie geht's? Ich bin Dean Moriarty. Ja, ich erinnere mich noch gut an Sie. Alles in Ordnung bei Ihnen? Schön, schön. Seht nur, der herrliche Kuchen. Oh, kann ich ein Stück haben? Ausgerechnet ich? Ich Elender?» Ja, sagte Eds Schwester. «Oh, wie wunderbar. Die Leute hier sind so nett. Kuchen und wunderbare Sachen stehen auf dem Tisch, und alles zu unserer Freude und unserem Entzücken. Hmmm, ja, ah, ausgezeichnet, köstlich, harrumpf, kch, kch!» Schwankend stand er in der Mitte des Zimmers, aß seinen Kuchen und schaute einen jeden voll Staunen an. Er drehte sich um und schaute hinter sich in die Runde. Alles verwunderte ihn, alles, was er sah. Hier und da standen Grüppchen und unterhielten sich, und er sagte: «Ja! So ist es richtig!» Ein Bild an der Wand, das ihm aufgefallen war, ließ ihn erstarren. Er trat näher und betrachtete es genauer, trat einen Schritt zurück, bückte sich, sprang auf, betrachtete es aus jedem Winkel und jeder Höhe und zupfte verblüfft an seinem T-Shirt: «Verdammt!» Es war ihm nicht bewußt, was für einen Eindruck er machte, und es war ihm egal. Die Leute begannen Dean mit mütterlicher und väterlicher Zuneigung zu betrachten, mit leuchtenden Gesichtern. Er war endlich ein Engel geworden, wie ich es immer vorausgesehen hatte. Doch wie jeder Engel hatte er noch immer Anwandlungen von Tollheit und Raserei, und in dieser Nacht, als wir alle aufbrachen und uns, eine riesige lärmende Horde, in die Bar des Windsor Hotels verzogen, hat Dean sich wahnsinnig und dämonisch und seraphisch besoffen.

Man erinnere sich, das Windsor, einst, zu Zeiten des Goldrausches, Denvers erstes Hotel und in mancher Hinsicht eine Sehenswürdigkeit – im großen Saloon unten sind noch alte Schußlöcher in den Wänden –, war einmal Deans Zuhause gewesen. Hier lebte er mit seinem Vater in einem der Zimmer unter dem Dach. Er war kein Tourist. Er trank in diesem Saloon wie der Geist seines Vaters; er kippte Wein, Bier und Whisky wie Wasser. Er wurde rot im Gesicht und schwitzte und brüllte und polterte an der Bar und taumelte quer über die Tanzfläche, wo die halbseidenen Typen des Westens mit ihren Mädchen tanzten und Klavier zu spielen versuchten, er warf die Arme um entlassene Knastbrüder und brüllte mit ihnen im allgemeinen Tumult. Inzwischen saß unsere ganze Gesellschaft an zwei großen, zusammengeschobenen Tischen. Da waren Denver D. Doll, Dorothy und Roy Johnson, ein Mädchen aus Buffalo, Wyoming, die mit Dorothy befreundet war, Stan, Tim Gray, Babe, ich, Ed Dunkel, Tom Snark und noch ein paar andere, dreizehn im ganzen. Doll amüsierte sich bestens: er holte einen Peanut-Automaten und stellte ihn vor sich auf den Tisch und stopfte Pennys hinein und futterte Peanuts. Er schlug vor, daß wir alle etwas auf eine billige Postkarte an Carlo Marx in New York schreiben sollten. Wir kritzelten die verrücktesten Dinge. Draußen wimmerte Geigenmusik durch die Nacht der Larimer Street. «Ein irrer Spaß!» brüllte Doll. In der Männertoilette versuchten Dean und ich mit der Faust ein Loch in die Tür zu schlagen, aber sie war gut drei Zentimeter stark. Ich brach mir einen Knöchel im Mittelfinger und merkte es erst am nächsten Tag. Wir waren sturzbetrunken. Einmal standen fünfzig Glas Bier gleichzeitig auf unseren Tischen. Man konnte im Kreis herumlaufen und aus jedem schlürfen. Entlassene Häftlinge aus Canyon City schwankten und schwadronierten zwischen uns herum. Draußen im Foyer saßen alte Männer, ehemalige Goldschürfer, träumend auf ihre Spazierstöcke gestützt, unter der tickenden alten Uhr. Solchen Furor kannten sie aus ihren großen Zeiten. Alles wirbelte durcheinander. Überall fanden Partys statt. Es gab sogar eine Party in einem Schloß, zu der wir alle fuhren – außer Dean, der irgendwo anders hinrannte – und in diesem Schloß saßen wir um einen großen Tisch in der Halle und lärmten. Draußen gab es einen Swimmingpool und Grotten. Endlich hatte ich das Schloß gefunden, aus dem die große Weltenschlange sich erheben würde.

Später in der Nacht saßen dann nur noch Dean und ich und Stan Shephard und Tim Gray und Ed Dunkel und Tommy Snark in einem Auto, und alles lag vor uns. Wir fuhren ins Mexikanerviertel, wir fuhren nach Five Points, wir karriolten herum. Stan Shephard war außer sich vor Begeisterung. «Verflucht noch mal! Scheiße, verdammte!» brüllte er dauernd mit hoher, schriller Stimme und schlug sich auf die Knie. Dean war wild begeistert von ihm. Er wiederholte alles, was Stan sagte, und wischte sich keuchend den Schweiß von der Stirn. «Das wird ein Spaß, Sal, wenn wir mit Stan, diesem irren Typ, nach Mexiko fahren!» Es war unsere letzte Nacht im heiligen Denver, und wir machten eine große und wilde Nacht daraus. Sie endete schließlich mit Rotwein im Keller bei Kerzenlicht, und Charity tappte oben im Nachthemd und mit einer Taschenlampe herum. Wir hatten inzwischen einen farbigen Typ unter uns, der sich Gomez nannte. Er hatte sich in Five Points herumgetrieben, einer, dem alles schnuppe war. Als wir ihn sahen, rief Tommy Snark: «He, heißt du nicht Johnny?»

Gomez lief ein paar Schritte zurück, ging noch einmal an uns vorbei und sagte: «Sag das noch einmal – was hast du gesagt?»

«Ich sagte: Bist du nicht der Typ, den sie Johnny nennen?»

Gomez wankte zurück und versuchte es noch einmal. «Seh ich ihm jetzt vielleicht etwas ähnlicher? Ich tu mein Bestes, um Johnny zu sein, aber ich krieg's nicht hin.»

«Oh, Mann, komm mit, steig ein», schrie Dean. Gomez sprang in den Wagen, und wir sausten los. Im Keller begann ein irres Geflüster, weil wir die Nachbarn nicht aufstören wollten. Um neun Uhr morgens waren alle fort, bis auf Dean und Shephard, die immer noch wie die Verrückten quasselten. Oben im Haus standen die Leute auf und machten Frühstück und hörten seltsame unterirdische Stimmen «Ja! Ja!» rufen. Babe stellte ein gewaltiges Frühstück auf den Tisch. Es wurde langsam Zeit, nach Mexiko abzuhauen.

Dean brachte den Wagen zur nächsten Garage und ließ alles in Ordnung bringen. Es war ein 37er Ford – die rechte Tür war aus den Angeln und mit Draht am Rahmen befestigt. Auch der rechte Vordersitz war kaputt, man saß dort so weit zurückgelehnt, daß man auf das verbeulte Dach starrte. «Genau wie bei Min und Bill», sagte Dean. «Wir werden keuchend und ächzend in Mexiko ankommen; wir werden Tage und noch mehr Tage brauchen.» Ich warf einen Blick auf die Karte: Im ganzen waren es über tausend Meilen, hauptsächlich durch Texas, bis zur Grenze bei Laredo, und dann noch einmal 767 Meilen durch ganz Mexiko bis zu der großen Stadt nahe dem geborstenen Isthmus und den Höhen von Oaxaca. Nicht im Traum konnte ich mir diese Reise vorstellen. Es war die sagenhafteste von allen. Es ging nicht mehr von Osten nach Westen, sondern in den magischen *Süden*. In einer Vision sahen wir die ganze westliche Hemisphäre mit ihren Felsenrippen bis hinunter nach Feuerland, und wir schwebten über die Krümmung des Erdballs hinab in andere Klimazonen und andere Welten. «Mann, diesmal werden wir ES erreichen!» sagte Dean mit entschiedener Zuversicht. Er klopfte mir auf den Arm. «Warte nur, du wirst schon sehen. Ho! Uuuh!»

Ich ging mit Shephard, um ihm bei seiner letzten Aufgabe in Denver zu helfen, und lernte seinen armen Großvater kennen, der in der Haustür stand und sagte: «Stan – Stan – Stan.»

«Was ist, Großpapa?»

«Geh nicht weg.»

«Oh, es ist abgemacht. Ich muß jetzt fort. Warum machst du so ein Getue?» Der Alte hatte graues Haar und große mandelförmige Augen und einen wütend verspannten Hals.

«Stan», sagte er leise, «geh nicht weg. Bring deinen alten Großvater nicht zum Weinen. Laß mich nicht wieder allein.» Es brach mir das Herz, dies mit anzusehen.

«Dean», sagte der Alte, an mich gewandt, «nehmen Sie mir meinen Stan nicht weg. Ich habe ihn in den Park geführt, als er klein war, und ihm die Schwäne gezeigt. Dann ist seine kleine Schwester in dem Schwanenteich ertrunken. Sie dürfen mir nicht meinen Jungen wegnehmen.»

«Laß», sagte Stan. «Wir fahren jetzt. Leb wohl.» Er rang um seine Fassung.

Der Großvater packte ihn am Arm. «Stan, Stan, Stan, geh nicht weg, geh nicht weg, geh nicht weg.»

Wir flüchteten mit gesenktem Kopf, und der Alte stand immer noch vor seinem Häuschen in einer Nebenstraße von Denver, wo Perlenschnüre in den Türen hängen und pralle Polstergarnituren im Wohnzimmer stehen. Er war weiß wie die Wand. Noch immer rief er nach Stan. Seine Bewegungen waren wie die eines Gelähmten, und er tat nichts, um seinen Platz an der Tür zu verlassen, sondern blieb einfach nur stehen und murmelte «Stan» und «Geh nicht weg» und sah uns angstvoll nach, als wir um die Ecke bogen.

«O Gott, Shep, ich weiß nicht, was ich sagen soll.»

«Mach dir nichts draus», stöhnte Stan. «So ist er immer schon gewesen.»

Wir trafen Stans Mutter in der Bank, wo sie Geld für ihn abhob. Sie war eine liebe weißhaarige Frau und sah trotzdem immer noch sehr jung aus. Sie und ihr Sohn standen auf den Marmorfliesen der Bank und flüsterten. Stan trug einen Jeansanzug, mit Jacke und allem, und wirkte wie ein Mann, der mit Sicherheit nach Mexiko fahren wird. Dies hier war sein Nesthockerleben in Denver, und jetzt ging er weg, mit Dean, dem flammenden Kometen. Und da kam Dean auch schon um die Ecke geschossen, gerade im rechten Augenblick, und schloß sich uns an. Mrs. Shephard bestand darauf, uns allen einen Kaffee zu spendieren.

«Paßt mir auf meinen Stan auf», sagte sie. «Nicht auszudenken, was in dem Land dort alles passieren kann.»

«Wir werden alle aufeinander aufpassen», sagte ich. Stan und seine Mutter schlenderten voraus, und ich ging mit dem verrückten Dean hinterher; er erzählte mir von den eingeritzten Schreibereien an Toilettenwänden im Osten und im Westen.

«Da gibt es große Unterschiede. Im Osten kritzeln sie Witze und abgedroschene Sprüche und eindeutige Anspielungen, fäkalische Schweinereien und Zeichnungen; im Westen schreiben sie nur ihren Namen hin: Red O'Hara aus Blufftown, Montana, war hier, mit Datum, alles ernst und feierlich, wie zum Beispiel Ed Dunkel, und der Grund dafür ist die ungeheure Einsamkeit, die sich nur um einen Schatten, um Haaresbreite ändert, sobald du den Mississippi überquerst.» Nun ja, direkt vor uns ging so ein einsamer Bursche, denn Shephards Mutter war eine wunderbare Frau, sie ließ ihren Sohn nicht gerne fort, aber sie wußte, daß er fort mußte. Mir war klar, daß er auf der Flucht vor seinem Großvater war. Darin paßten wir drei gut zusammen – Dean, der auf der Suche nach seinem Vater war, ich mit meinem toten Vater und Stan, der vor dem Alten floh. Und so liefen wir zusammen in die Nacht. Mitten im Gedränge auf der 17th Street gab Stan seiner Mutter einen Kuß, und sie stieg in ein Taxi und winkte uns nach: Good-by, good-by.

Vor Babes Haus stiegen wir ins Auto und nahmen Abschied von ihr. Tim wollte bis zum Stadtrand, wo er wohnte, mit uns fahren. Babe war wunderschön an diesem Tag; ihr Haar war lang und blond und schwedisch, und ihre Sommersprossen traten im Sonnenlicht hervor. Sie sah genauso aus wie das kleine Mädchen, das sie einmal gewesen war. Ihre Augen waren von Tränen verschleiert. Sie hätte später mit Tim nachkommen können – aber sie tat es nicht. Good-by, good-by.

Wir brausten los. Tim ließen wir draußen vor der Stadt in seinem Garten am Rande der Prärie zurück, und ich drehte mich um und sah, wie Tim Gray in der Ebene allmählich verschwand. Der sonderbare Kerl stand volle zwei Minuten da und sah uns davonfahren und hing Gott allein weiß welchen traurigen Gedanken nach. Er wurde kleiner und kleiner und stand immer noch regungslos da, die eine Hand an einer Wäscheleine, wie ein Kapitän auf einem Schiff, und ich verrenkte mir den Hals, um Tim Gray zu sehen, bis nichts mehr da war als eine wachsende Abwesenheit im Raum, und der Raum war der Blick ostwärts, nach Kansas, und führte immer weiter zurück bis nach Atlantis, wo ich zu Hause war.

Wir richteten die klapprige Schnauze unseres Autos nach Süden und fuhren nach Castle Rock, Colorado, während die Sonne sich rötete und die Felsenberge im Westen aussahen wie eine Brauerei in Brooklyn im Abendrot im November. Hoch in den purpurnen Schatten der Felsen wanderte jemand dahin, ein Wanderer, aber wir konnten ihn nicht gut sehen; vielleicht war es der alte Weißhaarige, den ich vor Jahren hoch oben in den Gipfeln geahnt hatte. Der Zacatecen-Greis. Doch er näherte sich mir, wenn er auch immer hinter mir blieb. Und Denver versank weit hinter uns wie die Stadt aus Salz, die Rauchfahnen zerfaserten in der Luft und entschwanden unseren Blicken.

vier

Es war Mai. Wie aber können die friedlichen Nachmittage Colorados, mit seinen Farmen und Bewässerungsgräben und schattigen Schluchten – die Stellen, wo kleine Jungen schwimmen gehen –, ein Insekt hervorbringen wie jenes, das Stan Shephard stach? Er ließ den Arm aus der kaputten Tür baumeln und rollte fröhlich redend dahin, als plötzlich ein Insekt auf seinen Arm flog und einen langen Stachel hineinsenkte, der ihn aufheulen ließ. Das Insekt war aus einem amerikanischen Nachmittag gekommen. Er fuhr zusammen, klatschte auf seinen Arm und zog den Stachel heraus, und nach ein paar Minuten war sein Arm angeschwollen und schmerzte. Dean und ich konnten uns nicht vorstellen, was es war. Man konnte nur abwarten und sehen, ob die Schwellung zurückging. Da waren wir nun, unterwegs in fremde südliche Länder, und kaum drei Meilen hinter der Heimatstadt, der armen alten Stadt der Kindheit, erhob sich ein sonderbares, fiebriges, exotisches Insekt aus unergründlicher Fäulnis und sandte Furcht in unsere Herzen. «Was ist das?»

«Ich hab noch von keinem Insekt in dieser Gegend gehört, das eine solche Schwellung hervorrufen kann.»

«Verdammt!» Die Reise schien düster und verhängnisvoll anzufangen. Wir fuhren weiter. Stans Arm wurde schlimmer. Wir wollten beim ersten Krankenhaus halten und ihm eine Penizillinspritze verabreichen lassen. Wir kamen durch Castle Rock und erreichten bei anbrechender Dunkelheit Colorado Springs. Zu unserer Rechten ragten die hohen Schatten des Pike's Peak auf. Wir fuhren auf dem Highway nach Pueblo. «Hier bin ich schon tausendmal getrampt», sagte Dean. «Einmal habe ich mich in der Nacht hinter dem Drahtzaun da drüben versteckt, als ich es ohne jeden Grund mit der Angst zu tun bekam.»

Wir beschlossen, uns gegenseitig unsere Geschichten zu erzählen, einer nach dem anderen, und Stan war als erster an der Reihe. «Wir haben einen weiten Weg vor uns», schickte Dean voraus, «darum müßt ihr in aller Ausführlichkeit auf jedes kleinste Detail eingehen, das ihr euch ins Gedächtnis rufen könnt – und trotzdem wird am Ende längst nicht alles erzählt sein. Langsam, langsam», beschwichtigte er Stan, der schon anfing, seine Geschichte zu erzählen, «du mußt ganz ruhig und entspannt sein.» Und während wir durch die Dunkelheit brausten, tauchte Stan tief in die Geschichte seines Lebens ein. Angefangen hatte er mit seinen Erlebnissen in Frankreich, aber um sich nicht in Komplikationen zu verstricken, kehrte er zum Anfang zurück und begann mit seiner Kindheit in Denver. Er und Dean verglichen, wie oft sie einander auf dem Fahrrad hatten herumsausen sehen. «Das eine Mal hast du vergessen, aber ich weiß es noch – die Arapahoe-Garage, erinnerst du dich? Ich habe dir an der Straßenecke einen Ball nachgeworfen, und du hast ihn mit der Faust zurückgeschlagen, und er landete im Abwasserkanal. Volksschultage. Erinnerst du dich jetzt?» Stan war nervös und fiebrig. Er wollte Dean alles erzählen. Dean war jetzt Schiedsrichter, alter Herr, oberster Richter, Zuhörer, der Beifall klatschte und mit dem Kopf nickte. «Ja, ja, weiter, bitte, weiter.» Wir kamen durch Walsenburg, und plötzlich fuhren wir durch Trinidad, wo Chad King jetzt irgendwo abseits der Straße an einem Lagerfeuer saß, mit vielleicht einer Handvoll Anthropologen, und wie einst erzählte sicher auch er gerade seine Lebensgeschichte und ließ sich nicht träumen, daß wir genau in diesem Moment auf dem Highway vorbeifuhren, unterwegs nach Mexiko, und uns unsere eigenen Geschichten erzählten. O traurige amerikanische Nacht! Dann waren wir in New Mexico und kamen an den runden Felskegeln von Raton vorbei und hielten an einem Diner, mit wahrem Heißhunger auf Hamburger, von denen wir ein paar in eine Serviette wikkelten, um sie später hinter der Grenze zu essen. «Der ganze Staat Texas liegt der Länge nach vor uns, Sal», sagte Dean. «Vor einiger Zeit haben wir ihn der Breite nach durchquert. Das ist genauso weit. In ein paar Minuten sind wir in Texas, und erst morgen um diese Zeit werden wir wieder draußen sein, ohne daß wir die Fahrt unterbrechen. Stell dir das vor.»

Wir fuhren weiter. Jenseits der endlosen nächtlichen Prärie lag Dalhart, die erste Stadt in Texas, durch die ich 1947 gekommen war. Schimmernd lag sie auf dem dunklen Grund der Erde, noch fünfzig Meilen entfernt. Im Mondlicht schien das Land nur aus Mesquitesträuchern und Einöde zu bestehen. Über dem Horiziont lag der Mond. Er wurde dicker, wurde immer größer und rostigrot, er verblaßte und rollte davon, während der Morgenstern das Feld behauptete und erste Tautropfen durch unsere Fenster wehten – und immer noch fuhren wir weiter. Hinter Dalhart, einer menschenleeren Schuhschachtelstadt, bretterten wir Amarillo entgegen und erreichten es am Vormittag: es lag inmitten windgepeitschten Steppengrases, das vor wenigen Jahren noch eine Ansammlung von Büffelhautzelten umwogte. Jetzt gab es hier Tankstellen und neue Musikboxen, Baujahr '50, mit riesigen protzigen Fassaden und Zehn-Cent-Schlitzen und scheußlichen Schlagern. Den ganzen Weg von Amarillo nach Childress hämmerten Dean und ich die Handlung von Büchern, die wir gelesen hatten, in Stans Kopf hinein – er hatte selber danach gefragt, weil er es wissen wollte. Bei Childress bogen wir in der Sonnenhitze direkt nach Süden ab und karriolten auf einer schmaleren Straße durch endlose Einöden weiter nach Paducah, Guthrie und Abilene, Texas. Dean mußte jetzt schlafen, und Stan und ich stiegen nach vorn und übernahmen das Steuer. Die alte Kiste glühte und kämpfte sich holpernd vorwärts. In mächtigen Wolken wehte ein sandiger Wind aus schimmernden Weiten. Stan fuhr und erzählte drauflos, Geschichten von Monte Carlo und Cagnes-sur-Mer und den blauen Dörfern bei Mentone, wo dunkelhäutige Menschen an weißen Mauern entlangschritten.

Texas ist unverkennbar: wir dampften langsam nach Abilene rein, und alle erwachten, um es sich anzusehen. «Stell dir vor, du lebst in diesem Kaff, tausend Meilen von jeder richtigen Stadt entfernt. Hoho! Da drüben an den Bahngleisen das alte

Abilene, wo einst die Kühe verladen wurden und man sich Feuergefechte mit den Cops lieferte und schwarzgebrannten Fusel soff. Aufgepaßt, wir kommen!» schrie Dean aus dem Fenster, den Mund verzerrt wie W. C. Fields. Texas war ihm genauso egal wie jede andere Gegend. Rotgesichtige Texaner, die ihn nicht beachteten, eilten auf glühenden Bürgersteigen dahin. Wir hielten südlich der Stadt am Highway an, um etwas zu essen. Der Abend schien noch Millionen Meilen entfernt, als wir in Richtung Coleman und Brady weiterfuhren, durch das Herz von Texas: nur Wildnis und Buschland, gelegentlich ein Haus an einem verdurstenden Bach und eine Umleitung von fünfzig Meilen über unbefestigte Straßen und endlose Hitze. «Wir sind noch weit, weit vom schönen alten Mexiko», sagte Dean schläfrig vom Rücksitz, «also laßt die Karre laufen, Jungs, dann werden wir heute abend noch Señoritas küssen, denn diese alte Kiste rollt ewig, wenn man ihr gut zuredet und sie richtig zu behandeln weiß – nur daß ihr Hinterteil bald abfallen wird, aber macht euch keine Sorgen, bis wir da sind. Und schon schlief er wieder ein.

Ich setzte mich ans Steuer und fuhr bis Fredericksburg, und wieder einmal ging es quer über die gute alte Landkarte, durch denselben Ort, wo Marylou und ich 1949 an einem verschneiten Morgen Händchen gehalten hatten – und wo war Marylou jetzt? «Blow!» schrie Dean im Traum, und ich nehme an, er träumte vom Jazz in Frisco und vielleicht vom mexikanischen Mambo, der nun bald kam. Stan redete und redete. Dean hatte ihn am Abend zuvor aufgezogen wie ein Uhrwerk, so daß er kein Ende mehr finden konnte. Er war inzwischen in England angelangt, erzählte von Tramper-Abenteuern auf Britanniens Straßen, von London nach Liverpool mit langem flatterndem Haar und zerfetzter Hose, und von seltsamen englischen Lastwagenfahrern, die ihn ein Stück mitnahmen in der düsteren Leere Europas. Wir alle hatten rote Augen von den ständigen Mistralwinden am Arsch von Texas. Es ging uns schon auf den Geist, aber wir wußten, daß wir vorankamen, wenn auch nur langsam. Das Auto quälte sich zitternd vor Anstrengung mit vierzig Meilen dahin. Hinter Fredericksburg ging es hinab in die weiten Hochebenen des Westens. Nachtfalter klatschten gegen unsere Windschutzscheibe. «Jetzt kommen wir ins heiße Land, Leute, ins Land der Wüstenratten und des Tequila. Es ist das erste Mal, daß ich so weit im Süden von Texas bin», fügte Dean staunend hinzu. «Gott verdammt! Und hier kriecht mein alter Herr im Winter unter, der schlaue alte Vagabund.»

Jetzt fuhren wir in absolut tropischer Hitze am Fuß eines fünf Meilen langen Hügels entlang und sahen vor uns die Lichter von San Antonio. Man merkte es deutlich, all dies war einst mexikanisches Territorium gewesen. Die Häuser am Straßenrand waren anders, die Tankstellen verwahrloster, weniger Straßenlaternen. Dean übernahm begeistert das Steuer, um uns nach San Antonio hineinzufahren. Wir kamen in eine Wildnis von windschiefen Mexikanerhütten, Bretterbuden ohne Keller und mit klapprigen Schaukelstühlen auf der Veranda. Wir hielten an einer irren Tankstelle und ließen den Wagen abschmieren. Mexikaner standen im heißen Licht der Glühbirnen, die schwarz waren von den Sommerinsekten aus der Ebene, langten lässig in einen Eiskasten und holten Bierflaschen raus und warfen dem Tankwart die Münzen rüber. Ganze Familien lungerten so herum. Überall sah man Bretterbuden und schlaffe, welkende Bäume; ein aufregender Zimtgeruch hing in der Luft. Sagenhafte mexikanische Teenager kamen mit jungen Burschen vorbei. «Hooo!» schrie Dean. *«Si! Mañana!»* Musik tönte von allen Seiten, und alle Arten von Musik. Stan und ich tranken mehrere Flaschen Bier und wurden langsam high. Wir waren schon beinahe raus aus Amerika, und doch noch entschieden drin, und zwar da, wo es am verrücktesten ist. Frisierte Tourenwagen dröhnten vorbei. San Antonio, aaah-ha!

«Jetzt hört mir mal zu, Leute, wir könnten ebensogut ein paar Stunden in San Antonio rumhängen, also werden wir erst mal ein Krankenhaus suchen, für Stans schlimmen Arm, und dann werden du und ich, Sal, die Szene checken und uns die Straßen anschauen – sieh mal, die Häuser hier gegenüber, da kannst du direkt ins Wohnzimmer reingucken, wo all die zukkerscharfen Töchter mit ihren *True-Love*-Heftchen rumliegen, hihi! Komm, fahren wir!»

Wir fuhren ein Weilchen ziellos umher und fragten Leute nach dem nächsten Krankenhaus. Es war in der Innenstadt, wo alles geschniegelter und amerikanischer wirkte, ein paar halbe Wolkenkratzer, viel Neonreklame und eine Menge Drugstores, aber die Autos, die aus der Dunkelheit am Stadtrand kamen, schmetterten durch die Straßen, als gäbe es keine Verkehrsregeln. Wir parkten den Wagen in der Einfahrt zum Krankenhaus und ich zog mit Stan los, um einen Arzt zu suchen, während Dean im Auto blieb und sich umzog. Die Eingangshalle der Klinik wimmelte von armen Mexikanerinnen, etliche waren schwanger, andere waren krank oder brachten ihre kleinen kranken Kinder. Es war ein trauriger Anblick. Ich mußte an die arme Terry denken und fragte mich, was sie wohl machte. Stan mußte eine ganze Stunde warten, bis ein Assistenzarzt kam und sich seinen geschwollenen Arm ansah. Es gab einen Namen für die Infektion, die Stan hatte, aber wir machten uns nicht die Mühe, ihn uns zu merken. Man gab ihm eine Penizillinspritze.

Unterdessen zogen Dean und ich los, um die Straßen im mexikanischen Teil von San Antonio zu checken. Es war ein milder Abend – nie habe ich mildere Luft erlebt – und voller Düfte, dunkel, geheimnisvoll und von Gemurmel erfüllt. Mädchen mit weißen Kopftüchern tauchten unvermittelt aus dem summenden Dunkel auf. Dean schlich dahin und sagte kein Wort. «Oh, das ist zu wunderbar, um etwas zu unternehmen!» flüsterte er. «Schleichen wir einfach weiter und schauen uns alles an. Sieh nur! Sieh! Wahnsinn, eine Billardkneipe in San Antonio.» Wir gingen hinein. Drei Tische, an denen ein Dutzend Jungen spielten, alles Mexikaner. Dean und ich kauften uns eine Coke und warfen Fünf-Cent-Münzen in die Jukebox, ließen Wynonie Blues Harris und Lionel Hampton und Lucky Millinder laufen und hüpften dazu herum. Dean stieß mich an, um mich auf etwas aufmerksam zu machen.

«Sieh mal, nur eben so aus dem Augenwinkel, und lassen wir unterdessen Wynonie von seinem weichen Baby schmalzen und schnuppern wir die so milde Luft, wie du sagst – aber sieh dir den Jungen an, den verkrüppelten Jungen, der an Tisch eins die Kugeln schiebt, er ist die Zielscheibe aller Neckereien in der Kneipe, siehst du, er ist sein Leben lang die Zielscheibe gewesen. Die anderen Typen sind gnadenlos, aber sie lieben ihn.»

Der verkrüppelte Junge war eine Art verwachsener Zwerg mit einem großen und wunderschönen Gesicht, der Kopf viel zu groß, mit riesigen, feucht schimmernden braunen Augen. «Siehst du, Sal, ein mexikanischer Tom Snark in San Antonio, die gleiche Geschichte überall auf der Welt. Schau, wie sie ihm den Billardstock über den Hintern ziehen. Ha-ha-ha! – hörst du, wie sie lachen? Sieh mal, er will das Spiel gewinnen, er spielt eine Viererkombination. Paß auf! Paß auf!» Wir beobachteten, wie der engelhafte Zwergenjunge alle vier in den Taschen versenken wollte. Es mißlang. Die anderen grölten. «O Mann», sagte Dean, «und jetzt paß auf.» Sie hatten den Kleinen beim Genick gepackt und stießen ihn spielerisch herum. Er kreischte. Dann schlich er in die Nacht hinaus, nicht ohne vorher einen scheuen, zärtlichen Blick über die Schulter zu werfen. «O Mann, wie gern würde ich den irren kleinen Typ kennenlernen und wissen, was er so denkt und was für Mädchen er hat – o Mann, die Luft hier macht mich ganz besoffen.» Wir schlenderten nach draußen und erforschten ein paar dunkle geheimnisvolle Straßen. Unzählige Häuser, versteckt hinter grünenden, fast dschungelartigen Gärten. Wir sahen Mädchen in Wohnzimmern, Mädchen auf den Veranden, Mädchen mit jungen Männern im Gebüsch. «Ich hab ja nie geahnt, wie irre dieses San Antonio ist! Stell dir vor, wie's erst in Mexiko sein wird. Gehen wir! Gehen wir!» Wir eilten zurück zum Krankenhaus. Stan war fertig und es ging ihm, wie er sagte, viel besser. Wir legten beide die Arme um ihn und erzählten ihm, was wir erlebt hatten.

Und jetzt waren wir bereit für die letzten hundertfünfzig Meilen bis zur magischen Grenze. Wir sprangen ins Auto und fuhren los. Ich war so erschöpft, daß ich den ganzen Weg über Dilley und Encinal nach Laredo verschlief und erst aufwachte, als der Wagen um zwei Uhr nachts vor einem Imbiß hielt. «Ah», seufzte Dean, «das Ende von Texas, das Ende Amerikas, mehr wissen wir nicht.» Die Hitze war ungeheuerlich; der Schweiß floß in Strömen. Kein nächtlicher Tau, nicht ein Windhauch, nichts außer Millionen Nachtfaltern, die überall gegen die Lampen klatschten, und der widerliche, ranzige Geruch eines aufgeheizten Flusses irgendwo in der Nähe der Nacht – der Rio Grande, der in den kühlen Schluchten der Rocky Mountains entspringt und schließlich Weltentäler aushöhlt, um seine warmen Wasser mit dem Schlamm des Mississippi im weiten Golf zu vermischen.

Laredo war an diesem Morgen eine finstere Stadt. Taxifahrer und rattenhafte Grenzläufer strichen umher, hielten Ausschau nach günstigen Gelegenheiten. Viele gab es nicht, es war zu spät. Es war der Abschaum und der Bodensatz von Amerika, wo alle schweren Jungs versinken, wo die Entwurzelten sich sammeln, um einem bestimmten Anderswo nahe zu sein, in das sie unbemerkt hineinschlüpfen können. Schmuggel brütete in der sirupdicken Luft. Rotgesichtige Cops, mürrisch und verschwitzt, ohne Stolz und Schick. Kellnerinnen, schmutzig und überdrüssig. Nicht viel weiter, und du konntest die enorme Gegenwart des großen, weiten Mexiko spüren und förmlich die Millionen Tortillas riechen, die in der Nacht brutzelten und dampften. Wir hatten keine Ahnung, wie es in Mexiko wirklich sein würde. Wir waren wieder auf Meereshöhe, und als wir etwas essen wollten, brachten wir es kaum hinunter. Ich wikkelte meinen Snack jedenfalls in Papierservietten, für die Reise. Wir fühlten uns elend und waren traurig. Doch alles veränderte sich, als wir den Fluß auf der geheimnisvollen Brücke überquerten und unsere Reifen auf offiziell mexikanischem Boden rollten, obwohl es nichts anderes war als die Zufahrt zur Grenzkontrolle. Gleich jenseits der Straße fing Mexiko an. Wir schauten und staunten. Zu unserer Verwunderung sah alles hier aus wie Mexiko. Es war drei Uhr früh, und Männer mit Strohhüten und weißen Hosen lungerten zu Dutzenden vor verbeulten, pockennarbigen Ladenfronten.

«Schau – dir – die – Typen – an!» flüsterte Dean. «Oooh», seufzte er leise, «warte, warte.» Die mexikanischen Beamten kamen grinsend heraus und fragten, ob wir, bitte, unser Gepäck vorzeigen wollten. Wir taten es. Wir konnten kaum die Augen von der anderen Seite der Straße lassen. Wir konnten es nicht erwarten, loszurasen und uns in diesen geheimnisvollen spanischen Straßen zu verirren. Es war nur Nuevo Laredo, aber auf uns wirkte es wie das heilige Lhasa. «Mann, hier bleiben die Leute die ganze Nacht wach», flüsterte Dean. So schnell wie möglich brachten wir den Papierkram hinter uns. Man ermahnte uns, kein Leitungswasser zu trinken, jetzt, da wir jenseits der Grenze waren. Die Mexikaner warfen nur einen flüchtigen Blick auf unser Gepäck. Sie waren nicht wie übliche Beamte. Sie waren faul und freundlich. Dean mußte sie dauernd anstarren. Er drehte sich zu mir um. «Sieh dir an, wie die Cops in diesem Land sind! Ich kann es nicht fassen!» Er rieb sich die Augen. «Ich träume.» Dann war es Zeit, unser Geld zu wechseln. Wir sahen große Stapel von Pesos auf einem Tisch und lernten, daß acht von der Sorte einen amerikanischen Dollar ausmachten, jedenfalls ungefähr. Wir wechselten den größten Teil unseres Geldes und stopften uns erfreut die dicken Bündel in die Taschen.

fünf

Dann wandten wir unsere Gesichter scheu und verwundert Mexiko zu, während Dutzende von Mexikanertypen in der Nacht unter ihren schattigen Hutkrempen hervor zu uns herüberspähten. Dort drüben gab es Musik und die ganze Nacht hindurch offene Restaurants, aus deren Türen der Dampf quoll. «Uuuh», wisperte Dean ganz leise.

«Fertig», grinste ein mexikanischer Beamter. «Ihr könnt fahren, Jungs. Nur zu. Willkommen in Mechiko. Viel Spaß. Vorsicht mit Geld. Vorsicht mit Fahren. Das sage ich euch persönlich, ich bin Red, alle nennen mich Red. Fragt nach Red. Essen gut. Keine Sorge. Alles in Ordnung. Nicht schwer, in Mechiko Spaß haben.»

«Jaaah!» hauchte Dean, und wir gingen auf zaghaften Füßen über die Straße nach Mexiko hinüber. Das Auto ließen wir stehen, und alle drei nebeneinander gingen wir durch die spanische Straße zum Zentrum der trüben bräunlichen Lichter. Alte Männer saßen auf Stühlen im Dunkel und sahen aus wie orientalische Junkies und Wahrsager. Keiner schaute uns direkt an, doch nahmen alle jeden unserer Schritte wahr. Wir bogen scharf links in eine verräucherte Kneipe, und das zur Musik von Campo-Gitarren aus einer amerikanischen Jukebox der dreißiger Jahre. Mexikanische Taxifahrer in kurzärmeligen Hemden und mexikanische Gammler mit Strohhüten saßen auf Hokkern und verschlangen unförmige Haufen von Tortillas und Bohnen und Tacos und was nicht allem. Wir kauften drei Flaschen kaltes Bier – *cerveza* hieß es hier –, die Flasche für etwa dreißig mexikanische Centavos oder zehn amerikanische Cents. Wir kauften mexikanische Zigaretten für sechs Cent pro Päckchen. Wir staunten und staunten über unser wunderbares mexikanisches Geld, mit dem man so weit kam; wir spielten damit und schauten uns um und lächelten die Leute an. Hinter uns lag das ganze Amerika und alles, was Dean und ich bisher vom Leben gekannt hatten, auch vom Leben unterwegs. Endlich hatten wir das magische Land am Ende der Straße gefunden, und nie hätten wir uns träumen lassen, wie magisch es war. «Stell dir vor, die Burschen hier bleiben die ganze Nacht wach», flüsterte Dean. «Und denk doch nur an diesen riesigen Kontinent, der nun vor uns liegt, mit diesen gewaltigen Bergen der Sierra Madre, die wir im Kino gesehen haben, und dann der Dschungel überall und ein Wüstenplateau, so groß wie die bei uns, das bis nach Guatemala reicht und wer weiß wohin noch. Oooh! Was sollen wir machen? Was sollen wir machen? Los, fahren wir weiter!» Wir gingen hinaus und zurück zum Wagen. Ein letzter Blick auf Amerika jenseits der heißen Lichter der

Rio-Grande-Brücke, und dann kehrten wir Amerika den Rükken und die hinteren Kotflügel zu und sausten los.

Sofort waren wir draußen in der Wüste, und dann sahen wir fünfzig Meilen lang kein Licht und kein Auto auf dem weiten flachen Land. Und genau dann zog das Morgenrot über dem Golf von Mexiko auf, und wir erkannten ringsum die geisterhaften Gestalten von Jukka-Palmen und Orgelpfeifenkakteen. «Was für ein wildes Land!» kreischte ich. Dean und ich waren hellwach. In Laredo waren wir halb tot gewesen. Stan, der schon in anderen fremden Ländern gewesen war, schlief ungerührt auf dem Rücksitz. Dean und ich hatten das ganze Mexiko vor uns.

«Und jetzt, Sal, werden wir alles hinter uns lassen und in eine neue und unbekannte Phase eintreten. All die Jahre und Sorgen und flüchtigen Reize – und jetzt *so etwas*! Da brauchen wir an nichts anderes mehr zu denken und können unbesorgt einfach weiterfahren und nach vorn schauen, so wie jetzt, siehst du, und die Welt *verstehen*, so wie, mal ehrlich und offen gesprochen, andere Amerikaner sie nicht verstanden haben – sie sind doch hier gewesen, oder etwa nicht? Der mexikanische Krieg. Hier mit Kanonen durchzurauschen!»

«Diese Straße», sagte ich, «ist auch die Straße der alten Gesetzlosen Amerikas, die hier über die Grenze gingen, runter nach Monterrey, und wenn du die Wüste hier im Morgengrauen siehst und dir einen der alten Desperados aus Tombstone vorstellst, wie er einsam und allein ins unbekannte Exil galoppiert, dann wirst du auch begreifen ...»

«Es ist die Welt», sagte Dean. «Mein Gott!» schrie er und schlug mit der flachen Hand aufs Lenkrad. «Es ist die Welt! Wir können immer weiterfahren, durch Südamerika, so weit die Straße reicht. Stell dir das vor! Oh, verdammt noch mal! Gott *verdammt*!» Wir brausten weiter. Das Morgenlicht breitete sich schnell aus, und wir sahen den weißen Wüstensand und manchmal Hütten fernab der Straße. Dean bremste und starrte hinüber. «Echte Armutshütten, Mann, wie du sie nur noch im Death Valley siehst, und noch viel schlimmer. Die Leute hier pfeifen auf äußeren Schein.» Die erste Stadt vor uns, die der Landkarte nach von einiger Bedeutung war, hieß Sabinas Hidalgo. Gespannt schauten wir ihr entgegen. «Dabei sieht die Straße hier nicht anders aus als die Straßen bei uns in Amerika», rief Dean, «bis auf die verrückte Tatsache, daß die Meilensteine hier, falls es dir aufgefallen ist, in Kilometern beschriftet sind und die abnehmende Entfernung bis Mexico City anzeigen. Da siehst du, es ist die einzige Metropole im Land, alles ist darauf ausgerichtet.» Es waren nur noch 767 Meilen bis zu dieser Metropole; in Kilometern belief sich die Zahl auf über tausend. «Verdammt! Ich muß vorwärts!» schrie Dean. Ein Weilchen schloß ich die Augen, so fertig war ich, und hörte Dean mit den Fäusten aufs Lenkrad schlagen und rufen: «Verdammt!» und «Sachen gibt's!» und «Mann, was ein Land!» und immer wieder und wieder: «Ja!» Wir erreichten Sabinas Hidalgo, jenseits der Wüste, gegen sieben Uhr früh. Wir fuhren ganz langsam, um alles zu sehen. Wir weckten Stan, der hinten schlief. Wir saßen aufrecht und guckten. Die Hauptstraße war verschlammt und voller Schlaglöcher. Zu beiden Seiten schmutzige bröckelnde Lehmziegelmauern. *Burros* trippelten hochbepackt durch die Straße. Barfüßige Frauen beobachteten uns aus dunklen Türöffnungen. Scharen von Menschen, die zu Fuß unterwegs waren, bevölkerten die Straße, um einen neuen Tag draußen auf den Feldern von Mexiko zu beginnen. Alte Männer mit buschigen Schnurrbärten starrten uns an. Der Anblick von drei unrasierten zerlumpten jungen Amerikanern, statt der üblichen gutgekleideten Touristen, war äußerst interessant für sie. Wir holperten mit zehn Meilen pro Stunde durch die Hauptstraße und ließen uns nichts entgehen. Eine Gruppe von Mädchen ging direkt vor uns. Als wir vorbeischaukelten, fragte eine: «Wohin geht's denn, Mann?»

Ich sah Dean verwundert an. «Hast du das gehört?»

Dean war so erstaunt, daß er ganz langsam weiterfuhr und sagte: «Ja, ich hab gehört, was sie gesagt hat, ja klar, verdammt genau habe ich's gehört, o Mann, ich weiß nicht, was ich sagen soll, ich bin so aufgeregt und glücklich in dieser Morgenwelt.

Wir sind im Himmel gelandet. Es könnte nicht cooler, nicht phantastischer, nicht besser sein.»

«Kehren wir um und sammeln wir sie auf», sagte ich.

«Ja», sagte Dean und fuhr im Fünf-Meilen-Tempo weiter. Er war völlig fertig, hier brauchte er nicht zu tun, was er in Amerika getan hätte. «Es gibt ja Tausende von ihnen am Straßenrand!» sagte er. Trotzdem wendete er und fuhr noch einmal an den Mädchen vorbei. Sie waren unterwegs zur Arbeit auf den Feldern; sie lächelten uns zu. Dean starrte sie mit steinernen Augen an. «Verdammt», keuchte er. «*Oh!* Das ist zu phantastisch, um wahr zu sein. Mädchen, Mädchen, Mädchen. Und gerade jetzt, Sal, in meinem Zustand und meiner Situation, muß ich im Vorbeifahren ins Innere dieser Häuser blicken – diese irren Türlöcher, und du schaust rein und siehst Strohsäcke und siehst die kleinen braunen Kinder darauf schlafen, die gerade erst wach werden und sich zu regen beginnen, ihre Gedanken noch verklebt von der Gedankenleere des Schlafs, ihr kleines erwachendes Ich, und ihre Mütter kochen in Eisentöpfen den Frühstücksbrei, und schau dir die Fensterläden an, die sie statt Glasscheiben haben, und diese alten Männer, die *Alten,* sie sind so cool und großartig und machen sich keinerlei Sorgen. Hier gibt es kein *Mißtrauen,* nichts dergleichen. Alle sind cool, jeder sieht dich mit diesen offenen braunen Augen an, und keiner sagt etwas. Nur diese Blicke, und alle menschlichen Eigenschaften liegen in diesem Blick, zart und verhalten, aber trotzdem da. Denk nur an diese blöden Geschichten, die man über Mexiko liest und über den schläfrigen Gringo und all diesen Scheiß – den Scheiß über die dreckigen Mexikaner –, und in Wirklichkeit sind die Leute hier offen und freundlich und ziehen keine Schau ab. Ich kann nur staunen.» Geschult auf den rauhen Straßen der Nacht, sah Dean die Welt wie am ersten Tag. Er beugte sich übers Lenkrad und schaute nach links und schaute nach rechts und rollte langsam weiter. Am anderen Ende von Sabinas Hidalgo hielten wir, um zu tanken. Hier hatten sich Rancher aus der Gegend mit Strohhüten und buschigen Schnurrbärten versammelt und machten ihre brummigen Späße vor den altertümlichen Zapfsäulen. Jenseits der Felder trottete ein Alter mit seinem Stecken hinter einem *Burro* her. Die Sonne erhob sich, rein, über den reinen, uralten Tätigkeiten des menschlichen Lebens.

Wir fuhren auf der Straße nach Monterrey weiter. Hohe Berge mit weißen Schneekappen ragten vor uns auf; wir rollten direkt auf sie zu. Ein Tal tat sich auf und führte zu einem Paß hinauf, und wir folgten ihm. Wenige Minuten später tuckerten wir hoch über der Mesquite-Wüste in kühler Luft eine Straße hinauf: Steinmäuerchen auf der Seite zum Abgrund und an die Felswände der Innenseite mit weißer Farbe in großen Lettern die Namen von Präsidenten gemalt – ALEMAN! Auf dieser Bergstraße trafen wir keinen Menschen. Sie wand sich zwischen Wolken empor und führte uns auf das weite Plateau in der Höhe. Jenseits dieses Plateaus schickte die Industriestadt Monterrey ihren Rauch in den blauen Himmel, während mächtige Wolken vom Golf von Mexiko wie ein Vlies das Tagesgewölbe verzierten. Nach Monterrey hineinzufahren war ähnlich wie die Einfahrt nach Detroit, zwischen langen hohen Fabrikmauern – bis auf die *Burros*, die sich im Gras davor sonnten, bis auf den Anblick der Viertel von dicht beieinander stehenden Lehmziegelhäusern, mit ihren Tausenden von schrägen Hipster-Typen, die vor den Toren herumlungerten, und Huren, die aus den Fenstern hingen, und sonderbaren Läden, wo, wie es schien, alles und jedes feilgeboten wurde, und engen Bürgersteigen mit einem Menschengewimmel wie in Hongkong. «Oje», rief Dean. «Und das alles in dieser Sonne. Hast du die mexikanische Sonne bemerkt, Sal? Sie macht dich richtig besoffen. Huuuh! Ich möchte immer weiterfahren – diese Straße fährt *mich*!!» Wir dachten daran, uns in den Trubel von Monterrey zu stürzen, doch Dean wollte Zeit schinden, um nach Mexico City zu kommen, und außerdem wußte er, daß die Straße noch interessanter werden würde, besonders vor uns, immer vor uns. Er fuhr wie der Teufel und machte nie Pause. Stan und ich waren völlig fertig und gaben auf – wir mußten schlafen. Außerhalb von Monterrey sah ich auf und erblickte die riesigen, unheimlichen Zwillingsgipfel jenseits von Old Monterrey, der Stadt, wohin die Gesetzlosen gingen.

Vor uns lag Montemorelos, wieder ein Abstieg in heißere Zonen. Es wurde extrem heiß und fremdartig. Dean mußte mich unbedingt wecken, damit ich dies sah. «Schau, Sal, das *darfst* du nicht verpassen.» Ich schaute. Wir fuhren zwischen Sümpfen dahin, und am Straßenrand wanderten in unregelmäßigen Abständen sonderbare Mexikaner in zerlumpter Kleidung, baumelnde Macheten am Gürtelstrick, und manche hieben damit auf das Buschwerk ein. Sie blieben stehen und betrachteten uns mit ausdruckslosem Blick. Durch das wirre Gestrüpp sahen wir zuweilen strohgedeckte Hütten mit Außenwänden aus Bambus, wie in Afrika, richtige Stockhütten. Eigenartige Mädchen, schwarz wie die Nacht, starrten uns aus geheimnisvoll grünenden Eingängen an. «Oh, Mann, ich möchte am liebsten anhalten und Däumchen drehen mit den süßen Dingern», rief Dean, «aber hast du gesehen, die Mutter oder der alte Herr sind immer in der Nähe – meist im Hintergrund, manchmal hundert Meter weiter, wo sie Zweige und Feuerholz sammeln oder die Tiere versorgen. Nie sind sie allein. In diesem Land ist niemand allein. Während du geschlafen hast, habe ich mir diese Straße und diese Gegend genauer angesehen – wenn ich dir doch nur sagen könnte, Mann, was mir so durch den Kopf gegangen ist!» Er schwitzte. Seine Augen waren gerötet und glänzten irre, aber auch demütig und sanft – er hatte Menschen gefunden, die waren wie er. Mit stetigen fünfundvierzig Meilen rollten wir durch die endlosen Sümpfe. «Sal, ich glaube, die Gegend wird lange unverändert bleiben. Wenn du fahren willst, lege ich mich schlafen.»

Ich übernahm das Steuer und fuhr, in meine eigenen Träumereien versunken, durch Linares, durch heißes Sumpfland, dann bei Hidalgo über den dampfenden Rio Soto la Marina und immer weiter. Ein weites grünes Dschungeltal mit langen Getreidefeldern tat sich vor mir auf. Gruppen von Männern standen auf einer schmalen altertümlichen Brücke und schauten uns nach. Der warme Fluß plätscherte dahin. Dann ging es lange bergauf, bis wieder eine Art Wüste vor uns erschien. Ein

Stück voraus lag die Stadt Gregoria. Die anderen schliefen, und ich war am Steuer allein in meiner Ewigkeit. Die Straße lief pfeilgerade dahin. Dies war nicht wie eine Fahrt durch Carolina oder Texas, durch Arizona oder Illinois; es war, als führe man durch die Welt und in Gegenden, wo wir uns endlich selbst kennenlernen würden – unter den Indianer-Fellachen der Welt, der wesentlichen Familie der uralten, ursprünglichen, wehklagenden Menschheit, die in einem Gürtel rund um den Äquatorbauch der Erde lebt, von Malaysia (dem langen Fingernagel Chinas) über Indien, den weiten Subkontinent, und Arabien und Marokko bis hin zu eben diesen Wüsten und Urwäldern Mexikos und weiter über die Meereswellen nach Polynesien und in das mystische Siam vom Gelben Gewand und weiter und immer weiter, so daß du vor den verfallenden Mauern von Cadíz in Spanien die gleiche Trauerklage hören kannst wie 12000 Meilen davon entfernt im tiefsten Benares, der Hauptstadt der Welt. Die Menschen hier waren unverkennbar Indianer, sie hatten nichts zu tun mit den Pedros und Panchos der albernen Zivilisations-Folklore Amerikas – sie hatten hohe Wangenknochen und schräge Augen und weiche Gebärden; sie waren keine Narren, sie waren keine Clowns; sie waren große ernste Indianer, und sie waren der Ursprung der Menschheit und deren Väter. Das Meer ist chinesisch, aber die Erde ist indianisch. So zentral, wie die Felsen in der Wüste stehen, so stehen die Indianer in der Wüste der «Geschichte». Und dies wußten sie, während wir an ihnen vorbeifuhren, eingebildete Geldsäcke aus Amerika, wie es schien, auf einer Spritztour durch ihr Land; sie wußten, wer der Vater war und wer der Sohn dieses uralten Lebens auf Erden, und sie schwiegen. Denn wenn einst Zerstörung über die Welt der «Geschichte» kommt und die Apokalypse der Fellachen wie schon so viele Male, werden noch immer Menschen mit den gleichen Augen aus den Höhlen Mexikos starren und aus den Höhlen von Bali, wo alles begann, wo Adam gesäugt und wo er gelehrt wurde, zu erkennen. Dies waren meine schweifenden Gedanken, während ich den Wagen durch die sonnenglühende Stadt Gregoria lenkte.

Vorher, in San Antonio, hatte ich Dean im Scherz versprochen, ich würde ihm ein Mädchen besorgen. Es war eine Wette und eine Herausforderung. Als ich an einer Tankstelle in der Nähe der sonnendurchglühten Stadt Gregoria hielt, kam ein Junge auf wunden Füßen über die Straße gelaufen und schleppte eine riesige Sonnenblende für Windschutzscheiben an. Er wollte wissen, ob ich sie kaufen würde. «Gefällt dir? Sechzig Pesos. *Habla Español? Sesenta Pesos.* Victor mein Name.»

«Neee», erwiderte ich im Spaß, «ich will Señorita kaufen.»

«*Claro, claro!*» rief er begeistert. «Ich besorge dir Mädchen, jederzeit. Aber jetzt zu heiß», fügte er mit angewiderter Miene hinzu. «Mädchen nicht gut, wenn Tag heiß. Warten bis Abend. Gefällt dir Sonnenblende?»

Die Sonnenblende wollte ich nicht, aber ich wollte die Mädchen. Ich weckte Dean. «He, Mann, ich hab dir in Texas versprochen, ich würde dir ein Mädchen besorgen – also gut, streck deine Knochen und wach auf, alter Junge; die Mädchen warten schon auf uns.»

«Was? Was?» rief er und fuhr verstört auf. «Wo? Wo?»

«Der Junge hier, Victor, wird uns zeigen, wo.»

«Na, dann los! Dann los!» Dean sprang aus dem Wagen und packte Victors Hand. Andere Jungen hingen grinsend bei der Tankstelle herum, die meisten barfuß und alle mit schlappen Strohhüten auf dem Kopf. «Mann», sagte Dean zu mir, «ist das nicht eine nette Art, den Nachmittag zu verbringen? Echt cool und sehr viel besser als in den Billardhallen von Denver. Victor, hast du Mädchen? Wo? *A donde?*» schrie er auf spanisch. «Hast du gehört, Sal, ich spreche Spanisch.»

«Frag ihn, ob wir hier Gras kriegen können. He, Kleiner, hast du Ma-ri-wa-na?»

Der Junge nickte ernst. «Sicher, jederzeit, Mann. Komm mit.»

«Hiii! Yippiiie! Hooo!» brüllte Dean. Er war jetzt hellwach und tanzte auf dieser verschlafenen mexikanischen Straße herum. «Fahren wir los!» Ich verteilte Lucky Strikes an die anderen Kids. Sie hatten ihr Vergnügen an uns, besonders an Dean. Sie steckten die Köpfe zusammen und machten hinter vorgehaltener Hand ihre Sprüche über den verrückten Amerikaner. «Sieh sie dir an, Sal, sie sprechen über uns und lachen. Oh, mein Gott, was für eine Welt!» Victor stieg zu uns in den Wagen, und wir schaukelten los. Stan Shephard hatte fest geschlafen und erwachte von dem Durcheinander.

Wir fuhren in die Wüste hinaus, auf der anderen Seite der Stadt, und bogen in einen zerfurchten sandigen Weg ein, wo der Wagen schlingerte wie noch nie. Ein Stück vor uns war Victors Haus. Es stand am Rand einer Ebene voller Kakteen, von ein paar Bäumen beschattet, eine Schuhschachtel aus Lehmziegeln. Im Hof lungerten ein paar Männer herum. «Wer ist das?» schrie Dean begeistert.

«Das meine Brüder. Meine Mutter auch da. Meine Schwester auch. Meine Familie. Ich verheiratet. Ich wohne in der Stadt.»

«Deine Mutter?» fragte Dean erschrocken. «Was sagt sie zu Marihuana?»

«Oh, sie besorgt es für mich.» Wir warteten im Wagen, während Victor ausstieg und zum Haus hinüberlief und ein paar Worte mit einer alten Dame wechselte, die sich prompt umdrehte und in den Garten hinter dem Haus ging und trockene Wedel Marihuana aufzulesen begann, die von den Pflanzen abgezupft und zum Trocknen in die Wüstensonne gelegt worden waren. Unterdessen hockten Victors Brüder unter einem Baum und grinsten herüber. Sie wollten kommen und uns kennenlernen, aber es sollte noch ein Weilchen dauern, bis sie aufstanden und bei uns erschienen. Victor kam freundlich lächelnd zurück.

«Mann», sagte Dean, «dieser Victor ist der netteste, verdrehteste, wahnsinnigste kleine Indio-Typ, den ich je im Leben getroffen habe. Sieh doch nur, wie locker und cool er daherkommt. Sie haben es alle nicht eilig hier.» Eine stetige, beharrliche Wüstenbrise wehte zum Fenster herein. Es war sehr heiß.

«Siehst du, wie heiß?» sagte Victor. Er setzte sich zu Dean auf den Beifahrersitz und deutete auf das glühende Dach des

Ford. «Wenn du Ma-ri-gwana hast, dann nicht mehr heiß. Du warte.»

«Ja», sagte Dean und rückte seine Sonnenbrille zurecht. «Ich warte. Alles klar, Victor, mein Freund.»

Jetzt kam Victors hochgewachsener Bruder herübergeschlendert und brachte ein Häufchen Kraut auf einer Zeitungsseite. Er warf es Victor auf den Schoß und lehnte sich lässig an die Wagentür, nickte und sagte lächelnd: «Hallo.» Dean nickte ebenfalls und lächelte freundlich zurück. Niemand sagte ein Wort; alles war in Ordnung. Victor machte sich daran, die dickste Bombe zu basteln, die ich je gesehen habe. Er rollte (mit Hilfe braunen Packpapiers) so etwas wie eine gewaltige Corona-Zigarre aus Gras. Ein riesiges Ding. Dean starrte darauf, ihm fielen fast die Augen aus dem Kopf. Lässig zündete Victor das Ding an und reichte es herum. Ein Zug daran, und es war, als ob man sich über einen Schornstein beugte und inhalierte. Wie ein mächtiger Hitzeschwall knallte es einem in die Lunge. Wir hielten die Luft an und atmeten alle gleichzeitig aus. Sofort waren wir high. Der Schweiß gefror uns auf der Stirn, und es war plötzlich wie am Strand von Acapulco. Ich drehte mich um und blickte durchs Rückfenster, und ein anderer von Victors Brüdern, der sonderbarste – ein wahrer Inka von einem Indianer mit einer Schärpe über der Schulter –, lehnte grinsend an einem Pfosten, zu schüchtern, um rüberzukommen und uns die Hand zu schütteln. Das Auto, so schien es, war von Brüdern umzingelt, denn ein weiterer tauchte jetzt an Deans Seite auf. Dann passierte etwas äußerst Seltsames. Wir alle wurden so high, daß wir die üblichen Höflichkeiten vergaßen und uns nur noch auf die Dinge von unmittelbarem Interesse konzentrierten, nämlich die sonderbare Situation, daß Amerikaner und Mexikaner hier in der Wüste zusammen einen Joint durchzogen, und, was noch sonderbarer war, daß man alles wie aus nächster Nähe sah, die Gesichter, die Poren der Haut, die Schwielen an den Fingern, und diese verlegenen, breiten Gesichter einer anderen Welt. Und so begannen die indianischen Brüder leise über uns zu sprechen und tauschten ihre Meinungen aus; man konnte sehen, wie sie herüberschielten, uns abschätzten, ihre Eindrücke verglichen, einander berichtigten, verbesserten, «Si, si», während wir drei uns auf englisch über sie austauschten.

«Sieh ihn dir an, diesen unheimlichen Bruder dahinten, er hat sich nicht wegbewegt von seinem Pfosten, und die Intensität der fröhlichen, komischen Schüchternheit seines Lächelns hat sich nicht um einen Deut vermindert. Und der andere, links neben mir, er ist älter, selbstbewußter, aber traurig, als wäre er ein bißchen zurückgeblieben, vielleicht gammelt er sogar in der Stadt herum, während Victor achtbar verheiratet ist – ja, verdammt, wie ein ägyptischer König, das siehst du gleich. Mann, sind das *Typen*! So etwas habe ich noch nie gesehen. Merkst du, wie sie tuscheln und uns anstaunen? Genau wie wir, nur mit dem Unterschied, daß ihre Neugierde wahrscheinlich unserer Kleidung gilt – geht uns im Grunde genauso – und den sonderbaren Sachen, die wir im Auto haben, und dazu der fremden Art, wie wir lachen, und vielleicht sogar, wie wir riechen, im Vergleich zu ihnen. Trotzdem, ich würde mein Auge hergeben, um zu erfahren, was sie über uns sagen.» Und Dean versuchte es: «He, Victor, Mann – was hat dein Bruder da gerade gesagt?»

Victor richtete seine verschleierten, traurigen braunen Augen auf Dean. «Ja, ja.»

«Nein, du hast meine Frage nicht verstanden. Was redet ihr eigentlich über uns?»

«Oh», sagte Victor besorgt, «ist nicht gut Mari-gwana?»

«Ja, doch, sehr gut! Was sprecht ihr da?»

«Sprechen? O ja, wir sprechen. Wie gefällt dir Mexiko?» Es war schwer, ohne gemeinsame Sprache ins Gespräch zu kommen. Alle wurden wieder still und cool und high und genossen einfach nur die Wüstenbrise, und ein jeder hing seinen eigenen, von seinem Land, seiner Rasse, seiner Person geprägten Ewigkeitsgedanken nach.

Es war Zeit für die Mädchen. Die Brüder verzogen sich wieder unter ihren Baum, die Mutter stand vor der Tür in der

Sonne und sah herüber, und wir holperten langsam zurück in die Stadt.

Jetzt jedoch war das Holpern nicht mehr unangenehm; es war die angenehmste und anmutigste Schaukelei von der Welt, wie über blaue Meereswellen, und Deans Gesicht war von unnatürlichem Glanz – wie purem Gold – übergossen, als er uns aufforderte, wir sollten doch endlich die Federung des Wagens richtig *begreifen* und die Fahrt genießen. Auf und ab tanzten wir, und sogar Victor begriff und lachte. Dann deutete er nach links, um uns den Weg zu den Mädchen zu zeigen, und Dean, der mit unbeschreiblichem Entzücken nach links schaute und sich in diese Richtung beugte, zog das Lenkrad herum und brachte uns glatt und sicher ans Ziel, während er Victors sprachlichen Bemühungen lauschte und bombastische Sprüche klopfte: «Ja, gewiß doch! Da habe ich nicht den geringsten Zweifel! Aber ganz entschieden, Mann! Oh, in der Tat. Ach, Quatsch, du hast mir sehr liebe Dinge gesagt! Ehrlich! Ja! Sprich nur weiter!» Victor reagierte ernst darauf und mit bezaubernder spanischer Eloquenz. Einen verrückten Augenblick lang dachte ich schon, Dean verstünde alles, kraft schierer wahnwitziger Einsicht und genialer Erleuchtung, unbegreiflich ausgelöst durch sein glühendes Glück. In diesem Augenblick hatte er außerdem eine solche Ähnlichkeit mit Franklin Delano Roosevelt – eine Täuschung meiner brennenden Augen und meines schwebenden Gehirns –, daß ich vom Sitz hochfuhr und nur noch mit offenem Mund staunte. In einem tausendfachen Geflimmer himmlischer Strahlen konnte ich mit Mühe und Not Deans Gestalt erkennen, und er sah aus wie Gott. Ich war so high, daß ich den Kopf auf die Rücklehne betten mußte; das Schlingern des Wagens jagte ekstatische Schauer durch meinen Körper. Allein schon der Gedanke, durchs Wagenfenster auf Mexiko zu blicken – das sich in meiner Seele inzwischen in etwas anderes verwandelt hatte –, war wie ein Zurückschrecken vor einer machtvoll glitzernden, geheimnisvollen Schatztruhe, die du nicht anzusehen wagst, weil deine Augen sich nach innen richten, denn die Reichtümer und Schätze sind zu gewaltig, als daß du alles auf einmal fassen könntest. Ich schluckte. Ich sah Ströme von Gold durch den Himmel fließen, durch das zerbeulte Dach unserer armen alten Karre, durch meine Augäpfel und mitten in mich hinein; es war überall. Ich blickte hinaus auf die heißen, sonnigen Straßen und sah eine Frau in einer Haustür stehen und dachte, sie hört ja jedes Wort, das wir sagen, und nickt vor sich hin – Visionen der Paranoia, wie Marihuana sie verursachen kann. Doch der Strom des Goldes hörte nicht auf. Lange war mein Bewußtsein verloren, mein alltägliches Verständnis der Dinge, die wir taten, und ich fand es erst später wieder, als ich aus Feuer und Schweigen aufblickte wie beim Erwachen aus tiefem Schlaf zur Welt, oder beim Erwachen aus Leere zu einem Traum, und die anderen mir sagten, daß wir vor Victors Haus standen, und er mit seinem Sohn auf den Armen schon an die Wagentür gekommen war, um ihn uns zu zeigen.

«Seht ihr, mein Baby. Sein Name Pérez. Er sechs Monate.»

«Oh», sagte Dean, dessen Gesicht noch immer verklärt war in einem Schauer höchster Freude, ja Seligkeit. «Es ist das allerschönste Kind, das ich je gesehen habe. Seht nur, die Augen. Seht, Sal und Stan», sagte er und schaute uns an, mit einem ernsten und zugleich zarten Gesichtsausdruck, «seht euch vor allem anderen die Augen dieses kleinen Mexikanerjungen an, der der Sohn unseres wunderbaren Freundes Victor ist, und stellt euch vor, wie er später, als Mann, mit seiner einzigartigen Seele durch die Fenster sprechen wird, die seine Augen sind, die Fenster seiner Seele, und solche lieblichen Augen künden und verraten, soviel ist sicher, die lieblichste aller Seelen.» Es war eine wunderschöne Ansprache. Und es war ein wunderschönes Baby. Victor sah traurig auf seinen kleinen Engel nieder. Wir alle wünschten, wir hätten solch einen kleinen Sohn. So groß war unsere Begeisterung für die Seele des Kindes, daß es etwas spürte und sein Gesicht verzog, was zu bitteren Tränen führte und zu ungekanntem Schmerz, den wir nicht lindern konnten, weil er zu weit zurückreichte in unergründliche Geheimnisse und Zeiten. Wir probierten alles; Victor hielt ihm das Köpfchen und wiegte ihn, Dean gurrte und gluckste, ich streckte die Hand aus und streichelte seine Ärmchen. «Oh», sagte Dean, «tut mir furchtbar leid, Victor, daß wir ihn traurig gemacht haben.»

«Er ist nicht traurig, Baby schreit.» In der Tür hinter Victor stand barfuß seine kleine Frau, zu schüchtern, um herauszukommen, und wartete in banger Zärtlichkeit, daß man ihr das Kind wieder in ihre so braunen und so weichen Arme legte. Nachdem Victor uns sein Kind gezeigt hatte, stieg er wieder zu uns ins Auto und deutete stolz nach rechts.

«Ja», sagte Dean und wendete den Wagen und lenkte ihn vorsichtig durch enge algerische Gassen, wo uns von allen Seiten staunende Gesichter nachblickten. Wir kamen zum Freudenhaus. Es war ein prächtiges Etablissement, mit einer Stuckfassade, die golden in der Sonne leuchtete. Auf der Straße, die Ellbogen auf das Fenstersims des Hurenhauses gestützt, standen schläfrig, gelangweilt zwei Polizisten in ausgebeulten Hosen, die uns, als wir hineingingen, einen neugierigen Blick nachwarfen und drei ganze Stunden lang dort stehenblieben, während wir vor ihrer Nase unsere Kapriolen machten, bis wir am Abend herauskamen und auf Victors Rat jedem von ihnen den Gegenwert von vierundzwanzig Cent in die Hand drückten, einfach nur der Form halber.

Und drinnen fanden wir die Mädchen. Manche lagen auf Sofas jenseits der Tanzfläche, andere saßen zur Rechten an der Bar und tranken. Ein Durchgang in der Mitte führte zu kleinen Kabinen, ähnlich wie die Buden, in denen man sich in öffentlichen Strandbädern die Badehose anzieht. Die Buden standen, der Sonne ausgesetzt, in einem Hof. An der Bar bediente der Besitzer, ein junger Kerl, der, als wir ihm sagten, daß wir Mambo hören wollten, sofort losrannte und mit einem Stapel Platten wiederkam, hauptsächlich Pérez Prado, die er über die Lautsprecheranlage dröhnen ließ. Bald wußte die ganze Stadt Gregoria, was in der *Sala de Baile* los war. Drinnen war das Getöse so laut – und laut muß eine Jukebox aufgedreht werden, dafür wurde sie erfunden –, daß wir drei, Dean und Stan und ich, zu der erschütternden Einsicht kamen, daß wir noch nie gewagt hatten, Musik so laut zu hören, wie wir eigentlich wollten, und hier war sie so laut, wie wir sie hören wollten. Sie dröhnte und hämmerte auf uns ein. Bald stand die halbe Einwohnerschaft der Stadt draußen an den Fenstern und schaute zu, wie die *Americanos* mit den Mädchen tanzten. Einträchtig standen die Leute neben den Cops auf der staubigen Straße und reckten gleichmütig und ungeniert die Hälse. «More Mambo Jambo», «Chattanooga de Mambo», «Mambo Numero Ocho» – all die starken Nummern schmetterten und flackerten durch den goldenen, verzauberten Nachmittag, als wär's die Begleitmusik zum letzten Tag der Welt und zum Jüngsten Gericht. Die Trompeten schallten so laut, daß ich dachte, man müßte sie weit draußen in der Wüste hören, wo die Trompeten ohnehin ihren Ursprung hatten. Die Drums waren der reine Wahnsinn. Der Mambobeat ist der Conga-Rhythmus vom Kongo, dem großen Fluß Afrikas und der Welt; er ist tatsächlich der Rhythmus der Welt. Um-*ta,* ta-ba-*baaam* – um-*ta,* ta-ba-*baaam*. Die Pianokaskaden regneten aus den Lautsprechern auf uns nieder. Die Schreie des Bandleaders klangen wie Ringen nach Luft. Beim letzten Trompetensolo auf der Wahnsinns-Chattanooga-Platte, das mit rasenden Congas und Bongos einsetzte, erstarrte Dean einen Moment lang, bis er sich schüttelte und schwitzte; und dann, während das Echo der Trompete zitternd in der trägen Luft nachhallte, wie in einer Höhle oder einem Verlies, wurden seine Augen groß und rund, als ob er den Teufel gesehen hätte, und er schloß sie krampfhaft. Mich selbst schüttelte es, als wäre ich eine leblose Marionette; ich hörte, wie die Trompeten das Licht zerschmetterten, das ich gesehen hatte, und ich erzitterte bis ins Mark.

Beim schnellen «Mambo Jambo» tanzten wir wie verrückt mit den Mädchen. Berauscht, wie wir waren, nahmen wir mit der Zeit doch die Unterschiede ihrer Persönlichkeiten wahr. Es waren wunderbare Mädchen. Die wildeste von allen war seltsamerweise halb Indianerin, halb Weiße; sie stammte aus Venezuela und war erst achtzehn. Sie sah so aus, als käme sie aus einer guten Familie. Was hatte sie in einem mexikanischen Puff verloren, in ihrem Alter, mit ihrem zarten Gesicht und ihrem hübschen Aussehen? Gott allein weiß es. Irgendein furchtbarer Kummer hatte sie dazu getrieben. Sie trank unmäßig. Und wenn es gerade so aussah, als wollte sie alles auskotzen, kippte sie den nächsten Drink hinunter. Dauernd stieß sie Gläser um – vielleicht sogar mit Absicht, damit wir mehr Geld ausgaben. In ihrem durchsichtigen Negligé tobte sie am hellichten Nachmittag mit Dean herum, hängte sich an seinen Hals und flehte und bettelte um alles. Dean war so weggetreten, daß er nicht mehr wußte, was er zuerst wollte, Mädchen oder Mambo. Sie liefen hinaus zu den Kabinen. Auf mich hatte es ein dickes langweiliges Mädchen mit einem Schoßhündchen abgesehen, doch wurde sie böse, als sie merkte, daß ich den Hund nicht leiden konnte, weil er mich dauernd beißen wollte. Endlich war sie bereit, das Hündchen fortzubringen, doch bis sie wiederkam, hatte sich eine andere, etwas hübscher zwar, aber auch keine Schönheit, an mich herangemacht, die sich wie ein Blutegel an mich klammerte. Ich riß mich los und kämpfte mich zu einer sechzehnjährigen Farbigen hinüber, die auf der anderen Seite des Saals saß und mit düsterem Blick durch einen Schlitz in ihrem dünnen Fähnchen ihren Nabel beschaute. Ich schaffte es nicht bis zu ihr. Stan hatte sich eine Fünfzehnjährige geschnappt, mit mandelfarbener Haut und einem oben und unten halb aufgeknöpften Kleid. Es war Wahnsinn. Zwei Dutzend Männer hingen draußen am Fenster und gafften.

Irgendwann kam die Mutter der kleinen Schwarzen – sie war nicht farbig, sondern schwarz – und nahm ihre Tochter kurz und ernst ins Gebet. Als ich das sah, verzichtete ich beschämt auf einen Versuch bei ihr, der einzigen, die mich interessiert hätte. Mein Blutegel zerrte mich nach hinten zu den Kabinen, wo wir unter dem Getöse und Gedröhn weiterer Lautsprecher ein halbes Stündchen die Matratze knarren ließen. Es war ein viereckiger Raum mit Lattenwänden und ohne Zimmerdecke, mit einem Heiligenbildnis in der einen Ecke und einem Waschbecken in der anderen. Draußen in dem dunklen Flur riefen dauernd Mädchen nach *«Agua, agua caliente!»*, was «warmes Wasser» heißt. Stan und Dean waren auch verschwunden. Meine Schöne verlangte dreißig Pesos, ungefähr dreieinhalb Dollar, und flehte mit einer langen Geschichte um weitere zehn Pesos. Ich hatte keine Ahnung vom Wert des mexikanischen Geldes; ich wußte nur, ich hatte Tausende von Pesos. Ich warf ihr das Geld hin. Wir liefen zurück auf die Tanzfläche. Die Menge draußen auf der Straße war noch größer geworden. Die Cops sahen nach wie vor gelangweilt zu. Deans hübsche Venezolanerin zog mich durch eine Tür in eine andere seltsame Bar, die offenbar auch zu dem Bordell gehörte. Ein junger Barmixer polierte schwatzend die Gläser, und ein älterer Mann mit dichtem Schnauzbart saß da und diskutierte ernsthaft über irgend etwas. Auch hier dröhnte der Mambo aus einem Lautsprecher. Die ganze Welt, so schien es, war eingeschaltet. Miss Venezuela hing an meinem Hals und bettelte um Drinks. Der Barmann wollte ihr nichts mehr geben. Sie flehte und flehte, und als er ihr ein Glas hinstellte, stieß sie es um, diesmal nicht mit Absicht, denn ich sah das Bedauern in ihren armen eingesunkenen, verlorenen Augen. «Macht nichts, Baby», sagte ich zu ihr. Ich mußte ihr auf den Hocker helfen; sie rutschte immer wieder ab. Nie zuvor habe ich eine so betrunkene Frau gesehen, und sie war erst achtzehn. Ich bestellte ihr noch einen Drink; sie zupfte bettelnd an meiner Hose. Sie stürzte den Drink hinunter. Ich brachte es nicht übers Herz, es mit ihr zu probieren. Mein Mädchen von vorhin war beinahe dreißig und paßte besser auf sich auf. Am liebsten hätte ich Miss Venezuela, die sich leidend in meinen Armen wand, mit nach hinten genommen und ausgezogen, nur um mit ihr zu sprechen – so sagte ich mir. Ich war verrückt vor Verlangen nach ihr und nach der anderen kleinen Schwarzen.

Der arme Victor stand unterdessen die ganze Zeit an der Bar, den Rücken an das Messinggeländer gelehnt, und hüpfte auf und ab vor Begeisterung darüber, wie seine drei amerikanischen Freunde sich amüsierten. Wir bestellten ihm Drinks. Seine Augen glänzten vor Lust auf eine Frau, aber er wollte keine annehmen, er blieb seiner Ehefrau treu. Dean drückte ihm Geld in die Hand. Bei all dem wilden Durcheinander entging mir nicht, worauf Dean hinauswollte. Er war so außer sich, daß er mich nicht erkannte, als ich ihm ins Gesicht schaute. «Ja, ja!» Mehr sagte er nicht. Und der Wahnsinn nahm kein Ende. Es war ein endloser Gespenstertraum wie aus Tausendundeiner Nacht, ein Nachmittag aus einem anderen Leben – Ali Baba, der Straßenräuber, und die Huris im Paradies. Ich ging noch einmal mit meinem Mädchen in ihr Zimmer; Dean und Stan tauschten die Mädchen; alle drei blieben wir ein Weilchen verschwunden, und die Zuschauer mußten warten, bis die Vorstellung weiterging. Es wurde spät, die Luft wurde frischer.

Bald würde die geheimnisvolle Nacht über das verrückte Gregoria hereinbrechen. Der Mambo lief ohne Pause weiter, er raste dahin wie eine endlose Dschungelfahrt. Ich konnte die Augen nicht von dem dunkelhäutigen Mädchen abwenden, wie eine Königin schritt sie umher, auch wenn der schlechtgelaunte Barmann niedere Arbeiten von ihr verlangte, etwa daß sie uns Drinks servierte oder hinten fegte. Dabei hätte sie, von allen Mädchen hier, das Geld am nötigsten gebraucht; vielleicht war ihre Mutter gekommen, um Geld von ihr für ihre kleinen Geschwister zu holen. Die Mexikaner sind arm. Nie wäre es mir in den Sinn gekommen, einfach zu ihr hinzugehen und ihr Geld zu geben. Ich habe das bestimmte Gefühl, daß sie es mit einem hohen Maß an Verachtung angenommen hätte, und vor Verachtung von ihresgleichen schreckte ich zurück. In meinem Wahn war ich die paar Stunden, die das Ganze dauerte, in sie verliebt; es war der gleiche unverkennbare Schmerz, es waren die gleichen Stiche ins Herz, die gleichen Seufzer, und vor allem war es das gleiche ängstliche Zögern, mich ihr zu nähern. Seltsam, daß auch Dean und Stan sich ihr gegenüber zurückhielten; es war gerade ihre unantastbare Würde, die sie in einem wilden, ehrlichen alten Hurenhaus zur Armut verdammte, man stelle sich das vor. Irgendwann sah ich Dean, wie er sich, einer Statue gleich, langsam in ihre Richtung neigte, bereit, abzuheben – und wie verwirrt er war, als sie kühl und herrisch zu ihm herüberschaute: er hörte auf, seinen Bauch zu reiben, staunte mit offenem Mund und neigte schließlich den Kopf. Sie war die Königin.

Jetzt packte uns Victor mitten in dem allgemeinen Trubel am Ärmel und machte ungeduldige Zeichen.

«Was ist los?» Mit allen Mitteln versuchte er sich uns verständlich zu machen. Dann lief er zur Bar und riß dem Barmann, der ihn finster anstarrte, die Rechnung aus der Hand und zeigte sie uns. Sie belief sich auf über dreihundert Pesos oder sechsunddreißig amerikanische Dollar, was viel Geld ist für ein Hurenhaus. Doch auch das konnte uns nicht ernüchtern, wir wollten nicht gehen, wir wollten, obwohl wir schon ganz ausgepumpt waren, noch immer mit unseren lieblichen Mädchen herumhängen, in diesem Paradies aus Tausendundeiner Nacht, das wir am Ende der langen, beschwerlichen Straße gefunden hatten. Aber es wurde dunkel, und wir mußten ein Ende finden; auch Dean sah es ein, und er runzelte die Stirn und dachte nach und versuchte, sich zusammenzureißen. Schließlich machte ich den Vorschlag, wir sollten nun endgültig aufbrechen. «Wir haben noch so viel vor uns, Mann, also, was soll's?»

«Richtig!» rief Dean mit glasigem Blick und wandte sich nach seiner Venezolanerin um. Sie war endlich ohnmächtig geworden und lag jetzt auf einer hölzernen Bank, und ihre weißen Schenkel sahen unter Seidenrüschen hervor. Die Zuschauer am Fenster genossen die Show. Rötliche Schatten zogen hinter ihnen auf, und in einem Moment plötzlicher Stille hörte ich ein kleines Kind weinen, was mir in Erinnerung rief, daß ich in Mexiko war und nicht im Himmel eines pornographischen Haschischtraums.

Wir taumelten hinaus; Stan hatten wir vergessen; wir gingen zurück, um ihn zu holen, und fanden ihn, wie er sich vor den neuen Huren verbeugte, die gerade eben zur Nachtschicht erschienen waren. Er hätte am liebsten wieder von vorn angefangen. Wenn er betrunken ist, tappt er umher wie ein drei Meter großer Mann, und wenn er blau ist, kann man ihn nicht von den Frauen wegzerren. Überdies hängen die Frauen an ihm wie

Kletten. Er wollte unbedingt bleiben und einige der neueren, fremderen und kundigeren Señoritas ausprobieren. Dean und ich stießen ihm in den Rücken und schleppten ihn hinaus. Überschwenglich winkte er allen zum Abschied – den Mädchen, den Polizisten, der Menge und den Kindern draußen auf der Straße; er warf Kußhände in alle Richtungen, zu Ehren der Stadt Gregoria, taumelte stolz durch die Menge, wollte mit jedem reden und allen sein Glück und seine Begeisterung über diesen gelungenen Nachmittag des Lebens mitteilen. Alle lachten; manche klopften ihm den Rücken. Dean lief hinüber und bezahlte den Polizisten ihre vier Pesos und schüttelte ihnen die Hand und verbeugte sich grinsend vor ihnen. Dann stieg er ins Auto, und alle Mädchen, die wir kennengelernt hatten, auch Venezuela, die fürs Lebewohl geweckt worden war, versammelten sich um das Auto, rafften ihre dünnen Fähnchen um sich, schnatterten good-by und küßten uns, und Venezuela fing sogar an zu weinen – nicht wegen uns, das wußten wir, überhaupt nicht wegen uns, doch genug und reichlich genug. Meine schwarze Schöne war in den Schatten des Hauses verschwunden. Alles war vorbei. Wir fuhren los und ließen Freude und Jubel über ein paar hundert Pesos hinter uns, und wir fanden, daß es kein schlechtes Tagewerk gewesen war. Der dröhnende Mambo verfolgte uns noch ein paar Straßen weit. Alles war vorbei. «Good-by, Gregoria!» schrie Dean und warf Kußhände.

Victor war stolz auf uns und stolz auf sich selbst. «Wollt ihr jetzt Bad?» fragte er. Ja, was wir alle wollten, war ein herrliches Bad.

Und er dirigierte uns zu einem ganz unglaublichen Platz: es war eine gewöhnliche Badeanstalt, wie in Amerika, eine Meile außerhalb der Stadt am Highway gelegen, voller Kinder, die im Schwimmbecken planschten; in einem Gebäude aus Stein gab es Duschen für ein paar Centavos, mit Seife und Handtuch vom Bademeister. Außerdem war dort ein armseliger Kinderspielpark mit Schaukeln und einem defekten Karussell, aber im Licht der roten Abendsonne war alles so eigenartig und so wunderschön. Stan und ich nahmen uns Handtücher und sprangen gleich unter eiskalte Duschen und kamen erfrischt und wie neugeboren heraus. Dean hatte keine Lust zu duschen, und wir sahen ihn Arm in Arm mit dem guten Victor durch den traurigen Park spazieren, er plauderte angeregt und fröhlich und beugte sich begeistert zu ihm und schlug zur Bekräftigung seiner Worte mit der Faust in die flache Hand. Dann hakten sie sich wieder unter und schlenderten weiter, Arm in Arm. Es war an der Zeit, auch Victor Lebewohl zu sagen, und so nutzte Dean die Gelegenheit, einen Moment mit ihm allein zu sein, sich den Park anzusehen und Victors Ansichten im allgemeinen zu erfahren und sich in ihn hineinzuversetzen, wie nur Dean das konnte.

Victor war jetzt sehr traurig, daß wir weiterfahren mußten. «Ihr kommt wieder nach Gregoria, mich besuchen?»

«Klar, Mann!» sagte Dean. Und er versprach sogar, Victor mit in die Staaten zu nehmen, falls er das wünsche. Victor sagte, er wolle es sich überlegen.

«Ich habe Frau und Kind – kein Geld – muß sehen.» Sein liebes, höfliches Lächeln leuchtete im Abendrot, als wir ihm aus dem Auto zum Abschied winkten. Hinter ihm waren der traurige Park und die Kinder.

sechs

Gleich hinter Gregoria führte die Straße bergab. Mächtige Bäume erhoben sich zu beiden Seiten, und in den Bäumen hörten wir, als es dunkel wurde, den gewaltigen Lärm von Milliarden Insekten. Es hörte sich an wie ein hohes ununterbrochenes Schrillen. «Huuu!» sagte Dean und schaltete die Scheinwerfer ein, aber sie funktionierten nicht. «Was! Was! Verdammt, was jetzt?» Er hämmerte fauchend aufs Armaturenbrett. «Oje, jetzt müssen wir ohne Licht durch den Dschungel fahren, stellt euch den Horror vor, ich kann immer nur sehen, wenn uns ein anderes Auto entgegenkommt, aber leider gibt's hier keine Autos! Und ohne Licht? Oh, verdammt, was machen wir?»

«Wir fahren. Oder sollen wir besser umkehren?»

«Nein, nie-nie! Laß uns fahren. Ich sehe die Straße gerade noch. Wir werden es schaffen.» In tiefschwarzer Dunkelheit rasten wir durch das Schrillen der Insekten, und der schwere, ranzige, beinahe faulige Geruch, der herabsank, erinnerte uns daran, daß auf der Landkarte hinter Gregoria der Wendekreis des Krebses eingezeichnet war. «Wir sind in einer anderen Klimazone! Kein Wunder, dieser Geruch! Merkt ihr's?» Ich hielt den Kopf aus dem Fenster; Insekten prasselten mir ins Gesicht; ein mächtiges Kreischen setzte ein, wenn ich mein Ohr gegen den Wind stellte. Plötzlich gingen unsere Scheinwerfer wieder an und bohrten sich weit voraus in die Dunkelheit und erhellten die einsame Straße, die zwischen dichten Mauern von annähernd dreißig Meter hohen Bäumen mit überhängenden, schlangenhaften Zweigen verlief.

«Verdammt noch mal!» krähte Stan auf dem Rücksitz. «Verdammter *Mist*!» Er war noch immer high. Wir merkten es plötzlich, daß er noch immer high war und daß der Dschungel und alle Schwierigkeiten keinerlei Wirkung auf seine glückliche Seele hatten. Wir fingen alle an zu lachen.

«Zum Teufel damit! Hauen wir uns doch einfach aufs Ohr, in diesem gottverdammten Dschungel, legen wir uns einfach schlafen, na los!» schrie Dean. «Der alte Stan hat's erfaßt. Old Stan pfeift auf alles! Er ist so high von diesen Frauen und dem Gras und diesem irren, außerirdischen, sagenhaften Mambo, von dem mir noch immer die Ohren dröhnen – hiii! Er ist so high, daß er weiß, was er tut!» Wir zogen unsere T-Shirts aus und brausten halbnackt durch den Dschungel. Keine Stadt weit und breit, nichts als einsamer Dschungel, Meilen und Meilen, und bergab ging's und wurde immer heißer, und die Insekten schrillten noch lauter, noch wuchernder wurde die Vegetation, noch ranziger der Geruch, bis wir uns schließlich daran gewöhnten und fast Gefallen daran fanden. «Ich würde mich am liebsten nackt ausziehen und in diesem Dschungel wälzen», sagte Dean. «Verdammt, genau das mache ich, Mann, sobald wir das richtige Plätzchen finden.» Und plötzlich erschien Limón vor uns, eine kleine Urwaldstadt, ein paar trübe Lichter, dunkle Schatten, ein riesiger Himmel darüber, und eine Ansammlung von Männern vor einem Wirrwarr von Holzhütten – eine Straßenkreuzung in den Tropen.

Wir hielten an in der unvorstellbar sanften Nacht. Es war heiß wie im Backofen an einem Sommerabend in New Orleans. Ganze Familien saßen im Dunkel straßauf, straßab und plauderten; manchmal kamen Mädchen vorbei, die jedoch sehr jung waren und nur neugierig, wie wir aussahen. Sie waren barfuß und schmutzig. Wir standen an der hölzernen Veranda eines heruntergekommenen Kaufladens, wo Mehlsäcke und frische Ananas zwischen Fliegen auf der Theke verdarben. Drinnen brannte eine Öllampe, und draußen gab es ein paar weitere bräunliche Lichter, der Rest war schwarz, schwarz, schwarz. Inzwischen waren wir so müde, daß wir gleich schlafen mußten, und so rollten wir den Wagen ein paar Meter auf einem Weg bis ans andere Ende der Ortschaft hinunter. Es war so unglaublich heiß, daß an Schlaf nicht zu denken war. Dean holte eine Decke und breitete sie auf dem weichen, warmen Sand am Weg aus und ließ sich darauf fallen. Stan streckte sich auf den Vordersitzen des Ford aus, beide Türen weit offen, doch nicht das allergeringste Lüftchen regte sich. Ich schwamm auf dem Rücksitz in einem See von Schweiß. Ich stieg aus und stand schwankend in der Dunkelheit. Der ganze Ort schlief anscheinend; nur kläffende Hunde waren zu hören. Wie würde ich je schlafen können? Tausende von Moskitos hatten uns Brust und Arme und Knöchel zerstochen. Dann kam mir eine glänzende Idee: ich kletterte auf das Blechdach des Wagens und legte mich flach auf den Rücken. Auch dort kein Windhauch, aber das Blech bot ein wenig Kühlung und trocknete den Schweiß an meinem Rücken, so daß Tausende toter Insekten auf meiner Haut verkrusteten. Mir wurde klar, man kann dem Dschungel nicht entgehen, man wird selbst Teil des Dschungels. Ich lag auf dem Autodach und starrte zum schwarzen Himmel hinauf und hatte das Gefühl, in einer heißen Sommernacht in einem geschlossenen Koffer zu liegen. Zum ersten Mal in meinem Leben war das Wetter nicht etwas, das mich berührte, mich streichelte, mich frieren oder schwitzen machte, sondern ich war selbst Teil des Wetters. Die Atmosphäre und ich wurden eins. Feine Schauer winziger Insekten wehten mir über das Gesicht, während ich schlief, und ich empfand sie als außerordentlich angenehm und beruhigend. Kein Stern am unsichtbaren, lastenden Himmel. Gern hätte ich die ganze Nacht so dagelegen, das Gesicht dem Himmel dargeboten, der mich nicht mehr stören würde als ein über mich gezogener Samtvorhang. Die toten Insekten vermischten sich mit meinem Blut; die lebenden Moskitos stachen weiter; meine Haut juckte am ganzen Körper, und ich stank von Kopf bis Fuß nach dem ranzigen, heißen und fauligen Dschungel. Natürlich hatte ich keine Schuhe an. Um den Schweiß zu vermindern, zog ich mein insektenverkrustetes T-Shirt an und streckte mich wieder aus. Ein dunkler Fleck auf der schwarzen Straße zeigte mir, wo Dean schlief. Ich hörte ihn schnarchen. Auch Stan schnarchte.

Hin und wieder leuchtete ein mattes Licht im Ort auf. Das war der Sheriff, der mit einer schwachen Taschenlampe seine Runden drehte und in der Dschungelnacht leise vor sich hin murmelte. Dann sah ich das Licht schwankend näher kommen und hörte seine gedämpften Schritte auf dem Teppich von Sand und Gräsern. Er blieb stehen und leuchtete den Wagen an. Ich richtete mich auf und sah ihn an. Er sagte mit bebender, beinahe klagender und überaus sanfter Stimme: *«Dormiendo?»* und zeigte auf Dean auf der Straße. Ich wußte, daß es «schlafen» hieß.

«Si, dormiendo.»

«Bueno, bueno», sagte er zu sich selbst und wandte sich zögernd und traurig ab, um seine einsame Runde fortzusetzen. Solch liebenswerte Polizisten hat Gott in Amerika nicht geschaffen. Kein mißtrauisches Fragen, kein Getue, keine Nerverei: er war der Wächter der schlafenden Stadt. Punktum.

Ich legte mich wieder auf mein blechernes Bett und breitete die Arme aus. Es war mir egal, ob über mir Baumwipfel oder offener Himmel waren. Ich sperrte den Mund auf und zog mit tiefen Atemzügen die Atmosphäre des Urwalds ein. Nein, es war keine Luft, niemals, sondern die fühlbare und lebendige Ausdünstung von Bäumen und Sümpfen. Ich konnte nicht mehr einschlafen. Krähende Hähne kündigten die Morgendämmerung irgendwo jenseits der Lichtung an. Noch immer keine Luft, kein Windhauch, kein Tau, nur die lastende Atmosphäre am Wendekreis des Krebses, die uns auf die Erde niederdrückte, wo wir hingehörten und herumwuselten. Kein Schimmer von der Morgendämmerung am Himmel. Plötzlich hörte ich Hunde wütend in der Dunkelheit kläffen, dann hörte ich das leise Klappern von Pferdehufen. Es kam näher und näher. Welcher verrückte nächtliche Reiter mochte das sein? Dann hatte ich eine Erscheinung: ein wildes Pferd, weiß wie ein Geist, kam auf der Straße angetrabt, direkt auf Dean zu. Hinter ihm jaulten und stritten die Hunde. Ich konnte sie nicht sehen, es waren lausige alte Dschungelköter, aber das Pferd war weiß wie Schnee und riesig und beinahe phosphoreszierend und deutlich zu sehen. Um Dean hatte ich keine Angst. Das Pferd sah ihn und trottete dicht an seinem Kopf vorbei, um dann wie ein Schiff am Auto vorbeizugleiten, leise wiehernd, ehe es, von den Hunden verfolgt, weiter durch den Ort und, klipp-klapp, auf der anderen Seite wieder in den Dschungel trabte, bis ich nur noch den schwachen, allmählich im Wald verhallenden Hufschlag hörte. Die Hunde beruhigten sich und setzten und leckten sich. Was war das für ein Pferd? Ein Pferd aus einem Mythos, ein Geist, ein Gespenst? Als Dean aufwachte, erzählte ich ihm davon. Er meinte, ich hätte geträumt. Dann erinnerte er sich undeutlich, im Traum ein weißes Pferd gesehen zu haben, und ich sagte ihm, es sei kein Traum gewesen. Auch Stan Shephard wachte allmählich auf. Schon bei der kleinsten Bewegung rann uns wieder der Schweiß. Noch immer war pechschwarze Nacht. «Laßt uns losfahren, damit wir etwas Luft kriegen!» rief ich. «Ich komme um vor Hitze.»

«Richtig!» Wir brausten aus der Stadt hinaus und, mit flatterndem Haar, weiter auf dem verrückten Highway. In grauem Nebeldunst kam die Morgendämmerung rasch näher und enthüllte zu beiden Seiten der Straße das tiefer gelegene Sumpfland mit vereinzelten hohen, von Schlingpflanzen überwucherten Bäumen, die schief über dem verkrauteten Grund hingen. Eine Weile rollten wir direkt an dem Eisenbahndamm entlang. Dann tauchte der seltsame Sendemast von Ciudad Mante vor uns auf, als wären wir in Nebraska. Wir fanden eine Tankstelle und füllten den Tank, während die letzten Insekten der Dschungelnacht in schwarzen Myriaden gegen die Glühbirnen prallten und uns in zappelnden Klumpen vor die Füße fielen, manche mit fast zehn Zentimeter langen Flügeln, andere angsteinflößende Libellen, groß genug, um einen Vogel zu fressen, und Tausende großer wimmelnder Moskitos und scheußlicher spinnenartiger Insekten. Furchtsam hüpfte ich auf dem Bürgersteig auf und ab; schließlich flüchtete ich mich ins Auto, umklammerte mit den Händen beide Füße und blickte ängstlich nach draußen, wo sie um unsere Reifen wimmelten. «Los, fahren wir!» rief ich. Stan und Dean ließen sich von den Insekten nicht im geringsten stören; seelenruhig tranken sie ein paar Flaschen Orangensaft und stießen die Flaschen fort vom Kühler. Ihre Hemden und Hosen waren durchtränkt vom Blut und schwarz von toten Insekten, genau wie meine. Wir stanken entsetzlich.

«Wißt ihr was? Allmählich gefällt mir dieser Geruch in der Luft», sagte Stan. «Da brauche ich meinen eigenen Gestank nicht mehr zu riechen.»

«Es ist ein eigenartiger, guter Geruch», sagte Dean. «Ich werde mein Hemd nicht wechseln, bis wir in Mexico City sind. Ich will alles in mich aufnehmen und mich später daran erinnern.» Wir brausten weiter und hielten unsere verkrusteten Gesichter in den Fahrtwind.

Dann ragten Berge vor uns auf, grün bewachsen. Nach der Steigung würden wir wieder auf dem großen Zentralplateau sein, bereit, geradewegs nach Mexico City zu rollen. Im Nu erreichten wir eine Höhe von annähernd zweitausend Metern, zwischen nebelverhangenen Pässen, von denen man auf fünfzehnhundert Meter tiefer dahinfließende dampfende gelbe Wasserläufe hinabblickte. Es war der mächtige Moctezuma. Die Indianer, die wir am Straßenrand sahen, wirkten immer unheimlicher. Sie waren ein Volk für sich, Bergindianer, abgeschlossen von aller Welt, bis auf den Pan-American Highway. Es waren kleine, gedrungene und dunkelhäutige Menschen mit schlechten Zähnen; sie schleppten immense Lasten auf dem Rücken. Über tiefe grüne Schluchten hinweg sahen wir das Flickenmuster bebauter Felder an steilen Hängen. Die Indianer kletterten diese Hänge rauf und runter und bestellten ihre Äkker. Dean fuhr langsam, mit fünf Meilen in der Stunde, und staunte. «Oooh! Daß es so etwas gibt!» Hoch oben auf dem höchsten Gipfel, so hoch wie die Gipfel der Rocky Mountains, sahen wir Bananenstauden. Dean stieg aus, zeigte nach oben, stand da und rieb sich den Bauch. Wir befanden uns auf einem Felsvorsprung, wo eine kleine strohgedeckte Hütte über dem Abgrund der Welt hing. Die heiße Sonne schuf goldene Schleier, die den jetzt noch tiefer gelegenen Moctezuma verhüllten.

Vor der Hütte stand ein kleines Indianermädchen, etwa drei Jahre alt; sie hatte den Zeigefinger im Mund und sah uns mit großen braunen Augen an. «Wahrscheinlich hat sie noch nie im Leben jemanden hier oben parken sehen!» flüsterte Dean. «Hal-lo, Kleine. Wie heißt du? Magst du uns?» Das kleine Mädchen guckte verschämt beiseite und zog eine Schnute. Wir redeten auf sie ein, und sie schaute uns wieder an, mit dem Zeigefinger im Mund. «Gott, wenn ich ihr doch etwas schenken könnte! *Stellt euch das vor*, hier geboren zu werden und auf diesem Felszacken zu leben – und dieser Felszacken steht für alles, was du vom Leben kennenlernst. Ihr Vater muß sich wahrscheinlich am Seil in die Schlucht hinunterhangeln und seine Ananas aus einer Höhle holen und Holz hacken, alles in einem Winkel von achtzig Grad, und darunter der Abgrund. Nie wird sie von hier fortgehen und irgend etwas von der Außenwelt kennenlernen. Dies ist ein eigenes Volk. Was mögen sie für einen wilden Häuptling haben! Und abseits von der Straße, in den Wäldern hinter dem Berg dort, sind sie wahrscheinlich noch wilder und fremdartiger, ja, weil ja der Pan-American Highway die Zivilisation zu den Leuten bringt. Seht die Schweißtropfen auf der Stirn der Kleinen», sagte Dean und deutete schmerzerfüllt auf sie. «Das ist nicht der Schweiß, den wir schwitzen, er ist ölig und er ist *immer da*, weil es hier *immer* so heiß ist, das ganze Jahr. Sie weiß nicht, was es ist, ohne Schweiß zu leben, sie wurde mit diesem Schweiß geboren und wird mit Schweiß sterben.» Der Schweiß auf der Stirn des Mädchens war dick und klebrig; er floß nicht; er war einfach da und glänzte wie feines Olivenöl. «Was mag in den Seelen der Leute hier vorgehen! Wie anders müssen sie sein in ihren Sorgen und Wertvorstellungen und Wünschen!» Dean starrte mit offenem Mund, als er im Zehn-Meilen-Tempo weiterfuhr, begierig, nichts, keines der menschlichen Wesen an der Straße zu verpassen! Wir kletterten höher und höher.

Je höher wir kamen, um so kälter wurde es, und die Indianermädchen an der Straße hatten ihre Köpfe und Schultern in Schals gehüllt. Sie winkten uns aufgeregt; wir hielten an, um zu sehen, was es gab. Sie wollten uns kleine Stückchen Bergkristall verkaufen. Ihre großen braunen Augen blickten so unschuldig und mit so seelenvoller Intensität in unsere Gesichter, daß keinem von uns der leiseste Gedanke an Sex kam; außerdem waren sie sehr jung, manche erst elf Jahre, auch wenn sie wie dreißig wirkten. «Seht doch, diese Augen!» hauchte Dean. Es waren die Augen der Muttergottes, als sie selber noch ein Kind war. Wir sahen in ihren Augen den sanften, alles vergebenden Blick Jesu. Und sie starrten uns unverwandt an. Wir rieben uns unsere flimmernden blauen Augen und sahen abermals hin. Und noch immer drangen ihre Blicke mit einem schmerzhaften hypnotischen Licht in uns ein. Wenn sie sprachen, waren sie plötzlich lebhaft und fast albern. Nur in ihrem Schweigen waren sie unverkennbar sie selbst. «Sie haben erst *kürzlich* gelernt, diese Kristalle zu verkaufen – erst seit vor zehn Jahren der

Highway gebaut wurde. Bis dahin hat dieses ganze Volk wahrscheinlich *geschwiegen*!»

Die Mädchen drängten sich bettelnd um unser Auto. Ein besonders seelenvolles Kind faßte Deans verschwitzten Arm. Sie bettelten auf indianisch. «Ach ja, ach ja, meine arme Kleine», sagte Dean zärtlich und beinahe traurig. Er stieg aus und öffnete hinten seinen verbeulten Koffer – den armen gequälten amerikanischen Koffer – und zog eine Armbanduhr hervor. Er zeigte sie dem Mädchen. Sie jauchzte vor Freude. Staunend drängten die anderen näher. Dann suchte Dean in der offenen Hand der Kleinen nach dem «schönsten und reinsten und kleinsten Kristall, den das Kind selbst am Berg für mich gepflückt hat». Er fand ein Stückchen, nicht größer als eine Waldbeere. Und er gab ihr die baumelnde Armbanduhr. Die andern rundeten wie Chorknaben die Münder. Das glückliche kleine Mädchen drückte die Uhr an ihr zerschlissenes Hemd. Sie streichelte Deans Hand und dankte ihm. Wie er dort zwischen den Mädchen stand und sein knochiges Gesicht zum Himmel reckte, um nach dem nächsten und höchsten und letzten Bergpaß Ausschau zu halten, wirkte er wie der Prophet, der zu den Menschen herabgekommen ist. Dann stieg er wieder ein. Die Kinder ließen uns ungern fahren. Noch lange, während wir eine gerade Bergstrecke hinaufrollten, liefen sie uns winkend nach. Dann kam eine Kurve, und wir verloren sie für immer aus den Augen – und sie liefen noch immer. «Ach, es bricht mir das Herz!» jammerte Dean und hämmerte sich mit der Faust auf die Brust. «Wie weit gehen sie in ihrer Treue und ihrem Staunen? Was wird aus ihnen werden? Würden sie uns die ganze Strecke bis nach Mexico City folgen, wenn wir langsam genug führen?»

«Ja», sagte ich, denn ich wußte es.

Wir kamen in die schwindelerregenden Höhen der Sierra Madre Oriental. Die Bananenstauden leuchteten goldgelb im weißen Dunst. Breite Nebelschleier schwebten jenseits der Steinmäuerchen über dem Abgrund. Tief unter uns zog der Moctezuma ein feines goldenes Band durch eine grüne Dschungelmatte. Exotische Ortschaften an Kreuzungen auf dem Dach der Welt zogen vorbei, in Ponchos gehüllte Indianer blickten unter Strohhutkrempen und *rebozos* hervor. Dichtes, dunkles, uraltes Leben. Mit Habichtaugen musterten sie Dean, der ernst und wie besessen über seinem Lenkrad hing. Alle streckten uns die Hände entgegen. Von den fernen Bergen, von noch höher gelegenen Orten waren sie herabgestiegen, um ihre Hände auszustrecken nach etwas, das die Zivilisation ihnen, wie sie glaubten, geben konnte; und nie ließen sie sich träumen, wie trostlos deren armselige, gescheiterte Illusionen waren. Sie wußten nicht, daß eine Bombe in die Welt gekommen war, die alle unsere Brücken und Straßen sprengen und zu Geröll zermahlen konnte; daß womöglich auch wir eines Tages so arm sein würden wie sie und wie sie die Hände ausstreckten. Unser klappriger Ford, ein Ford aus den aufstrebenden dreißiger Jahren Amerikas, rollte an ihnen vorbei und verschwand in einer Staubwolke.

Wir hatten die Steigung zum letzten Hochplateau erreicht. Die Sonne war golden, der Himmel knallblau und die Wüste mit ihren Bachbetten ein Chaos von Sand und glühender Leere und jähen biblischen Baumschatten. Jetzt schlief Dean, und Stan fuhr. Schafhirten tauchten auf, wie in Urzeiten in lange fließende Gewänder gehüllt, die Frauen mit gelben Flachsbündeln auf dem Rücken, die Männer mit Stecken. Unter ausladenden Bäumen in der gleißenden Wüste saßen die Schafhirten beisammen, und die Schafe mühten sich in der Sonne und wirbelten Staub auf. «Mann! Mann!» schrie ich Dean zu. «Wach auf und sieh dir die Schafhirten an, wach auf und sieh dir die goldene Welt an, aus der Jesus kam, sieh es mit deinen eigenen Augen, damit du es verkünden kannst!»

Er schoß hoch, warf einen Blick auf das Bild unter der rötlich verblassenden Sonne und sank zurück, um weiterzuschlafen. Als er aufwachte, beschrieb er es mir in allen Einzelheiten und meinte: «Ja, Mann, wie gut, daß du mich geweckt hast. Oh, Gott, was soll ich machen? Wohin gehe ich?» Er rieb sich den Bauch, er blickte mit seinen geröteten Augen zum Himmel auf und war den Tränen nah.

Das Ende unserer Reise stand bevor. Weite Felder dehnten sich zu beiden Seiten der Straße; ein stattlicher Wind blies über die verstreuten, riesigen Haine und über die alten Missionshäuser, die sich in der Abendsonne lachsrot färbten. Die tief hängenden großen Wolken waren rosafarben. «Mexico City im Abendrot!» Wir hatten es geschafft, neunzehnhundert Meilen insgesamt – von den nachmittäglichen Gärten Denvers bis zu diesen weiten biblischen Regionen der Welt, und jetzt waren wir drauf und dran, das Ende der Straße zu erreichen.

«Wollen wir unsere Insekten-T-Shirts wechseln?»

«Nein, wir lassen sie an, bis in die Stadt, hol's der Teufel.» So fuhren wir nach Mexico City hinein.

Eine kurze Steigung führte uns jäh auf eine Höhe, aus der wir ganz Mexico City ausgebreitet in seinem Vulkankrater liegen sahen, rauchspeiend und im Glanz erster Abendlichter. Wir sausten hinunter, sausten die Avenida de los Insurgentes entlang bis mitten ins Herz der Stadt, beim Paseo de la Reforma. Kinder spielten Fußball auf ausgedehnten, öden Plätzen und wirbelten Staub auf. Taxifahrer holten uns ein und erkundigten sich, ob wir Mädchen wollten. Nein, vorerst wollten wir keine Mädchen. Lange, verkommene Slums aus Lehmziegelbauten erstreckten sich bis weit in die Ebene; wir sahen einsame Gestalten in den dunkel werdenden Gassen. Bald würde es Nacht sein. Dann umbrauste uns die Stadt, und plötzlich kamen wir an überfüllten Cafés und an Theatern und vielen Lichtern vorbei. Zeitungsjungen schrien uns zu. Arbeiter, barfuß, mit Schraubenschlüsseln und Putzlappen, schlurften über die Gehsteige. Wahnwitzige barfüßige indianische Fahrer schnitten und umschwärmten uns und hupten im irrsinnigsten Verkehr. Der Lärm war unbeschreiblich. Mexikanische Autos haben keine Auspufftöpfe. Und jeder drückt lustvoll auf die Hupe. «He!» brüllte Dean. «Jetzt paßt auf!» Er schlängelte den Wagen durch den Verkehr und hängte alle anderen ab. Er fuhr wie ein Indianer. Er kam an einen Kreisel auf dem Paseo de la Reforma und bretterte herum, während alle acht Sternstraßen Autos auf uns schossen, Autos von links, von rechts, *izquierda*, direkt von vorn

– und Dean kreischte und hüpfte jedesmal vor Vergnügen. «Was für ein Verkehr! Davon hab ich mein Leben lang geträumt! Alles *rollt*!» Ein Krankenwagen kam angeprescht. Amerikanische Ambulanzwagen schießen und fädeln sich mit heulender Sirene durch den Verkehr; die sagenhaften Ambulanzen des weltweiten Volkes der Indianer und Fellachen kommen einfach mit 80 Meilen pro Stunde durch die Straßen der Stadt, und jeder muß Platz machen, fort, aus dem Weg!, denn auf niemanden und nichts wird Rücksicht genommen: sie donnern quer durch die Mitte. Wir sahen den Krankenwagen auf schlitternden Rädern in dem aufbrechenden Wirbel des dichten Innenstadtverkehrs entschwinden. Die Fahrer waren Indianer. Fußgänger, auch ältere Frauen, liefen hinter Autobussen her, die niemals hielten. Junge Geschäftsleute aus der City spurteten in Scharen um die Wette hinter Bussen her und sprangen sportlich auf. Die barfüßigen Busfahrer waren spöttisch grinsende, irre Typen, sie saßen im T-Shirt geduckt über ihrem niedrigen, riesigen Lenkrad. Darüber hingen beleuchtete Heiligenbildnisse. Die Lichter in den Autobussen waren bräunlich und grünlich, und dunkle Gesichter reihten sich auf hölzernen Bänken.

In der Innenstadt von Mexico City trotteten Hipster-Typen mit breitkrempigen Strohhüten und in Jacketts mit langen Aufschlägen über der nackten Brust zu Tausenden über den Corso, manche verhökerten Kruzifixe und Gras in den Seitengassen, andere knieten in kaputten Kapellen, in unmittelbarer Nachbarschaft von mexikanisch-burlesken Striptease-Vorführungen in Bretterbuden. Manche Gassen waren nichts als Schutt, mit offenen Abwässerkanälen, und kleine Türen führten in schrankgroße Bars zwischen zwei Lehmziegelmauern. Man mußte über einen Graben springen, um seinen Drink zu bekommen, und am Grund des Grabens war der uralte See der Azteken. Mit dem Rücken zur Wand schob man sich aus der Bar und hinaus auf die Straße. Es gab Kaffee mit Rum und Muskat. Überall dröhnte der Mambo. Hunderte von Huren standen aufgereiht in dunklen, engen Straßen, und ihre traurigen Augen funkelten uns an in der Nacht. Wie in Ekstase und wie im Traum streiften wir umher. Wir aßen wunderbare Steaks für achtundvierzig Cents in einer seltsamen, gekachelten mexikanischen Cafeteria, wo Generationen von Marimbaspielern an einer riesigen Marimba standen – auch Straßenmusiker, singende Gitarristen und alte Männer, die an Straßenecken Trompete spielten. Man roch den säuerlichen Gestank der Pulque-Kaschemmen; da kriegte man für zwei Cents ein Wasserglas voll Kakteensaft. Nichts hörte auf, auch in der Nacht wimmelten die Straßen von Leben. Bettler schliefen, eingehüllt in Reklameplakate, die sie von Bretterzäunen gerissen hatten. Ganze Familien saßen auf dem Bürgersteig, spielten auf ihren kleinen Flöten und kicherten in der Dunkelheit. Die nackten Füße ausgestreckt, saßen sie mit flackernden Kerzen da – ganz Mexico City war ein einziges großes Zigeunerlager. An Straßenecken zerlegten alte Frauen gekochte Kalbsköpfe und wickelten Fleischbrocken in Tortillas, die sie mit scharfer Sauce auf Servietten aus Zeitungspapier servierten. Dies war die große und absolut wilde, überschäumende Stadt der Fellachenkinder, von der wir gewußt hatten, daß wir sie am Ende der Straße finden würden. Mit zombihaft hängenden Armen, offenem Mund und glänzenden Augen ging Dean durch die Straßen: er vollführte einen verrückten und heiligen Rundgang, der erst im Morgengrauen endete, auf einem offenen Platz, wo ein Junge mit Strohhut auf dem Kopf mit uns lachte und plauderte und Fangen spielen wollte, denn ein Aufhören gab es nicht.

Dann bekam ich Fieber und phantasierte und verlor das Bewußtsein. Dysenterie. Aus dem dunklen Strudel meiner Seele blickte ich auf, und ich wußte, ich lag in einem Bett zweieinhalbtausend Meter über dem Meeresspiegel auf dem Dach der Welt, und ich wußte, daß ich ein ganzes Leben, und viele mehr, in der armseligen atomistischen Hülle meines Fleisches verbracht hatte, und ich hatte alle Träume der Welt. Ich sah Dean, wie er sich über den Küchentisch beugte. Es war mehrere Abende später, und er war schon wieder im Begriff, Mexico City zu verlassen. «Was hast du vor, Mann?» stöhnte ich.

«Armer Sal, armer Sal, ist einfach krank geworden. Stan wird sich um dich kümmern. Und nun hör zu und paß auf, falls du mich in deiner Krankheit hören kannst: Ich habe hier unten die Scheidung von Camille bekommen und fahre heute nacht zu Inez zurück, nach New York, falls der Wagen es aushält.»

«Alles noch einmal?» rief ich.

«Alles noch einmal, mein Freund. Ich muß zurück in mein eigenes Leben. Ich wünschte, ich könnte bei dir bleiben. Ich bete, daß ich wiederkommen kann.» Ich preßte die Hände auf die Krämpfe in meinem Bauch und ächzte. Als ich wieder aufblickte, stand Dean, der edle Ritter, mit seinem alten verbeulten Koffer da und schaute auf mich herab. Ich erkannte ihn nicht mehr, und er wußte es, und er erbarmte sich und zog mir die Decke über die Schultern. «Ja, ja, ja, ich muß jetzt gehen. Lebe wohl, alter Fieber-Sal, good-by.» Und weg war er. Zwölf Stunden später begriff ich in meinem elenden Fieber, daß er fort war. Aber da fuhr er schon, allein, durch jene Bananenberge zurück, diesmal bei Nacht.

Als es mir besserging, wurde mir klar, was für eine Ratte er war, aber ich mußte auch verstehen, wie unendlich kompliziert sein Leben war, daß er nicht anders gekonnt hatte, als mich krank zurückzulassen, um mit seinen Weibern und seinem Weh weiterzumachen. «Okay, alter Dean, ich sage ja gar nichts.»

fünfter teil

Dean fuhr von Mexico City los, er sah Victor in Gregoria wieder und knüppelte die alte Karre den ganzen Weg bis Lake Charles, Louisiana, als endlich das Heck des Wagens abfiel und auf die Straße knallte, wie er es immer vorausgesehen hatte. Also ließ er sich von Inez telegraphisch das Geld für ein Flugticket schicken und legte den Rest des Weges im Flugzeug zurück. Als er mit den Scheidungspapieren in der Hand in New York eintraf, fuhren er und Inez sofort nach Newark und ließen sich trauen; und noch am gleichen Abend, nachdem er ihr gesagt hatte, daß alles in Ordnung sei, sie brauche sich überhaupt keine Sorgen zu machen, nachdem er logisch argumentiert hatte, wo doch nichts als unabsehbarer Kummer und Schweiß war, sprang er auf einen Bus und brauste wieder los, quer über den schrecklichen Kontinent nach San Francisco, um mit Camille und den zwei kleinen Mädchen zu leben. Er war jetzt dreimal verheiratet, zweimal geschieden und lebte mit seiner zweiten Frau.

Ich machte mich im Herbst auf die Rückreise von Mexico City. Eines Abends, gleich hinter der Grenze bei Loredo, in Dilley, Texas, stand ich auf dem heißen Asphalt unter einer Bogenlampe, an der die Sommerfalter zerklatschten, als ich das Geräusch von Schritten in der Dunkelheit hinter mir hörte, und siehe da, ein hochgewachsener alter Mann mit wallendem weißem Haar kam mit einem Sack auf dem Rücken dahergestapft und sagte, als er mich im Vorübergehen sah: «Gehe hin und beweine des Menschen Los.» Womit er zurück ins Dunkel stapfte. Bedeutete dies, daß ich endlich zu Fuß meine Pilgerreise über die dunklen Straßen Amerikas antreten sollte? Ich sträubte mich und eilte nach New York, und eines Abends stand ich auf einer dunklen Straße in Manhattan und rief zum

Fenster eines Lofts hinauf, wo, wie ich glaubte, Freunde von mir eine Party hatten. Aber ein hübsches Mädchen steckte den Kopf zum Fenster heraus und fragte: «Ja? Wer ist da?»

«Sal Paradise», sagte ich und hörte meinen Namen durch die trostlose leere Straße hallen.

«Komm rauf», rief sie. «Ich mache gerade heiße Schokolade.» Also ging ich hinauf, und da war sie, die Frau mit den reinen und unschuldigen lieben Augen, nach der ich immer und so lange schon gesucht hatte. Wir waren uns einig und hatten einander wahnsinnig lieb. Im Winter, so nahmen wir uns vor, wollten wir nach San Francisco ziehen und all unsere angeschlagenen Möbel und armseligen Habseligkeiten auf einem alten Lastwagen mit uns nehmen. Ich schrieb an Dean und berichtete ihm. Er schrieb einen endlosen Brief zurück, tausendachthundert Wörter lang, alles über seine jungen Jahre in Denver, und sagte, er werde kommen und mich abholen und sich selber um einen alten Lastwagen kümmern und uns nach Hause fahren. Uns blieben sechs Wochen, um das Geld für den Laster zusammenzubringen, wir arbeiteten und sparten jeden Cent. Und plötzlich kam Dean doch schon an, fünfeinhalb Wochen zu früh, und niemand hatte das Geld, um den Plan zu verwirklichen.

Ich hatte einen Spaziergang durch die Nacht gemacht und kam nach Hause zu meinem Mädchen und wollte ihr erzählen, was mir unterwegs durch den Kopf gegangen war. Sie stand in unserem dunklen kleinen Zimmer und lächelte sonderbar. Ich fing an, ihr zu erzählen, und plötzlich fiel mir die Stille in dem Raum auf, und ich schaute mich um und sah ein zerlesenes Buch auf dem Radio liegen. Es war, ich wußte es, Deans über alle Ewigkeit hinaus geliebter Marcel Proust. Und wie im Traum sah ich ihn in Socken und auf Zehenspitzen aus dem dunklen Flur hereinkommen. Er konnte nicht mehr sprechen. Er hopste herum und lachte, er stotterte und fuchtelte mit den Händen und sagte: «Ah – ah – hört zu und paßt auf.» Wir hörten, wir waren ganz Ohr. Aber er hatte vergessen, was er sagen wollte. «Also wirklich, hört doch mal – ähem. Seht mal, lieber

Sal, süße Laura – ich bin gekommen – ich bin gegangen – doch wartet – ah, ja.» Und er starrte mit steinernem Kummer auf seine offenen Hände. «Kann nicht mehr sprechen – versteht ihr, das ist's – oder könnte es sein – Aber hört zu!» Wir horchten. Er lauschte den Geräuschen der Nacht. «Ja!» flüsterte er voll Staunen. «Aber seht ihr – nicht nötig, mehr zu sagen – weiterzusprechen.»

«Aber, Dean, warum bist zu so früh gekommen?»

«Ah», sagte er und schaute mich an, als sähe er mich zum ersten Mal, «so früh, ja. Wir – wir wissen – das heißt, ich weiß nicht. Ich bin mit Eisenbahnerausweis gefahren – Bremserhäuschen, alte Waggons mit Holzbänken – Texas – Flöte gespielt, den ganzen Weg, und Okarina.» Er holte seine neue Blockflöte hervor. Er spielte darauf ein paar quietschende Töne und hüpfte dazu auf seinen Socken herum. «Seht ihr?» sagte er. «Aber klar, Sal, ich kann so gut sprechen wie eh und je und habe dir viele Dinge zu sagen, tatsächlich habe ich mit meinem kleinen Spatzenhirn auf dem Weg quer durchs Land sogar diesen verrückten Proust gelesen und wieder gelesen und eine Menge Sachen kapiert und nie werde ich ZEIT genug haben, um dir davon zu erzählen, und NOCH IMMER haben wir nicht über Mexiko gesprochen und unseren Abschied dort im Fieber – aber es ist nicht nötig, zu sprechen. Absolut nicht, also, ja?»

«Na gut, dann sprechen wir nicht.» Und er fing an, in aller Ausführlichkeit zu erzählen, wie er auf dem Weg hierher in LA eine Familie besucht hatte, mit den Leuten zu Abend gegessen hatte, sich mit dem Vater unterhalten hatte, mit den Söhnen, den Schwestern – wie sie aussahen, was sie aßen, wie die Möbel in der Wohnung waren, was die Leute so dachten, wofür sie sich interessierten, ja sogar über ihre Seelen sprach er. Drei volle Stunden lang gab er uns detaillierteste Beschreibungen, und als er fertig war, sagte er: «Ah, aber seht ihr, was ich euch WIRKLICH erzählen wollte – viel später – Arkansas, die Fahrt durch Arkansas im Zug – das Flötespielen – mit den Jungs Karten gespielt, mit meinen abszönen Karten – Geld gewonnen,

Solo auf der Okarina gespielt – für die Matrosen. Lange, lange, furchtbare Reise, fünf Tage und fünf Nächte lang, nur um dich zu SEHEN, Sal.»

«Und was ist mit Camille?»

«Sie war natürlich einverstanden – wartet auf mich. Camille und ich, das ist ganz klar für immer und ewig …»

«Und Inez?»

«Ich – ich – ich möchte, daß sie mitkommt, nach Frisco, und am anderen Ende der Stadt lebt, meinst du nicht? Weiß nicht, warum ich gekommen bin.» Später sagte er in einem jähen Moment verblüfften Staunens: «Na, und ja, klar, ich wollte dein liebes Mädchen sehen und dich – bin froh für dich – ich hab dich lieb wie eh und je.» Drei Tage blieb er in New York, und hastig traf er Vorbereitungen, um mit seinen Freifahrscheinen wieder mit der Eisenbahn zurückzufahren und abermals den Kontinent zu durchqueren, fünf Tage und fünf Nächte in staubigen Waggons und auf harten Sitzbänken, und natürlich hatten wir nicht das Geld für einen Lastwagen und konnten nicht mit ihm zurückfahren. Bei Inez verbrachte er eine Nacht, erklärend und schwitzend und streitend, und sie warf ihn raus. Ein Brief kam für ihn, an meine Adresse. Ich sah ihn. Er war von Camille. «Es hat mir das Herz gebrochen, als ich Dich mit Deinem Sack über die Gleise gehen sah. Ich bete und bete, daß Du heil wiederkommst … Ich wünsche mir, daß auch Sal und seine Freundin kommen und in unserer Straße wohnen … Ich weiß, Du wirst es schaffen, aber ich kann nicht anders, ich mache mir Sorgen – jetzt, wo wir alles beschlossen haben … Lieber Dean, es ist das Ende der ersten Hälfte des Jahrhunderts. Willkommen mit Liebe und Küssen, und bleib die andere Hälfte bei uns. Wir warten auf Dich.» Und die Unterschrift: «Camille, Amy und Little Joanie.» Deans Leben war also zur Ruhe gekommen, bei Camille, seiner beständigsten, verbittertsten und ihn am besten kennenden Frau, und ich dankte Gott dafür.

Das letzte Mal sah ich ihn unter traurigen und sonderbaren Umständen. Remi Boncœur war in New York eingetroffen, nachdem er mehrere Male auf Schiffen um die Welt gefahren war. Ich wollte, daß er Dean sah und kennenlernte. Tatsächlich trafen sie sich, aber Dean konnte nicht mehr sprechen und sagte nichts, und Remi wandte sich ab. Remi hatte Karten für das Duke-Ellington-Konzert in der Metropolitan Opera besorgt und bestand darauf, daß Laura und ich ihn und seine Freundin begleiteten. Remi war dick geworden und traurig, aber nach wie vor darauf bedacht, den vollendeten Gentleman zu spielen und alles ordentlich und richtig zu machen, wie er betonte. Und so überredete er seinen Buchmacher, uns im Cadillac zu dem Konzert zu chauffieren. Es war ein kalter Winterabend. Der Cadillac parkte und war startbereit. Dean stand mit seinem Sack draußen vor den Fenstern, bereit, zur Penn Station zu fahren und dann wieder quer durchs Land.

«Good-by, Dean», sagte ich. «Ehrlich, ich wünschte, ich müßte nicht in dieses Konzert gehen.»

«Glaubst du, ich könnte bis zur Fourtieth Street mit euch fahren?» flüsterte er. «Ich möchte so lange wie möglich mit dir zusammensein, mein Junge, und außerdem ist es so verdammt kalt hier in New Yooork ...» Ich flüsterte mit Remi. Nein, er wolle es nicht, er schätze mich, nicht aber meine idiotischen Freunde. Und ich solle nicht wieder anfangen, seine sorgsam vorbereiteten Abende zu ruinieren, wie ich es damals 1947 in San Francisco getan hatte, bei Alfred's, mit Roland Major.

«Kommt überhaupt nicht in Frage, Sal!» Armer Remi, er hatte sich einen besonderen Schlips für diesen Abend anfertigen lassen: aufgemalt waren Kopien der Konzertkarten, die Namen Sal und Laura und Remi und Vicki – seine Freundin –, und dazu noch eine Reihe trauriger Späße und einige seiner Lieblingssprüche, zum Beispiel: «Du kannst dem alten Maestro keine neue Melodie beibringen.»

Dean durfte also nicht mit uns mitfahren, und mir blieb nichts anderes übrig, als mich hinten in den Cadillac zu setzen und ihm zu winken. Auch der Buchmacher am Steuer wollte nichts mit Dean zu tun haben. Dean, abgerissen in seinem mottenzerfressenen Mantel, den er extra für die arktischen Temperaturen an der Ostküste mitgebracht hatte, zog allein los, und das letzte, was ich von ihm sah, war, wie er an der Seventh Avenue um die Ecke bog, den Blick auf die Straße vor ihm gerichtet, wieder einmal entschlossen und konzentriert. Die arme Laura, meine Liebste, der ich alles von Dean erzählt hatte, fing beinahe an zu weinen.

«Oh, wir dürfen nicht zulassen, daß er so geht. Was sollen wir machen?»

Der gute alte Dean, jetzt ist er fort, dachte ich, und laut sagte ich: «Er wird es schaffen.» Wir fuhren los, zu dem trostlosen, mir mißliebigen Konzert, zu dem ich überhaupt kein bißchen aufgelegt war, und die ganze Zeit mußte ich an Dean denken, wie er wieder in den Zug stieg und über dreitausend Meilen durch dieses schreckliche Land fuhr und nicht einmal wußte, warum er eigentlich gekommen war, außer um mich zu sehen.

Und wenn in Amerika die Sonne untergeht und ich auf dem alten verrotteten Pier am Fluß sitze und den weiten, weiten Himmel über New Jersey betrachte und all das rauhe Land vor mir sehe, das sich in einem unglaublichen riesigen Buckel bis zur Westküste hinüberzieht, und all die Straßen, die hin und her führen, all die Menschen, die in seiner unermeßlichen Weite träumen, und mir sage, daß jetzt in Iowa wahrscheinlich die Kinder weinen, in diesem Land, wo man die Kinder weinen läßt, und daß heute nacht die Sterne am Himmel stehen werden – wußtest du nicht, daß Gott Pu der Bär ist? –, und daß der Abendstern herabsinken und sein matter werdendes Funkeln auf die Prärie gießen muß, bevor endlich die vollkommene Nacht sich ausbreitet und die Erde segnen und die Flüsse in Dunkelheit tauchen und die Gipfel der Berge verhüllen und das letzte Gestade umschließen wird, und niemand, niemand weiß, was einem jeden bevorsteht, außer den elenden Lumpen des Alterns, dann denke ich an Dean Moriarty, dann denke ich auch an Old Dean Moriarty, den Vater, den wir nie gefunden haben, dann denke ich an Dean Moriarty.